증편 한국구비문학대계

6-13

전라남도 구례군

이 저서는 2008년도 정부(교육과학기술부)의 재원으로 한국학중앙연구원(한국학진흥사업단)의 지원을 받아 수행된 연구임(AKS-2008-AIA-3101)

증편 한국구비문학대계
6-13
전라남도 구례군

송진한 · 서해숙 · 이옥희 · 편성철 · 임세경 · 김자현

한국학중앙연구원

역락

발간사

　민간의 이야기와 백성들의 노래는 민족의 문화적 자산이다. 삶의 현장에서 이러한 이야기와 노래를 창작하고 음미해 온 것은, 어떠한 권력이나 제도도, 넉넉한 금전적 자원도, 확실한 유통 체계도 가지지 못한 평범한 사람들이었다. 이야기와 노래들은 각각의 삶의 현장에서 공동체의 경험에 부합하였으며, 사람들의 정신과 기억 속에 각인되었다. 문자라는 기록 매체를 사용하지 못하였지만, 그 이야기와 노래가 이처럼 면면히 전승될 수 있었던 것은 그것이 바로 우리 민족의 유전형질의 일부분이 되었기 때문이며, 결국 이러한 이야기와 노래가 우리 민족을 하나의 공동체로 묶어 주고 있는 것이다.

　사회와 매체 환경의 급격한 변화 가운데서 이러한 민족 공동체의 DNA는 날로 희석되어 가고 있다. 사랑방의 이야기들은 대중매체의 내러티브로 대체되어 버렸고, 생활의 현장에서 구가되던 민요들은 기계화에 밀려 버리고 말았다. 기억에만 의존하여 구전되던 이야기와 노래는 점차 잊히고 있다. 한국학중앙연구원이 1970년대 말에 개원함과 동시에, 시급하고도 중요한 연구사업으로 한국구비문학대계의 편찬 사업을 채택한 것은 바로 이러한 시대적 상황에 대한 우려와 잊혀 가는 민족적 자산에 대한 안타까움 때문이었다.

　당시 전국의 거의 모든 구비문학 연구자들이 참여하였는데, 어려운 조사 환경에서도 80여 권의 자료집과 3권의 분류집을 출판한 것은 그들의 헌신적 활동에 기인한다. 당초 10년을 계획하고 추진하였으나 여러 사정으로 5년간만 추진되었으며, 결과적으로 한반도 남쪽의 삼분의 일에 해당

하는 부분만 조사하게 되었다. 그럼에도 불구하고 한국구비문학대계는 주관기관인 한국학중앙연구원의 대표 사업으로 각광 받았을 뿐 아니라, 해방 이후 한국의 국가적 문화 사업의 하나로 꼽히게 되었다.

21세기에 들어서면서 한국학중앙연구원에서는 미완성인 채로 남아 있는 구비문학대계의 마무리를 더 이상 미룰 수 없다는 생각으로 이를 증보하고 개정할 계획을 세웠다. 20년 전의 첫 조사 때보다 환경이 더 나빠졌고, 이야기와 노래를 기억하고 있는 제보자들이 점점 줄어들고 있었던 것이다. 때마침 한국학 진흥에 대한 한국 정부의 의지와 맞물려 구비문학대계의 개정·증보사업이 출범하게 되었다.

이번 조사사업에서도 전국의 구비문학 연구자들이 거의 다 참여하여 충분하지 않은 재정적 여건에서도 충실히 조사연구에 임해 주었다. 전국 각지의 제보자들은 우리의 취지에 동의하여 최선으로 조사에 응해 주었다. 그 결과로 조사사업의 결과물은 '구비누리'라는 이름의 데이터베이스에 탑재가 되었고, 또 조사자료의 텍스트와 음성 및 동영상까지 탑재 즉시 온라인으로 접근할 수 있는 시스템을 갖추었다. 특히 조사 단계부터 모든 과정을 디지털화함으로써 외국의 관련 학자와 기관의 선망의 대상이 되고 있다.

이제 조사사업의 결과물을 이처럼 책으로도 출판하게 된다. 당연히 1980년대의 일차 조사사업을 이어받음으로써 한편으로는 선배 연구자들의 업적을 계승하고, 한편으로는 민족문화사적으로 지고 있던 빚을 갚게 된 것이다. 이 사업의 연구책임자로서 현장조사단의 수고와 제보자의 고귀한 뜻에 감사를 표하지 않을 수 없다. 아울러 출판 기획과 편집을 담당한 한국학중앙연구원의 디지털편찬팀과 출판을 기꺼이 맡아준 역락출판사에 감사를 드린다.

2013년 10월 4일

한국구비문학대계 개정·증보사업 연구책임자 김병선

책머리에

  구비문학조사는 늦었다고 생각하는 지금이 가장 빠른 때이다. 왜냐하면 자료의 전승 환경이 나날이 달라지고 있기 때문이다. 전승 환경이 훨씬 좋은 시기에 구비문학 자료를 진작 조사하지 못한 것이 안타깝게 여겨질수록, 지금 바로 현지조사에 착수하는 것이 최상의 대안이자 최선의 실천이다. 실제로 30여 년 전 제1차 한국구비문학대계 사업을 하면서 더 이른 시기에 조사를 했더라면 하는 아쉬움이 컸는데, 이번에 개정·증보를 위한 2차 현장조사를 다시 시작하면서 아직도 늦지 않았다는 사실을 실감했다.

  구비문학 자료는 구비문학 연구와 함께 간다. 자료의 양과 질이 연구의 수준을 결정하고 연구수준에 따라 자료조사의 과학성이 결정되기 때문이다. 실제로 1차 조사사업 결과로 구비문학 연구가 눈에 띠게 성장했고, 그에 따라 조사방법도 크게 발전되었다. 그러나 연구의 수명과 유용성은 서로 반비례 관계를 이룬다. 구비문학 연구의 수명은 짧고 갈수록 빛이 바래지만, 자료의 수명은 매우 길 뿐 아니라 갈수록 그 가치는 더 빛난다. 그러므로 연구활동 못지않게 자료를 수집하고 보고하는 일이 긴요하다.

  교육부에서 구비문학조사 2차 사업을 새로 시작한 것은 구비문학이 문학작품이자 전승지식으로서 귀중한 문화유산일 뿐 아니라, 미래의 문화산업 자원이라는 사실을 실감한 까닭이다. 따라서 학계뿐만 아니라 문화계의 폭넓은 구비문학 자료 활용을 위하여 조사와 보고 방법도 인터넷 체제와 디지털 방식에 맞게 전환하였다. 조사환경은 많이 나빠졌지만 조사보고는 더 바람직하게 체계화함으로써 누구든지 쉽게 접속하여 이용할 수 있는 데이터베이스를 구축했다. 그러느라 조사결과를 보고서로 간행하는 일은 상대적으로 늦어지게 되었다.

2차 조사는 1차 사업에서 조사되지 않은 시군지역과 교포들이 거주하는 외국지역까지 포함하는 중장기 계획(2008~2018년)으로 진행되고 있다. 한국학중앙연구원 어문생활연구소와 안동대학교 민속학연구소가 공동으로 조사사업을 추진하되, 현장조사 및 보고 작업은 민속학연구소에서 담당하고 데이터베이스 구축 작업은 한국학중앙연구원에서 담당한다. 가장 중요한 일은 현장에서 발품 팔며 땀내 나는 조사활동을 벌인 조사자들의 몫이다. 마을에서 주민들과 날밤을 새우면서 자료를 조사하고 채록하여 보고서를 작성한 조사위원들과 조사원 여러분들의 수고를 기리지 않을 수 없다. 조사의 중요성을 알아차리고 적극 협력해 준 이야기꾼과 소리꾼 여러분께도 고마운 말씀을 올린다.

구비문학 조사를 전국적으로 실시하여 체계적으로 갈무리하고 방대한 분량으로 보고서를 간행한 업적은 아시아에서 유일하며 세계적으로도 그 보기를 찾기 힘든 일이다. 특히 2차 사업결과는 '구비누리'로 채록한 자료와 함께 원음도 청취할 수 있는 데이터베이스를 구축해서 세계에서 처음으로 인터넷과 스마트폰으로 이용할 수 있는 디지털 체계를 마련했다. '구슬이 서 말이라도 꿰어야 보배'인 것처럼, 아무리 귀한 자료를 모아두어도 이용하지 않으면 소용이 없다. 그러므로 이 보고서가 새로운 상상력과 문화적 창조력을 발휘하는 문화자산으로 널리 활용되기를 바란다. 한류의 신바람을 부추기는 노래방이자, 문화창조의 발상을 제공하는 이야기 주머니가 바로 한국구비문학대계이다.

2013년 10월 4일
한국구비문학대계 개정·증보사업 현장조사단장 임재해

한국구비문학대계 개정·증보사업 참여자 (참여자 명단은 가나다 순)

연구책임자
김병선

공동연구원
강등학　강진옥　김익두　김헌선　나경수　박경수　박경신　송진한　신동흔
이건식　이인경　이창식　임재해　임철호　임치균　조현설　천혜숙　허남춘
황인덕　황루시

전임연구원
장노현　최원오

박사급연구원
강정식　권은영　김구한　김기옥　김월덕　노영근　서해숙　유명희　이균옥
이영식　이윤선　조정현　최명환　최자운　황경숙

연구보조원
강소전　김미라　구미진　김보라　김성식　김영선　김옥숙　김유경　김은희
김자현　문세미나　박동철　박은영　박현숙　박혜영　백계현　백은철　변남섭
서은경　서정매　송기태　송정희　시지은　신정아　안범준　오세란　오정아
유태웅　이선호　이옥희　이원영　이진영　이홍우　이화영　임세경　임　주
상호순　징아용　정혜란　조민정　편성철　편해뮤　하유진　허정주　황진현

주관 연구기관 : 한국학중앙연구원 어문생활사연구소
공동 연구기관 : 안동대학교 민속학연구소

일러두기

■ 『증편 한국구비문학대계』는 한국학중앙연구원과 안동대학교에서 3단계 10개년 계획으로 진행하는 "한국구비문학대계 개정·증보사업"의 조사 보고서이다.

■ 『증편 한국구비문학대계』는 시군별 조사자료를 각각 별권으로 간행하는 것을 원칙으로 한다. 서울 및 경기는 1-, 강원은 2-, 충북은 3-, 충남은 4-, 전북은 5-, 전남은 6-, 경북은 7-, 경남은 8-, 제주는 9-으로 고유번호를 정하고, -선 다음에는 1980년대 출판된 『한국구비문학대계』의 지역 번호를 이어서 일련번호를 붙인다. 이에 따라 『증편 한국구비문학대계』는 서울 및 경기는 1-10, 강원은 2-10, 충북은 3-5, 충남은 4-6, 전북은 5-8, 전남은 6-13, 경북은 7-19, 경남은 8-15, 제주는 9-4권부터 시작한다.

■ 각 권 서두에는 시군 개관을 수록해서, 해당 시·군의 역사적 유래, 사회·문화적 상황, 민속 및 구비 문학상의 특징 등을 제시한다.

■ 조사마을에 대한 설명은 읍면동 별로 모아서 가나다 순으로 수록한다. 행정상의 위치, 조사일시, 조사자 등을 밝힌 후, 마을의 역사적 유래, 사회·문화적 상황, 민속 및 구비문학상의 특징 등을 중심으로 설명하고, 마을 전경 사진을 첨부한다.

■ 제보자에 관한 설명은 읍면동 단위로 모아서 가나다 순으로 수록한다. 각 제보자의 성별, 태어난 해, 주소지, 제보일시, 조사자 등을 밝힌 후, 생애와 직업, 성격, 태도 등을 중심으로 서술하고, 제공 자료 목록과 사진을 함께 제시한다.

■ 조사자료는 읍면동 단위로 모은 후 설화(FOT), 현대 구전설화(MPN), 민요(FOS), 근현대 구전민요(MFS), 무가(SRS), 기타(ETC) 순으로 수록한다. 각 조사자료는 제목, 자료코드, 조사장소, 조사일시, 조사자, 제보자, 구연상황, 줄거리(설화일 경우) 등을 먼저 밝히고, 본문을 제시한다. 자료코드는 대지역 번호, 소지역 번호, 자료 종류, 조사 연월일, 조사자 영문 이니셜, 제보자 영문 이니셜, 일련번호 등을 '_'로 구분하여 순서대로 나열한다.

■ 자료 본문은 방언을 그대로 표기하되, 어려운 어휘나 구절은 ( ) 안에 풀이말을 넣고 복잡한 설명이 필요할 경우는 각주로 처리한다. 한자 병기나 조사자와 청중의 말 등도 ( ) 안에 기록한다.

■ 구연이 시작된 다음에 일어난 상황 변화, 제보자의 동작과 태도, 억양 변화, 웃음 등은 [ ] 안에 기록한다.

■ 잘 알아들을 수 없는 내용이 있을 경우, 청취 불능 음절수만큼 '○○○'와 같이 표시한다. 제보자의 이름 일부를 밝힐 수 없는 경우도 '홍길○'과 같이 표시한다.

■ 『증편 한국구비문학대계』에 수록된 모든 자료는 웹(gubi.aks.ac.kr/web)과 모바일(mgubi.aks.ac.kr)에서 텍스트와 동기화된 실제 구연 음성파일을 들을 수 있다.

차례

2. 광의면

● 설화

4. 마산면

● 현대 구전설화

● 민요

5. 문척면

▮조사마을

▮제보자

설화

현대 구전설화

8. 토지면

▮조사마을

● 현대 구전설화

● 민요

● 근현대 구전민요

구례군 개관

구례군(求禮郡)은 대한민국 전라남도 북동부에 있는 군이다. 북쪽으로 전라북도 남원시, 남쪽으로 광양시와 순천시, 동쪽으로 경상남도 하동군, 서쪽으로 곡성군과 접한다. 1읍 7면으로 이루어져 있으며, 군청 소재지는 구례읍 봉남리 51번지이다.

지리적으로 구례군은 북동부의 넓은 지역이 지리산 서쪽 사면을 차지하기 때문에 지세는 전체적으로 험준한 산악지대를 이룬다. 동쪽에 지리산의 지봉(支峰)인 노고단(1,507m)·황장산(942m) 등이 솟아 있고, 북쪽으로는 만복대(1,433m)·대두산(775m), 서쪽에 곡성군과의 경계지대에 천마산(658m)·깃대봉(691m), 남쪽에 서롱산·백운산(1,218m) 등이 솟아 있으며, 그 고준한 산지 중앙부에 자리한 구례분지는 사방이 병풍으로 둘러쳐진 것 같은 전형적인 산간분지를 이룬다. 북동부와 남서부는 1,000m 이상의 산지로 반야봉(盤若峰 : 1,732m)·노고단(老姑壇 : 1,507m)·만복대(萬福臺 : 1,433m)·고리봉(1,248m)·따리봉(1,127m)·도솔봉(1,123m) 등이 솟아 있으며, 중부와 서부로 갈수록 낮아져 천마산(天馬山 : 654m)·깃대봉(691m)·요강바위산(546m) 등이 높이 500~800m의 산지를 이루고 있다.

섬진강은 구례분지의 남부에서 지리산과 백운산을 끼고 굽이돌아 하동군 화개를 거쳐서 남해로 흘러들며, 구례분지의 젖줄인 서시천(西施川)은 만복대에서 발원하여 구례분지 중앙부를 관류하고 합강정에서 섬진강에 유입한다. 그밖에 북부 산지에서 발원한 연곡천·신도천, 남부 산지의 효곡천·수평천 등이 군내를 지나 섬진강에 흘러든다. 본래 산은 모든 하천의 수원을 이루고 있기 때문에 산지에는 큰 하천과 평야가 없는 것이 상례이나 구례군은 규모가 큰 산과 하천, 평야를 모두 갖고 있는 지형적 특색을 보인다. 군의 중앙에 하천을 끼고 형성된 구례분지는 토양이 비옥하여 주요 생산지를 이룬다. 평야는 서시천을 따라 광의면 대전리·대산리·지천리와 용방면 신지리·용정리, 마산면 갑산리·냉천리 등 일부지역에만 분포한다. 구례읍 봉동리·원방리, 토지면 금내리, 간전면 간문리 부근의 섬진강 유역에 형성된 구례분지는 동서 4km, 남북 8km의 넓이를 가지며, 비교적 비옥하다.

기후는 산간내륙지방으로 한서 차가 심하다. 연평균기온 13.4℃ 내외, 1월평균기온 −0.2℃ 내외, 8월평균기온 26.7℃ 내외, 연평균 강수량은 1,477mm로서 강수량의 대부분은 6~9월에 집중적으로 내린다. 특히 섬진강 유역에 위치하여 지형성 강우가 많으며, 우리나라의 다우지역에 해당한다. 식생은 소나무·대나무·아카시아·상수리나무·밤나무·오리나무 등 수종이 다양하며 해발고도의 수직적 변화에 따라 상이한 식생이 분포한다.

이 지역의 삼국시대 이전 역사는 구체적으로 밝혀져 있지 않으나, 청동기시대 이후의 유물·유적들이 발견되고 있다. 삼국시대에는 백제의 구차례현(求次禮縣 : 또는 仇次禮縣)이 설치되었다. 757년 구례현으로 개칭하여 곡성군 영현이 되었다. 고려 때에는 1018년 남원부에 예속되었다가 1143년(인종 21) 감무를 두어 독립되었고 조선 초에는 군현제 개편에 따라 현감이 파견되었다. 1499년(연산군 5) 이 지방 사람의 역모로 유곡부곡(楡谷部曲)으로 만들어 남원에 합병시켰다가 1507년에 복구한 적이 있다. 별호는 봉성(鳳城)이었다. 1895년 지방제도 개혁으로 군이 되었으며, 1896년에 전라남도로 소속되었다.

1906년 지방행정구역 정리 때에 남원의 두입지(斗入地)인 고달면·중방면·외산동면·내산동면·소아면 등 5개면이 편입되어 행정구역이 확장되었다. 1914년 군면폐합 때 고달면을 곡성으로 이속시켰고, 현내면·가사면을 구례면으로, 문척면·간전면을 간문면으로, 소의면·방광면을 광의면으로, 용강면·중방면을 용방면으로 통합하고, 토지면·마산면·외산면·내산면은 그대로 소속시켰다. 1932년에 내산면·외산면을 산동면으로 합하고, 1946년에는 간문면으로 다시 문척면과 간전면으로 나누었다. 1962년 구례면을 읍으로 승격했다.

구례군은 국가지정문화재(국보 6, 보물 15, 천연기념물 1, 사적 3, 천연기념물 1, 중요무형문화재 1, 중요민속자료 1)와 도지정문화재(유형문화재 11, 기념물 3) 및 문화재자료 9점, 등록문화재 2점이 있다. 선사시대 유적으로 군내에 고인돌이 100여 기 이상 있으며, 마산면 냉천리에서 돌도끼, 대산리·용두리·중방리에서 무늬없는토기가 각각 출토되었다.

불교문화재로는 지리산의 화엄사(華嚴寺 : 전라남도 문화재자료 제34호)·연곡사(鷰谷寺)·천은사(泉隱寺 : 전라남도 기념물 제35호) 등이 대표적이며, 사찰 내에는 각종 유물·유적이 보존되어 있다. 화엄사에는 각황전(국보 제67호)을 비롯하여 대웅전(1636 중건, 보물 제299호)·각황전앞석등(국보 제12호)·4사자3층석탑(四獅子三層石塔 : 국보 제35호)·동5층석탑(보물 제132호)·원통전전사자탑(보물 제300호)·5층석탑(보물 제133호)·올벚나무(천연기념물 제38호) 등이 있다.

연곡사에는 연곡사동부도(鷰谷寺東浮屠 : 국보 제53호)·연곡사북부도(鷰谷寺北浮屠 : 국보 제54호)가 있으며, 3층석탑·현각선사탑비·동부도비·서부도 등의 보물이 있다. 천은사에는 천은사나옹화상원불(泉隱寺懶翁和尙願佛 : 전라남도 유형문화재 제29호)·천은사극락보전(전라남도 유형문화재 제50호) 등 유형문화재 2점이 있다.

유교문화재로는 구례향교(전라남도 유형문화재 제110호), 황현을 배향

한 매천사우(梅泉祠宇 : 전라남도 문화재자료 제37호), 그리고 남악사(南岳 祠 : 전라남도 문화재자료 제36호), 임진왜란 때 전사한 7인을 모신 석주 관7의사묘(石柱關七義士墓 : 사적 제106호), 윤문효공신도비(尹文孝公神道 碑 : 보물 제584호), 방호정(方壺亭 : 전라남도 문화재자료 제32호), 김완장 군전승유허비(전라남도 기념물 제50호) 등이 있다.

섬진강과 국립공원 제1호인 지리산국립공원을 포함하고 있어 연중 관 광유람객이 끊이지 않는다. 지리산 주능선에서 갈라진 화엄사계곡과 피아 골 등은 기암절벽·단풍들로 절경을 이루며, 노고단과 만복대는 여름철에 피서지로도 유명하다. 철쭉으로 유명한 세석고원과 고사목지대, 주봉인 천왕봉 또한 아름다운 곳이며, 섬진강에는 황어낚시꾼들로 붐빈다. 곡우 절과 경칩날에는 신경통에 특효라는 단풍나무 고리실 약수와 거자수 약 수를 구하기 위해 전국에서 많은 관광객이 모여든다. 특히 곡우절을 전후 로 약 3일간 지리산 약수제가 행해진다. 각종 관광 편의시설이 비교적 잘 갖추어져 있다.

이 지역 인구는 1960년대 전반까지 교통이 불편하고 출생률이 높아 연 평균 4.2% 정도의 높은 인구증가율을 보였다. 그러나 1965년 7만 8,385명 의 최대 인구수를 보인 이후 접근성의 증대와 이촌향도의 추세에 따라 인 구가 계속 감소하고 있다. 연도별 인구변화를 보면, 1970년 7만 5,108명, 1980년 5만 7,975명, 1990년에 4만 1,423명으로 1970~80년에는 1만 7,133명이 감소하여 22%의 감소율을 보였다. 1980~90년에는 1만 6,552명 이 감소하여 28.6%의 감소율을 보임으로써 인구 감소폭이 점차 커지고 있 다. 1990~2006년에는 1만 2,432명이 감소하여 30%의 감소율을 보였다.

본 조사팀은 2008년 12월부터 2009년 7월까지 설화와 민요를 중심으로 조사가 진행하였다. 본격적인 현장조사를 시작하기 전에 구례군청을 방문 하여 사업에 관해 설명하고 관련 구연자 확보를 위해 설문조사를 의뢰하였다. 그리하여 구례군청 문화관광과(류효숙계장)의 협조를 얻어 2008년 12월 22일부터 2009년 1월 10일까지 설문조사를 실시했다. 이 조사는 구례군청에서 면 단위로 매월 개최되는 이장들 회의 때 해당 설문지를 돌려 수합하는 형태로 진행되었으며, 설문 내용은 설화와 민요에 초점을 두고서 비교적 간명하게 작성하였다. 이러한 설문조사를 통해 각 읍면별로 구연자 총 40여 명을 확보하였고, 이를 토대로 현장조사가 이루어졌다.

현장조사는 구례군 8개 읍면을 크게 동부(문척면, 간전면, 토지면), 서부(용방면, 산동면, 광의면), 중앙(구례읍, 마산면)으로 구분하고서 설문조사를 통해 확보된 구연자를 기반으로 순차적으로 해당 조사지역을 찾았다. 그간의 10여 회에 걸친 조사를 통해 설화 214편과 민요 78편의 자료를 확보하였다. 조사 시에 조사지역의 마을, 구연자 인적사항 등을 비롯하여 해당 자료를 녹음하고, 조사상황을 동영상으로 촬영하였다. 그간 현장조사 일지를 정리하면 다음과 같다.

조사일시	조사지역	조사내용	비고
2008. 12. 17(수)	구례군청, 노인복지회관, 운조루	사전조사, 문헌조사	
2009. 01. 21(수)	마산면 냉천리 냉천마을	설화, 민요조사	녹음, 사진, 영상 진행
2009. 02. 06(금)	문척면 죽마리 죽연마을	설화, 민요조사	녹음, 사진, 영상 진행
2009. 02. 10(화)	용방면 용정리 하용마을, 용강리 봉덕마을	설화, 민요조사	녹음, 사진, 영상 진행
2009. 02. 20(금)	구례읍 봉서리 동산마을	설화, 민요조사	녹음, 사진, 영상 진행
2009. 03. 14(일)	산동면 관산리 구산마을, 탑정리 정산마을	설화, 민요조사	녹음, 사진, 영상 진행
2009. 04. 11(토)	토지면 구산리 구만마을, 송정마을	설화, 민요조사	녹음, 사진, 영상 진행
2009. 05. 09(토)	간전면 양천리 양동마을	설화, 민요조사	녹음, 사진, 영상 진행
2009. 06. 19(금)	광의면 지천리 지상마을	설화, 민요조사	녹음, 사진, 영상 진행
2009. 07. 03(금)	구례읍 동산리 동산마을	설화, 민요조사	녹음, 사진, 영상 진행

앞서 정리하였듯이 구례군은 우리나라의 대표적인 장수마을로 평가된다. 이는 지리산 자락의 수려한 자연경관, 지리산에서 흘러 내려오는 맑은 계곡물, 굽이쳐 흐르는 섬진강, 넓은 들녘 등이 복합적으로 어우러진 결과일 것이다. 그래서 구례의 각 마을에는 나이가 제법 들었으면서도 총기가 좋은 고령자들이 많은 편이다. 실제 조사자들이 찾아간 마을에는 기억력이 뛰어나고 화술이 좋은 고령의 구연자들을 많이 만날 수 있었고, 그들을 통해 설화, 민요에 관한 많은 자료를 수합할 수 있었다. 그러나 구연자들의 역량이 뛰어나다 할지라도 일련의 조사과정을 통해 원하는 자료들을 선별하기까지 어려움이 많았다. 특히 구비문학 조사에 대한 마을 사람들의 이해 부족과 구비문학의 중요성에 대한 인식 부족 등으로 인해 양질의 녹음자료를 확보하기란 결코 쉬운 일이 아니었다.

이러한 과정을 통해 수집한 자료는 단순히 과거적 기억의 산물만은 아니다. 오히려 민중이라는 창작의 주체와 시간의 흐름이라는 역사 속에서 전승의 연쇄를 이루고 있으므로 과거와 현재의 산물이라 할 수 있다. 문학이 언어를 통해 개인이나 집단의 의식을 예술적으로 표현한 것이라면, 설화나 민요는 이야기와 노래 형식을 빌려 문학적으로 표현한 것이다. 따라서 여기에는 전승집단의 지역적 정서가 집약적으로 표출되므로 이를 통해 한 집단의 역사성과 전승의식을 재인식할 수 있다.

1. 간전면

▌조사마을

전라남도 구례군 간전면 양천리 양동마을

조사일시 : 2009.5.9
조 사 자 : 송진한, 서해숙, 이옥희, 편성철, 임세경, 김자현

양동마을 마을회관

　양동마을은 간전면에서 가장 먼저 사람이 살기 시작했다고 전해진다. 마을 형성에 관한 정확한 기록은 전하지 않으나 고려시대 때 이곳에 참나무가 많아 목기그릇 제작을 위해 사람이 살기 시작했다는 이야기가 전한다. 후에 문화 유씨와 청주 한씨가 뒤에 산이 높고 앞에 강이 있어 외부 침입이 없고 햇빛이 잘 드는 마을이라 피난지로 정착하였다고 전한다.

　1914년 행정구역 통폐합에 따라 간전면 양동, 야동, 치림, 무수천 마을

을 병합하여 양천과 무수천 두 마을을 결합하여 간문면 양천리라 개칭하였고, 1946년에 간전면과 문척면이 분리되면서 간전면 양천리로 되었다. 2008년 『통계연보』에 의하면 52가구에 125명이 거주하고 있다. 남자는 65명이고 여자는 60명이다.

마을의 주요 소득원은 벼농사이며 배, 산수유, 단감을 재배하는 농가와 한우를 사육하는 농가도 있다. 그리고 마을조직으로는 애사시에 상부상조하는 것을 목적으로 하는 위친계와 친목도모를 목적으로 하는 일심계, 마을 부인들로 구성된 부녀회와 65세 이상의 노인들로 구성된 노인회가 있다. 마을의 문화유적으로는 유산각 주위에 있는 수령 250년 된 느티나무와 당산제 지낼 때 사용하는 당산제 축판 등이 있다.

마을의 특징으로는 오랜 옛날부터 전해져 내려오는 당산제와 당산굿을 들 수 있다. 당산제는 음력 1월 15일 낮에 할아버지 당산과 할머니당산에서 지낸다. 할아버지당산은 마을 뒷산에 있는 당산나무이고 할머니당산은 마을 중앙에 있는 봉분이다. 원래는 14일 밤 자시에 지냈는데 지금은 참여가 적어 낮에 지내고 있다. 당산제의 형태는 유교식 제사와 풍물이 공존한다.

당산제와 더불어 정월 대보름날 저녁에 달이 떠오를 때 달집태우기를 하고 있다. 오전에 마을사람들이 산에 올라가 소나무와 대나무를 베어와 마을 앞의 논에 원추형의 달집을 만들어 놓고 달이 떠오르면 마을사람들이 모여 농악을 치며 달집에 불을 지핀다.

▌제보자

김희주, 남, 1948년생

주 소 지 : 전라남도 구례군 간전면 양천리 양동마을
조사일시 : 2009.5.9
조 사 자 : 송진한, 서혜숙, 이옥희, 편성철, 임세경, 김자현

김희주(金熙州) 제보자는 양동마을에서 태어나고 자랐다. 젊은 시절에 부산, 대구 등지에서 생활하였으며 이후 광주 두암동에서 살다가 귀농하였다. 현재는 목수일과 농사를 겸하고 있으며 슬하에 2남을 두었다. 성격이 매우 밝고 긍정적인 제보자는 조사에 깊은 관심을 표명하였다. 조사 당일 마을 입구에서 우연히 만난 조사자들이 박명규 제

보자의 집을 묻자 직접 집까지 안내해 주었으며 마을에서 민요를 잘 부른다는 할머니 집을 직접 찾아주기도 하였다. 박명규 제보자가 설화나 민요를 구연하도록 옆에서 기억을 상기시켜주거나 뒷소리를 받아 주는 등 조사에 적극적으로 협조하였다.

제공 자료 목록
06_04_FOT_20090509_SJH_KHJ_0001 오봉산이 멈춘 이유
06_04_FOT_20090509_SJH_KHJ_0002 아흔 아홉칸 집 주인이 호랑이를 잡다
06_04_FOT_20090509_SJH_KHJ_0003 양동마을의 아기장수
06_04_FOT_20090509_SJH_KHJ_0004 도깨비와 겨루기

박명규, 남, 1935년생

주 소 지 : 전라남도 구례군 간전면 양천리 양동마을
조사일시 : 2009.5.9
조 사 자 : 송진한, 서해숙, 이옥희, 편성철, 임세경, 김자현

박명규(朴明奎) 제보자는 구례군 간전면
양천리 양동마을 잿머리에서 태어나고 자란
토박이다. 23세에 혼인하여 5남 2녀를 두었
으며, 24세에 현재의 집터로 이사하였다. 정
규학교는 다니지 않았으나 학습 욕구가 강
하여 7~8세에 한글을 익혔으며 주경야독하
며 천자문을 익힌 후로 소학, 대학, 논어,
맹자 등을 읽는 등 한학에 대한 지식이 해

박하다. 그래서 주위 사람들이 관혼상제에 대해 물을 것이 있으면 이 제
보자를 찾아오며, 현재 양동마을의 당산제와 축문을 담당하고 있다. 25세
무렵부터 근래까지 마을에 초상이 나면 습렴도 하고 상여 소리를 도맡아
하였다. 풍수지리를 익혀 묘자리를 잡아주기도 한다. 농사를 지으며 자녀
들을 교육시켰지만 지금은 몸이 좋지 않아서 두마지기 정도만 짓고 자식
들이 보내주는 용돈으로 생활하고 있다.

제공 자료 목록
06_04_FOT_20090509_SJH_PMG_0001 동지팥죽의 유래
06_04_FOT_20090509_SJH_PMG_0002 강감찬의 신통력
06_04_FOT_20090509_SJH_PMG_0003 최고운 선생의 출생과 신통력
06_04_FOT_20090509_SJH_PMG_0004 축지법을 쓴 유풍천
06_04_FOT_20090509_SJH_PMG_0005 유풍천 집안 묘자리 잡아 준 호랑이
06_04_FOT_20090509_SJH_PMG_0006 지리산이 귀양 간 이유
06_04_FOT_20090509_SJH_PMG_0007 중국 여자의 천생연분 찾기
06_04_FOT_20090509_SJH_PMG_0008 성삼문 탄생담

오봉산이 멈춘 이유

자료코드 : 06_04_FOT_20090509_SJH_KHJ_0001
조사장소 : 전라남도 구례군 간전면 양천리 양동마을 박명규댁
조사일시 : 2009.5.9
조 사 자 : 송진한, 서해숙, 이옥희, 편성철, 임세경, 김자현
제 보 자 : 김희주, 남, 62세
구연상황 : 점심 식사를 마친 후에 박명규 제보자가 잠시 자리를 비운 사이, 지금까지 이야기를 듣고 뒷소리를 받아준 제보자가 어릴 적에 들은 이야기라며 다음의 내용을 구연했다.
줄 거 리 : 옛날에 오봉산이 걸어가는데, 여자가 산이 걸어간다고 말하니 그 자리에 멈춰서 서울이 되지 못했다는 이야기이다.

여그 [왼쪽을 가리키면서] 오봉산이란 것이 있어. 오봉산! 여그 오면 섬진강 주변에 오봉산 줄기가 [손가락으로 일일이 줄기를 가리키면서] 다섯 개가 있어.

여그가 문척면에 있는데, 토지면 아가씨가 옛날에 쭈욱 여가 서울이 될라고 따악~해 갖고, 따악~ 돌아가는데, 오봉산이 저어 산이 돌아가는데 어떤 못된 아가씨가,

[다급한 목소리로 손짓을 하면서] "아버지, 아버지, 아버지, 어 저그 저 산이 걸어가네." 해 갖고 딱 멈춰 갖고 오봉산! 어. 그래가고 요거이 인자 여그가 서울이 될라고 따악 [양 팔을 빙빙 돌리면서] 돌아간, 그런 유래 정도는 내가 알고. 그 외에는 요분이 [박명규를 가리키면서] 잘 알아.

(조사자 : 그래 갖고 서울이 못됐어요?)

예, 그렇죠. 그 유래가 있어. 그 유래가.

아흔아홉 칸 집 주인이 호랑이를 잡다

자료코드 : 06_04_FOT_20090509_SJH_KHJ_0002
조사장소 : 전라남도 구례군 간전면 양천리 양동마을 박명규댁
조사일시 : 2009.5.9
조 사 자 : 송진한, 서해숙, 이옥희, 편성철, 임세경, 김자현
제 보 자 : 김희주, 남, 62세
구연상황 : 앞서 오봉산 이야기에 이어 제보자가 다음의 이야기를 구연했다.
줄 거 리 : 아흔아홉 칸 집을 지은 사람이 축지법을 써서 하루 저녁에 한양을 다녀오는
도중 볼일을 보다가 호랑이를 잡아서 그 가죽을 대문 앞에 걸어두었다는 이
야기이다.

아흔아홉 칸 그 사람 [한 방향을 가리키면서] 허는 사람이 옛날 축지법을 써 갖고, 저 먼디 소나무를 잡아 갖고 한걸음 딱 걸어가,

(조사자 : 누가요?) 아 아흔아홉 칸 허는 사람이 인자, 옛날 전설! 그래 갖고 축지법을 써 갖고 딱 해 갖고 저 멀리 소나무 하나를 잡고 한 걸음에 딱 가고,

그렇게 한양을 하루 밤에 [한 팔을 좌우로 흔들면서] 왔다갔다 허는 사람 아흔아홉 칸 허는 사람이 있었는디, 그 사람이 가는 도중에 이거 [두 손을 엉덩이에 대고] 대변이 매려워서 뒤를 보는데, 호랑이가 옆에 있어 갖고, 이것을 딱 잡았다 이거여. (호랑이 목을 무릎 사이로 눌러 잡았다.)

잡아 갖고 요거를 [무릎 사이에 호랑이를 끼우는 시늉을 하면서] 이리 놓고 뒤를 보고 딱 허는디, 요 호랑이가 죽어 갖고 그 가죽을 자기 집 문 앞에 딱 걸어났다.

그것까지는 내가 알아요. 허허. (조사자 : 지금은 그 가죽이 없어요?) 지금은 없을 거요. 지금 그건 물어보면 알꺼요. 나도 모른데 우리 고숙님헌 티 들었어. 나도 옛날에 째깐했을(어렸을) 때. [웃음]

양동마을의 아기장수

자료코드 : 06_04_FOT_20090509_SJH_KHJ_0003
조사장소 : 전라남도 구례군 간전면 양천리 양동마을 박명규댁
조사일시 : 2009.5.9
조 사 자 : 송진한, 서해숙, 이옥희, 편성철, 임세경, 김자현
제 보 자 : 김희주, 남, 62세
구연상황 : 조사자가 아기장수 이야기를 들어본 적이 있는지를 묻자 모른다고 대답했지
만, 아기장수가 겨드랑이에 날개 달린 아기라고 재차 말하자 제보자가 동네에
그런 일이 있었다며 다음 이야기를 시작했다.
줄 거 리 : 일제강점기 때에 마을에 아이가 태어나자마자 파닥파닥 날았으나 일본인이
주령을 끊어버려서 장수가 되지 못하고 죽었다는 이야기이다.

(조사자 : 옛날에 날개 있으면…….) 아 맞아. (청중 : 거 우리 동네 얘기
요.) 맞아. 그거 얘기허자면 우리 동네에 유씨 집안이 있어. 옛날에 왜정
때. 요 우에서 애기가 태어났는디, 태어나자 마자,

(조사자 : 왜정 때요?) 예. 근디 딱 일본놈이 주령을 끈어(끊어) 갖고 개
가 장수를 못허고 파닥파닥허다 죽었다는 거. 이제 행님이 얘기 해보쇼.

(청중 : 나는 몰라.) 행머리? 행렬이!

(청중 : 아 나는 부구골까지, 그 얘기 알아?) 아 부고, 아 아는 데까지
얘기해. (청중 : 아 몰라) 아 얘기 들은 데까지, (청중 : 들은 적도 없어.)

그 일본놈이, (청중 : 그 돌을 누르쑈.) 주령을 딱 짤라 가지고, 그래 가
지고 애기 때 [양 팔을 벌려 겨드랑이 밑을 가리키면서] 파덕파덕 나는
것까지 날더레.

그래 갖고 죽어쁜, 그 있어. 우리 동네에 있어. (청중 : 요기 요 요짝 주
변에 그 그.) 우리 동네에 지금 살아. 그 그 자기 그 할머니가 살아 있어
지금. (청중 : 글안해. 유풍천이 인자 그 양반이 죽었지.)

아니 행렬이 즈그 어매. (청중 : 아니 행렬이 즈그 어매가 기간디?(행렬
이 엄마가 맞지 않다.) 아니여!) 아니여? 나는 그리 안디. 그래 갖고 일본

놈들이 주령을 딱 끈어 뽑고, 그 길을 끈어 뽑고, 그 뒤에,

(청중 : 아니 이여송이가 나와 갖고.) (조사자 : 주령, 주령이라 함은 어디 산줄기?) (청중 : 응, 능선, 능선.) 그러죠, 그러죠 산줄기. 묘 묘 줄기를 딱 길을 만들어뿠어.

그래 애기가 [양 팔을 벌려 날개짓을 하면서] 퍼덕이다가 죽어뿌렀어. (조사자 : 그럼 지금 살아계신 그분은, 그분은, 그 죽은 분하고 어떤 관계인가요?) 그 사람하고 행제간, 요 학렬이겠지?

(청중 : 사대손인가 그런가 몰라!) (조사자 : 사대손!) 그 사람허고 행제간인가 돼. 왜그냐며는 그 사람은 아무 못 알아 묵어. 지금 백세가 넘었거든. 실지는 나이로. 몰라.

(조사자 : 근데 막 태어났는데. 겨드랑이에 어떤……,) 날개, (조사자 : 날개가 있었데요?) 날개까지 나오고 그걸, (조사자 : 그건 일제사람들이 어떻게 알았을까?)

인제 주령을, 갸들은 옛날 일본사람들은 그 주령을 우리 산맥 이것을 보고 이거는 뭐이 태어난다 뭐이 태어난다 장수난다 딱 아는 사람들이었거든.

항시 앞섰잖아. 일본이 한 십년 이십년 앞섰잖아, 우리나라하고. 그 주령을 딱 해 갖고 딱 끈어 갖고 길을 만들어 붓어. 아예 딱 짤라 붓어. 그래 갖고, (청중 : 짤라 갖고 길을 짤라, 그 능선을 짤라논께사, 쬐꼼헌께 댕긴께 길이 되뿔지. 당최 그게 길이간디.) 길이 되붓어. 그래 갖고 그 애기가 죽었다는 전설이 있어.

도깨비와 겨루기

자료코드 : 06_04_FOT_20090509_SJH_KHJ_0004
조사장소 : 전라남도 구례군 간전면 양천리 양동마을 박명규댁
조사일시 : 2009.5.9

조 사 자 : 송진한, 서해숙, 이옥희, 편성철, 임세경, 김자현

제 보 자 : 김희주, 남, 62세

구연상황 : 제보자가 도깨비와 씨름한 이야기를 먼저 꺼냈으나 박명규 제보자는 근거가 없는 이야기라며 말하기를 꺼려하자, 다음의 이야기를 간단히 구연했다.

줄 거 리 : 도깨비와 저녁 내내 시름을 한 뒤에 소나무에 메어두었는데, 알고 보니 빗자루였다는 이야기이다.

옛날에 빗지락 하고 저녁내 씨름을 허고 딱 내와서 혁띠로(허리띠로) 묶어서 [끈으로 묶는 시늉을 하면서] 소나무에 메어 놨는디,

(청중 : 그것이 빗지락몽당이라!) 아! 그것이 빗지락몽당이여. 그 이야기 형님 아시죠? 모르요? (청중 : 몰라.) 나는 이 얘기를 듣고 안디! (청중 : 몰라.) 수풍아저씨가 맨날 몇 번 당했데.

동지팥죽의 유래

자료코드 : 06_04_FOT_20090509_SJH_PMG_0001

조사장소 : 전라남도 구례군 간전면 양천리 양동마을 박명규댁

조사일시 : 2009.5.9

조 사 자 : 송진한, 서해숙, 이옥희, 편성철, 임세경, 김자현

제 보 자 : 박명규, 남, 75세

구연상황 : 제보자가 장례에 대해서 설명하는 도중에 과거에는 한밤중에 상여꾼에게 팥죽을 쑤어서 주었다는 이야기를 하면서 자연스럽게 다음의 이야기를 들려주었다.

줄 거 리 : 귀신이 붉은 색을 싫어하므로 팥죽을 쑤어먹었고, 과거에 유고가 있을 때 서로 팥죽 품앗이를 했다는 이야기이다.

자정이 되 다 되어갈라면, (조사자 : 그러죠, 삼경이니까.) 그렇게 놀다 보면 ○○○○ 그렇게 환장을 허고, 그러고 죽을 쑤고 뭐더고 해 갖고 와 갖고 오 간식을 조금 핸단 말이여.

주로 그때 인자 팥죽을 주로 해서 가지고 나온디. (조사자 : 닭죽이 아

니고 팥죽이예요?) 지금인게 닭죽이제, 팥죽이여.

(조사자 : 원래 옛날에 팥죽을 더 많이 쑤어 먹었습니까?) 팥죽을 더 많이 쒀먹은 것이 아니라, 그 팥죽이 붉잖아. 귀신이 붉은 것은 싫어라 헌다고 해서,

잡귀 [손을 좌우로 흔들면서] 침범하지 말라고 해서, 그것도 죽도 원인이여. 그래 갖고 팥죽을 쑤어 먹는거여. (조사자 : 아~! 저는 으레 닭죽을 쑤어 먹은 줄로만 알았거든요.) 요새 세상에 팥도 귀허고 팥이 겁나 엄청 비싸. 팥이! 비싸고 또 쑤기도 힘들고 그러니까. 다 품앗이를 헐 적에,

울 아버지 죽었을 적에 [앞 사람을 가리키면서] 당신이 한 동우 나한테 갔다가 주며는, 당신 집에 먼 유고가 있을 때 내가 한 동우 갚고 그래, 품앗이가 되어 뿌렀어.

대아섯 동우썩(대여섯 동이씩) 허고 그러제. 어떤 집은 남아 자빠지고 막, 또 폴 좋아하는 사람들은, 좋아하는 사람들은 동지죽 그렇게 인자 많이 쑤어 갖고 많이 가져와요. 팥죽이 이유가 있어.

(조사자 : 이유가 있겠네요.) 내가 말헌게 바로 이유여. 세상에 온갖 제사를 다 지내놓으면서 온갖 메(제사상에 올린 밥) 진지 차려놓고 반찬 걸게 해서(푸짐하게 장만하다) 그러지마는, 정월 초하룻날 ○○○○○ 그 떡국을 먹는다 그 말이여. 그 깨끗한 백미를 가지고서 청결한 의미에서 떡국을 먹었는디.

(조사자 : 청결한 의미에서요?) 청결한 의미에서, 내 [자신을 가리키면서] 내 생각이여. [자신의 생각임을 강조한다.] 근데 동지에는 팥죽을 쑤어 먹잖아.

그 팥죽이 뭐이냐면 잡귀, 뭐 다 [모든 것을 뜻하듯 원을 크게 그리면서] 금년의, 금년의 해운이 마지막 다 가는, 혹은 저 저 석양 저물 무렵의 해로 말허자면, 그래서 그때에 팥죽을 쒀서 ○○새앙 ○○○○○○ 팥죽 요놈 먹고 물러가라고, 신년을 맞으헐려고 다듬는 시간, 원체 얘기로는.

근데 동두철액이가 죽었다, 동두철액이. [머리에 손을 얹으면서] 시방은. (조사자 : 동두철이요?) 철액! (조사자 : 동두철액!) 잉. 대가리는, 구리, 구리고 잉. 동두~철액. [머리에 얹은 손을 내려 몸을 가리키면서] 나머지 몸뚱이는 쇠로 딱 되어 갖고 죽었어. 세상에.

근디 만고에 재앙을 저질러 갔고 농사를 지을 수가 없어. 흉년이 들어싸서 문복쟁이 헌티, 문복쟁이 헌테 가서 물어보니까,

"거 동지제를 지내라, 팥죽을 쑤어서 지내면 우순풍요해서 농사도 짓고 평화로울 거이다."

그래 가지고 그래서 동지죽을 쑤어먹기 시작했지. 날짜를 잘 알지 모르고, 그래 가지고 내가 아는 소리만 허는 거야. 일 일년에 지내가면 24절소에 동지라는 절차가 하나 있단 말이여. 이 동지하고 하지가 참 맹랄한 식이라. 여름에 하지가 되면 지기(地氣)가 하강하고 동지면 지기가 상승을 해.

동지 전에는 그 냉수가 폭폭 쏫는 곳에 가면 차가워서 못지내는디, 동지가 지나면 냉수로 변해버려 따순물이 나왔던 거시. 그런데 여름에 하지가 넘으며는 역시 마찬가지여. 그래서 오행을 허다보면 동지허고 하지가 엄격한 분리가 돼서 나오지.

강감찬의 신통력

자료코드 : 06_04_FOT_20090509_SJH_PMG_0002
조사장소 : 전라남도 구례군 간전면 양천리 양동마을 박명규댁
조사일시 : 2009.5.9
조 사 자 : 송진한, 서해숙, 이옥희, 편성철, 임세경, 김자현
제 보 자 : 박명규, 남, 75세
구연상황 : 앞서 제보자가 상여 소리를 한 뒤, 조사자가 잠시 강감찬에 대한 이야기를 묻자 곧바로 다음의 이야기를 들려주었다.

줄 거 리 : 강감찬으로 인해 동해의 물살이 조용해졌고, 백운천에 모기가 없다는 이야기
이다.

강감찬이 저 저 신월리 잔수라고 그러지. 물쌀이 되게 심허니 동헌에서
자는디. 하도 시끄러워 잠을 못잔게,

"아니 저 먼 소리냐?"

그래 갖고 강감찬이가 그랬다고 해. [왼쪽을 가리키면서] 요 밑에 가면
백운천이란디 모기가 없어. 모기가 없는디, 그 강감찬이가 지나가면서 모
구가 달라 들어서, 모구를 없애 부렀다 그래서 모기가 없다 그러거든 여
그 백운에 가며는. 그런 절차는 있어.

최고운 선생의 출생과 신통력

자료코드 : 06_04_FOT_20090509_SJH_PMG_0003
조사장소 : 전라남도 구례군 간전면 양천리 양동마을 박명규댁
조사일시 : 2009.5.9
조 사 자 : 송진한, 서해숙, 이옥희, 편성철, 임세경, 김자현
제 보 자 : 박명규, 남, 75세
구연상황 : 제보자가 최고운 이야기를 구연하던 중, 집안에 있던 부인이 병원에 간다고
나오자 잠시 이야기가 중단되었다. 이후 부인이 나가자 제보자는 이야기가 잠
시 끊겨도 자연스럽게 이야기를 이어갔다.
줄 거 리 : 최고운은 금돼지 아들로 바다 한가운데에서 공부를 하니 나라에서 영특함을
알고 데려갔다. 중국에서 이를 알고 최고운을 불러 여러 시험을 냈으나 모두
통과하였다는 이야기이다.

에~ 유림에서 우리가 생각하기에 동서문허고 공자님 사당 아 요 행교
에를 가며는, 제일 위주가 대성지성문성왕(大成至聖文宣王)이라고 공자님
모시고, 그 이하에, 다 잘 알지 머.(조사자 모두 향교에 모셔진 위패에 대
해 안다라는 뜻)

사성이라 해서, 에 안유 안향(安珦) 모시고, 그 아래 48현이 있거든, 48현이 24현씩 4현이 4현이 있는디로 해서 동문서문으로 바꼈다 말이여. 동문으로 가서 24인 서문으로 가서 24인 그 속에 최고운 선생님이 들어가 계신다 그 말이여.

그런디 에 그 행교의 유림이 그냥 뭐헌고 헌고 성현군자 그러거든, 보통 말허거든, 정현(旌顯)으로 그러든 안허고, 성현(聖賢)이라고, 성현이란 양반이 좋은 양반이라 허고 현인에 가찹다(가깝다) 글허고, 재상공명(宰相功名)은 대장부라고 그라고, 재무를 나눌 적에 세무를 [바람소리에 말소리가 안들림] 대장부가 분명헌디,

"어이 자네는 양 뭐헌께 하나만 가져 가소, 내가 두 개 주소."

근데 반나 준 거지만 하나 준거지만 그래 그러면 이거이 역도가 되버려. 현인이 되고 싶어도 되덜 못헌거이, 그게 현인인디. 그 문선왕이……, 현인으로 48현이 48현에 24현인디. 세상에 보통 말허기를 양반상놈이라! 지금은 그거이 없어 반상이 없어졌는디,

옛날부터 양반 상놈이라 헐 적에 어쩌면 양반이냐? 이렇게 물었을 적에 나머지 보통의 사람은 지(본인) 행동이 얌전해야 양반을 [숨 고른 후] 대접을 받는 걸로 생각을 허지마는, 동문은 문관 계통이고 서문은 무관계통이어, 문무를 겸비해야 양반이 되는 거여, 근데 벼슬줄이 짱짱헌 사람들이 되거든.

[종이를 한 장 달라고 하여 동문과 서문에 관하여 '동쪽은 문관, 서쪽은 무관'이라고 글을 쓴다.] (청중 : 한글이 아닌 한문이 모다 나옵니다. 허허. [웃음])

요 사람이 지금, [바람소리가 심하여 목소리가 잘 들리지 않는다.] 통만고 이래로 대성지성문성왕이라고 해서 공자님 혼자 성인이지 여기 이 외아 사람들은 성인허고 같은 양반이라도 성인이란 소리는 못허거든.

사성은 사성이로데 요 양반 밑에 만큼 온다 그 말이여. 그러믄 그 밑에

가서, [다시 종이에 글씨를 쓴다.] 동서 여가 이십, 아 사십팔현이여. 사십 팔현이여 근디 여그는 문관이 급제를 헌 사람이거든. 여그는 [문관 반대편에 글씨를 쓰면서] 무관에 급제헌 사람이여.

요 양반도 양반 속에 들어가고, 요 양반도 양반 속에 들어가지만, 그래도 문관을 본 자식이 무관을 많이 안시켜. 응, 문관에 들어간 양반이 최고운선생. [다시 종이에 글을 적기 시작한다.] (조사자 : 예, 최고운이요.) (청중 : 쓰면서 혀요. 글을 쓰면서.)

최고운 선생이 문관에서 속한 양반이거든. 이 양반이 사람이 안 낳다 그러거든. 어디 야사에 보면 금돼아지 아들이라고 그렇게 말이 나와 갖고 있어. 즈그 아버지가 없어. 역사가 없어.

근디 요 양반이 저[길게] 바다 가운데서 인자 태어나 가지고 바다 가운데서 독서를 허고 글을 배우고 있는 과정에, 하도 글소리가 처량해 갖고 천상에 까정 다 올라가고 그랬단 말이여. 그래 가지고,

"누구 관래에(관내에)!"

옥황상제가,

"누구 관래에 어떤 분이 계시간디 이런 서예를 요렇게 잘허냐?"

그리 물으니까 최치원 선생을 애길 했다. 여기 이름이, 이름이 최치원이거든 호가 고운인디. 근데 국가에서 데려다가 중국에서 그걸 알고,

"느그 나라에 최치원이란 사람이 있느냐?"

"예 있습니다."

에 그때 세상에는 [잠시 쉬며] 중국을 우두머리라고 거가 천자국이고 우리는 제후국 밖에 안돼! 제후국은 평상 거그서 명령을 내리면 따를 수밖에 없는 제후국에 그런 운명이 있다고 근께.

거그서 잡아 자칠라고 그런께, 최고운 선생을 불렀다 그 말이여. 그런디 부르는디 어쩔 수 없이 가야헌다 그 말이여. 그리고 인자 지금으로 말허면 미국허고 똑같지이! [동의를 구하듯이]

아 그래서 [잠시 뜸들이고] 가는, 간다. 미국서 부르니께 가야헌디,

"느그 나라에 그런 명문 선비가 있다고 헌디, 우리가 좀 알아야 것다. 좀 보내라."

그래가 그 나라에서 원이,

"무엇을 원하느냐?"

가면 죽어, 죽어올지 살아올지 몰라.

"무엇을 원하느냐?"

"나 다섯짜 관, 관만 하나 맨들어 주쇼."

나라에서, 그래서 관 맨드는 거 뭐 그 다섯짜 그 거 뭐 맨들기가 힘들 것어. 다섯짜라 해봐야 따악 맨들어서 중국에를 들어간께, 아 관문을 들어갈려는데 관이 걸려서 못들어 간다 그 말이여. 그렇지마는 인자 천자국에서 제후국 신하가 오는디,

"아 여그 관이 걸려서 못 들어간디 문을 뜯어 고쳐라." 허고 중국문을 뜯어 고쳤잖어 그 최고운 땜에. (청중 : 그만큼 끝발이 좋았그만. [웃음])

응, 그래 인자 들어가서 이렇게 이제 기껏해야 선비는 선비 얘기허고 헐꺼인디. 중국서 무엇을 원허냐마는 아! 쌔까만 하나 갖다 놓고 말이여, 돌 함을 하나 갖다놓고 이걸 알아오라고 헌디 속에 든 걸 알 수가 없다 그 말이여, 그래서 고운 선생을 불러서 댔어.

"너 이거 ○○ 좀 봐라. 요거 지금 내일은 알아야 것다."

그런께. 한~참 서광을 비춰 갖고 본께, 하늘에서 내린 모양이여. 서광을 비춰 갖고 요리 본께 속에가 계란을 하나씩 있더레야. 계란 하나 넣어 놓고 [잠시 생각하다가] 인자 거가 글씨를 쓰는 것이, [종이에 글을 쓴다.]

(청중 : 이걸 쓴다는 것은 이해를 헌다는 것이지요, 허허참! [대단하다는 듯])

반함 반옥 반단석 주물은 한마디로 돌 속에 든 물건은 반은 옥이고 반은 황금이라 백옥이란 것은, (團團石中物 半玉半黃金) (조사자 : 흰자!) 노

란 것이 황금이라 반옥반황금이라 그래. [그 다음 문구를 쓴다.]

야야시시조헌디(夜夜知時鳥), (청중 : 요건 쓰덜 못해(조사자가 수첩에 쓰려하니) 갖고 가야해.(제보자가 쓴 글을)) 함정미토음(含情未吐音)이라, 딱 이게 최고운 선생 글이여. 이게, (조사자 : 아 예. 그래가지구요?)

아 그래서 대장이 참말이야? 거짓말이야? 함서 쇠깡구로 뚜드러 깬게, (청중 : 계란 노른자만 나와! [웃음]) 아 틀림없이 그 맨든 놈은, 맨든 양반은 계란을 넣어서 맨들었거든. 계란을 넣어서 맨들어서 석함에 넣었는디, 거그서 일었어. 일어 갖고 뻥아리가 되었어. 그래서 그거이 나온거야.

넣을 때는 생계란을 넣었는디, 어쩌서 반옥반황금이냐는 맞어. 단단석중물은 반옥반황금이라 근디 단단석중물은 반옥반황금이라는 맞는디, 야야시시존디, 밤마다 때를 알고 우는 샌디, 함정미토음이라 아직 크들 못허 갖고 삐약삐약 허고는 병아리를 까졌다. 그런 것이 고담이여. 인자 최고운 선생 것이여.

(조사자 : 한학을 아시니까 저것도 인용을 하셔 가지고. [감탄하듯이] 어르신 최고운이 금돼지에게서 태어났다고 하셨는데, 그 얘기는 어떤 얘깁니까?)

야사에서 그렇게 나왔단게, 뭐 어떻게 뭐 큰 바위가 한나(하나) 있는디. 내가 본 기억으로는 그만, 저녁이면 사람들이 꼭 하나썩 인물이 없어져서, 금돼아지가 즈그 어머니를 끌어 내 갖고,

딱 달아 매났더니 그 그 명주실 끈을 모으고 찾아 갖고, 돌문이, 석문이 있는디, 석문을 깨고 인자 거가 금돼아지가 살고 있더라 허고, 그 금돼아지허고 최고운 선생 즈그 어머니허고 잠을 자 갖고 고운 선생 태어났더라 그렇게 되야 있더만. 야사라.

축지법을 쓴 유풍천

자료코드 : 06_04_FOT_20090509_SJH_PMG_0004
조사장소 : 전라남도 구례군 간전면 양천리 양동마을 박명규댁
조사일시 : 2009.5.9
조 사 자 : 송진한, 서해숙, 이옥희, 편성철, 임세경, 김자현
제 보 자 : 박명규, 남, 75세
구연상황 : 김희주 제보자가 유풍천 이야기를 해줄 것을 권하자 제보자가 다음의 이야기
　　　　　를 구연했다.
줄 거 리 : 유풍천이 백 칸의 집을 지을 수 있는 능력이 있었으나 역적으로 몰리는 것을
　　　　　우려해 아흔 아홉 칸을 지었으며 평소 축지법을 썼다는 이야기이다.

　유풍천이? 유풍천이가, (청중 : 옛날 토지이~) 아흔 아홉칸이 무담이 아
흔 아홉칸이여(이유가 없이 아흔 아홉칸이 아니다.).

　한 칸을 지으면 백 칸이 되는디. 백칸을 짓게 되았는디, 백칸을 지으면
국적(역적), 국적으로 몰리게 되았고 있어. 그래서 아흔 아홉칸을 맨들아
놓은 거이여.

　그러고 돈은 뭐시기가 내고 재주는, [잠시 생각하다가] 곰은 아니 저
저 재주는 곰이 부리고 뭐 뭐은 어쩐다 그러고, 그 유풍천이가 돈 덴다는
사람이 따로 있어 또. 그러고 다 했는디.

　유풍천이가 뭐 축지법을 했거든. 대축은 칠보요, (청중 : 옛날에는 서울
도 왔다갔다 했어.) 대축(소축을 잘 못 말함)은 칠보요, 중축은 칠마정이
저 저 칠마정이고, 대축은 칠십리여. 한발때죽이(사람이 한번 발을 뗀 보
폭). (조사자 : 대축은 칠십리이고!)

　중축은 칠보, 저 칠마정이고. (조사자 : 칠마정이고, 그 다음에 소축은?)

　칠보! 근디 대축은 허다가 저가 강이냐? 뭐이냐? 허고 잘 못 짚어 가지
고 강에 빠져 죽어버린 수가 많다마.

　칠십리 헌께로 한발때중이, 한발때중이, 이건 칠보, 칠마정, 칠십리, [종
이에 소축, 중축, 대축을 적고 그 글자를 가리키면서] 이 칠십리를 찢어

불며는 그 것이 강인지 어딘지를 모르고 물에 빠져 죽어뿐 사람이 많다는 그런 말이 있어요. (조사자 : 많이 있어요.) [웃음]

유풍천 집안 묘자리 잡아 준 호랑이

자료코드 : 06_04_FOT_20090509_SJH_PMG_0005
조사장소 : 전라남도 구례군 간전면 양천리 양동마을 박명규댁
조사일시 : 2009.5.9
조 사 자 : 송진한, 서해숙, 이옥희, 편성철, 임세경, 김자현
제 보 자 : 박명규, 남, 75세
구연상황 : 제보자는 총기가 좋고 언변이 뛰어나 '축지법을 쓴 유풍천' 이야기에 바로 이어서 다음의 이야기를 구연했다.
줄 거 리 : 유풍천이 남원 밤티재를 가는 도중에 목에 먹이가 걸려 곧 죽을 것 같은 호랑이를 구해주자 호랑이가 답례로 그에게 묘자리를 잡아주었다는 이야기이다.

인자 호랑이 잡는 이유는 서울을 왔다갔다 허는고인디. 남원의 밤티재 몰라? 거그를 그니까 범이 눈을 쭉쭉 흘리고 있어. 그래서,

"너 왜 그러느냐?"

그러니까 입을 딱 딱 벌려. 글안허면 시원찮은 사람같으며는 호랭이가 잡아먹을까 싶어서 그 범치도(가까이 가지도) 못헐 거인디. 폴뚝을 [팔뚝 소매를 걷으면서] 딱딱 벌려 가지고 이렇, 목구녕에 손을 푹~ 넣으니까, 이쁜 각시 하나 잡아먹어서 대가리가 목구녕에 걸려 갖고 그 놈이(각시머리가) 내려가도 안허고, 눈물을 출출 흘리고 있어.

그래서 그걸 끄내줬어. 그랬더니 살았다고 기어이 가는 길을, 유풍천 가는 길을 앞을 막고 요리 막고 저리 막고,

"타라."

그거이 인자, 그걸 타고 난께. 유풍천이 묘가 어디 있는지도 몰라. 그러면서 땅을 딱딱 글그면서(긁으면서),

"난중에 여기 와서 묘써라."

[한 방향을 가리키면서] 유풍천이가 범이를 봤다 그러더라. (조사자 : 아 그렇습니까?) 어, 그런 전설은 있어. (청중 : 그럼 호랑이 가죽을 잡아 갔고 와서,) 아 그래 갖고 어쩐는고 몰라 잡았 갖고는, (청중 : 가죽을 앞에 걸어놨다는 거그가(이야기가) 있었어.)

응, 그런 전설이 있는곤께. 호랭이, 즈그 방 문 앞에, 아니 대문 앞에 가면 여 여자안앉어(위에 걸어놓았어.). (청중 : 그때 호랭이를 잡아 갔고 거그다 걸어놨다!) 몰라 그 갈래가 여러 갈래길래.

내가 듣기로는 그걸로 끝났어(묘자리 잡아준 호랑이와 유풍천 집 대문에 걸린 호랑이 가죽과는 무관함을 말하고 있다.). (조사자 : 그래 그래 가지고 호랑이가 묘자리를 잡아줬다구요!) 응.

지리산이 귀양 간 이유

자료코드 : 06_04_FOT_20090509_SJH_PMG_0006
조사장소 : 전라남도 구례군 간전면 양천리 양동마을 박명규댁
조사일시 : 2009.5.9
조 사 자 : 송진한, 서해숙, 이옥희, 편성철, 임세경, 김자현
제 보 자 : 박명규, 남, 75세
구연상황 : 지리산에 관한 이야기를 묻자 제보자는 다음의 이야기를 구연했다.
줄 거 리 : 지리산 신령이 불복하자 전라도로 귀양 보내서 경상도 지리산이 아니라 전라도 지리산이 되었다는 이야기이다.

어 조회를 받을 적에 지리산 산신님이 응답을 안해 갖고 두륜산이라고 뭐 뭐라고 그러지?

산신단님이 지리산이라고 배뀐지가(바뀐 지가) 얼마 되질 안아. 두류산이라고 불렀지 아마. 그러지요 잉? [웃음] 요조 요 요, (청중 : 옛날에는

뭐라고 그랬어?)

두류산. (청중 : 두루산?) 두류! (조사자 : 두류산! 음. 근데 회 회의를 소집했는데 참석을 안했다구요?)

불복을 안했어. 다 산신령을 받아서 불복을 받아 갖고 인계를 헐려고 요리 헐려고 허니까, 산신이, 산신령을 모아놓고 다 모아 놓고 굴복을 받아 가지고 명이 그랬지. (조사자 : 누가요?) 저그 천상에서 그랬것지. (조사자 : 천상에서~)

응 신령이. 그러니까 그 지리산 산신령이 응답을 안허 갖고 귀양을 보낸다고 해서, 그 지금 전라도 지리산이라고 그러지 지금?! 경상도 지리산인디, 전라도 지리산으로. (청중 : 원래는 전라도 지리산인디, 경상도에서 쓱 뺏어 묵어부렀지. [웃음])

상봉이지. 경상도 지리산인디, 경상도 지리산이 맞아. 근디 지금은 호가 전라도 지리산이라 그런단 말이여. (조사자 : 삼도에 지리산인데 전라도 지리산이 됐다구요?)

응. 근데 지금 전라도 지리산이라고 그런께. 응 평 평을 헌다 그 말이여. 그 상봉도 지금 지리산 저 경상도가 있고, 분명히 경상도 지리산이 맞는디. 전라도 지리산이라고 해 지금. 그래 산신령이 위령(威靈)을 바까뿐다고 해 갖고. (청중 : 구례 천왕봉 아니여? 구례?)

구례 천왕봉이 무슨 상봉이여, 상봉이. 쩌그 저 함양 산천 뒤로 해서 ○○○ 거그가 상봉이지.

중국 여자의 천생연분 찾기

자료코드 : 06_04_FOT_20090509_SJH_PMG_0007
조사장소 : 전라남도 구례군 간전면 양천리 양동마을 박명규댁
조사일시 : 2009.5.9

조 사 자 : 송진한, 서해숙, 이옥희, 편성철, 임세경, 김자현
제 보 자 : 박명규, 남, 75세
구연상황 : 지리산이 귀향 간 이유에 관한 이야기에 이어서 우스갯소리라며 다음의 이야
　　　　　기를 구연했다.
줄 거 리 : 중국 사람의 딸이 특이한 신체를 가지고 있어서 시집을 가지 못하자 우리나
　　　　　라에 와서 그에 맞는 짝을 구했다는 이야기이다.

　중국에 따님이 여자라하믄 밑에 하체 부분에, 에 애기 낳는 구녕은 하
나 뿐은 없어야 한디(하나만 있어야 하는데), 두 개가 되아 갖고 고민을
많이 해 갖고. 어떤 풍수를 여,

　"저그 작은 집인께. 지, [잠깐 멈추고] 한국을 나가봐라."

　한국을 나가본께, 참~질을(참길을) ○○○ 아! 능선을 타고 인자, 요리
니려올라 그러니까, 줄을 타고 내려가서 거가 쌍봉이 있어서,

　"요기를 가며는 그런 자를 찾것다. 이런 사람을 만나것다."

　싶어서 아 거그를 도트고 내려오는디, 얼매나 없이 살았던고 [숨 고른
후] 즈그 어머니 묘를, 즈그 어머니가 죽어서 즈그 묘를, 즈그 어머니를
짊어지고 가서 뫼똥을 써놓고 그냥 오뉴월 염천(炎天)이 든거지,

　되게 든(깊은) 꼬랑에 가서 목욕을 허고 목욕을 허고 있으니까 자지가
[손가락 하나를 피면서] 하나 더 생게. [모두 웃음] 그래 갖고 되게 막 대
성통곡을 허고 울고 있는디, 그 답사를 허는 사람들이 와서,

　"너 왜 울고 있느냐?"

　"그것이 아니라. 내가 아조 기구망측허게 살아서, 우리 어머니가 죽어
서 내가 지사허로(제사하러) 온다. 나 혼자서 와서, 지고 와서 아니 묘를
써놓고 와서 목욕을 헐라니까 낭신이 하나 더 생기요."

　"응. 됐다!"

　짊어지라 허고. [한쪽을 가리키면서] 저 중국에 뭐이냐? 금지발복자리,
중국에 저 저 옹서(翁婿)라 그러제? 사우를. (조사자 : 용서요?) 옹서. (조사

자 : 옹서!)

늙은이 옹(翁)자 써서, 사우 서(婿)자 그래 갖고 옹서라 그럴거여. 여그서는 옹서라 안허고 쟁인허고 어 사우허고를 부를 적에 옹서간이라 허는디.

그 중국의 옹서를 맞았다, 그런 전설은 있지. 그거 야담이지, 어디 그런 디가 어디가 그런 디가 있어. (청중 : 참말 전설이구만.) 아 이거 인자 참말로 있는가 보다 허면서 기록된 나한테 있는 책에서 봐 보면, 양자발복 자리도 있고 등등. 내가 안해 봐서 몰라.

성삼문 탄생담

자료코드 : 06_04_FOT_20090509_SJH_PMG_0008
조사장소 : 전라남도 구례군 간전면 양천리 양동마을 박명규댁
조사일시 : 2009.5.9
조 사 자 : 송진한, 서해숙, 이옥희, 편성철, 임세경, 김자현
제 보 자 : 박명규, 남, 75세
구연상황 : 조사자가 박문수에 관한 이야기를 묻자, 그런 이야기는 모르지만 대신 성삼문에 대해서는 안다고 하면서 다음의 이야기를 시작했다.
줄 거 리 : 어머니가 성삼문을 낳을 무렵에 선몽을 통해 하늘에 세 번을 물었는데, 첫 번째 물었을 때 아이를 낳았다면 천하의 문장이 되었을 것이고, 두 번째 물었을 때 낳았다면 중국의 문장이 되었을 것이다. 그러나 세 번째 물어서 아이를 낳으므로 조선의 문장이 되었다는 이야기이다.

성삼문의 유래는 내막은 모르고 물어보믄 알 수가 없지마는, 성삼문! 사육신의 성삼문! (청중 : 성산문. 토지 저그 저 성산문이 있잖아요. 저!) 아니 그 성산문이 아니라. (청중 : 그거 말고?) 응. (청중 : 하사야 하사. 하사 맞아, 하사 맞아.)

사육신에, 에 저 자네도 역사 배운 것이 있어. 사육신에 성삼문이 들어

있잖아. 근디 거그가 박팽년이도 우리 같이 동료로서. 우리 집안인디 박팽년. 이 그 손들이 다 번성을 해왔는디, 박팽년이만 번성했어. 박팽년이 우리 할아버지로 저 저 15대조로 인가 몰라. 근디 그 할아버지는 애기를 바깥에 갖다 주었어.

삼족을 멸했거든 그때는. 그래 가지고. (조사자 : 그래서 본손이 있군요.) 응. 박팽년 후손만 생손이 있어. (조사자 : 그럼 어르신은 지금 박팽년 후손이신거네요. 십~ 십~) 아니! 나 나는 방손이라, 그 과정이 또 달라. (조사자 : 어르신~) [질문 과정에 바로 성삼문에 대한 이야기가 이어진다.]

그 성삼문이 어째서 성삼문이냐 허며는, 하늘에서 세 번 와서 물어 와 갔고 낳았거든. 하늘에서,

"애기 나났냐?"

안 났다고 그런께,

"허허 그 참, 천하 문장이 될 것을~"

그러고 말허는디. 또 밤중에 와서.

"애기 나났냐?" 허고 그런께,

"아직 안낳았다."

그런께,

"허허 그 참, 중국 문장 될 것을~"

그 인자 그 다음에 마지막에 '한국 문장'이 되었어. (조사자 : 아! 제일 처음에는 어디?) 천하 문장! (조사자 : 천 천하 천! 하! 문장 세계에서 가장 뛰어난 문장가!

두 번째는 중국 문장가, 세 번째는 한국 문장가!!) 어. 그래서 인자 마지막에는 한국 문장 됐거든. 성삼문이도 외국 가서 그 ○○○ 아주 유명한 것이 많거든. (조사자 : 응. 근데 누구한테 물어봤데요? 엄마한테?) 누가? (조사자 : 그 집에서?) 아니, [하늘을 가리키며] 천상에서 혼령이, 이 ○○서,

"이 집에 애기 낳았냐?"고 이렇게 물었어. 혼령이 그런께, 밑에 울령이, "아직 산고 안들었습니다." (청중 : 꿈에, 꿈에.)

그때는 꿈인지, (청중 : 선몽, 선몽.) 사람인지 뭐인지 알아? 인자! 그런께 석 삼(三)자 물을 문(問)자거든, 세 번 물어서 낳았다.

바위를 들어 올린 유장사

자료코드 : 06_04_FOT_20090509_SJH_PMG_0009
조사장소 : 전라남도 구례군 간전면 양천리 양동마을 박명규댁
조사일시 : 2009.5.9
조 사 자 : 송진한, 서해숙, 이옥희, 편성철, 임세경, 김자현
제 보 자 : 박명규, 남, 75세
구연상황 : 앞서 김희주 제보자가 바위를 들어올린 아기장수 이야기에 대해 조사자가 다시 묻자 제보자는 유장사 이야기라면서 다음의 이야기를 시작했다.
줄 거 리 : 일본사람이 장수를 잡으려고 했으나 큰 바위를 들어 올려 잡지 못했다는 이야기이다.

여가 큰 바우가 하나 있었어. 바우가 하나 있었는디. 요리 [양 팔을 벌려 바위 크기를 재듯이] 넙쩍허니 그랬던 모양이지. 암반석걷치(암반석같이). 그래서 해 갖고(그렇게) 있는디, 근디 미국놈들이 그놈을 잡을라고,

(조사자 : 중국 아니 일본놈들이?) 응, 일본놈들이. 중국놈들이 그랬는가도 몰라. 잡을라고 그랬는디, 그 장사가 유장사가 요놈을 [바위를 들고 머리 위에 얹는 시늉을 하며] 딱 둘러쳐서 요래 앉아 있으니께, 그 우로 서서, 올라와서 서서,

"아! 요 자식이 방금 요그 어디가 있었는디. 못찾것다." 허고 가뿐디 그게 이 나왔다 그런 말이 있어. (조사자 : 아 그 사람하고 그 사람이 같은 사람이예요? 그러면? 지금? 유풍천이 유풍천 이야기?)

아니, 아니. 거기하고 거리가 멀어!

귀신 퇴치 방법

자료코드 : 06_04_FOT_20090509_SJH_PMG_0010
조사장소 : 전라남도 구례군 간전면 양천리 양동마을 박명규댁
조사일시 : 2009.5.9
조 사 자 : 송진한, 서해숙, 이옥희, 편성철, 임세경, 김자현
제 보 자 : 박명규, 남, 75세
구연상황 : 조사자가 저승사자와 관련된 이야기를 묻자 제보자는 단호하게 "몰라"라고
　　　　　대답했다. 그러나 김희주가 귀신과 관련된 이야기를 하자 귀신을 퇴치하는 방
　　　　　법이라며 다음의 이야기를 구연했다.
줄 거 리 : 밤에 어두운 길을 갈 때 엄지손가락을 넣어 주먹을 쥔 채 남자는 왼손을, 여
　　　　　자는 오른손을 가슴에 대고 가면 귀신이 무슨 재주를 숨기고 있는 것으로 알
　　　　　고 범접하지 못한다는 이야기이다.

　(청중 : 가만히 내말 들어보쇼. 알다시피 옛날 내가 고학을 알기 때문에,
딱 고학을 한문을 외면 귀신이 요리 와,)

　여까지[안과 밖의 경계를 손으로 가리키며] 와, 여까지 와 갖고 요리
들어와. 그리고 또 뭐슬 또 중얼중얼 허며는 나가란 것을 또 주문을 허며
는 나가, 귀신이. 그렇게 까지 알아요. 형님이. 축귀문을 읽으면 귀신이
도망간다 그런 거제. (청중 : 어 귀신까지 들어 와 갖고 귀신까지 쫓아.)
쫓으지, 귀신까지 쫓아.

　(조사자 : 어르신 축귀문 한번만 해주세요. 혹시 외울지 아세요? 축귀
문?) 추귀문? (조사자 : 아니. 귀신 쫓는 그 축귀, 그……) ○○거 그런거.
그거 적어놓은 것도 있어 그거시, 지금은 다 잊어부러서 몰라. (조사자 :
다 잊어버렸어요?)

　예. 여기 어디 적어 놓은 거시 있을거요. (조사자 : 책으로 외우는거 말
고, 책으로 읽는 거 말고. 간혹 이렇게 외우는 분도 있더만요.) 많이 읽어
서 다 외웠어. 그런거 다 외우고 댕겼어. 그런거 다 잊어뿌러서 몰라.

　(청중 : 나이가 있은께 다 잊었제.)

(조사자 : 지금은 그럼 캄캄한데 으슥으슥 한데 가면 어떻게 해요?)

오! 그거야 내 중심을, 질은(길은) 무섭고. 아! 중심을, 갈라면 [주먹을 쥐면서] 주먹을 엄지손구락을 딱 넣고, 남자는 왼손, 여자는 오른손, 가심에 딱 데고 가면, 천하 없는 귀신이 앞에 와서 얼른 지나가도 여그를 침범을 못하거든.

'저 손 속에는 무슨 재주가 들어있는지 모르고?'

모르거든. (청중 : 어떻게 요롷게? 남자? 남자는 오른손?) 남자는 왼손! (청중 : 남자는 왼손! 그래 갖고 어디로?) (조사자 : 여자는 오른손?) 응. (청중 : 가슴에?)

그래 갖고 걸어가 ○○○ 오행육갑이 오만 별 법을 다 해놨거든. (청중 : 그럼 뭐라고 인자 주문을 외워?) 안 외워. '아! 저 속에는 무슨 재주가 들어 있는지 모른다.' 싶어서 침범을 못허는 거여. 그래 그렇다고 해.

지금도 마음이 시르란 데가 있다거나, 아까 내가 삼우 얘기를 했제. 그럼 [이렇게 엄지손가락을 넣은 주먹을 가슴에 데면] 혼심이 든든허니 ○○○○와.

'저 혼심 속에 주먹 속에 무슨 재주가 들었냐?'

감히 침범을 못해.

덕으로 백성을 다스린 문왕

자료코드 : 06_04_FOT_20090509_SJH_PMG_0011
조사장소 : 전라남도 구례군 간전면 양천리 양동마을 박명규댁
조사일시 : 2009.5.9
조 사 자 : 송진한, 서해숙, 이옥희, 편성철, 임세경, 김자현
제 보 자 : 박명규, 남, 75세
구연상황 : 제보자가 젊었을 적에 한학을 공부하던 이야기를 하다가 다음의 이야기를 구연했다.

줄 거 리 : 중국 문왕이 치민지정으로 백성을 다스렸으며, 실제 도둑이 들어도 빠져나가
지를 못했다는 이야기이다.

요순우탕(堯舜禹湯) 문무주공(文武周公) 헐 때, 문왕(文王)이 치민지정(治民至情)헐 때에, 응. 인제 임금인께. 치민지정을 헐 때에 서백(西伯)이라고 그러거든 문왕을.

응 그때 서쪽방향 임금인갑지?! 그니께, 에 [목을 가다듬고] 서쪽에 그 못(맏) 백(伯)자가 어른 백자여, 서쪽의 어른이라. 그래 서백이라. 그 양반이 치민지정을 헐 적에는 도둑놈이 없어, 어째서 그러느냐. 저,

"너그 논에 나락이 참 좋다."

그 말이여. 또 요집에 어떤 거이 또 욕심이 나는 것이 있어. 그놈을 딱 와서 짊어지고 저녁내~ 돌아가, 그래봐야 저녁내[길게] 그 자리에서만 있다가, 날이 세뿔고 내뿔고 간다 그 말이여.

저 도둑놈이! 서백이라고 허는, 문왕 치민지정은 그렇게 했다는 소리가 있어. (조사자 : 음, 그럼 도둑놈이 못가고 계속 그 자리에만 돌았다는 그런 이야기, 왜 그랬어요?)

아 그러니까 문왕의 힘으로 그랬지. 응. 그래 서백이라고 그래서 문왕이여.

아버지가 죽이려는 순임금

자료코드 : 06_04_FOT_20090509_SJH_PMG_0012
조사장소 : 전라남도 구례군 간전면 양천리 양동마을 박명규댁
조사일시 : 2009.5.9
조 사 자 : 송진한, 서해숙, 이옥희, 편성철, 임세경, 김자현
제 보 자 : 박명규, 남, 75세
구연상황 : 앞서 중국 문왕 이야기에 이어서 다음의 이야기를 구연했다.
줄 거 리 : 순임금이 어릴 적에 아버지가 우물에 들어가라 하고서 뚜껑을 덮고, 높은 데

올라가라 하고서 불을 붙이는 등 죽이려 했다. 그러나 순임금은 성장해서 그런 부모에게 효를 다했다는 이야기이다.

저 요순우탕(堯舜禹湯)이라고 허는디, 요임금 ○○○, [발음이 흘려 잘 들리지 않음] 순임금 ○○○랑은 들어 있거든. 순임금이 부완모슨(부완모은(父頑母嚚))이라고 해 갖고, 어버지는, 아버지를 ○○려고, 부! 완! 모! 슨! 어머니는 또 모른척을 해 갖고, 그걸 자기가 낳아 놓은 새끼를 잡아 죽일라고 발광을 하네요 ○○.

"저 집은(깊은) 새미로 들어가라."고 허고 뚜껑을 덮어뿔고,

"높은데 올라가라."고 해놓고 불을 데뿔고(불을 붙이고),

"높은데 올라가라." 허면은 삿갓을 하나 가지고 올라가, 그래 갖고 난중에,

"뭐를 가지고 올라가냐?"

"우리 아버지가 요 불을 데불면 날아가야 것다."고 삿갓을 타고 내려왔다는 말이 있고, 새미에 물 떠놓고, 순임금이 부모님이 부완모슨이라고 그렇게 했다.

그러고 아무리 좋게 해도(부모에게 효를 행하였으나) 자기한테 뭐든지를 모르고 애가 터져서 [잠시 숨을 고르면서] 미칠려고 그랬다는 말이 있잖에. (조사자 : 순임금이요?) 예. (청중 : 그 말허자면 그 원님이 순임이(순임금이) 울었다는 것이 무엇을 의미허면서 울었소?)

"아![하소연 하듯이] 어찌 우리아버지는 나를 요렇게 죽일라고 허는고?"

"짚은 물에 들어가라." 해놓고,

"새미에 들어가라." 해놓고 물을 막아 뿔고,

"높은 전망에 집몰랑에(지붕) 올라가라(올라가면)."

뻥뻥 불을 막 데뿔고 허는 원인이 이게 부완모슨이라 그렇게 나와 있

어. 부완모슨이라 그래. 가지고 그랬는디 살아서 치민지정을 또 잘했잖아 그래도. (조사자 : 부완~모슨이 뭡니까? 부! 완! 모! 슨!) 완 완전할 완(完) 자, 완고할 완(頑)자! (청중 : 아니 헐 수 있는 것을 했다 그 말인가?)

이토정과 소금장수

자료코드 : 06_04_FOT_20090509_SJH_PMG_0013
조사장소 : 전라남도 구례군 간전면 양천리 양동마을 박명규댁
조사일시 : 2009.5.9
조 사 자 : 송진한, 서해숙, 이옥희, 편성철, 임세경, 김자현
제 보 자 : 박명규, 남, 75세
구연상황 : 조사자가 소금장수 이야기를 묻자 갑자기 이토정 이야기라 하면서 다음의 이 야기를 구연했다.
줄 거 리 : 맑은 날에 산에서 소금장수가 자고 있기에 이토정이 곧 물이 차오를 것이니 어서 피하라 했으나 듣는 척도 하지 않고 잠을 잤다. 그러나 소금장수는 이미 상황을 예견하고서 소금가마니를 받쳐놓았다는 이야기이다.

아니, 저 백두천문 밝은 날이 아무래도 날이 위태위태해요. 아 그래서 이토정이가 아 [왼쪽을 가리키면서] 저그 저 저 ○○물랑 같은디를 뻑뻑 기어 올라가는디, (조사자 : 무슨 물랑?) 저 산물랑 아래. (청중 : 앞산이요, 앞산.) 천지개벽이 될꺼인께. 올라가고 있으니까, 아 왠 소금장사가 잠을 자고 있어. 그래서,

"아! 여보, 여보." 탁! 탁! [사람을 깨우는 듯이 손으로 바닥을 툭툭 치면서] 아 그 그렇게 죽으면 아깝다 싶어서,

"아! 여보, 여보. 조금 있으면 물이 여그 올 테니까 조금 더 올라가서 누웠던지 그래."

"남의 일에 비나라(배나라) 감나라 비나라, 감나라 비나라." 응. 근다고 화를 벌컥 내서 근께 딱!

"나나 살아야 것다."

올라갔어 이토정이가. ○○○○, 그리고 소금가마니를 바쳐놨는디 딱 물이 어디꺼정 올라왔는고니, 소금가마니 작대기 끄트머리까지 바게 안왔어(소금가마니를 받쳐 둔 작대기 끝에 까지만 물이 찼다.). 그래서 호랭이 잡아먹는 담보가 있단 소리가 어디가 있어.

"더 잘 아는 양반이 계셨구나."

그러고. 이토정이가 그래 안으면(그렇지 않으면) 세상에 아는 줄이라고 사람을 학정(學程)을 많이 시켰을 것인디, 그래서 학정을 못허게 허기 위해서 그런 천상이 나올 수 있단다 그런 전설이 있어.(세상의 이치를 잘 알고 있다고 생각한 이토정에게 더 나은 사람이 있다는 것을 하늘이 소금장수를 통해 알려주었다.)

강태공과 부인

자료코드 : 06_04_FOT_20090509_SJH_PMG_0014
조사장소 : 전라남도 구례군 간전면 양천리 양동마을 박명규댁
조사일시 : 2009.5.9
조 사 자 : 송진한, 서해숙, 이옥희, 편성철, 임세경, 김자현
제 보 자 : 박명규, 남, 75세
구연상황 : 이토정에 관한 이야기에 이어서 강태공에 관한 다음의 이야기를 구연했다.
줄 거 리 : 강태공이 출세하자 도망간 부인이 돌아왔다. 강태공이 물이 담긴 동우를 땅에 쏟은 뒤에 부인에게 물을 다시 담으라 하니 쓸어 담지를 못했다는 이야기이다.

잊어 뿌러서. 몰라. 강태공이, 강태공이가 바늘 없는 낚시대를 가져와 갖고 강물에 띄워놓고 시간 기다린 사람 아니여. (조사자 : 그래 갖고 부인이 도망친 거 아니었습니까?) 갔지. 도망갔다가 다시 강태공이 출세를 헌 이후에 같이 살아보것다고 허니까, 동우를 물을 하나 칠러 오라 그래

가 부서 놓고(물을 한 동우 길러와 땅에 쏟고),

"씰어(쓸어) 담아라." 허니까,

"하나 채워놓으면 데꼬 살마."

그러니까 그게 씰어 담아져?!(물을 담을 수가 없다.) 그거이 다라, 그거이 다라. (조사자 : 그래 가지고 어떻게 됐답니까? 다시 못 담으니까 어떻게 됐답니까?) 아! 그런 사람들이 지조가 그래 갖고, 그 사람이 데꼬 뭐슬 거시기를 허것소. 그만 됐지 인자.

(조사자 : 부인이 죽거나 그러지는 않았고요?) 몰라. 죽었는가? 살았는가? 가서 지 혼자 목 메달아 죽었는가? 독약을 묵고 죽었는가? [모두 웃음] 그때 그 사람이 알지, 내가 어떻게 추상력을 얘기를 못허제.

강태공의 궁팔십 달팔십

자료코드 : 06_04_FOT_20090509_SJH_PMG_0015
조사장소 : 전라남도 구례군 간전면 양천리 양동마을 박명규댁
조사일시 : 2009.5.9
조 사 자 : 송진한, 서해숙, 이옥희, 편성철, 임세경, 김자현
제 보 자 : 박명규, 남, 75세
구연상황 : 앞서 강태공의 부인 이야기를 한 뒤에 또 다른 이야기가 생각난 듯이 다음의 이야기를 구연했다.
줄 거 리 : 강태공이 궁하게 팔십을 살고 영달을 해서 팔십을 살았다는 이야기이다.

강, 강태공이가 궁팔십(窮八十) 달팔십(達八十)이라 했싰제. 그런 소리는 들었제. 궁팔십 달팔십! [목을 가다듬으며 헛기침] (조사자 : 그 말이 뭔 말이예요?)

가난할 궁(窮)자, 궁팔십 달팔십. (조사자 : 달, 달팔십이 뭐예요?) 달은 삼칠일 있다가 영달을 해 갖고 팔십을 살고. 궁허게……, (조사자 : 가난하

게 팔십을 살고?) 응. (조사자 : 궁팔십 달팔십.) 긍께, 궁팔십을 살라면서
시간을 기다리니라고 바닷가에서 낚시를 허면,

"강태공이 왔네."

글안해?! 괴기고 못 낚고 가까이 와서 뽀치고 있는 상태에서 바늘이나
○○○ 괴기 좋은 일허니라고 시간을 기다려, 지루헌께. 시간을 기다려,
강태공이 궁팔십 달팔십이라고. (조사자 : 왜 시간을 그렇게 기다렸데요?)
아! 그거 우리는 몰라서 당신들 ○○○,

"몇 년도에 사시우?"

그러면,

"내가 어찌 알아!"

나도 저 한……

소 달래는 방법

자료코드 : 06_04_FOT_20090509_SJH_PMG_0016
조사장소 : 전라남도 구례군 간전면 양천리 양동마을 박명규댁
조사일시 : 2009.5.9
조 사 자 : 송진한, 서해숙, 이옥희, 편성철, 임세경, 김자현
제 보 자 : 박명규, 남, 75세
구연상황 : 오랜 시간 동안 조사를 이어가다 보니 제보자가 지친 기색이 역력하였다. 그
래서 조사자가 마지막으로 이야기를 청하자 다음의 이야기를 들려주었다.
줄 거 리 : 소가 화날 때 주인의 옷을 소에게 던지면 화가 가라앉는다는 이야기이다.

소가 아무리 요 맹 여 성질이 나 갖고 뛰더래도 주인의 옷만 봐도 안다
는 거여. 그러니 사람이, 사람은 소가 주인을 죽여 뿔 수도 있고 그럴 수
도 있고 숫뿔이 고약헌 놈은,

그때 정 다급허며는 [상의를 잡으면서] 윗도리를 벗어서 휙~ 잡아 떤

져 떤지며는 소가 그걸 보고 쫌 숙어지는 그런 거이 있는디. 그 뭐 저 거 소가 사람을 죽이고 뭐허고 뭐 뭐시 어쩌고 그런 것은 그렇게 죽으란 운명이지 그게 뭐. (청중 : 절~때 소가 사람을 밟고 넘어가질 안해.)

안 넘어가! 돌아가지 넘어가덜 안해. 옷도 벗어던지면 안 넘어가. 아니 안 밟아. (청중 : 인제 전설이지 인자.) 아녀!

(청중 : 내가 하도 다급허니까, 호랑이가 나타났을 때 그것을 방어를 허기 위해서 던진 것이 것제.) [청중의 말에 대답을 하지 않고 제보자가 마이크를 빼라고 했다.]

상여 소리

자료코드 : 06_04_FOS_20090509_SJH_PMG_0001
조사장소 : 전라남도 구례군 간전면 양천리 양동마을 양동마을회관
조사일시 : 2009.5.9
조 사 자 : 송진한, 서해숙, 이옥희, 편성철, 임세경, 김자현
제 보 자 : 박명규, 남, 75세
구연상황 : 설문조사를 통해 박명규 제보자가 상여 소리를 잘 한다는 것을 알고 미리 전
화를 드린 후 찾아가기로 약속하였다. 박명규 제보자는 요즈음은 몸이 건강하
지 않아서 외부출입을 하지 않는데, 학교에서 연구 목적으로 왔기에 만남을
허락하였다고 하였다. 상여 소리를 안 한지는 3년이 되었다고 한다. 특히 요
즈음에는 장례식장에서 초상을 치르기 때문에 더욱 상여 소리를 하지 않는다
고 한다. 먼저 상여 소리에 대한 설명을 하였다. 오호장소리는 상여 소리를
시작할 때 하는 소리이며 다음으로 행상소리를 하고 다음으로 닥고질 소리를
한다. 요즈음에는 포크레인으로 봉분을 만들기 때문에 '닥고질 소리는 잘 하
지'라고 하였다. 뒷소리는 조사자와 청중이 담당하였다.

[제보자는 처음에 '오호장소리'를 불렀다.]

관음불이요오~

에헤~에~ 에헤~ 에헤이~이 나아~무~우 보오 사알~

나무~우 에헤~에~ 에헤~ 에헤이~이 나아~무~우 보오 사
알~

에헤~에~이 [세번째 들어갈 적에 개매꾼들이 상부를 든다.] 에
헤~에~이 에헤~에~이 에헤에에~ 나아~무~ 보~사알~

관아~암~ 보오~사알~

관아~암~ 보오~사알~

맹인~ 양~반을~ 극락~을 보내자고오

관음-보살을~ 읊어-보네에

닭아 닭아 우지를 마라아~

네가 울면 날이 센다아~

관아~암~ 보오~사알~

오늘~을 밤~은~ 여기서어~ 노오~는데에~

내일~ 낮이~면 어디갈꼬오~

관아~암~ 보오~사알~

오늘~을 날알짜아 여기서 노올면~ 산천초목이 벗이라네~

관아~암~ 보오~사알~

관음~보살~을~ 그마안~ 두고 행상~소리로~ 발마추자아-

어~롱 어허~롱~ 어이~가리~ 어~롱

['오호장소리'가 끝난 후 '행상소리'로 넘어간다고 설명한 후 '행상소리'를 불렀다.]

오래~도록~ 놀았~으니~ 발길을 찾아서 가볼까나아

어~롱 어~롱 어허~롱~ 어~롱~

간다 간다아~ 나는~ 간다~ 영영 못올 길 나는 간다아~

어~롱 어허~롱~ 어이가리 어~롱~

인제 가면~ 언제나 올라요오 오실 날짜를 알려다오~

어~롱 어~롱 어허~롱~ 어~롱~

가시는~ 날짜는 알건만은 오시는 날짜는 기약없네~

어~롱 어~롱 어이가리 어~롱~

이팔청춘~ 젊은이~들아 이 내 말 좀 들어보소~

어~롱 어~롱 어~롱~ 어~롱~

어제 청춘 오늘 백발 황혼~자색(백발)이~ 되었노라~

어~롱 어~롱 어허~롱~ 어~롱~

어제 오늘 성튼 몸이~ 태산 같은 병이 들어~

어~롱 어~롱 어허~롱~ 어~롱~

인삼녹용 약을 써서어 약발이나 받았을까아~

어~롱 어~롱 어허~롱~ 어~롱~

부르나니~ 아버지요오 찾~나니 냉수로다~

어~롱 어~롱 어허~롱~ 어~롱~

열두 명~허고도오 배미꾼들아 이 내~ 말 좀 들어보라~

어~롱 어~롱 어허~롱~ 어~롱~

다시 못올 길 떠나~안 손님길 전전긍긍히이~ 전송허자아~

어~롱 어~롱 어~롱~ 어~롱~

고고 천봉 인생들아 이내 말~을~ 들어봐라~

어~롱 어~롱 어~롱~ 어~롱~

이세상에~ 나온 사람들~ 뉘덕으로나 생겨났소오~

어~롱 어~롱 어~롱~ 어~롱~

아버님 전에 뼈를 타고

어머님 전에 살을 밀어

어~롱 어~롱 어허~롱~ 어~롱~

인생 일신이 탄생하여

이세상을 살아올 적

어~롱 어~롱 어허~롱~ 어~롱~

좋은 일도 많았건만

궂은 일도 많았으니

어~롱 어~롱 어허~롱~ 어~롱~

어~롱 어~롱 어허~롱~ 어~롱~

[추가로 노래는 하지 않고 가사만 말한 것을 아래에 기록한다.]

산도 첩첩산중이요

물도 녹녹수야

○○○○○○

성산의 말씀에

내가 너를 쫓아 왔노라

명정은 앞에서고

우리 배매꾼은 뒤에 가네

[봉분을 다지면서 부르는 소리를 해주라고 부탁하자 '닥고질 소리'를 불러주었다. 근래에는 포크레인으로 봉분을 만들기 때문에 '닥고질 소리'를 거의 부르지 않는다고 하였다.]

에~헤~으~여~ 으~ 달~구~지~

[조사자가 다시 한번 부르기를 요청하여]

에~헤~으~여~ 달~구~지~

닥고질 소리

자료코드 : 06_04_FOS_20090509_SJH_PMG_0002

조사장소 : 전라남도 구례군 간전면 양천리 양동마을 양동마을회관

조사일시 : 2009.5.9

조 사 자 : 송진한, 서해숙, 이옥희, 편성철, 임세경, 김자현

제 보 자 : 박명규, 남, 75세

구연상황 : 상여 소리 닥고질소리가 끝난 후 조사자들이 둑을 쌓으며 다고질을 할 때는 어떤 노래를 부르는지 묻자 이 노래를 불러주었다. 박명규 제보자는 과거에

저수지 둑을 쌓을 때 닥고질소리를 불렀으며 젊은 아낙들 사이에 인기가 높았다고 한다. 뒷소리는 조사자와 함께 김희주 제보자가 받아주었다.

얼-럴-럴- 상~사도야-

얼-럴-럴- 상~사도야-

상사아부사는- 동~부사요-

얼-럴-럴- 상~사도야-

부사에 동사도 상~사로다아

얼-럴-럴- 상~사도야-

이사-업을 하신- 후에-

얼-럴-럴- 상~사도야-

만년-토대로 세워~놓고~

얼-럴-럴- 상~사도야-

저수-지가 이루울 때는-

얼-럴-럴- 상~사도야-

세상~만사- 다 잊고서어

얼-럴-럴- 상~사도야-

풍요-로운- 세상~되어

얼-럴-럴- 상~사도야-

만전-거부가 되리로다

얼-럴-럴- 상~사도야-

섬겨-보세에 섬겨-보세에

얼-럴-럴- 상~사도야-

염제-신농씨 섬겨보세에

얼-럴-럴- 상~사도야-

온갖- 잡초를 다 맛봐보고오

얼-럴-럴- 상~사도야-

약으로 쓸 것은 약을~ 물고(약을 하고)

얼-럴-럴- 상~사도야-

결실-맺어- 모아논 식량

얼-럴-럴- 상~사도야-

요마-만큼- 이루~고서어

얼-럴-럴- 상~사도야-

풍요-로운- 세상-되니이

얼-럴-럴- 상~사도야-

감-사허고도 감-사허요오

얼-럴-럴- 상~사도야-

염-제신농씨 감-사허요오

얼-럴-럴- 상~사도야-

모심는 소리

자료코드 : 06_04_FOS_20090509_SJH_PMG_0003
조사장소 : 전라남도 구례군 간전면 양천리 양동마을 양동마을회관
조사일시 : 2009.5.9
조 사 자 : 송진한, 서해숙, 이옥희, 편성철, 임세경, 김자현
제 보 자 : 박명규, 남, 75세
구연상황 : 모 심을 때 부르는 노래를 묻자 시작부분이 생각나지 않는다고 하였다. 조사
자들이 생각나는 부분부터 해달라고 하자 첫 들머리부터 해야 한다고 하며
기억을 더듬어 노래를 불러주었다.

아~나~ 농부야~ 말들어~

아~나~ 농부야~ 말~알들어~

서마지기~ 논배~미가~

반달같이~ 되었구나~

반~달알~ 반~달알~ 네가~ 무슨 반달~

초생달이가~ 반달이지

니가 무슨 반~달~

이 논배미~ 농사를 지어

선영~봉제사 모실~

어~롱~ 어~롱~ 상사듸야~

노랫가락

자료코드 : 06_04_FOS_20090509_SJH_PMG_0004

조사장소 : 전라남도 구례군 간전면 양천리 양동마을 양동마을회관

조사일시 : 2009.5.9

조 사 자 : 송진한, 서해숙, 이옥희, 편성철, 임세경, 김자현

제 보 자 : 박명규, 남, 75세

구연상황 : 놀면서 부르는 민요를 불러달라고 하자 노랫가락을 불러 주었다. 조사자가 어
떤 노래를 노랫가락이라고 하는지 묻자 창부가를 느리게 부르면 노랫가락이
다고 하였다. 창부가는 재미지고 흥미로운 노래이며, 청춘가는 부르기가 된
(힘든) 노래라고 하였다.

달~아~ 두~려~ 뜬 달~아~

이내 동창에 비친 달~아~

이리 홀로 누워 났던가

어느 부자가 났던가

영월아 내 본대로 일러다오

청춘가

자료코드 : 06_04_FOS_20090509_SJH_PMG_0005
조사장소 : 전라남도 구례군 간전면 양천리 양동마을 양동마을회관
조사일시 : 2009.5.9
조 사 자 : 송진한, 서해숙, 이옥희, 편성철, 임세경, 김자현
제 보 자 : 박명규, 남, 75세
구연상황 : 노랫가락이 끝난 후 청춘가를 불러달라고 부탁하자 이 노래를 불러 주었다.
박명규 제보자는 청춘가는 부르기기가 힘든 노래인 반면에, 창부가는 재미지
고 흥미로운 노래로, 느리게 부르는 노랫가락이라고 하였다.

높은 사안~ 상~상~봉~오옹~

뜨거운 소낭기(소나무)

이내 몸~ 같이도~ 좋다!

홀로야 섰구나

얼씨구야 좋구나아~

[노래를 맺으니 조사자가 이어서 더 하기를 권함]

간다네에~ 못 간다아~

얼마나아~ 울었길래에~

정거정 마당에~ 좋다!

한강수가 됐고나~

창부가 (1)

자료코드 : 06_04_FOS_20090509_SJH_PMG_0006
조사장소 : 전라남도 구례군 간전면 양천리 양동마을 양동마을회관
조사일시 : 2009.5.9
조 사 자 : 송진한, 서해숙, 이옥희, 편성철, 임세경, 김자현

제 보 자 : 박명규, 남, 75세
구연상황 : 청춘가가 끝난 후 창부가를 불러주었다. 제보자에 의하면 창부가는 재미지고
　　　　　홍미로운 노래로 느리게 부르는 노랫가락이라고 하였다. 반면에 청춘가는 부
　　　　　르기가 힘든 노래라고 하였다.

님은 가고오~ 봄만이 오니

꽃만 피어도 임의 생가악~

방촉각 일벽에 화초생허니

강풍만 불어도 임의 생가악~

오뉴~월~ 염천 무더운 계절~

진땀이 나도 임의 생가악~

부추상각~하아~상상 쓸쓸한 바람

바람만 간들 불어도 임의 생가악~

동지섣달 모진 한~ 광풍에

백설만 날려도 임의 생가악~

앉었으~니이 이~ 임이 오냐아~

누웠으~니이 잠이 오냐아~

앉어서~ 생각

누워서~ 생가악~

생가악~ 생가악~은 님뿐이라

얼씨구 좋구나 절씨구 좋다

아니 아니 노지는 못하니라

산아지 타령

자료코드 : 06_04_FOS_20090509_SJH_PMG_0007
조사장소 : 전라남도 구례군 간전면 양천리 양동마을 양동마을회관

조사일시 : 2009.5.9

조 사 자 : 송진한, 서해숙, 이옥희, 편성철, 임세경, 김자현

제 보 자 : 박명규, 남, 75세

구연상황 : 창부가가 끝난 후 조사자가 산아지타령의 후렴구를 부르며 이 노래를 불러줄
것을 부탁하자 들려준 노래이다. 조사자가 이 노래는 언제 부르는 노래인지를
묻자 술 먹고 놀 때 부르는 노래라고 하였다.

　　　에헤야 듸야~ 에헤에에 이야~

　　　에헤~ 듸어나~ 산아지로 구나

　　　왜 왔든~고 왜 왔~든~고오

　　　울고나 가실 길을

　　　내가 왜 왔~든~고오

　　　세월아~아 봄철아!

　　　오고가지 마라아

　　　아까운 내 청춘 다 늙어 간다아~

창부가 (2)

자료코드 : 06_04_FOS_20090509_SJH_PMG_0008

조사장소 : 전라남도 구례군 간전면 양천리 양동마을 양동마을회관

조사일시 : 2009.5.9

조 사 자 : 송진한, 서해숙, 이옥희, 편성철, 임세경, 김자현

제 보 자 : 박명규, 남, 75세

구연상황 : 놀면서 부르는 노래를 더 불러달라고 부탁하자 다음의 노래를 불러주었다.

　　　한재 너매 한각구야아

　　　두째 너매에 지충개야아

　　　니 간장을 녹힐랴고오

　　　저다지도 곱게도 생겼을까아

저 건너라아 저~연 바다 내에~
연밥 따시는 저 처녀야
연밥은 내 따 줄 것이니
내 품안에 와 잠드소서

2. 광의면

증편 한국구비문학대계 ● 전라남도 구례군

전라남도 구례군 광의면 온당리 당동마을

조사일시 : 2009.5.9
조 사 자 : 송진한, 서해숙, 이옥희, 편성철, 임세경, 김자현

당동마을의 동쪽은 지리산 기슭이며 서쪽은 탁 트인 평야지대이며 남쪽은 대전리와 연결되고 북은 온당리 난동과 온동 마을이 접하고 있다. 해발 72m의 평산(平山) 반평야지대라 하겠다.

정확한 설촌 연대는 알 수 없으나 고려 중기부터 김해김씨가 시거하였다는 설이 있다. 당시 근처에 미륵탑이 있어서 탑동이라 하였고, 조선 시대 초에는 100여 호에 이르는 대촌이었다고 한다. 조선조에 국태민안을 위해 지리산 남악사(南岳祠)를 본 마을 북편에 건립하여 춘추로 제사를 지냈다고 한다. 남악사로 인해 빈번한 관속과 양반들의 내방이 잦아 주민들은 거주에 불편을 느껴 타지로 이거해 버렸고 이로 인해 마을의 호수가 줄어들었다고 한다. 1499년에는 남원부 소의방 탑동이라 하였고, 그 후 1908년 일제의 탄압으로 남악사가 폐사되었다. 당이 없어졌다 하여 당몰이라 칭하다가 1914년 행정구역 개편시 온당리 당동으로 칭하였다. 2008년 『통계연보』에 의하면 23가구에서 52명이 거주하고 있는데 이중 28명은 남성이고 24명은 여성이다.

주요 소득원은 미맥이며 이외에도 한약재인 결명자의 재배와 습답을 활용한 택사재배 등을 했으며 지금은 감나무와 철쭉 묘목, 산수유 재배에서 소득을 올리고 있다.

마을 조직으로는 1960년에 조직되어 애경사 때면 상부상조하는 상조계와 1975년 11명으로 조직되어 근검절약과 친목을 목적으로 하는 절약계가 있고, 부인회와 노인회가 조직되어 있다.

마을의 문화유적으로는 조선시대 지리산신 사당인 남악사와 민종열 선정비, 김해김씨의 제각인 석산재(石山齋), 마을 앞에 위치한 수령 200년 된 느티나무 등이 있다. 마을의 민속으로는 설날 마을 공동 세배가 이루어지고 있으며, 정월 대보름날에는 마을 앞 노변에서 달집태우기와 농악놀이를 통해 마을의 안녕을 기원하고 있다.

전라남도 구례군 광의면 지천리 지상마을

조사일시 : 2009.5.9
조 사 자 : 송진한, 서해숙, 이옥희, 편성철, 임세경, 김자현

지상마을은 설촌 때부터 지금까지 순천박씨가 모여사는 집성촌으로써 전통이 있는 마을이며 독립의사 박경현(朴敬鉉)의 출생지이기도 하다.

지상마을은 약 300년 전인 1700년대 초에 순천 박씨 박상이(朴尙履)가 정착한 후부터 마을이 형성되었다고 한다. 설촌 당시는 샛터라 칭하다가 구례현 방광면 지정(枳亭)이라 칭하였다. 1914년 남원부 소의면과 구례현 방광면을 합병하여 지천리(芝川里)라 개칭하고 윗마을이라고 하여 지상(芝上)이라고 하였다.

2008년 『통계연보』에 의하면 41가구에서 86명이 거주하고 있는데 이 중에서 40명은 남성이고 46명은 여성이다.

지상마을은 지리산 노고단과 옥녀봉에서 발원된 물이 합류되어 지천천을 이루어 마을을 감싸고 흐른다. 서쪽에는 지하마을이 연이어 위치하고 있다. 평야부에 위치한 지리적 여건으로 미맥 위주의 농업에 종사하고 있다.

마을의 문화유적으로는 순천 박씨의 종각인 지산재(芝山齋), 지천천변에 위치한 해송(海松) 4그루 등이다.

▌제보자

김균선, 남, 1930년생

주 소 지 : 전라남도 구례군 광의면 온당리 당동마을 129-1번지
조사일시 : 2009.6.19
조 사 자 : 송진한, 서해숙, 이옥희, 편성철, 임세경, 김자현

김균선 제보자는 어렸을 때 천자문을 배
우고 한학을 공부한 뒤 광주에 상경하여 고
등학교를 다녔다. 이후 직장생활을 하다가
귀향하였다. 성품이 차분한 제보자는 집안
이나 마을 일에 적극적이며, 농사일을 하면
서 노후를 보내고 있다. 내외가 정갈한 집에
서 정원을 아름답게 가꾸며 살고 있는 모습
이 인상적이었다. 이 제보자는 설화를 구연
하는 것은 쓸모없는 일이라 생각하여 좀처럼 이야기를 하지 않아, 남악사,
이성계에 관한 것 외의 이야기는 들을 수 없었다.

제공 자료 목록
06_04_FOT_20090619_SJH_KGS_0001 남원부사가 제를 모셨던 남악사
06_04_FOT_20090619_SJH_KGS_0002 이성계를 거부한 지리산신
06_04_FOT_20090619_SJH_KGS_0003 임금 자리인 용상에 앉았다 가는 호랑이
06_04_FOT_20090619_SJH_KGS_0004 호랑이 잡은 유풍천

김동례, 여, 1925년생

주 소 지 : 전라남도 구례군 광의면 온당리 당동마을 129-1번지
조사일시 : 2009.6.19
조 사 자 : 송진한, 서해숙, 이옥희, 편성철, 임세경, 김자현

김동례 제보자의 친정은 구례군 산동면 유안리이다. 성품이 온화하고 조용하여 사람들 앞에서 이야기 하는 것을 조심스러워 했다. 실제 조사과정에서 이야기를 하지 않아 조사자가 여러 번 설득하자 설화 3편과 민요 4편을 들려주었다. 슬하에 3남매를 두었다.

제공 자료 목록

06_04_FOT_20090619_SJH_KDR_0001 원맞이 객사할머니
06_04_FOT_20090619_SJH_KDR_0002 나물보따리를 가져다 놓은 호랑이
06_04_FOT_20090619_SJH_KDR_0003 말하는 남생이
06_04_FOT_20090619_SJH_KDR_0004 업구렁이
06_04_FOT_20090619_SJH_KDR_0005 걸어가다 멈춘 정산마을의 산과 무등산
06_04_FOT_20090619_SJH_KDR_0006 호식 면한 사연
06_04_FOT_20090619_SJH_KDR_0007 강감찬과 벼락
06_04_FOT_20090619_SJH_KDR_0008 원님과 모기
06_04_FOS_20090619_SJH_KDR_0001 논 매는 소리
06_04_FOS_20090619_SJH_KDR_0002 딸아 딸아

김순남, 여, 1921년생

주 소 지 : 전라남도 구례군 광의면 온당리 당동마을
　　　　　129-1번지
조사일시 : 2009.6.19
조 사 자 : 송진한, 서해숙, 이옥희, 편성철, 임세경,
　　　　　김자현

　김순남 제보자의 친정은 구례군 광의면 당동리 온동마을이다. 바로 인근에서 시집을 왔기 때문에 택호를 '근동덕'이라고 부

른다. 슬하에 3남 2녀를 두었으며 아들 내외와 함께 살고 있다. 나이가 많아서 옛이야기와 민요는 모두 잊었다고 말하지만, 기억난 이야기를 구연할 때 그 전달력은 매우 뛰어났다.

제공 자료 목록
06_04_FOT_20090619_SJH_KSN_0001 천석꾼 짐계목
06_04_FOT_20090619_SJH_KSN_0002 짐개목이 부자 되기까지
06_04_FOT_20090619_SJH_KSN_0003 과부 보쌈
06_04_FOT_20090619_SJH_KSN_0004 며느리 방귀
06_04_FOS_20090619_SJH_KSN_0001 베틀 노래
06_04_FOS_20090619_SJH_KSN_0002 아리랑

박노선, 남, 1945년생

주 소 지 : 전라남도 구례군 광의면 지천리 지상마을 322-1번지
조사일시 : 2009.6.19
조 사 자 : 송진한, 서해숙, 이옥희, 편성철, 임세경, 김자현

박노선(朴魯善) 제보자는 지상마을에서 태어나고 자란 마을 토박이다. 제보자는 초등학교를 졸업한 뒤에 지금까지 농사를 짓고 있다. 슬하에 1남을 두었다. 조사자들이 마을을 찾았을 때 현 이장이 출타 중이자, 박노선 제보자가 적극 나서서 조사가 원활하게 이루어질 수 있도록 여러 모로 협조해 주었다.

제공 자료 목록
06_04_FOT_20090619_SJH_PRS_0001 왕만석과 마적
06_04_FOT_20090619_SJH_PRS_0002 삭당골 개성 왕씨
06_04_FOT_20090619_SJH_PRS_0003 오산의 쌀 난 바우

06_04_FOT_20090619_SJH_PRS_0004 강감찬과 잔수

박노향, 남, 1930년생

주 소 지 : 전라남도 구례군 광의면 지천리 지상마을 322-1번지
조사일시 : 2009.6.19
조 사 자 : 송진한, 서해숙, 이옥희, 편성철, 임세경, 김자현

　박노향(朴魯香) 제보자는 지상마을에서 태
어나고 자란 마을 토박이로, 소학교를 졸업
한 후에 지금까지 농사일에 전념하고 있다.
사전 설문조사 때 마을 이장이 추천한 사람
이기도 한 그는 조사자가 마을을 찾아갔을
때 외출 중이었다가 이야기판에 늦게 합류
하여 지천리와 인근마을에 관한 귀중한 지
명전설을 구연했다. 구연 과정에서 전설은
알지만 민담은 잘 모른다며 알고 있는 전설 몇 편을 들려주신 후에는 더
이상 아는 이야기가 없다며 자리를 떴다. 슬하에 3남 2녀를 두었다.

제공 자료 목록
06_04_FOT_20090619_SJH_PRH_0001 금성재를 지나갈 때
06_04_FOT_20090619_SJH_PRH_0002 지천리 유래
06_04_FOT_20090619_SJH_PRH_0003 당촌 유래
06_04_FOT_20090619_SJH_PRH_0004 호식당한 정씨와 자결한 부인
06_04_FOT_20090619_SJH_PRH_0005 이성계의 꿈
06_04_FOT_20090619_SJH_PRH_0006 지리산신을 모신 당저

박상환, 남, 1937년생

주 소 지 : 전라남도 구례군 광의면 지천리 지상마을 322-1번지

조사일시 : 2009.6.19
조 사 자 : 송진한, 서해숙, 이옥희, 편성철, 임세경, 김자현

박상환(朴相晥) 제보자는 구례군 광의면 지천리 지하마을에서 태어났다. 어려운 환경 속에서도 구례중학교와 부산상고를 졸업하였다. 중고등학교 때 운동을 하였으나 건강상의 이유로 운동을 계속하지 못했다. 퇴임 후에는 마을로 돌아와 노년을 보내고 있다. 이 제보자의 생애는 한국 근현대사의 질곡과 맥을 같이할 만큼, 매우 드라마틱하다.  그러나 본인은 구체적으로 이야기하기를 꺼려했다. 나이에 비해 매우 젊어 보이는 외모를 지니고 있으며 옷차림이나 말투가 도회적이고 부드러우나 강한 카리스마를 내뿜었다. 풍수와 관련한 이야기 몇 편을 들려주었다.

제공 자료 목록
06_04_FOT_20090619_SJH_PSH_0001 왕만석과 도둑
06_04_FOT_20090619_SJH_PSH_0002 권면장과 명당
06_04_FOT_20090619_SJH_PSH_0003 귀먹은 풍수가

박점동, 남, 1927년생

주 소 지 : 전라남도 구례군 광의면 지천리 지상마을 322-1번지
조사일시 : 2009.6.19
조 사 자 : 송진한, 서해숙, 이옥희, 편성철, 임세경, 김자현

박점동(朴點東) 제보자는 지상마을에서 태어나고 자란 마을 토박이다. 정규학교에 다니지 않고 독학으로 글을 익혔으며, 지금까지 농사를 짓고 있다. 비교적 조용한 성격으로 이야기판에 적극 참여하지는 않았으나 끝

까지 자리를 지켜주면서 주변 사람들에게 힘을 실어주었다. 슬하에 5남을
두었다.

제공 자료 목록
06_04_FOT_20090619_SJH_PJD_0001 왕만석이 부자 될 징후
06_04_FOT_20090619_SJH_PJD_0002 권면장과 도깨비의 씨름

이재수, 남, 1923년생

주 소 지 : 전라남도 구례군 광의면 온당리 당동마을
조사일시 : 2009.6.19
조 사 자 : 송진한, 서해숙, 이옥희, 편성철, 임세경, 김자현

　이재수(李在秀) 제보자는 이 마을에서 태어나서 자란 토박이이다. 어렸
을 때부터 소리에 소질이 있었으며 전주 권방에서 소리를 배운 경험도 있
다. 손주가 판소리를 전공하고 있어서 소리의 전승이 이어지고 있다. 정
규학교에 다닌 적은 없지만 독학으로 글을 익혔으며 어렸을 때 4~5년간
한문을 배웠다고 한다. 전에 마을에서 방죽을 만들 때 선소리꾼으로 참여
하였는데 일꾼들 세 사람 몫의 품삯을 쳐주었다고 한다. 광의면 일대에서
초상이 나면 이재수 제보자를 상여 소리꾼으로 초청하였기 때문에 지금
까지 50명 이상을 상여 소리로 출상했다고 한다. 지금은 농사일을 하고
있으며 소를 키우는 아들과 함께 살고 있다.

제공 자료 목록
06_04_FOS_20090619_SJH_LJS_0001 춘향가
06_04_FOS_20090619_SJH_LJS_0002 사철가
06_04_FOS_20090619_SJH_LJS_0003 상여 소리
06_04_FOS_20090619_SJH_LJS_0004 팔양경
06_04_FOS_20090619_SJH_LJS_0005 편시춘

전복례, 여, 1925년생

주 소 지 : 전라남도 구례군 광의면 온당리 당동마을 129-1번지
조사일시 : 2009.6.19
조 사 자 : 송진한, 서해숙, 이옥희, 편성철, 임세경, 김자현

전복례의 제보자의 친정은 광의면 당동
리 온동마을이다. 이야기판과 노래판에 적
극적으로 참여하지 않았고 조사자들이 권해
도 응하지 않았지만 나중에 청춘가를 불러
주었다.

제공 자료 목록
06_04_FOS_20090619_SJH_JBR_0001 청춘가

지상마을 제보자들

남원부사가 제를 모셨던 남악사

자료코드 : 06_04_FOT_20090619_SJH_KGS_0001
조사장소 : 전라남도 구례군 광의면 온당리 당동마을 129-1번지 당동마을회관 앞 유산각
조사일시 : 2009.6.19
조 사 자 : 송진한, 서해숙, 이옥희, 편성철, 임세경, 김자현
제 보 자 : 김균선, 남, 80세
구연상황 : 조사자들은 오전에 조사했던 광의면 지상마을에서 온당마을의 김균선 제보자
　　　　　 가 많은 이야기를 해줄 것이라는 말을 듣고 무작정 이 마을을 찾았는데, 마침
　　　　　 제보자가 집에 있었다. 제보자 집 옆의 유산각에는 마을사람 5명이 나와 한담
　　　　　 을 나누고 있어서 제보자도 함께 자리했다. 조사자가 마을에 대해서 묻자 제
　　　　　 보자가 다음의 이야기를 시작했다.
줄 거 리 : 옛날에 남원부사가 남악사에서 제를 모셨으나 일제강점기에 철거되었다. 그리
　　　　　 고 이성계가 여신인 지리산신에게 등극할 수 있도록 청하였으나 지리산신이
　　　　　 돕지 않았다는 이야기이다.

　에 남악사가, 이 동네에 여그 있었데요 남악사가. 남악사, (청중 : 옛날
에는 원이 이리 제를 지내러 댕겼데요.)

　남악사가 [손가락을 하나하나 구부리면서] 북악이 있고 남악이 있고 동
악 있고 서악이, 오악이 있는디, 여가 남악이다요. 남악인디 이조 때 저
이성계가 등극헐 때,

　지리산 산신이 여신인디, 여신이 말을 안들어 주더래, 여신이 말을, 등
극을 헐라 그런디 여신이 말을 안들어줘. 그랬다고 지리산 밑에다가 남악
사 지어 가지고, 예~ 제사를 모신 시초가, 제사를 모셨답니다. 그래 갖고
이조 때 쭉~해서 모시다가, 에 왜정 말년에 왜놈들이 와서 전부 철거를
해부렀어요. 왜놈들이 와서 싹 뜯어불고, 그랬는디,

　여기 옛날얘기, 어른들 이야기 들어보면 남악사가 하나의 궁이데요 궁.

왜 궁이냐? 임금맹이로(임금처럼) 에 제사를 지냈기 때문에 에 지냈기 때문에 궁이라 그랬어요. 궁. 궁인디 임금이 직접 못허고, 남원 옛날에는 여가 남원 땅이예요. 전라북도 남원땅이여.

남원부사가 와서 제사를 지냈답니다. 남원부사가 근데 말허자면 여그 제사를 지내러 올 때는, 저그 [마을 입구 쪽을 가리키면서] 저 저 남원에서 요 구례로 요기 오며는 금성재라는 데가 있어요, 금성재라는 디가 있어요.

구만리 저수지 [왼쪽을 가리키면서] 있지요. 아요? 모르요? (조사자 : 예, 오다가 봤어요.) 여그 [다시 마을 입구 쪽으로 가리키면서] 저주지 요 짝에 저수지 거그 돌아보면 금성재가 있어요.

근디 말을 타고 여그를 오다가 거그를 오면 말이 이 [오른쪽 귀에 손을 올려 소리를 들으려는 시늉을 하며] 핑경소리를 안내더랍니다. 에 그래 갖고 여그 쭉 그 사람들이 지낸 길이 지내온 길이 있어요 지금.

옛날에 여그가 객사도 있었고, 마방도 있었고, 에 그 남악사 지내는 그 터전이, 에 엄청~나게 있었데요, 여그가. (조사자 : 어떻게 지금도 그 터가 남아 있습니까?) 터는 남아 있는디이, 터는 남아 있는디이~ 인자 혼적이 없제.

이성계를 거부한 지리산신

자료코드 : 06_04_FOT_20090619_SJH_KGS_0002
조사장소 : 전라남도 구례군 광의면 온당리 당동마을 129-1번지 당동마을회관 앞 유산각
조사일시 : 2009.6.19
조 사 자 : 송진한, 서해숙, 이옥희, 편성철, 임세경, 김자현
제 보 자 : 김균선, 남, 80세
구연상황 : 앞서 제보자가 말한 내용 가운데 지리산 여신과 이성계에 관하여 짧게 구연
하였기에 조사자가 한 번 더 물어보자 다음 이야기를 들려주었다.

줄 거 리 : 이성계는 여신인 지리산신에게 자신이 등극할 수 있도록 청하였으나 지리산
신이 돕지 않았다는 이야기이다.

(조사자 : 어르신 전에 지리산 여신이 이성계한테 협조를 안했다고 했는
데,) 예. (조사자 : 무엇을 협조를 안 한거예요?) 아니,

"너는 왕을 헐 수가 없다."

이성계가 등극을 헐 때 딴 산신들은 다 들어줬는디. 지리산 [지리산 쪽
을 가리키면서] 산신 여신인디, 안들어줬데. 그래 갖고 여그다가 남악사를
지어 가지고 제사를 모셨단 그런 유래가 있다고요. [웃음]

임금자리인 용상에 앉았다 가는 호랑이

자료코드 : 06_04_FOT_20090619_SJH_KGS_0003
조사장소 : 전라남도 구례군 광의면 온당리 당동마을 129-1번지 당동마을회관 앞 유산각
조사일시 : 2009.6.19
조 사 자 : 송진한, 서해숙, 이옥희, 편성철, 임세경, 김자현
제 보 자 : 김균선, 남, 80세
구연상황 : 남악사에 관한 이야기가 계속되었는데, 앞서 김동례 제보자의 이야기를 듣고
제보자가 이어서 다음의 이야기를 구연했다.
줄 거 리 : 남악산 당터에는 임금자리인 용상이 있었는데, 그 용상에 지리산신인 호랑이
가 앉았다 가곤 했다. 그래서 사람들이 무서워서 함부로 들어가지 않았다는
이야기이다.

이 당터에 가며는, 당. 남악산 당터에 가며는, 임금자리가 용상이라고 임
금자리가 있었데. 있었데이. 임금자리가 용상. 용상이라고 임금자리라고 잉.

그래에 용상 가서 호랭이가 와서 앉았다 가고 그랬데. 말허자면 호랭이
가 지리산 산신이제 그거이, 그 호랭이가 이. 그래 갖고 여그 사람들이
(남악사 일대를) 무서워 허면서 낮에도 잘못갔데, 무서워서.

그 지역이 막 이런 나무가 차 갖고 도저히 밤, 밤낮으로 사람은 잘 들

어가지를 못했데. 거가 무서워서. 무서워서 그런 지역이여. 인자 근디 지금도 그 터를 가보면 알지마는 바로 그 한 500m 전방이여. 500m도 못될거여 그 터가.

서울 무신 대학이여? 화가들 대 대학이 무신 대학이지? 홍익대학교! 홍익대학교 화가들이 에 삼십이호가 여그 동네로 와. 집을 지어 갖고. 지금 시방 택지조성을 허고 있어. 지금 시방 현재. 그 사람들이 집짓고 와 살라고, 살든 안허것지마는.

거가 비가, 남악사 있어. 터가. 지금은 현재 고리 인제 그 홍익대 교수들이 집을 지을려고 삼십이호가 올라고 터를 닦고 있어 시방. 지금 현재 터를 닦고 있어 시방.

호랑이 잡은 유풍천

자료코드 : 06_04_FOT_20090619_SJH_KGS_0004
조사장소 : 전라남도 구례군 광의면 온당리 당동마을 129-1번지 당동마을회관 앞 유산각
조사일시 : 2009.6.19
조 사 자 : 송진한, 서해숙, 이옥희, 편성철, 임세경, 김자현
제 보 자 : 김균선, 남, 80세
구연상황 : 앞서 호식당한 이야기를 듣던 제보자가 이어서 다음의 이야기를 구연했다.
줄 거 리 : 유풍천이 호랑이를 잡아서 그 뼈를 대문 위에 걸어두었다는 이야기이다.

서울서 여그 구례 오며는 하리(하루) 아침에 온데. 하리 아침에 온디, 오다가 뒤가 메려 와서 똥을 누고 있으니께, 호랭이가 쫓아 왔드레, 그 호랭이를 잡아 갖고, 요 [무릎을 피면서] 밑으로 팍 넣고 호랑이를 잡았어 호랑이를.

잡았는디 그 호랭이 뼈다구가~ 지금도 유풍천이 아흔 아홉칸, 그 저그 저 문간에 가며는 그 호랭이 뼈다구가, 그때 잡은 거이 있어. 서울에 오다

가 똥 눈께 잡은 호랭이가 뼈다구가 그게 그거이라.

유풍천이가 큰 장사더라마, 큰 장사더레. 아 하리 아침에 서울서 요 구례까지 하리 아침에, (조사자 : 어떻게 그럴 수가 있데요?) 근께 축지법을 해 갖고 댕겼어이.

원맞이 객사할머니

자료코드 : 06_04_FOT_20090619_SJH_KDR_0001
조사장소 : 전라남도 구례군 광의면 온당리 당동마을 129-1번지 당동마을회관 앞 유산각
조사일시 : 2009.6.19
조 사 자 : 송진한, 서해숙, 이옥희, 편성철, 임세경, 김자현
제 보 자 : 김동례, 여, 85세
구연상황 : 앞서 김균선 제보자의 지리산신 이야기가 끝나자 조용히 듣던 제보자가 이어서 다음의 이야기를 구연했다.
줄 거 리 : 남원부사가 남악사에서 제를 모실 때 근처 유지, 양반들이 모두 참여했고, 할머니 한 분이 심부름을 했다는 이야기이다.

여 저그 오산 마을, 거 막 관을 [바람이 세게 불어 소리가 잘 들리지 않는다.] 끼고 올라가면 인자 할마니가 인자, 그를 맞아들이고 그랬다우. [웃음] (청중 : 아니 그 할매가 그렇게 아니라, 그 할머니는 객사에서 심부름이나 하고 살았고. [웃음])

지리산 산신을 모실 때에는, 에 남원서, 에 남원부사가 와서 제사를 모신디. 이 [마을 주변을 가리키며] 근방 유지들, 옛날 양반들 양반들이 전부 다 모였데.

나물보따리를 가져다 놓은 호랑이

자료코드 : 06_04_FOT_20090619_SJH_KDR_0002
조사장소 : 전라남도 구례군 광의면 온당리 당동마을 129-1번지 당동마을회관 앞 유산각
조사일시 : 2009.6.19
조 사 자 : 송진한, 서해숙, 이옥희, 편성철, 임세경, 김자현
제 보 자 : 김동례, 여, 85세
구연상황 : 앞서 호랑이 이야기가 나오자 조사자가 호랑이에 관한 재미난 이야기가 있는
지를 재차 물었다. 이에 제보자가 다음의 이야기를 구연했다. 조사를 간 6월
은 시기적으로 농사가 한참인지라 유산각에서 조사하는 동안, 마을사람들은
경운기를 몰고 가거나 오토바이를 타고 지나가는 등 왕래가 빈번하여 녹음하
기가 쉽지 않았다.
줄 거 리 : (처녀들이) 산에 나물을 캐다가 호랑이새끼를 보고서 예쁘다며 어르고 있었
는데, 이를 지켜보던 호랑이 어미가 기분이 좋아 웃자 모두 놀라 나물바구니
를 두고서 도망갔다. 그 다음날 아침에 보니 호랑이 어미가 나물 바구니를 집
앞에 가져다 놓았다는 이야기이다.

[바람 소리로 제보자의 목소리가 들리지 않는다.] 하루는 너물 깨러 간
께 이쁜 새끼가 한 마리 있었어. 요렇게 들여다보고,

"아이고 왜 이렇게 이뻐냐! 이렇게 이뻐냐!"

그랬싼께, 어찌 호랑이 저그 자기 새끼를 인제 거시기 예뻐다고 해싼께
좋아서 웃었데. [웃으면서 억양을 강하게 한다.]

"허허허허"

웃은께로 막 어찌 놀래 갖고 호랭이가 웃는디 얼매나 놀래것소. 그래
갖고 기냥 막 너물 보따리고 [두 손을 허공에 흔들면서] 머이고 내뿔고
집으로 왔부렀데. 그랬더니 그 이튿날 아침에 자고 난께, 보따리를 싹~다
집 앞에다 갖다 놨더레. [청중 모두 웃음]

말하는 남생이

자료코드 : 06_04_FOT_20090619_SJH_KDR_0003
조사장소 : 전라남도 구례군 광의면 온당리 당동마을 129-1번지 당동마을회관 앞 유산각
조사일시 : 2009.6.19
조 사 자 : 송진한, 서해숙, 이옥희, 편성철, 임세경, 김자현
제 보 자 : 김동례, 여, 85세
구연상황 : 조사자가 효자나 효부에 대한 이야기를 묻자 다음의 이야기를 구연했다.
줄 거 리 : 늙은 부모를 모시고 가난하게 살던 나무꾼이 산에 나무를 하러 갔는데, 말하
         는 하얀 남생이를 발견하여 이를 팔아서 부모님과 함께 설을 잘 보냈다는 이
         야기이다.

  ○○○ 사람 또 어쳘케(어떻게) 가난했던지 ○○○○ 늙은 부모를 같이
살았어요. 근데 인제 설이 돌아 오더레요. 설이 돌아 오더레요. 설이 돌아
온다. 반찬 아~무것도 묵을 것도 없어서 어매를 어쳘게 설을 셀꼬 싶어
서. 산에 가서 나무를 허다가 인자 쉬어 갖고,

  "대명절은 돌아온디 우리 부모 어쩔꼬."

  그런께로, 또 어디서 그러더라요.

  "대명절은 돌아온디 우리 부모 어쩔꼬."

  그런 소리를 허더레. 아 그래서,

  '어디서 그런고?'

  싶어서 또 했데. 또 헌께 또 그러더레, 자꾸 그러더레 아 그래서 인자
거그를 살~살~ 가본께 흐연(하얀) 남생이가, (조사자 : 남생이가.)

  어 남생이가 한만리가, (청중 : 거북이, 말허자면 거북이.) 거북이가. 그
래 갖고 인자 그놈을 옆에다 놓고 또 헌께, 또 그런 소리를 허더라요.

  그래 갖고 인자 서울로 가서 말헌, [웃음]

  "말허는 남생이 사시오. 사시오." 허니께, 누가 산다고 허더레. 남생이.
그래 갖고 그놈 팔아 갖고 즈그 인자 설 잘~ 세었데요.

업구렁이

자료코드 : 06_04_FOT_20090619_SJH_KDR_0004
조사장소 : 전라남도 구례군 광의면 온당리 당동마을 129-1번지 당동마을회관 앞 유산각
조사일시 : 2009.6.19
조 사 자 : 송진한, 서해숙, 이옥희, 편성철, 임세경, 김자현
제 보 자 : 김동례, 여, 85세
구연상황 : 조사자가 업구렁이에 대해 묻자 다음의 이야기를 구연했다. 유산각에서 조사
　　　　　하는 광경을 보던 마을사람들이 일부러 이야기를 듣다가 가곤 했다.
줄 거 리 : 집안에서 업구렁이가 보인 뒤로 남편, 시어머니가 연이어 죽는 등 집안이 좋
　　　　　지 않았다는 이야기이다.

　　우리 우리 동서가, 그전에 인제 우에가 살았데 근디. 기냥 전에 난리가
나 갖고, 난리가 나 갖고 남자를 갖다가 죽여뿌렀는디, 남자는 선생이더
레. (조사자 : 업을 죽여부렀어?) 선생질을 헌디. (조사자 : 남자를.)

　　응. 남자가 죽어뿔고 산디. 아 그냥 [손을 위로 올리면서] 천장에서
큰~ 구랭이가 한~ 저 방운 발로 막 뚝~ 떨어지더레. (조사자 : 아따 얼
마나 징그러웠을까!)

　　그러고 찻독. 전에는 [손을 빙빙 돌리면서] 독아지고 뭐고 큰 독아지에
넣는디, 그 독아지에가 막 칭칭, (청중 : 구랭이가.) 구랭이가. 구랭이가 감
고 그러드라고. 그래서 인자 아무튼 대 대정이(대장이=가장이) 죽어뿌렀
는디 머 집구석이 되것소. (조사자 : 그 구렁이를 안 쫓아냈는데도?)

　　그런께 나가지. 그 그러지 나가지 안나것소. (조사자 : 아 대장이 돌아
가셨은께.) 아 그래 갖고, 인자 혼자 산께로 인자 우리 시아제가 그때 [생
각하다가] 저 전남대학, 저그 저 경주 저그 저그 고모며느리가 그랬다고
그래.

　　저 상관서 산디. 그래 갖고 우리 동서가 되 갖고 살다가 죽었어. (조사
자 : 응. 그러니까 재혼을 하신 거네요.)

　　응. 머이마 하나 가이나 하나 낳아서 키우고 산디 그렇게 되아뿟어, 시

어마니랑 살다가, 시어마니가 죽어뿔고 없는디. 남자가 그렇게 죽은디 그렇게 막 글더레, 망할란께 그게 부자였을 때 그랬네요.

걸어가다 멈춘 정산마을의 산과 무등산

자료코드 : 06_04_FOT_20090619_SJH_KDR_0005
조사장소 : 전라남도 구례군 광의면 온당리 당동마을 129-1번지 당동마을회관 앞 유산각
조사일시 : 2009.6.19
조 사 자 : 송진한, 서해숙, 이옥희, 편성철, 임세경, 김자현
제 보 자 : 김동례, 여, 85세
구연상황 : 조사자가 산이 움직였다는 이야기를 들었는지를 묻자 제보자가 다음의 이야기를 구연했다. 이야기 가운데 광주 무등산 이야기는 김순남 제보자가 말한 것으로, 여기서 김순남은 청중으로 표시하였다.
줄 거 리 : 산동면 정산마을에 있는 산이 걸어가는데 여자가 그 광경을 보고 걸어간다 하니 그 자리에 멈춰버렸고, 광주 무등산도 그러했다는 이야기이다.

저그 정산 정산 산이. (조사자 : 어디 산동?) 잉. 산동 정산 산이 저그 걸어간디,

"저 산이……."

여자들이, 여자가 그랬데.

"저 산이 걸어가네 저그."

그런께, 거그다 딱 멈춰 부렀 갖고 딱 변해부렀어. 그 정산 산이. (청중 : 광주 무등산이 그랬다 알고 있는데.) (조사자 : 광주 무등산도 그랬데요?)

[김순남과 김동례가 둘이 동시에 이야기를 한다.] (청중 : 아 나 그 얘기만 들었어.) 아 그런 말이 있단게. (청중 : 무럭무럭 산이 걸어간께, 여자가 보고,)

"산이 저 걸어가네."

딱 그 자리 가 멈춰붓데.

(조사자 : 그게 무슨 산이라구요?)

(청중 : 무등산!)

호식 면한 사연

자료코드 : 06_04_FOT_20090619_SJH_KDR_0006
조사장소 : 전라남도 구례군 광의면 온당리 당동마을 129-1번지 당동마을회관 앞 유산각
조사일시 : 2009.6.19
조 사 자 : 송진한, 서해숙, 이옥희, 편성철, 임세경, 김자현
제 보 자 : 김동례, 여, 85세
구연상황 : 조사자가 호랑이 이야기에 대해 다시 물었더니 제보자가 다음의 이야기를 구
　　　　　연했다.
줄 거 리 : 할머니가 집으로 돌아오는 길에 동구나무 옆에 앉아 있는 호랑이를 보고서
　　　　　놀라 도망가니, 호랑이가 할머니 집까지 따라와서 사람 대신 개를 물어갔다는
　　　　　이야기이다.

저 저그 큰 동구나무가 있었어요. 아조 큰, (조사자 : 동구나무가!) 동구
나무가 [양 팔을 크게 벌리면서] 아조 매○○[바람소리 때문에 들리지 않
음] 동구나무가 있는디.

할마이, 어떤 할마이가 놀러 가다가 놀고 즈그 집이를 간다, 그 동구나
무 옆에가 불을 딱 쓰고 호랭이가 앉어 있더래요. 그래 갖고 어~찌게 놀
래 갖고오.

"이~!"[불을 쥐듯이 주먹을 앞으로 내밀면서]

그랬데요. 솔가지 불을 써 갖고 간다.

"이~!"

그른께, 요로고 막 호랭이가 뒤로 자빠지더레, 막 놀래 갖고 인자 막
뺑 뛰어갔는디, 즈그 집에 가서 문을 탁 닫고 들어간께, 즈그 집에 큰 개

가 있었더레요. 개가

'깨깽'

글더레, 개를 물어가더레, 막 영감허고 나가보라고,

"개 물어간다." 고 나가보라고 그런데, 안가더레 무서워서, 근데 그 사람은 즈그 야물 야물었던가 어쩟던가, 얼른 가서 담을 요라고 너머다 본께, 개를 모가지 탁 물어 갖고 탁~ 짊어지고 깐당깐당 올라가더레, 호랭이.

요저 대전박씨네 전에, 저, (청중 : 논에, 대전박씨네 논에.) 아 저 집이, 집이 대전박씨네 집이 시방은 전에 내산덕집이, 그 집이서 그러더레. 그때는 그런 이야기가 있어요.

강감찬과 벼락

자료코드 : 06_04_FOT_20090619_SJH_KDR_0007
조사장소 : 전라남도 구례군 광의면 온당리 당동마을 129-1번지 당동마을회관 앞 유산각
조사일시 : 2009.6.19
조 사 자 : 송진한, 서해숙, 이옥희, 편성철, 임세경, 김자현
제 보 자 : 김동례, 여, 85세
구연상황 : 앞서 유풍천 이야기가 끝나자 조사자가 강감찬에 대해 물으니 다음의 이야기를 구연했다. 제보자의 이야기는 대부분 간결하다.
줄 거 리 : 강감찬이 볼일을 보고 있는데, 벼락이 자주 치자 벼락을 분질러버렸다는 이야기이다.

전에 강감찬은, 어쳘게 어쳘게 저그 벼락을 부어쌌터레. 하늘에서 꺼떡 허며는 벼락을 내려쌌터레.

인자 어디가 똥만 저그 싸놔도, 싸놔도 벼락을 맞더레요. 인자 딱! 똥을 싼다고 볼일 보고 있는께로, 앉아 있는께. 벼락이 인자 저그, (조사자 : 떨어질라고 그러니까요?)

예. 그걸 타악~! 잡아서 분질러부렀다고, 칼자루 저그 벼락 저그 거시기를 그래 갖고, 그래서 그 뒤로는 벼락이 심허게 안내려와. 칼을 분질러붓고.

원님과 모기

자료코드 : 06_04_FOT_20090619_SJH_KDR_0008
조사장소 : 전라남도 구례군 광의면 온당리 당동마을 129-1번지 당동마을회관 앞 유산각
조사일시 : 2009.6.19
조 사 자 : 송진한, 서해숙, 이옥희, 편성철, 임세경, 김자현
제 보 자 : 김동례, 여, 85세
구연상황 : 앞서 '강감찬과 벼락' 이야기에 이어서 제보자가 다음의 이야기를 구연했다.
줄 거 리 : 원님이 남악사에서 쉬었다 간 뒤로 모기가 없어졌다는 이야기이다.

연파정에는 전에 원님이 일로다 거그서 쉬어서 모구(모기)가 없다고 해요. (조사자 : 어디? 어디예요, 거기가?) 오 바로 요기. (조사자 : 아 연파)

응. (조사자 : 원이 강감찬이예요?) 아니 원님은 여그 온 여그, (조사자 : 남악산!) 온 거그서 원님이 쉬었데. 거그서 쉬었는디, (청중 : 이게 지금 남악사가 문헌에 나와 있습니다.) 모구가 놀래 갖고.

천석꾼 짐계목

자료코드 : 06_04_FOT_20090619_SJH_KSN_0001
조사장소 : 전라남도 구례군 광의면 온당리 당동마을 129-1번지 당동마을회관 앞 유산각
조사일시 : 2009.6.19
조 사 자 : 송진한, 서해숙, 이옥희, 편성철, 임세경, 김자현
제 보 자 : 김순남, 여, 89세
구연상황 : 유산각에 나와 있던 청중들을 향해 지천리 부자에 대해서 묻자 제보자가 나

서서 다음의 이야기를 구연했다.

줄 거 리 : 사람들이 '얼굴이 빨가면 짐계목네 고추장 다 발랐다'라 말할 만큼 냉천마을 사람인 짐계목이 부자였다는 이야기이다.

진개목은 여 저 본래 본래 살기로는 마산 냉천리 사람인디. 여그 [뒤쪽을 가리키면서] 여 방광리 천운사 여그 여 절 밑에다가 그네들이 제각을 지었어.

그래서 즈그네들이 제각을 모시고 살고 있었는디, 냉 그 사람들이 다 서울로 가불고 아무 흔적이 없어요 시방. (조사자 : 마산면 냉천사람이예요? 짐계목은?)

예에. (조사자 : 짐계목이면 성은 뭐예요?) 김가제. (청중 : 김가! 짐계목, 짐계목.) (조사자 : 김계목인데 사투리로 짐계목이라고 하네요. 김치를 짐치라고 하는 것처럼?!)

그 이름이 따로 따로 있어요 이름이. (청중 : 짐계목인가 짐계목 ○○○로 있어요.) 말이 천석꾼이라고 그러거든 그 양반이. (청중 : "냉천 짐계목네 고추장을 다 볼랐네." 그러거든. [청중 모두 웃음]) (조사자 : 냉천 짐계목네 고추장을 다 볼랐네?!)

(청중 : 얼굴이 뻘거면 "냉천 짐계목네 고추장을 어디서 다 볼랐네." 그래.) (조사자 : 아 얼굴이 빨가면 그렇게 얘기하네요. 그러니까 그 집이 그렇게 부자여서 고추장이 많다고.) (청중 : 그렇게 부자였데요 그 집이.)

짐개목이 부자 되기까지

자료코드 : 06_04_FOT_20090619_SJH_KSN_0002
조사장소 : 전라남도 구례군 광의면 온당리 당동마을 129-1번지 당동마을회관 앞 유산각
조사일시 : 2009.6.19
조 사 자 : 송진한, 서해숙, 이옥희, 편성철, 임세경, 김자현

제 보 자 : 김순남, 여, 89세

구연상황 : 앞서 짐계목 이야기가 끝나자 조사자가 어떻게 해서 부자가 되었는지를 묻자 다음의 이야기를 구연했다.

줄 거 리 : 짐계목이 산에 나무하러 가는데, 산신이 나타나 그 사람 얼굴에 밥이 붙었다 고 하면서 삼 캐는 곳을 알려주어 부자가 되었다는 이야기이다.

　산에 인자 나무를 허러 갔던가 풀을 허러 갔던가 갔는디. 산신님이 나와 갖고는 풀을 허러 가서 요렇게 요렇게 조께 누워서 넣어서 뱁(밥)이 들었더라요. 산신님이 나와 갖고는,

　"아따~ 그 사람 낯에가 뱁이 막 주렁주렁 붙었네. 뱁이 막 주렁주렁 붙었네."

　그러더레요. 인자 뱁이 많다 그 말인가봐. 그,

　"그런거를 허지 말고, 요거 싹~ 삼인게, 삼을 캐라." 허고 그러더레요. 삼이 많고 그 근방에 많고. (청중 : 동삼, 동삼, 동삼이제?) 예. 그 삼을 캐 갖고 와서 그렇게 부자가 되 갖고.

과부 보쌈

자료코드 : 06_04_FOT_20090619_SJH_KSN_0003

조사장소 : 전라남도 구례군 광의면 온당리 당동마을 129-1번지 당동마을회관 앞 유산각

조사일시 : 2009.6.19

조 사 자 : 송진한, 서해숙, 이옥희, 편성철, 임세경, 김자현

제 보 자 : 김순남, 여, 89세

구연상황 : 조사자가 과부 이야기에 대해 묻자 다음의 이야기를 구연했다. 마을 위쪽에 위치한 유산각은 바람이 많이 통한 곳이어서 더운 날씨임에도 조사자들이 다소 여유를 부릴 수 있었다.

줄 거 리 : 시집와서 사흘만에 남편을 잃은 과부가 사흘만에 동네 머슴에게 보쌈을 당해 서 할 수 없이 살게 되었다는 이야기이다.

　영감이 인자 죽고, 저승 빨래를 허고, 그날 저녁에 있은께로. 동네 인자

막 머슴애들을, 초군들을 인자 술을 한 동우, 한동우 멕이 갖고는,

"과부를 허고 오니라."(과부보쌈을 하고 와라.)

트럭으로 먹고, 동네 막 청년들이 보를 갖고 가서 딱 둘러씩 갖고, (조사자 : 보로 씌어 갖고.) 막 물어뜯고 야단치니께.

둘러씩부렸았네. 업어다 놓고, 아 거 사흘만에 서방 죽고 사흘만에 와서 업어가니 얼매나 저그 했겠어. (청중 : 기가 멕히지.)

예, 기가 멕히지. 거로 업어다 놔분께 인자 헐 수가 없지. 그러고 놓고 문을 베깥에서 꽉 나오지도 못허게. 문을 꽈악 베깥에서 밀어 맡겨놓고는 인자,

"얻었는가? 얻었어?" 했샀고 그래놓고 인자. 그래놓고는 헐 수 없이 가서 모도 거그서 살아뿌렀어. (청중 : 인제 옛날 풍습이제.)

며느리 방귀

자료코드 : 06_04_FOT_20090619_SJH_KSN_0004
조사장소 : 전라남도 구례군 광의면 온당리 당동마을 129-1번지 당동마을회관 앞 유산각
조사일시 : 2009.6.19
조 사 자 : 송진한, 서해숙, 이옥희, 편성철, 임세경, 김자현
제 보 자 : 김순남, 여, 89세
구연상황: 앞서 김동례 제보자의 이야기가 끝나자 청중들은 잠시 음료수를 마시고 있었다. 이어 조사자가 시집살이, 며느리 이야기를 묻자 제보자가 다음의 이야기를 구연했다.
줄 거 리 : 며느리가 방귀를 자주 뀌자 같이 살기 힘들다면서 시아버지가 친정에 데려다주러 가는데, 배나무에서 며느리가 방귀를 뀌니 배가 우수수 떨어지는 것을 보고 시아버지가 집으로 다시 데리고 돌아왔다는 이야기이다.

어쩍케 전에 며느리가 방구를 껴쌋어. 못딛고(못데리고) 살고 인자 데려다 줄라고 시아바이가 데꼬 간디, 가다가 어디가 막 배나무가 배가 주

렁주렁 열렸드레요.

근께 인자 그 배나무에다 대고 방구를 탕~! 뀐께, 배가 막 우수수 떨어진께,

'아 요거요거 보내선 안되것다.'

도로 데꼬갔어. [청중 모두 웃음] (청중 : 배를 고놈 따 준께 좋아서. [청중 모두 웃음])

왕만석과 마적

자료코드 : 06_04_FOT_20090619_SJH_PRS_0001
조사장소 : 전라남도 구례군 광의면 지천리 지상마을 322-1번지 지상마을회관 앞 유산각
조사일시 : 2009.6.19
조 사 자 : 송진한, 서해숙, 이옥희, 편성철, 임세경, 김자현
제 보 자 : 박노선, 남, 65세
구연상황 : 조사자가 마을이장님께 사전 연락을 드리고 마을을 찾았다. 마을에 도착하니 마을회관 앞 유산각에 할머니 4명이 앉아서 한담을 나누고 있었다. 조사 의도를 확인한 이장님이 부랴부랴 이야기할만한 어르신을 모셔왔다. 이어 조사자가 유산각에 모인 청중들에게 조사 취지를 설명한 뒤에 많은 이야기 해줄 것을 부탁드렸다. 이후 왕만석 관한 이야기를 박상환 제보자가 구연하자 이를 듣고 있던 제보자가 이어서 다음의 이야기를 구연했다.
줄 거 리 : 왕만석이가 남원 갔다 오는 길에 마적을 만났으나 마적쟁이가 그를 봐주어서 짐을 털리지 않았다는 이야기이다.

그러고 그 아까 도둑 말이 나왔지마는, 남원에 갔다가 넘어 온 길에 그 마적들을 만났는디, 왕만석 그놈은 몰라도 왕처쟁이 그놈은 안다요. 왕처쟁이.

응. (청중 : 이름이 왕처쟁이예요.) 이름이 왕처쟁이라. 그이가. (조사자 : 아 만석이가 아니라.) 만석 만석자리가. (청중 : 만석이는 별호고.) (조사자 : 아 별호고.) 그래 갖고 그 도둑들헌테 만내 갖고(만나 가지고) 짐을

또 털릴 판인디, 마쟁이 보고는,

　"그 양반 손대지마라."

　(조사자 : 아 마쟁이 보고는.) 응. 근께 요그 와서 보고 들어가면서 그 후휘헌께, 거그서 봐줬던 모양이여. 그런 이야기들.

삭당골 개성 왕씨

자료코드 : 06_04_FOT_20090619_SJH_PRS_0002
조사장소 : 전라남도 구례군 광의면 지천리 지상마을 322-1번지 지상마을회관 앞 유산각
조사일시 : 2009.6.19
조 사 자 : 송진한, 서해숙, 이옥희, 편성철, 임세경, 김자현
제 보 자 : 박노선, 남, 65세
구연상황 : 제보자가 왕만석에 관한 이야기에 이어서 개성 왕씨에 관한 다음의 이야기를 시작했다.
줄 거 리 : 이성계에 쫓긴 개성 왕씨들이 삭당골에 은둔하여 살았다는 이야기이다.

　(조사자 : 구례 왕씨인가요?) 개성 왕씨. [청중 모두 "개성왕씨라 그래."] (조사자 : 개성 왕씨라고 그래요.) 왕씨는 단일 본인데,

　근데 인자 이성계에게 쫓겨 가지고 은둔해서 와서 여그서 한동안 살으셨어 여그서. 여그 산 넘어가서 그 삭당골이란 꼴짜기가 있는데 거그서 사시다가.

오산의 쌀 난 바우

자료코드 : 06_04_FOT_20090619_SJH_PRS_0003
조사장소 : 전라남도 구례군 광의면 지천리 지상마을 322-1번지 지상마을회관 앞 유산각
조사일시 : 2009.6.19
조 사 자 : 송진한, 서해숙, 이옥희, 편성철, 임세경, 김자현

제 보 자 : 박노선, 남, 65세

구연상황 : 쌀 나오는 바위에 대해서 묻자 제보자가 다음의 이야기를 구연했다.

줄 거 리 : 오산에 쌀 나오는 바위가 있었는데, 쌀이 조금씩 밖에 나오지 않자 스님이 막대기로 쑤시니 그 뒤로 나오지 않았다는 이야기이다.

(청중 : 쌀뜨물이라고, 그 시방 어디가 있다고 그럽디다, 그 절에 가며는.) (조사자 : 쌀뜨물 나오는 바위요?)

(청중 : 쌀을 쪼금씩 나온다고,) 몰라. 저그. 사성암 있는디, (청중 : 깊숙허니 쑥 허니 찔렀데.)

안가보셨는지 몰라도 거그. 거그 저그 저, 거그 가며는, 물도 귀허고 그렇게 생겼어. 올라 [손을 위로 올리면서] 댕기기도 영 남 남 지형이거든 거그가. 사찰을 보고 시프시며는 개방이,

(청중 : 오산이라고는 시방.) 개방이 되 갖고 시방 좋게 해났는데. 아 거 저그 간푼 스님 한분이, 쌀이 쪼께씩 나오니께로, 많이 나오고라고 쑤쎠 부렀데. 그래 갖고는 쌀이 안나와 부렀데.

그런 그런 일례는 인자, 그런 전설은 비근하게 많지.

강감찬과 잔수

자료코드 : 06_04_FOT_20090619_SJH_PRS_0004

조사장소 : 전라남도 구례군 광의면 지천리 지상마을 322-1번지 지상마을회관 앞 유산각

조사일시 : 2009.6.19

조 사 자 : 송진한, 서해숙, 이옥희, 편성철, 임세경, 김자현

제 보 자 : 박노선, 남, 65세

구연상황 : 청중은 많았으나 이야기가 좀처럼 나오지 않자 조용히 앉아 있던 제보자가 연이어 이야기를 했다. 조사자가 강감찬에 관한 이야기를 묻자 다음의 이야기를 구연했다.

줄 거 리 : 구례구역 근처에서 강감찬이 유숙하는데, 여울소리가 시끄럽다 말하니 그 뒤로 물소리가 조용해져서 '잔수'라 불렸다는 이야기이다.

아 저기 구례[길게] 호남 아니 전라남선 쪽 타고 내려오며는 구례구역이 있어요 잉! (조사자 : 네 구례구역이요.)

구례구역에서 구례를 들어갈라고 그러며는 섬진강교를 건너죠 잉. 거그가 보며는 여울이거든. 고 밑에가. 물이 만헐(많을) 때는 시끄러워. 그러고 또 모기가 많고.

그러고 인자 강감찬 장군이 어째 인자 거기 그 곳을 지나[길게]가게 됐다고 그러더라고. 그래 가지고 하룻밤 거그서 유숙을 하게 된디,

모기가 많고, 또 머이냐 [오토바이 소리가 제보자 목소리와 겹친다.] 물소리가 시끄럽고 그래서 인자 은연중에 한다는 허는 얘기가,

"물소리가 잠잠했으면 좋겄다."

그러고,

"왠 놈의 모구가 이렇게 많냐?"

그러고, 그런 얘기를 해 가지고 보니까, 대짜 물이, 여울에서 흘러갔던 물이 물소리가 잔잔허니 나고, 또 모기가 없고, 그래서 거그를 잔수라 해요. 잔수!

역전 근방을 우리가 ○○자 써서 기냥 찬수라 그런디. 물이 잔잔허니 내려간다 그래서 잔수라고 그런 얘기가 있어. 이 지역만이라도 구례역 들어오면서 거그에 대한 강감찬 장수의 그런 이야기는 전해오고 있어.

금성재를 지나갈 때

자료코드 : 06_04_FOT_20090619_SJH_PRH_0001
조사장소 : 전라남도 구례군 광의면 지천리 지상마을 322-1번지 지상마을회관 앞 유산각
조사일시 : 2009.6.19
조 사 자 : 송진한, 서해숙, 이옥희, 편성철, 임세경, 김자현
제 보 자 : 박노향, 남, 80세

구연상황 : 박노선 제보자의 이야기가 끝나자 마을의 원로인 제보자에게 마을 주변의 지형에 대해서 물었더니 다음의 이야기를 시작했다.
줄 거 리 : 최대감이 살고 있는 금성재를 지날 때는 원님도 관악소리를 멈추고 조용히 지나갔다는 이야기이다.

저 [왼쪽을 가리키며] 가며는 인제 수락재라고 있어요. 나무 들어가는 디 재가 있어요, 터널이 있는디.

터널이 있는디. 거글 못가서 [터널 가리키던 위치보다 낮게 가리키면서] 재가 쪼그마한 것이 금성재라고 그랬어요. 금성재. (조사자 : 금성재!)

예. 금성재란 거이 있는디. 금성이란 것이 머이냐 그러며는, 옛날 원님이 부임을 허러 오며는 구례로, 그 금성재에서 일단은 [손을 사선으로 그으면서] 소리를 멈춰.

왜냐며는 그때 막 피리 같은 거 관악대들 막 대관을, 응 [잠시 생각하면서] 나팔을 불면서 들어갔거든. 근디 금성재에 가서는 금했어. 그것이 머이냐며는 그 거만이 최씨 집안에 에 말이 판서씩이나 라고 허는디,

판서가 아니라 대감 머이냐 대감인디, 참판정도 됐어. 근디 그 사람이 정년퇴직, 말허자면 요 요새로 말허면 정년퇴직, 그 벼슬을 허다가 그만두고 그 재 옆에서 동네가 있는디. 구만리란 동네서 말허자면 살고 있었어.

근디 일개 현감이 피리불고 [잠시 숨고름] 뚜드림서 들어 올 수가 없어. 대감 그 앞에, 근께 거그가 딱 끈꼬, 지나 와서 인제 다시 소리를 내고 들어간다.

그래서 인자 금성재다! 소리를 금헌다. (조사자 : 소리를 금헌다. 아.)

소리 성(聲)자. 금성재라. 그런 얘기가 있고.

지천리 유래

자료코드 : 06_04_FOT_20090619_SJH_PRH_0002
조사장소 : 전라남도 구례군 광의면 지천리 지상마을 322-1번지 지상마을회관 앞 유산각
조사일시 : 2009.6.19
조 사 자 : 송진한, 서해숙, 이옥희, 편성철, 임세경, 김자현
제 보 자 : 박노향, 남, 80세
구연상황 : '금성재'에 관한 이야기에 이어서 다음의 이야기를 시작했다.
줄 거 리 : 더덕 대신에 탱자를 심어서 '지천'이라 하였다는 이야기이다.

여기는 에 저 지천리는 본래 지정리요. 지정, 지정인데, 그 지자가 시 시방은 [바닥에 글자를 쓰면서] 지초 지(芝)자라고, 초두변에 갈지잔디,

옛날에는 나무목변에 입구를 허고 여덟 팔자를 했어, 거 여 탱자 지(枳)자라 그래. 여그 여 여 도로 여그 가면 요 물이 카브(curve) 돈 데가 있어. 여그 여기.

거가 큰 어덕이 있어 가지고, 탱자나(탱자나무), 탱자를 많이 심었어요. 감천이 안나라고. 그래서 그 저 지정이라.

그래 저거슬 더덕방천이라, 더덕을 빻아서 탱자나무를 심었다고 해서, 지정이요 더덕방천이다 그런 유래가 있고.

당촌 유래

자료코드 : 06_04_FOT_20090619_SJH_PRH_0003
조사장소 : 전라남도 구례군 광의면 지천리 지상마을 322-1번지 지상마을회관 앞 유산각
조사일시 : 2009.6.19
조 사 자 : 송진한, 서해숙, 이옥희, 편성철, 임세경, 김자현
제 보 자 : 박노향, 남, 80세
구연상황 : 지천리의 유래에 대한 짧은 이야기에 이어서 다음의 이야기를 시작했다.
줄 거 리 : 당촌이라는 마을은 삼국통일 당시에 당나라군이 주둔하였다 해서 붙여진 이름이라는 이야기이다.

인자 하나 설에 보면, 여가 [오른쪽을 가리키며] 요 요 도로 우가 당촌이란 동네가 있어요.

근께 당촌이란 이 동네가 당나라 당(唐)자 당촌이거든. 그 당촌이 왜 이 당촌이라고 했느냐? 그러며는, 아까 신라가 통일을 헐라고 헐 때에 당나라군을, 역사서에 나오지 안습니까! 같이,

말허자면 그걸 머라고, 하 합작이라고 해야 하나? (청중 : 나당 연합!) (조사자 : 동맹. 연합) (청중 : 나당 연합!)

예. [두 손을 합하면서] 연합작전이라고 했어요. 그래서 그 저 당나라군이 거그서 주둔을 했다. 그래서 [한 손을 들어 강조하듯이 허공에 찌르면서] 당촌이다.

호식당한 정씨와 자결한 부인

자료코드 : 06_04_FOT_20090619_SJH_PRH_0004
조사장소 : 전라남도 구례군 광의면 지천리 지상마을 322-1번지 지상마을회관 앞 유산각
조사일시 : 2009.6.19
조 사 자 : 송진한, 서해숙, 이옥희, 편성철, 임세경, 김자현
제 보 자 : 박노향, 남, 80세
구연상황 : 조사자가 호랑이에 관한 이야기를 묻자 다음의 이야기를 구연했다. 청중들은 제보자의 이야기를 조용히 경청하고 있었다.
줄 거 리 : 정씨가 산에 나무하러 갔다가 호식을 당하였는데, 마을사람들이 그를 찾으러 부인과 함께 올라갔다. 마을사람들은 호랑이가 정씨를 잡아먹는 광경을 보고 어찌할 바를 모르고 있는데, 부인이 달려가 막았다. 그리하여 정씨 시신을 수습하여 3년상을 치른 뒤에 부인은 자결하였다는 이야기이다.

저 정씨가 [헛기침] 부부가 사는디. 사는디, 남편이 나무허러 갔어. 저 지리산에, 그러면 인자 나무꾼들이 여러이 갔거든.

옛날에는 [지리산 쪽을 가리키면서] 호랭이가 살았다고, 지리산에. 지

금은 인자 아까 여순반란사건이 육이오 사건 해 가지고 인자 없어져뿔고 그랬는디.

근디 그 정씨라는 사람이, 나 이름을 잘 잊어뿌렀그만. [헛기침] 산에 나무를 허러 가는디, [헛기침] 아까 그 호랭이를 만났단 말이여. 근께 호랭이가 덮쳐붓단 말이여.

근께 이 나무꾼들이 [앞으로 벌린 양 팔을 오므리면서] 전부다 도망해서 왔는디, 와갔고는 인자, 동네사람들 전체를 소집을 해 갖고는 이 [양 팔을 벌려 빗자루 크기를 표현하면서] 길다란 빗지락에다 불을 키고 횃불을 키고, 말허자면 시신을 찾을라고 그 현장에를 갔는디.

간디, 이게(호랑이) 딱 무릎을 세워났는디, 발을 딱 [호랑이가 양 앞 발을 벌린 모습을 표현하며] 요 우아래 딱 데놓고는 뜯고 있어, 뜯어 묵고 있어. 근디 감히 누가 쫓아 들어가. 근디 그 마누래가, 마누래가.

"아나 나까지 잡아 묵어라." 허고 뛰어가붓어. 그런께 그 저 그 호랭이가 뒤로 물칙허니, 인제 그런 사이에 인제 남자들이 시신을 수습을 해 갖고 인자 왔어.

근데 그 여자가 남편 삼년상을 했어. [손가락을 하나씩 구부리면서] 소상 대상. 옛날 그 제례 보며는 소상 지내고 대상 지내고, 대상 딱 지내고 그 이튿날 자결을 했어.

근게 인자 열녀지. 그런 설은 있어요. (조사자 : 그 정씨부인이 여기서 사셨나보죠? 이 마을에서?) 아니 요 아래.

이성계의 꿈

자료코드 : 06_04_FOT_20090619_SJH_PRH_0005
조사장소 : 전라남도 구례군 광의면 지천리 지상마을 322-1번지 지상마을회관 앞 유산각
조사일시 : 2009.6.19

조 사 자 : 송진한, 서해숙, 이옥희, 편성철, 임세경, 김자현
제 보 자 : 박노향, 남, 80세
구연상황 : 조사자가 이성계에 관해 묻자 다음의 이야기를 시작했다.
줄 거 리 : 이성계가 집 짓는 나무 세 개를 지게에 지고 가는 꿈을 꿨는데, 그 나무 세
개는 임금 왕(王)자를 뜻하였다는 이야기이다.

이성계? 이성계가 남원까지 온 거 나 인자 들었지마는, (조사자 : 뭐 지
리산에 와서 왕 되게 해달라고~.)

어. 그것이 머이냐며는, 이성계가 인제 잔다. 꿈을 꾼다. 뭐 지게를 지
고 말허자면 ○○○라고 집짓는 나무 있어.

그거를 시개(세 개)를 지게에다 지고 걸어가는 꿈을 꿨다 그러거든.

그것이 지금으로 말하면, 임금 왕(王)자다! 임금 왕자다!

지리산신을 모신 당저

자료코드 : 06_04_FOT_20090619_SJH_PRH_0006
조사장소 : 전라남도 구례군 광의면 지천리 지상마을 322-1번지 지상마을회관 앞 유산각
조사일시 : 2009.6.19
조 사 자 : 송진한, 서해숙, 이옥희, 편성철, 임세경, 김자현
제 보 자 : 박노향, 남, 80세
구연상황 : 이성계 이야기가 끝나자 조사자가 지리산신에 관해 물었더니 다음의 이야기
를 구연했다.
줄 거 리 : 남원부사가 당동에서 지리산 산신제를 모셨는데, 제의 중간에 신이 부사를 데
려가려고 했다. 마침 제물 옆에 살아 있는 염소를 두고 제를 모시는 것을 보
고 부사 대신에 염소를 데려갔다는 이야기이다.

그리고 요 우에 [왼쪽 위를 가리키면서] 가며는 당동이란 데가 있어요.
(조사자 : 당동!) 당동, 잉. [뜸들이다가] 구만리 저 거시기 저 온당리 거그
가면 당동이란 데가 있어요.

그러면 남원, 남원부사가 그 당동에를 와서, 일년에 한 차례씩 지리산 산신제를 지내. 근디 지리산 산신은 여신이거든. [헛기침] 근디 와갔고 산신을 지내.

그러면 인자 그 산신을 지낸 것은 전부다 그 제물이 생것이라. 쌂은 것이 없어요. 지금도 행교도 가 보면요, 행교제를 지내며는 쌀을 놓고 서숙을 놓고 돼아지도 생것을 놓지 쌂덜 안해요.

근디 거기 저 저 염소가튼 거를 인제 딱 거다 매달고, 산신 가져가라고 인자 매 놨는디. 인자 [손바닥을 축문처럼 놓으면서] 축을 읽어, 국태민안의 축을 딱! 해서 끝에 가서,

"상~ 향!" [강조하듯이 한자 한자 억양을 높여서] 허면, [두 손을 좌우로 흔들면서] 어느새 염소가 없어져붓어.(없어져버렸어요.) 그래 인자, [웃음]

"산신이 물고 가붓다."

인제 그것도 왜 그러냐? 그 앞에는 부사가 산신제를 지내며는 꼭[강하게] 그 부사를 물고 가부렀어. (조사자 : 아 데리고 가버렸다.)

"부사를 물고 가붓다."

전설이여! [실화가 아님을 강조한다.] 그런디 그래서 그 뒤로는 아까 염소를 대신해서 응 묶어 놓고. (조사자 : 흰 염소를~)

예, 부사 대신에. 그래서 그 저 당동이란거이 지금도 그 당터가 있습니다. (조사자 : 당터가 거가 있습니까?) 허믄요, 거가 막 기왓장도 나오고 응.

왕만석과 도둑

자료코드 : 06_04_FOT_20090619_SJH_PSH_0001

조사장소 : 전라남도 구례군 광의면 지천리 지상마을 322-1번지 지상마을회관 앞 유산각
조사일시 : 2009.6.19
조 사 자 : 송진한, 서해숙, 이옥희, 편성철, 임세경, 김자현
제 보 자 : 박상환, 남, 73세
구연상황 : 조사자가 이 마을에 부자가 있는지를 묻자 다음의 이야기를 구연했다. 청중은
　　　　　 박종삼과 마을부녀자들이다.
줄 거 리 : 만석꾼 왕만석이는 구두쇠였는데, 어느 날 도둑이 들자 궤짝을 열어주면서
　　　　　 가져가서 싶은 만큼 가져가라 했더니 일부 남겨놓고 모두 가져갔다는 이야기
　　　　　 이다.

(청중 : 그 부자들을 그네들을 우리가 알 수가 있어야제. 천변부락이라
고.) (조사자 : 아 천변이요?)

(청중 : 응. 거가 왕만석이라고 만석자리가 만석꾼이 있었죠.) (조사자 :
아 만석꾼이 있었어요!)

(조사자 : 그럼 어떻게 부자가 됐답니까?) (청중 : 그걸 우리가 모르지.
그건 옛날 일인디 어쩧케 알아야제. [웃음])

(조사자 : 그 이야기 들은 것이 있을 것 아니예요?)

그 그 도중에 우리가 어렸을 때 들은 얘기로는 굉장히 구두쇠였답니다.
(조사자 : 구두쇠요.) 그리고 같은 일가[길게]들에 대해서 냉정헐 때에는
사정없이 냉정허고,

그렇게 해서 저 티끌모아 태산 모으는 식으로 그렇게 재산을 갖다가,
말씀을 들어보면 그분이 고생도 많~이 했던 분이다 그런 얘기는 들었
어요.

그 살림을 왜 모에야, 모에야, 왜 모아야 허겠다는 대단한 각오가 아주
투철했다고. (조사자 : 뭐 이렇게 친척들한테 인색하게 한 이야기나?) 그런
구두쇠라고 허는 이야기는 들었어요. 근데 어떻게 어떤 방법으로 했는가
그런가는 모르것어요.

(청중 : 도둑이 왜 털러 들어왔다고 안합디여. 도둑이 털러 들어와 갖고

확[길게] 궤짝에 돈이 잔뜩 있었는디, "느그 가져가고 싶은 만큼 가져가 거라." 그랬다요. 그런 조께 냉겨 놓고 가더레요. 그런 소리 들은 적이 있 구만.)

(조사자 : 그 만큼 부자였다구요?)

(청중 : 근디 도둑이 양심 있이 냉겨놓고 가더레요. [청중 웃음] 근디 저 그 여러 말 들었소만 다 잊어뿌렀네.)

(청중 : 저그 [뒤쪽을 가리키면서] 산으로 나무 갔다가 너머 온디, 재에 서 도둑을 만났는디 그 다른 도둑을 만났는디 그 저그 그 도둑이,)

만석꾼! (청중 : 요 영감님을 도와줬다고 또 고런 말을 들었고, 우리들도 잊어뿌어.) 도둑이 틸라고 허는데, 그 영감님이 내려 오, 같이 일행이 내 려 왔는데, 그 영감님헌테는 손을 안대고,

그러니까 옛날에 자기 집이 와서 도둑을, 도둑질을 해 가면서 궤를 딱 열어 놓으니까, 고놈을 손을 간 놈이 그랬지 안았나! 그런 설도 있었어요.

권면장과 명당

자료코드 : 06_04_FOT_20090619_SJH_PSH_0002
조사장소 : 전라남도 구례군 광의면 지천리 지상마을 322-1번지 지상마을회관 앞 유산각
조사일시 : 2009.6.19
조 사 자 : 송진한, 서해숙, 이옥희, 편성철, 임세경, 김자현
제 보 자 : 박상환, 남, 73세
구연상황 : 앞서 권면장과 도깨비가 씨름한 이야기가 끝나자 그동안 조용히 듣고 있던 제보자가 권면장에 관한 다음의 이야기를 구연했다.
줄 거 리 : 권면장이 풍수가의 말에 따라 선친 묘자리를 명당자리로 옮겼다. 이후 외꾸 눈을 가진 아들을 얻었으나 대신 부자가 되었다는 이야기이다.

우리 지천리로 보며는 권씨들 집안이 있어요. 권씨들. 권자 도자 수자 허신 분이 옛날에 면장을 허신 분이고. 그 사람이 저기 [오른쪽을 가리키

면서] 당촌 앞에 가머는 산이 있어요.

그 산을 풍수들을 안고(데리고) 인자 여러 번 답사를 해 갖고 거기 가서 그 산을 샀는데, 그거슬 산을 사놓고 자기 선친들을 쭉 모셔 놨는디, 아 뜻밖에 그 좋은 데라고 명 명당자리라고 옮겨 놨는디,

아들이 외꾸가(외꾸눈으로 태어난 아들) 하나 생겨 갖고 나와버렸어요. 그래서 인자 그 양반이 인자 그 명당자리라고 헌 그 풍수를, 객이 와서 그런 얘기를 했기 때문에, 동네사람이 했다면 한번 머 시비라도 붙어 볼 거인디, 객이 와서 헌 그 얘기를 듣고 그 산을 샀고 그랬기 때문에,

반면에 재산은 굉장히 증가해 뿌렀어요. 그래가 저 [앞 쪽을 가리키면서] 마을 앞에 가면 갱번이라고 허는 [원을 크게 그리면서] 갱번 들을 전부다 샀부렀어요. 그래 가지고 그 그런 속담이 있었죠.

귀먹은 풍수가

자료코드 : 06_04_FOT_20090619_SJH_PSH_0003
조사장소 : 전라남도 구례군 광의면 지천리 지상마을 322-1번지 지상마을회관 앞 유산각
조사일시 : 2009.6.19
조 사 자 : 송진한, 서해숙, 이옥희, 편성철, 임세경, 김자현
제 보 자 : 박상환, 남, 73세
구연상황 : 앞서 명당에 관한 이야기에 이어 풍수가에 관한 다음의 이야기를 구연했다.
줄 거 리 : 귀가 먹은 풍수가 손으로 흙을 만져서 좋은 자리인지를 확인하는데, 어느 날 자식이 없는 사람이 찾아와 자식 낳을 만한 땅을 정해 달라고 부탁하자 이를 들어주니 이후 사내아이를 얻게 되었다는 이야기이다.

고 저그 저 오산리 얘기를 들어보며는, 옛날에 김정렬씨라고 허는 사람이, [마을을 가리키면서] 풍수가 마을에서 살았었어요. (조사자 : 이 마을에서요?)

아니, 아니. 큰 부락에. (조사자 : 지하에가요?) 지하에가. 근디 그 분이

귀가 먹었어요. 근디 그 사람이 땅을 보며는 제일 먼저 흙을 먼저 봅니다.

손에다 [손바닥을 펴서] 흙을 딱 해 가지고, 그 흙이 말허자며는 복을 받을 수 있는 흙이냐? 아니냐? 이것 보고 그 다음에 자질을 봐. 근께 귀가 먹어 논께 크게 얘기를 해야 해.

근데 인자 남원 가서 한 군데를 초빙을 받아서 갔는디. 가보니까[이때부터 바람이 계속 불어 잘 들리지 않는다.] 아들딸을 한나도(아들이나 딸 중에서 한 명도) 못난 사람이(낳지 못한 사람이), 이 이 풍수를 불렀어요. 불러 갖고,

"어떻게 아들딸을 날 수가(낳을 수가) 있는 그런 것이 있냐? 없냐?"

해 가지고, 그걸 인자 가서 운수를 따라 가서 자리를 잡아 주는데, 한 삼년 있따가, 이바지를 해 갖고 갖고 왔더레. 그 집이서. 이바지를 해 가지고 갖고 와서 보니까, 상당히 촌에서 장만헐 만큼 장만해 갖고 갖고 왔더레.

"왠 떡이냐?" 하고 인자. 인자 귀가 멀은께 말 못 알아들으니께 인자. 며느리 아니 저 여 아들이 이렇게 물으니까.

"아 이번 이렇게 해서 자리를 잘 잡아줘 갖고 사내아이를 얻었다."고. 그렇게 해 갖고 그런 그 고담 얘기는 있어요. 참 잘 봤어요. 산을.

왕만석이 부자 될 징후

자료코드 : 06_04_FOT_20090619_SJH_PJD_0001
조사장소 : 전라남도 구례군 광의면 지천리 지상마을 322-1번지 지상마을회관 앞 유산각
조사일시 : 2009.6.19
조 사 자 : 송진한, 서해숙, 이옥희, 편성철, 임세경, 김자현
제 보 자 : 박점동, 남, 83세
구연상황 : 앞서 박상환 제보자가 왕만석에 관한 이야기를 마치자 제보자가 이어서 다음의 이야기를 구연했다. 이야기가 비교적 짧다.

줄 거 리 : 왕만석이가 저녁에 자고 나면 마당에 병아리가 가득하였는데, 그만큼 부자가
　　　　되려고 그랬다는 이야기이다.

　　에 왕부자가 왕만석이다. 왕만석 그 양반이 머이야[잠깐 쉬고] 우리가
듣기로는, 저녁으로 자고 나면 삥아리가(병아리가) 마당으로 [두 팔로 원
을 크게 그리면서] 한나가(하나 가득) 있드레요. (조사자 : 병아리가?)
　　어. 병아리가. 그래 고런 것 좀 키우고. 근께 될라니까 그렇게 됐던거이
지요, 잉.

권면장과 도깨비의 씨름

자료코드 : 06_04_FOT_20090619_SJH_PJD_0002
조사장소 : 전라남도 구례군 광의면 지천리 지상마을 322-1번지 지상마을회관 앞 유산각
조사일시 : 2009.6.19
조 사 자 : 송진한, 서해숙, 이옥희, 편성철, 임세경, 김자현
제 보 자 : 박점동, 남, 83세
구연상황 : 조사자가 도깨비에 관한 이야기를 묻자 다음의 이야기를 구연했다.
줄 거 리 : 권면장이 밤에 물을 대러 갔다가 도깨비와 씨름한 뒤에 그를 풀에 꽁꽁 묶었
　　　　는데, 아침에 보니 빗자루 몽둥이였다는 이야기이다.

　　요 아래 권면장이라고, (조사자 : 예, 권면장!) 면장하신 분이 술집이 가
술을 자셔도,
　　여그 [손바닥을 내밀면서] 돈 딱! 술값 딱! 젊어지고, 또 손에 딱 쥐고.
[손에 돈을 쥔 척] 딱 왔다 감서 돈 놔뿔고 나가신 그런 양반인디.
　　그런 양반인디, 그 양반이 밤에 물을 데러 나갔다가, 그 양반이 쭉[차가
지나가는 소리] 물을 데러 나갔다가, 아! 어쩐지도 모르게 씨름을 했어.
자기가 쳐 백히고(박히고) 또 저놈이 쳐 백히고, (조사자 : 누구? 도깨비
랑?)

도깨비허고 인자. 도깨비허고 ○○ 했어. 이 양반이 고렇게 했는디. 고렇게 해 갖고 어떻게 집에 오셨어 그 양반이. 집에 와갔고 아 집에 와서 가만히 생각헌께 참~ 용허거든.

그 그래 그 때 나중에 잠을 깨 갖고 가본께, 빗지락 몽둥이를 피가 조께 묻었더레. 고놈을 그 풀에다 꽁꽁 묶었드레. (조사자 : 풀에다!)

논 매는 소리

자료코드 : 06_04_FOS_20090619_SJH_KDR_0001
조사장소 : 전라남도 구례군 광의면 온동리 당동마을 당동마을회관
조사일시 : 2009.6.19
조 사 자 : 송진한, 서해숙, 이옥희, 편성철, 임세경, 김자현
제 보 자 : 김동례, 여, 85세
구연상황 : 조사자들이 광의면 지천리 지상마을에서 조사를 끝내고 온동마을로 왔을 때
         마을 회관 앞 모정에는 할머니들 3명이 앉아서 이야기를 나누고 있었다. 지상
         마을에서 추천해 준 김선균 제보자에게 지리산에 관한 이야기를 듣고 난 후
         더 이상 조사의 진척이 이루어지지 않았다. 할머니들에게 몇 편의 설화를 더
         들은 다음 민요조사로 넘어갔다. 앞서 김순남의 아리랑 타령이 끝난 후 모를
         심으면서 불렀던 노래나 김매기를 하면서 불렀던 노래를 불러달라고 하자 다
         잊어버렸다고 했다. 조사자가 가사를 조금 말하자 이어서 불렀다.

         저 건네에- 갈미봉에에-

         비가 자안뜩윽 묻어-온다아

         우~장삿갓을- 허리에에 두르고오

         논에에 잔지- 심(작은 풀)을- 매러 가세에

딸아 딸아

자료코드 : 06_04_FOS_20090619_SJH_KDR_0002
조사장소 : 전라남도 구례군 광의면 온동리 당동마을 당동마을회관
조사일시 : 2009.6.19
조 사 자 : 송진한, 서해숙, 이옥희, 편성철, 임세경, 김자현
제 보 자 : 김동례, 여, 85세

구연상황 : 논 매는 소리가 끝난 후 또 다른 노래를 불러주기를 바랬지만 할머니들은 기
억이 나지 않는다고 하였다. 조사자가 아기 재울 때 부르는 노래나 어렸을 때
놀면서 불렀던 노래라도 불러달라고 했으나 제보자는 젊었을 때 일하느라고
애기 재우면서 노래 부를 경황이 없었고, 그 당시 노래가 잘 기억나지 않는다
고 하였다. 이어 조사자가 "딸아 딸아 막내딸아" 이런 노래를 아느냐고 묻자
제보자가 다음의 노래를 불렀다.

딸아- 딸아- 막내- 딸아아
곱게 묵고- 곱게 커-라아
오동나무- 장롱에다아
국화- 장석(장식) 걸어 둘께에

베틀 노래

자료코드 : 06_04_FOS_20090619_SJH_KSN_0001
조사장소 : 전라남도 구례군 광의면 온동리 당동마을 당동마을회관
조사일시 : 2009.6.19
조 사 자 : 송진한, 서해숙, 이옥희, 편성철, 임세경, 김자현
제 보 자 : 김순남, 여, 89세
구연상황 : 조사자가 옛날 노래를 불러주라고 했지만 다들 기억이 나지 않는다 했고, 다
시 길쌈하면서 부른 노래를 불러주라고 했지만 고개를 저을 뿐이었다. 이어
조사자가 "물레야 자세야 어리빙빙 돌아라" 이런 노래를 아느냐고 묻자 김동
례 제보자가 이어서 부르기 시작했다.

물레야아~ 자세야아~
어기이 빙~ 돌아라아~
넘의 지입(집) 귀동자~
밤이슬을 밟는다아~

아리랑

자료코드 : 06_04_FOS_20090619_SJH_KSN_0002
조사장소 : 전라남도 구례군 광의면 온동리 당동마을 당동마을회관
조사일시 : 2009.6.19
조 사 자 : 송진한, 서해숙, 이옥희, 편성철, 임세경, 김자현
제 보 자 : 김순남, 여, 89세
구연상황 : 베틀 노래가 끝난 후 아리랑 타령을 불러주라고 부탁하자 웃으며 이 민요를
       불렀다.

시집살이~ 잘헌다고- 동네상을 췄더니~

새미질(샘에 가는 길)에 감-서로 댐~배를 피우네에

아리 아리랑 스리 스리랑

아라리가 났네에 에에~

아-리 아리랑 얼-씨구 놀다나 가세에

춘향가

자료코드 : 06_04_FOS_20090619_SJH_LJS_0002
조사장소 : 전라남도 구례군 광의면 온동리 당동마을 당동마을회관
조사일시 : 2009.6.19
조 사 자 : 송진한, 서해숙, 이옥희, 편성철, 임세경, 김자현
제 보 자 : 이재수, 남, 87세
구연상황 : 조사자들이 조사를 하다가 주민들에게 전에 얼씨구학당에서 마을을 찾아와서
       촬영할 때 상여 소리 선소리를 하던 분이 어디에 사느냐고 묻자 한 주민이
       직접 이재수 제보자의 집까지 안내해주었다. 이재수 제보자를 모정으로 모시
       고 와서 민요를 불러주라고 부탁하자 춘향가 한 대목을 들려주었다.

일절통곡 애원성은

단장곡을 섞어 운다

촛불을 두둑 키고

둘이 서로 마주 앉어

울며불며 하직헐 적

아이고 여보 도령님 참으로 가실라요

나를 어쩌고 가실라요

인제가며 언제와요

오실 날이나 일러 주오

동방화개(東方花開) 춘풍시(春風時)에

꽃이 피거든 오실라요

석상루 중부실무

싹나거든 오실라요

마두각(馬頭角 : 말 머리의 뿔이 남)허거든 오시랴오

오두백(烏頭白 : 까마귀 머리가 희어짐)허거든 오시랴오

운종룡(雲從龍) 풍종호(風從虎)라

용 가는데 구름이 가고 범 가는데 바람가니

금일송군(今日送君) 님이 가시는 곳

백년소첩 나도 가세

오냐 춘향아 우지마러라

내가 가면 아조 가며

아조 간들 잊을 소냐

쇠끝같이 모진 마음

홍로(紅爐)라도 녹지 말고

다시 오기만 기다려라

사철가

자료코드 : 06_04_FOS_20090619_SJH_LJS_0002
조사장소 : 전라남도 구례군 광의면 온동리 당동마을 당동마을회관
조사일시 : 2009.6.19
조 사 자 : 송진한, 서해숙, 이옥희, 편성철, 임세경, 김자현
제 보 자 : 이재수, 남, 87세
구연상황 : 춘향가 한 대목이 끝나자 주민들과 조사자들은 환호하며 또 다른 민요를 불러주라고 부탁하였다. 이재수 제보자가 어떤 노래를 불러주어야 하는 지를 재차 묻자 사철가, 쑥대머리 등 잘 아는 노래를 해줄 것을 청하였다.

이산 저산 꽃이 피니이

분명코오 봄이로오구나아

봄은 찾어 왔건마느은

세상사 쓸쓸허더라아

나도~ 어제 청춘이~일러니이

오늘 백발 한심 허구나아

봄아 왔다가아

갈려거든 가거라아

네가 가고오 여름이 오면

녹음방촌 승하~시라아

예부터 일러-있고오

여름이 가고오 가을이 돌아오며은

한로 창풍 요라아안 해도오

재절개를 굽히지 않느은

한로 창풍도 똑 허냐아

상여 소리

자료코드 : 06_04_FOS_20090619_SJH_LJS_0003
조사장소 : 전라남도 구례군 광의면 온동리 당동마을 당동마을회관
조사일시 : 2009.6.19
조 사 자 : 송진한, 서해숙, 이옥희, 편성철, 임세경, 김자현
제 보 자 : 이재수, 남, 87세
구연상황 : 조사자가 얼씨구학당에서 구연한 상여 소리를 부탁하자 처음에는 거절하였으
　　　　　나 재차 부탁하자 수락하였다. 제보자는 먼저 오호장 소리를 세 번, 관암보살
　　　　　소리를 세 번 하고, 어롱소리로 넘어가면 상여가 출발한다고 하였다.

06_04_FOS_20090619_SJH_LJS_0003_s01 〈오호장소리〉

　　　나아~무~우~~~ 우~ 우~ 허~어~ 에~헤에~ 어~ 에~헤에
　　　이~이 나아~무~우~

[이렇게 앞소리를 하면 뒷소리를 따라한다.]

06_04_FOS_20090619_SJH_LJS_0003_s01 〈관암보살소리〉

　　　관암~어~~~어 보오~사알~

[이렇게 앞소리를 하면 뒷소리를 따라한다. 오호장 소리와 관암보살 소
리를 세 번 하고 어롱소리로 넘어간다고 한다.]

06_04_FOS_20090619_SJH_LJS_0003_s02 〈어롱소리〉

　　　관암보살을~ 그만두고오
　　　생이설소리 [음성이 잠시 끊김] 어 주소
　　　어~롱 어어~롱~ 어이 가리이 어~롱

팔양경

자료코드 : 06_04_FOS_20090619_SJH_LJS_0004
조사장소 : 전라남도 구례군 광의면 온동리 당동마을 당동마을회관
조사일시 : 2009.6.19
조 사 자 : 송진한, 서해숙, 이옥희, 편성철, 임세경, 김자현
제 보 자 : 이재수, 남, 87세
구연상황 : 이재수 제보자는 성주경, 조왕경, 팔양경 등의 읽어준다고 하여, 조사자가 독
　　　　　 경을 부탁하자 아무 때나 경을 읽으면 안 된다며 거절하셨다. 재차 부탁하자
　　　　　 팔양경 일부를 들려주었다.

　　　　불설천지벌(팔)량신주경(佛說天地八陽神呪經)야보우일월성숙

　　　　명명해여음양사절벌(팔)불신장어명해는오향육갑

　　　　명명낭요어어복 일야생즉천우절체유혼화해복덕

　　　　보복봉망행망보복이루가택신보우택신보좌택

　　　　백배천주진송강천자고우는자고우는

　　　　주 천지지신가내지신성조지신산천신령

　　　　호제경제소멸소멸남바다니지존사타

　　　　옴나무옴북구묘령사바하

편시춘

자료코드 : 06_04_FOS_20090619_SJH_LJS_0005
조사장소 : 전라남도 구례군 광의면 온동리 당동마을 당동마을회관
조사일시 : 2009.6.19
조 사 자 : 송진한, 서해숙, 이옥희, 편성철, 임세경, 김자현
제 보 자 : 이재수, 남, 87세
구연상황 : 팔양경 일부를 듣고 조사자들이 너무 아쉽다며 또 다른 민요를 불러주라고
　　　　　 부탁하였다. 이재수 제보자는 편시춘을 아느냐고 물은 뒤에 다음의 노래를 불
　　　　　 러주었다.

세상사(世上事) 쓸곳없다

군불견동원도리편시춘(君不見東遠桃李片時春)

창가 소부(娼家 少婦)야 웃덜 마오

대장부 평생사업 년년(年年)께시 넘어가니

동류수 구비구비 물결은 바삐바삐

백천은 동도해(東到海)요 하시는 부서귀(何時 復逝歸)인데

우산(牛山)의 지는 해는 제경공(齊景公)의 눈물이요

분수 추풍곡(汾水 秋風曲)은 한무제의 시름인가

피 죽죽 저어 두견아 성성제혈(聲聲啼血)을 자랑 말라

기천년 미귀혼(幾千年 未歸魂)은 너도 또한 슬프련만

천고상심(千古傷心)의 우리 인생들은 봄이 돌아오면 수심인가

낙양성동(洛陽城東) 낙화 소식 공자 왕손이 처량허구나

청춘몽(靑春夢)을 계우 깨어노니 백발 설음이 더욱 깊다.

오능근시 은안백마(五陵近侍 銀鞍白馬) 당시 행락이 나련마는

장안 청루 소년들아 저 혼자만 자랑 말고

장강에 배를 띄워 풍월을 가득 실코

범범중류(泛泛中流) 떠나갈즉의

백구비거(白鷗飛去) 뿐이로구나

퉁소 소리 오오(嗚嗚)허니 오자첨(蘇子瞻) 적벽인가

어디서 비파곡조 인불견 수봉청(人不見數峰靑)허니

숙상고적(瀟湘古跡)이 방불허구나

세월아 세월아 가지 말어라

아까운 이재수가 다 늙는다

청춘가

자료코드 : 06_04_FOS_20090619_SJH_JBR_0001

조사장소 : 전라남도 구례군 광의면 온동리 당동마을 당동마을회관

조사일시 : 2009.6.19

조 사 자 : 송진한, 서해숙, 이옥희, 편성철, 임세경, 김자현

제 보 자 : 전복례, 여, 85세

구연상황 : 조사자가 제보자에게 옛날 노래를 많이 알고 계실 것 같다며 불러주기를 부
탁하자 청춘가를 불러주었다.

진구명산 만장통에

바람이 분다고오 스러지냐아

콩-죽겉이- 굳은 절개에

매맞는 다고야 허락허냐

몸은 팔-아 회색일망정

절개 조차야 없일손가아

얼씨구나 좋네에 절씨구나 좋네에

아니 노지는 못하리라

3. 구례읍

증편 한국구비문학대계 ● 전라남도 구례군

■ 조사마을

전라남도 구례군 구례읍 봉서리 동산마을

조사일시 : 2009.2.20
조 사 자 : 송진한, 서해숙, 이옥희, 편성철, 임세경, 김자현

동산마을 전경

　동산마을은 18번 국도를 타고 구례읍을 향해 가다보면 좌측에 위치하
고 있다. 국도에서 마을로 들어가는 작은 도로로 진입하면 인근에 농업기
술센터, 야생화학습원이 있다.

　1550년경 해주정씨가 풍수지리설에 따라 입촌하여 마을을 이루고 살았
는데, 1810년경 동산마을 앞 산정마을에 거주하던 해주정씨 전원이 이 마
을로 이주하여 100여 년간 자작일촌 하였다. 조선시대부터 봉서지양이라

하여 '봉양동'이라 부르다가, 1910년경에는 동쪽 산을 바라보는 마을이라 하여 '동산'이라 하였다. 행정구역상으로 원래 계사면 지역이었는데 1914 년 행정구역 개편 때 구례면(읍)에 편입되어 지금에 이르고 있다.

2008년 『통계연보』에 의하면 동산마을에서는 87가구에 232명이 거주 하고 있는데, 이중에서 119명이 남성이고 113명이 여성이다. 주요 소득원 은 벼농사이며 밭농사로는 완두콩을 재배하는 농가가 다수 있다. 이외에 단감, 대봉, 고추 농사도 소득이 된다.

마을조직으로는 노인회, 청년회, 부녀회 등이 있고 초상이 났을 때 상 부상조하는 위친계가 3개 조직되어 있다.

마을 공동행사로는 매년 말에 열리는 마을총회와 5월, 10월경에 청년 회와 부녀회에서 마련하는 경로잔치, 추석날 열리는 체육대회, 일 년에 한두 번씩 행해지는 효도관광 등이 있다.

마을민속으로는 당산제와 달집태우기의 전통이 이어지고 있다. 당산제는 매년 정월 초하룻날 오후에 지낸다. 당산제를 모시는 장소는 모두 두 군데로 마을 북서쪽 산자락과 마을 남쪽에 위치하고 있다. 당산제를 모시는 신체는 무덤 크기의 봉분이다. 당산제와는 별도로 정월 대보름에 달집태우기를 한다. 달집의 재료는 대나무와 소나무이며 높이는 대나무 크기이다. 남녀노소 가리 지 않고 마을사람들이 모두 참여하여 달집을 만든다. 달집은 모정 앞에 있는 논에서 태우는데, 보름 달이 떠오르는 시간에 맞추어서 달집에 불을 지른다. 달집태우기를 하는 보름날은 마을사 람들에게는 잔칫날처 럼 흥겹고 즐거운 날 이라고 한다.

동산마을에서의 조사장면

▋제보자

이승관, 남, 1936년생

주 소 지 : 전라남도 구례군 구례읍 봉서리 동산마을 1573번지
조사일시 : 2009.2.20
조 사 자 : 송진한, 서해숙, 이옥희, 편성철, 임세경, 김자현

이승관(李承官) 제보자는 구례읍 동산마을에서 태어나고 자란 토박이다. 조사를 처음 시작할 때 적극적으로 이야기판에 참여하여, 마을 형국에 관한 이야기를 들려주었다. 그러나 정원창, 정원봉 제보자가 이야기판을 이끌어가자 그 흐름을 깨지 않기 위해서인지 더 이상 이야기를 구연을 하지 않았다.

제공 자료 목록
06_04_FOT_20090220_SJH_LSK_0001 동산마을은 징혈

이승렬, 남, 1932년생

주 소 지 : 전라남도 구례군 구례읍 봉서리 동산마을 1573번지
조사일시 : 2009.2.20
조 사 자 : 송진한, 서해숙, 이옥희, 편성철, 임세경, 김자현

이승렬(李承烈) 제보자는 구례읍 동산마을에서 태어나고 자란 마을 토박이다. 청년시절에 정원창, 정원봉과 함께 지리산 토벌 작전에 참여하여 생사고락을 함께 해서인지 마을 내에서 그들의 관계는 각별했다. 진지하고 조용한 성격을 지닌 제보자는 적극적으로 이야기판에 참여하지는 않았으나 끝까지 자리를 지켜주었다. 들려준 이야기는 효

에 관한 것, 올바른 행동에 관한 것으로 유교적 이데올로기를 강조한 이야기를 주로 들려주었다.

제공 자료 목록

06_04_FOT_20090220_SJH_LSR_0001 하늘이 감동하여 효부에게 내린 쌀 나오는 상자
06_04_FOT_20090220_SJH_LSR_0002 저승 갔다가 이승에서 진 빚 갚기 위해 다시 돌아
온 남자
06_04_MPN_20090220_SJH_LSR_0001 육이오 때 의용군으로 갔다가 집으로 오기까지

정원균, 남, 1927년생

주 소 지 : 전라남도 구례군 구례읍 봉서리 동산마을 1573번지
조사일시 : 2009.2.20
조 사 자 : 송진한, 서해숙, 이옥희, 편성철, 임세경, 김자현

정원균(鄭源均) 제보자의 본관은 해주정씨이며 이 마을에서 태어나서 자란 토박이이다. 조용하고 침착한 성격으로 적극적으로 조사에 참여하지는 않았지만 조사가 진행되는 것을 듣고 있다가 도움이 필요하면 발언을 해주었다. 시조모임에서 배운 시조와 육자배기 한 곡을 구연하였다.

제공 자료 목록

06_04_FOS_20090220_SJH_JWG_0001 청산이 어찌하여
06_04_FOS_20090220_SJH_JWG_0002 산천에 밤이 드니
06_04_FOS_20090220_SJH_JWG_0003 육자배기

정원봉, 남, 1927년생

주 소 지 : 전라남도 구례군 구례읍 봉서리 동산마을 1573번지
조사일시 : 2009.2.20
조 사 자 : 송진한, 서해숙, 이옥희, 편성철, 임세경, 김자현

정원봉(鄭源峰) 제보자는 이 마을에서 태어나고 자란 토박이로, 전형적

인 이야기꾼이다. 성격은 차분하면서 겸손
하며, 언변이 좋아 이야기할 때 막힘이 없
다. 젊은 시절에 정원창, 이승렬과 함께 빨
치산 토벌 작전의 노무원으로 참여하여 여
러 번의 죽을 고비를 넘겼다. 정원창 제보자
와는 친척관계로 어렸을 때부터 집안 대소
사나 마을 일을 서로 상의하며 의지하고 있
다. 특히 어른들과 아랫사람에 대한 배려가
깊은 제보자는 비록 신학문을 체계적으로 공부하지는 못했으나 기억력이
출중하여 어렸을 적에 들은 이야기나 책을 소상히 기억하고 있었다. 조사
과정에서 정원창 제보자와 경쟁하듯이 이야기보따리를 계속 풀어냈는데,
제보해 준 설화들은 젊었을 때 마을 사랑방에서 이야기를 잘 하는 어른들
에게 들었던 것이라 한다. 조사자들이 2월에 찾아갔을 때 바쁜 관계로 많
은 이야기를 듣지 못해 7월에 다시 한 번 찾아가 많은 이야기를 들었다.

제공 자료 목록
06_04_FOT_20090220_SJH_JWB_0001 힘 센 항우장사와 이무기
06_04_FOT_20090220_SJH_JWB_0002 산바라기
06_04_FOT_20090220_SJH_JWB_0003 사정승 날 묘자리
06_04_FOT_20090220_SJH_JWB_0004 남편 따라 물에 빠져 죽은 열부
06_04_FOT_20090220_SJH_JWB_0005 띄엄바우와 장수 발자국
06_04_FOT_20090220_SJH_JWB_0006 거머리 입 풀어지는 약물
06_04_FOT_20090220_SJH_JWB_0007 이서구와 도깨비
06_04_FOT_20090220_SJH_JWB_0008 상사병으로 죽은 처녀가 도와주어 명장이
　　　　　　　　　　　　　　　　　　　된 이순신
06_04_FOT_20090220_SJH_JWB_0009 역적 면한 유풍천
06_04_FOT_20090220_SJH_JWB_0010 예지로 증손자 살린 이토정
06_04_FOT_20090220_SJH_JWB_0011 명의 변서기 의원
06_04_FOT_20090703_SJH_JWB_0001 재주 많은 변서기가 어머니 병 고치지 않은

정원창, 남, 1921년생

주 소 지 : 전라남도 구례군 구례읍 봉서리 동산마을 1573번지
조사일시 : 2009.2.20
조 사 자 : 송진한, 서해숙, 이옥희, 편성철, 임세경, 김자현

정원창(鄭源昶) 제보자는 이 마을에서 태
어나고 자란 토박이이다. 본관은 해주 정씨
이며, 마을의 역사와 문화에 대해 풍부한 경
험적 지식을 갖고 있다. 구례군의 대표적인
이야기꾼이면서 소리꾼인 제보자는 89세의
고령 임에도 불구하고 기억력과 설화·민요
구연 능력이 매우 뛰어났다. 구연한 설화는
대부분 서사 구조가 복잡하고 장편이 많았
으며, 상황 묘사에 있어서도 구체적이고 상세하였다. 노령으로 인해 귀가
잘 들리지 않아 의사소통에는 어려움이 있었으나 한 번 이야기를 시작하
면 청중들을 이야기판으로 몰입시켰다. 젊었을 때 노무반으로 빨치산 토
벌 작전에 참여한 경험을 들려주었을 때에는 바로 눈앞에서 아슬아슬한
상황을 보는 듯이 현장감 있게 구연했다. 조사과정에서 정원봉 제보자와
경쟁하듯이 이야기보따리를 계속 풀어냈는데, 제보해 준 설화들은 젊었을
때 마을 사랑방에서 이야기를 잘 하는 어른들에게 들었던 것이라 한다.
조사자들이 2월에 조사한 이후 7월에 추가 조사차 다시 마을을 찾아가

많은 이야기를 들었다.

제공 자료 목록

06_04_FOT_20090220_SJH_JWC_0001 유자광과 호랑이
06_04_FOT_20090220_SJH_JWC_0002 유풍천과 호랑이
06_04_FOT_20090220_SJH_JWC_0003 유풍천 집의 보물 다섯 가지
06_04_FOT_20090220_SJH_JWC_0004 강감찬의 비범함
06_04_FOT_20090220_SJH_JWC_0005 풍수가 최풍의 예지력
06_04_FOT_20090220_SJH_JWC_0006 가짜 명궁 김한량
06_04_FOT_20090220_SJH_JWC_0007 곡성 오장사와 호랑이
06_04_FOT_20090220_SJH_JWC_0008 삼정승 날 묘자리
06_04_FOT_20090220_SJH_JWC_0009 바다에 빠진 시신을 찾은 점쟁이
06_04_FOT_20090220_SJH_JWC_0010 똥 먹은 곰상판때기
06_04_FOT_20090703_SJH_JWC_0001 가난한 삼형제와 삼정승 날 묘자리
06_04_FOT_20090703_SJH_JWC_0002 유풍천 집안의 보물
06_04_FOT_20090703_SJH_JWC_0003 강감찬의 비범함
06_04_FOT_20090703_SJH_JWC_0004 묘자리 잘 쓴 총각과 호식 면한 처녀
06_04_FOT_20090703_SJH_JWC_0005 힘센 장사와 호랑이의 대결
06_04_FOT_20090703_SJH_JWC_0006 도깨비 덕에 재물과 처녀 얻은 이서구
06_04_MPN_20090220_SJH_JWC_0001 지리산 토벌 작전에 동원된 노무자
06_04_FOS_20090220_SJH_JWC_0001 농부가
06_04_FOS_20090220_SJH_JWC_0002 흥보가
06_04_FOS_20090220_SJH_JWC_0003 춘향가 한 대목
06_04_FOS_20090220_SJH_JWC_0004 상여 소리
06_04_FOS_20090220_SJH_JWC_0005 메구 액맥이
06_04_FOS_20090220_SJH_JWC_0006 집터잡기
06_04_FOS_20090220_SJH_JWC_0007 노적
06_04_FOS_20090220_SJH_JWC_0008 성주풀이
06_04_FOS_20090220_SJH_JWC_0009 장 타령

동산마을은 징혈

자료코드 : 06_04_FOT_20090220_SJH_LSK_0001
조사장소 : 전라남도 구례군 구례읍 봉서리 동산마을 1573번지 동산마을회관
조사일시 : 2009.2.20
조 사 자 : 송진한, 서해숙, 이옥희, 편성철, 임세경, 김자현
제 보 자 : 이승관, 남, 74세
구연상황 : 조사자는 제보자에게 미리 연락을 드리고 동산마을회관에 도착하였다. 이에 마을회관에서 기다리던 제보자들은 조사자들을 반갑게 맞이해 주었다. 조사자가 조사 취지에 대해 설명을 드리고 난 뒤 재미난 이야기 해주실 것을 권했으나 처음이라 서로 말을 아끼는 분위기였다. 이에 조사자가 동산마을이 풍수적으로 무슨 형국인지를 물어보자 그에 대한 다음의 이야기를 구연했다.
줄 거 리 : 동산마을은 풍수적으로 징혈이며, 예전에 마을 앞에 연못이 있었다. 지금은 연못을 메워 버렸으나, 징혈이기 때문에 징처럼 과수원이나 대밭 등이 둘러져 있었다는 이야기이다.

아니 징설이라고 그러거든, 징. 징, 징. 여기 저 이 앞에 가면 인공섬이 하나 있습니다.

옛날에 그 어른들이 만들어 논 것인데. 여기 요, 들어 온디 요 쪼그만 수도 있잖아요. ○○○○○○○○ 그것을 부락에서 안 비고 옆으로, 그. 왜 그러냐고 그러믄, 징이란건 이 둘레가 있어야 되지 않습니까.

그래서 그 둘레를 잡아 논 것이. 설이 징설이답니다. 그러고 요 안에 들어가므는, 우리, 여 했던디. 쪼금 가면은, 인자 지금 메워 갖고 집을 지었습니다마는, 우리 클 때는 거가 연못이 있었습니다.

그기 왜 그러냐 그믄, 고것이 징 안이다 그 말이여. (조사자 : 징 안이어서.) 그렇게 돼 있고. (청중 : 보통 인자. 그 사람들이 다니면서,) 인자 그 좀 지저분해지고 그런게 인자, 없애 갖고 시방 집을 지어 불고. 그런 설이

있어요.

근게 이 부락에는 뺑 둘리 과수원이나 대밭이 있어야 대밭이, 거식헌다 그런 전설이 있어요. (조사자 : 뺑 돌려 가지고, 징처럼 돌려서.) 그랬어요. 앞에 가면 인공섬이 있어요.

하늘이 감동하여 효부에게 내린 쌀 나오는 상자

자료코드 : 06_04_FOT_20090220_SJH_LSR_0001
조사장소 : 전라남도 구례군 구례읍 봉서리 동산마을 1573번지 동산마을회관
조사일시 : 2009.2.20
조 사 자 : 송진한, 서해숙, 이옥희, 편성철, 임세경, 김자현
제 보 자 : 이승렬, 남, 78세
구연상황 : 앞서 정원창 제보자의 이야기가 끝나자 어릴 적에 어머니한테 들은 이야기를 해보겠노라 하면서 다음의 이야기를 구연했다.
줄 거 리 : 시어머니를 모시고 살던 며느리가 너무 가난하여 먹을 것이 없었다. 어느 날 며느리가 밥이 묻어있는 개똥을 주위 이를 잘 씻어 시어머니를 봉양하였더니 갑자기 천둥 번개가 치자 죄를 지었기 때문이라 생각하고 그냥 앉아 있었다. 그러나 잠시 후 안개가 드리워지고 주위가 캄캄해지더니 상자가 떨어졌는데, 이는 며느리 효심에 하늘이 감동하여 내린 것이었다. 이 상자는 쌀이 떨어지지 않고 항상 가득 차 있어서 며느리와 시어머니가 행복하게 잘 살았다는 이야기이다.

내가 어렸을 때 어머니한테 들은 소린디. 날 델고 앉아서 뭐라 헌고는. [바위를 굴리는 시늉을 하며] 산에 가믄 이 바우 궁그리지 말라고 그러데요. (조사자 : 바우를 궁그리지 마라.) 예. 산에서 두리두리 막 궁그리거든. 바우 궁그리지 말라고 그러고.

저, 골목에 호박이, 여, 여름이믄 주렁주렁 달래 갖고 있잖어요. 넘의 호박, 그, 따다 먹은 죄가, 죄가 크단다. (조사자 : 예. 호박 따다 먹은 죄. 예.) 그럼서 넘의 호박 따 먹지 말라고, 이런 소리를 했고.

또 전에 인자 고담 얘기구만. 시어머니허고 며느리허고 둘이 살았는갑서요. 근데 시아버지도 없고 남편도 없고 그렇게, 시어머니허고 며느리허고 산다. 생활이 곤란해.

그래 갖고 며느리가 남의 그, 바느질 품팔이. 그, 그거 히 먹고 살고 그런디. 하루는 아침 끄니 끓일 양식이 없어. 근디 옛날 사람들은, 지금은 수도지마는, [머리에 동이를 이는 시늉을 하며] 물을 요리 동이에다가 이고, 여다가 먹고 그랬는디. 물을 이로 인자, 식량은 없어도 샘에 가서 물을 떠 와야. 음석을 씻고 모두 헐거 아니요.

근게 물을 질로 간다. 개가 똥을 싸 났는디. 보리, 쌩보쌀. 그걸 묵고는 똥을 싸 났드래. 그래 인자, 그놈을 개똥을 싹 씻어다가 바가치로 인자 그 물에 가서 씻쳐 갖고.

그 보리쌀이 안 삭고 그대로 있었지. 그런게. 그놈을 씻쳐 갖고 인자. 그거 갖고 밥을 지었어. [밥을 떠먹는 시늉을 하며] 그래 갖고 인자 자기가 몬제 이레 떠먹어 보고. 시어머니를 인자 그걸 줬단 말이여. 근게 그것이, 얼매나 많겄어, 개똥이. 그래 갖고 뭐, 며느리가 시어머니를 그걸 주고는.

그날 낮에 인자, 넘의 일을 갔는디. 아, 낮에 막 비가 쏟아지고, 뇌성벽락으로 그냥 우수수인 막, 컴컴허니 그렇더라요. 그런게 동네 사람들이,

"누가 죄를 지어도 죄를 졌는게, 하늘이 이 야단이지. 죄 안 졌시믄 이럴 리가 없다."

죄진 사람 나오라고 막 동네서 악을 씨고 인자, 동네 막 외고 그러드라요. 근게, 그 여자가 가만히 생각해 본게로. 아칙에 개똥을 씰어다가 자기 어머니 밥 해준 죄 뺵에 없거든. 그런게.

'아하, 내가 그래서 그런갑다.'

싶어서 그 사램이, 그 여자가, 내가, 그 얘기를 했어. 아칙에(아침에) 이렇게 해서 시어머니 밥을 해 주고 왔더니, 그래서 그런갑다, 그럼서. 날

벼락을 때려죽이라고 인자 그런 식으로 험서로.

그 동네 앞에 뚝에 가서 인자, 벼락 맞을라고. 혼자 가서 인자 앉아 있은게. 동네 사람은 벼락 때리믄 즈그 죽은게, 다 어디 가뿔고 없어. 그랬는디. 아, 비는, 저, 그친 상탠디.

그 여자 앉었는디가 안개가 막 콱~ 둘러싸 갖고는, 곁에 사람이 안 보일 정도로 컴컴허니 그렇게 싸아져 갖고 있어. 그래 갖고 인자 얼매나 있다가 그 안개가 벗어진 뒤에 가본게.

동네서 인자 그 여자 죽었으리라고 허고 간게. 여자도 죽도 안 허고. [양손으로 앞에 원을 그려 보이며] 여자 앞에가 요만헌 상자가 하나 있드래요. (조사자 : 상자가)

예. 상자가 하나 있어서. 그 인자 열쇠도 있드랑만. 그래 갖고 아무리 끌를라 해도, 동네 사람들이 끌를라고 해도 안 끌러져. 근게 그 인자, 그 곁에 사램이, 그 여자보고 당신이 이거 끌러보라고 그런게.

끌른게, 그 여자가 끌른게, 쇠통이 딱 끌러지르단 말이지. 그래서 본게, 그 안에가 쌀이 담~뿍 하나 들었드래요. (청중 : 부잣방맹이처럼 맹이로)

그렇지. 그래 갖고. 손님이 둘 오믄, 둘 몫이 더 꺼내믄. 그 다음에 보믄, 닫아났다가 열어 보므는 도로 차 갖고 있고, 도로 차 갖고 있고. 그 놈이 참 부잣 방망이란 말이요.

고렇게 해서, 어, 시어머니허고 며느리허고 평생을, 그 괴 하나 갖고 먹고 살았다고 그런 얘기를 헙디다.

저승 갔다가 이승에서 진 빚 갚기 위해 다시 돌아온 남자

자료코드 : 06_04_FOT_20090220_SJH_LSR_0002
조사장소 : 전라남도 구례군 구례읍 봉서리 동산마을 1573번지 동산마을회관
조사일시 : 2009.2.20

조 사 자 : 송진한, 서해숙, 이옥희, 편성철, 임세경, 김자현
제 보 자 : 이승렬, 남, 78세
구연상황 : 앞서 '하늘이 감동하여 효부에게 내린 보물상자' 이야기가 끝나자 이어서 직접 들은 이야기라며 다음의 이야기를 구연했다.
줄 거 리 : 남원에 사는 사람이 향교의 전답을 모두 팔아버린 뒤에 죽었으나 일주일만에 살아났다. 그는 저승에 갔더니 이승에 진 빚을 모두 갚고 오라 해서 다시 살아났고 빚을 모두 갚은 뒤에 돌아가겠다고 했다는 이야기이다.

그전에 나 차부에서 들은 얘긴디요, 참. 저, 아양동 가믄, 아양골. 거기 가면 상투쟁이 영감이 있어. (청중 : 권씨라.) 아니 그 사람이 권가. (청중 : 권씨여.)

(청중 : 한씨도 있고, 권씨도 있고 그래.) 몰라, 성씨도 잘 몰라. 근디 그 영감이 차부에서 날 만내 갖고. 뭔 얘기 끝에 그 얘기가 났는가 몰라도. 둘이, 나허고 주고받고 허는 얘기가.

"이 시상에서 빚을 지고 가믄.

저승에서 다~ 그 빚을 갚어야 한다."

그렇게 말 허드라고, 그 양반이.

"뭐 어찌 그, 그런 얘기를 허요. 어찌 아요."

근게. 그런거이 아니라, 자기 일가가, 자기가 남원서 살다 왔당만. 본래 남원이 고향이고. 남원서 살다 왔는디. 자기 일가가 남원서, 남원 행교(향교)에 거 뭐, 유림, 뭐, 뭐라 근거. (청중 : 전교요.) 대장 뭐, 행교에.

전교를 헌 사램이. 행교 답을 많~이 팔아 묵어 브렀대. 자기가. 행교 답을 많이 팔고는, 그 양반이 인자, 돌아가셨다네. 행교 답 팔아 묵은 사램이 죽었는디.

그 양반이 일주일 만에 살아났데. 그 얘기 참, 우습게, 그 갖다 매장을 해 브렀으믄, 어찌게 살아났냐 그 말이제. 근디, 그런게 그 사람이, 그 영감이 허는 소리가. 자기 일가가 그랬다 그러고.

그 일가 된 양반이 키도 조그~만 허니, 그렇게 생겼다 그래요. 그런 사

램이 이, 행교에 그렇게 지위가 높게 있었고 그랬는디. 행교 답을 팔아 먹고 죽었는디. 저승에 간께로, 그걸 다~ 갚으라고 그러드랑만. 넘들 본 게, 빚지고 온 사람들 보고, 저, 다~ 갚으라고 허고, 저승에서.

그래서 빚 갚고 갈라고 왔다고 허드레. 그러면 살아. (청중 : 그려서 다시 살았냐 그 말이요.) 이, 살아났어. 이, 일주일 만에 살아났다 그래. 그럼시로 자기 논, 논을 싹~ 팔아 갖고. 그 빚을 다 정리허고 도로 죽었다고 그렇게 말허드라고, 그 영감이. 그, 나는 고담도 아니고, 집, 저, 시방 그 양반이 살아서, 엊그저게 차부에서 그 소리를 허드랑게.

그, 이 시상에서, 빚지고 거, 가믄. 저승에 가서 다 빚, 빚을 갚아야 한다고 그런 말을 허드라고.

힘 센 항우장사와 이무기

자료코드 : 06_04_FOT_20090220_SJH_JWB_0001
조사장소 : 전라남도 구례군 구례읍 봉서리 동산마을 1573번지 동산마을회관
조사일시 : 2009.2.20
조 사 자 : 송진한, 서해숙, 이옥희, 편성철, 임세경, 김자현
제 보 자 : 정원봉, 남, 83세
구연상황 : 앞서 정원창 제보자가 이야기 하는 것을 가만히 듣고 있던 제보자가 조사자들의 조사 의도와 방향을 알고서 "그럼 내가 이야기 하나 하지" 하면서 다음의 이야기를 구연했다. 제보자가 구연하는 대부분의 이야기는 상황에 대한 묘사가 구체적이며 생동감이 있다. 아래 이야기도 마찬가지이다.
줄 거 리 : 옛날에 전쟁에 나가 져본 적이 없는 항우장사가 하늘의 운을 타지 못해 임금이 되지 못하고 결국 자기를 잡으러 온 친구에게 죽임을 당했다. 이 항우장사는 힘에 장사여서 아홉 개가 달린 솥을 들고 궁궐 한 바퀴를 돌아도 얼굴이 붉어지지 않았고, 어느 연못가에 살면서 사람을 잡아먹던 이무기를 잡기도 했다는 이야기이다.

옛날에, 옛날에 항우장사가. 항우장사라고 있었어. 초한 시절에. 항우장

사가, 항우장사도 기신(귀신)이제. 역산이여, 역산. 항우장사가 전장을 허믄 백번 싸우고 백번 다 이겼지, 한 번도 져 본 일이 없고.

그래, 항우장사가 전장을 못 혀서 임금 노릇을 못 헌 거 아니고. 우리 부락에도 거, 저, 노인이 한 분 그런 양반이 있어. 내가 내동을 작게 해서 부자가 안 되더라 했다고. 내동은 자기만치 허는 사람도 없는디, 부자가 안 되얏고.

항우장사는, 항우장사는, 그 초한 시절에 하여간 전쟁이라고 해 갖고는 져 본 역사가 없어. 싸움만 허믄 다 이겨. 옛날에는 그, 운이라는 거이 있어 갖고는. 임금 사람허고는 운을 못 타고 나논께로, 임금을 못 살아먹고 말았제.

거, 저, 또 십, 십일일을 들으므는 자기가, 자기 친구가 자기를, 항우를 잡으러 온께. 난중에 인제 몰려 갖고 잡으러 온께로. 내려가서 잘 되라고, 자기가, 자기 목을 베서 그, 저, 친구, 친구를 줬다고 그런 말도 있고 그래.

(조사자 : 항우 친구가 누군가요?) 항우장사가 기실이 얼매나 쌨던고. 옛날에 그 궁궐에 구정 솥이라고, 솥이 아홉 채가, 솥단지. 아홉 채가 달린 이, 한 너비의 솥이 있는디. 항우 전 장사는. [문이 열리는 소리가 나면서 제보자의 말이 잠깐 끊긴다.]

전 ○○○ 장사는 이런, [제보자 앞에 있는 종이컵을 들어 보이며] 이런, 이런, 시주컵 하나, 그 솥을, 든거만치 한 손으로 이렇게 들어다가 갖고 돌아 댕기고 오고. 그 뒤에 장사는, 저그. [제보자가 머리를 긁적이며 다음 이야기를 잠시 생각한다.]

아, 그 뒤, 그 장사가 이렇게 들고 댕기고. 항우장사는 고놈을 뿌듬고 궁궐을 한 바꾸 돌아도 얼굴이 안 뿕어지게. 엄청, 엄청나게 무거웠던 모양이지, 그렇게 그 솥단지, 솥이 아홉 개나 달렸으니.

그런디. 아 그, 연못에서, 용 못 된 이무래기라고 있잖여. (조사자 : 용

못 된 이무기요.) 이무래기. 아, 고놈이 사람을 연못가에 가 보믄, 잡아먹고, 잡아먹고. 사람을 묵어 뿐단 말이여. (조사자 : 이무기가 사람을 잡아먹어.)

아, 근데 항우장사도 고, 그렇게 그, 그, 거그를 한 번 가보라고 고런께로. 아, 항우장사가 연못가에 가 있은께는, 이놈이, 또 묵건단다고 와 갖고는 몸띵이를, 항우장사 몸띵이를 착착 감고 올라와 갖고. 모가지를, 저 주둥이를 이 턱 밑에다가 딱 대고, 묵을라고 달라들었단 말이여.

그래 항우장사가 요로고 있다가, [제보자가 양손을 깍지 끼어 항우장사가 이무기의 목을 꽉 잡고 있는 시늉을 하며] 요렇게 꽉 부리 모가지를 꽉 쥐고 있은게로. 이놈이 못 견뎌 갖고, 이 놈 이무래기가 못 견뎌 갖고, 기냥.

인자 감았던 것도 다 풀어 갖고는 기냥, 안 죽을라고 꽁지를 갖다 요쪽으로 때리고, 요쪽으로 때리고. 그럴거 아니여, 모가지를 잡고 있은게. 그런게 항우장사가 살을 때려 갖고 물었다고.

역발산 기가사라고 그런 말이 있어. (조사자 : 아 그래서 역발산 기개세(力拔山氣蓋世)가 생겼다.) 저 그래 갖고 이놈이 기냥 홱 돌아 가지고 탁 씨리면 요쪽 산이 무너지고, 요짝으로 쌔리믄 요쪽 산이 무너지고. 이무래기란 놈이 컸던 모냥이지, 그런게. 그래서 그 이무래기를 잡았단다고 그런 전설이.

산바라기

자료코드 : 06_04_FOT_20090220_SJH_JWB_0002
조사장소 : 전라남도 구례군 구례읍 봉서리 동산마을 1573번지 동산마을회관
조사일시 : 2009.2.20
조 사 자 : 송진한, 서해숙, 이옥희, 편성철, 임세경, 김자현

제 보 자 : 정원봉, 남, 83세

구연상황 : 조사자가 풍수가나 명당이야기를 들려달라고 하자 한참 머뭇거리다가 다음의
　　　　　 이야기를 구연했다.

줄 거 리 : 명당을 찾다가 결국 찾지 못하고 죽은 이들을 '산바라기'라 불렀다는 이야기
　　　　　 이다.

　그런 전설이 있는디. 여그 그걸 찾을라고. 그, 그, 풍수라까, 그런 사람
들이 와 갖고 찾다가, 찾다가 못 찾고 발악을 허고 죽어서. '산바라기'라
고 그렇게 이름을 지어 붙였다. 그런 전설이 있어요.

　(조사자 : 그러니까 결국 못 찾았지마는 그걸 찾다, 찾다 뭐.) 거그서
못 찾고 바라보라고 죽어서 '산바라기'라고 명칭을 붙였다. 그런 전설이
있어.

사정승 날 묘자리

자료코드 : 06_04_FOT_20090220_SJH_JWB_0003

조사장소 : 전라남도 구례군 구례읍 봉서리 동산마을 1573번지 동산마을회관

조사일시 : 2009.2.20

조 사 자 : 송진한, 서해숙, 이옥희, 편성철, 임세경, 김자현

제 보 자 : 정원봉, 남, 83세

구연상황 : 제보자가 앞서 이야기를 마치자 조사자가 묘자리에 대해 다시 물으니 들은
　　　　　 이야기라며 구연하기 시작했다.

줄 거 리 : 어느 해 큰 비가 온 뒤 어느 도사가 제를 못 건너고 있자, 윤씨가 도사를 업
　　　　　 어 제를 건네주었다. 도사가 이를 감사히 여겨 그 보답으로 윤씨에게 삼정승
　　　　　 날 자리와 사정승 날 자리를 선택하게 했는데, 윤씨는 사정승(四政丞)으로 알
　　　　　 고 사정승(死政丞) 날 자리를 선택했다. 그랬더니 윤씨가 죽은 후 나라에서 정
　　　　　 승자리를 내려주었다는 이야기이다.

　어느 한, 그 윤씨 한분이. 그 심(힘)도 좋고, 아주 그, 체격도 좋고 헌
이가 있었는디, 살았는디. 그 양반이 마침 들일을 나갔는디. (조사자 : 들

일을요?)

여, 저, 여, 뭐시기냐, 농사, 농사, 논 있는, 들을 나갔는디. 때마침 비가 기냥 엄청나게 와 갖고는. 산동면이, 그 저, 하천이. 흐르는 하천이 커요. 지금도 그 하천을 막아 갖고 '그만제'라고, 저수지를 막아놓고 지금도 있거든. (조사자 : 아 그만제라고 해 가지고요.)

그만제. 근디 지금은 저수지가 뽀투(보트)를 띠워놓고 관광객들이 가 갖고 보두(보트)를 타고, 이렇게 그 귀경도 허고. 지금 현재 그러거든요. 그란디 그 정승 묏자리를 쓸라고 헌 동기가. (조사자 : 정승 못자리요?)

정승, 정승. (조사자 : 예. 정승 묏자리를 쓸려고.) 고것이 여가 있어. 비가 어찌게 많이 와 갖고 대수가 내려온디.

어느 한 도사가 거그를 지내다가, 물을 못 건네서 새나무골에가 있으니까. 그 농군이, 그 윤씨라고 헌 양반이 업어서 건네줬데. 거그를. (조사자 : 윤씨란 양반이, 예.)

건네주니까 그 도사가. 뭣인가, 자기 공을 갚을 수 없인게, 묏자리를 하나를 잡아준다고. (조사자 : 그 좋은 자리를.) 아 그래서 인자 잡아준 곳이.

잡아줌시롬,

"사정승 자리를, 사정승 날 자리를 쓸라요, 삼정승 날 자리를 쓸라요."

이렇게 물어 보니까, 도사가. 그러니까 욕심이, 정승이 하나라도 더 할라고. [일동 웃는다.]

근게, 저, 그게 저 사정승이라믄 정승이 넷 난다 그렇게 들었던 모냥이제. 죽은 정승이 난다는 소리를 못 듣고, 그걸 생각을 못 허고. 그래 잡아 가지고는, 묏을 쓰고, 묏을 써 놓고. 정승 가례를 올려놓고.

"저그 이 양반이 돌아가시믄, 그 상주가 돌아가시므는 곡소리를 내지 말고. 한 삼사일 동안이든지 며칠 동안을 울음소리를 내지 말아라."

(조사자 : 아, 곡소리를, 울지 마라.) 그렇게 당부를 허고. (조사자 : 스님이요, 도사님이.) 어, 도사님이.

그런디. 아 그 또 욕심이 인자 삼정승 자리도 씨고 싶어서. 그, 삼정, 삼정승 자리는 어디냐고 물으니게. 아, 요, 근방 어디라고 막 그러드라고, 안 갈쳐주고.

아 근디 아닌가 달라, 그, 정승 헐 양반이 죽었는디, 정승 헐 양반이 죽었는디. 곡소리를 안 내고, 아마 삼사일 동안을 기냥.

오늘부 장례식 헌다는 그 모실랴고. 그 사람 맹이로 한 대엿새 동안 울음소리를 안 내고 있는디. 국가에서 정승 가례를 갖고 내려와 갖고. (조사자 : 어디, 어디에서 뭘 갖고 와요?) 그 시키기를 거그 산동면에 가 갖고,

"사램이 죽어서 울음소리가 나므는 정승 가례를 주지 말고, 기냥 갖고 오고. 죽은 기척이 없으면 그 사람 찾아 갖고 정승 가례를 주고 오라고."

그렇게 얘기했데. (조사자 : 뭔 자리, 정승 자리요?) 아 정승 자리지. 거가 묻혔어, 지금 묻혀 갖고 있어. 아 그런게 인자 암만 가서 정씨가, 정식으로 말허자면 지금, 사령장이제, 요즘말로 하믄. (조사자 : 예, 사령장.) 어 사령장이제. 허가장.

정승장을 갖고 와 갖고는. 하루 저녁을 자도 통 곡소리도 나도 안 허고, 조용히 있은게로. 하루 지내고. 거그 머신가, 사령장을 요로 내 준게로. 밖에서, 안에서 나와 갖고. 상에다 물을, 물을 한 중발 떠서 상에다 놔 갖고, 받고는, 받아 갖고 들어가 갖고는 여그 와 허니 울드레, 상주들이.

도사 시킨데로 인자. 근디 죽은 뒤에 정승이 나왔어, 정승 가례가. 그래서 사정승이라. 근게 뭐 죽은게 싫어서.

여그 요 산동. (조사자 : 산동 어디에가 있습니까?) 아 강 건네 금안제, 저수지 바로 위에 가면. (조사자 : 금안제.) 크게 해 갖고. 손주들이 지금 좋게 해 갖고.

(조사자 : 그러니까 지금 윤씨, 윤씨가 죽어서 그 묫자리를 썼는데.) 그래 그 죽은 양반이, 도사를 업어서 물을 건네 주니게, 고마워서 묫자리를 잡아 준 것이. 아니 인자, 못을 뭣인가.

어디 그렇게 인자 그, 그래 놓고는 건네주고는 생 죽어브렀는가 어쩐가 몰라. 아니 거그 갖다 그, 그렇게 묻으라고 혀 가지고. (조사자 : 그 사람을 거기다가 묻었더니.) 그렇다고, 그런 전설이 있어. (조사자 : 재밌는 전설이네요.) 아, 그래, 묘는 거가 있고.

남편 따라 물에 빠져 죽은 열부

자료코드 : 06_04_FOT_20090220_SJH_JWB_0004
조사장소 : 전라남도 구례군 구례읍 봉서리 동산마을 1573번지 동산마을회관
조사일시 : 2009.2.20
조 사 자 : 송진한, 서해숙, 이옥희, 편성철, 임세경, 김자현
제 보 자 : 정원봉, 남, 83세
구연상황 : 제보자가 계속해서 이야기를 구연했고, 정원창 제보자는 옆에 앉아서 조용히 이야기를 경청하고 있었다. 제보자가 집안의 7대조부와 조모에 대한 이야기를 해주겠다며 다음의 이야기를 구연했다.
줄 거 리 : 식량을 구하러 가던 남편이 홍수를 만나 물에 빠져 죽자, 이 소식을 들은 부인이 남편이 죽은 곳을 찾아가서 남편 뒤를 따라 물에 빠져 죽었다는 이야기이다.

우리 저, 그, 저 할아머니 얘기 하나 해 드리지. 여기 요, 요, 요가 집을 저, 저 할아머니, 여그. 거가 금전면의 팔대조? (청중 : 칠대조.)

칠대조지. (조사자 : 우리 어르신의 칠대조요.) 예. 나는 여그서 칠대조 부님이. (청중 : 나도 그 저 그 얘기를 허고 싶었어, 헐라 그랬는디, 그 얘기를.) 여그, 시방 정문이 여가 섰어.

정문이 여, 뒤에가 있어. 그랬는디 거가 가 보믄, 효자열부라. (조사자 : 효자일부라.) 효자일부라. 아들은, 남편은 효자고, 저그, 그. (조사자 : 부인은.) 부인은 열부고.

요게 어찌게 그랬냐 허므는. 옛날에는 식량 곤란이 되고, 해서. 묵고 살

기가 곤란헌게. 그 우리 칠대조 된 양반이, 저~그 저 하동인가, 어디를 가서 식량을 구하러 가 갖고. (조사자 : 경남 하동으로요.) 양식. (조사자 : 예, 예. 식량 얻으러 하동까지.)

꾸러 가 갖고, 묵을 것이 없으니까. 꾸어 갖고 올라 가시다가. 서씨촌이라고는 운을, 그때도 대수가 져 갖고는. 옛날에는 그 큰 비가 왔썼든가 몰라도. (조사자 : 예. 홍수가 많이 났죠, 예.) 대수가 져 갖고는. 아 그런 정신에다가 물에가 빠져서 그냥 돌아가셔붓단 말이여.

식량도 그냥 집, 집이 가져오도 못 허고, 당신도 오도 못 허고. 물에가 빠져서 돌아가셔 브렀어. 아 그런게, 자기 부인이 그 얘기를 듣고. (청중 : 이성이씹니다, 거그가. 사실인이다.)

부인이 그, 그 말, 그 얘기를 듣고 남편이, 식량을 구해 갖고 물을 건너 오시다가 빠져 죽어브렀다 그런게, 노비 보고.

아, 그 때는, 그때는 업 사는 노비가 있었던가 없었던가는 모리지마는. 그 지점이 어디냐고, 그렇게 물어 갖고. 그 알므는 거그를 나를 좀 델다주라고. 그런게로 노비가 안 델다 줄 수가 없고.

그, 저, 뭐 할머니를 모시고 거그를 가인게. 아 뭐 서심도 않고. [치마를 머리에 쓰는 시늉을 하며] 치, 치매를 이렇게 머리에 쓰고는 기냥, 거가 빠져서 익사를 해서 그 자리에서 들어, 영감 죽은 자리에 돌아가셔.

띄엄바우와 장수 발자국

자료코드 : 06_04_FOT_20090220_SJH_JWB_0005
조사장소 : 전라남도 구례군 구례읍 봉서리 동산마을 1573번지 동산마을회관
조사일시 : 2009.2.20
조 사 자 : 송진한, 서해숙, 이옥희, 편성철, 임세경, 김자현
제 보 자 : 정원봉, 남, 83세

구연상황 : 제보자가 산바라기 이야기를 한 후 산바라기가 있는 산에 띄엄바우가 남아 있다며 그 바위가 생기게 된 내력에 대해서 구연했다.
줄 거 리 : 마을 뒷산에 장군이 뛰어내렸다는 띄엄바위가 있는데, 이 바위에는 장군의 발자국이 남아 있다는 이야기이다.

우리 부락에 저 산에, 아까 그 산바래기라고 헌디. (조사자 : 예, 산바라기.) 산바래기라고 헌디. 거그 가므는, 띄엄바우라고, 바우가. (조사자 : 띄엄바우가 거, 있어요.) 뛰어 갖고, 옛날 장군이 뛰었다고, 위에서 떨어졌다고. 그런 바우가 하나 있는디.

그 바우가. (청중 : 크제.) 커. 요 집풀덱이 마이냥, 바우가 있는디. 그 바우 위로 올라가 보므는. [방바닥에 발을 디디며] 발을 이렇게 탁 디뎌 갖고. 저그, 저 비온 뒤에 물런 땅이 쿡 디디믄 푹 패이잖어.

그 패인 자국이 시방도 가믄 있어. 큰~ 막, 집풀덱이 마냥. (청중 : 말발굽이 있다 그래, 말발굽이.)

마찬가지로 여그, 여, 바우가 거그 가믄 있어. (조사자 : 그 바우가 아까 그 바우에요?) 나도 거기 올라가 봤는디. 거 올라가 봤는디. (청중 : 나도 거 두 번이나 가 봤구만.)

옛날에 장군이, 여그, 저그, 저 뭐 오산인가, 저 무슨 굽소리, 먼데에서 뛰어 갖고 거그 가서, 그 바우 우에 가서 이렇게 디뎌서. [발을 딛는 시늉을 한다.] 거 발자국이 있다 해 갖고, 움푹 패여 갖고. 비가 오믄 물이 괴여 갖고 있어. 거 발자국에.

거머리 입 풀어지는 약물

자료코드 : 06_04_FOT_20090220_SJH_JWB_0006
조사장소 : 전라남도 구례군 구례읍 봉서리 동산마을 1573번지 동산마을회관
조사일시 : 2009.2.20

조 사 자 : 송진한, 서해숙, 이옥희, 편성철, 임세경, 김자현
제 보 자 : 정원봉, 남, 83세
구연상황 : 산바라기와 띠엄바우 장수 발자국에 대한 이야기를 한 후, 그 산에 있는 개울
이 약물이라면서 다음의 이야기를 구연했다.
줄 거 리 : 마을 뒷산의 개울에서 나오는 물은 약물로, 이곳에 거머리를 풀어놓으면 그
거머리가 사람의 피를 빨지 못한다. 그리고 칠월칠석날 그 물을 맞으면 피부
병이나 땀띠 등이 모두 낳는다는 이야기이다.

거, 거그, 뭐, 거그, 거 이상헌 것이. 거그 저 인제, 물이, 개울이 조그맣
게 이슬 자국이, 저, 개울이 거그 있는디. 그 개울에 우리 저그 저, 젊을,
쪼까썩, 저, 아조, 저, 애기 때, 아그 때 보므는,

저, 물이 약물이라고. (조사자 : 물이 약물이다.) 약, 약물. 거그 약물이
라고. (청중 : 산바리에서 나오는 물이 약물이라고. 칠월 칠석 무렵에는 욱
에서 맞는다. 그래서 그 부인들이 많이 나오셔 갖고 거가서 물을 맞어요.

요리 물이 떨어진 데가 있어요. 요가 가서 물을 맞고 그러는디. 왜 요
거이, 약물이 고인고 허니는. 시방 우리 마을 앞으로 요리 떨어진디. 토질
이 있는 사램이 그 물을 위해 불믄 토질이 없어져브러.

그런가 하므는 여름에 날이 더우믄 땀때기가 나드레, 사람 몸에. 근디 부
인들도 여그 물을 가서 칠월 칠석 무렵에, 음력으로 칠석. 그 견우 직녀 상
봉한 날이 그, 칠월 칠석이라고 하잖에. 거그 야가 나와 있제. 그 무렵에 와
서 그 물을 맞으므는 몸땡이 땀땡이가 흑허니 죽어.(땀띠가 하얗게 죽는다.)

이서구와 도깨비

자료코드 : 06_04_FOT_20090220_SJH_JWB_0007
조사장소 : 전라남도 구례군 구례읍 봉서리 동산마을 1573번지 동산마을회관
조사일시 : 2009.2.20
조 사 자 : 송진한, 서해숙, 이옥희, 편성철, 임세경, 김자현

제 보 자 : 정원봉, 남, 83세

구연상황 : 앞서 정원창 제보자가 강감찬에 관한 이야기를 마치자, 옆에서 경청하던 제보
자가 이서구에 대해 다음의 이야기를 구연했다. 아래 이야기는 7월 조사 당시
정원창 제보자에게서 들었으나 제보자가 다르고 이야기의 상황 묘사도 다르
므로 여기에 실었다.

줄 거 리 : 이서구가 섬진강가로 목욕을 하러 가다가 우연히 책을 한 권 주웠는데, 그것
은 도깨비 명단이 적힌 책이었다. 이에 도깨비는 책을 돌려받기 위해 이서구
의 소원을 들어주게 되고, 책을 찾은 이후에도 그 도깨비는 이서구를 따라 다
니며 도와주었다는 이야기이다.

아니 이서구씨가. 여, 앞 위에 섬진강 같은 디로 강물에 목욕을 갔는디.
이서구씨가. 목욕을 간게. 뭔 책이 한 권 빠졌단 말이여, 책. 한 권간에 그
책을 주서 갖고 보니게.

이놈이 저그, 저, 산 사람은 도저히 알아보도 못 히게, 뭐 꼬부랭이말.
요새 영어맹기로 그렇게 써져 갖고 있는디. 그나 아니나 자기는 공부해먹
고 사는 사람인게 책이니께, 고, 주서 짊어지고 집으로 왔는디. 아 집에
와서 서 있는께로 웬 퀴레이 신은 놈이 한 놈 오드니.

"대감 준비헙시다." 허고 방문 앞에 와서 절을 헌단 말이여. (조사자 :
대감 준비하자구요.) 아, 이서구씨 보고 그래, 이서구씨 보고. 책을, 이서
구씨가 책을 주서, 주서 가지고 갖고 왔는디. 그래 웬 사램이냐고, 인자,
이렇게 물으니까.

"제가 도깨비 서삽니다. 도깨비 서산디. 왜 근고 거그 저, 강가에 목욕
을 허러 갔다가, 아 그 도깨비 여그 저, 명단 적힌 책을 잊어뿌렀는디. 선
생님이 주서, 주서 갖고 오신 걸 내가 아요. 그런디 그 책 좀 저를 돌려,
돌려주믄 고맙것다고."

그 도깨비가 그러니게.

"왜 임마."

이서구씨가 헌단 말이.

"아 나도 공부허고 헌 사램이 나도 필요해서 주서 왔는디 그 책을 왜 줘야." 허고 그러니께. 아, 이 사람이 그냥, 제가 그 책이 아니므는, 도깨비 그 세상에 가서 그거시 거, 저, 서, 거, 서, 서기를 보고 있는데, 큰 변을 당한께로 저를 살릴라그믄 꼭 그, 돌려주라고 사~정을 헌단 말이여.

선생님이 뭣이든지 원만 허므는 내가 다 해드릴꺼니께, 그 책만 좀 돌려주라고. 하도 인제 그래싼께, 이서구씨가 헌단 말이.

"선생님 뭣이 소원이 있냐고." 그러니께로.

"아, 나가 요새 식량도 넘 귀해서, 식량이 귀헌게 식량을 좀 갖다도라"고 그런께로.

"아, 그거 문제없다고."

그런디 조까 있다 들어, 들어오더니, 기냥 나락을 여러 섬을 갖다가 딱 쟁여 준단 말이여.

"야 임마 이거 뭔 나락이냐."

그렇게 물으니까. 그거 그 전 사람들 그렇게 아, 배포가 흔했던가 몰라도. 그런거이 아니라 도깨비를 싹 동원을 해 갖고, 저 들에 저 논에 떨어진 나락을 주서, 주서서 모은 것이라고 그런단 말이여. 그거 모은 거이라고.그러니까 이서구씨, 그 소리 듣고, 이서구씨가 헌단 말이.

"그래. 야 임마 그러지 말고 그 저 쥐허고, 쥐같은 것. 그런 짐승들이 거 그런 걸 주서 먹고 산디 그 사람들 그것들 다 죽을 것 아니냐."

그러고 또 저 악을 쓰니, 거그 가서 쥐 짐승 다 죽을 저, 묵을 것을 내가 갖다 묵어블믄, 그것은 내가 죄를 진게 안 되것인게, 도로 갖다 흩쳐노라고 했단 말이여.

아 고놈은 헌 짓거리를 보믄, 자꾸, 자꾸 거시기해. 그렇게 아 음식인줄 안다고. 또 도로 갖다, 아 금방 갖다 없애븐단 말이여.

"아 그래, 그래놓고는 또 뭣이 또 소원이냐고."

그런께.

"아니 나가 시방 결혼도 못 허고 뭐 성공을 혼자 산디."

(청중 : 마누라 해 해준다고.) [일동 웃는다.]

"마누라 하나 얻어도라고."

그런께.

"아 그것도 문제없다고."

쪼께 있더니 기냥 휘딱 소리만 나더니, 그거 저 그 무신 김대감인가, 박대감인가 대감집 딸을, 딸이, 세수허러 나온 놈을 업어다가 고놈. [일동 웃는다.]

남의 집 대감님 딸인디. 이 양반허고 살어라고. 거 데려다 준단 말이여.

아 근께 대갬이, 그 이서구씨가 그 생혼을 내 뭐라고 쌈시롬.

"야 임마 아 그 넘의 딸을 이렇게 말도 안 허고 데꼬 왔으니, 그 집에서 인자 얼매나 애통을 허고 근심을 헐 거이냐."

당장 업어다 주라고. 아, 또, 저, 또, 보내브러. 아 근께 요놈의 자식이 여그, 시원(소원)을 뭣이라 허믄 못 헌 것이 없어. 그러다 안 그러다 허다, 허다 안 돼서.

"그 책을 줄팅게 나를 좀 도와주것냐고."

그런게.

"아 도와드리고 말고 허냐고. 내게 책만 주므는 갖다가 바쳐불고. 내가 인자, 앞으로는 선생님을 따라 댕김시로 선생님 도와준다고."

아, 도와준다고. 아 책을 하나 준게 인자 기냥 갖다가, 갖다가 줘 불고는. 갖다가 줘 불고는, 와서 이서구씨를 따라 댕긴단 말이여.

따라 댕긴게 이서구씨 뭐, 일이 맥히므는, 그놈이, 여, 도깨비가 막 이렇게 히서 도와주고, 도와주고. 어디, 그, 뭐 저그, 저 과거같은걸 봐도 글 맥히므는 기냥, 갈쳐줘서 과거도 합격을 허고.

이서구씨가 이 보통 뭐면 요, 저, 저, 뭔 수를 히 갖고 현답사고 그래 쌌거든. 이서구씨가. 아, 전라북도 전주도, 집이, 또 옛날에는 동향집으로 모도 집을 지었는디. 이서구씨가 그 개명을 해 갖고 전부 남향집으로 전주 시내가 남향집이라고 그러거든. 전설이 있어, 전설이.

상사병으로 죽은 처녀가 도와주어 명장이 된 이순신

자료코드 : 06_04_FOT_20090220_SJH_JWB_0008
조사장소 : 전라남도 구례군 구례읍 봉서리 동산마을 1573번지 동산마을회관
조사일시 : 2009.2.20
조 사 자 : 송진한, 서해숙, 이옥희, 편성철, 임세경, 김자현
제 보 자 : 정원봉, 남, 83세
구연상황 : 이서구 이야기가 끝나자 조사자가 장수이야기를 들은 적이 있는지를 묻자 이
          순신에 관한 거라며 다음의 이야기를 구연했다.
줄 거 리 : 이순신을 짝사랑하던 처녀가 결국 상사병으로 죽은 뒤에 이순신을 따라다니
          며 도와주어 이순신은 백전백승을 거두고 명장이 되었다는 이야기이다.

이순신 장군 말이여, 이순신 장군. 이순신 장군이 총각 때. 여기 요, 서시천겉은 큰 냇가에를 건네 댕김시로, 공부를 허로 댕긴디. (조사자 : 서시천같은 큰 천이요.)

글을 배우로 댕겨. 총각 때. 글을 배우러 댕긴다. 한 번은 비가 몽~, 많이 와 갖고는. 아, 물을 못 건네가고. [생각난 듯 이야기의 앞부분부터 다시 시작한다.]

아, 이봐, 그래 갖고 인자, 걸어 댕긴다. 그, 저 냉천이서, 여그는 마산면 겉은디를, 공부를 댕긴다. 그, 정기 타고난 처녀가 한 분이. 그 이순신을 도울라고, 그런 처녀가. 세상을 태어났든 갑서. (조사자 : 정기, 정기를 타고.)

정기를 타고 난다고 옛날에는 그랬거든. 그런 사람들은 사램이 크제. 거, 저, 큰일을 허고 그래. 아, 그 처녀가 이순신 장군이, 책 보따리, 책을 지고. 왔다 갔다, 글 배우러 가고, 글 배우고 오고, 헌거를 보고는.

아, 이 처녀가 순신을 사모해 갖고는 병이 나쁘렀단 말이여. 병이 났어. 어찌게 그걸. 옛날에는 거, 무대, 거, 단골이라고 헌 사람, 그런 사람들이. 한 다리가 짧은 그 사람, 집안 딸인디.

아 그런디, 그 사램이, 그 여자가 정기를 타고난 사람이, 인자. 아, 그, 사모해 갖고는. 병이 나쁘렀어. 처녀가. 말허자믄 상사병이 났어. 나 갖고 인자 딱, 드러, 인자, 몸져 드러누웠는디. 아, 뭐 약 써야 소양(소용)도 없고. 인자 그, 죽게 되었단 말이여, 처녀가. 죽게 됐는디. 그 즈그 어매가.

"대관절 니가 무슨 원한이 있어서, 원한이 있고 뭔 수가 있다. 말을 히라."

말을 허믄, 어찌게든지, 니 소원을 풀든지, 그러든지, 못 풀믄, 못 풀고 그러든지. 근다고 인자. 근게 말, 얘기를 헌게. 그런거 아니라.

"저그, 저그, 저, 아무게 산, 그, 순신이라고 허는 총객이, 여그를 그, 공부를, 글을 배우러 요리 댕긴디. 그 총각을 보고서 내가 병이 났다고."

그랬단 말이여. 그런게. 거그 순신이는 양반집 손이고. 거그는 농부의 딸이고 그런게. 도저히 뭐, 옛날, 힘으로는, 결혼은 생각도 못 허고, 뭐, 할 수가 없이 도리가 없고 막, ○○○○○ 소리를 헌단 말이여.

그런게 그, 여그 저, 그, 처녀 어머니가 담대했든가. 그나 아니나 ○○○○○○ 죽으믄 죽고, 살믄 살고. 한 번 얘기를 한 번 해 본다고. 근게 인자 그 순신을, 하루는 만내 갖고는,

"아, 이렇게, 내 딸이 도련님을 보고 사모해 갖고 병이 나서 이렇게 됐으니. 내 딸을 좀 살려주라고."

말허자믄 장개 오라고 그 말이지. 그런게. 가만히 생각해 보드니, 크게 될라고, 순신이 크게 될라고.

"아 그러자고."

날을 딱 받아 줌시로.

"내가 내일, 이틀 후에는 틀림없이 갈꺼인게. 그날 뭐시기라고."

인자, 이랬단 말이여. 그런게. 그 노파가, 그 처녀 어머니가 가 갖고는. 딸보고, 아, 이러고저러고 했드니.

"내일 모레, 그 총객이 너헌테 온단다."

그런게. 아 이놈의 처녀가 병이 안 나사 병이 나사. 그런디. 아 저, 그 집 갈 날인디. 비가 어찌게 많이 와 갖고는. 순신이가 물을 못 건네. 서씨 천 물을 못 가. 건너서 가들 못 혀. 그래서 못 가브렀단 말이여. 못 가브 렀어.

아, 뭐, 뭔 물 허믄 죽게 생겼어. 어찌게 가꺼냐고. 못 가쁘렀는디. 거 물 빠진 뒤에. 이틀인가 하룬가 지낸 뒤에 간께. 죽어쁘렀어. 처녀가. 죽 어쁘렀는디, 인자.

죽은 시체를 보고, 무신, 뭐, 어뜨게 했던 가는 몰라도. 아, 죽어쁜게 살 아나던 못 허고, 인자. 그, 순신이 가서 그만 뭐.

"비가 이렇게 와, 무지 많이 와, 홍수가 져 갖고 못 와서. 못 온 것이지. 내가 안 온 것이 아니라고."

이렇게 얘기를 해준게, 해 갖고는. 아 근디, 그날 그 뒤로 거그서는, 그 처녀가 순신 꿈에 자꾸 뵈, 잠을 자믄, 어. 그래 갖고 인자. 저, 서방님, 서 방님이라고 험서.

"서방님을 따라 댕김서는 평생을 돕겠다고, 도와드리겠다고."

아 근디 뭐 이러고 일만 있시믄 그 처녀가 순신보고. 이렇게, 이렇게 허라그믄 틀림이 없이 잘 돼. 아 그런게, 국가에서 그, 전쟁이 나 갖고는.

저그 저, 순신이 장군으로, 여그 장군으로 와서 전장을 한디. 아 전장만 나게 되므는. 그 처녀가 순신 보고 요쪽으로 가서 싸우라고 그러믄 또 이 기고. 또 저쪽으로 가서 싸우라 그러믄.

처녀 시긴대로, 시긴대로만 허믄 꼭 백전백승이라. 이기고, 이기고, 히서. 이 처녀가 도와줘서, 이순신이 그렇게 명장 추대허고 지금도 그렇게 이름 이 났다. 그런 이야기여. 전설이 있어. [제보자가 웃으며, 이야기를 마친다.]

역적 면한 유풍천

자료코드 : 06_04_FOT_20090220_SJH_JWB_0009
조사장소 : 전라남도 구례군 구례읍 봉서리 동산마을 1573번지 동산마을회관
조사일시 : 2009.2.20
조 사 자 : 송진한, 서해숙, 이옥희, 편성철, 임세경, 김자현
제 보 자 : 정원봉, 남, 83세
구연상황 : 조사자가 유풍천에 대해서 묻자 제보자가 다음의 이야기를 구연했다. 옆에 정
　　　　　원창, 이승렬 제보자가 조용히 이야기를 경청하고 있었다.
줄 거 리 : 무학이 임금이 되기 위해 토지면에 사는 유풍천에게 백 칸의 궁궐을 지으
　　　　　라고 했다. 그러나 유풍천은 백 칸의 건물을 짓게 되면 역적으로 몰릴 것을
　　　　　염려해서 아흔 아홉 칸의 집을 짓고 소금을 바닥에 넣어서 높이를 열자로 맞
　　　　　췄다. 후에 무학이 역적으로 몰리자 소금을 넣은 주춧돌에 물을 부어 집 높
　　　　　이가 내려앉아 역적 모함에서 벗어날 수 있었다는 이야기이다.

　　유풍천허고 그 얘기를 내가 또 히주께. 유풍천허고. (청중 : 아흔 아홉
칸 집이 그, 지금 있습니다.) 서울서 무핵(무학)이라고 헌 사램이 있어. 이
름이 무핵이라고. 무핵이.

　　무핵이라는 사램이 있는디. (조사자 : 무학, 무학대산가요?) 무학, 무학
대사. (청중 : 무학대사라고 허지.) 그 사램이 인제 역적이 됐는디.

　　그 무핵이라는 사램이 유풍천을 유, 여, 여 밑에 여그 여, 토지면 풍천
을 시케 갖고 자기가 임금 노릇 헐라고. 역적이 됐어, 무핵이라는 사램이.
임금 노릇 헐라고, 여그, 여, 여다가, 저그 뭐, 요시레 말로 종합청이제.
종합청을 만들라고.

　　집을, 칸 수를 아흔 아홉 칸을 지라고 시키고. 무핵이라는 사람이. 풍천
한테다가. 시키났는디, 그, 그런게, 풍천은. 무핵이라는 사람은 편지로 해
서 풍천으로, 풍천이한테로 편지를 해서 뭐 전달을 허든.

　　풍천은 받아서 아, 읽어보고는 그냥 불에다 꼬실라 블고, 편지를 꼬실
라 블고. 난중에 자기가 안 몰릴라고. 그 풍천이라는 사램이, 그 무핵이라
고 허는 사람이 역적으로 몰릴 줄을 미리서 알아.

이 집을 백 칸을 지라고 헌 것을 아흔 아홉 칸을 지어 놓고는, 백 칸 지었다고 그렇게 이야기해. 그런게 풍천은 가므는 축지법을 헌게로, 갔다 와. 축지법으로 해서 갔다가, 가서 사, 말로 무핵이 만내 갖고. 말로 얘기를 허고. 또 자기 집으로 내려오고 그래.

그 높이를. 예를 들에 여섯 자가 필요치라 헌 것을. 지춧돌로, 지춧돌 밑에다가 소금을. 청렴, 청렴을, 거, 시치를 돌아. 지춧돌 밑에다가. 소금으로. 돌아서, 그 우에다 지춧돌을 놔 갖고는. 집을 짓고 어찌게 어찌게 지둥을 세우고, 세우고 해.

아 그러자, 그 무핵이라는 사램이 역적으로 몰렸네, 허고 인자, 역적으로 몰렸다 허고, 소문이 난게. 풍천이 끓는 물을, 물을 팔팔 낄에 갖고, 지 춧돌 밑에다 갖다가 끓는 물을 붓고, 붓고 근께로. 시치가 가라앉어브러, 집이.

높이가. 주춧돌 밑에가. 세치. 그런게 저, 요샛말로 허므는, 삼십 센치가 한 잔께로. 세친께로. 한 삼 센치, 아니고, 구 센치 되겄는가. 구 센치가 좌우지간, 집이, 전체가. 주춧돌마동 갖다 소금을 다 끓는 물을 붓었은게. 세치가 녹아 갖고 가라 앉었단 말이여. 그랬지.

인자, 집을 백 칸이라고. 무핵이는 역적으로 몰려 갖고 인자, 취조를. 요샛말로 취조를 헌께로. 아, 어디 가므는 백 칸 집을 지어 놓고. 내가 임금이 되므는 거 가서, 도읍터 헐라고. 중앙청 만들라고, 요샛말로. 집을 백 칸을 지어 놓고.

높이는 몇 치를 지어 났다고. 그렇게 인자 활활 불어브렀단 말이여. 그래 인자, 누구, 누가 누구를 시케서 했냐 근게.

"유풍천이라고 허는 사램을 시켜서 지었다."

"그렇게 지었다."

얘길 헌게. 불으니께로. 아, 와서 본게로. 이놈이 백 칸이고 아흔 아홉 칸이고. 열자 높이가 아홉 재씩, 뭐 여섯 자 뿐인가 백에 안 되고. 고거 거짓말을 했거든, 무학이가. 그래서 그.

그래 갖고 풍천이 역적으로 안 몰리고. 대대전서로 여그서 지금, 그냥, 전해 산다고. (청중 : 무핵이라는 사램이, 선생이. 풍천을 역적으로 몰려 갖고 죽이든지, 귀양을 보내든지 그럴라고 그런 거이여.)

아 근게, 그거이 인자, 백 칸을 짓고, 높이를 열 자를 했드라므는 꼼짝 없이 역적으로 몰려 죽지. 그런디 한 칸을 안 짓고, 미리서 한 칸을 안 짓고. (조사자 : 아주 재치가 있네요.)

높이는 열 잔디, 세 치를 가라앉혀 블고. 딱 재본께로, 아홉 자 몇 치뿐이 안 되거든. [일동 웃는다.] 저기 와서 재 본게. [제보자 웃는다.] 근게 그, 나 그런, 그런 일이 없다. (조사자 : 아주 지혜로운 사람이네.) 미리서 알고는,

"나는 그런 일, 그런 일 거, 시켜서 한 일도 없고, 내가 이거 필요해서 진 집이고."

그래, 그렇게 힜다고 해 갖고는. 죄를 면허고. 지금꺼정 거, 양자 손허고 육십을 줌서 살제.

예지로 증손자 살린 이토정

자료코드 : 06_04_FOT_20090220_SJH_JWB_0010
조사장소 : 전라남도 구례군 구례읍 봉서리 동산마을 1573번지 동산마을회관
조사일시 : 2009.2.20
조 사 자 : 송진한, 서해숙, 이옥희, 편성철, 임세경, 김자현
제 보 자 : 정원봉, 남, 83세
구연상황 : 유풍천 이야기가 끝난 뒤에 잠시 쉬었다가 이토정에 관한 이야기를 시작했다. 제보자가 구연하는 동안 조사자뿐만 아니라 청중 역시 흥미롭게 이야기를 경청하고 있었다.
줄 거 리 : 이토정선생이 마당의 포플라나무를 보고 훗날 경찰서(객사) 대들보가 될 것이

고 증손자가 죽을 위기에 처할 것을 예견하였다. 그리하여 증손가가 위기에 처할 때 보고 봉투를 남기고 떠났다. 훗날 예지한 대로 증손자가 죽을 위기에 처하게 되었고, 그 봉투를 뜯어보기 위해서 객사 사람들이 모두 밖에 나와 공을 들이게 되었는데, 그 순간 객사 대들보가 무너져 밖에 나와 있던 사람들이 위기를 모면하였고, 증손자 역시 죽음을 모면하게 되었다는 이야기이다.

거시기, 이, 이토정 얘기나 한 자리 더 하까. 이토정. (조사자 : 우리 토정이, 토정 선생 이야기.) 토정비결. (조사자 : 예. 토정 선생 이야기 하신다구요.)

토정비결, 이토정. 아조 유명헌 양반이시. 그 양반이. 뭐 사령축문허믄 꼭 죽고, 산다고 허믄 살고. 세상일을 다 알아. 아, 이토정이 하루는 자기 방, 방에가 앉거서 요리 요러고 딱 들여다 본게. 자기 마당가에가 뽕뽀르나무가, 한 나무가. (조사자 : 뽕뽀르나무.) 뽕뽀라나무.

뽕뽀라나무. 나무가 나 갖고는. [바람이 부는 방향에 따라 나무가 넘어지는 방향을 그려 보이며] 바램이 서풍이 불믄, 동쪽으로 요렇게, 요~렇게 넘어가고. 여, 북풍이 불믄 이렇게 서쪽으로 올라가고 그런게.

아 그 왜, 여그 저, 조그막한 뽕뽀라 나무가 하나 서서 있는디. 아 그 나무를 가~만히 쳐다본께로. 뽕뽀라 나무를 쳐다본께. 저 놈은 나무가 커 갖고는, 나중에 그걸 저, 객사. 지금으로 말허믄 경찰서. 경찰서 집, 대들보가 되것드레.

대들보가 돼것는디. 근게 인자 몇 십 년 한, 백년 후, 후 일이든가, 후, 후, 일이든가 모리지. 그런디. 아 이놈의 자기, 자기, 당신, 당신 증손자가.

이통, 이토정 증손자가 뭔 죄가 몰려 갖고는. 뭐 꼼짝도 못 허고, 잽혀가 죽것드레. 즈그 증손자가 나, 나타난 사람을 줌서. [제보자 웃는다.]

거짓말이제. 그런게, 순전히 얘기란 것이. 아, 지 증손, 장손이, 그렇게 죽게 생겼어. 이토정이 글씨를 하나, 저그, 저, 서적을 써 갖고. 보는, 봉투에다 딱 담아서. 자기 큰 아들을 줌서롱.

"누구 장손이, 누구 아들 대, 손자 대, 증손 대까지 장손이 꼭 죽게 될 때 이 봉투를 뜯어봐라."

이렇게 유언을 허고, 이토정이 돌아가셨다 이 말이여. 그런디. 아 대차 이 놈의 나무가, 나무가 커 갖고는. 요샛말로 허믄 경찰서 대들보가 되었다, 이 말이여. 본짝. [마을회관의 천장을 가르키며]

요, 요런거, 요런데. 요것이 됐어. 대들보가 됐는디. 아 자기 증손자가 뭔 죄가 몰려 갖고. 꼭 죽어. 뭐, 또, 이, 땡겨졌든지, 뭐. 죽게가 생겼는디. 아 그 증손자가 와 가지고 본게로. [봉투를 목에 걸고 있는 모양을 그려 보이며]

이, 그, 그 놈 봉투를 끈 맹키로 해 갖고, 모가지 해 갖고. 요새 그 목걸이 맹기로. 달고 댕기라고 유언을 해 논게. 달고 있는디. 아 이놈이 지가 죽기가 된게로. 그것이 생각이 났다 이 말이여.

이토정 시긴 소리가.

아 이놈이 이거 저, 저, 증조부님이 이것을 대대로 뭐, 저, 유언을 허고 헌 봉투가 여그 있는디. 내가 죽게 생겼은게, 뜯어봐야 것다. 봐야허까, 혀야 또 생각이 나 갖고는 인자. 아 그저 보던 못 허고. 그걸 얘기를 했어요. 죄인 보던 사램이. 요샛말로 허믄 경찰 서장보고 허고, 행사 반장 보고 그랬던가.

"이러 이러 이러 해서 우리 증조부님이 죽게 되믄 이거 뜯어보라고 유언을 해 논 봉투가 하나 있는디."

읽다 보자 그런게로. 요샛말로 허믄, 근게 그, 객사가, 경찰 서장이. 벌벌 떨어. 이토정 그 유언 봉투라고 그런게. 그러니께, 옛날에는 뭐 공을 들일라믄 물을 떠다 놓고 뭐, 상에다가 차려 놓고 뭐, 헌다고 안 해.

아 근게, 자기 경찰서 직원을 전부 다 나오라고. 이만, 이만 해서 저, 죄 진 사램이, 그 자기 증조부 유언 봉투가 있다 근게. 이걸 같이 뜯어보자고.

아 그래 인자, 배깥에다가(밖에), 상에다가 물, 정화조를, 정화수를 갖다 딱 받쳐 놓고는 인자, 봉투를 요리 개봉을 헐라고 뜯은게로. 아니 근데 뭐, 객사 그, 저, 저, 대들보가 착착 뿔어져 갖고는 객사가 그냥, 팍 짜그라져브렀네.

객사 집이, 경찰서 집이. 옛날에는 객사라고 그랬지. 아 그 봉투가 아니었더라믄. 전부 그 청내에, 서장, 뭐 행사, 뭐, 뭐, 이 다 들어앉것으믄.

그 큰놈의 집이 짜그라져 브렀으니, 다 몰살해 죽을거 아니요. 틀림없이 죽, 죽을 거인디. 아 요~리 떼, 떼서 요런게로.

봉투에다 뭐라 그런고 허믄. 나도 느그, 느그들을 전부 살렸은게. 느그 경찰 서원들을 전부 살렸인게. 내 증손도 살려줘라. [제보자 웃는다.] 아, 그러니까, 안 살려주겄어, 살려줘야지. [제보자 웃는다.]

아 그래도, 객사, 그 직원이 몇 십 명 됐을거 아니여. 아 그 유언에 있는 봉투에다가 명 십 명 살려 놨은게로. 나도 느그를 살려 줬인게. 우리 증손자도 죄를 졌지만, 살려 줘라. 그래서 살았단 말이여.

명의 변서기 의원

자료코드 : 06_04_FOT_20090220_SJH_JWB_0011
조사장소 : 전라남도 구례군 구례읍 봉서리 동산마을 1573번지 동산마을회관
조사일시 : 2009.2.20
조 사 자 : 송진한, 서해숙, 이옥희, 편성철, 임세경, 김자현
제 보 자 : 정원봉, 남, 83세
구연상황 : 풍수 이야기에 이어 조사자가 명의에 관한 이야기를 묻자 다음의 이야기를 구연했다.
줄 거 리 : 재주 많은 변서기 의원이 있었는데 어머니의 눈이 아파도 고쳐줄 생각을 하지 않다가 마침 제자가 와서 치료를 해주었다. 이를 알게 된 변서기는 치료를 하지 않으면 어머니의 명이 더 길 것인데 치료해서 곧 죽을 것이라 했더니, 그의 말대로 되었다. 또한 배나무에서 배를 따먹던 아이가 떨어져 죽자 자기

때문에 죽은 것으로 알고 두려워서 침을 놓았더니 아이가 벌떡 살아나다가 침을 빼니 다시 죽었다는 이야기이다.

변새기(변서기), 변새기 저 죽은 얘기 한번 하까. 변새기. 변새기라고 옛날에, 아주 의원이, 큰 의원이 있습니다. (조사자 : 의원이.)

의원이지, 말허자믄. (조사자 : 아, 변서기.) 변새기라도 요새, 요새 지은 전설이, 여기 전하는 말이 그러거든. 된, 저그 저, 많이 아픈 사람 보믄. 병이 큰 병이 들믄. 변새기 들일 재주나 되믄 들을라스까, 나수것냐고.(낫겠냐고) 그런 말이 있어.

아, 변서기, 즈그 어머니가 눈이 아파 갖고는. 거, 통 눈을 뜨들 못허고.

그런단 말이여. 아 그런디. 아 그 변새기가 재주가 좋은게는, 즈그 어머니 눈을 나수고도 남을 거인디. 아 즈그 어무니가,

"아이, 내가 눈이 이렇게 아파서, 저그, 아파 못 견디겠은게. 약 좀 가져다, 나 약 좀 해주라."

그런게. 변서기가 헌단 말이.

"어머니. 눈을 뭘라 나요."

그리고 그냥 약을 안 갈쳐주고 말아 븐단 말이여. 아 그런디. 그 변서기 어머니가 가~만히 생각해 본게. 변새기 제자도 뭐, 뭐 약을 잘 알고, 그런 것을 알았다, 이 말이여. 그 변새기, 제, 제자보고.

"아 그 저, 우리 아들이 내 약을, 눈, 이렇게 아파서 고생을 허는디. 안 갖다 준다고." 그러면서.

"그래요. 내가 가져다 드리지라."

변새기 제자가.

"까치를, 요새 그 까치. 그거를 잡아다가 뭘 어떻게 허므는, 그냥 낫십니다."

대차 그런게, 눈이 다 나사쁘럿단 말이여. 눈이 나서쁘럿는디. 인제 자기 어머니가 변새기 보고. 저, 즈그 아들이 밉기도 허고, 나신게 좋기도 허고 그러니까, 해서.

"아이, 아, 너는 어째서 내 눈을 이렇게 여그 나슬 수가 있는디 요거 나를 안 갈쳐 줬냐. 근게 말하지만 해서 느그 제자보고 물은게, 약을 갈쳐줘서 내 눈이 나았다."

"허허, 참. 어무니 인자 몇 살만, 얼매, 살, 얼매만 살고 돌아가시오."

변새기가 그런단 말이여.

"아 요러고 눈이 아파 갖고 있어야, 오래 산다."

(조사자 : 오래 사신데.)

"눈을 나서쁘럿으니, 인자 곧 돌아가신다고."

이런단 말이여. 아 아닌게 아니라, 변새기 즈그, 즈그 아들 죽는 줄 알았더니, 할머니가 죽어쁘러.

아, 그런게. 변새기가 얼마나 잘, 잘 알았것어. 나사주믄 그 병, 눈을 다 나사주믄, 즈그 어머니가 오래 못 살팅게, 오래 살으라고 약을 안 갈쳐주고, 안 나사 줬는디. 아, 즈그 제자가 갈쳐 줘 갖고는 눈이 나사쁘럿단 말이여. 아 그러고 산다.

아 하루는, 변새기 집이 배나무가 하나 있는디. 아, 누 집 꼬마란 놈들이, 아들이 와 갖고는 배나무에 올라가 갖고 배를 따 먹거든. 배, 먹는 배. 따 먹, 따 먹어. 아 변새기가 어찌게 인자, 뭐라고도 안 허고. 이녁거 했던, 했던 거 어쨌든가 헌게.

이놈이 겁이 나 갖고는. 배나무에서 떨어져 갖고 죽어쁘럿단 말이여. 배 따 묵은 놈이. 아, 가~만히 채고 따지고, 가만히 간게. 죽은 애비, 즈그 아버지가 꼭 자기가 뭐라고 해서 떨어져서 죽었다고. 자기가 누명을 입게, 입게 생겼거든.

근게 그거를 모면을 헐라고. 거 떨어져 죽은 놈 어매, 아버지를 오라해라 놓고는. 변새기를 그 죽은 놈을 데려다가 딱 눕혀 놓고는. 침을 내더니. [침을 배에 꽂는 시늉을 하며]

배를 콕 쑤셔 갖고는, 간에 찔러 갖고는. 간이 떨어져서 죽으쁘렀는디. 떨어져갖다, 떨어져 갖고. 침구들을 요리 찍어다가 붙인게로. 말을 조랑조랑 허드라네, 죽은 놈이, 살아나 갖고. [일동 웃는다.]

곧이 가 듣게?(믿을 수 있겠어) (조사자 : 곧이 안 들게도 그런 것이 얼마나 재밌습니까.) 아, 간이 떨어져브렀는디. 아니 즈그들을 요리 찍어 갖고 요리 끄시다가 붙여 논게로,

아 살아 갖는 말을 헌다 이 말이여. 그래, 뭐 그 양반이 뭐란 소리 헌 것 아니고. 내가 그, 배 따먹다 떨어져 갖고 죽었다고. 지 입으로 그런, 그런단 말이여. 그런게 침을 쏙 뺀게 도로 죽어쁜다네. [일동 웃는다.]

재주 많은 변서기가 어머니 병 고치지 않은 사연

자료코드 : 06_04_FOT_20090703_SJH_JWB_0001
조사장소 : 전라남도 구례군 구례읍 봉서리 동산마을 1573번지 동산마을회관
조사일시 : 2009.7.3
조 사 자 : 송진한, 서해숙, 이옥희, 편성철, 임세경, 김자현
제 보 자 : 정원봉, 남, 83세
구연상황 : 조사자들은 2월에 이어 다시 찾아뵙겠다고 연락을 드린 후에 마을에 도착했다. 마을에 도착하니 정원창, 정원균 제보자와 함께 마을회관 앞 유산각에서 조사자들을 기다리고 있었다. 이미 조사를 했던 터라 사전 설명 없이 곧장 조사를 시작할 수 있었다. 제보자는 이야기 거리를 생각해두었는지 내가 먼저 이야기를 하겠노라 하면서 다음의 이야기를 구연했다. 변서기에 관한 이야기는 2월 조사에서 이미 들었으나 이번 이야기는 변서기와 어머니에 관한 것으로 이야기를 마무리 짓고 있다.
줄 거 리 : 재주 많은 변서기 의원이 있는데 어머니의 눈이 아파도 고쳐줄 생각을 하지 않다가 마침 제자가 와서 치료를 해주었다. 이를 알게 된 변서기는 치료를 하지 않으면 어머니의 명이 더 길 것인데, 치료해서 명이 짧아졌음을 안타까워 했다.

그 옛날 변새기란 사램이 재주가 그렇게 좋아. 여, 아픈 사람도 잘 나수고. 뭐, 어찌건 의사라, 의사, 한 마디로. 그런 양반인디. 아, 자개 어무, 어무니가.

눈병이 걸려 갖고, 고생~, 고생을 해. 눈이 아파 갖고. 나이도 많으신디. 아, 그런디. 자기 아들이, 인자. 그 변새기 재주를 갖고 있는게로, 아들 보고.

"아, 내 눈이 이렇게 아픈디, 여기 약 좀 갈쳐주라."

그렇게 자기 어머니가 얘기를 헌게. 변새기가 헌단 말이,

"아, 어머니 눈은 액(약)이 없어요, 액이 없어요."

아, 그렇다고 헌디 어쩌거여. 옛날에는 변새기 재주라고 허므는, 지금, 뭐 서울대학교 의사보담도 재주가 좋고, 뭐, 천하 논팽이도 다 나순 사람인디.

어, 침질도 잘 허고 인자, 그런디. 아, 인자, 변새기, 그 어머니 된 양반이, 변새기 제자보고. 이, 제자보고. 또 자기 아들보고, 헌다, 헌다 소리맹기로.

"아, 내가 눈이 이렇게 아파서, 못 견디겄는디, 저그 아들이 이름을 안 갈쳐 주드라고. 아, 저, 약을 안 갈쳐 주드라고."

그런게. (조사자 : 약, 약을요?) 약, 약. 눈 나술 약. 그런게 변새기 제자가 대뜸 헌단 말이.

"아, 나도 알아요."

"그 눈, 아픈디 약, 나도 알아요."

그런소름(그러면서) 변새기 제자가 약을 갈쳐줘 갖고, 저그, 눈이 나섰어, 인자. 어무니가. 변새기 어무니가. (조사자 : 눈이 나았어요?)

어, 나사쁘렀어. 아, 근디, 어매가 가~만히 생각헌게, 아들이 좀 밉거든. 그러꺼 아니여. 거, 좋은 재주를 갖고 있음시롬. 어매가 약 좀 갈쳐주라헌게, 안 갈쳐주고. 그런단 말이여.

그래 인자 제자 보고 물은게로, 갈쳐줘서, 눈이 다 나서쁘렀단 말이여. 아, 근게, 좀 미운게. 아들 보고, 아들 보고 헌단 말이.

"아이, 야, 임마, 아 그러지메 애미가 이렇게 눈이 아퍼서 고생을 헌디, 그거 아, 약을 안 갈쳐주고, 니, 느그 제자가 갈쳐줘서, 그 약을 허고 나샀다."

저그 어매 말이 그런게, 변새기가 헌단 말이.

"허허, 참, 인자 어무이는 일흔에서 한 구십 살이나 사거인디(살것인데), 구십 살이나, 백 살, 이, 명을 타고 났는디. 그 눈이 아파야 그때꺼정 산디, 이, 눈을 나사쁘러서, 인자, 그 안에 죽, 죽는다고."

명을 한, 뭐, 십년이고 얼매고, 인자 감했다고. 근게, 그러고, 저, 변새기가 헌단 말이, 즈그, 자기 제자를,

"그 놈이 나보고 물어보도 안 허고, 울 어머니 약을, 약을 갈쳐줘 갖고 눈을 나사쁘렀다고."

그랬다고 그런 전설 얘기를 들었구마. (조사자 : 아주 재밌네요. 일부러 그니까 안 고쳐 준거네요.) 아, 일부러 안 갈쳐줬지, 알고도. 오래 살아라고. 오래 살아라고.

어매 오래 살아라고. 아, 그러니 갈쳐줘 갖고, 눈을 다 나사쁘른게(나아 버리니까), 한, 백 살이나 살 것인디, 한, 팔십 살이나 뿐이 못 살고, 돌아 가셔쁘렀다 이 말이여.

홍진사의 억울한 누명 벗겨준 박어사

자료코드 : 06_04_FOT_20090703_SJH_JWB_0002
조사장소 : 전라남도 구례군 구례읍 봉서리 동산마을 1573번지 동산마을회관
조사일시 : 2009.7.3
조 사 자 : 송진한, 서해숙, 이옥희, 편성철, 임세경, 김자현

제 보 자 : 정원봉, 남, 83세
구연상황 : 앞서 정원창의 이야기가 끝나자 이어서 제보자의 이야기가 시작되었다. 마침
정원창 제보자가 마이크를 넘겨주자 제보자는 마이크를 채우면서 다음의 이
야기를 시작했다.
줄 거 리 : 홍진사가 자부와 함께 사는데, 어느 날 시주를 하러 온 중이 자부를 보고 겁
탈하려 했으나 뜻대로 되지 않자 자부를 죽였다. 마침 출타에서 돌아온 시아
버지가 자부를 죽인 것으로 누명을 쓰게 되었다. 이때 전국을 민원을 살피러
돌아다니던 박어사가 시아버지의 억울한 누명을 풀어주었다는 이야기이다.

나 또 얘기 한 자리 허께. 옛날, 거, 홍씨 한 분이. 진사 벼실을 허고.
산 양반이 있는디. 거그, 저, 진사라 허고 그런게로. 돈도 인자, 많고. 돈
이 많은게, 집도 좋게 짓것지.

인제 그렇게 산다. 아, 불행허게도. 아들을 결혼식을 시케 갖고. 아들이
죽어브렀다 이 말이여. (조사자 : 또, 죽어요.) 이, 죽어브렀어.

아, 그래 인자, 시아바니허고 자부허고, 그렇게 산다. 근게 자부가, 아,
진사 며느리가 되고 그런게, 아, 저, 저, 저, 미녀라. 얼굴도 곱고, 자부가.

그런디, 이, 소년 과부가 돼쁘렀잖여. 그런디. 아, 느닷없이 하루는, 중
이, 총각 중이 동냥을 왔어. 동냥을 왔는디.

아, 그 저, 시아바니는 어디 밖에 나가시고, 섭사(외출을 했다는 의미이
나 정확한 뜻은 알 수 없다.) 안 계시고. 그, 자부 혼자만 집에가 있는디.
아, 여, 거, 대궐을 짓고 부자로 살고 그런디,

동냥을 안 준다 소리도 못 허겄고. 동냥을 주기는 줘야겄는디. 아, 시아
바니가 있으믄, 시아바니가 인자 갖다가 줬시믄 헐 일인디. 아, 시아바니
도 안 계시고. 헌게 헐 수 없이.

여그, 진사 자부가, 동냥을 갖다가 인자, 그 중을 준게. 아, 그, 얼굴이
그 뭔, 이쁘게 생겼고 그런게로, 중, 그, 뭐, 동냥 댕기는 중을 땡땡이 중
이라 그러거든. 이, 시골 말로. 아, 그, 이놈이 욕심을 냈단 말이여. 진사
네 자부를.

아, 아무도 없고, 뭐, 큰 집이, 여자 혼차 동냥을 떠 갖고 나온게로. 동냥을 딱 받아 놓고는. 아, 욕심을 내 갖고. 어치게, 강간, 여, 저, 저, 어치게, 뭐, 알라고. 뭐 얘길 해야. 아, 들을거여.

진사집 자부가 돼 갖고. 거, 그 배우기도 했으거고. 지위가 또 괜찮고 그런디. 거, 중 놈을 헌티 허락을 허것냔 말이여. 아, 안 허고 반항을 헌게로. 아, 이놈이 그냥, 허다가, 허다가 안 된게로. 죽여브렀단 말이여. 어디 칼을 갖고 댕겼던가. 칼을 갖다가 그냥, 찔러서, 죽에, 죽에, 죽에브렀는디. 그, 진사, 거, 자부가, 참 예의가 바르고, 인사가 밝아서.

시아바니가 어디 출타를 했다가 들어와서, 대문 안에 들어와서 '에헴' 허고 지침 허믄. 반드시 방에서 나와 갖고, 똘방 밑에 내려와 갖고.

"아버님이 오시냐고."

이렇게 인사를 허고, 이렇게 헌다. 아, 그 날은, 거, 진사가 갖다 와서 지침을 해도 소식이 없단 말이여, 며느리가 나오들 안 해.

그러니, 저, 방문 앞에 가 갖고, 또 지침을 한 자리 헌 소롬. 며느리 나오라고 인자, 이녁이라고(나라고) 그런게. 그래도 안 나와. 아, 그런게 인자.

옛날에는 담뱃대를 막, 이런 놈, 이러고 지고 댕기제. 담뱃대를 까워 갖고 문고리를 딸랑딸랑 뚜드려 봤어. 자부 방에. 아, 그래도 뭐, 소식이 없어. 그런게 인자, 그, 아들이 죽어쁠고, 며느리가 그렇게 훼부로, 훼부 짓을 허고, 헌디. 맘이 당황허꺼 아니여, 시아바니가.

당황허고 근게. 아, 문 앞을 벌떡 열었단 말이여. 문을 벌떡 열어본게. 아, 옛날에는 자부 방에 문 열고 뭐, 글 안 허거든, 들어가도 안 허고. 아, 그러니, 문을 열어본게로. 칼을 맞어 갖고 죽어, 죽어 갖고 있다 이 말이여. 얼매나 당황허꺼여.

진사댁, 진사댁이라고 그러고롬, 그런 사람. 아 근게 겁쟁이가, 쫓아들어가 갖고, 어쩌도 못 허고, 칼을 쑥 뽑아 갖고. 어쩌도 못 허고, 인자, 밖으로 튀어나왔단 말이여. 거, 진사 헌 양반이. 홍진사라고, 홍씨라고. 해 갖고, 빼 갖고, 밖으로 나와서. 나오고 있는디.

해필 이웃집, 저그, 늙은, 나이 많은 할무니 한 분이. 그 집이를 마침 또, 왔어. 와 갖고 봐쁘렀다 이 말이여. 그런게. 아, 이 할마니가 뭐라고 헌고 허니는.

"거, 홍진사가 며느리를 강간을 헐라고 허다가, 안 되니께로, 칼로 찔러 죽여 갖고 나왔다."

이렇게 소문을 내브렀다 이 말이여. 아, 그 어찌 돼겄어. 기, 기통 찰 놈의 일이지. 아, 그래서 인자, 요새 말로 허믄, 경찰서에서도 알고. 어쩌고 해 갖고, 뭐 어뜨케 해 갖고 인자, 징역을. 집이서 살게 됐든가 어쨌든가 인자. 어여, 징역을 살, 인자 살았어, 살았는디.

그러자, 박문수, 박어사가. 어사를 해 갖고. 어디로 인자, 거그, 그, 민원 조사, 민원조사 헐라고. 조선팔도를 돌아댕긴다. 그 부락, 저그 공청에. 요 그 요런 노인댕이나, 회관이나 이런 데를 가서 인자. 자게 됐는디.

아, 해필, 그, 그, 저, 죽은, 죽인 중 놈이 거그 와 갖고 같이 자게 되고. 자게 됐다 이 말이여. 그래, 이, 박문수, 박어사가. 아, 그, 어사께나 본께 는, 뭐, 여론도 좋고 그러꺼 아니여.

그런게 인자, 고담 얘기를 허자고. 어사가 그렇게 얘기를 허고 그런게 로. 아, 중, 이 사람이, 뭐 헐 얘기는 없고, 자기가 겪은, 자기가 헌 얘기 나, 인자, 그 얘기를 했든갑어.

"그 아무 데라고 어느 부락에, 거, 홍진사댁이 산다. 아, 거리 동냥을 갔는디. 하~ 그, 여자가, 동냥을 갖고 나온디. 꼭 달덩이 같이 보이고. 도 저히 그냥 갈 수가 없드라."

아, 이래 놓고는. 말을 끊어브러. 얘기를 끊어븐게.

"그래서."

박문수, 박어사가.

"그래서, 참 못난 자식이시. 아, 그런 여자를 봤시믄 냅두고 나와."

그런게.

아, 그, 죽었단 말은 그래도 안 허고. 중놈이 죽였단 말은 안 허고.

"그냥 그랬지, 뭐."

이런 식으로 허고, 이약(이야기)을 중도에 마쳐뿐단 말이여. 그런게 어사께 헌 양반이, 그 소리를 들으믄, 뭐, 짐작을 못 허것어.

그래서 그 뒷날. 여그, 홍진사 집을 찾아갔어. 어사가 찾아가 갖고. 아~ 간게, 아주 그냥 다 죽어가. 영갬이, 다 죽어가. 그 왜, 그렇게, 근심을 허고, 그렇게 그러냐고. 나이도 뭐 그렇게 많도 안 허고. 그렇게 많도 안 허고 그런디. 왜 그러냐고, 이러니까. 나 얘기도 못 허겄다 그거이여. 그 홍진사래는 사램이.

아, 며느리를 겁탈을 헐라다가, 했다고 누명을 썼으니. 뭐, 어쩌겄어. 그런게. 내가 일생에 태어나 갖고 세상에 아무 여한도 없는디. 돈도 있고, 뭐, ○○도 허고, 여, 저, ○○을 했고. 이런 사람인디. 한 가지 당장 오늘 죽어도, 누명을 인자 벗들 못해. 딱, 그, 짊어져논게.

아, 누가 아무도 안 보고. 뭐, 할마니가 보고. 소문을 그렇게 말을 해 놨으니, 어찌게 그 누명을 벗을꺼여. 여러 해 헌 일이고, 지 일이 있어야, 누명을 벗는디. 암 것도 여한이 없는디. 누명을 못 벗고, 죽은 것이 제일 원통허겄다고.

인자 그러니까. 근게 뭔 누명이냐고, 물으께. 전후 일장 얘기를 뭐, 다 했다 이 말이여. 아, 이 어사, 이 사람, 가~만히 생각해본게. 거, 홍씨, 저, 홍, 홍씨 집 여그서 동냥 와 갖고, 뭐, 어쩌고 허고. 끄트리를 막아불고, 말도 안 허고. 죽였단 말을 꼭 안 해. 인제, 저, 그러고. 아, 고, 성씨도 맞고, 어쩌고.

'아 차, 이놈이 죽였구나.'

인자 알아뻐렀다 이 말이여, 어사가. 아, 그래서 인자, 그런지, 그래 놓고는 인자, 그래 갖고, 요시로 말허믄, 구례겉으믄. 구례 경찰서에 가 갖고는, 인자. 어사 채립을 허고. 모야는 폐파립을 허고, 인자, 그. 평, 평복을 허고 댕겼었는디. 어사 마패 차고.

허고 인자. 아, 그때 인자, 어느 절에가 있시므는, 이름이 뭐냐고 인자, 물었으꺼 아니여, 어사가. 그, 죽인 사람. 아, 그런디, 인자, 거그, 거그, 거, 떡, 거그, 관, 관가에가 앉어 갖고는 인자, 홍진사를 잡아 부리네. 불러다 놓고는.

"너, 자기는, 시상에 없는 죄를 졌인게. 오늘 죽어야 헌다."

이렇게 인자, 형을 가이, 내려놓고는. 아, 그래 놓고, 인자, 저, 형을, 저, 죽어야 헌다고 그래 놓고는. 그, 저, 요새 말로허믄, 저, 경찰, 뭐, 뭐, 그런, 불러 갖고는. 아무 절에 가서 아무 것이 좀 잡아오라고. 아, 그 대번에 잡아 갖고 오요. 딱 잡아왔지. [제보자의 잔에 술을 따르며]

아, 그놈을 딱 갖다 꿇어 앉혀 놓고는. 저, 그거, 중놈의 이름은 잊어쁘렀구만.

"너는, 아무 날, 몇 년도에. 거 홍진사 댁에 동냥 가 갖고. 홍진사 댁 며느리를 죽인 일이 있지."

이렇게 물은게. 아, 그, 얼굴도 알꺼 아니여, 얼굴도 저그, 저, 저, 동네 방, 그, 방에서 보든 일도 있고 그런게. 아, 알고 물은디, 뭐, 어찌게 꼬무락 달싹도 못 허고. 중 놈이.

"어, 내가 죽였다고."

어, 아, 이런게 그, 홍진사가 얼마나 좋을거여, 그 놈의 것에, 누명을 벗은게. 저기, 자기, 자부 죽인 중 놈이 와서, 지 입으로 죽였다고 그런게. 그렇게 신기헌 일이 어디가 있을거여.

그런게. (조사자 : 박문수가 참 현명했네요.) 옛날에, 옛날에 그런 일도 있었대. 그러니께, 그, 저그, 저, 홍진사란 사람 누명 벗겨주고. 거 죽인 사람, 인자, 죄 주고. 인자, 자부가 죽어쁜 사램이야, 죽어쁘렀인게, 뭐. 어쩌도 못 허지마는.

김진사 아들의 억울한 죽음을 풀어준 박어사

자료코드 : 06_04_FOT_20090703_SJH_JWB_0003
조사장소 : 전라남도 구례군 구례읍 봉서리 동산마을 1573번지 동산마을회관
조사일시 : 2009.7.3
조 사 자 : 송진한, 서해숙, 이옥희, 편성철, 임세경, 김자현
제 보 자 : 정원봉, 남, 83세
구연상황 : 앞서 정원창 제보자가 여순사건 당시의 경험담을 30분가량 이야기했다. 이야 기가 끝나자 정원봉이 이번에는 홍씨가 아닌 '김씨 이야기야'라며 말을 이었 다.
줄 거 리 : 김진사의 자부가 내통하던 남자와 공모하여 김진사의 아들을 방죽에 빠뜨려 죽였는데, 마침 그 근처를 가던 박어사가 지혜로 아들의 억울한 죽음을 풀어 주었다는 이야기이다.

거시기, 조선 사람이, 그러니. 아까는 홍씨 이야그를 했는디, 이번에는 김씨 이야그를 한 자리 해야것구만. 김씨 한 분이, 한 분이. 요새 말로 허 믄, 뭐, 뭔 장관이나 살아 묵는가 모르것어. 그런, 뭐, 그런 직위에 있는 사램인디.

그 사램이, 한 분 산다. 거그도, 거그도, 며느리를 얻어 갖고. 아, 불행 히도 아들이 죽어쁘렀다 이 말이여. 죽어쁘렀는디. 그, 죽은 이유는, 어찌 서 죽었냐 허므는.

그, 저, 자부가. 자부가 시집오기 전에. 아, 그, 저, 갑돌이 맹이, 갑돌이, 갑순이 맹기로. 앞 뒷집이서, 정이 들었는 갑, 정이, 정이 들었는 사램헌 티로, 김씨 아들이 장가를 갔는디. 거, 갑순이가.

그, 김씨 집안으로 시집을 와쁜게. 갑돌이라, 갑돌이가 따라왔어요. 저 기, 알기 쉽게 히서. 저그, 저, 저, 총객이 따라 왔어. 출가 온 처녀 헌티 로. 따라와 갖고.

거, 옛날에는 모도. 한문 공부허고. 공부허고는. [잠시 이야기가 끊긴 다.] 거시기, 인자, 그, 인자, 알아듣기 쉬우, 쉬우라고 갑순이라고 그렁마.

처녀가. (조사자 : 처녀가.) 김진사 댁으로 인자 시집을 와쁘렀는디.

옛날에는, 요새는 자기들, 총각 처녀가 연애 해 갖고 둘이 결혼 허지마는. 옛날에는 부모가 맺겨준대로 살고 그렇, 그렇지 안 했어. 그랬어. 어, 그랬는디. 그 인자, 어매, 어매, 어매가 아부지가 인자, 합의를 해 갖고, 김진사 댁으로 시집을 와쁘렀는디.

그 사람 이름이 김철두라. 성은 김가고 이름은 철두여, 김철두란 사램이. 아, 그, 처녀가 시집을 가쁜게로.고리 따라 왔어. 시집 온 부락으로. 따라 와 갖고. 이, 옛날에는 한문 공부 배우고 그런게로. 그 부락, 회관에서 선생 따라서, 선생 밑에서 공부 헌다고. 따라 왔다, 이 말이여.

그래 갖고는. 본래 아들 친구허고 그렇게, 내통을 허고 산디. 김씨 아들은, 옛날에는 결혼을 다 일찍 시케. 한 열두 살, 열세 살, 이렇게 되믄, 결혼시키거든. 나, 돈 냥이나 있고, 벼실씩이나 허고 그러므는, 결혼을 그러고 조혼을 시켜, 일찍허니 결혼을 시케.

아, 그런게. 김철두라고, 저기, 즈그 친정, 자기, 자기, 생가에서는. 알든 총각은 과년도 차고, 어디, 여, 여, 새로운 남편은 나이 어리고.

인자 그러고 헌게. 아이, 거, 따라와 갖고 내통을 허고 산디. 아, 이놈이, 이놈들이 그랬시믄은, 그러게 해서 인자 끝을 마쳤시므는 좋을 거인디. 아, 김철두란 사람, 본래 안 사람허고. 시집 온, 거, 저, 김진사 며느리허고. 약조를 해 갖고는. 김진사 아들을 모가지를 요렇게 해 갖고. 방죽에다 집어 여 갖고 죽여쁘렀다 이 말이여.

아, 옛날에는 그런 일이 비일비재해, 쎄브렀어, 그런 일이. 더러 있어. 남녀관계 이것이 지금뿐만 아니라, 옛날에는 다 그런 식의 일이, 그런 해괴한 일이 많아. 죽여브렀는디.

아, 그런게, 그, 김진사란, 김 뭐시기 장관겉은 거를 헌 양반이. 돈 많지, 뭣, 뭐, 뭐 뭣 허지, 그런게로. 그런 아들을 죽여브렀으니. 어찌게 죽은 줄도 모리게.

그런게 인자, 그, 김진사는. 호랭이가 물어가쁘렀다, 자기 아들을. 호식을 당했다. 이렇게 이름을 지어 갖고. 헤헤, 참. 인자, 사는 판인디.

아, 인자, 박문수, 박어사가. 폐파립을 허고, 인자, 뭐 여론 조사 헐라고. 팔도를 다 돌아댕기다가. 그런게 그 부락에 김진사 산 부락에, 본적의 안적의 총각이, 따라와 가지고 공부를 허고 있어, 시방. 회관에서.

하, 한문 공부를 허고, 있어. 과거 볼라고. (조사자 : 김진사 아들이요.) 아니, 그, 김진사 며느리. 안 사람, 안 사램이. 그런디. 박어사가, 어사라 해 갖고. 해필이믄 그 부락에를 가 갖고. 거 인자, 거, 뭐, 회관에서 잠을 자게 됐어.

잠을 자게 됐는디. 아까 말과 같이. 인자 아우, 어사꺼지 허고, 거, 저, 김철두란 사램이 과거 볼라고, 하, 저그, 저, 한문 공부를 허고 그런게. 서로 통헐거 아니여. 여, 문자도 서로 씰 수가 있고. 뭐, 글자도, 글귀도 서로 놀을 수가 있고.

아, 인자, 친허는 히 갖고, 며칠썩, 박어사가 거기서 잤다, 그 사람도 상조했다 이 말이여. 아, 그런디는, 그런, 그러자. 그 전날, 그 전에. 김진, 저, 저, 김진사 집이 가 갖고. 김진사네 그런게, 진사가 오지게 원통허꺼 아니여.

그런게 시름을 허고, 이, 병이 안 들어도. 자식을 일찍 보내불고. 젊은 며느리를 데고 산게로. 그냥 철골이 되고, 죽을 정도라. 그, 며느리는 개가허래도 가도 안 허고. 며느리가 개가를 해 갖고, 여그 안 사람도 있고, 있고 그런게로.

김진사 집이, 밥 묵고. 대우 잘 받고. 속 재미보고 그런디, 뭐. 뭘라 갈꺼여. 아, 그런디. 아, 박어사가. 거그서 인자, 거그, 김철두, 그 사람허고, 인자, 거그, 내통헌 사람, 거그, 저, 여자허고, 한 삼사일을 그냥. 같이 묵고 잠시롬, 또 이야기를 시게. 과거 얘기를, 너는 몇 살 묵어서 뭔 일을 허고. 그냥 친구가 됐지. 박어사허고 친구가 된게로.

"너는 몇 살 먹어서 뭔 일을, 어릴 때에는 뭔 일을 했냐."

이러게 얘기 해 갖고는. 아, 이 철두, 이 사램이. 아, 아, 그런게 인자. 그, 주소가. 그, 김, 저, 저, 김, 김진사 친정 주소허고, 그 박철두란 주소허고 똑같애. 구례군 구례읍 봉서리 동산부락. 그 놈도 부락.

아 그런 놈이, 김진사는 그런게, 실심을 허고. 근거 없이 죽었다고, 그러고 근게는 인자, 의심을 가졌어. 박어사가. 그러께 아니여. 의심을 가져 갖고.

'참~ 요놈이 어찌게 연관이 있지 않냐.'

어, 이러고 인자, 혼차 생각을 해 갖고. 그래도 인자, 장을 못 잡고. 그래야 인자, 에~, 박어사가 과거를, 그때는 어사가 안 되고. 거, 과거를 볼라고 인자, 이런, 판인디.

인자, 그런 일을, 그런 말을 들었단 말이여. 그런 일은. 과거를 보러 올라간디. 박어사가. 올라간디. 아, 중로에, 옛날에는 말을 타고 댕겼는갑등만. 요새는 차를 타고 댕기지만. 말을 타고, 과거를 보러 올라간디. 어뜬 청년 한 사램이, 또 말을 타고 내려와.

"내려 온 사람, 어디 가시냐고."

인사를 극진히 험시로.

"어디 가시냐고."

"그래, 나, 이 앞창이서, 여그 과거를 보러 간다고."

그런게. 아, 그 사램이, 그렇게, 거시기, 김진사 아들이라. 죽은 영혼이라, 영혼. 영혼이. 아, 그, 무신 말을 타고 내려온 사람.

"허~, 참. 가시지 마시요. 나가 이 앞에 과거에 갔다가. 저그, 뭐이 어찌 갖고 과거도 못 보고 내려오요."

내려온게. 아, 근게 그 사람은 잡을라고 그런 거이여. 김진사 아들이. 귀신이라, 말허자믄. 거, 이얘기제, 요거이 시방. (조사자 : 재밌는 이야기죠.) 얘긴게 그러제. 그래, 인자, 거, 박, 저, 박어사가,

"아, 과거에 갔다 왔시믄, 그 글제가 어뜨케 나왔드냐고."

글제가, 거, 저, 시험 글제가. 어찌게 나왔드냐고, 그렇게 물으니까. 아, 이러, 이렇게 나왔드라고. 근게, 저, 열자 같으믄. 아홉 자를 써 놓고. 아홉 자를 써 놓고는, 자기가, 자기를. 한~데 이놈의 정성, 머리가 이래 갖고, 어쩌라고. 한 자를 모리것다고. 한 자를 모리것다고.

이렇게 옛날에는, 그, 천행이란 것이 그렇게 영득했는갑서. 그러네. 아 그래서 인자, 그, 박어사가, 딱 그것 인자, 받아썼다, 받아써서 암기를 했다 이 말이여.

그런디. 그런 사램이 인자, 서로 수인사를 헌게. 수인사를 헌 사람. 그래, 여, 저, 고을에 어디서 사냐고 그런게. 수중방골 산다고 그랬어. 주소가.

"수중방골, 내가 사요."

(조사자 : 수중방골.) 응, 인제, 그런, 그런다고, 그랬어. 그런게, 물 가운데, 산다 그 말이여. 물 가운데. 수중. 물 수자 가운데 중자, 수중. 수중방골 산다. 그렇게 인자, 주소를 가르쳐 준게. 하야, 거, 그렇게, 인자, 박어사가, 거, 적어 갖고 들어감시로, 적어 갖고 암, 암기를 허고는.

과거를 가서 본게. 거, 과거 시험의 글제가, 틀림없이 그렇게 나왔어. 이, 말허자믄, 천고일월명이요 허므는. 거, 그, 저, 그, 저, 그 사람이 갈쳐 준, 그, 글귀에서, 똑같애. 똑같으게 나온디.

끝터리를 한 자리 안 갈쳐 준 것을 가만히 생각헌게. 천고일월명이요, 거그다 지고천고생이거든. 축으로 말을 허자믄. 옛날 축으로 말을 허자믄. 이, 한 자를 안 갈쳐준 이유는. 거, 옛날에, 거, 저, 그, 저, 뭐이냐. 거, 과거 시험 결정헌 시관들은. 귀신이 쓴 글인지, 산 사람이 쓴 글인지, 그걸다 알드래. 다 알아.

근게. 아, 아홉 자 이것은 귀신 글인디. 이? 한 자는, 끝터리 한 자는, 인자, 그, 박어사가 도출해서 써 갖고 인자, 제출을 했다 이 말이여. 그런디 열 자가 다, 저그, 저, 귀신 글 겉으므는, 어사 인가를 안 내준디.

요샛말로 허믄, 장관 이런, 인가를 내주들 안 헌디. 한 자, 이거, 분명히 산 사램이 거, 썼인게, 이거 분명히 사램의 글인갑다. 아, 글씨를 제출을 했인게, 그럴거 아니여. 그리, 고대로 해 갖고, 한 자만 자기가 써 갖고. 상식헌테 제출을 했더니. 그래 갖고 인자, 어사가, 어사가, 어사, 어.

요샛말로 허믄, 뭐인가, 그. 어사 이름을, 그, 명의를 받았다 이 말이여. 그래 갖고. 어사를 해 갖고는. 돌아보니, 하도 이상해서. 이상헐거 아니여. 어째서, 그 청년이. 내가 과거 보러 올라온디. 앞에 나서 갖고, 그, 그, 그, 저, 글재, 글자를 다 갈쳐주고.

또 수중방골 산다, 수중방골 산다. 그럼믄 물 가운데 산 거인디. 에, 이상해. 왜, 그런, 될라고 그런 사램이 출세를 헐라고 그랬든가는 몰리지마는. 이상해서 인자. 과거해 갖고, 즉시 고리 와 갖고. 아 인자, 또, 저그, 저, 공청에 와 갖고.

그, 김철두란, 박철두란 사램이 공부헌디. 거 회관에가 같이 자게 됐단 말이여. 헌게, 며칠 그, 잔 사람, 자꼬자꼬 파. 그, 저, 그, 저, 김진사 며느리 친정부락에서 온 그, 청년, 공부헌 사람을 파. 아, 파 본게, 한 부락에서 왔고.

나이도 그, 비슷헌, 걸맞고. 그래 인자, 김진사 아들은 나이 훨씬 작고. 근게 요것이, 필연코, 문제가 있지 않으냐. 이걸, 인제 짐작을 해 갖고는. 아, 하루 저녁에는 인자, 우, 심실해서. 김진사 집안에 갔다, 어찌게 되야서 인자, 그, 그 집에를 가, 가 갖고.

에, 대변이나, 소변이나 보고 싶어서, 화장실에가 들어 앉것는디. 아, 뭣이 담을 슬쩍 넘어오드라네. 변소에가, 그, 박어사가 들어 앉것는디. 슬쩍 넘어오드니, 뚝 떨어진디 본게. 그 사람이라, 그 총객이라.

아, 그래, 인자, 다가가서 본게, 틀림없이, 그, 김진사 며느리 온 부락에서. 총객이, 고, 고리, 요리, 외학을 왔고. 요샛말로 허믄, 저그, 저, 학원에

댕긴 맹이로, 외학을 왔다 그 말이여.

자기, 그, 부락에서 글을 배워도, 얼매나 배울 것인디. 김진사 며느리 산 부락으로 외학을 와 갖고, 거그서 두고 공부를 해. 그런거 생각허고, 저런거 생각허고 해 갖고는. 요놈을 잡았어, 인제. 잡을거 아니여.

그러니께. 김진사라는 사람은 돈이 없어, 뭐, 뭐이 있어, 그, 저, 아들이, 들이 있는 갑어. 그런디 손자라도 보고, 뭐, 이리, 저, 후사를 이어야 헐 거인디. 아들이 딸깍 죽어브렀은게, 인자, 손자도 보도 못 허고, 그런게로. 가진게, 패망 될 거 아니여. 집안을 문을 닫제.

이런, 이런 정도가 되게로. 그렇게 실심을 허고. 그래봤자 뭔 소용이 있어. 그런 일은, 그래 갖고는 인자. 아, 요샛말로 허믄, 그, 인자. 그, 어, 뭐이냐, 어산께로. 요새 세상으로 허믄, 그렇게 좌석에가 떡 앉어 갖고는. 김진사 잡아들이고. 그, 공부헌 놈, 고놈, 잡아들이고. 그래 갖고.

"그래. 니가 그 사램을, 김진사 아들을 죽여 갖고 어쨌냐."

거, 그럴거 아니여. 취조를 헌 거이지. 어쨌냐, 그런게.

"목을, 모가지를 요렇게 해 갖고 죽여 갖고 방죽에다 던져브렀다."

그러니께, 거, 어사 명으로 해 갖고,

"거, 방죽, 물 퍼봐라. 물 퍼봐라."

물 퍼믄, 있을거 아니여. 그런게, 나오드라네. 김진사 아들이 나오드래. 목을 매 갖고, 던져브러서. (조사자 : 박, 박문수 어사가 또, 또, 억울한 사람 해줬네요.) 그런게, 그런 일이가, 얼매, 얼매나 신기헌 일이요. (조사자 : 그러죠. 원을 풀어줬는데, 예.)

지혜로 역적을 모면한 유풍천

자료코드 : 06_04_FOT_20090703_SJH_JWB_0004

조사장소 : 전라남도 구례군 구례읍 봉서리 동산마을 1573번지 동산마을회관
조사일시 : 2009.7.3
조 사 자 : 송진한, 서해숙, 이옥희, 편성철, 임세경, 김자현
제 보 자 : 정원봉, 남, 83세
구연상황 : 이야기가 바로 유풍천에 관련된 이야기로 이어졌다. 이 역시 지난 조사 때
　　　　　들은 얘기였으나 지난 조사 때는 조사자들의 실수로 '무학대사'라 먼저 언급
　　　　　하였다. 유풍천과 함께 등장하는 인물은 무핵(무악)인데, 그가 무학대사와 동
　　　　　일 인물인지는 알 수 없다. 제보자는 부인과 함께 구례장를 가야 했으나 좀
　　　　　처럼 자리를 뜨지 못했다. 이에 조사자(이옥희)가 부인을 장에 모시고 가자
　　　　　제보자가 다음의 이야기를 구연했다. 이와 유사한 이야기는 2월에 이미 조
　　　　　사했으나 상황에 대한 묘사가 다르며, 호랑이에 관한 이야기가 추가되어 여
　　　　　기에 실었다.
줄 거 리 : 무학이가 임금이 되기 위해 토지에 있는 유풍천에게 백 칸의 궁궐을 지으라
　　　　　고 했다. 그러나 유풍천은 백 칸의 건물을 짓게 되면 역적으로 몰릴 것을 염
　　　　　려해서 아흔 아홉 칸의 집을 짓고 높이는 소금을 바닥에 넣어서 열자로 했다.
　　　　　후에 무학이가 역적으로 몰리자 소금을 넣은 주춧돌에 물을 붓자 집 높이가
　　　　　내려앉아 역적 모함에서 벗어날 수 있었다. 그리고 유풍천은 축지법을 쓰고
　　　　　호랑이 잡아 그 뼈를 대문에 걸어두었다는 이야기이다.

　그, 유풍천이. 그 양반이 인재라. 저그, 저, 옛날, 여그, 저, 철학을 해
갖고. 아조 아는 것이 많아. (조사자 : 유풍천이가요. 예.) 그런디, 그런디.
　거, 그 얘기를 허자고 그러믄. 무핵(무학)이라고, 이름이, 무핵이라고 헌
사램이. 아조 전장도 잘 허고. 뭐, 인물이 대단해. 그 사람이, 서울서, 서
울서, 여그 유풍천을 알아 갖고. 유풍천 그 사람보고, 이, 무핵이 그 사람
이.
　인자, 임금을 헐라고, 임금을 헐라고. 이, 구례에 여그, 저, 토지다가, 궁
궐을, 중앙청이지. 중앙청을 만들라고. 높이는 몇 자, 집 높이는 몇 자. 칸
수는 백 칸을 지라고 했어, 백 칸을. 칸 수를 백 칸을 지라고. 백 칸을 지
라고 했는디. 백 칸을 지라고 인자, 딱 시케 논게.
　유풍천은 거그, 무핵이라고 헌 사람이 역적으로 몰릴 줄을 미리서 알

아. 아, 미리서 알아뿔고. 아, 그 사람을 말을 안 들을 수도 없고. 듣기는 들어야 것는디.

근게 유풍천이 꾀를 냈어. 거, 저그, 저, 죄를 면헐라고. 만약의 경우에, 유풍천이 저그, 저, 무핵이가 역적으로 몰리노므는. 유풍천도 역적되는거 아니여. 역적 되지. 거, 저, 통화를 저, 같이 해 논게.

그러니게, 열 자를 집을, 높이를 열 자를 지란 것을. 아홉 자 일곱 치를 지었어. 그래 갖고, 지춧돌 밑에다가, 지춧돌 밑에다가, 소금을 석, 세 치를 돋았어. 이만큼. 소금으로 돋아, 소금으로. 청렴. 돋아 갖고. 그러믄 열 자가 돼잖에. 아홉 자 일곱 치에다 석 자를 보태믄, 열 자 아니여.

그래놓고, 백 칸을 지란 것을 아흔 아홉 칸을 짓고. 그래논게로, 거, 무핵이가 시긴대로 허는 것은, 완전 반대지. 맞들 않지. 아, 그러드니 인자, 그들 중에, 무핵이란 사램이, 유풍천 보고, 거, 뭣인가, 뭐라고, 지령을 내리므는.

유풍천은 거, 무핵이한테 온, 요새 말허믄 편지. 편지가 오므는, 딱 읽어보고는, 불에다가 꼬실라브러. 금고 안 냉굴라고. 아, 금고 안 냉길라고, 꼬실라블고. 자기는, 축지법을 해.

이, 한 걸음이, 백 리도 가고, 십 리도 가고 축지법을 해. 에, 자기는 축지법을 해서 갔다가, 가 갖고, 무핵이라는 사람허고 대화허고. 또 내려올 때도, 그렇게 내려오고, 그런게. 그래, 그랬는디.

이, 유풍천이라는 사램이 알아쁘러. 그, 저, 무핵이가 역적으로 몰려, 그, 미리서 알고 그래. 아, 그래 갖고 유풍천이, 아니, 저, 저, 무핵이가 역적으로 몰렸~ 그런 기별이 날거 아니여, 저그, 저, 소문이 나지.

그런게로, 물을 팔팔 끓여 갖고는. 지출돌 밑에다 갖다가, 끓는 물을 갖다 붓어. 한 바께쓱(바케스), 뭐, 갖다 붓어 갖고, 뭐. 소금이 녹을 거 아니여. (조사자 : 예. 소금이 녹죠.)

그, 지둥이, 아흔 아홉 칸 지둥이 몇 개여. 말도 못 허게 많지. (조사

자 : 많죠.) 그런디, 지붕 몇 마둥, 뜨거운 물을 갖다가, 갖다, 붓고, 붓고 해 갖고는. 세 치가 얕아져 부렀어, 집이.

그런게, 아, 무핵이가. 요샛말로 취조 받을 때. 높이가 몇 자라고 했을 거 아니여. 몇 자라고, 몇 자로 지라 했다. 칸 수는 몇, 백 칸을 지라 했다.

아, 이러 했는디. 아, 여가 와서 본게로. 아, 끓는 물을 와서, 찌개, 아, 저, 지춧돌 밑에다 붓어븐게로. 세 치가 야차와져 브러, 집이. 전체가. 야차와져(얕아) 블고. 아, 칸 수는 한 칸을 작게 지어논 게. 무핵이가 진술헌 것허고, 틀리잖아. 본게.

그래 갖고 유풍천이 역적으로 안 몰리고. 아, 이랬다고, 그런 전설이 있어. 아, 말도 못 헐 위인이라. (조사자 : 유풍천이가 아주 영리한, 영리한 사람이네요.) 아주 영리허지, 말로는 못 허지. 그, 미래사를, 앞으로 일을 다 안 사램이라.

무핵이라는 사람이, 지금은 이렇게 번성을 허고, 세력을 허고. 이렇게 사램이 큰 사램이지마는, 자기가 역적으로 몰릴 거이다. 무핵이가 몰릴 거이다.

아, 그래 갖고 허고는, 미리서 알아쁘러. 아 그런게, 옛날에는 천행이 그렇게 영리했던 갑어. 그런게, 그 유풍천, 그 사람이 어쩐 것이냐 허므는.

아, 저그, 어디서, 저그, 대변을 보고 있는디. 뭔, 고앵이(고양이) 겉은 것이 와 갖고.

유풍천이 앞에 와 갖고. 알랄랄 헌게. [유풍천의 행동을 흉내내며] 모가지를 퉁 치게 갖고, 엉뎅이 밑에가 딱 옇고는, 모가지를. 호랭이 모가지를. 아, 그 대변보고 난게, 죽어브렀드라네.

에, 그, 그, 저그, 저그, 호랭이 대그빡을. 유풍천 사당에다가 걸어났어, 거. 지금꺼장도, 몇 년전까장이 있다고, 그런 전설이 있어. 아, 그런 양반들 말로는 못해쌉니다. 엄청난 사람들이라.

눈 뜨고 죽은 김덕령

자료코드 : 06_04_FOT_20090703_SJH_JWB_0005
조사장소 : 전라남도 구례군 구례읍 봉서리 동산마을 1573번지 동산마을회관
조사일시 : 2009.7.3
조 사 자 : 송진한, 서해숙, 이옥희, 편성철, 임세경, 김자현
제 보 자 : 정원봉, 남, 83세
구연상황 : 앞서 정원창 제보자는 이서구와 관련된 이야기 이후에도 계속해서 반란군에
　　　　　관한 이야기를 계속했다. 그 사이에 구례장에 나갔던 정원봉 제보자가 돌아왔
　　　　　다. 이어 조사자들이 이야기를 이끌어 내기 위해 성(性)에 관한 이야기나 이
　　　　　순신에 관한 이야기를 해달라고 했으나 별다른 이야기가 나오지 않았다. 할
　　　　　수 없이 조사를 마무리할 무렵, 김덕령에 관해 묻자 역사는 모르다고 하면서
　　　　　다음의 이야기를 들려주었다.
줄 거 리 : 김덕령 장군 묘를 이백년이 지나서 파보니, 눈은 똑바로 뜬 채 육신이 썩지
　　　　　않고 그대로였다는 이야기이다.

　이, 역사겉은 것은, 들어보들 못 했고, 저그, 광주서, 뭔 개발을 헐라고
그랬던가, 어쨌던가. 김덕령 장군, 못을 판게. 한, 죽은 지가 뭐, 이백 년
인가, 뭐, 그, 얼맨가, 죽은지가 오래 됐는디.

　그래가, 못을, 그 못을 파서 본게로. 이거, 눈, 눈을, 그냥, 산 사람 맹이
로 뚝 뜨고, 살도 빠지들 안 허고. 육신 그대로 있드라고, 그런 말을 해서.
그런 말은 들었어.

　김덕령 장군이 말도 못 허게. 여그, 저, 무관으로서는 이순신 장군 보담
도. 더 기술이, 전술이 좋았던가, 어쨌던가. 그랬다고 허거든. 김덕령, 이,
장군이, 광주 사람, 광주 사람 아니여.

유자광과 호랑이

자료코드 : 06_04_FOT_20090220_SJH_JWC_0001
조사장소 : 전라남도 구례군 구례읍 봉서리 동산마을 1573번지 동산마을회관

조사일시 : 2009.2.20
조 사 자 : 송진한, 서해숙, 이옥희, 편성철, 임세경, 김자현
제 보 자 : 정원창, 남, 89세
구연상황 : 제보자가 마을의 지형에 관한 이야기를 하다가 고담, 미학 한자리를 하겠다며
다음의 이야기를 구연했다.
줄 거 리 : 전북 남원의 어느 마을에 대밭이 있었으나 유자광이 태어난 이후에 대나무가
말라버렸다. 어느 날 유자광이 화장실에서 호랑이를 만났는데, 이를 잡으려고
중국까지 쫓아갔다가 어느 대감 집 딸이 호식 당할 것을 구해주었다. 그에 대
한 답례로 엽전 오십 냥을 받고 돌아와 마을사람들과 내기를 해서 자신의 능
력을 알린 후, 마을에서 대접을 받으며 살게 되었다는 이야기이다.

그 고담 미학을 한 자리 제가 하까라, 제가 하께라. 옛날에 여, 전라북
도 남원. 우리 부락같이 맹이로 구댕이가 하나 있는디. 구댕이 크, 한 백
여 되 쯤 되는디.

부락 뒤에가, 우리 마을에도 그 전에 요 대밭이 전부 있었습니다. (조사
자 : 아, 대밭이요.) 뺑 돌려. 시방도 있지마는. 대밭이 뺑 돌려, 부락 위에
가 있는디.

유자굉(유자광), 유씨, 그 사람 난 후로 대가(대나무가) 싹 몰라져 브렀
어요. 대가. 그 이름을 유자굉이라고 지어 갖고. 유자굉이. (조사자 : 유자
굉이.) 유자굉이 이름을 딱 지어 놨는디. (청중 : 그 병조 때 저 거시기 제
상하던 사람 아닙니까.)

근디 이 사램이 심(힘)이 역사가요. 심이 장사라. (조사자 : 힘이 장사.)
심이 장사고, 축지법을 해요. (조사자 : 와, 축지법까지 해요?) 축지법을 해
도, 부락 사람 하나도 알리지 않고, 똑 저녁으로만, 연십(연습)을 허고 그
런게로.

근게 부락 사람들이 평동 심 세고 장사 만든 사람들이 미련해요, 사람
이 좀. 미련해 갖고, 부락에도 호평도 못 받고, 대우도 못 받고 그런디. 그
래도 이 사램이 내 편을 안 허고. 그러고 지낸디.

축지뱁이라도 소축이 있고 대축이 있는디. 대축이란 것은 십리에 한 걸음. 소축이란 것은 오리에 한 걸음. 그러게 헌디. 하리 저녁에 저녁밥을 먹고, 회관에를 놀러 나가니라고 나가니까, 캄캄헌디. [화장실의 모습을 손짓으로 설명하며]

옛날에는 화장실이 재나 뒷을 앞에다 떨어, 요리 부서 놓고, 여그 돌 얹어 놓고. 뒤 보고는 요 가래가 있어요. 가래 요런 거, 요리 떠서 그런, 그런 화장실인디, 옛날에는. (청중 : 옛날 그, 칙간.)

왜놈들이 난 후로 수항을 맨들아 갖고 합수를 받았죠. 그런디. 아, 화장실이, 그 회관을 가니까 갑자기 뒤가 매랍드레.(마렵다) 그래가, 거 변소간에 가서 앉어, 화장실에 가서 뒤를 보고 앉것은게. 캄캄헌디.

아 뭣이 앞에 와서 더럭허니 앉는디. 캄캄헌디. 이거이 개도 아니고, 이거이 뭔 놈의 짐승이 와서, 이렇게 앉는고. [유자광이 화장실에 앉아서 짐승을 잡는 흉내를 내며] 이 사램이 심은(힘은) 좋다소니, 살쩍허니 손을 대고 모가지를 꽉 죄고 사타구니에다 딱 끼고, 이러저러고 쪼그리고 앉았는디.

축지법 헌 사람은 신을, 보통 신을 안 신고, 굽 나막개(나막신)라고 있어요, 굽, 굽 달린 나막개. 나막신, 고놈을 신고 나갔는디. 아 요놈을 딱 모가지를 잡고 요따게 채우고 요리 딱 쪼그라니 앉았인게. 굽 나막개 오른발 뒷꿈치가 다 닳다, 닳다 그랬단 말이여.

'하 요거, 이거 씬 놈 짐승이구나.'

그때까지도 무신 짐승, 짐승인지도 모리고는. 아 미련한 자리가, 내가 요놈을, 니가 힘이 아무리 빠리고 날래지마는, 나한테는 못 바꿀거이다. 내가 너를 잡아야것다. [유자광의 행동을 흉내내며] 뻘떡 일어나서 허리끈을 째매서 기냥 뿔떡 뛰어서 날래, 도망을 가 브렀단 말이여.

아 이것이 기냥 들고 내뺀디(도망가는데). 그래도 너 이놈아 니가 몇 발자국 안 가서 잽힌다. 맘을 딱 먹고는. 들고 쫓는디. 들고 쫓는디, 한 이십 보 이상 팽상 떨어져서 나가드레. 이 사램이 십리 한 걸은 대축인디, 십리 한 걸음씩을 뛴디, 한 이십 보 이상을 앞에 팽상 그대로 나가드레. (조사자 : 그 짐승이.)

팽상 앞에, 무신(무슨) 짐승인디 그러느냐. 그래 갖고는 몇 시간 가다 보니까, 우리 한국을 떠나고 외국으로 가서, 저 중국으로 가드레. [일동 웃는다.]

아 그래서 어느 한, 저 구례 한적 꼴짝같은 꼴챙이 확 있는디. 아, 이 짐승이 꼴창으로 들어가네. 이 사람도 꼴창으로 들고 쫓지. 아, 거가 인자 기와집이, 큰 대골이 나와 갖고, 막 기와집이 수십 채가 있는디.

아, 이 사람 대문 안에 발 딛자, 아 고놈이 뒤안으로 뺑 돌아가 블드레. (조사자 : 뒤안으로.) 뒤안으로 돌아가브렀다 고말이야. 기와집 뒤안으로.

아, 그래서 못 잡았지. 못 잡고, 그래 아니나 요가, 남의 살림집은 살림집인디, 무신 대궐이라고, 무신 벼실집 헌 사람 집안인가, 어딘가. 혼자 뒷짐을 짓고, 집을.

그러니 거가 왔인게, 고놈은 결국은 못 잡았지마는, 집 구경이나 한다고 둘레를 둘러보니까. 아, 요놈 인자 저짝 저 모퉁서 보러 보드만이라, 안 나가고. 보고 빌드레.

'아 저놈이 안 갔구나.'

'에그나, 이놈을 내가, 저놈을 어떻허든지 좌우간 잡아야것다.'

말래(마루)가 높으고, 말래가 밑이 사람 하나 들어가서 쪼그랑 앉을 정도가 됐는디. 보니까 신방돌이 있는디, 신방돌에다가 신을 옛날 깍징이. 옛날 깍징이라고 있어요. 깍징이라고 허는 것은 보통 사람은 못 신습니다. 못 신고. 무신 벼실 집안이나, 그런 사람들이 신이 신이지. 깍징이 그런맹 이로 있는디. [유자광의 행동을 흉내내며]

이 사람이 말래에 들어가 갖고는 그 앞에 깍징이 가 있는데 요리, 궁둥이를 요, 와서 앞으로 내 갖고 요러고. 아 저놈이 살~망 돌아와서. [호랑이의 행동을 흉내내며] 말래에 뒷발을 딱 딛고, 앞발을 심방돌에다 딱 딛고, 딱 거부절을 해. (조사자 : 어떻게요?) (청중 : 죽일라고 허니.)

그때도 이, 미련한 자기가, 호랭인지, 굉(고양이)인줄을 몰라. 모르고는. 있은게, 방에서 이녁, 이녁가 있어. 이녁가 뭔 소린가 허니,

"아이고 배야." 허는 부인 소린디. 소리가 나드래. 근게 즈그 어무니가 있다가,

"그러므는 횃불을 내가 켜 줄탱게, 횃불을 갖고 가서 뒤를 봐라."

아 근게, 여자가 문고리를 딱 잡은게, 이미 용을 딱 거시기로 딱 주고. 근디 그러기 전에 깎징이 신발장을 싹싹싹싹 핧드래. 샛바닥(혓바닥)으로 핧드래. 샛바닥으로 핧은 뒤에 그렇게 방에서 인기척이 나 갖고 배가 아프다고 그려.

불을 써 졌고, 즈그 어매가 불을 써 졌고, 불을 써 졌고 나가드라. 문고리를 딱 잡은게, 요거 밖거시고, 요놈이 딱 있는디. [유자광의 행동을 흉내내며] 쌀쩍허니 나와 갖고는 여가 앞발을 여그서 팍 끄집어 들어가 갖고는 기냥, 어깨 너머로 해 갖고는 기운을 써서 기냥 심방돌에다 내 때려 브럿단 말이여. [호랑이의 행동을 흉내내며]

근게 이놈이 네 발이 쭉 뻗고 기냥, 떨어져 브럿어. 그러게 해 갖고 기냥 집안이 그냥 난리가 나쁘럿어. 난리가 나브럿는디, 기냥 종들이 수십 명이 나와 갖고는 기냥, 이곳이 웬 일이냐고 기냥. 난리가 나쁘럿는디. 그 집 대주가 나온디.

종들이 말 해 갖고 대주가 나온디. 본게로, 대감의 집이라, 대감의 집. 대감의 집인디. 대감의 딸을, 아들도 없고, 딸, 못 딸 하나를 뒀는디. 결혼을 헌지가 사흘 밖에 안 됐다고 그래. 근디 팔자가 호식을 헐 팔자라. (조사자 : 아, 호식팔자, 어.)

이 참말로 고 본게 호랭이가 한 마리. 그런게 기냥 대갬이 와 갖고는 아이고 이거 이거이 웬일이냐고 막. 확 집안이 잡아 뒤집어 브렀는디. 대

갬이 한단 말이. 술이나 한 잔썩 허게, 방으로 들어오라고 모신게. 절대 반대를 했어, 유자꾕이가. 방에 들어갈 것 없다고.

그러믄 술이나 여그서 한 잔썩 허고, 허자고 그려. 술을 대차, 좋은 놈의 술을, 동술을 가져와 갖고는 술을 먹는디. 둘이, 술을 고놈을, 한 동을 다 먹었어. 아 대감도 술 잘 먹제,

이 유자꾕이도 이게 심이 좋아 갖고 술을 잘 먹제. 술을 한 동을 다 먹고는, 갈라고 나신게. 종을 대갬이 시켜 갖고는.

"아무디 돈 창고에 가서 열고, 엽전 백 냥만 가지고 나오너라."

옛날에는 엽전 백 냥이 한 짐입니다. 짊어지믄. 한 짐이여, 태 짐이 한 짐인디. (청중 : 백 냥썩 집어든게.) 백 냥을 딱 갖고 와서. 그러믄 가다가 술이나 한잔썩 허시라고, 백 냥을 줘. 아 이거 백 냥까지는 나 필요 없다고.

제 사정을 헌게 돈 오십 냥을 딱 났데, 오십 냥을 반납을 허고. 아, 그래 갖고는 다라온디. 즈그 집을 인자 다라온디. 즈그 집을 와서 보니까. 몇 일 만에 왔등고, 와서 보니까, 새벽이라. 즈그 아내는 잼이를(잠을) 쿨쿨 자요, 그런 줄도 모리고. 그래야 살쩍허니 잠을 쪼께 붙이고는.

"내가 이, 이래서는, 이런 기술을 가진 사램이, 동네 사램들헌테, 죄인일 필요가 뭐 있냐. 내 기술을 한 번 내펴 보자.'

그, 기날 아침밥을 먹고 회관에 떡 나가 노니께. 가니까 청년들이 한 이십 명이 모아서 논디. 중, 중칭, 하칭, 뭔 상칭, 그렇게 논디. 이 사램들이 거가 가서 그런 이야그를 했어.

"대관절 동네 청년들 허고 나허고 내기를 한번 맞자. 내가 지믄 온 동네 술이고 밥이고 한 판 멕여 놓고."

(청중 : 오십 냥 짊어 지고 온게.) [일동 웃는다.]

"누가 지믄 누가 온 동네 부락 사람들, 안팎으로 와 갖고 한 판 멕이게."

내기를 딱 맞는데. 그믄 뭔 내기를 허냐.

"노포 줄을 하나, 여남은 발 되는 노포 줄을 하나 구해라."

그 노포 줄 요런 놈을, 큰놈을, 여남은 발 되는 구해 와, 가지고 와.

"이놈 심 좋은 사람들만 탈탈 골라서 열이 잡고. 나는 혼자 굽 나막개 오린발을 굽 뒤에, 말래 굽 뒤에다가 딛고, 왼발을 땅에다 딛고. 이거 하나 잡고 있으께. 나를 끌어내믄, 내가 온 동네 술, 밥을 내가 믹인다. 내가 지믄."

암만 그러고 그냥 혹 흐고 달라들거든. 아 근게 저 심께나 쓰는 사람, 젊은 놈들이, 열이 착 나슨다. [유자광의 행동을 흉내내며] 열이 *꼬꼬*, 그 사람 혼자 여그 잡고 요로고 말래 *끄트리* 딛고 요리 있는디. 열이 끈게로, 굽 나막개 뒷꿈치가 탈탈탈탈 그래.

"야 이놈들아, 엊지녁에 내가 아무데서 호랭이 잡는, 느그 열 명 기운이 그 호랭이 기운나 밖에 안 돼. 다섯이 더 보태라."

열다섯이 *끄니께*, 그때는 땡겨갔어. (조사자 : 아 열다섯.) 근게는 동네서 그때는 기냥 고백을 했어.

"아이고, 저 선생님, 선생님이 이럴 줄을 몰랐다고."

그런게, 놀다가도, 시골서 놀다가도, 저녁밥 먹고 서울 가서 친구 만내 갖고 술 한 잔 나누고 놀다가, 바둑이나 두고 장개나 두고 있다가, 도로 내려와 집으로 와서 자고. 그러게 기술이 있어도 내 표현을 안 하고, 평상 부락 사람헌티 죄여 지냈어. [엄지 손가락을 올려 보이며] 그 저번에 그런 후로는 아조 부락에서 이거여.

유풍천과 호랑이

자료코드 : 06_04_FOT_20090220_SJH_JWC_0002

조사장소 : 전라남도 구례군 구례읍 봉서리 동산마을 1573번지 동산마을회관
조사일시 : 2009.2.20
조 사 자 : 송진한, 서해숙, 이옥희, 편성철, 임세경, 김자현
제 보 자 : 정원창, 남, 89세
구연상황 : 앞서 유자광과 호랑이 이야기가 끝나자 제보자가 운조루 주인이 유풍천이라
          하면서 그와 관련한 호랑이 이야기를 들려주었다.
줄 거 리 : 토지면 오미리에 축지법을 쓰는 유풍천이라는 사람이 살고 있었다. 어느 날
          유풍천이 축지법을 써서 서울을 가는 길에 호랑이를 잡아 호랑이 머리뼈를
          대문 앞에 걸어 놓았다는 이야기이다.

여, 토지면 오미리라고 있습니다. 여기서, 바로 뷘디. 유풍천이라고 있어
요, 유풍천. 유풍천이라는 사람이 있는디, 그 사람도 축지법을 혀. 옛날에.

그 사람이 돌아가셔 가지고 지금 죽은 산에 요, 범디기라고헌, 거가 시
방 모셔 있는디. (조사자 : 범딩이요?) 범딩이, 범딩이. 있는디, 그 양반도
소축이지마는,

토지서 저녁밥 먹고, 서울 가서 친구들허고 만내 갖고 놀고 술 먹고 그
런게 허고, 읍내에 와서 요 동문 안에 와서, 술집에 와서 술 한 잔 먹고
즈그 집에 가서 자고.

아 하루 저녁에 저녁밥 먹고 서울을 올라간디, 앞에서 뭔 개~만한, 뭔
들개만한 것이 달랑달랑 거리나 걸어 가드래. 아 저것이 뭐, 개가 발이 저
기하나. 쫓아가서 본게, 딱 잡아놓고 본게 호랭이라. 그 호랭이를 잡았어
요. 풍천이가.

풍천이가 호랑이를 잡아 갖고 껍딱(가죽)을 베껴서 괴기를 괴기대로 허
고, 껍딱을 베껴 갖고 허고. 대가리를 딱 깨서, 즈그 집 대문이 있어요. 대
문이 있는디, 대문으로 인자 딱 걸어났어. 호랭이를. 그래놓고 지낸디.

날 꾸무룩, 번개 번덕번덕 칠 때는, 그 풍천, 그 양반 집을 뒤안에 혼자
못 돌아가요. 못 돌아가. 사램이 기냥 꽉 집에 쐐여 갖고는 못 돌아가. 무
서서.

유풍천 집의 보물 다섯 가지

자료코드 : 06_04_FOT_20090220_SJH_JWC_0003
조사장소 : 전라남도 구례군 구례읍 봉서리 동산마을 1573번지 동산마을회관
조사일시 : 2009.2.20
조 사 자 : 송진한, 서해숙, 이옥희, 편성철, 임세경, 김자현
제 보 자 : 정원창, 남, 89세
구연상황 : 운조루에 호랑이 뼈가 걸리게 된 이야기에 이어서 유풍천 집에 전하는 보물 이야기라며 바로 이야기를 구연하였다.
줄 거 리 : 유풍천의 집에는 북, 가야금, 통양 갓, 담뱃대, 물탱크 등 다섯 가지의 보물이 있다. 물탱크는 서너 명이 하루 종일 물을 채워야 할 정도로 크고, 물탱크의 물은 여름에는 시원하고 겨울에는 따뜻했다. 통양 갓은 축지법을 쓸 때 유풍천이 쓰던 갓으로 둘레가 아홉 자였다는 이야기이다.

그런디. 그 양반 보물이 뭐이 보물이 있냐. 북 허고, 가야금 허고, 통양 갓 허고, 담뱃대 허고, 물탕구(물탱크). 다섯 가지가 있어요. (조사자 : 다섯 가지나요.) 보물이. 옛날 보물이.

그런디 농사도 많이 짓고, 앞에 농사도 많이 짓고 그러고서 지낸디. 머심을 한 서넛 썩 두고 그러고 산디. 부락 앞, 부락 또랑 물이 시방도 나가지마는, 옛날에 그 또랑 물을 전부 먹고 살았어. (조사자 : 먹고 살았어요.)

먹고 살았는디, 물땅코(물탱크)가, 큰 물땅코가 있는디. 머심들 서이 하리, 아칙 내~ 장곡으로 물을 씨어, 부서야 하나를 채와. 그 물땅코에다 물을 하나 딱 채와 노믄, 여림이믄 시원허고, 겨울이믄 따시단 말이야.

근게 그게 보물이라. 물땅코가. 보물이고. 통양 갓이 자기, 갓 씨고 축지법 헐 때 씬(쓴) 갓이. 보통 아홉 재, 요 농촌으로는 큰 데이, 옛날에는 아홉 재입니다. 둘레 아홉 재. 아홉 재 방에서 서로 고놈을 씨고 절을 허믄 딱 맞아. [통양 갓의 둘레를 그려 보이며]

근게 통양 여, 갓이, 인자 이, 컸던 모냥이여. 크고. 가야금. 가야금. 요시 요, 가야금 있잖여. 가야금이 보물이고. [손으로 북 크기만큼 둘레를

그리며] 북, 북이 요만히나 헌 놈이 있는디.

거, 죽은 삼바우 성님이 그 이웃에가 산디. 한 이 겟문을 허게 되어 있는디. 아, 가서 북을 쪼게 돌라고 사정을 했어. 아, 사정을 헌게, 아 가져가라고 내주드라여. 아, 가져가서 북을 친게로, 조~막허니 생긴 것이 영판 잘 나드라네. 기냥 덩글덩글 거리고, 막 온 방 끼레기레.

근게 보물 다섯 가지라. 이 보물 다섯 가지 있는디, 중년에꺼지도 그 보물을 안 팔고 저장을 딱 히났는디. 뭐시냐, 그 집이 무너지게 되얏습니다. 무너지게 돼 갖고. (청중 : 그것이 운조루여, 운조루.) 집수리로 전부, 정부 히서 다 와서 히준 것입니다.

근게 그 시방 그 양반 자손들이 시방 살고 있죠. (조사자 : 보물이 다섯 가지라 하셨는데. 북하고, 가야금하고, 통양 갓하고. 그 다음에 물탱크하고. 또 하나는 뭐에요?) (청중 : 담뱃대. 담뱃대까지 다섯 가지.) 담뱃대. 담뱃대는 옛날 거 헐 때, 그 양반도 축지법 헌게, 담뱃대가 댓둥이가 요만히나 했던 모양이여.

강감찬의 비범함

자료코드 : 06_04_FOT_20090220_SJH_JWC_0004
조사장소 : 전라남도 구례군 구례읍 봉서리 동산마을 1573번지 동산마을회관
조사일시 : 2009.2.20
조 사 자 : 송진한, 서해숙, 이옥희, 편성철, 임세경, 김자현
제 보 자 : 정원창, 남, 89세
구연상황 : 앞서 정원봉 제보자의 이야기가 끝난 뒤에 조사자가 강감찬에 대해 물으니 다음의 이야기를 구연했다.
줄 거 리 : 강감찬으로 인해 모기가 없고 물소리가 나지 않으며, 또한 강감찬이 번개를 분질렀다는 이야기이다.

(청중 : 강감찬이라고 헌 양반이 계셨어, 옛날에.) 강감찬이가. 그 양반

간다는 오뉴월 모구(모기)가 벅벅~헌디 가서 잠을 자믄, 모그(모기)가 전부 없어져. 모그가 없어 브러. 없어 브러.

저 강물이 요~리해서 내려가믄 물살이 씨 갖고, 물소리가 씨게 나요. 물소리가 씨게 나믄. 강감찬이가 가서.

"거 시끄런디 무신 놈의 소리를 그렇게 내냐고."

뭐라고 그러믄. 딱 그쳐 브러, 물. 조~용헌단 말이여. (청중 : 지금도 요욱에 있는디 그 물소리 안 납니다.) 하도 뇌성벽락을 해 쌌고. (청중 : 잔습니다, 잔수.) 가차이서(가까이) 벼락을 많이 맞고. 벼락을 맞어 갖고, 인간이 많이 피해를 보고, 죽고. 그러니까.

"에라 이놈의 것 내가 이것, 이래서는 안 되것다."

[강감찬의 행동을 흉내내며] 서숙 모가지를 딱 끊어 갖고 똥구녁에다 딱 찡기고. (조사자 : 아, 똥구녁에 딱 찔러요.) 샘골에 올라, 올라가서. 옷을 벗고. 뒤를 본 것같이 요러고 앉것은게. (청중 : 또랑또랑 허죠.) 난데없이 기냥.

구림이 기냥, 소나기 구름이 씨게 기냥 번갯불이 통개통개. 그기 샘에다 똥을 눈게 벼락을 때릴, 때릴 뱍에 없지. 샘에다 똥을 눈게로. 똥은 아니지만은 똥을 눈 척허고 그러고 있은게.

하나님이 그냥. (조사자 : 벼락을 치게.) 북할을 그냥, 내리듯 탁 때린게. 북할을 딱 잡아 브렀어. (조사자 : 불알을.) 북할을 딱 잡아 브렀은게. 놔도라고 사정을 헌게. 안 놔주믄 헌디.니 사정을 봐서 내가 줄테니께.[두 도막을 내는 시늉을 하며]

한 도막을 딱 끊어 갖고는, [하나는 상대방을 주고, 다른 하나는 자기의 주머니에 넣는 시늉을 하며] 한 놈, 동, 동가리 올려 보내고, 한 놈은. 북할이 진 놈이 돔뱅이단 말이여.

그래 갖고 저그 동해 부락이라고 좋은 부락에 가서 있는디. 여름이믄 모그가 물린다가, 한디잠(낮잠)을. 옛날에는 한디잠을 많이 잣습니다. (조

사자 : 한잠이요?) 한디잠을 많이 자. 말허자믄.

우리도 여그서 많이 잤습니다. 많이 잤는디. 요그 온게 동해 부락에 가서 강감찬 그 양반, 자게 됐는디. 아, 모그가 물어딴게, 야단을 쳐 싼디. 막 목을 대고 있는디.

거그서 모그 얘기를 한 번 해 논게. 어드가 모그가 있어. 모그가 한 마리도 없어. 오늘 날꺼지 모그가 없어요. 그 앞에 강, 여울도 울어 싼 여울이, 여울이 없어져 브렀어. (조사자 : 여울도 없어져 블고.) 오늘 같은 날도 모그가 없어. (청중 : 소리가 안 나.) 여그서 가찹습니다.(가깝습니다) (청중 : 씬디, 소리가 안 나.)

풍수가 최풍의 예지력

자료코드 : 06_04_FOT_20090220_SJH_JWC_0005
조사장소 : 전라남도 구례군 구례읍 봉서리 동산마을 1573번지 동산마을회관
조사일시 : 2009.2.20
조 사 자 : 송진한, 서해숙, 이옥희, 편성철, 임세경, 김자현
제 보 자 : 정원창, 남, 89세
구연상황 : 앞서 정원봉 제보자가 이토정에 관한 이야기를 끝마치자 이를 듣고 있던 제보자가 이어서 다음의 이야기를 구연했다.
줄 거 리 : 풍수가인 최풍이 묘자리를 보러 다니가 어느 묘에 이르러 물이 차 있고 쇠가 들어 있다고 말한 뒤에 돌아왔다. 이 말을 들은 묘 주인이 확인해보니 최풍의 말대로였다. 그의 신통함에 감동하여 논을 여덟 마지를 주었으나 그의 후손에 의해 모두 탕진하였다는 이야기이다.

여 시방 요 밑에 부락이 산정부락입니다. 산정부락. [본인 앞에서 엄지손가락을 들어 올리며] 여가 동산. [제보자의 오른쪽을 가르키며] 산정. [제보자의 앞쪽을 가르키며] 봉서. [제보자의 뒤쪽을 가르키며] 오복. 여가 사 개입니다.

산정부락에 최풍이라고, 옛날 최풍이라고. 성은 최가고. 말허자믄 풍류를 헌. 욱에 어떠한 친구가 하래 나와서

"아 친구, 저 산을 좀 둘러보세."

그러더라고.

"그래, 가세."

가 갖고. [제보자의 왼쪽을 가르키며] 요 구례에, 저, 저짝에, 역전 저짝으로는 황룡, 말허자믄 승주군이거든. 승주군인디, 저~ 압록이란데서부텀 산을 타고 요~리 내려온다.

여그 내려오므는 순천 박씨들 큰 선산이 있어. 선산 요짝에가 산지기 집이 있는디. [방바닥에 산의 모양새를 그리며] 산이 요딱 골짜기가 요롷게 생겼는디. [방바닥의 어느 한 지점을 가르키며]

요따가 산지기 집을 지었는디. 여따가 못를 써야 좋을 거인디, 집을 지어났단 말이여, 산지기 집을. [산지기 집의 옆을 가르키며] 아 근디, 요냐만이나 못를 써 났어.

근게 풍수들은 보통 산을 타고 내려오므는, 못이 그럴듯한 못이 있으믄 쇠(나침반)를 빼 놓고 옮기거든. 아 쇠를 딱 봉분에다 놓고 좌를 보니까. (조사자 : 여기서 쇠는 뭐, 나침반, 뭘 말할까요?) (청중 : 나침반이여, 나침반이여.)

아 그 높이 못내인디 속에 물이 꼴랑꼴랑 허게 쇠비가 콱 속에가 들었드래. 쇠비란 거이 뭐이냐 허믄, 우렁 껍데기, 숯댕이. 보통 고런 것이 쇠비라요. 아 그거이 들었드래. 그래서 거그서 군감을 했어. 똑 둘이 있는디.

"아 이런 높은 몬가에 못을 써 났는디, 속에 물이 들어 갖고 쇠비 들었다."

[잠시 기침을 한다.] 그렇게 고개를 끄덕끄덕 허고는, 산을 타고 거그를 버리고 내려와서. 저 역전 등 위에서 구례를 들어와 갖고. 아 그놈의 친구가 이 설을 발설, 소문을 냈어. 그 묏이 누구 묏인고 허므는,

요 구례 봉북리 아가들 뭣인디. 아가라믄 옛날, 지금 세상은 그런 일 없지마는, 옛날 시상에는 양반, 상놈을 많이 안 개렸는기야, (조사자 : 예, 그랬습니다.) 많이 개렸는디.

아가들이 재산은 있고 돈은 있어도, 한 자리가 짤라. (조사자 : 아, 한 자리가 짧아서.) 짤아 갖고 인자 양반 소리를 못 듣제. 세력이 ○○○이라. 돈도 있고 그런게.

아 이거 아가들 그 사람 종손헌티로 그 말이 들어갔네. 그런게 쫓아 나와 갖고는, 종손이 쫓아 나와 갖고는. 여그를, 산정부락을 쫓아 나와 갖고는. 그 최풍을 만내 갖고.

"니가 이놈아, 우리 선산 구산을 물이 들고 쇠비가 들었다고 했담서야."

"그랬다고." 근게.

"그러믄, 가자."

사람을, 인부들을 몇 데꼬, 아가들이 데꼬, 최풍을 데리고 거그를 가 갖고. 뫼자리를 가 갖고. 만일에 여가 물이 들고 쇠비가 들었시믄, 우리가 논 여달 마지기를 이전을 해 주고. 물이 안 들어 있시믄, [눈을 빼 내는 시늉을 하며]

가락고쟁이로 눈을, 눈구녁을 빼 갖고 죽일려고, 약속을 했어. 그 최풍을 돼야지 묶고 어떻게 복건 요야를 묶어 갖고 한쪽에다 자빨쳐 놓고는. 못을 판다.

아 못을 판게로, 물이 꼴랑꼴랑~ 해 갖고, 쇠비가 콱 들었거든. 아 내가, 아가들이, [제보자의 무릎을 손바닥으로 치며] 물팍을 턱 침서,

"참 옳은 풍광, 옳은 풍수를 함 봤다."

그래 갖고는 요, 중학교 여그 밑에, 또랑 가상에가 논이 여달 마지기가, 아가들 논이 여달 마지기가 한 동이 있어. 그래 갖고 그 논을 최풍한테 이전을 해 줘 브렀어.

그래 갖고 없이 살, 살다가, 뜻밖의 논이 여달 마지기가 생긴게 부자지. 옛날에는. 그래 농사를 지어 묵는디. 근게 그 놈은 인자 나이 많아 갖고 인자, 최풍이라 헌 사람은 가뿔고.

즈그 아들허고 손자들허고 인자 산디. 즈그 아들이 최명식이라고, 이름이 최명식이라고 허는 사람인디. 키가 크고 사램이 부뜰허게 생겼는디.

그 사람이 재주가 있어. 옛날에는 사램이 죽으믄, [상여의 꽃을 만드는 시늉을 하며] 생여를 문을 사고 종우를 사 갖고 물을 들여서, 전부 꼬쟁이를 그렇게 해 갖고는 꽃을 맨듭니다.

맨들어 갖고 생여를 맨들어요. 생여도 잘 맨들고, 재주가 있어. (청중 : 재주가 있어, 아 재주가 있지.) 사램이 그놈이 그러고 생겼는디. 아 논을 지어 묵는디, 최명식이라는 사람이 또 죽어브렀어.

고 밑에 아들 저, 최정일이라고 허는 사람이 있는데. 시방 아래 마을 이장, 즈그 아버지구만, 바로. 사람이 한 칠부 밖에 안 돼. 그 전에 여그 한문 서당이 있어 갖고, 한문 서당에 다니고 그랬지마는. 칠부 밖에 안 돼. 아, 그, 죽어브렀는디.

그때 여름이 돌아온디. 비가 몽~큼 와 갖고는 기냥 물이 기냥 나와 갖고는 또랑 가상에 집이 막 떠내려가고. 그날 거, 거시기 저 최락준씨 집 떠내려가. (청중 : 최락준씨 집.)

최락준 씨 집이 떠내려 가 갖고. (청중 : 그 때 싹 다 밀어붓어.) 뚝이 터져 갖고, 논을 기냥 확 집이, 여달 마지기 씰어브렀네. 그 날 전부다 기냥 모래알 밭이, 백사장이 돼브렀어.

그런게 이 최정일이라고 허는 사람이, 도~저히 논을, 그 모래알을 치우고 논을 재구 헐 힘이 없어. 그래 갖고 쪼고, 쫀 논을 띠어서 팔았어. 그래 갖고 산 사람들이 모래를 걷어 내고.

시방 같으믄 포끄래인으로 처리해 블믄 된디. 옛날에는 지게로, 지게로 짊어져야 헌게. 그래 갖고 그 논, 논 여달 마지기를 쪼각쪼각 전부 팔어

서, 그래놓고. 근게 그 이런, 공짜인 것은 기냥 안 좋은 모냥이여. [일동 웃는다.]

가짜 명궁 김한량

자료코드 : 06_04_FOT_20090220_SJH_JWC_0006
조사장소 : 전라남도 구례군 구례읍 봉서리 동산마을 1573번지 동산마을회관
조사일시 : 2009.2.20
조 사 자 : 송진한, 서해숙, 이옥희, 편성철, 임세경, 김자현
제 보 자 : 정원창, 남, 89세
구연상황 : 앞서 정원봉의 이야기가 끝나자 조사자들이 준비한 막걸리를 마시면서 잠시 휴식을 취하였다. 제보자는 술을 잘하지 않는데, 모처럼 막걸리를 마신다고 했다. 이어 제보자가 다음의 이야기를 들려주었다. 제보자는 나이에 비해 근력이 좋아 오래도록 이야기를 했으며, 조사자들뿐만 아니라 청중들 모두가 흥미롭게 이야기를 경청하였다.
줄 거 리 : 김한량이라는 사람이 재산을 탕진한 뒤에 죽은 꿩을 한 마리 사서 활을 꿩의 왼쪽 눈에 꽂은 채 명궁 행세를 하면서 돌아다녔다. 어느 날 부잣집에 들어가니 주인이 막내딸을 잡아가려는 날짐승을 잡아주면 재산과 딸을 주겠다고 했다. 그리하여 김한량이 짐승을 잡았으나 활을 쏘아 잡은 것처럼 하여 그 딸과 결혼하게 되었다. 그러자 장인어른이 궁술대회를 열었는데, 그곳에서도 부인의 도움으로 명궁이 되어 행복하게 잘 살았다는 이야기이다.

전라북도 요건 얘긴디, 말허자믄. 가짜라믄 가짜고, 진짜라믄 진짠디. (청중 : 이거 전부 가짜라, 이거 뭐.) 김한량이라고 헌 사램이 즈그 조부 때 논도 몇 섬지기 짓고 부잔디. 그래 갖고 그 김한량이 이 사람 난 후로 살림이 싹 가쁘러. 그래 갖고 이 김한량이라는 사램이 무진 마음을 먹었는고 허믄.

'내가 활을 좀 배와야것다.'

활을 잘 쏴야 활 양반을 듣는게. 아 이놈의 활을 하나 떡 준비해 갖고

전동대를 떡 메고. (조사자 : 뭘 메구요?) 전동대. 전동대라는 것은 활촉 꼽아, 활촉 담는 거. (청중 : 통이 있어.) 때리는디. (청중 : 거 전동대라고 그래.) 아 어디를 간게, 꿩을 한 마리 잡아 갖고 들고 털레털레 가.

"꿩 고놈 파시오."

"얼매 줄라요?"

"암만 주께 파시오."

근께로. 아 만리덕에 팔고. [꿩을 옆구리에 차는 시늉을 하며] 꿩 하나만을 요, 여기 옆구리에다 탁 차고. [전동대를 어깨에 메는 시늉을 하며] 전동대는 활을 탁 메고. 올라 다녀, 댕기지. 조선 팔도를 돌아 댕긴다.

아 서울 대감의 집이서 전국적으로 활 잘 쏜 선생을 오기를 통문을 냈어. (조사자 : 어, 통문을 냈어요.) 근데 이 사램이 갔단 말이여, 거그를 들어갔어. [활촉을 꿩의 눈에 쑤셔 넣는 시늉을 하며] 꿩을 요놈을 한 마리 잡아 갖고는 활촉을 왼 눈꾸녁을 꽉 쑤셔 갖고는 차고 덜렁덜렁 이렇게 가네. 실제는 활촉을 활에다가 어따 델 줄도 모르는 사램인데. [청중과 조사자 모두 웃는다.]

대감의 집을 떡 찾아 들어 가도, 근게 볼챙이(배짱이) 담대허지. 들어간 게 대갬이 뭐라 그런고 허므는,

"나가 딸을 셋을 둬 갖고, 아들도 없고. 막내 하나가 남았는디. 막내가 아무 시에 아무 날은 틀림없이 또 죽어. 죽으니까 활을 잘 쏜단 말을 듣고 우리 집을 찾아 왔인게. 그 짐승만 잡아 주믄."

그 짐승이 뭔 짐승이냐 허믄 날짐승이다 근단 말이여. 날짐승. 살림을 분배를 할꺼 아니라, 말하자믄 딸 하나 있은게. 등분으로 오 등분을 딱 폭탄으로 돼, 됐단 말이여.

"그 언제, 짐승이 언제, 어느 날 몇 시에 오냐"

근게. 갈쳐 주것다 그래.

"몇 시, 몇 월 몇 일 날, 몇 시에 틀림없이 온다고 그랬다."

근게 그날 저녁에는 자기 딸이, 막내 하나 있는거이, 죽은다 그려. 그래 그렇다고. 근게 그 날이 딱 당도 했는디. 돌아왔는디.

낮이 내려 물고기여. 그 나무가, 집 앞에 큰 둥구나무가 있는디. [양 팔로 둥구나무의 둘레가 어느 정도인지 보이며] 요런 둥구나무가 있는디. 거 똑 그 둥구나무 밑에 앉거 갖고는, 딸을 잡아가고, 잡아가고 그런디. 근게 둥구나무를 베뿌렀어.

땅을 불, 불을 지르고는, [둥구나무 중간을 베는 시늉을 하며] 둥구나무를 중둥을 베뿌렀어. 그런게 인자 요리 거시기만 섰지. 거 둥구나무 밑에다가 황토 한 짐만 파다 놓고 물 한 동우만 끼레다 갖다놔 주시오. 갖다 놓고 배깥에서 밸밸 짓을 히드레도 절대 문 밖 출입을 말라고 그래. (조사자1 : 문 밖 출입을.)

시간을 딱히 잘레 말하고는. (청중 : 문 밖을 나오지 말란 말이여.) [옷을 벗고 온 몸에 황토칠을 하는 시늉을 하며] 시간을 딱 알고는 나가 갖고 옷을 활딱 벗고, 온 몸에다 물칠을 해 놓고 황토를 확 믹였단 말이여. 온 몸에다가, 자기가.

믹여 갖고는 둥구나무를 뽈뽈 기어 올라 갖고는 딱 터를 잡고 바치고 앉것인게. 아 그 시간이 된께로, 뭔 놈의 짐승이 오고가든, 천둥소리를 내드니 덜퍽 앉는디. 그냥 뼉 꼬꾸라졌어. 어찌나 큰고. [짐승을 발을 잡고 내려치는 시늉을 하며]

그나저나 요놈을 살~쩍이 여 발 위에를 그냥 떡 허니 쥐어 갖고 그냥, 뽈떡 일어서서 기냥 못 살것다 기냥 때려뿟단 말이여. 근게 그냥 밑에가 기냥 툭 떨어져 갖고 피가 졌는디.

큰 보리밭만이나 돼. 살점이라고 물로 옷을, 몸을 싹 씻고 들어와 갖고, 옷을 입고 들어와 갖고는 깨왔어. 깬께 종들이 나와 갖고 그냥 막, 막 집안이 기냥 뭣도 없이 따라댕게.

가 본께, [눈에 활촉을 꿰는 시늉을 하며] 짐승을 잡아 갖고 활촉 그놈을 뒈진 놈을 왼 눈꾸녁을 폭~ 쑤셔서 꾀놨단 말이여. 꿰놓고 들어와 갖고 전부 깨왔어. [청중과 조사자 일동 웃는다.]

근게 잡고, 활은 잘 쏘지. [제보자 웃는다.] 그래 갖고 깨워 갖고 나가 본게, 아, 그놈의 짐승을 활로 잡았단 말이여. 하필 또 왼 눈꾸녁을 맞쳤어. 왼 눈꾸녁을 맞쳐 갖고는 죽어, 죽었는디.

그래 논게, 딸을 살려 논게, 뭐 오직 허꺼여. (청중 : 사우 삼고 살림 주고.) 아 이 사램이 결국은. (청중 : 팔자 늘어졌구만.) 요새 말로 데릴 사우 랄까, 뭐이라 허까.

둠벙에 오리 들어가듯 팍 들어가 갖고는 잘 산디. 어뜨케 즈그 쟁인 영 갬이 맴이 기쁘고 좋은지. 결국에 궁술대회를 열었어. [일동 웃는다.] 궁 술대회를 열어 갖고 활 잘 쏜, 활 잘 놈 전국에서 다 모인게. (조사자 : 다 모였어. 큰일 났네.)

모여 갖고는, 사장에 가서 활을 쏜디, 쭉~ 이 순번 주고 쏜디. 수~ 백 명이 들어와 갖고는 쏜디. 아, 그저 보통 오점수를 팽팽 다 허드라네. 아, 좌우간 젤 잘 쏜 놈들만 오라 해 논게. 한 차례 활, 총 다섯 점 씩인디. 다섯 개 오점을 탕탕 다 맞춘 사램이 쎄 부렀다. (조사자 : 전국적으로 다 모인게.)

참 이 사람, 요 김한량이, 이거, 이, 큰일이거든. 아 그러자 김한량 차례 가 딱 돌아왔는디. 즈그 마누래랑 장모, 쟁인, 하인들 막 나와 갖고는 뒤 에 가서 요리 막 요런디. [활을 쏘는 시늉을 하며]

아 보통 사람은 활을 요리 쐈어 요리게 보고 쏜다. [활을 공중으로 향 하게 들고 있는 시늉을 하며] 아, 이 사람은 공중으로 쳐들고 요로고 있 단 말이여. (조사자 : 공중으로.) 공중으로 쳐들고 있는디.

아이, 거, 만날 요거 활을 안 쏘고 그러고 있은게. 이상허거든. [때리는 시늉을 하며] 즈그 마누래가 뒤에서 볼꾸뎅이를 탁 때려브렀어. 아, 근게 갑자기 활촉이 팍 나가브렀어.

활촉이 팍 나가 갖고, 해필 그러자 마자, 기러기란 놈이 여덟 팔자를 씨고 날아가다가 한 마리가 맞았어. 한 마리가 맞았는디 고놈이 또 왼 눈구녁을 맞았단 말이여. [일동 웃는다.]

왼 눈구녁을 맞아 갖고 뱅뱅뱅뱅 그래 갖고 돈다. (조사자 : 연분이구만, 연분.) 말허자믄, 궁술대회 앞에가 뚝 떨어져브렀어. [활을 던지는 시늉을 하며] 근게 그냥 활을 기냥 획 집어 싸서.

"방정맞은 놈의 계집이 활촉 하나, 여, 다섯 마리를 뀔라고 했는디."

[청중, 조사자 일동 웃는다.] 근게 요 한 마리밖에 못 잡았다. 활을 작신 부러 갖고 확 던져 브렀어.

"내, 요, 안 한다."

아 그래 갖고는 즈그 조부 때 그 부자가 살림을 그놈이 다 까먹고 나가 갖고, 결국은 그 살림 배를 더 이뤘어.

아 그런게 그놈이 짐승도 왼 눈구녁 맞았지. 기러기도 왼 눈구녁 맞았지. 아 이래서 중간에 가다가 꿩 한 마리 산 것도 왼 눈구녁을 팍 쑤셔 가지고 차고 덜~렁덜렁 해 가지고. [제보자 웃는다.] 아 그래 갖고 인자, 그 존 살림 다 없애 블고, 그 살림을 보충을 허고. 참 곱도록 그래, 잘 지낸단 말이여.

곡성 오장사와 호랑이

자료코드 : 06_04_FOT_20090220_SJH_JWC_0007
조사장소 : 전라남도 구례군 구례읍 봉서리 동산마을 1573번지 동산마을회관
조사일시 : 2009.2.20
조 사 자 : 송진한, 서해숙, 이옥희, 편성철, 임세경, 김자현
제 보 자 : 정원창, 남, 89세
구연상황 : 앞서 정원봉 제보자가 항우장사와 이무기 이야기를 끝내자 조사자가 장수에 관한 이야기를 물었더니 다음의 이야기를 들려주었다.

줄거리 : 곡성에 힘이 센 오장사가 사는데 어느 날 선비가 오장사집을 찾아와 얼마나 힘이 센지를 알고 싶다고 했다. 알고 보니 그 선비는 소뿔을 잡고 열두 바퀴를 도는데, 오장사는 겨우 두 바퀴밖에 돌리지 못했다. 이후 오장사가 호랑이를 잡아 집에서 키우면서 길을 들여 호랑이를 타고 남원을 왕래했었다. 그렇게 살던 어느 날 호랑이가 압록의 몰금구리 언덕 아래로 오장사를 떨어뜨려 잡아먹었는데, 결국 호랑이는 사람에게 해가 되는 짐승이라는 이야기이다.

여, 구례, 요, 곡성허믄 직결인디. 곡성, 그전에 오량사가 있, 살았습니다. (조사자 : 오장사가, 오씨 장사가.) 심(힘)이 장사여서 오장사. 그 사람이 이제, 연기가 나 갖고, 연기가 나 갖고. 심이 막 거석하믄 그 앞에 당산나무 앞에가 들독이 조그마니나, 큰~ 들독이 있는디.

[들독을 들어 나무 사이에 찌르는 시늉을 하며] 그냥 광기가 나믄 들독을 들어서 그냥, 나무창에다 딱 찌르고. [들독을 내려놓는 시늉을 하며] 살짝히 내려 갖고 딱 놔두고, 딱 가놓고. 그 광기가 안 나믄 인자 글 안하고.

하루는 아침밥을 먹고 가서, 당산나무에 가서, 들독을 딱 까 논 것이. 보통 남 모리는 사램들이 남의 부락에 가서, 당산나무 밑에 들독이 있으믄, 들독 위에 절대 안 앉거야혀. (청중 : 못 앉게 해.)

못 앉끼혀, 앉으믄 안 돼. 딱 앉것인게. 앳 젊은 선비가 두루마기를 입고 오는 거여. 오는디, 저그 정자나무 앞에가 딱 지켜 갖고 앉었는디.

"이 부락에 오장사가 사는 부락이요."

그런께로.

"예. 오장사가 사는 부랙(부락)입니다."

바로 자기가 오장산디. 기냥 가~만히 오장사가 생각허니까, 저 사람이 보통 사람이 아니거든.

"그 오장사가 심이 역사다 헌디, 오장사 집을 좀 갈쳐 주시오. 오장사를 좀 꼭 앞으로 지냄서 만낼라고 시방 왔습니다."

그런께로. 그래 갖고 즈그 집을 딱 안내해줘.

"여그가 오장사 집입니다."

그러고는 그냥 숨어브렀어. 딱 오장사가 숨어 불고는. 그 사램이, 이게 오장사 마누래가 안에 있는디. 오장사 마누래가 나온게.

"오장사가 심이 역사단디, 저 큰 불익이 찌일. 찌르기를."

(청중 : 소, 소란 말이요, 소.)

"뿔통(뿔)을 잡고 몇 바꾸씩이나 저 놈을 저 돌립디꺼."

그러니까. 아무리 심이 역사라도 그건 안 해봤거든. 근게 즈그 마누래가 아 그건 모리것다고 해뿟어. 그러믄 저 소를 내가 몰아 내 갖고, 뿔통을 잡고 한 번씩 돌리보믄 어떻것냐 근게. 지발 돌려달라고 막 손을 빌었데.

왜 그러냐고 그런게. 오장사 뺨이 그 소를 메고, 김 매고 밖이 못 혀. 찌르기라. 사람 오믄 달라들어. 근게 가서 딱 놓고 나오고, 나온거 놓고 나와 갖고, [소를 잡고 돌리는 시늉을 하며] 마당에 딱 와서 뿔통을 딱 잡고. 잡아 돌린디. 잡아 돌린게, 소 발이 와딱딱 떨어진단 말이여.

이렇게 잡아 돌린디, 열두 바쿠는 잡아 돌려 갖고는, 요리 내뿐게로 소가 기냥 벌떡 자빠져서 발딱 죽어브렀단 말이여. 그러고는, 그래서 내가 똑 오장사를 한 번 만나고 갈라 그랬는디, 못 만내고 간다고. 가뿌러.

간 뒤에 오장사가 나왔어. 숨었다가. 나와 즈그 집을 간게. 즈그 마누래가, 아 그 사람이 와 갖고, 우리 소를 열 두 바쿠를 잡아 돌려 갖고 내뿐게로 소가 벌떡 자빠져서 반쯤 죽어브렀다고.

"아이구 그거 잘 됐네."

○○○○ 잡아 돌려. [소의 뿔을 잡고 잡아 돌리는 시늉을 하며] 소를 일어날쳐 갖고는 뿔통을 잡고 요리 본게, 뽀~돗이 두 바꾸 뿐 밖에 못 돌리것단 말이여. (조사자 : 오장사가.)

근게 오장사보다 심이 씬 사램이라. 아 그 사람은 열두 바꾸를 잡아 돌린디, 두 바꾸 밖에 못 돌리것어. [마을회관 밖에서 들려오는 사람들의 대화 소리에 이야기가 잠시 중단된다.]

그러고 산디, 풀이, 머심들이 풀을 뜯으로 뒷산으로 올라가 갖고는, 풀을 많이 뜯고 기냥 전부 뛰어서 내려와 갖고는 오장사 집을 찾아와 갖고. 아 오장사가 아무리 괴기 밑에가 호랭이가 큰 놈이 두 도가 잠을 잔디, 배를 불~룩불룩허니 잠을 잔디.

오장사는 아무런 잠 그러요, 그러니 가 봅시다, 헌께. 그래 갖고 갔단 말이여. 오장사가 올라갔어. [팔을 벌려 호랑이가 뻗어서 자는 시늉을 하며] 아 올라간께로 이놈이 네 발을 뻗대 갖고 자빠져 잔다. 호랭이가 큰 놈이 자빠져 잔다. [살짝 가서 호랑이를 잡는 시늉을 하며]

살~짝이 가 갖고는, 소를, 속으로 살~짝이 보믄서리 요로코 대가리를 코의 턱 밑에다가 탁 떼굴떼굴 딱 보듬어 브렀어, 요렇게. [양손을 깍지끼며] 요놈을 요렇게 찌므는 안 되고. [양손을 맞잡으며]

요렇게 쬐야 요리 죄야 들어가. [양손을 모아 호랑이와 오장사가 엎치락 뒤치락하는 모양을 흉내내며] 그래 갖고 호랑이가 한 바꾸 뺑 넘어가믄, 오장사가 한 번 빽 넘어가고. 요렇게 궁굴러 내려온단 말이야. 잡아 뒤지게 궁굴러 내려와.

그래 갖고 호랭이를 결국은 잡았어. 잡아 갖고 즈그 집을 끄고 가 갖고는. 더금에 관목내는 판자가 많이 있었어. 옛날에는 뭣 헌 집은 관목을 미리서 다 썰어서 전부 갖다 놓고 그래. 자기 죽으믄 널 자석 해 갖고.

아, 고놈을 갖고 큰 궤를 짜 갖고는. 앞에 철창을 내고 짜 갖고는 호랭이를 것다 집어 여 브렀어. 그래 갖고는 그냥 호랑이를 저리 밥을 줌서 질을 들였어. 질을 들여. 근게 난중에는 오래 둔게로,

'이거 배깥에 내 놔도 괜찮것다.' 하는 마음이 있거든. 그래 갖고는 배깥으로 내 갖고는, [입에 굴레를 끼는 시늉을 하며] 말 맹이로 굴레를 딱 꼈어. [입을 가로로 잠그는 시늉을 하며] 굴레를 딱 껴 갖고 마음을 탁 믹

인게, 사람 못 물게. [손가락 길이만한 쇠를 입에 물리는 시늉을 하며] 말도 못 물게, 요 쇠를 요런 놈을 해 갖고 요리 허나 딱 해 놔. 그래 갖고 요~놈을 타고 댕기며, 질을 들인다. 오장사 마누래가, 작은 마누래가. 남원 장 밖 가서 작은 마누래가 하나 산다. 아, 저녁밥 먹고 휘딱 가 갖고는 작은 마누래 집서 자고 새벽에 또 즈그 집에 오고. 그 짓 허고 댕긴다. 그런게 고놈 타는게 뭐 번개 맹이로 뭐 잠깐이믄 가고, 잠깐이믄 오고. [청중, 조사자 일동 웃는다.] 아 질을 들여 갖고, 그놈을 타고 댕긴다. 하루는 오래 됐는디, 저녁밥을 먹고 이놈을 딱 꺼내 갖고 타고 가인게.

아, 이놈이 남원으로 가더니, 곡성서 압록으로 요 밑으로 내려오거든. 아 이상하다, 그런디. 꼬배미 타고 돌린게로, 꼬인 언덕으로 내려오드래.

아 그래, 곡성 밑에 그 다리 밑에 내려오믄 몰금구리라고 헌데가 있어요. 몰금구리. 왜 몰금구리가 유명허므는, 옛날에 말이 구루마를 채워 갖고 떠내려 가 갖고 죽어브러서 몰금구리라 그래.

여그서 요 강가에 요 밑이 수~십질이라요. 높이가. 수~십질인디. 아 이놈이 여그 와 갖고, [방바닥에 바위의 모양을 그리며] 요 밑에 강바닥에 모래바탕에가 큰 바우가 요런 놈이 있는디. [오장사를 떨어뜨리는 시늉을 하며]

요그 와 갖고는 오장사를 딱 떨어브렀어. 고 밑으로 떨어븐게 죽을 것 아니요. 호랭이가 밑으로 내려가 갖고는, 구레는 지 손으로 싹 빗겨서 바우에 딱 올리놓고, 오장사는 끄고 바우에 올라와 갖고는.

싹 다 먹고 손톱, 발톱만 냉겨 놨드래. (조사자 : 호랭이가, 호랑이답네.) 그런게 호랭이라는 짐승은 아무리 짐승이다. 아무리 좋게 질을 들이고, 좋게 해도, 결국은 손해를 빈단 그거여. 그래 갖고 오장사가 결국은 고놈 앞발에 죽었어. 앞발에 뱃속으로 들어갔지.

삼정승 날 묘자리

자료코드 : 06_04_FOT_20090220_SJH_JWC_0008
조사장소 : 전라남도 구례군 구례읍 봉서리 동산마을 1573번지 동산마을회관
조사일시 : 2009.2.20
조 사 자 : 송진한, 서해숙, 이옥희, 편성철, 임세경, 김자현
제 보 자 : 정원창, 남, 89세
구연상황 : 제보자가 설화를 구연한 뒤에 민요, 판소리를 불렀다. 이후 잠시 쉬었다가 다
음의 이야기를 구연했다. 조사가 오래도록 계속되었는데도 제보자는 열의를
다해 조사에 임해주었다.
줄 거 리 : 어머니를 모시고 살던 가난한 삼형제가 있었는데, 어느 날 어머니가 돌아가시
자 묻으려 하니 스님이 돈을 많이 버는 명당, 자식이 번성할 명당, 삼정승이
나지만 삼형제가 곧 죽을 명당 세 곳을 알려주었다. 이에 큰형은 첫 번째 명
당에, 둘째형은 두 번째 명당에, 막내는 마지막 명당에 쓰자고 하였으나 결국
막내의 말을 듣고 마지막으로 지정한 곳에 어머니의 묘를 쓰게 되었다. 이후
스님 말대로 큰형, 작은형이 죽고, 마지막으로 막내가 여인네와 하룻밤을 동
침한 뒤에 죽었는데, 그 여인이 삼형제를 얻게 되었고, 이후 삼형제가 삼정승
이 되었다는 이야기이다.

옛날에 삼형제가 산디, 즈그 어머니를 모시고 산다. 예. 즈그, 안부모
하나만 모시고 산디, 즈그 아버지는 죽고. 삼행제가 나이, 결혼 헐 날짜
가 됐는디. 금번에 빈한허게 산 통에 결혼을 못 했어, 서이 다. 못 허고,
지낸다.

아 하루 저녁에 뜻밖이, 즈그 어머니가 빌려 갖고는 죽어브렀단 말이
여. 죽어버려, 어찌케 가난하게 살던지, 쌀 한 두 박이 없어서 묏밥 한, 그
못 채려 놓고, 찬물 한 그릇 떠 놓고. 머리를 풀고 곡을 허고 있은게.

웬 사람이 하나 들어오드래. 그 보니까, 사램이 선비로 생겼는디. 본게
로 중이라. 중인디.

"아, 이거 미안허지만은, 저녁에 여그서 같이 철야를 허고 계시믄 어떻
것냐고."

그런게. 아 그 삼행제 분이 가만히 생각해 본게. 아 저 사람 술도 한 잔

있으믄 줘야 허고, 밥도 줘야 허제. 자기 집에는 밥도 없고 술도 없고. 찬물 한 그릇 떠 놓고 곡을, 곡을 허고 있는디.

"그리 말고, 우리는 이러고, 이러, 이러 이러 허고 산 사램들인디. 딴 집으로, 즈그 집 말고 딴 집으로 가라고." 헌게로. 아니라고. 같이 철야를 허고 있는디. 그것이나 출상을 헐 거인디. 그게 뭐 생여도 못 메거든, 돈이 없인게. 지게 송장을 허는디.

옛날에는 없는 사램들은 지게로도 그냥 많이 헌게. 발을, 대를 쪼게 갖고 칠성판을 맹글아 갖고, 지게 송장을 기냥. (조사자 : 지게 송장.) 그래, 생여를 맨들아 갖고, 생여가 나가믄 구경꾼이 있어도, 지게로 지고 나가믄 구경꾼이 하나도 없십니다. 아 근게 이 사램이 뭐라고 근고 허므는, 중이.

"그러믄 내가 자리를, 한 자리 잡아줄틴게. 나 시킨대로 헐라냐."

근게로. 그, 젤 큰 사램이, 아, 그거 참 좋은 일이라고. 근게 짊어지고, 즈그 어매를 짊어지고 올라가서 다 왔다고 내리라 글드라고. 근데 이 청룡등이 죽 내려 왔는디.

자리가 세 자리가 있어. (조사자 : 청룡, 청룡등.) 세 자리가 있는디. 젤 우에는 쓰므는 당년에 밥(밥)이 홍성허고. 그 다음에는 자손이 홍성허고. 젤 밑에는 삼정, 삼정승, 정승자리가 있다 그거여. 그런게로, 어뜿게 빈한허게 산게, 큰 아들이,

"나는 밥 홍헐데로 쓰면 좋것오."

그러고. 둘째가 쓸데 본게로,

"나는 자손, 자손 홍성헌데를 쓰면 좋겠오.

자손이 있으믄 밥은 잘 히 줄건게, 자손이 홍헌데로."

끝에 막둥이가 좀 억울허던가,

"예, 그거 다 필요 없고, 나는 삼정, 삼정승 날 디로 씬다."고 그랬어.
아이고 이거, 끝터리 막둥이란 놈이 좀 억울허고 좀 그랬던 모냥이여.

아, 처방을 해 갖고 정승자리에다가 썼네, 젤 밑이. 정승자리다 썼는디, 거 그 중이 머라 그러고 허므는. 소상에는 큰 사램이 죽고, 젤 큰 행님이 죽고. 중년에는 작은 사램이 죽고. 탈상에는 막둥이가 죽는다 그려. (청중 : 다 죽어쁘네.) 다 죽어. (청중 : 다 죽어, 다 죽어.)

거, 이것을 꼭 안 믿고는 말이여. 정승자리다 쓰고는 그놈, 즈그 형들을 잡아 재쳐불고, 막둥이란 놈이 정승자리에다 딱 썼어. 그래 갖고 내려 와 갖고, 중은 갈데로 가 불고. 서이 앉것는디, 참 기가 맥히단 말이여.

아, 그런디. 대차 그 사람 말대로 소상에는 큰 사람이 죽었어. 즈그 큰 성님이 죽었어. 중년에는 둘째 성님이 죽고. 막둥이 하나가 끝에가 남았는디. 막둥이가, 이, 죽은 행수가 하나 있는디. 둘째 형님이 행수가 하나 있는디. 행수가 가만히 생각해 본게, 싹 다 죽게 생겼거든. 다 죽게 생겼은게. 즈그 시아제를

"객지로 나가시오."

객지로 나 갖고 거지 행색을 허고, 문전걸식을 혀서 얻어먹고 댕기믄. 그런 고부를 혹시 필 수가 있다고 그런게. 근데 이건 천부당만부당 하다, 안 한다.

"아 내가 한두 푼이라도 벌어야 묵고 살거인디. 내가 나가쁠믄(나가버리면) 뭣을 먹고 사냐."

"우리 걱정은 말고 나가라."

근게 그, 거주성명을 딱 적어서 줬어. 딱 적어서 준게, 이 사램이 갖고는 나갔어. 거처 없이 가쁘렀지. 거처 없이 어디로 가니까. 면 큰~ 부락을 가 있은디, 부락 안에 가상에 가니까, 사람들이 남녀 간에 막 왔다 갔다 왔다 갔다 해.

그래 암만도 이 부락에 누, 어디 무슨 혼사를 하든지 무신 경사가 있든지 그러것다. 그래 찾아 갖고 나 가서 술도 좀 얻어먹고 밥도 좀 얻어먹고 그래야 것다고. 들어갔어.

찾아들어간께 대차 결혼식을 허는디, 웬 부잣집서 결혼식을 했는디. 아이 사람이 술도 많이 얻어먹고 밥도 많이 묵고 해 갖고는, 술이 취해 갖고는 새문 밖에를 나오도 못 허고, 마당가 상에 뒤엄밭에서 자뿌렀어. 자뿌렀는데, 가만히 자다 생각한께,

술도 깨고 춥고 그런께, 깨어 갖고는 일어나 본께 그 집 마당 가상서 그래. 벌떡 일어나서 기냥 새립문 밖으로 나와 갖고. 동네 밖에를 나오니까. 집을 한 이 칸으로 초당을 지어놨는데, 깨~끗허니 허게 불을 써 났드레. 불을 써 놔서 그 집을 가서, 문을 닥닥~ 두듬서,

"좀 자고 갑시다."고 그려. 아니 그, 그러기 전에 뭐라 그런고 허믄, 여자 소린디.

"아이 그 유모가 왜."

이 사램이 여자 소리를 했어. 목소리를. 여자 소리로 그런니께로. 아니여, 유모를, 그날 결혼식을 헌 여잔디. 거가 뭔 집인고 허면은. 그렇게 이 칸으로 깨~끔허니 해 갖고, 유모를 정해 갖고 공부를 헌 서당이다여. (청중 : 서당이구만요.) 공부뱅이라. (조사자 : 예. 공부방.) 아니, 뭐라고 아는 소리만 허믄,

"아이고 내가 어머니 기다리다 죽것소."

어머니 마침 잘 오셨다고. 글 않으믄 내가 갈라 그랬었는디. 아, 이 사립문으로 벌떡허니 들어가. 아 들어온께 즈그 유모는 아니고 웬 순전히 거지가 들어왔어.

거지가 들어와 갖고는 ○○○○○○○ 그날 예식은 마쳤는디, 예식을 마치고 그, 즈그 유모 집을 신부가 와 있는디. 즈그 유모허고 만내 갖고 꼭 필요헌 얘기를 헐라고 왔는디. 유모는 못 만나고, 웬 거지가 들어와 그러는 판에. 거지가 옷을 활딱 벗고, 이러고. [손뼉을 치며] 동품을 했어.

그러고 죽어브렀어. 그 사램이 죽어브렀어. 그 죽은 날짜가 지사 날짜라. 탈상 날짜. 죽어브렀는디. 가~만히 여자가 생각해 본께. 즈그 집에서

는 야단 법구나브렀지.

첫날 저녁에 신부가 어디로 가쁘렀으니. 이, 야단이 안 났것냐. 그래 갖고 즈그 유모 집으로 오니께. 죽었다게. 유모 집에 앉것어, 머리를 풀고 앉것어. 시체가 드러 누웠는디, 신체를 보고, 머리를 풀고 앉것어. 곡을.

"거 어쩐 일이, 이리 된 일이, 일을, 이런 일이 있냐."

물으니까, 즈그 오빠가.

"내가 오늘 결혼은, 결혼식은 했는디. 유모를 만내 갖고 꼭 유모허고 필요헌 얘기를 할라고 여그를 왔는디. 유모는 못 만내고 엄헌 거지가 와 갖고는 이러고, 이러고 했다."

근디 거지가 죽어브렀다. 죽어브렀는디, 가~만히 제 생각에, 아무 것이 허고 오늘 나허고는 결혼을 했는디.

"이 사, 그 사람하고는 서로 잠을 안 자고 살을 안 섞었는디, 이 사람허고는 결혼은 안 해도 살을 섞었어. 그래 이거, 이 내 남편이다."

근게 이 여자도 보통 여자가 아니죠. 배운 여자라고 헌게. [머리를 풀고 곡을 하는 시늉을 하며] 그래 갖고 머리를 풀고 곡을 했어. 그래 갖고는 인자, 그런께 즈그 오빠가 즈그 집을 가 갖고. 신랑을, 즈그 매제를 앞칙에 거그서 그냥 앉혀 갖고.

"내가 얘기를 한 자리 헐 텐게 잘 들어 보라고. 그 전에 아무디 아무디서 이러고, 이러고 헌 일이 있는데, 그 사람이 죽었다. 결혼은 딴 사람허고 했는디, 잠자리는 안 허고. 그 사람허고 동품을 했고, 그 사람이 죽어브렀다. 그래서 여자가 머리를 풀고 곡을 헌 일이 있다."

그 어떤, [방으로 마을사람이 들어와 서로 인사를 나눈다.] 그 일을 이견에 따라서 어치케 했으믄 좋것냐고 말을 헌게. 즈그 새 사우가, 그 매제가 보, 눈치를 딱 채고는, 배깥에 나가서 말을 타고 들고 도리게 브렀어. 즈그 집으로 말을 타고 가브렀어.

근게 양간에 다 부잣집이야. 아 그래 갖고 여자가, 배가 빼~짝빼~짝

만색이 돼간다. 만색이 돼간다. 그 둘째 행님허고 산다. 팽야 둘이 인자, 말허자믄 둘이 다 과부지, 과분디. 품을 팔아서 묵고 산다.

아니 여, 산고달이 빼짝빼짝 돌아와. 산고달이 빼짝빼짝 돌아온디. 즈그 성이 품팔이를 해 갖고, 그러고 쌀 되를, 쌀 되백이를 팔아 놓고, 미역끄댕이라도 사다 놓고 딱 굉이 두고 있는디. 아, 산고가 들었단 말이시. 산고가 드는디.

새, 애기를 난 게 본게, 뭐이라도 첫 애기를 낳는다. 그러고 막 배 아프다고 그냥 궁굴러 다니지. 아 조까 있다 또 산고가 또 들어. 본께, 그때 뭐인가 또 하나 낳아. (조사자 : 어, 쌍둥이.)

하, 아 마지막 판에 또 머이마를 하나 난디. [손가락 세 개를 내 보이며] 삼태를 했단 말이여. 삼태. (조사자 : 아, 삼태를 해 브렀어.) 삼태를 해 갖고, 즈그 큰 성 앞으로 하나 거석허고, 즈그 둘째 성 앞으로 하나허고, 본인 허고.

아니 이놈들이 얼굴도 미남으로 잘 생기고 그런디. 여리 장가 가 갖고 한 대여섯 살 먹었는디. [마을 이장이 들어와 거름에 대한 이야기를 잠시 나눈다.] 아, 그 애들이 여, 자라난 것이 한 다섯 살 먹었는디. 다섯 살 먹었는디.

근데 삼태, 세 쌍둥인디, 다섯 살을 먹었는디. 아 공부를 같이 헌디. 전날 어매가 유모 들여 갖고 공부를 많이 힜어요. 그러고 공부를 갈친다. 하늘 천 허므는 따 지 허드라. 강 물 하믄, 물 하 하고. 집 우 허믄, 집 주. 아니 그냥 몬자 가뿔드레(가버리다), 이놈들이. 그렇게 머리가 좋드란 말이여.

아, 나 그래 갖고 이놈들이 커 갖고. 서이 다 삼정승을 헌단 말이여. 그러니까 삼태, 그렇게 하나, 정승 하나쓱 서인게 삼정승 아닌가. 그런게 틀림없어. 그 놈, 그 중이 잡아준 자리가 삼정승 자리가 틀림없이 그렇게 했어.

바다에 빠진 시신을 찾은 점쟁이

자료코드 : 06_04_FOT_20090220_SJH_JWC_0009
조사장소 : 전라남도 구례군 구례읍 봉서리 동산마을 1573번지 동산마을회관
조사일시 : 2009.2.20
조 사 자 : 송진한, 서해숙, 이옥희, 편성철, 임세경, 김자현
제 보 자 : 정원창, 남, 89세
구연상황 : 앞서 제보자가 상여 소리를 부른 뒤에 조사자가 점쟁이, 무당에 대해서 묻자 다음의 이야기를 들려주었다.
줄 거 리 : 군대에서 휴가를 받아 나온 아들이 친구들과 술을 마신 뒤에 배를 타고 나오려다 배가 뒤집혀서 죽었다. 가족들은 해녀를 동원하여 죽은 아들을 찾으려 했으나 찾지 못해 용한 점쟁이에 점을 봐서 아들을 찾았다는 이야기이다.

점쟁이 야근, 그거이 시방, 자, 거짓말 아니고 실제 얘긴디. 우리 처 고모가 여수 산디. 막내 아들이 군대를 가 갖고. 제대 특명을 딱 받고 날짜를 받았는디, 마지막으로 휴가를 왔어. 마지막 휴가를 나와 갖고, 여수 시내 친구들허고, 돌탁(돌산)을 갔는디. 배를 거시기 허고.

시방은 다리가 있지마는, 그 전에는 배로 댕겼거든요. 돌산을 건네 갖고 웬 술집에 가서 술을 몽땅 먹고, 술이 취했어. 술 취해 갖고 이렇게 논 것이 좀 안 좋게 놀고. 그런께로 돌산 청년들이 보고는. 니수꾸를 걸어 갖고는. 쌔움이 났단 말이여.

근게 돌산 청년들허고 여수 시내 청년들허고 쌤이 붙었어요. 쌤이 붙었는디, 그래도 암만 해도 돌산은 섬이고 촌이라고 본디. 여수는 시고. 그런게 아무리 싸움을 해도, 여수 시 사람들 허고는 상대가 잘 안 돼.

그래가 되게 싸우고는 사화 술을 묵고. 사화를 하자. 그래 갖고 사화를 딱 허고, 술을 많이 먹고, 사화를 했는디. 저녁 한, 야달 시가 됐든가, 아홉시가 됐든가 모르지마는, 캄캄헌디 선창가에를 나오니께, 사공도 어디로 가블고 없고 배만 있어.

보트 한 대가 조그마한 것이 하나 있는디. 사램이 여럿 탔단 말이여.

친구들이. [어깨 춤을 추며] 여럿 타 갖고 술을 먹고 춤을 추고 야단인디. 뛰고 헌께로 탁 엎어져 브러. 가운데로.

　탁 엎어져 갖고 그 중에서 술을 덜 취헌 사람은. [헤엄을 치는 시늉을 하며] 헤엄을 치고 나갔는디. 돌산으로 건너갔는디. 술이 더 취헌 사램은 못 나가드래.

　그래 갖고 나로 해서는 처고모의 아들 막둥이가 군대 특명을 받고, 제대 특명을 받고 마지막 휴가를 와 갖고 그래져브래. 죽었어. 죽어 갖고, 해녀들을 불러 갖고는, 그 찾을라고 뱁뱁 짓을 다 해도 해녀를 못 찾았어. 여, 시체를 못 찾았어.

　그래 갖고 우리가 여, 여 부락에서 나가 살지마는 우리 집을 왔어. 우리 집을 와 갖고, 말을, 점쟁이 어디, 용~한 점쟁이가 있으믄 점을 한 번 해본다고 그래.

　"그래요."

　그래가 신가에 어머니가 살아서, 신가에 어머니가 점을 허는디, 갈쳐 줬어. 아 갈쳐준께, 누가 갈쳐 줬으까, 어쨌으까. 물에 빠졌고, [헤엄치는 시늉을 하며] 요렇게, 요렇게 허는데, 기냥 엎져 갖고. 근게 그냥 혼탁을 해쁘렀어. 고모 된 사람이. 맞힌다고.

　혼탁을 해 갖고, 그 뒤에 점을 또 허로 왔어. 그래 갖고 점을 두 번 여그서 허고 갔는디. 시체를 찾는디, 여그서 배가 엎어졌시므는, 요 부근을 찾는디 없어, 사램이.

　아 그 물속으로 떠내려 가 갖고, 저~ 상고 거리가 먼데가 있어, 죽었는디. 해샘이, 물의 해삼. 해샘이 온 몸뚱이가 기냥 콱 붙어브렀대. 근게 갯물을 가 논게, 사람이 갯물에 빠져 죽으면 언능 썪으믄, 안 썪어. 안 썪어.

　그래 갖고 찾았는디. 찾았다고. 그 양반이 기냥 돌아가셨지마는, 나이 많아 갖고 돌아가셨지마는. 시방 아들네들이 여그서 있을것이요마는. 나도 몰리고, 즈그도 안 허고 그래.

그렇게 점쟁이, 점을 그렇게 떡 허니 맞추드래. (청중 : 근데 그 해삼 놈이 얄밉네요.) 근디 그놈의 해삼이 말이여, 아이고 기냥 온 몸에서 꽉 붙어브렀드래.

똥 먹은 곰상판때기

자료코드 : 06_04_FOT_20090220_SJH_JWC_0010
조사장소 : 전라남도 구례군 구례읍 봉서리 동산마을 1573번지 동산마을회관
조사일시 : 2009.2.20
조 사 자 : 송진한, 서해숙, 이옥희, 편성철, 임세경, 김자현
제 보 자 : 정원창, 남, 89세
구연상황 : 제보자는 설화와 민요의 장르를 번갈아가며 구연하였다. 조사가 거의 끝날 무렵에도 재미난 이야기는 계속되었다. 앞서 이승렬 제보자의 이야기가 끝나자 제보자가 나서서 곰에 관한 다음의 이야기를 구연했다.

줄 거 리 : 머슴은 반찬으로 먹는 된장이 단지에 전혀 없자, 누가 먹은 지를 알기 위해 단지에 똥을 가득 담아 두고 나무 위에 올라가서 지켜보고 있었다. 잠시 후에 새끼를 안은 곰이 단지 안의 똥을 된장으로 알고 손가락으로 떠서 새끼에게 먹이니 똥이 써서 인상을 쓰게 되었다. 이를 보고 '곰상판때기'란 말이 생겼다. 그 모습을 지켜보던 머슴이 크게 웃자 곰은 화가 나서 새끼들에게 머슴이 떨어지면 방망이로 잡으라 하고선 나무를 타고 올라갔다. 이에 머슴이 낫으로 곰 어미를 쳐서 나무에서 떨어지게 했는데, 새끼들은 머슴으로 알고 방망이로 두들겨 패서 어미를 죽였다. 그리하여 머슴은 곰 어미와 새끼를 모두 갖게 되었다는 이야기이다.

머심이, 머심들이 산풀을 뜨러 산에 막을 쳐 놓고 산에 가서 풀을 뜬십니다. 풀을 옛날에는 비료도 허고, 풀을 뜯어다 논에 깔아, 갈아 갖고 농사를 집니다.

산 반찬은 된장이 젤 좋습니다. 된장. 된장에다 밥을 묵으믄 물을, 물, 물이 없어 묵어도 목이 안 멕힌답니다. 아 된장을 한 마지기를 담아 갖고 쌀 허고, 밥이 물 다 얹지고 가고. 막을 딱 쳐 놓고 풀을 가서 뜨고, 점심

을 묶으러 온게. 아, 된장 단지에 된장이 하나도 없드라네. 이 뭐 사람도 없고.

'아 참 이상하구나.'

그럼서 된장은 뭣이 이리 짜구만 된장을 이리 다 먹었냐. 그래 미련스런 사람이 똥을 팍 싸 갖고 된, 단지, 된장 단지에다가 담아 갖고, 딱 덮어놓고 잔등이 낫을 들고 저 나무로 올라가서 엿을 보고 있은게. 아 곰이, 곰이 새끼를 나서 데꼬 축 오드라여. 우리 뭐 서물 없이 막 오드라네.

막으로 들어가드니, [곰의 행동으로 흉내내며] 된장단지를 딱 열고, 손구락으로 딱 찍어서 새끼를 요리 한 번 맥인게로, 쌍을 푹 뿌진게, 뺨을 덕복 올리드라네. (조사자 : 새끼가 엄마한테.) 야.

이 똥 묵은 곰판때기라 그러드니 거그서 나온 거인디. 사람 똥이 씨거든, 써. 씬께로 쌍을 찡그린단 말이여. 아니 뭐 또 새끼 허고, 그 다음 새끼를 요러고 떼 맥인게. 쌍을 푹 꾸긴게, 뺨을 덕벅 올리고. 새끼 두 마리 데꼬 가 갖고는 그 짓을 헌디. 어뜨게 우습든지, 나무 위서 웃어브렀다.

아니 이서(여기서) 본게, 곰이 요 회딱 쳐다본디. 나무를 끊어 갖고 방맹이를 맹글아 갖고 새끼 두 놈헌티로 들여서.

"만일 떨어지면 잡아 뚜드려 죽여라."

그랬던 모냥이여. [제보자, 조사자 일동 웃는다.] 아 그래서 곰이 요 나무에 오직 잘, 잘 타. [곰이 나무를 타는 시늉을 하며] 똑 사람 맹이로 보듬고 뿍뿍 이렇게 올라. [나무에 올라가 있는 머슴의 행동을 흉내내며] 잔등이 낫을 살짝히 들고 있다가, 뿍뿍 기어오른 것을 앞발을 다 탁 찍어브렀어.

찍어 븐게 아 이거 요, 똑을 붙었단 말이여. 똑 안에 든게 툭 떨어져 브렀단 말이여. [방망이를 들고 때리는 시늉을 하며] 툭 떨어진게 이 새끼들이 달라들아 갖고 막 뚜들긴단 말이지.

지 애미를 막 뚜들기데. 아 그래 나와서 본게, 애미가 죽어브렀어. 애미가 죽어블고 새끼는 거가 있는디. 사전에 헌기라고는 풀은 안 뜯고 인자, 곰 고놈이 애미 좀 그놈 잡고, 새끼 고놈 잡고 해 갖고. 길들이고 내려와 갖고 이놈 이, 풀은 안 뜯고 이놈이 이, 돈을 겁나게 받고 팔아서, 곰 고놈이 굉장히 비싸잖아. (청중 : 곰 금값만 부르고 그런디.)

아니 또 까 논게. 근게 똥 묵은 곰싼대기란 거이 거기서 나와. 똥 묵은 곰 싼디기. (청중 : 곰, 곰 얼굴.) 사람 똥이 씨디 씬게. 손구락(손가락)으로 지가 요리 믹인게, 쌍을 푹 꾸지긴게 뺨을 덕벅 올리지. (청중 : 된장인줄 알고.)

가난한 삼형제와 삼정승 날 묘자리

자료코드 : 06_04_FOT_20090703_SJH_JWC_0001
조사장소 : 전라남도 구례군 구례읍 봉서리 동산마을 1573번지 동산마을회관
조사일시 : 2009.7.3
조 사 자 : 송진한, 서해숙, 이옥희, 편성철, 임세경, 김자현
제 보 자 : 정원창, 남, 89세
구연상황 : 정원봉 제보자와 경쟁적으로 이야기를 들려주었는데, 정원봉의 이야기가 끝나자 정원창 제보자가 "그럼 나도 해야겠네"라고 말하며 다음의 이야기를 이어갔다. 이 이야기는 1차 조사 때 들었던 이야기이고 내용 역시 비슷하게 전개되었으나 이야기의 초반부가 훨씬 구체적이어서 그대로 실었다.

줄 거 리 : 어머니를 모시고 살던 가난한 삼형제가 있었는데, 어느 날 어머니가 돌아가시자 묻으려 하니 스님이 돈을 많이 버는 명당, 자식이 번성할 명당, 삼정승이 나지만 삼형제가 곧 죽을 명당 세 곳을 알려주었다. 이에 큰형은 첫 번째 명당에, 둘째형은 두 번째 명당에, 막내는 마지막 명당에 쓰자고 하였으나 결국 막내의 말을 듣고 마지막으로 지정한 곳에 어머니의 묘를 쓰게 되었다. 이후 스님 말대로 큰형, 작은형이 죽고, 마지막으로 막내가 여인네와 하룻밤을 동침한 뒤에 죽었는데, 그 여인이 삼형제를 얻게 되었고 이후 그 삼형제가 모두 정승이 되었다는 이야기이다.

그러믄 나도 또 한 자리 해야지. 옛날에 삼행제(삼형제) 분이 산다. 즈그 어머니를 모시고, 삼행제 산다. 서인디.(셋인데) (조사자 : 어머니가 죽었습니까?) 예. 어~치케 빈난허게 살든지. 끄니믄 밥을 제대로 먹도 못허고. 있는 사람 밥 먹대기, 굶고 지낸디. 아, 갑재기 즈그 어머니가 아파 갖고 죽어브렀단 말이여.

죽어브렀는디. 아, 이거, 밥 해 놓고, 사자밥 해놀, 쌀도 없고. 그나 아니나. (청중 : 옛날에는 다, 그렇게 곤란해 갖고.) 찬물을 떠 놓고. (청중 : 쌀도 없고 그랬어.) 찬물을 떠 놓고, 머리를 풀고 곡을 허고 있은게.

샘형재 분이. 둘이는, 첫째, 두째는 결혼을 했는디. 막내이는 결혼을 안 했어. (조사자 : 첫째, 둘째는 결혼을 했는데, 막내는 안 했어요.) 예. 즈그 성님들 둘은 사램이 유허고, 용허고, 그런디.

끝에 막둥이가 좀, 우루부루 허드랑만. 우루부르끼 생겼어. (조사자 : 색이 있다고, 예.) 즈그 성님 말도 잘 안 듣고. 아, 거, 머리를 풀고, 서이 곡을 허고 있은게. 뱆가테서(바깥에서), 문을 노크를 딱딱 험섬.

"주인 양반, 봅시다."

그래. 문을 살짝이 열어본게. 아니, 웬 중이 와 갖고, 밤에. 중이 와 갖고, (조사자 : 주인이.) 좀 들어가도 되냐고 근게로. 아, 즈그 어머니는 죽어서 발을 뻗쳐 놓고, 서이 앉것는디. 아, 저, 그, 말허자믄, 다섯이 앉것는디. 아, 들어온다고 허니게, 못 들어오게 헐 수도 없고.

"아, 들어오시라고." 허고 있은게. 내가 여그서 저녁에 같이 철야를 허고, 여그서 좀 자고 가야 것다고, 그렇게 이야기를 허드래. 그래서, 아 이거 참 큰일이거든.

생전 부딪히면 모린 사람이, 중이, 그런 사람인디. (청중 : 아, 술도 한 잔 줘야 허고, 밥도 주고 그래야 허꺼인디.) 아, 밥도 줘야 헌디, 근다고 그, 줄거이 없어. 찬 물이나 떠 주믄 모리까. 뭐, 암 거이 없어.

중. (청중 : 절에, 절에.) 말허자믄 도사라, 도사. 도사라. 옛날 도사. 아,

그 이튿날 출상을 허라, 허자고 그드래. 중이. 그래 인자, 그 집 형편을 봐서, 출상을 해야 헐 일이여.

그래서, 옛, 옛날에는 빈난헌 사람들은 널을 못 사고. [대로 칠성판을 만들고, 시신을 묶는 등의 시늉을 하며] 저, 대를 쪼개서, 칠성판을 맹글아 놔. 칠성판을 일곱 매로 엮어 갖고. 칠성판을 맹글아 갖고. 즈그 어매를 옷을 입혀 갖고. 거그다 딱 해 갖고, 딱 싸.

싸 갖고, 일곱 매, 장단을 허거든. 일, 일곱 매를 묶어. 우 알로, 요리. 이, 좌우간 내가 여그를 왔시니까. 자리나 한 자리 잡아줄거인게, 좌우간, 가자고 그런단 말이여.

아, 그 이튿날 지게 송장허러. 짊어지고, 올라갔는디. 상주들 셋허고, 도사허고, 이렇게 올라갔는디. 어디 만큼 올라가니까, 다 왔다고 시우라(세우라) 허드라고. 이게, 딱, 즈그 어매를 지게에다 받차서 딱, 시어 놓고 있은게.

요, 청룡이, 청룡이가, 자리가, 세, 대지가 석, 세 자리가 있어. 대지. (조사자 : 대지가 뭐에요?) 대지. 말허자믄 명당. (청중 : 큰, 큰 명당.) 큰 명당이 세, 세 간데가 있다, 그거이라. 그럼서 뭐라고 그런고 허이는. 젤 큰 상주보고 뭐라고 헌고 허이는.

"좌우간 요 자리는 씨믄 당장에 밥(밥)이 흔코."

밥이 흔다(밥이 흔하다) 그거이라. (청중 : 부자가 되고.) 인자, 부자가 된다 그거이여. 부자가 된다 그 말이여. 글고, 그 다음에 둘째 허고, 그런게, 이 자리는 밥도 돈도 없고, 자손이 홍성허다고 그렇게, 말을 허거든. (청중 : 손이 많다고 그려.)

그런게 두채는(둘째는) 좌우가 사람이 있으믄, 돈은 있는 거이다. 그러고는 지, 그거를 취택을 했어. 즈그 성은 밥 홍성헌디, 당장에 씨믄 부자가 된디를 쓰, 쓰, 잡고.

끝에 막둥이란 놈이, 뭐라고 근고 허므는. 막둥이 보고, 이 자리는 쓰며는. 삼대, 말허자믄, 정승이 날 자린디. 정승이 날 자린디. 정승이 나 돼.

첫 소장, 소상에, 젤 큰 사램이, 즈그 큰 성이 즉으믄. 유 마당에서, 몇 시까지, 몇 시에 죽은다 글드래. 죽고. 그 다음에 두채는(둘째는) 어뜬고 허므는. 자손 흥성헌디 자리 씬단 사람은 뭐라 근고 허므는.

당신은 행님이 돌아가시믄. 옛날에는 삼대 상을 지냈거든, 제사를. 삼대 상을 모셨는디. 즈그 어매 지샀날 즈그 성같이, 그 시에 꼭 죽은다 그거여. 그래 갖고는 인자, 그러게, 다짐을 했는디.

끝에 막둥이는 탈상에, 막둥이가 죽은다 그거이라. 그런게 막둥이가 뭐라고 그런가 허므는, 뭐, 훼씨훼씨해서.

"그냥, 죽어도 좋으니까, 나는, 삼, 삼대 정승 자리를 씰란다."

죽어서 그냥 자빠져 있으믄, 그냥, 지 손으로 그냥, 천곽을 내 갖고는. 즈그 어매를 갖다 딱 써브렀어. 근게, 즈그, 즈그 성들이 둘이, 못 이게. 그래 갖고, 파묻고 내려와 갖고는.

아, 이거, 도사, 밥을 줘야것는디. 즈그도 배도 고프고. 아, 이거, 뭐, 뭐 쌀이 있어야 밥을 해 먹제. 암것도 없단 말이여. 그래 갖고는 거그서. 맨 낮으로 중이 뭐라 그러까, 나는 볼일을 다 봤인게. 간다고 그럼, 나서브렀어. 아, 사립 밖에 딱 정성을 허고 난게로, 아, 일, 일, 온대 간대 없어 져브러.

그래 갖고는, 산디. 그래서 인자, 즈그 행수(형수)들 둘이 어띠게 딱, 품 팔이를 해 갖고. 목구멍에 풀칠을 허고 산디. 샘행제. 아, 첫, 첫 해 소상이 돌아왔는디. 소상이 돌아와서 인자, 참, 지사(제사)라고, 여그를,

옛날에는, 그, 여그를 보통 많이 지켰거든요. 요, 욱에가 음식을 몇 가지 놓고는. 제사를 지낸다. 아, 그, 도사 허는 말이. 즈그, 큰 사램이, 큰 아들이, 맥없이 용우문 밖에서 나오들 못 허고.

"아이고 배야."

험서. 팍 그냥 쓸어지드래. 그래 갖고 죽어브렀단 말이여. 소상에. 하,

이거 참. 근게, 인자, 둘이 인자, 행제 분이 있고, 즈그 형수들 둘 허고 인자, 산디. 아, 또, 어찌, 어찌게 혀 갖고, 그 이듬해. 지사가(제사가) 돌아왔는디. 중상이 돌아왔는디. 아, 지사를 모신디. 똑, 그 시에, 뭐, 똑, 그 시에. 즈그 둘째 성이 또 죽어브렀단 말이여.

아, 둘 다 죽어블고, 막둥, 막둥이 혼자 남았는디. 즈그 형수들, 싯, 둘허고. 서이, 세 식구 인자 산디. 한, 육 개월 지난 후에. 즈그 형수들이 뭐라고 근고 허므는.

"아자씨, 저, 삼촌. 우리가 노자는 많이는 못 장만했지마는 다소 몇 푼장만했는게. 요놈을 가지고, 거처 없이 객지를 가서, 거지 행동을 해 갖고, 밥을, 문전걸식을 해서 얻어먹고 지내믄. 혹시 그런 시를 피할 수가 있다오, 런 말이 있소. 아, 그러니까, 부디 우리 걱정은 말고. 가시라고."

그런게로. 아, 이 사램이 그냥, 천부당만부당 허지. 안 간다고. 그러이놈이, 즈그 형수들이 자꾸 권해 갖고는. 가게 됐단 말이여. 가섬 인자, 거주 성명허고, 돈, 노자, 몇 푼, 고놈, 즈그 형수가 준 놈 가지고 나가브렀어.

근게, 거처 없이 나갔지. 누가 오란 디도 없고. 참, 문전걸식을 험서, 얻어 먹음섬, 간단 말이여. 아, 아, 거, 어디를 가니까. 부락이, 큰 부락이, 기와집이 꽉 들어찼는디. 말허자믄, 부자 부락이란 말이여. 근디 사람이 왔다 갔다 왔다 갔다 야단이드래.

'그래, 아, 이거, 암만, 그, 저, 여그 무신, 잔치가 있거나, 뭣이 있는게 그냥, 내가 그리로 가야것다.' 찾아서 가보니까. 결혼식을 헌디. 결혼식을 헌디, 양가가 돈도 많을 뿐 아니라, 다 벼실자리, 집안인디. 결혼식을 허드래.

그래서 들어가 갖고는. 에, 거지 행동을 허고 들어가는게, 들어가 갖고는. 술도 많이 묵고, 밥도 많이 묵고. 배가 부르게 몽땅 묵었어. 묵고는. 아, 술, 술이 취해 갖고 떨어져 브렀는디. 마당가상에 소 맨, 뒤엄 밭에가 드러눴던 모냥이여.

거, 드러누워 갖고, 으실으실 춥고. 술도 깨고 어찌고 허니, 눈을 떠 본 게. 아, 하늘이 별만 총총허네. 아뜩허다 싶어서. 그 집을 그냥 나왔어. 나와 갖고, 밤에 인자, 어디 또 가지.

가니까, 이 칸으로 초당을 깨끔허니 지어놨는디. 불을 빼꼼허니 써 났거든. 옛날에는 전기도 없고 촛불을 써 났드라네. 가서 문을 탁탁 뚜드린 게로. 아무도 없어.

그래 갖고 문을 퍼떡 연게로. 불만 써 났지, 사람도, 아무 것도 없어. 그래서 이 사램이. 들어감서, 자기 옷을 착 벗어서, 뚤뚤 뭉쳐 갖고, 밑에다, 마루 밑에다 쳐 여블고는 들어갔어.

들어가서 대차 보니까, 좋은 이브자리도 있고. 그래서 인자, 이브자리를 깔고 덮고. 뭐, 드러 누웠인게. 아, 이거 잠을 잘라니, 잠도 안 오고. 얼매, 그, 있은게. 배깥에서 여자가, 여자 소리를 헌다.

"아이구, 나, 어머니 기다리다, 사람 죽것소. 기다리다, 기다리다 못 기다리고, 내가 시방 어머니 집을 찾아 왔소. 꼭 어머니헌테 헐 말이 있는디."

그게 그날 신부라. 결혼 헌 신부라. 아, 문을 펄탁 열고 들어오거든. 아, 근게, 즈그, 즈그 어매는 없고. 아, 근게 이 사램이 뭐라 그므는. 남자 그 사램이 뭐라고 헌고 허므는. 여자 소리를 험서.

"아이고 내가 갈란다. 맴이 안 좋아서 시방 못 가고 있다고."

그러게 여자 소리를 헌게로. 아, 펄떡 문을 열고 들어오니까. 딱, 푹득이라고, 잡, 보듬아 브렀어. 아, 이거, 그래 갖고는. 둘이 거그서 동품을 허고는. 남자가 죽어브렀어.

그 시라, 꼭. 즈그 어매 탈상 시라. 탈상 시라. 아, 근게 이 사람이, 신부가, 시상에, 오늘 아무 씨허고, 나허고, 결혼을 했는디. 그 사람허고 나 허고는 결혼을 했지마는,

잠을 자지 않고, 살은, 살은 섞지 안 했다. 이 사램허고는, 이래 갖고는. 그나저나, 동냥치고, 거지고, 살을 섞어 갖고 이렇게 죽어브렀시니. 근게, 대인, 딸이라 논게, 배운 것도 많고. 그, 분명히 이것이 내 남편이다. 머리를 풀고, 거그서 곡을 허고 있어. 신부가.

그래 인자, 모른 사람 겉으믄, 알듯 못 허게 가쁠믄 고만인디. 배운 것이 많고, 근게로 그랬는가 몰라도. 머리를 풀고 곡을 허고 앉것인게. 아, 즈그 집에서는 야단 벅구가 나쁘렀는디. 아, 첫날 저녁에 신부가 어디로 도망을 내빼브렀으니. 야단 굿이 안 나거여.

삼사메를 다 메고, 그래야 즈그 집을 왔단 말이여. 그래, 어떤 굿을 했는고이는. 즈그 유모는 딸네 집을 돌아서 간다가 있고. 질이, 지게, 질이 옹삭헌데는, 바로 온디가, 질이 옹삭헌디, 고리 오는데. 즈그 딸은 질게 오고, 즈그 유모는 돌아서 간게. 서로 길이 엇갈려 브렀어.

엇갈려 갖고, 서로, 그리 됐는디. 아, 그래 갖고는 인자, 즈그 집이서, 즈그 오래비들이 그냥 나서 갖고는. 막 삼사맥을 다 내고. 그, 그 집이 뭔 집인고 허므는. 유모를 정해 갖고, 공부시킨 초댕이라. 그 신부. 아, 즈그 오빠들이 둘이, 거그를 와보니께.

아, 즈그 동생이, 결혼을 헌 동생이, 머리를 풀고 곡을 허고 앉것거든. 아, 이거, 이, 참. 요, 어지게 해야 좋을 일인고, 참. 말이 안 나온단 말이여. 그래서 사실, 물었어.

"사실, 이 어찐 된 것이냐, 어찌 된 것이냐, 인제, 얘기해 봐라."

근게, 사실대로 이야그를 했어. 그래 그냥 가쁠어. 즈그 집으로 가쁠었는디. 즈그 매재, 모도, 동서, 뭐, 여럿이나 델꼬. 술상을 채려 놓고. 신부는 없지마는,

"나가 좌중에 얘기를 한 자리 할테니께, 내 말이 그른가, 옳은가, 누구 얘기 헐 사람, 얘기를 한 번 해 봐라. 그런게 연전에 어디, 대감허고, 어디 대감허고 결혼식을 했는디, 아들이. 아, 첫날 저녁에 신부가 어디로 도망

을 내쁘렀어. 그래 갖고 사실, 이러고, 이러고 헌 일이 있는디. 그 일을 어
뜨게 했으믄 좋것냐."

근게로.

"결혼한 그 사람허고는, 결혼만 했지마는. 잠은 자지 않고, 이 순전에
알도 못허는 거지허고는 잠을 자고 죽으브러 논게로. 그 일을 어뜨게 했
으믄 좋것냐."

헌게로. 얘기를 한 번 해보라 헌게로. 신랭이 뿔떡 일어나드니, 그냥
말을 그냥, 탁, 그러게 메고, 막, 마부허고, 저, 말을 타고, 들고 도망을
해브러.

'암만 해도 이 집은 무신 일이 났구나.'

그러고는 그냥, 가브러. 가 갖고는 인자, 가쁘렀는디. 아, 이거, 초상을
쳐야 것는디. 삼일 초상을 친다. 돈이 있고는 본게, 거드렇게 차렸던 모냥
이여.

아, 글아나나, 이놈을 초상을 쳐서, 갖다 묻어브렀는디. 어데 산 줄이나
알고, 성명 이름, 거를 알아야 것는디. 여, 알 도리가 없어.

아, 그래서 삼사구들, 그 초당에, 즈그 딸 공부헌, 초당에를 가서 상사
굿을 멘게. 아니, 웬 시커먼 옷, 옷 뭉탱이가 하나 있어요. 그거 피 본게
로. 거주 성명허고, 노잣돈허고 있드라네.

주머니에다 딱 담아 놨어. 보니게, 아무디 아무디 사는디, 성은 뭐이고,
이름은 뭐이다. 거, 거주성명이 딱 적혔어. 근게 인자, 알았단 말이야. 알
고는, 즈그 집을 와 갖고. 산디, 그놈이 초상은 쳐, 삼일 초상은 쳐 블고.
산디.

아, 이거, 즈그 동생을 보내야 것는디, 시가로. [제보자 웃는다.] 보내야
것는디. 대차 돈은 많이 있다 손이. 막, 저, 사람이 수~ 십 명이 가구에,
전부 짐을 메 갖고. 즈그 동생은 사인귀(사인교), 옛날에는 사인귀라고.

너이(넷), 가매(가마)를 너이, 너이 들고 갔어. 앞에 둘, 뒤에 둘, 너이.

사인교를 딱 태우고. 주소만 갖고, 그놈만 갖고, 가네. 근게, 뒤에 말허자 믄, 짐 진 사램들만도 수~ 십 명이라.

거그를 물어서, 물어서 찾아간다. 대차, 요런 부락이 하나 떡 나슨디. 거가 가서 첫, 들어가서, 누 보고 물으니까. 저~리 돌아가서 저~짝에 한 쪽 길다리, 그, 오두막집이, 그 집이 기다고, 그래.

그래서 가매를 미고는 거그를 들어갔어. 아, 들어간게, 요, 과수들 둘이. 말허자믄, 즈그 형수들, 둘. 아이고, 우리 집안이라고 막, 미드라네, 그냥. 가메를 탁 때리면서. 막, 끄어라, 어째라 허고. 그냥, 소리를 험서, 옛날, 거, 저, 역군들이. 소리를 허거든요, 가메를 메고.

딱 방문 앞에다 대 놓고는. 신부를 큰 방으로 들였디. 조그막허는, 오두막집인디. 거그서 과부들 둘이, 살아. 벌어먹고. 아, 인자 삼 동서가 전부 다 과부네.

전부가 과분디. 물으니까, 즈그 시아재가 틀림없거든. 즈그 삼촌이 틀림없어. 그런게 말허자믄 삼행제 분이 다 죽었지. 다 죽었는디, 하, 서이 그냥, 참, 일을 부락으로, 남의 품팔이를 허고, 어째 갖고는. 아 착착 쟁여놓고, 쓸 놈도 팔어다 쟁여놓고. 재밌게 산단 말이여, 서이. 삼 동서가.

아, 산다. 인자 온 새 동서가. 막둥이 동서가. 배가 빼짝빼짝 불러 오드래. 거, 일곱 달이 되니께. 배가 이렇게 막 만삭이 되드래. 하, 이거, 둘이, 즈그 성님들 둘이. 돈을 벌어서, 어뜨게 벌든지 좌우간, 몇 가닥, 미역가닥이라도 사다 놓고, 쌀이라도 몇 말 팔아다 놓고. 그래야 헐 거인디.

그걸 생각고는, 인자, 즈그 둘이는 죽고 살고 일을 헌다. 넘의 품을 허고. 가다 밭을 맨다, 논을 맨다. 품을 들어 갖고, 돈을 벌어서 가져와 갖고는. 아, 미역도 많이 사다, 딱 걸어놓고, 식량도 팔아다 딱 갖다 쟁여 놓고. 아, 근디 요리, 그냥 배가 빼짝빼짝 불러 온디. 하로(하루) 산고가 든단 말이여. 산고가 든디,

"아이고 배야." 허고. 새로 온 신부가 드러 누웠는디. 즈그 성님들 둘이

딱 허니 이러고 있지. 한참을 돌리더니, 애기를 하나 푹 난디 본게, 머이 마라. 하따 그냥, 큰 동서가 더럭 안으면서, 아, 이거 내 애기라고 험서.

그런게 즈그 성님들 둘도 생산를 못 했어, 자식을 못 뒀어. 덜컥 보듬어, 보듬고 가서, 이건 내 새끼라고, 그러고. 아, 쪼금 있은게, 또 하나 푹 낳드래.

그래, 둘째 동서가 가서 댕금 보듬고 와서, 아, 이거, 이거 내 새끼라고. 아, 그래 갖고 끝에 가서 하나 낳는디. 삼태를 했단 말이여, 삼태. 삼태 를 했어.

머이마(사내아이) 삼태를 했어. 머이마 삼태를 해 갖고는 산디. 참 재밌 제. 자손 없는 집안에 막내 동서가 들어와 갖고는. 머이마 셋이를 나 논게 로, 참 재밌어.

아, 임마, 거, 죽고 살고 막 벌어서, 그냥. 즈그 어매, 막내 동서를 가만 히 앉혀 갖고 믹인다. 어찌게 고맙고, 그래서. 아, 이놈들이 여~리 커서 자라난다. 뭐, 재쟁부리도 않고 잘~ 큰단 말이여.

근디, 서당에 가서 한문 공부를 시겨, 한문 공부, 공부를 시긴디. 하늘 천 허믄, 따 지. 높을 고 허믄, 달 월. 아, 이놈들이 몇을 알아블드래. 그 래, 시 놈들 다, 머리가 아주, 뭐, 참, 그렇게 좋을 수가 없단 말이여.

그래 갖고 하는디. 아, 이놈들이 요~리 자라나 갖고는. 삼대, 세 놈들 이 다, 정승 벼실을 타 갖고는, 산디, 즈그, 즈그 아부지 즈그, 거시기는 다 죽고 없지마는. 아, 고놈들 서이 나 갖고는. 그냥 그 집안이 그냥, 말도 못 허게. 아, 정승이 서이나 시기고, 뭐. 삼정승. 그래 갖고 잘 지내드란 말이여.

유풍천 집안의 보물

자료코드 : 06_04_FOT_20090703_SJH_JWC_0002
조사장소 : 전라남도 구례군 구례읍 봉서리 동산마을 1573번지 동산마을회관
조사일시 : 2009.7.3
조 사 자 : 송진한, 서해숙, 이옥희, 편성철, 임세경, 김자현
제 보 자 : 정원창, 남, 89세
구연상황 : 정원창이 유풍천의 보물이라며 다음의 이야기를 시작했다. 지난 2월 조사 때
들은 이야기였으나 내용이 축약되어 있어서 이에 실었다.
줄 거 리 : 유풍천 집안에는 저장지, 통영갓, 가야금, 북 등 네 가지가 보물로 전해 내려
온다는 이야기이다.

　토지면 오미리, 거, 풍천, 고 얘기를 내가 했는디. 그 집이 보물이 지금
꺼지 있어요. 보물이 시방도 진열돼 갖고 있어. 그 보물이 뭔 보물인고 허
므는. 고 앞에 농사도 많이 짓고, 머심을 싯(셋) 썩을 뒀고.

　옛날에 살았어요. 산디. 그 부락에 물을, 뭔 물을 먹는고 허므는. 저 문
수산에서 나온 물을, 보따락으로, 잡아도라 해 갖고 그 물을 먹고. 삼동이
나 여름이나.

　그런디, 하루 아칙에 머심들 서이. 장곤으로 물을 찔어다가(길어다가),
저장디에 갖다 부스믄. 그런게, 크제, 저장지가. 삼동이믄 따시고, 여름이
믄 시원허고. 그거이 보물이란 말이여. 그 보물이여.

　그러고. 준필이 옛날에 축지법 헐 때에, 서울 다닐 때에. 통양 갓이라
고. 보통 여달(여덟) 자 방에는 둘이 앉거서, 인사를 잘 못 헐 정도라. 그
갓이 그만치 커요. 요러쿠 냉이. 갓 냉이 오로코 큰디. 고거이 있고.

　자기가 갖고 놀던 가야금. 가야금이 있고. 북. 고장 친 북. 북이 있고
그런디. 거, 보물을 와서 팔어라 해도 안 팔고. 꼭 진열을 허고 있드고 그
러드니, 시방 어찌 됐는가 모르것구만.

　그런디. 그 집을, 하늘에 구름이 져 갖고 비가 오고, 뇌성벽락 할 때는
혼자는 절대 집 뒤를 못 돌아갔어요. 어뜨게 집이 웅장허고 꽉 참, 사람이

쐬여 갖고. 혼자는 무서서 돌아가들 못 해.

강감찬의 비범함

자료코드 : 06_04_FOT_20090703_SJH_JWC_0003
조사장소 : 전라남도 구례군 구례읍 봉서리 동산마을 1573번지 동산마을회관
조사일시 : 2009.7.3
조 사 자 : 송진한, 서해숙, 이옥희, 편성철, 임세경, 김자현
제 보 자 : 정원창, 남, 89세
구연상황 : 오전에서 조사를 마치고 유산각에서 정원창, 정원봉 제보자들과 함께 점심을
          먹고 휴식을 취하였다. 한참 지나서 제보자가 이야기가 생각난 듯 자리에 앉
          자 바로 이야기를 시작했다. 이 역시 지난 조사 때 들은 이야기였으나 더 구
          체적으로 묘사하고 있어서 이에 실었다.
줄 거 리 : 강감찬으로 인해 동해에는 모기가 없고, 나발목에는 여울소리가 나지 않는다.
          또한 강감찬이 번개를 분질렀다는 이야기이다.

강감찬이라고 헌 양반이, 싯이 있었는디. 그이가 구례를 와 갖고. 저
동해부락이라고 있어요, 동해부락. 역전에서, 구례 역전에서 좌로 쭉 내
려가믄.

저 강 건네 동해부락이라고 있는디. 거그서 자게 됐는디. 날이 저물어
서 거그서 자게 됐는디. 아, 여름인디, 어쨌든가, 드러눠잔디, 어뜨게 모그
가, 모기가 달라들고, 물어 뜯어싸서 못 살, 못 자것거든. 근게, 그이가.
설소리를 허는 것이.

"아, 이놈들아 사람 많은디 가서 좀 뜯, 뜯어 먹어라. 여, 동네도, 부
락도 몇 호 되도 안 헌디. 쪼간헌 부락에 사람을 그렇게 못 전디게 뜯어
묵냐."

아, 그런게로. 딱 모그가 그쳐블드래. 통 안 달라들어. 말 한마디 헌디.
아, 그런디. 거 나발맥이라고. 이, 강물이 사까가 이렇게 저 갖고, 자갈이

있어 갖고, 내려가믄 물소리가 나. 물소리가 나.

물소리가 나 갖고 어뜨게, 개울에서 물소리가 나고 세게 나고 그런게로. 잼이 안 오거든.

"거, 물소리를 너무나, 낸게로 잠을 못 자것다. 물소리 그치라."

아, 근게, 말 끝나자, 소, 물소리가 딱 그쳐브렀어. 그래 갖고 오늘날꺼지 동해부락이라고 헌디가. 모그가 없어, 모기가 없어. 모기가 없고, 거, 나발목이란 여울에 물소리가 안 나.

이. 나발목. (조사자 : 나발목.) 이. 나발목이라고 그러거든. 그래 아마, 말 두 마디에, 모기도 없고, 강물에 물소리도 안 나고. 그랬는디. 어디를 가니라고 가니까.

아, 기냥 난데없이, 기냥, 구름이 기냥, 소내기 구름이 있어 갖고는, 막, 소내기 구름이 떨어지듬. 뇌성벽락을 허고, 막, 번갯불이 번쩍번쩍. 벼락을 때려 쌌고.

옛날에 벼락을 어서 젤 잘 받냐믄. 요런 정자 밑에 나무 밑이. 저~ 외밭에나, 수박 밭에나 연도막(원두막). 그런 디를 벼락을 잘 때리거든. 시방도 벼락, 더러 때리긴 때린디, 옛날에는 벼락이 어찌 심헌지. 사램이 많이 죽고 그런게.

에라 이놈의 거. 벼락을 방지를 해야것다. 이 사램이 어떤 소리를 헌고 허믄. 옷을 활딱 벗고, 샘이 고징이가 딱 올라서 갖고는. 서숙목에를 항문에다 딱 꽂고 쪼그리고 앉것인게.

그냥 번갯불이 번뜩, 번뜩, 번뜩, 번뜩, 번갯불이 야단이여. 막 뇌성을 때리고, 그냥. 샘에다 똥을, 똥을 눈다고. 하느님이 벼락을 때릴라고 번갯불을 팍 때린게로. 번개 치믄 뇌성 울거든.

북할에 내려온 놈을 북할을 딱 잡아브렀어. 이 사램이. 북할을 딱 잡아갖고는. 쪼그려 앉것인게. 북할을 놔 도라고 막, 흔들거든. 아, 너, 북할을 안 놔주믄 허것다마는. 작신 뿐글아 갖고는 한 도막은 올려블고, 한 도막은 지가 가지고 가브러. 근게 지금 북할이 돈뱅이라 그러거든.

　돈박, 온, 온 놈이 아니고, 돈백이라 그래. (조사자 : 돈백이.) 그래, 옛날에는 그런 시님들이 왜 그리 쌨던 모냥이여. 시방도 영리허고, 그런 사램이 쌨지마는. 시님들이(스님들이) 옛날에는 많았어요.

묘자리 잘 쓴 총각과 호식 면한 처녀

자료코드 : 06_04_FOT_20090703_SJH_JWC_0004
조사장소 : 전라남도 구례군 구례읍 봉서리 동산마을 1573번지 동산마을회관
조사일시 : 2009.7.3
조 사 자 : 송진한, 서해숙, 이옥희, 편성철, 임세경, 김자현
제 보 자 : 정원창, 남, 89세
구연상황 : 앞서 강감찬 이야기를 끝내고 잠시 숨을 고른 후 바로 다음의 이야기를 시작했다. 청중들이 이야기에 쉽게 몰입할 수 있도록 이야기의 상황 묘사가 구체적이면서 흥미롭다.
줄 거 리 : 남의 집 고용살이를 하면서 홀어머니를 모시고 사는 총각이 우연히 명당자리를 발견한 뒤에 돌아가신 어머니를 그곳에 묻었다. 이후 곱사가 찾아와 하루 밤을 묵은 뒤에 그 총각과 백년가약을 맺었다. 곱사는 알고 보니 이진사의 딸로 호식을 면하기 위해 각처를 돌아다니다 총각을 만나 이후 행복하게 살았다는 이야기이다.

　그리고 한 사람은 어느 총객이, 팽상 늙어 장가도 못 가고 총각으로 있음섬, 즈그 어매하고 둘이 삼섬. 팽상 넘의 집만, 남의 고용살이만 허고 살아.

　그렇게 사램이 조금 한, 칠부쯤 되 논게. 모지랜게. 넘의 집 살이 허고 세경 받아 논 것이. 수차 많거든. 싫증도 모르고. 근게 그러고 산디.

　그래도 그렇게 멍청헌 사람에도 이 사람이 한 가지 지모가 있어. 뭐, 뭐인고 허므는, 즈그 어매가 죽으믄. 갖다 파 묻을디, 명당을 찾을라고 남의 집을 삼섬, 새북(새벽)으로 일어나 갖고, 뒷 산천을 확~ 잡아 돌아 갖

고, 돌아오고, 돌아오고 그런디.

한 간디를 가니게, 눈이, 겨울인디 눈이 새박눈이 헉허니 왔는디, 어디를 가니게, [대나무 잎이 쌓여 있는 모양을 그리며] 덕석한 댓닢가리, 요~만헌디가, 딴디는 눈이 있는디, 거가 눈이 없어.

근게 이 명청헌 사램이, 하, 이거, 이거, 이, 틀림없이 명당이구나. 눈와 갖고 눈 온디가 명당이라고 말은 듣고는. 거다 독으로 딱 표시를 해놓고. 통~ 입내도 내도 않고, 왔어.

와 갖고 남의 집이 삼섬(살면서), 일을 허고 인자, 삼섬. 저녁에 돌아와 갖고 즈그 어매 델로 가 갖고,

"인자, 어무이 그만 살고 죽소."

[제보자 웃는다.] 아, 그런게, 남은 할마니가,

"아, 이거 백 살 먹은 늙은이라도 죽으라믄 서럽다고 헌디. 항차 자식이 부모를 죽으라 해."

그래, 노음장을 깎 먹었어. 노음장을 깎 먹고는 병이 났어. 병이 나 갖고 즈그 어매가 죽어브렀네. (조사자 : 울화병이네요.)

아, 죽어브렀어. 그래 갖고 널도 못 허고, 대발 송장을 해서. 싸서 짊어지고, 자기가 짊어지고. 새북에 거그를 찾아 갔어. 돌 딱, 표시해 논 데를, 거그를 가 갖고.

찾아가 갖고는 천막을, 연장으로 파서. 팔라고, 판게. 웬 스, 선비들이 둘이 산을 타고 내려 오드래, 내려와 갖고 거따, 천곽을 파고 있는게. 딱 와서 앉고는. 말허자믄, 나라 국, 국필이라, 국풍.

그 사람들 둘이. 나라에서 내논 국필이라. 그래서 그 사람들이 살쩍이 쇠(나침반)를 빼낸 것을 본게로. 자리가 좋거든. 좋은게, 이 사램들이, 그, 그놈, 사람은 혼자 막 천곽을 막 파고서 야단인디. 허고 있는디. 그 사람 보고,

"여, 누구를 씰라고, 여그를 천곽을 내냐."

근게로.

"울 어매, 여가 갖다 놨다고."

그러드래.

"울 어머니를 씰라고(쓸려고) 근다고."

"그르믄, 우리가, 자마거는 잡아주믄 어떠거나."

근게, 작마고 뭐이고 필요없다고 그냥, 확~ 잡아 뜯들드래. 그래서 가만~히 거그, 사람들이 생각해본게. 좌우간 저 사램이, 거가 해리 뭔 내린고 허므는, 거북설(거북혈)인디.

거북설인디. 파 갖고 어디게 좌를 놓고, 어디게 시체를 연가, 그거를 인자, 볼라고 바래고 있는디. 아, 이 천곽을 딱 파서, 딱 제쳐놓고는. 즈그 어매를 들고 와 갖고. 아, 보통으로 요리 요렇게, 요가 우고, 여가 하딘.

요렇게 써야 헌디. 탁 엎어 갖고 거꾸로 씨더래, 거꾸로. 머리가 밑으로 내려오고 허고, 발이 욱으로 올라오게 허고. 거꾸로 탁 집어 여트래.

집어 여 갖고 흙으로 거그거그거그 해 갖고는. 봉분을 딱 씨고 가뻤드래. 그래서 그 사람들이 보니까, 거가 거북혈인디. 거북이, 물 묵고, 물 묵으로 내려온 혈인디. 아, 이놈이 그런 멍청이 겉은 놈이, 그러게 씨고 있드래,

좌우간 써댄 거이지. 그렇게 허라고 써댄 거이라. 그런게 맴이 씬게, 이렇게 쓴 거이라. 아, 그래 갖고는 국풍들이, 좌우간 기때는, 무릎팍을 침섬.

"우리가 수십 년을 나라 국풍으로 댕기도, 저런 놈은 첨 봤다." 허고,

둘이 인자 그러고는 가뻤른디. 그래 인자, 즈그 어매 초상 쳐뿔고, 지기 집에서 인자, 일을 허고, 넘의 집을 삼섬.

하루 저녁에, 저녁, 저녁 밥 때가 되얐는디. 왼 조~그막헌 꼽새가, 앞에도 꼽새, 뒤에도 꼽새, 여그도 불거지고, 뒤에도 불거지고, 그런 꼽새가. 보따리를 요~만히나 헌걸 하나, 치켜들고 들어오드래.

들어와 갖고, 이 총각은, 안에 솥이서, 물을 끓이서, 소죽을, 소, 소죽을 끓여 갖고, 소죽을 퍼주고. 근디 와서 불믄, 해야~, 해야~, 허고, 부엌 앞에 쪼그리고 앉것네.

근게 이 사램이 있다가, 아, 저녁 밥 때가 됐인게, 어디 뱁이라도 얻어 묵을라믄, 가라고, 근게로. 안 간다고 그래. 꼽새가. (조사자 : 예, 꼽사가.)

아, 이 놈의 꼽새가, 무신 놈의 꼽새가, 앞에도 불거지고, 뒤에도 불거지고, 양 꼽새라. (조사자 : 어뜨게 앞뒤로, 앞뒤로.) 안 간다고 그러드래.

"그 안 가믄 어떡허냐."

그런게.

"요 집이서, 한 솥 얻어 묵으믄, 그냥. 여그서 자고 간다고."

글드래. 아, 그럼섬. 뭐라그믄. 그날 저녁에 아마도 사랑방에 사랑군이 통, 안 왔드래. 사랑에, 사랑군들이 많이 온디. 안 온디, 가~만히 가서 저녁밥을 묵고, 생각해 본게. 잼이 안 오거든.

근게 뱆가테를(밖을) 나간게로. 부덕 앞에, 여가 여물 창이 있는디, 작두로 짚을 썰어서, 묻아논 여물 창이 있어. 아, 거그서 자드래. 꼽새가. 그래서 따독따독 깨와 갖고.

"오늘 저녁에 말고, 사랑군이 통 안 왔인게. 방에 들어와서, 윗목에서, 윗목에서 한 쪽에서 자고 가라고."

아, 근게, 대차 춥기는 허고. 그런게, 그, 방에를 들어갔어. 방에를 들어가서. 꼽새는 윗목에서 자고. 그 총각은, 어그래 총각은 아랫목에서 자고.

인자, 한 방에서. 잔게. 아, 이거 잼이 안 오거든, 총객이. (조사자 : 잠이 안 오죠.) 어린 총객이. 잼이 안 와. 잠을 못 자고, 가~만히 생각해본게. 잼이 안 오거든.

잔 철로(체로) 상궤를 들~들 그림섬. 또골또골또골또골 궁그러서 윗목으로 올라가 갖고. 발을 탁 들이민게로, 홱 뿌려뻗드래. 꼽새가. 뿌려블고, 뭐라 근고 허므는.

"자기는 남자요, 나는 여자여. 부동 칠세라고, 여자 뒤에서 손을 델까 허냐고."

아, 한 장 없이 나무래거든. 아, 근게 돌아 또굴또굴 굴러, 아랫목에 와서 딱 누웠는디. 거그서, 윗목에서 자고 있는디. 아이, 그래도 이거 잼이 안 오거든. [제보자 웃는다.]

그래도 잼이 안 온게. 또 몬자 맹이로, 요리 엎어 갖고, 또굴또굴 궁그러서 올라가 갖고는. 딱 들어가서, 다리를 요~리 들리민게. 기때는(그때는) 뽈딱 인다드니(일어나더니)

"당신허고 나허고는 천상, 천생연분이여. 연분이니까, 우리가 이럴 것이 아니라. 예를 지낼라믄, 배깥에 나가서, 개백 솥을, 큰 솥을 싹 씻고, 물을 하나 끓여다 붓어 갖고, 물을 디라고."

그드라고. 물을 디어 갖고, 통에다가, 쇠죽 통에다가, 찌끄러블고. 한 통 끓여서, 방으로 갖고 가고. 나마지는, 당신이 여그서 목욕을 허고, 정지(부엌)에서. 나는 방에서 목욕을 헌다고 그러네.

목욕을 딱 허고는. 예를 지내자고 글드래. 예를 지내자고 헌게.

"그 예를 지내믄 어뜨게 지내거이냐."

헌게. 가서, 살짹이 가서, 안에 가서, 정재에 가서, 상, 상을 하나 갖고 오라 글드래. 빈 상 하나를 가지고 와 갖고는. 찬 물 한 그릇 떠 놓고. 남자는 윗목에 시고, 여자는 아랫목에 서 갖고. 서로 예절, 예를 지냈어.

여자 시긴대로, 이, 총각이래는게 암것, 암것도 모린디. 여자가 전부 갈쳐 주거든. 어트게 어트게 허라고. 예를 딱 지내고는. 밤에 동지섣달 진진 밤이라도, 그 짓을 허고 난게. 뱀(밤)이 이식해 갖고는 아칙에(아침에) 재미가(잠이) 들어브렀네.

잼이 들었는디, 남자는 상투를 올리고, 여자는 머리를 올려, 낭자를 허고. 서로. 그래 갖고 인자, 잔 것이. 늦게 일어나브렀어. 늦잠이 들어브러서, 근게 인자, 안, 안 주인이, 대략은 짐작을 했어. 이, 대략은 짐작을 했어요, 그렇구나 허고.

그런께, 인자, 그 날 아칙에는, 없는 반찬도 더 걸게 장만해 갖고는. 밥을 해 갖고는, 겸상을 같이, 채려서 줄라고 허고 있는디. 아, 잼이 번뜩 깬게로. 날이 훤허게 새야쁘렀거든. 배깥에 나가 갖고, 마당비로 마당을 씰고 있은게.

상투가 이놈이, 옛날에는, 남자들도 머리를 전부 올려서, 요리 감아서, 징기거든. 상투를 요만하나 헌, 놈을 들여놨는디. 상투가 건들건들건들, 막, 마당을 씬게로. 그런게, 안 정재에 안주인이 죽것다고 웃거든. [제보자 웃는다.]

그래 갖고 인자, 아침밥 때가 돼서, 밥을 걸~게 해서 겸상에다 딱 차려서, 아래 사랑방으로, 그런게, 소문이 나 논게, 사랑군도 안 와. 둘이 겸상에다 밥을 차래 줘서, 딱 밥을 먹고.

아, 목욕을 헐 때. 여자는 방에서 목욕을 해, 허고, 남자는 배깥에서 목욕을 했는디. 아, 와서 보니게, 꼽새가, 어디가 꼽새여. 아~ 이러탄, 저, 미녀란 말이여. 옷을 싹 벗어브린게. 꼽새가 없어.

그래 갖고 인자, 내우에(내외가) 인자, 오두막집이서 산디. 그, 이듬해가 돌아와 갖고, 그 해 일 년을 또 채우고. 그 이듬해 또, 넘의 집을 살라고. 거슥헌게. 여자가 뭐라근고 허므는.

"아, 우리도 넘의 집을 그만 살고. 살림을 채려서, 살림을 한 번 해보자고."

글드라고. 여자가. 그런게, 여자 시긴대로만 해. 좌우간. 여자 시긴대로만 허는디. 둘이 인자, 잘~ 지내고 산디. 이 여자가, 처녀가 누군고 허므는. 지, 서울, 이진사 딸인디, 진사 딸인디. 여우게됐어(시집가다) 딸이. 과년이 차 갖고. 서울서, 이질 때.

아, 그런디. 중이 하루는 와 갖고, 사립 밖에서 목탁을 땅땅 때림서, 염불을 험섬, 있거든. 있은게, 큰 애기가 나왔어. 진사 딸이 나와서, 동냥을

주니까. 요리 휘딱 쳐다보더니,

"참 얼굴은 좋고, 배운 것도 많이 배우고, 그렇다마는."

그러고, 그, 군담을 허드래. 그렇다마는, 그러게. 근게 그것을 보통으로 안 알아듣고. 그 소리를 즈그 아버지한테 가서 까발쳤어.

"사실 이러고, 이러고 헌 중이, 목탁을 뚜드림서 염불을 허고 글기래, 동냥을 갖고 가서 준게. 나를 쳐다보고, 얼굴도 예쁘고 잘 생겼는디, 그렇다아, 말을, 꼬리가 이렇게 말을 헌단 말이여."

근게 진사가 그냥, 쫓아갔어. 쫓아가 본게, 아, 어디로 가뿔고 없어. 그 새. 일곱 우연이라. 어디로 가뿔고 없어. 그래서, 그 중을 찾을라고 막, 그 막을 다 뒤우고 본게, 어디가 간게 있드래. 이, 어디 간게 있어. 잡았어. 이, 잡아 갖고.

"아무녁에 우리집에 와서, 동냥 받아 감섬, 우리 딸이 동냥을 주니까. 동냥을 받고. 헌 말이 있지라우."

그런게.

"있다고."

그러드라고.

"그러믄, 그 뱅이를 어티게 했으믄 좋것냐." 헌게. 팔자가 호식할 팔자라. (조사자 : 호식.) 큰 애기가. 호식을 할 팔잔디.

"그러믄, 그, 호식을 헐 팔자를, 어티게 막을 수가 없냐"

그런게로. 한~참 생각 허드니. 잘~하믄 막을 수가 있다고 글드래.

"그러믄 어뜨게 했으믄 막것냐."

그런게.

"그런 사람은, 금을, 큰 놈 한 뭉탱이 주고. 돈도 주고, 해 갖고. 고놈을 보따리에 싸서 갖고, 옷을 헐벗게 거지를 맹글아 갖고. 객지를 돌아댕기믄. 거처 없이 객지를 가 갖고. 돌아댕기믄. 그 시간을 잘~허믄 피할 수가 있다."고 허드래. 호식헌 팔자 시간을. 그래서 즈그 아부지가, 딸 그거 하나 있는디, 근당게 어쩌꺼여, 딸을 살려야지. 딸을 금을 큰 놈 한 뭉탱이를 줬어. 주고, 돈도 주고, 해 갖고, 보따리에다 싸 짊어지고. 옷도 남루하게 입고, 꼽새 행동을 해 갖고, 나가쁘렀어.

아, 그래 갖고 인자, 그 사람허고. 참, 연분이 돼 갖고. 결혼을 해 갖고 산디. 그런게, 자식 낳고, 그대로 산디. 남자가 벌어 논 돈이. 세경이 많이 있고 근게로. 산, 잘 산다.

이 여자가, 그 죽은 날짜를 피해, 피해 갖고, 즈그 아버지 헌테로, 편지를 띄웠어. 편지. 옛날에는 전화도 없고, 전보도 없고. 편지를 띄워 갖고, 사실, 시골 아무디, 아무개 가서 내가 이러고, 이러고 시방 안 죽고 살았다고.

그런게 즈그 아부지가 어뜨케 맴이 좋아 갖고는. 쌀이고, 돈이고 그냥. 몇~ 짐을 그냥, 뒤에서 그냥, 싣고 내려와 브른디. 아, 하래 뜻밖에 보니까, 돈 뭐, 집을 맹이로, 뭐 수 십 명이 들어온디.

아, 그 집으로 들어오거든. 그 집으로 들어와 갖고는, 알고 보니까, 즈그 아버지가 그렇게 보냈어. 듬뿍. 보내 갖고, 오두막집, 그놈 없애블고. 좋은 기와집을 뚜드려 짓고, 참, 자식 낳고, 그렇게 행복허게 해서, 잘 살았다네.

그런게 그, 시가, 호식한 시간이. 잘 허믄 그 시만 피하믄 살 수 있다, 그거여. 그래 갖고 그대로 인자, 살았어. [조사자가 박수를 치며] (조사자 : 어르신 너무 재밌어요.)

근게, 꼽새가, 어디가 꼽새여. 목욕헌 뒤에, 들어와 본게, 이렇탄, 참 미인인디, 꼽새도 암 것도 없고, 근게 여다가 소케를 앞뒤에다, 소케를 여서.

몽쳐 갖고 옷을 입어논게. 앞에도 블거지고, 뒤에도 블거지고. 그, 금댕이 맹이는, 보따리다, 팽상, 싸서, 들고 댕깄제. 그래 갖고는 뭐, 그렇게 잘 살 수가 없드라고. 그러게다가, 연이, 다 연분이 따로 있어.

힘센 장사와 호랑이의 대결

자료코드 : 06_04_FOT_20090703_SJH_JWC_0005
조사장소 : 전라남도 구례군 구례읍 봉서리 동산마을 1573번지 동산마을회관
조사일시 : 2009.7.3
조 사 자 : 송진한, 서해숙, 이옥희, 편성철, 임세경, 김자현
제 보 자 : 정원창, 남, 89세
구연상황 : 앞서 '묘자리 잘 쓴 총각과 호식 면한 처녀' 이야기를 마치고 이어서 다음의
　　　　　 이야기를 구연했다.
줄 거 리 : 승주 세실에 사는 총각은 힘이 장사인데, 어느 날 호랑이가 죽은 사람을 가
　　　　　 지고 논다는 동네 청년의 말을 듣고, 호랑이와 대결하여 죽은 사람을 데려와
　　　　　 서 묻어주었다는 이야기이다.

　그러고 저, 지금, 저, 저, 이, 봉산이라고 헌다. 봉 맹이로 생겨 갖고, 봉
산이라고 이름을 지어 놨는디. [손으로 봉산을 가르키며] 저 시방, 짤룩
헌디, 저가, 절이, 절이 있어.

　거가 절이 있어, 옛날부텀섬. 절이 있는디. 강독을 허고, 그 사램이, 여,
승, 승주군. 세실이라고 헌 동네서 산다. 심(힘)이 장사라, 힘이 장산디. 세
실서 산다.

　봄에, 농사 지을라고, 산에 가서 풀을 뜯는디. 풀을 뜯는디. 아, 집이가
있은게. 동네 청년들이, 둘이 쫓아와 갖고는,

　"아이고, 사람 좀 살려도라고."

　그러드래.

　"그러요, 뭔 일이, 그런 일이 있냐."

　그런게. 아무디 가서, 풀을 뜯은게. 묏이 있는디. 묏부락 안에서. 총각을
잡아 갖고, 호랑이가. 잡아 갖고, 발로 훅 떤졌다가, 착 받고. 이런 짓을
허드래. 호랭가. 그래, 어뜨게 죽었든지. 인자, 지 밥에가, 딱 이래 논게,
그런 거인디. 아, 그래 갖고 와서, 말도 못 허고, 막 얘기를 허드라네.

　"당신은, 쫓아가믄, 그 호랑이를, 기운이 쎈게, 잘 허믄 잡을 수가 있고.

총각을 뺏을 수가 있다."

그래, 이 사람이 그냥, 큰~ 장둥이 낫을 들고는, 그냥, 들고, 쫓아갔어, 거그를. 아, 쫓아가니까. [호랑이의 행동을 흉내내며] 총각을 앞발로 훅~ 떤졌다가. 착 받고. 그 손으로 그래, 놀리드래. 묏부락 안에서.

기, 이, 사램이 쫓아가서. [장사와 호랑이의 행동을 흉내내며] 총각 다리를 잡았어. 다리를 잡고. 저놈은 총각을 몸을 딱, 두 발로 싸고 있고. 밑에 가서 다리를 잡았어. 다리를 잡아서 끌어 댕긴다. 저 놈이 호랑이가, 꼭 안 놓드래. 그래 갖고는 거그서 그냥, 막 두잽이를 허고, 그냥, 호랭이 허고 두잽이를 허고. 어뜨케나 총각을 뺏을라고 그냥, 헌다.

총각은 인자, 잡혀 갖고 죽어브렀는디. 이미 죽어브렀는디. 뺏을라고, 막, 밑으로, 다리를 잡아 갖고 끄고. 저 놈은 안, 안 뺏길라고 그러고. 발, 발에가 딱 여 논게. 그래 갖고는 결국. 총각을 뺏았어.

총각을 뺏아도 총각은 죽었거든. 죽어 갖고, 동네로 데, 끄집고 와 갖고는. 총각을 갖다 파 묻어브고. 어~뜨게 몸서리가 나든지. 순천 세실서, 살다가, 요리 이사를 왔어. 구례로. [손가락으로 봉산을 가르키며]

이사를 와 갖고, 요, 봉산에. 중으로 왔어, 중. 중으로 와 갖고. 산다. 저가 기때는(그때는), 뭐, 시방, 수도가 있고 그렇지마는, 시방은.그 전에는 뭐, 수도가 있어, 뭐 있어. 샘이를(우물을) 판다.

저 짜숙이 밑에가, 시방, 저가, 절인디. 고 밑에 내려와 갖고는. 샘이를 판다. 수~ 백질을, 혼자 샘이를 팠어. 그런 사람이라. 그래 갖고 기운이 장사라. 기운이 장사여 갖고. 그 샘이를 파 갖고. 물을 묵고 지냈거든.

근디 시방은 인자, 수도가 올라가재마는. 그래 갖고는. 그 영갬이 죽었구만. 나이 많아 갖고 죽었는디.

도깨비 덕에 재물과 처녀 얻은 이서구

자료코드 : 06_04_FOT_20090703_SJH_JWC_0006
조사장소 : 전라남도 구례군 구례읍 봉서리 동산마을 1573번지 동산마을회관
조사일시 : 2009.7.3
조 사 자 : 송진한, 서해숙, 이옥희, 편성철, 임세경, 김자현
제 보 자 : 정원창, 남, 89세
구연상황 : 다시 옛날을 회고하듯 제보자는 앞서 여순사건에 관한 이야기를 10여 분 동
안 구연했다. 이 이야기가 끝나자 조사자는 제보자에게 용궁에 관한 이야기나
귀신, 도깨비에 관한 이야기를 해달라고 하자 그는 이서구와 관련된 이야기를
시작했다. 정원봉 제보자가 구례장에 가고 없는 사이 혼자서 이야기를 하느라
무척 피곤해보였다. 아래 이야기는 2월 조사 당시 정원봉 제보자에게서 들었
으나 제보자가 다르고 이야기의 상황 묘사도 다르므로 여기에 실었다.
줄 거 리 : 이서구가 우연히 책을 주운 뒤에, 도깨비가 나타나 책을 돌려줄 것을 간청했
다. 이에 이서구가 쌀, 여자를 요구하니 도깨비가 모두 들어주었고, 이후에도
상사병에 걸린 처녀를 구해주고서 많은 선물을 받아 이서구는 부자가 되었다.
도깨비가 돌려 달라는 책은 바로 도깨비 호적부였다는 이야기이다.

아, 이서구씨가. 저런, 강이 있는디, 강을 건너서 공부를 댕긴디. 글을
배우러 댕긴디. 총각 때. 하리(하루)는 아침밥을 먹고. [조사자가 제보자에
게 음식을 건네주며 잠시 쉬었다 하기를 권한다.] 아침밥을 먹고, 책을 옆
구리에다 딱 찌고. 갱문을 나가니게, 강을 건넬라고. 갱문을 나가니게.

아, 웬 책이. 딱 펼쳐 갖고, 한 권이 빠졌드란 말이여. 냉금 주서 갖고
는. 보니까. 아, 이놈의 책을 어트게, 가려 놨던지, 뭣이 뭣인지도 모르고.
글도 아니고, 영어도 아니고. 얄라 지기 놨드래. 요리 열어 봐도, 평상 그
글이여.

그나저나 이놈을 딱 주서 옆구리다 찌고, 강을 건네 가 갖고, 공부를
허고, 건네 와 갖고. 즈그 집 와, 딱~ 앉것인게. 배깥에서 뭣이, 털퍽 소
리가 나드랑만.

이래 문을 살짝 열어본게. [도깨비 머리에 뿔이 난 모양을 보이며] 도

깨비란 놈이, 뿔따구가 양쪽에 요만허나 헌, 거시기 난 놈들이. 한 놈이와 갖고. 뚤방 밑에서 물팍을 꿇고 따북~이 절을 험섬.

"선생님 좀 보십시다." 허고 절을 허드래.

"그 웬 사램인고~"

근게로. 사실 이야그를 허드래.

"이만 저만 한, 구신인디. 선생님, 아무디서 착(책), 한 권 주신 일이 있지라오."

글드랑만. 아, 그 놈은 알고 말을 허드래. 그래서 거짓말도 못 허고, 그런 일이 있다근게로.

"그 착을 저를 돌려보내 주십시오. 그 착을 안돌려 주믄, 내가 죽소. 죽게 되얐으니, 나를 봐서 그 책을 돌려주십시오."

그래. 가만~히, 그 절을 물팍을 꿇고 절을 막 자~꾸 험섬. 그렇게 빌드랑만. 아, 그래서, 가만~히, 서, 이서구씨 그 양반이. 총각 시절인디. [제보자 앞에 있는 물을 한 모금 마신다.]

"선생님, 소원대로는 좌우간 해줄틴게, 책을 돌려 달라고."

그러는데,

"그래, 선생님 뭐이 제일 필요허요. 필요헌 것만 말씸 허믄 전부 돌려준다고."

그래, 가만히 생각해 본게. 그렇게 공부를 해서봄스로. 살림이 가난해 갖고, 밥도 제대로 먹지 못 허고. 공부를 댕긴디, 제~일 귀헌 것이 식량. 쌀이 제일 귀타고 그랬거든.

"내가 쌀이 젤 귀타(귀하다)."

"그 놈의 거 염려마십시오. 그만큼은 우리가 얼마든지 해줄틴게, 좌우간, 걱정말라마."

획, 허고 나가드래. 휘파람을 획~ 불드만, 확~ 나가. 나가드니, 조금~ 있은게. 나락 가마니가, 나락 몇 다리가, 옛날에는 몇 다리거든. 나락 몇 다리가 그냥, 막 들어산디. 집이서 그냥, 막 거시기를 모아 놓고는, 쌀을.

"식량 많이 갖고 왔습니다."

"거 어뜨케서, 어디 가서 이렇게 가져왔냐."

근게.

"우리 부하들을, 부하들이 몇 천 명인디. 부하들을 시게 갖고, 들에, 나락을 하나썩, 논에 떨어진 것을 전부 주서 갖고, 모타 갖고, 담아서, 갖고 왔다."

그래. 고맙다고 딱, 해놓고는. 아, 그러등만, 책을 돌려도라고, 자~꼬 사정을 헌게. 착을(책을) 안돌려 주고. 있인게.

"뭐이게 소원인고 허므는, 말씀을 허십시오. 그러믄, 선생님 소원대로 좌우간 해줄틴게."

말씀을 허라고. 그런게. 아, 그때 총각 시절인디. 말허자믄 여자가 필요 헐 때라. 그래서,

"나가 나이 몇 살인디. 결혼도 못 허고. 여자가 제일 필요허다."

그런게.

"아, 그리요. 걱정 마십시오."

그러고는 이놈이 그냥, 휘파락을 홱 불드만, 확, 떠나 가블드라네. 아, 나, 그게 얼만큼 있은게. 마당 와서 휘파람을 불고 탁 앉드니.

"선생님, 부인 될 사람을 데고 왔습니다."

그래. 아, 본게로, 일 안탄한, 미녀를 데고 왔드래. 데고 와 갖고는 이서구 그 양반허고, 그 여자허고 결혼을 해 갖고. 사, 그렇게 살드랑만. 그런디, 그놈의 책이 뭔 책인고 허므는. 도깨비 호적부드래, 호적부. 도깨비 호적부.

호적부를 그냥, 이놈이, 잊어뿌러 갖고. 그, 호적부를 잊어, 안 찾으믄, 큰 일, 일이 나게 생겼거든, 죽게 생겼거든, 지가. 그래 갖고는, 이서구, 이 양반이. 마누래, 좋은 마누래 얻었지. 식량 많이 갖다 줘서, 부자 됐지.

공부 잘 허지.

그런디, 강 건네 집이 한 채 있는디, 그 집에. 큰 애기가, 과~년찬 큰 애기가, 산다. 이서구 그 양반이, 평상, 그 사립 밖으로 지내가고 그런게. 그 큰 애기가 감섬 보고, 옴섬 보고, 봐.

큰 애기가 혼자, 짝사랑을 짓게 됐어. 말허자믄 본인 말도 듣도 않고. 그래 갖고, 이서구 그 양반이, 결혼을 했단 소리를 듣고는. 여자가, 큰 애기가 아파브렀어. 병이 나브렀어. 상사병이 나브렀어.

상상병이 나 갖고, 죽게 되얐어. 죽게 됐는디, 즈그 부모들이 살릴라고, 별별 짓을 다 해야, 못 살게 생겼어. 그러니까, 최후에 즈, 즈그 부모들이, 큰 애기 헌테 물었어.

"니가 뭣 땜에 그렇게 병이 났냐. 사실대로 이야그를 해 봐라. 죽기 전에."

그런게, 그 소리를 했어.

"거, 이서구 총각, 그 분을, 말도 듣도 않고 내가 짝사랑을 해 갖고는 병이 났다."

그래 갖고 상사병이 났단 말이여. 그래 즈그 부모가, 그 소리를 듣고는. 천상 이서구 그 양반을 즈그 집으로 모셔야 것는디. 이서구씨는 결혼을 했는디, 와 갖고는 그런 애기를 했어.

"사실 이러고, 이러고 해서, 우리 딸이, 과년찬 딸이 있는디. 딸이, 당신을 짝사랑을 해 갖고, 병이 나고, 상상병(상사병)이 걸렸다. 근게, 죽게 됐인게, 가서, 와 갖고, 폴목(팔목) 한 번만 잡아도라."

그래, 들고 사정을 해 갖고는. 근게, 이서구씨가 갔어. 글않으나, 사람을 살려야지. 살리 놓고 봐야지. 가서, 죽은, 들은, 아퍼서 드러누운 사람을 보고, 딱 해 갖고는. 폴목을 딱 잡고 쪼물쪼물해.

아, 그냥, 눈이 그냥, 번쩍 떠 블드래. 눈을 깜았던 눈을, 번뜩 떠 블드래. 그래 갖고, 그, 큰 애기가 병을 나사 갖고, 이서구 그 양반헌테, 선물을 참, 기가 맥히게 많은 선물을 허고.

그래 이서구씨는 도깨비가 갖다 준 식량, 마누래 갖다 준, 마누래. 거그서 갖고 온 선물. 아, 그냥 갑자기 부자가 돼야브렀어.

육이오 때 의용군으로 갔다가 집으로 오기까지

자료코드 : 06_04_MPN_20090220_SJH_LSR_0001
조사장소 : 전라남도 구례군 구례읍 봉서리 동산마을 1573번지 동산마을회관
조사일시 : 2009.2.20
조 사 자 : 송진한, 서해숙, 이옥희, 편성철, 임세경, 김자현
제 보 자 : 이승렬, 남, 78세
구연상황 : 앞서 정원창 제보자가 지리산 토벌 작전의 노무자로 참여한 이야기를 30여
분 동안 계속해서 이야기했다. 옆에서 이 이야기를 듣던 제보자도 옛일이 생
각난 듯 다음의 이야기를 차분히 구연했다.
줄 거 리 : 육이오 당시 의용군으로 갔다가 고향으로 돌아오기까지의 아슬아슬하고 어수
선한 상황을 이야기한 것이다.

육이오 때 나는, 나는, 내 동갑에 나 뱆이 그렇게 고생헌 사람 없어. 요
동네 내 동갑짜리가 그 때 여러 명 있었는디. 나만 그러고 댕겼어. 왜. 못
난이. 아부지가, 말허자믄, 야물들 못 헌 사람이라, 한 마디로 혀서. 그런
게 그 사람 자식만 보내고. 그런 식으로 나왔어.

그래 갖고 나만 그러고 댕겼어. 어찌게 나는, 그 지리산 노무자 가서,
그렇게 모래, 이 양반들이랑 고생을 혔제. 육이오 사변 나서, 의용군에 가
갖고.

저~ 경상도. (청중 : 인민군들 내려 왔을 때.) 함안 밑에까장 닷새 저녁
을 여그서, 화암사서 출발해 갖고, 걸어 내려가 갖고. 도망해서 인자. 거
가서 앞에 사람이 뚝뚝 끌을져븐게. (청중 : 화암사가 의용군.)

그런게. (청중 : 훈련소여, 훈련소.) 여그 있으믄 나는 죽것다 싶어서. 죽
어도 내 고향 가까이 가서 죽는다 해 갖고. 거그서 도망을 해 갖고. 옴시
로, 옴서 그, 중간에, 중간에 잽혀 갖고.

그 헌 얘기를 다 할라믄. 뭐, 하래 저녁 내 해도 다 못혀요. 그래 갖고 사흘 만에 고향에 저그, 집에를 왔는디. 낮에로 마냥 걸어서 온께로. (청중 : 근게 그른 전시게 가서.)

사흘 만에 들어왔는디. 여그 들어와 갖고. 동네 오믄 인자, 그 의용군 갔던 사램이 동네 왔네, 허믄. 그 말허자믄, 그때, 그, 부락, 말허자믄 그때 말로는, 간부, 민, 민화청이냐, 뭐. (청중 : 민청, 저.) 의용군.

인민군들, 그. (청중 : 민청단, 민청단.) 민청단인가 있고 (청중 : 민예총.) 민예총인가. 그 사람들헌테. (청중 : 뭐이냐믄. 지금으로 말허자믄, 경찰서.) 그 사람들헌티 찍혀 갖고 또, 붙잡혀 가까 싶어서.

저, 솔 무댕이, 그 묘에 가에서, 해가 안 넘어가서. 그 때 해가 아직 안, 안 어두워져서, 그 묏가에가 드러눴었구만. 드러눴다가, 거, 어두워져서 집에를 들어왔어요.

집에로 들어와 갖고. 집에 와서. 막 온게, 어머니, 아버지가 깜짝 놀래. 어찌게 됐냐고, 막. 그래, 그래 갖고, 거그서 저녁밥을 집이서 해서 먹고. 집이가 안 있고. 저~ 마우실 우리 이모 집으로 그냥, 밤에 고리 가쁘럿어.

말허자믄, 그, 탈 안 날라고. 그래 갖고 이모 집에 가서. 거그 가서 여~ 러날 거그서 인자, 넘의 집에 가서 인자, 넘의 집이지마는, 넘의 집 아니여. 거그 가서 밥을 공이 먹고. 거그서 만날 논 거이라.

아 근데, 하리(하루)는 강가에 가서 요리고 앉었는디. 무단히, 밥 먹고 인자 강가에 가서 앉었어. 앉었인게. 아 어떤 놈들이 싯이, 서이서, 하나는 쩔~뚝 쩔~뚝허고, 서이서 걸어 올라오드란 말이여. 올라오드니.

"여그서 곡성 쪽으로 갈라믄 어드로 가요."

그 말허자믄, 지금으로, 지금으로 말허믄, 지서, 지서겉은(지서 같은) 거를 안 거치고. 이렇게 갈 수 없냐고. 아 그래서 여그 마을이 거그, 거그서 섬진강을 건네 가야. 가 갖고 여그 저, 여, 여짝으로, 섬진강 오른쪽으로 히서 올라가믄 곡성으로 갈 수 있다고, 지서겉은데 안 거치고 갈 수 있다고.

아 그러믄 걸어간다고 그럼서. 아 한 사램이 날 보고 좀 업어서 건네도라 그래. 아 그래, 마을 숲 빨치, 뭐, 그, 순전히 그 때는 모래뿐, 모래땅 아니여. (청중 : 아, 그때는 많이 걸어 건넀지.)

아 그때는 항 걸어댕기지. 풀 뜯으러 댕기는 그 때. 그래 갖고 아 업고는 인자, 중간~만큼 왔는디, 아니 뭐 게자리가 있었는갑데. 아 풍 빠져 갖고, 나도 자빠져쁠고. 거 업힌 놈도 자빠져블고.

아 그 사람은 인자 다리에 총을 맞어 갖고. 총 맞은디 물 안 들어가게 헐라고, 날 보고 업어 건네도라 그랬는디. 아 그, 자빠져쁜게 어쩌거여. 그러더니. 그냥 에 참 어쩌고 그냥, 털털 털고 일어나서. 행, 갈란다고. 날 보고 가라 그러드라고.

아 그래 갖고 인자 거그서, 저, 그 사람들은 물에 빠져블고. 거 그 사람들은 말허자믄 십리 쪽으로 건네 갔지. 거 요러고 인자, 나는 마실서 며칠 있다가. 집이 와 갖고 아우실 있다가 인자, 집이를 왔어.

집이를 와 갖고 인자, 그, 우리집서 ○○○ 근게 그, 나랑 같이 의용군에 갔던 사램이, 누구도 오고, 누구도 오고, 와 갖고. 시방 동네 살고 있는디. 암시랑도 않드라.

근게 너도 오니라, 그래 갖고 인자, 집이를 왔어. 와 갖고, 하루 아칙에, 깔 베러 가니라고 인자 그, 망태 메고, 깔 베러 가서, 요렇게 본게. 아 저 그, 동망천 쪽에가 막, 먼지가 부~허데.

아 그래서 본게, 조금, 뭔 비행기가 떠. 막 오르르르, 정찰기가 올라오고. 막 탱크 부대가 그냥, 개미 줄 역삼 맹기로 올라와. 그래 갖고 인민군들이 다 쫓겨 올라갔어, 그때. (청중 : 그 때 진주 올 때로 요리 올라가고 저리 올라가고.)

지리산 토벌 작전에 동원된 노무자

자료코드 : 06_04_MPN_20090220_SJH_JWC_0001
조사장소 : 전라남도 구례군 구례읍 봉서리 동산마을 1573번지 동산마을회관
조사일시 : 2009.2.20
조 사 자 : 송진한, 서해숙, 이옥희, 편성철, 임세경, 김자현
제 보 자 : 정원창, 남, 89세
구연상황 : 오전부터 오후 늦게까지 정원창, 정원봉 제보자와의 조사가 계속되었다. 조사
          자가 마지막으로 지리산 빨치산에 대해 물으니 자신이 실제 겪은 일이라면서
          다음의 이야기를 구연했다. 이 이야기는 30여 분 동안 계속되었는데, 실제의
          상황을 보는 듯 묘사가 상세하고 구체적이었다.
줄 거 리 : 지리산 토벌 작전의 노무자로 동원되어 추위와 굶주림에 떨던 상황, 빨치산
          들이 아군에 죽임을 당하는 모습, 허기를 채우기 위해 쌀을 구걸하여 밥을 해
          먹었던 기억에 관한 것으로 결말이 없는 이야기이다.

[옆에 앉은 청중 둘을 가리키며] 요리 서이(셋이). 이거 꼭 죽을 사람들
이 시방 살았십니다. 죽을 사람들이. 이건 왜 이러냐 허므는 지리산 토벌
작전이. (조사자 : 아, 지리산 토벌 작전에 가셨어요, 예.) 지리산에 수어
사단이 토벌 작전에 들어간디.

기때 노무자로 서이 갔어. 서이서. 서이 갔는디. (청중 : 노무자는 너이
지(넷이), 원식이허고.) 오는 날짜가 빼짝빼짝 돌아온디. 기때 밥을 몇 끼를
굶어는고, 꼭 다섯 끄니 굶었십니다.

저~ 함양, 경상남도 함양. 지금이서, 경기선에서 눈이 어치게 많이 오
든지. [자신의 무릎 위를 양손으로 잡으며] 여까지 푹푹 빠진디. 아군들은
몬당으로만 추운게 지름이나 끓고 호로대를 축 퍼댔지.

그란디, 십육일이 되야 갖고, 귀대날짜가 되얐어요. 귀대 날짜가 되얐는
디. 우리 인솔자가, 뭐이냐, 오늘은 아저씨들 좋은 재료가 있은게 틀림없
이 오늘 집에 갑니다. 그런게 십육에 이렛세를 낯 한 번도 안 씻고 댕기
다가, [바닥의 눈을 집어 들어 얼굴을 닦아내는 시늉을 하며] 낯 씻는다고
눈 한 웅큼을 쥐어 갖고 덤퍽대고 눈을 씻고, 근게 손도 더디고, 낯도 더

디고. (청중 : 눈을 요리 요렇게, 요렇게.)

아, 그래 갖고, 올 기한이 딱 날짜가 돼서, 내려 온다. 대낮에, 낮에 아직 한 열시, 아홉시 내지 열시 경인디. 서이 내려온디, 기, 기때 거그를 감서. 일차에 갔다 온 사람들은 마을로 보니까. 수색대허고 선두허고 후미허고가 젤 위험허다고 그렇게 말을 허드래여. 일차에 갔다 온 사람들이.

그래서 그것을 딱 기억을 머리에다 넣고. 그렇게 됐는디. 아 대낮인디 어쩔란다냐고. 하도 좋아서. 내가 젤 앞에 선두 섰습니다. 선두 시고, 우리 이 무더기들 전부. (청중 : 내가 둘째 번이여.) 꼭 시고 내려 온다.

젤 후미가 누가 있는냐믄, 중대 부관이 있었어, 부관이. 환자들 둘이 총, 총 가지고 있고. 비아리를 찾고. 기때도 저 능선을 조리 돌아왔시믄 글 안 했을 거인디. 얼른 올라고.

함양서 화개로 막 빠진디. 기냥 꽂혀서 막 빠진단 말이여. 막 산중을 잡고, 눈이 와 논게. 그러고 잡고 내려온디. 아니 어떤 놈이 북방색 옷을 입었는디 앞에서 광을 백 낌서 서를 허드라고. 대낮에.

그래서 내가 앞에 서서 뭐라고 헌고허므는. 우리 전공대 노무자들이 아무개 보급지로 간다 근게로. 딱 쪼그려 앉거. 겨울날 온게, 아산이 잎 색이 싹 볏개 불고 눈은 혁허니 근게 확 눈이 ○○○ 한 이십 보, 한 이십 보 될꺼마는, 거리가. 아 그런게 요놈이 앞에 딱 쪼그려 앉더니. 막 쏴댄단 말이여.

쏴댄디 보통은 소총은 쏴댄 것이 아니라. (청중 : 조총, 거 많에, 조총.) 미국 뻬아리라고 있어요.. 시 발이(세 발이) 짜리. 요~만헌 거이 웍(위)에 달렸는디. 가이 막 이연발로 막 지대드라고. (청중 : 따발총이구만, 따발총.) 연발로 막 지대. (청중 : 뻬아리라고 있어, 뻬아리.)

그런게. (청중 : 뻬아리라고, 쟁반만 허단게.) 우리는 서이 이 사람허고 나하고 저 사람은 딴데로 인자 가 갖고, 이 사람허고 나하고 웍에 사람 하나하고 서이한테서 눈 속에가 팍 쓰러졌는디.

근게 총알이 요리 들어갔는가, 안 들어갔는가 그것도 모르고. 그냥 팍 씨러져브렀어. 이 중대 본관이, 뭐라고 헌고, 요라고 자빠져서 본게로. 꽘을 막 팬다근기 맘씨, 우리 아군이 가는디. 확실히 판단해 가지고 총을 쏘지, 총을 무조건 쏘냐.

그래도 썰데 없어. 개사서 막 연발을 지지댄디. 그렇게 막 애 떨어지게 있었던 맹키여. 반란군이구나. 그래 가지고 막 들고 기여. 들고 기여 넘어간다.

환자들, 그 병자들이 말이여. 번개라, 번개. 안 죽을라고. 아주 좌우간 죽는 목심이 제일 커. 그래서 우리는 서이 딱 떨어져브렀는디. 낙오가 돼브렀는디. 눈 속에서 이렇게 판 치고 있는디. 말도 못 허고. 말을 허믄 들킨게.

중대 부관이 정복을 타 갖고 한~ 번도 입도 않고, 나를 주드라고. 줘, 가지라고. 그러니 요놈을 요리 메고. 찔벅찔벅허고, 우리가 죽더래도 한 번 걸어보자. 그래도 바로 가믄 뵈고. 옆으로, 옆으로 돌았어.

옆으로 돈디, 요러고 뽁뽁 개미같이 긴다. 아니 이놈이 옷 보따리가 털렁털렁 있어. 아 벗어다 눈 속에다 픽 치워, 치게뿔고. 한~참 기었어. 옆으로. 기어서 간다. 잘 못 가믄 아군헌티 똑같히도 죽는 사람이 있어.

그래서 픽 주저 앉거 갖고는 여그서 정신을 좀 채리자. 그래 갖고는 눈을 한 웅큼 집어 갖고는 눈을 씩 씻어 뭉개고. 기때 그 이 사람들은 근게 그 나보다 한, ○○이제, 좀 어래. 아, 그런디. 저~ 능선에 아군이 불을 피워놓고 거그다 대기허고 있는디. 안 비게, 솔나무 밑으로, 솔나무 밑으로만 찾아서 올라간다.

아, 어떤 디는 눈이, [손으로 가슴정도에 선을 그으며] 요 정도에가 있어. 요리 근게 푹 빠지믄 요리 눈이. (청중 : 바람에 쐬이고, 쐬이고.) 근데 남 아니믄 절대 못 나와.

아 다섯 끄니 밥을 굶었제. [검지 손가락 하나를 들어 보이며] 심(힘)이라고는 요만치여. 근게 묵는단건 눈 뱎에 안 먹었어. 그래 갖고 아군들 숨어서, 숨어서 찾아 올라간게. 욱에서 총을 탁 받침서, 대낮에 뭐이냐고 글드라고. [양손을 들어 보이며]

우리는 손을 들고 올라갔어. 손을 들고. 서이 손을 들고 올라간게. 불을 딱, 능선에다 블고, 아군들이. 그래서 나 담배를 한 대씩 필라고 앉것은게 담배 것을 주었든가 안 줬든가.

그래서 내가. 내가 있다가, 우리 이중대를 찾아갈라믄, 미안허지만 한 분이 좀 나서서 우리를 좀 인도를 해 달라. 그런게. 고개를 끄덕끄덕 험서 뭐라고 그런고 허므는. 우리 아군들은 전부 능선에가 배치허고 있는게. 개나 일체 발사 대응을 안 헌다. 안 헌게, 안심허고.

아무디로 해서 아무디로 해서, 올라서 가믄, 이중대가 있다고 갈쳐줘요. 그래서 요런 모냥으로 올라가 갖고, 요리 수구리로, 수구리로 헌게로, 전부 기대서 불을 피워 놓고 이 사람들이랑 앉것어, 모두.

근게 우리 부락서 너이, 다섯이 갔던가. (청중 : 너이.) 너이 갔지. 원식이. 불을 피우고 내려다 본게, 이 사람도 앉것어. 감을 우에서 찔렀어. 휘딱 쳐다보드니, 막 엉엉 울음을 우네, 거그서, 인자. 울어.

금방 울고 여그 앉은 사람들이 얘기를 했는디. 부관 인솔자 모두 앉어서 얘기를 했는디. 그 사람들 싯은 틀림없이 납치를 갔다 이거여. 납치를 안 했으믄 죽었다고. 그런 얘기를 했다고 글드라고.

그 얘기 허고 있읍디여. 그래서 내려가 갖고는. 기때 전투가 벌어졌지. 올 때도. (청중 : 올 때가 아니라. 그래 갖고 우리가 올라와 갖고.) 올라와 갖고 그랬지.

아 불가에가 있는디. (청중 : 올라가 갖고 도로 그 전투를 찾아갔단게.) 우리 몇몇이 폭탄이, 박격포, 폭탄이 없인게. 가봐야 우리가 살지, 글 않으믄 전부 포위당해 전부 다 죽는다 그래.

근게 원식, 보드니 원식이 허고 나허고 나오라 그래. 이 사람들 놔두고.

(청중 : 우리, 우리는 어리거든.) 좀 어래. 기때 우리는 한참이라. 한참인디.
(청중 : 서른 칠팔 살 먹었은게.) 둘이 나오라 근게, 아, 안 나올 수가 있간
디. 폭탄을 묶으도 못 허고. 묶을 것도 없고, 끈맹키로. 한 앞에 열 개씩을
이렇게 깔창을 꼈어.

그래 갖고는 요렇게 스키를 타고. 밑으로 내려간다. (조사자 : 폭탄을 이
렇게 안구요.) 밑으로 내려서 본게. 박격포를 딱 채려놨는디. (청중 : 그것
이 뇌관만 건드리믄 터집니다.) 둘이 있어. 둘이 있고, 요, 욱에서 올라온
사람허고 서이라.

인자 군인들 셋허고, 원식이허고 나, 다섯이 거가 있는디. 근게 그놈을
얼른 갖다 줘뿔고. 갖다 준게 막 쏴대. 막 까여서. 잔뜩 쏴대. 그래서 우리
보고 귀를 막고 엎져 있어라. 그 얼른 와뿌렀으믄 괜찮을 거인디. 올라왔
으믄 괜찮을 거인디.

아 뭐땜에 거가 주저주저 해 있은게. 아군이 여, 갈통을 탁 맞아뿌렀네.
근게 아군의 실탄에 맞었는가, 적군의 실탄에 맞었는가. 관통을 해 갖고
뒤로 나가. 막 방한복으로 피가 푹푹푹 솟드라고.

근게 거그서 뭐라 그러냐믄 이 사람 빨리 엎고 올라가서, 화기 소대로
가야제 피 많이 흘리믄 죽는게 빨리 업고 가라고. 원식이가 팔길이는 나
보다 질거든. 원식이 보고,

"어이 동생. 이 사람 좀 업어 보소."

고놈을 업고. (청중 : 뒤에서 밀고.) 나는 뒤에서 발을 받차 주고 나무를
잡아주고, 또 밀고 글거든. 밀어 갖고 막 대판 끄대끼 올라간다. 올라가다
가 아아아아아이 막 도로 뒷걸음질 해브네.

아 그리고 싸우고 있는디. 참. 그래 갖고 목구녁에 춤은 한나도 없제.
기운도 요만치도 없제. 이 만날 눈만 먹어, 눈만 요러게, 목이 탄게 아
그래 갖고 어찌어찌게 허고 화기 소대로 올라왔어.

화기 소대 딱 인개 해 놓고 본게 전투가 막 벌어져 브러, 막. 전투가 막

벌어졌는디. 우리가 요러고 있은게로 그때 자네가 올라왔지. 자네가 올라온디. 아무리 실탄 갖고와서 실탄 갖고 빨리 가야 헌다고.

아 본게로 수염이 요만씩이나 났는디. 한 사십 일, 오십 일꺼지 된 사람이라 헌게. 군인이라고 수염이 오치나 나 갖고. 방한복은 그냥 다 쪼개고 속에가 불근불근 다 나오고. 저기, 군인, 군인 거, 반란군들 가늠 못 허고. 아니 어디를 들어간게 실탄을 갖고. 거 쇠깍지를 두 개를 들고. 내려간게로. 총을 탁 뺏어 쏴라 그려.

아니 이 사람이 있다가 아이고, 우리가 노비가 노무자, 노무자라고. 노무자. 아 밑에 내려가서 보니게. (청중 : 노무잔지 군인인지 군복을 입혀논게.) 똑같애. 철모 다 쓰지. 고 밑에를 내려가니까,

중대장이 막 대원들을 그냥 공포로 그냥 막 총을 막 쏴대면서 이놈 새끼들 빨리 내려가라고 그냥 고함을 질러. 안 내려가믄 다 죽을거니까 알아서 허라고 막 그냥. 총을 막 쏴댄게. 이놈의 아군들이 그때 수, 수도 사단이 다 계급이 다 높았거든. 어쩔지 모르고 정신을 못 차려.

아 그래 갖고 어찌어찌 해 갖고는 총 한 자리허고. 총, 그 때 몇 자리 빼놨지. 뺏고. 아군을, 아 저, 포로를 하나 잡았어. 잡았는디, 중절모자를 쓰고, 껌은 오바를 입었는디. 샛대 바랑을 요리 짊어지고. 그놈을 체포를 했어. 체포를 해 갖고 끄고 올라와 갖고는. 보니까 행에가 쌀이 있는 맹이여.

아군들이. 아, 바랑을 빼 갖고 뒤집어 본게. 뭣이 시꺼먼 것이 요만이나 해. 시꺼메. 저거이 뭣이 저러고 있는고 허고 본게. 소금허고 고것 밖에 없는디. 본게 소고기라. 군인들이 화아 글등마. 대검으로 딱 가른게 소고기야.

거 우리는 거 맛도 못 보고. 즈그, 즈그들 딱 그래 논게. 즈그들 뱃속에 딱 넣어브러. 아 그래 갖고 쌤이 벌어졌는디. 체포, 고놈을 하나를 고거 잡아 갖고, 조사를 해 본게. 완무가 오백 명인디. 완무가. 오백 명인디, 비

무는 말할 것도 없고. 그 속에 고초더미가 오십 명이 나온단 말이여. 거조쟁이가 오십 명이 있다고 그래. (청중 : 장정 오십 명이 있다고.)

아따 아 쪼게 있은게 기냥 문전을 때려 갖고는, 각 처에서 막 군인들이 수천 명이 기냥 바글바글 헌다 나온디. 비행기가 기냥, 폭격기가 와 갖고는 골창이에다 기냥 속에다 팡팡 쏘드란 말이여, 요렇게. 쏟으고.

거 저 우리는 전사자 그 사람들 찾는디. 먼디 몇 대 꼬이 그대 근게 전쟁이 나도 피차지간에 인을 많이 주게. 말허자믄 소대별로. 아 근게 아는 것이 없다 그런다고.

거그 몇 대곳이 그 사램이 있는디. 거그를 가보라고. 내려가라고. 막 총알이 기냥 픽픽픽픽 이 짓을 허는디. 거그를 들어간게 옷을 활딱 빗겨가 금방 대검으로 찔러서 죽였단 말이여. 찔려 갖고 죽어붓어. 옷 싹 벳겨 갖고 싹 다 가져가붓어.(청중 : 즈그 입을라고.)

그래 갖고 고놈을 업고 인자 고지라고 올라간다. 고지로 올라가 갖고 (청중 : 죽은 사람이 인자 아군인디요. 아군이제.) 아군을 죽였단게, 자들이. 그래서 올라온게 인솔자가 뭐라 그러믄 우리는 전부다 그만 두고 집을 가야 헌다고. 단검을 맨드라 그래, 단검.

거그 간게 맥없이 또 대막대기로 착착 요런디 막 쌨어. 고놈을 톱을 하나 주길래, 비어 갖고. 단감을 안 맨들았던가. 전신줄로 이리 얽어 갖고. 그러고 죽은 사람은 죽은대로 모피를 깔고 눕혀 갖고 이러고 착착착착 쩸매, 전신줄로 얽어블고.

산 사람은 그런디, 아니 그 죽은 사람은. (청중 : 말이 없지.) 이놈을 인자 지르도 못 허고 메고 내려온디. (청중 : 거 단가가 응청응청 한게.) 아, 챙 하나만 푹끼고 푹 헌게. 심이 없어논게. 밥을 안 먹어 논게.

아 그런디 기양 산 사람은, 애기들 시체가 다 큰 애기. 여기서 말이여 아 기냥 욕을 하데, 이 믄딩이를 전부 다 쏴 죽인다고. 짜빠져 갖고 꾹 찐게 기냥 어찌게냐믄 막 욕을 퍼댄단 말이여. 에이 거 세상에서 참 산 놈

못 메고 내려오것데. 어디를 내려온게.

　새로 들어온 신규 대군이, 수~백 명이 있고 아군이 수~천 명이라. 한쪽 번대기가 전부 다 사람들이라. 거그를 오니게 인솔자가, (청중 : 필요 없인게 동네 불을 싹 대 불고 빈 동네라.) 이 내려놓고 절 부상자를 부상자대로 내려놓고 보니께.

　새로 신 부대가 들어오믄 보급을 가저와 갖고, 기때 보급이 쌀 안량, 안량미. 이런 쌀은 없고. 안량미. 안량미가 나와서 보급을 받는디. 아 그 쌀을 본게 눈이 번쩍 뜨이드란 말이여. 막 철모로 보급을 나누고. 쫄병들이 눈을 이렇게 해 갖고 막 대령들 밥 헌다고 야단이등만. 한쪽을 보급을 철모로 이렇게 딱딱.

　좌우간 때리믄 맞고 안 때리믄 안 맞고 그러게 허니라고. 지 사람 눈치 봐 가지고 막 쌀 헌데서 가서 쌀을 세 주먹을 이렇게 기냥 돌라었어. 돌라 여. 돌라 연디. 아 본게,

　그러고 인자 고놈을. 당신 부탁으로 이거를 돌려야 것는디. 어조 한쪽으로 간게. 막 간식으로 본게 요만헌 놈이. 밖에 밖에 요러고 있어. 쫄병들이 밥을 허고 야단으로 왔다갔다혀. 내가 하나 돌라야것다. 그래야 밥을 해 먹을거 아니여. 말하자믄 거식도 없고. 저, 한거도 없고. 근게 밖으로 가심팍을 얼른 돌랐단 말이여. 돌라 갖고 겨드랑이에 푹 집어넣어서 저짝 불 있는디로 나가붓어.

　그 불 있는디 저짝으로 가 갖고는, 아 이놈의 읍사무소에서 갈 때 담배, 봉투 한 봉쓱 준디, 한 봉쓱 준게 여그 게워 여 갖고. 이레세를 왔다가 댕긴게 싹 풀어져 브렀어. 풀어져 갖고 아 거다가 쌀을 여고 시고 돌라 였단 말이여.

　아 글고 본게 담뱃가루 하나 쌀 하나 담뱃가루 하나 쌀 하나. 그래서 눈을, 깡통을 벌려 본게. 아 이거 된장 가슴이, 깡, 깡통이라. 된장. 절반이나 있어. 그래서 눈 몇 주먹 집어 옇고. 담배가루 조차, 쌀 조차 한 두

어 주먹 집어 엿어. 집어 여 갖고 불을 이러고, 이러고 있은게. 아 이거조차 그 가져갈라 그러네.

그래서 그냥 깡통 그릇을 얼른 집어 옇고 개베에다 딱 집어 옇고 메고 내려온디. 어디를 내려온게 해가 넘어가고 침침허니 어두워져 브렀는디. 아 이가 앞에 사람은 그대로 발을 요로 딛고 막 올라 오는디. 뒤에 사람들은 그냥 어뜨게 기네.

아 길도 없고 뭐도 없고 어두워진지도 어디로 간지 모르고 내려온디. 그때 원식이가 총을 이십 팔 촉인가 삼십 촉인가 짊어졌네. 전깃줄로 묶어 갖고 대방을 짊어지고 내려와. 총 거 참 무겁네. 장총, 에망, 뭐 맨 콩 그러지.

그래 갖고 어두워져 내려온게. 대들보가 나와. 대들보가 나온게. 천막을 쳐 놓고 막 사램이 막 꽉 차고. 반란군들을 생포를 굉장히 잡아다가 가둬, 가둬 놨어. 가둬 놓고 있은게. 인솔자가. 여 솥단지도 있고 밥, 저 쌀도 있은게. 여그서 밥 해 먹고 찬찬히 갑시다, 그려. 그러자고. 요짝에 가믄 샘이 있다고 그려. 참말로 시주단지를 붕알만한 요만히나 줌서. 밥을 해 먹어,

쌀을 얼른. 아 이놈의 샘에 가서 씻글라고 본게. 반란군이 두 개가 샘에가 뺏어 갖고 있단 말이여. 되져 갖고 있어. 그래 갖고 아 이거 쌀 씻도 못 허고, 물을 그냥 솥에다 허고 쌀허고 붓어 갖고는 근게로. 한 솥단지라.

아 그래놓고 불을 땐게로 뱁이 된가. 또 아랫니가 붓기는 많이 붓지. 안 돼것어. 또 하나 거그 있은게. 인솔자가 또 가지고 나와. 아 그래 갖고. 그 우에서 내려옴서. 내가 가슴에 통 된장을 하나 통 새베 갖고 쌀 옇고 근게 밥도 되도 안 했어.

청산이 어찌하여

자료코드 : 06_04_FOS_20090220_SJH_JWG_0001
조사장소 : 전라남도 구례군 구례읍 봉서리 동산마을 1573번지 동산마을회관
조사일시 : 2009.2.20
조 사 자 : 송진한, 서해숙, 이옥희, 편성철, 임세경, 김자현
제 보 자 : 정원균, 남, 83세
구연상황 : 정원창 제보자가 농부가와 흥보가 한 대목을 부른 후에 청중들이 정원균 제
　　　　　보자가 시조창을 아주 잘한다고 추천하였다. 정원균 제보자는 겸연쩍어하시
　　　　　면서 시조창을 구연하였다.

청산~~리이~~

어 어디~~이 하~~여~~

만~고~~오~~에~~

이~~ 푸~를~~을~~으~~며~~

유수~~는~~

어디~~이~~하~~여~~

주야~~에~~

그 지~~이~~아~니~~은~고~~

우리~~도~~

그치지~~ 마아~~라~~

아~~ 만~고~~상청

산천에 밤이 드니

자료코드 : 06_04_FOS_20090220_SJH_JWG_0002
조사장소 : 전라남도 구례군 구례읍 봉서리 동산마을 1573번지 동산마을회관
조사일시 : 2009.2.20
조 사 자 : 송진한, 서해숙, 이옥희, 편성철, 임세경, 김자현
제 보 자 : 정원균, 남, 83세
구연상황 : '청산이 어찌하여' 시조창이 끝난 후 조사자와 청중이 탄성하며 또 다른 곡을
부탁하자 이 시조를 구연하였다.

    산초~~온~에~~
    밤이~~ 드~~니~~
    머언~~디에~~ 가이~~
    위이~ 지져~~오~~오온~~다~~
    질이~~ 여~~열고~~
    보~~오~니~ 하~늘~이~~
    차~아~고~ 달~이~~이로~~다~~
    처~엉~가이~~아~~
    공산이~ 이은~~다~~
    달~을~~ 지져~~무~~삼

육자배기

자료코드 : 06_04_FOS_20090220_SJH_JWG_0003
조사장소 : 전라남도 구례군 구례읍 봉서리 동산마을 1573번지 동산마을회관
조사일시 : 2009.2.20
조 사 자 : 송진한, 서해숙, 이옥희, 편성철, 임세경, 김자현
제 보 자 : 정원균, 남, 83세
구연상황 : 정원창 제보자가 춘향가 한 대목을 끝내자 육자배기를 한 곡조 부르겠다고

하면서 다음 노래를 구연하였다.

꿈아~ 에~~

꿈아~ 꿈~아~

무정한~~ 꿈~아~

오~시는~ 임~을~~어~헐

보내~는~ 꿈아~

잠든~ 나를~

깨우~지~~ 말고~

가시는~ 임~을~어~헐

꽃부터 더어~주제~

이 세~상~ 본~ 중~이

나를~ 속이~네~

농부가

자료코드 : 06_04_FOS_20090220_SJH_JWC_0001

조사장소 : 전라남도 구례군 구례읍 봉서리 동산마을 1573번지 동산마을회관

조사일시 : 2009.2.20

조 사 자 : 송진한, 서해숙, 이옥희, 편성철, 임세경, 김자현

제 보 자 : 정원창, 남, 89세

구연상황 : 조사자가 정원창 제보자에게 옛날 노래를 한 가락 해주라고 부탁하자 농부가 한 대목을 들려주었다.

때는 어느 땐고는 방농 시절이라

짓궂인 머심들이 몇 단 몇 줄을 튀기 먹고

북 장구를 뚜들며 걸~걸게 놀것다

에~헤~어 어~헤~요~오~

상~사아~뒤~이이여~

여보시오 농부님네

이 내 말을 들어보~소~

어~허~와 농부~ 말 들어~라~

이 논~배미를 언넝 심고

장구 배미로 건너~ 가세~

에~헤~어 어~헤~요~오~

상~~사~~뒤이이여~

홍보가

자료코드 : 06_04_FOS_20090220_SJH_JWC_0002

조사장소 : 전라남도 구례군 구례읍 봉서리 동산마을 1573번지 동산마을회관

조사일시 : 2009.2.20

조 사 자 : 송진한, 서해숙, 이옥희, 편성철, 임세경, 김자현

제 보 자 : 정원창, 남, 89세

구연상황 : 정원창 제보자가 농부가를 다 부르고 나자 조사자와 청중은 크게 탄성을 하
며 또 다른 노래를 청했다. 설화 구연에만 뛰어난 줄 알았던 정원창 제보자의
소리 또한 구성진 맛이 있었기 때문이다. 정원창 제보자는 이어서 홍보가 한
대목을 들려주었다. 기억력이 매우 뛰어나서 사설을 혼동하지 않고 술술 풀어
냈다. 조사자가 홍보가를 어떻게 배웠느냐고 묻자 어렸을 때부터 자연스럽게
익힌 것이라고 대답하였다.

생인동 복도청을 당도하야

일간 초인이 비었거든

그 집을 의지를 삼고

근근부지로 길행하일저

자식들이 음식 노래를 부르는데

큰 자식이 난짐허서

아이고 어머니

나 병이 생겨 죽것소~

홍보 마누라 기가 막혀

워~따~ 이놈아~~

말~ 들어~

너 이게 이놈아 말 들어~

내가 형색을 입고 보는

네 놈 장~개 갈 곁에 있나~

중은 가장을 굶겨놓고~

너~그 놈들을 헐빗겨~

시끄러 이 사람아

집안에 계집이 울믄 재수가 없는 뱁이시

나 읍내 좀 갔다 올 테니

나 갓 좀 내오

아이고 영감 갓을 어따 두겠소

아 굴뚝 속에 들었제

아이고 무신 갓을 굴뚝 속에다 넣어 놨소

그런 것인가

개년 십오 년에 조대 국선이 아니 났던가

팔복 시 어떠한 친구가 갓을 한 입 주어

다른 사람은 돈이 있어 옷집에 쓰는데

나는 돈이 없어 그놈 끄실을라고 넣어 놨지

나 도포 좀 내오

도포를 어따 두셨소

아 장 속에 들었지

아 우리집에 무신 장이 있소

뒤안에 달구지 한 마리 있시

왜 도포를 달구지 안에가 넣어 놨단 말이오

그런 것인가

검은 도폭을 희언 앞대기 풍어 앉것시믄

검어진 것이 희어지까 싶어 넣어 놨지

흥보가 고사를 채려

흥보 고사 볼짝시면

다 떨어진 헌 팔이

조사 달건을 달아 쓰고

편자 떨어진 헌 망~건

가쁜헌 것 독을 단 줄

망건이나 졸라 씨고

다 떨어진 헌 도복을

질 띠를 총총 띠어

안양 창창 졸라매고

곱돌 조대를 쥐고

발림 바깥 양반이라고

사램 인자 갈짓 자로 나가는데

중로에 가다 별안간 딴 근심이 생겼것다

아들 이하로 인사 헐 일이 걱정이야

그네들 보고 허소 허자니 그네들이 덜 좋아 헐티고

아 허쇼 허자니 나 복명이 끊어지고

어영부영 칠척 마당을 당도하니

아 박상번 건너 오시라니까

아 그간 다 평안 잘 있고

우리 아들 ○○○○ 박상번 백씨께서는 여전허시오

아 우리 백씨는 여전하시제

그런 박상번 어찌 오시나니까

한자심이나 구치할까 처분이 어떤고 알 수가 없제

아 그 박상번 무신 말씸

박상번 백씨께서 천석을 하신다니

한 자를 자신단 말이 무신 말씸이요

에야 이 사람들아 말들 말게

형제간의 것이라도 너무 자주 갖다 먹고 보니

미안하데 그래

그럼 박상번 오시난 길에 품하나 파실라우

아 돈 생기는 품겉으믄 팔고 말고

이골 자수가 병년문을 잡혀 상사를 당하되야

자수 대신으로 곤장 하나에 석 냥썩

곤장 열 개에 삼십 냥을 주고

마삭으로 소금 닷 냥을 주니게 다리요

그라믄 그러지

칠척 밖을 나서 보니

얼씨구나 돈 봐라~

대장부 한 번 걸음에

엽전 서른 닷 냥이 생겼구나

막걸리 집으로 들어~ 가서

막걸리 서 돈 아치 사서 먹고

떡국 집으로 들어가서

떡국 돈 반 아치를 사서~ 먹고

어깨를 내리고

쭉~ 동걸 배터채야

얼씨구나 좋네~

저그 집이나 찾어 가는

개 발료로 어디를 갔다가 들어오는

우르르르르르르르 찾아나 영~접허는 것이 도리올지

단도리 허는 자네 계집이 그리올라

흥보 마누래가 온다

하 근본 마누래 나와

어데 봅시다 돈~

나를 봐~ 이 사람아

이 돈 근본을 자네가 아느냐

잘난 사람도 못난 돈

못난 사람도 잘난 돈

맹상골 술래바꾸채로

둥구리 둥구리 생긴 돈

아나 돈아~

춘향가 한 대목

자료코드 : 06_04_FOS_20090220_SJH_JWC_0003
조사장소 : 전라남도 구례군 구례읍 봉서리 동산마을 1573번지 동산마을회관
조사일시 : 2009.2.20
조 사 자 : 송진한, 서해숙, 이옥희, 편성철, 임세경, 김자현
제 보 자 : 정원창, 남, 89세
구연상황 : 정원균 제보자가 시조창을 두 곡 부른 후에 정원창 제보자가 춘향가 한 대목
을 불렀다. 어사가 된 이도령이 변사또 생일잔치에 불청객으로 참여하여 시를
짓는 대목이다. 정원창 제보자는 곡성의 수령이 이도령이 어사인 것을 눈치

채는 장면에 가서는 창으로 하지 않고 말로 설명하듯이 마무리하였다.

이도령이 어사가 돼 갖고 내려온 후
곽에 행장을 채리고
본관 잔치를 찾아 갔어
본관 잔치 끝에 찾아 가서
이리 와 봐라 이러한 과객이 이러한 잔치에 와서
술도 얻어 묵고 글도 한 수도 짓고
그러고 갈라고 들어왔십니다
본관이 허는 말이
여봐라 저 양반 상 한 상 채래 갖다 들여라
못 떨어진 개상판
시~어 빠진 콩나물
명태 대구리 셋
멸치로 묵고
틈틈헌 막걸리 한 잔 묵고 물러나오
내 상을 보고 최정상을 보니
내 상은 전어조림이 몇 이오
여보 운봉 그 갈비 한 대 내 상에 놓오
여보시오 갈비를 달라믄 익은 쇠갈비를 달라 글제
사람 갈비를 달란 말이오
여봐라 이 갈비를 갖다 저 양반 상에다 갖다 놔 드려라
아 고놈만 놔도 쪼금 낫소
그래 좌중에 헐 말이 있십니다
이러한 경사에 글이 없어 씨것소
글 한수씩을 짓시다

그럽시다 거 좋은 문제 났소

은뒤으 헌단 말이 내 사랑 간 주인이라

내가 글귀를 낼 테니

높을 고 기름 고로 내믄 어떠하오

좋소 좋소

저도 부모님 덕으로 천자권이나 읽었으돼

글 한 귀 짓고나 떠나것소

금주~미주~교린~행요~

옥반~갓은~만성~고라

죽두락지~민두랙이라

가성~고처~원성~고라

글을 지어 운봉 주고

운봉은 인제 조용헐 때 만냅시다

여보 곡성장 그 양반 글 짓는 솜씨가 암만해도 이상허요

좀 읽어 보오

그 글귀를 들고 읽는디

산간초맥이 기냥 벌벌벌벌 떤단 말이여

말허자믄 우리 매,

저 이몽룡이 어사 해 갖고 되고

과거 급제 헌디

장으로 사전에 역전을 수백 명이 딱 포위를 허고 있어

거 어사출두를 부친디

거 참 그놈이 참 좋긴 좋등만

거 그놈의 글귀를 권, 곡성쟁이 읽어본게 기냥

삼간초랭이 떨듯이 기냥

벌벌벌벌 떰서

그 알았어, 곡성장은 알았어

어사출두 헐지를 알았어

상여 소리

자료코드 : 06_04_FOS_20090220_SJH_JWC_0004
조사장소 : 전라남도 구례군 구례읍 봉서리 동산마을 1573번지 동산마을회관
조사일시 : 2009.2.20
조 사 자 : 송진한, 서해숙, 이옥희, 편성철, 임세경, 김자현
제 보 자 : 정원창, 남, 89세
구연상황 : 정원균 제보자가 육자배기를 한 곡조 부른 후에 조사자들은 동산마을 상여 소리를 듣고 싶다고 하였다. 그 말을 들은 정원창 제보자가 상여 소리를 구연하였다. 마을에서 초상이 났을 때 정원창 제보자가 상여 소리를 맡아서 한 적도 있다고 한다. 마을에서는 전에는 상여를 맸으나 지금은 거의 대다수가 장례식장을 이용하기 때문에 상여 소리를 부를 일이 점점 줄어들고 있다고 한다.

마한허~~허허허~허어~에~헤~

에헤~헤~에헤~이~이~ 나~아아무~

헤~헤~헤~이~이~ 나~아아무~

관아~아무~무우~ 살~

관아~아무~무우~ 살~

관아부~ 소리는~ 그만허고

유대군 소리를 맞춰주어

헤~헤~헤~노 에~헤~허~에~헤~노~

헤~헤~헤~노 에~헤~허~에~헤~노~

남산봉핵이 쭉실을 물고

오동 숲으로 날아드네

에~헤~에~헤~노~에~헤~에~허~노~

황천길이 머다 허더니

건네 안산이 북망일세

에~헤~에~헤~노~에~헤~에~에~헤~노~

가네 가네 나는 가네~

임을 버리고 나는 가네~

에~헤~에~헤~노~에~헤~에~에~헤~노~

[초경은 9시 이경은 11시 삼경은 새벽 1시 초경까지만 간다.]

초경이요~

나~하~에~헤~　나~하~하~에~헤~에~헤~헤~에~헤~이~

이~나하~어~

관암~보~살

관암~보~오살~

관아무 소리는 그만허고

유대군 소리를 맞춰주오

에~헤~에~헤~노~에~헤~에~허~노~

매구 액맥이

자료코드 : 06_04_FOS_20090220_SJH_JWC_0005
조사장소 : 전라남도 구례군 구례읍 봉서리 동산마을 1573번지 동산마을회관
조사일시 : 2009.2.20
조 사 자 : 송진한, 서해숙, 이옥희, 편성철, 임세경, 김자현
제 보 자 : 정원창, 남, 89세
구연상황 : 정원창 제보자가 상여 소리를 끝내자 조사자들은 혹시 다른 민요도 아는지 물
　　　　 었다. 정원창 제보자는 액맥이 소리를 들려주겠다고 하였다. 이 액맥이는 냉천
　　　　 마을에서 정월에 매구를 치며 가가호호를 방문할 때 불렀던 민요라고 한다.

정원창 제보자가 이 민요를 구례문화원에서 구연했을 때 구례국악협회에 소속된 사람들이 감탄하며 어떻게 이런 노래를 알게 되었는지를 물었다고 한다.

액 막자 액 막자

정월 보름에 드는 액 이월 보름에 막고

이월 보름에 드는 액 삼월 보름에 막고

삼월 보름에 드는 액 사월 보름에 막고

사월 보름에 드는 액은 오월 보름에 막고

오월 보름에 드는 액 유월 보름에 막고

유월 보름에 드는 액 칠월 보름에 막고

칠월 보름에 드는 액 팔월 보름에 막고

팔월 보름에 드는 액 구월 보름에 막고

구월 보름에 드는 액 시월 보름에 막고

동지섣달에 드는 액 이~~~에[제보자가 사설을 잊어버려 이~~~라고 얼버무렸다.] 막자

액 막자 액 막자 액 막자 액 막자

머리빽이 애릴라믄 벼렁벽이나 애리고

모가지가 애릴라믄 보가지나 애리고

손꾸랙이 애릴라믄 짚꾸랙이나 애리고

폴뚝이 애릴라믄 귀뚝이나 애리고

배통이 애릴라믄 북통이나 애리고

허벅다리가 애릴라믄 주걱다리나 애리고

장딴지가 애릴라믄 소금단지나 애리고

발바닥이 애릴라믄 질바닥이나 애리라

쿵닥 쿵닥 쿵닥 쿵

집터잡기

자료코드 : 06_04_FOS_20090220_SJH_JWC_0006
조사장소 : 전라남도 구례군 구례읍 봉서리 동산마을 1573번지 동산마을회관
조사일시 : 2009.2.20
조 사 자 : 송진한, 서해숙, 이옥희, 편성철, 임세경, 김자현
제 보 자 : 정원창, 남, 89세
구연상황 : 액맥이 노래가 끝나자 조사자와 청중의 감탄이 이어졌다. 이와 같은 노래를
더 불러달라고 부탁하자 다음 노래를 구연했다. 제보자는 이 노래를 집터잡기
라고 표현하였다.

강 돌아 금강산

금강산 산맥이 뚝 떨어져서

주춤 주춤 나려오다

서울 삼각산이 생겼구나

삼각산 산맥이 뚝 떨어져서

주~춤 주~춤 나려오다

전라~ 충청도 계룡산

계룡산 산맥이 뚝 떨어져서

주춤 주춤 나려오다

전라~도 지리산

지리산 산맥이 뚝 떨어져서

이리~저리~ 헤매다가

이 댁이 집터가 뚝 떨어졌구나

에~라~ 만수~

노적

자료코드 : 06_04_FOS_20090220_SJH_JWC_0007
조사장소 : 전라남도 구례군 구례읍 봉서리 동산마을 1573번지 동산마을회관
조사일시 : 2009.2.20
조 사 자 : 송진한, 서해숙, 이옥희, 편성철, 임세경, 김자현
제 보 자 : 정원창, 남, 89세
구연상황 : 집터잡기가 끝난 후 이어서 이 민요를 구연하였다. 이 노래는 집을 지어놓고
　　　　　부자가 되기를 기원하면서 부르는 노래라고 한다.

　　　　에라도 맥이로구나~

　　　　징허면 허진들

　　　　다물 다물히 쌓인 노적

　　　　이 댁으로만 다 들어온다

　　　　에~ 어루 노적

　　　　에~ 어루 노적

　　　　순천 읍내 짐같은 노적

　　　　다물 다물히 쌓인 노적

　　　　이 댁으로나 다 들어온다

　　　　에~ 에루 노적

　　　　진주 읍내 꼬민 노적

　　　　다물 다물히 쌓인 노적

　　　　이 댁으로만 다 들어온다

　　　　에~ 에루 노적

성주풀이

자료코드 : 06_04_FOS_20090220_SJH_JWC_0008

조사장소 : 전라남도 구례군 구례읍 봉서리 동산마을 1573번지 동산마을회관

조사일시 : 2009.2.20

조 사 자 : 송진한, 서해숙, 이옥희, 편성철, 임세경, 김자현

제 보 자 : 정원창, 남, 89세

구연상황 : 노적이 끝난 후 조사자가 성주풀이를 불러달라고 부탁하였다. 성주풀이는 집
을 다 짓고 난 후 성주를 들이면서 부르는 노래라고 한다.

> 에라 만수~
>
> 에라 대신이로구나
>
> 성주로다 성주로다
>
> 성주 본이 어디메냐
>
> 경상도 안동 땅
>
> 제비원이 본일레야
>
> 제비원에 솔씨를 물어
>
> 그 솔씨를 던졌더니
>
> 소평 대평 자라나서
>
> 소부둥이 되얏구나
>
> 고비 기둥이 되얏구나
>
> 에라 만수~
>
> 에라 대신이로구나~

장 타령

자료코드 : 06_04_FOS_20090220_SJH_JWC_0009

조사장소 : 전라남도 구례군 구례읍 봉서리 동산마을 1573번지 동산마을회관

조사일시 : 2009.2.20

조 사 자 : 송진한, 서해숙, 이옥희, 편성철, 임세경, 김자현

제 보 자 : 정원창, 남, 89세

얼~씨구씨구씨구 다리온다

어~ 허야 다리운다

작년에 왔던 각설이

죽지도 않고 또 왔네

어~ 허야 다리운다

붐바 붐바 다리운다

얼~씨구 다리운다~

4. 마산면

증편 한국구비문학대계 ● 전라남도 구례군

▌조사마을

전라남도 구례군 마산면 냉천리 냉천마을

조사일시 : 2009.1.29
조 사 자 : 송진한, 서해숙, 이옥희, 편성철, 임세경, 김자현

냉천마을회관

　냉천리는 구례에서 하동으로 이어지는 19번 국도에서 화엄사 쪽으로 가다보면 첫 번째 왼쪽으로 만나는 마을이다. 마을에 찬샘이 있어 '참새 미'라 부르기도 했는데, 1914년 행정구역 폐합에 따라 냉상, 냉하마을을 병합하여 냉천리라 개칭하였다. 냉천리(冷川里)는 중국 진시황이 불로초를 찾아오라고 지리산으로 보낸 서시(진시황의 신하는 역사상 서불(徐市)로 기록되어 있어 서시(徐市)는 서불(徐市)의 오독인 것으로 해석된다.)라는

신하가 이 마을에 이르러 샘물을 먹어보니 매우 차므로 찬 샘이 있는 곳이라 하여 냉천리로 부르게 되었다 한다. 냉천마을의 형성 시기는 확실한 고증이 없고 삼국시대 불교 전성기에 취락이 형성되었다고 구전된다. 본격적으로 마을이 형성된 것은 전주최씨 후손 득황이 단종 2년(1454년)에 전주에서 양절공파 세손이 선조 20년(1587년)경에 입촌하였으며, 그 후 청주한씨 안양공파, 전주이씨, 함양박씨, 남원양씨, 창원황씨 등이 정착하였다고 한다.

2008년『통계연보』에 의하면, 300가구에서 774명이 거주하고 있다. 그 중 360명은 남자이며 414명은 여자이다. 전남에서는 최고령 마을이며, 건강 장수마을로 지정되었다. 주요 소득원은 쌀농사와 우리밀이다. 특히 우리밀을 특화시켜 재배하고 있는데, 마을 입구에는 우리밀로 만든 제품들을 취급하는 판매장이 들어서 있다. 또한 특작물로 비닐하우스에서 오이를 재배하는 농가도 있다.

마을조직으로는 노인회, 부녀회 등이 있고, 자생조직으로는 1889년에 조직되어 지금까지 이어지고 있는 인일계가 있다. 당시 문인들의 친목을 도모하기 위해 조직하였으며, 매년 정월 칠일에 회동하고 현재도 27명의 회원이 활동하고 있다. 그 외에 초상이 났을 때 상부상조하는 상포계, 위친계가 있으며, 상호 친목을 도모하는 양송계, 공친계, 시조동호계인 시우회, 청소년 영농친목을 도모하기 위한 한샘계, 농악대원들의 모임인 농악계 등이 있다.

마을민속으로는 정월 초사흗날 오전에 당산나무 옆에 위치한 봉분에서 당산제를 지내는 전통과 정월 보름날 달집태우기를 하는 공동체민속이 이어지고 있다. 추석날 밤에는 마을노래자랑을 여는데 호응도가 높은 즐거운 자리라고 한다.

마을 주민들의 종교생활은 많은 사람들이 유교적 전통과 민간신앙을 이어오고 있으며, 마을에 만산교회(기독교)가 있어 100여 명 정도가 출석

하고 있다. 불교신자들도 다수 있으며, 국내종교로서 국제도덕협회 미륵도를 신봉하는 신자들도 약 20여 명 정도이다.

냉천마을은 여느 마을에 비해 마을 규모도 크고 마을공동 재산이 많은 편이다. 마을공동재산으로는 회관, 마을금고, 유아원 건물, 양곡 창고(100평), 농산물 가공공장이 있다. 농산물 가공공장에서는 메주, 조청, 청국장 등을 가공하여 판매하고 있다.

김광수, 남, 1929년생

주 소 지 : 전라남도 구례군 마산면 냉천리 냉천마을
조사일시 : 2009.1.29
조 사 자 : 송진한, 서해숙, 이옥희, 편성철, 임세경, 김자현

구례의 이야기꾼인 김광수(金光秀)는 구례
군 토지면 문수리에 살다 52년에 냉천마을
로 이사 와서 지금에 이르고 있다. 어릴 적
에 한학을 공부한 것이 전부라고 하는 그는
비교적 온화한 성품으로 사람들 앞에 나서
는 것을 그리 좋아하지 않았다. 총기가 좋
아 어렸을 적에 들은 이야기를 해주었고,
젊은 시절에 다른 이들이 부르는 노래라 하
여 들려주기도 했다. 조사 당시 조사자들의 의도를 정확하게 파악했으나
노인정 분위기에 눌려 많은 이야기를 듣지를 못했다. 현재 부인과 함께
살고 있으며, 슬하에 2남 4녀를 두었다.

제공 자료 목록
06_04_FOT_20090129_SJH_KKS_0001 강감찬과 번개
06_04_FOT_20090129_SJH_KKS_0002 오산이 멈춘 이유
06_04_FOT_20090129_SJH_KKS_0003 운조루에 호랑이뼈 걸게 된 사연
06_04_FOT_20090129_SJH_KKS_0004 간전면의 만석꾼
06_04_FOT_20090129_SJH_KKS_0005 업구렁이
06_04_FOS_20090129_SJH_KKS_0001 춘향가 한 대목
06_04_FOS_20090129_SJH_KKS_0002 호남가

이종호, 남, 1919년생

주 소 지 : 전라남도 구례군 마산면 냉천리 냉천마을
조사일시 : 2009.1.29
조 사 자 : 송진한, 서해숙, 이옥희, 편성철, 임세경, 김자현

이종호 제보자는 마산면 냉천마을에서 태어나고 자란 마을 토박이로, 이 마을의 최고령자이다. 본관은 전주이다. 비교적 조용한 성품으로 어렸을 때 한학을 공부하여 이 마을의 역사와 문화에 대한 해박한 지식을 가지고 있으며, 마을사람들의 신망을 받고 있다. 조사자들에게 냉천마을에서 1919년 기묘년에 조직된 인일계 문서를 보여주었다.

제공 자료 목록
06_04_FOT_20090129_SJH_LJH_0001 서시천과 냉천

이희경, 남, 1935년생

주 소 지 : 전라남도 구례군 마산면 냉천리 냉천마을
조사일시 : 2009.1.29
조 사 자 : 송진한, 서해숙, 이옥희, 편성철, 임세경, 김자현

이희경(李熙京) 제보자는 구례 청천초등학교 교장으로 정년퇴임한 뒤에 냉천마을로 돌아와 현재 마을 일을 적극적으로 도우며 살고 있다. 4년째 노인회장을 맡고 있으며, 부부가 함께 살고 있다. 슬하에 3남 1녀를 두었다. 제보자가 직접 나서서 마을사람들에게 조사의 취지를 설명하였고, 조사 과정에서 조사자들의 질문이나 반응을 적절하게 전달해 주어, 함께 한 제보자들에게서 많은 이야기를 들을 수 있었다.

제공 자료 목록
06_04_MPN_20090129_SJH_LHK_0001 업이 보여 비손한 할머니

한복암, 남, 1922년생

주 소 지 : 전라남도 구례군 마산면 냉천리 냉천마을
조사일시 : 2009.1.29
조 사 자 : 송진한, 서해숙, 이옥희, 편성철, 임세경, 김자현

구례의 이야기꾼인 한복암(韓福岩)은 1922
년에 구례군 마산면 냉천리 냉천마을에서
태어나 지금까지 이 마을에 살고 있다. 일찍
이 한학을 공부하여 마을 내에서는 박식한
어른으로 통한다. 과거에는 논농사를 지었
으나, 지금은 농사를 짓지 않고 소일하는 것
으로 시간을 보낸다. 고령인 그는 마을사람
들에게 총기가 좋은 사람으로 통한다. 젊을
적에 들은 이야기는 잊는 법이 없을 만큼 많은 이야기를 기억하고 있고,
농사지을 때 부른 노래들도 잊지 않았으나 기운이 부족하여 노래 부르는
것을 힘들어 했다. 나이가 들면서 점차 눈이 어두워져 잘 보이지 않는다.
현재 부인과 단둘이 살고 있으며 슬하 5남 2녀를 두었다.

제공 자료 목록
06_04_FOT_20090129_SJH_HBA_0001 지천리 왕만석과 콩잎국
06_04_FOT_20090129_SJH_HBA_0002 유풍천과 아흔 아홉칸 집
06_04_FOT_20090129_SJH_HBA_0003 도깨비가 없어진 이유
06_04_FOT_20090129_SJH_HBA_0004 배 형국과 베틀 형국
06_04_FOT_20090129_SJH_HBA_0005 처녀의 병을 낫게 한 사랑방 총각
06_04_FOT_20090129_SJH_HBA_0006 여인의 억울함을 풀어준 구례 원님
06_04_FOT_20090129_SJH_HBA_0007 산신이 정해 준 명당과 왕만석

냉천마을 제보자들

강감찬과 번개

자료코드 : 06_04_FOT_20090129_SJH_KKS_0001
조사장소 : 전라남도 구례군 마산면 냉천리 냉천마을 62-1번지 냉천마을회관
조사일시 : 2009.1.29
조 사 자 : 송진한, 서해숙, 이옥희, 편성철, 임세경, 김자현
제 보 자 : 김광수, 남, 82세
구연상황 : 조사자가 사전에 찾아뵐 것을 약속하고 당일 마을회관을 찾아가자, 이미 마을
회관에는 마을 원로들이 조사자들을 기다리고 있었다. 처음에는 좀처럼 이야
기를 하지 않다가 조사자가 강감찬 이야기를 꺼내자, 김광수 제보자가 번개에
관한 다음의 이야기를 구연했다.
줄 거 리 : 자기 하고 싶은 대로 사는 강감찬이 어느 날 소변을 보는데 벼락이 쳤다. 강
감찬은 벼락이 너무 심하다 싶어 하늘에서 내려 온 벼락칼을 뺏어 분지른 뒤
에 칼은 자신이 갖고 칼자루만 돌려주었다. 그 뒤로 (벼락칼은) 다시 칼을 만
들어 벼락을 치지만 예전과 다르다는 이야기이다.

　아 그거는 그런 것은 잘 모르것고, 옛날에 그저 돈방산이라고 그 어허
허[웃음소리] 그런 사람이 있었고. 강감찬이란 사람이 선생이 있었는디.
그 강감찬이란 사람이 하느님도 자기 멋대로 허고 모든 걸 다 헌디.

　어 그때 세상에는 어디 가다가 질(길) 가상에다(가에다) 소변만 봐도 하
늘에서 [손을 위에서 아래로 번쩍 들어 내리면서] 벼락을 내려 때리고 그
래브럿떼.

　근디 강감찬이란 사람이 허다 그걸 본께 너무다가 하늘에서 너무 심허
게 해서, 한번은 강감찬이가 어쨌는고는 하늘에서 벼락 내려온 거를 벼락
칼을 뺏아부럿어(뺏어버렸어). [청중 웃음]

　벼락칼을 뺏아 부러 갖고 착 분질러 갖고, 칼은 자기가 갖고 칼자루 속
에 든 놈만 줬어. 칼자루 속에 든 놈을 준께 그놈을 갖고 올라가 갖고, 다

시 칼을 맨들어 갖고, 지금 사용을 험선(하면서) 어찌다가 어느 경우에 벼락을 때리지. [청중 웃음] 그런 벼락은 별로 없다 그거여, 지금은. 그런 이야기를 들었어.

오산이 멈춘 이유

자료코드 : 06_04_FOT_20090129_SJH_KKS_0002
조사장소 : 전라남도 구례군 마산면 냉천리 냉천마을 62-1번지 냉천마을회관
조사일시 : 2009.1.29
조 사 자 : 송진한, 서해숙, 이옥희, 편성철, 임세경, 김자현
제 보 자 : 김광수, 남, 82세
구연상황 : 앞서 한복암 제보자가 풍천이 백 칸의 집을 지으면 서울이 되었을 것이라는 이야기에 이어서 제보자가 오산에 관한 다음의 이야기를 들려주었다.
줄 거 리 : 유풍천이 사는 곳이 서울이 된다 하여 오산이 점차 뒤로 밀려가고 있었는데, 어느 여자가 산이 걸어간다고 말하여 그 자리에 주저앉아 버렸다는 이야기이다.

그래 갖고 거기가 서울이 된다고 해 갖고, 저 오산 몰랭이 저게 밀려나가고 [한 팔을 수평으로 저으며] 여가 널찍한 들판인디 오산 몰랭이 [손을 앞으로 튕기며] 걸어 나갔데. 걸어 나왔는데 어느 여자가 암말도 안 했으면 오다 몰래 저기 나가버렸을 것인디,

"저기 산이 걸어간다. 산이 걸어간다. 저거" 헌께 '딱' 주저앉아버렸다 그 말이여. (청중 : 아! 거 거 거 거참, 거참.) 이 얘기는 그렇다 그 말이여.

운조루에 호랑이뼈 걸게 된 사연

자료코드 : 06_04_FOT_20090129_SJH_KKS_0003
조사장소 : 전라남도 구례군 마산면 냉천리 냉천마을 62-1번지 냉천마을회관
조사일시 : 2009.1.29

조 사 자 : 송진한, 서해숙, 이옥희, 편성철, 임세경, 김자현
제 보 자 : 김광수, 남, 82세
구연상황 : 한복암 제보자가 앞서 도깨비불이 없어진 이야기를 듣고 난 후 김광수가 이
　　　　　 어서 이야기를 했다. 청중은 노인회장으로 제보자가 이야기하는 도중에 호응
　　　　　 을 해주고 잘 모르는 단어가 있을 때마다 거들어서 이야기를 해주었다.
줄 거 리 : 유풍천이가 운조루를 지을 때 백 칸을 지으면 역적으로 몰릴 것을 두려워 해
　　　　　 아흔 아홉 칸 지어 운영하고 있었다. 그는 축지법을 써서 하루에 서울을 갔다
　　　　　 오곤 했다. 어느 날 축지법을 써서 서울을 갔다 오는 길에 범등이몰락에서 똥
　　　　　 이 마려 볼일을 보는데 갑자기 호랑이가 나타나 엉덩이를 물자 철몽둥이로
　　　　　 때리고서 그대로 볼일을 끝내고 집으로 돌아왔다. 다음 날 아침 하인을 시켜
　　　　　 범등이몰락을 가보게 하니 호랑이가 죽어있었다. 그때 죽은 호랑이뼈를 아흔
　　　　　 아홉 칸 집 대문에 걸어두었는데 지금도 걸려 있다는 이야기이다.

　　토지 금환낙지에 대해서 허는 것이 유풍천 집이, 유풍천 집이 금환낙지
다 그거야. 유풍천 집이 아흔 아홉칸을 지어 갖고, [잠시 뜸을 들이다가]
말허자면 거그가 서울이 된다고 백 칸을 지으라고 했는디.

　　고 사전에 알고 이건 서울이 아니된디 백 칸을 지으면 역적으로 몰린
께 집지은 사람이. 아흔 아홉칸뿐이 안 지었어. 아흔 아홉칸을 지어 갖고
그 유풍천이 운영을 허고 있는디. 그 젊었을 적에 아까 그 저 축지법을
해 갖고, 저녁밥 먹고 서울 가서 놀다 오고, [잠시 뜸을 들이다가] 그러
헌식으로 허고 댕겼는디.

　　긍께 요삼(여기에 있는 산) 몰락(봉우리)가고 저삼(저기에 있는 산) 몰락
가고 건너간 모양이여.(유풍천이 축지법을 하기에 이산 봉우리와 저산 봉
우리를 건너 서울을 쉽게 오고간다는 뜻)

　　한발 때죽이(이 산 봉우리에서 저 산 봉우리가 유천풍에게는 한 발자국
정도이다.). 그러니께 저녁을 먹고 서울 가서 놀다가 잘 때 되면 오고와서
(여기와서) 자고. (청중 : 아따 대단하네이~)

　　그런 도중에 하래(하루) 저녁에는 서울 가서 놀다오다가 마지막 몰랑
(마지막 산봉우리) 범등이(용두재 왼쪽 산) 때죽(지점)을 볿았는디(밟았는

데) 느닷없이 뒤(대변)가 매려왔어.

변소를 보고자와서 그냥 오그라 앉아서 변소를 보고 있으니게. [점점 더 언성을 높이면서] 호랭이란 놈이 와서 궁뎅이를 '탁' 물어버렸어. 덤쳐버렸어(덮쳐버렸어). 덤친께(덮치니까) 갖고 있던 철편(鐵片, 철몽둥이로) 갖고 어깨너머로 '땅' 때리께, 때려놓고 뒤 다보고 들어왔다 그 말이여. 집으로 돌아온께, 돌아와서 그 이튿날 아침에 하인들 시켜서,

"저 범딩이(범둥이) 몰락 어디 좀 가봐라."

그러고 시켰더니. 가가꼬 호랭이 한 마리를 끌고 들어 왔더레. (청중 : 아! 죽었다 그 말이여?) 어 호랭이는 맞어서 죽었어. 그래 갖고 그 호랭이 빼다구가(뼈다귀가) 시방도(지금도) 걸렸다 그거여.

(청중 : 어디가?) 아흔 아홉칸. 아흔 아홉칸 정문에 문간에, (청중 : 아흔 아홉칸 정문에!) 호랭이 뼈다구가 지금도 걸렸데. (청중 : 지금도?) 어 지금도 걸렸데. (청중 : 아따 그것이, 기가맥힌 실화네이.) 그런 것이 내가 생각할 때는 그런 것이 옛날이야기 아니냐! 그런가 싶어.

간전면의 만석꾼

자료코드 : 06_04_FOT_20090129_SJH_KKS_0004
조사장소 : 전라남도 구례군 마산면 냉천리 냉천마을 62-1번지 냉천마을회관
조사일시 : 2009.1.29
조 사 자 : 송진한, 서해숙, 이옥희, 편성철, 임세경, 김자현
제 보 자 : 김광수, 남, 82세
구연상황 : 이종수가 머슴살이, 보따리장수를 하였던 사람이 부자가 되었다는 이야기를 꺼내자 제보자가 다음의 이야기를 구연하였다.
줄 거 리 : 간전면의 부자가 젊어서 건달로 사는데 도사가 얼굴에 재복이 있다 했는데, 훗날 만석꾼이 되었다. 이후 동학 때 어려운 고비를 넘기고 이 마을에 들어왔으나 자손들에 의해 재산을 탕진하였다는 이야기이다.

그분이 말허자면 원래 여가 본토쟁이가 아니고 저기 간전면이란데가 있어요. 저 위에 간전면에서 살다가 결국 요리 오셨는디. 간전면 거기서 부자가 되 갖고 요리 왔요. 여기로 온 이유가 뭐이냐?

최초에 그 양반이 말하자면 결혼도 안하고 총각 때는 남의 집이 머슴 살이를 허고 일을 댕겼다 그 말이여. 그러면 그 양반이 힘이 좋아 갖고 밑에 부하가 몽땅 많은디 자기는 일을 안해요.

산에 나무를 하러 가도 자기는 가서 앉어 놀고 있으면 밑에 부하들이 한짐씩 해 갖고 오면서 전부 한다발썩 갖고 온답니다. 한다발썩 갖고 온 거 모아서 해놓으면 자기들 해놓은 거 몇짐이 돼. 그렇게 양이 많아진단 그 말이여.

그 많아진 놈도 한 짝으로 싹 묶어서 지게에다 짊어놓으면 무겁네! 게 부네! 소리도 안하고 지고가고 항시 그런디. (조사자 : 아주 힘이 센 장사였네요.) 하루는 어디 정자 나무 밑에서 잠을 자고 있는디, 어느 중인가 뭐 도산가 한 분이 지나가면서,

"허 또 그 녀석 그렇게 생겨도 볼테기에 뱁이(밥이) 많다."

(청중 : 관상이.) 볼테기에 밥이 많이 붙었단 말이여. 그때 당시에는 뭔 소린가도 모르고 넘어갔는디. 결국 지나 본께 그 양반이 부자가 됐요. 부자가 되 갖고 저 아까도 설명했지만서도 간전에서 부자가 되분께. 그 중간에 저 한국 뭐이라고 하냐? 동학 때 말하자면 우리 중간으로 말하면 여순반란사건마냥으로……,

(청중 : 한국동란?) 아니. (조사자 : 옛날 동학? 동학 혁명 말씀하십니까?) 예. 동학! 그 양반들이 요리조리 댕기면서 부자들을 떨어 먹고 살아.

그런디 일본사람들이 나온 뒤에도 그러도 댕겨갔고 간전서 있으니까, 그 양반들이 와 갖고 돈 얼매, 쌀 얼매, 소 한 마리 그렇게 해 갖고 영곡사 절로 올라고.

영곡사 절로 오라고 울림장을 줘놓고 가부렀다 그 말이여. 근께 경운영

감이 그냥 있을 수는 없고 머심들헌티다가 짐을 지고 소를 얻고 영곡사 절을 간께, 그 양반들이 달게 받으면서,

"소 이놈 잡을 거니께 오늘 저녁에 여기서 같이 잔치하고 자고 가시오."

경운영감 보고 그랬단 말이여. 근께 경운 영감이 그래도 아는 영감이라 그랬던지 운이 있어서 그랬던지,

"당신들 잘 잘 자시고 재밌게 잘 노시쇼. 우리는 갈랍니다."

나선께, 밑에 있는 부하들이 따라간 사람들이 끙짜를 많이 하더레요. (청중 : 행짜한단 말이여.)

"아 저 그 소란(소랑) 잡아서 조께 먹고 자고 올 일이지 왜 기어이 오시오?" 헌께,

"어허 그런 소리 한 거 아니다."

그러고 나와 갖고 여기 중간에 나오면 모가재란 재가 있는디, 모가재. (조사자 : 모가재!) 잉. 그 재에 나와 갖고 서 있은께. 영곡사 절에서 인자 콩치는 소리를 허더레, 총쏴 갖고! 잉. 근께 일본사람들이 동학을 잡을라고 습격을 했어.

그래 갖고는 완전히 그 자리에서 동학이란 사람들이 말살을 해버렸어요. 그래 갖고 피를 많이 흘렸다고 해서 거기가 피아골이라고 정해졌어요. (조사자 : 아 그래서 피아골이 됐다?!!) 예. 그래서 피아골.

그래 갖고 경운영감이 에~ 갸들 그래놓고는 데고 와서 자기 집에 있다가, 그 뒤도 아무래도 불편한께 산간지대에 있다 불편한께, 요 부락으로 이사를 왔어요. 돈이 많다 본께 요 부락으로 이사를 와 갖고,

동네 한 가운데 거 여기다가 집 세채 네채 터를 구입을 해 갖고 집을 좋게 지어갖고 살았는디. 그러다 저러다 인자 아들한테 ○○○ 경운영감은 돌아가시고, 결국 가서 재산은 손지한테 다 물려주고, 중간에 또 재산 분할이 되지 않았어요!

그래 갖고 각 처에 다 재산이 다 있었는디, 논이 다 있었는디 논밭이 다 있었는디. 사업한다고 전부 다 넘어가불고 여기서 자기 몸뚱이만 있다가, 결국 가서 에 손지들이, 아들은 말하자면 국회의원꺼지 헌 사람이 있었고, 손지들이 서울 가서 있고 어쩌고 허다가, 결국 가서 이 집꺼지 터는 놔두고 집꺼정 팔았어요.

이 집꺼정 팔았는디 그 사간 사람이 어느 분이 사갔는가는 모르것는디 사다가 여그와 똑같이 지었다고 해 저 곡성 가서! (조사자 : 곡성이요?) 예. 문화재로. (청중 : 요집을 뜯어 갖고 곡성 옥과로 갔어.)

근께, (청중 : 옥과 미술관이라고, 그거이 그대로 여기서 그대로 뜯어 갖고 거기로 그대로…….) 거기로 가서 문화재로 된 거이라. (청중 : 그것은 땅은 못 파니까 집만 팔았어요.)

업구렁이

자료코드 : 06_04_FOT_20090129_SJH_KKS_0005
조사장소 : 전라남도 구례군 마산면 냉천리 냉천마을 62-1번지 냉천마을회관
조사일시 : 2009.1.29
조 사 자 : 송진한, 서해숙, 이옥희, 편성철, 임세경, 김자현
제 보 자 : 김광수, 남, 82세
구연상황 : 한복암 제보자가 많은 이야기를 들려준 이후에 잠시 휴식을 취하는 동안 조사자가 집안에 업이 있는 지를 묻자 제보자가 머뭇거리다가 다음의 이야기를 구연했다.
줄 거 리 : 집안에 구렁이가 보이면 살지 못하고 나가거나 죽게 되는데, 이런 구렁이를 쫓을 때는 머리카락을 태우면 자연 숨게 된다는 이야기이다.

(조사자 : 옛날에는 집에 구렁이, 구렁이가 보이면 잡으면 큰일난다고 하잖아요?) 그려 그런께. 그건 말하자면. 집안에 저 집 지킨, 집 지키는 구렁이라고 보통 구렁이가 아니여, 요만헌 큰것이 한 바랑되어.

(조사자 : 보셨어요?) 봤지. 봤는디. 그 구렁이가 사람 눈에 띄면 절대 좋덜 안해. 사람 눈에 안 뵈이는 거여. 안보인디. 그런 구렁이가 사람 눈에 보이니께. 그 집을 이택을 못허고 한 3년 이짝 저짝에 집에 불이 난다던지,

어쩧케 해서 거기 안 살고 나가게 된다던지 그런 제명이 생기지. 그런 구렁이가 나와서 무난허니 지내덜 못허더라고. 아 이 동네에서는 나는 그런건 모르겠고, 그냥. 구렁이를 봐갔고 그러고 저러고 한 것은.

내가 여기가 탯자리가 아니어서. 원래 내 탯자리에서 봤는디. 집이 안 될려면 구렁이가 나와 갖고, 옛날에는 집이 초집이여. 짚으로 지붕을 했어. 그러면 저 짚으로 뺑뺑 타고 돌고 절반 지나면 몸뚱이를 속으로 식힐려고 배 내놓고 있고 그래요.

그것을 쫓을려면 어떻게 쫓냐? 사람 머리카락 저 부인들 머리채를 고거 빼 놓은거 있지. 고놈은 달비. 고놈을 나무 끝에다 걸어 놓고 불에다 태아 (태워).

불에다 태워 갖고 얼른 불에다가 기름에다가 어쩌케 해 갖고, 하여튼간 그 구렁이 기여댕기는 데다가 요런데다가 어쩌고 해 갖고, 자연적으로 몸뚱이를 숨겨부러. 그렇게 해서 쫓아 보기도 하고 그랬는디.

그러고 또 어떤 사람들은 나와서 그렇게 댕기믄 배암 잡는 사람들이 잡는디, 절대 안잡어. 응, 지금도 안잡아.

서시천과 냉천

자료코드 : 06_04_FOT_20090129_SJH_LJH_0001
조사장소 : 전라남도 구례군 마산면 냉천리 냉천마을 62-1번지 냉천마을회관
조사일시 : 2009.1.29
조 사 자 : 송진한, 서해숙, 이옥희, 편성철, 임세경, 김자현

제 보 자 : 이종호, 남, 91세

구연상황 : 냉천마을회관에서 처음 조사를 시작하면서 마을사람들에게 서씨교에 대해 묻
자 제보자가 나서서 다음의 이야기를 구연했다. 함께 자리한 마을사람들은 진
지하게 이야기를 경청하였다.

줄 거 리 : 중국에서 600명 제자들이 지리산 장수약을 캐러 왔다가 서씨교 근처의 냇가
에서 목욕하고 이 마을의 샘물을 먹었다는 이야기이다.

서시교라는 것이 옛날에 저 서시, 중국에 거 서 뭐시기가 있어요. 거기
거 참. 거기 제자들을 한 남녀[잠시 뜸을 들이고]간에 한 6백 명을 동원
해 갖고 이 부락에 보냈어.

지리산에 가서 저 장수약을 캐오라고, (청중 : 아 거 참 좋은 얘기여!)
여기 서시교를 만났어. 그 날은 덥고 그러니까. 그 냇가에서 목욕을 하고,
그리고 요 부락을 들어왔어.

그런디 인자 여기 냉천리란 새미가 세 개가 쪼로록허니, 예, [샘이 있는
세 군데를 가리키면서] 세 간디가 있었어요. 그런디 그 샘물을 먹고 하도
차가우니까, 하 이거 이 동네를 새미 천(泉)자를 넣어서 냉천리라 그러라
고, (청중 : 진짜 참 찬물이 많이 났어.) 그래서 냉천리라고 그랬어.

아 그때 그 모범생이(정확한 뜻은 알 수 없다) 장수를 할라고, 남녀 6백
명을 동원해 갖고 여기 지리산 여기 약을 캐오라고, (청중 : 응 그래서 서
씨교다!) 응.

지천리 왕만석과 콩잎국

자료코드 : 06_04_FOT_20090129_SJH_HBA_0001

조사장소 : 전라남도 구례군 마산면 냉천리 냉천마을 62-1번지 냉천마을회관

조사일시 : 2009.1.29

조 사 자 : 송진한, 서해숙, 이옥희, 편성철, 임세경, 김자현

제 보 자 : 한복암, 남, 88세

: 구례군청에 설문지를 의뢰하여 한복암이 설화와 민요에 뛰어난 제보자라는 사실을 미리 파악하였다. 하루 전에 한복암 제보자의 집으로 전화를 해서 취지를 설명하고 내일 방문하겠다고 했다. 또한 마을의 노인회장에게 연락을 하여 취지를 설명하고 마을회관에 설화와 민요를 구연해 주실 분들을 모아 주시라고 하였다. 오전 11시 경에 마을회관에 도착하였는데 9명의 주민들이 기다리고 있었다. 인사를 드리고 취지를 설명한 후 조사를 시작하였다. 조사자가 제보자에게 부자나 만석꾼 이야기를 해달라고 하자, 구례에 유명한 부자인 왕만석에 대해 다음의 이야기를 들려주었다. 청중은 노인회장으로, 이야기 도중에 호응을 해주고 중간에 모르는 말이 있을 때마다 거들어 주었다.

줄 거 리 : 순천부사가 남원에서 순천으로 향하는 길에 구례 왕만석이가 잘 먹고 산다는 이야기를 듣고 왕만석의 집에 들려 점심을 먹었다. 왕만석이가 점심으로 콩잎국을 대접하자 내심 언짢았으나 막상 먹어 보니 그리 맛있을 수가 없었다. 이후 부사가 순천에 부임하여 그 국을 끓였으나 그 맛이 나지 않자 하인이 직접 나서서 왕만석에게 만드는 법을 물어보았다. 대답인 즉 죽은 소 한 마리와 물, 병아리를 광에 넣어두었다가 죽은 소가 썩어 굼벵이가 생기면 그것을 병아리가 주워 먹게 하여 닭이 될 때까지 기다린다. 그리하여 그 닭을 포로 떠서 육장으로 만들고 거기에 콩잎 넣어 함께 끓인 것이라는 말을 전해들은 순천부사가 감탄하였다는 이야기이다.

전라감사는 저그 이 순천에다가 순천부사를 갖다가 해 가지고, 이 저 그 남원, 유대를(가마를) 해 가지고, 요 사행교를(사인교를) 해 가지고, 이 남원서 자고 지전(지천리) 왕만석 집에 가서 점심을 대고(지전리 왕만석 집에서 점심을 주었고), 식사를 마치고, 인자 저 그, 순천을 넘어간다 그 말이여.

그런디. 지전 왕만석이 어쩧게(어떻게) 음석을 잘해 묵던지(먹던지), (청중 : 음식을?) 응, 음식을. 그래서 아! 지전 왕만석이 잘해 먹는다 소리를 서울 장안에서도 알았다 그 말이야. 그런께,

"내가 순천부사를~ 내가 도임을 벼슬을 얻어 갖고, 내가 순천 가서 벼슬을 살아야겄다."

그래 가지고는 인자 이 유대를 가마들고 걸어가는 듯 팔을 저으는 시

늠을 하며] 해 가지고. 남원 와서 일박했제(하룻밤을 지냈다). 자고는 인
제 머 그냥 왕만석 집에서 점심을 자신디(먹는데). 아 점심상을 요리 내놓
는 것을 본께로, 그 유대를 하고(하고 온) 사임들은(가마꾼들은) 상다리가
직신직신 해서 이렇게 내간디,

아 자기는 단지 뭐 있는고는(무엇이 있는가 하면) 콩잎국에다가 [잠시
뜸을 들인 후] 밥 한술 놔 갖고(놓고), 갖고 왔지. (청중 : 콩잎국에…) 콩
잎국에다가… (청중 : 콩잎국 좋제! [모두 웃음])

참말 그래서 그 순천 부사가 가만히 생각해보고 패씸하기도 허고, 그나
저나 인자 양반이 그저(그냥) 갈 수가 없고 하니께, 숟구락(숟가락)을 요거
콩잎국에 대고 요리요리 허고 입에 짝! 다신께 [음식이 맛있음을 강조하
기 위해 억양을 강하게 함].

아! 이놈의 것이 셋바닥이(혓바닥이), 어디로 간 줄도 모르고 요리 간
줄도 모르고 아랫니가 위로 붙고[손으로 얼굴을 왔다갔다 움직이면서],
윗니가 아래로 붙고 볼테기가(볼이) 이 이 합주가리가 되고, 아 이놈의 숟
구락이 정신을 못 차린다. 정신을 못차려. [모두 웃음]

'야! 이거 이상시럽다.'

그러고 밥 숟… 아 밥 한 숟가락을 요리 떠조 갖고(떠서) 콩잎국을(콩잎
국에) 한번 떠먹으면 뱁(밥)이 그냥 녹아 갖고 그냥, 넘어가뿔고 그냥. [모
두 웃음] [머리 위로 두 손을 들고 흔들면서]'아아! 당 모르겠… 어떻게
먹은지 모르겠다.' (청중 : 그 말이!)

아 그래서 정신이 갑자기 나가 갖고(돌아와서), 이제 순천을 가게 되었
다, 갔다. 순천 가서 부사로 도임을 해 가지고 인자 딱 있는디, 아이고!
[잠시 숨을 고르고] 하인들 보고,

"아! 그 그 지전 왕만석 집이서 콩잎국을 묵어 맛있더라. 콩잎국 좀 낄
여 들여놔라(끓여놓아라)."

아 그 순천 시내에서 그 하인들이 그 쐬고기를(소고기를) 육장을 해서

걸러 갖고 그 놈에다 콩잎국을 끓였는데, [모두 웃음]

"맛없다. 못묵어. 맛없다. 못묵어."

밀어내뿐다 그 말이여.

"아 이거 알 수가 없다."

그 말이야 하인이. 자꾸 부사한테 지천(꾸중)은 들어 싸(듣게 되고). 그래서 나(하인이) 인제 지사님한테 가서,

"지사님 말 한자리 고힐랍니다. 아이고! [한숨을 깊이 쉬며] 콩잎국을 어디서 잡쉈소. [하소연 하듯이 머리를 땅바닥에 조아리면서] 그 주소라도 갈쳐 주소서."

"오냐. 그 주소 가르쳐주마. 저 지천리 가면 그 왕만석 집에 간다(있다). 거기가 물어봐라." [모두 웃음]

"예에."

아 지전 왕만석 집에 가갔고 하인이 가서,

"아! 그 콩잎국 순천부사님 끓여준 일 있냐고?"

"아 그 도임을 해 갖고 가는 판인디(도중이기에)……, 점심식사라 해서 콩잎국 하나 끓여준 일 있다고."

"그거[간절한 말투] 쪼깨 가르쳐 줄라고(주라), 그(콩잎국 요리의 비법을) 요리사 가르쳐 줄라고 왔습니다."

"그거 안돼. [양쪽으로 팔을 휘저으며] 그 일년을 재료를 장만헌거야……. 일년을…… 일년을 장만해야 한거야."

무릎을 꿇어앉고, [머리를 조아리는 시늉]

"아이고 [간절하면서 하소연 하듯이] 그냥 되던지 간에(콩잎국 재료를 마련하기 위한 시간이 일 년이 걸려도) 갈쳐주십시오. 얼른 대소간만 쪼깨 가르쳐주쇼."

어, 그래. 그래. [잠시 목을 가다듬고] 소를 한 마리 잡아서 [목기침] 광에다가 잡아넣고 뻥아리(병아리)를 한 마리 집어넣고, 한 배를 꿰매 가지

고 또 그 속에다 넣고 물만 끓여 가지고, 광문을 탁! 닫아 놓으며는(놓아 두면) 이 귀돌이(굼벵이)가 돌돌 떨어져 나가서,

귀돌이만 주서(주워) 먹고, 새끼 귀돌이만 주서 먹고, 그 그것을 그 소 한 마리를 백계 한 배(닭 한 마리의 배에서 나온 병아리들)가 다 묵어 뿔고, 물만 묵고, 그것을 포를 떠 갖고 말려서, 그것을 호미루에다 국에다가 싹싹 비벼서, 요렇게 요렇게 들어내 그거를. 이제 배…배…[억양을 강하고 급박하게 하며]

배왔어?!!" (광에 잡은 소 한 마리와 물, 병아리를 넣는다. 죽은 소가 썩으면서 굼벵이가 생기면 그것을 병아리들이 먹고 닭으로 성장한다. 그리고 그 닭을 포로 떠서 육장으로 만들어 콩잎국에 함께 끓인다)

"예. 예. 예… 배왔어요."

아이고 그래서 인자 순천부사님한테 가서,

"아이고 나 배워왔심더."

"뭐러고 하든고."

"예. 이러고 요러고 이러고 요러고."

"아이야! 대차 그랬구나. 지전 왕만석이 잘 묵고 산다는 것 참 명이 날 만 하다."

[모두 박수]

유풍천과 아흔 아홉칸 집

자료코드 : 06_04_FOT_20090129_SJH_HBA_0002
조사장소 : 전라남도 구례군 마산면 냉천리 냉천마을 62-1번지 냉천마을회관
조사일시 : 2009.1.29
조 사 자 : 송진한, 서해숙, 이옥희, 편성철, 임세경, 김자현
제 보 자 : 한복암, 남, 88세

구연상황 : 앞서 김광수 제보자가 들려준 아흔 아홉 칸 집에 대해 한복암 제보자가 다음 의 이야기를 덧붙였다.

줄 거 리 : 유풍천이 집을 지을 때 서울이 되려면 백 칸을 지어야 하는데, 역적으로 몰 릴 것을 두려워 아흔 아홉 칸을 지었다는 이야기이다.

유풍천이 [잠시 뜸을 들이다가] 시방으로 말허면 참령(參領, 벼슬명)을 해, 참령을……. 몇 십리 몇 백리를 그냥, (청중 : 줄이고, 줄이고.) 막 긁 어 당겨서 그냥 뛰어서 가는 판이라. 서울로 가서 저녁밥을 먹고, 서울가 (서울로 가서). (조사자 : 지금으로 말하면 경공술이죠. 어허허허.) [청중 웃음]

바둑한판 두고, (청중 : 축지, 축지법.) 근데. 그렇다가 유풍천이 거기 다가 서울 맨들라고 아흔 아홉칸을 지었는디, 왜냐하면 백 칸을 지어야하 는데, 백 칸을 지으며는 역적으로 몰려 죽거든. 그런께,

'나중에 이것이 암만해도 나라에서 심사가 올거시다, 심사가 오면 내가 까딱하면 나는 역적으로 몰려 죽는다.'

"한 칸 띠라, 한 칸 안 지어야 한다."

그래 아흔 아홉칸을 지었어. 아 난중에 본께 아흔 아홉칸이라, 그러니께 유풍천이 [잠시 뜸을 들이다가] 그렇게 안 몰렸어 안몰렸어. 그냥 박사라.

도깨비가 없어진 이유

자료코드 : 06_04_FOT_20090129_SJH_HBA_0003

조사장소 : 전라남도 구례군 마산면 냉천리 냉천마을 62-1번지 냉천마을회관

조사일시 : 2009.1.29

조 사 자 : 송진한, 서해숙, 이옥희, 편성철, 임세경, 김자현

제 보 자 : 한복암, 남, 88세

구연상황 : 조사자가 도깨비 이야기를 해달라고 하자, 제보자가 다음의 이야기를 시작했 다. 청중은 노인회장으로, 이야기 도중에 호응을 해주고 중간에 모르는 말이

있을 때마다 거들어 주었다.

줄 거 리 : 여름철이나 날씨가 흐리면 도깨비불이 많았으나 일제 당시 일본인들이 가져
온 석유불 때문에 도깨비불이 없어졌다는 이야기이다.

도깨비가, 그리고 이 등잔불 쇠고뿔(석유불). 쇠고뿔. 쇠고뿔. 그전에는
그전에 일본 합방 안됐을 적에는, 조선시대에는, 들깨기름 모더(혹은) 참
기름 모더(혹은) 머 저 명시기름(미영기름) 그거 짜가꼬(짜 가지고),

쫑재기에다 종재기에다가 불을 쓰고, 인자 관솔까지 피워놓고 불 피워
놓고 머 삼도 삼고 인자 그런거 했는디, 아! 이놈의 귀신들이 도깨비가 발
동을 하지, 귀신이라, 그 신이라, 신이 발동을 한다 그 말이여.

여름철 되고 날이 꾸물허고(흐리고) 글믄(그러면) 한쪽에서 휘파람 소리
가 이상 디키고(들리고), 도깨비불이라고 빤떼기불(번뜩이는 불) 고놈 이
리이리 해싸고(움직이고) 그래싸믄(그러며는) 가서 사람이 가서 지침허고
가서(기침하고 가서),

"아!" [짧고 강하게]

어쩌고 하믄 없어져브러. 그러다가 아! 그 뒤에 이 도깨비라는 것이 없
어져브네, 왜 없어져브냐? 이 불이, 그담에 일본놈들이 저 그 활셔솔표라
고 그 쇠구(석유)를 내놨어, 일본놈들이 조께 저 팔았어, 솔표 그 쇠구라고.

그럼 쇠구뿔을 조께 사 쓴께. 이놈이 쇠구뿔에 불밝제. 내금세(냄새),
쇠구뿔 니미 내금세 나제. 이 귀신이 범침을 못해. 도깨비가 엊그저께 도
깨비가 펀득펀득 헌(한) 놈의 것이 이 쇠구뿔 쓴 뒤로는 도깨비가 없어,
안보여. 도깨비가 없어져브러. (청중 : 도깨비는 말하자믄 귀신이라!) 아니
신이라, 미신. 신이라 신인디.

그러다가 아이 인자 어쩌다가 보며는 저 또 도깨비 인자, 신이 없는디,
쪼게 도깨 저 불 안비친데 가서 조께 펀적펀적해(뻔쩍뻔쩍해) 펀적펀적해.

이 전기가 인자 이놈이 구례에가 딱 들어왔네, 전기가 펀적펀적허며는
[양손을 공중에 휘저으며], 도깨비고 귀신이고 전부가 전부 다 싸 짊어지

고 없어, 없어. (조사자 : 도깨비가 다 어디로 가버렸을까요?)

(청중 : 어디로 갔십니까? 어디로?) 없어. 어? 어디로가, 인자 맥없이 없어져븐거지, 없어져브렀어. 거!

배형국과 베틀형국

자료코드 : 06_04_FOT_20090129_SJH_HBA_0004
조사장소 : 전라남도 구례군 마산면 냉천리 냉천마을 62-1번지 냉천마을회관
조사일시 : 2009.1.29
조 사 자 : 송진한, 서해숙, 이옥희, 편성철, 임세경, 김자현
제 보 자 : 한복암, 남, 88세
구연상황 : 청중은 노인회장이다. 이야기 중간에 적절한 호응으로 분위기를 유도하고 조사자들에게 생소한 단어가 있을 때마다 단어의 정확한 뜻이 무엇인지 제보자에게 확인을 해주어서 조사자들이 편하게 조사에 임할 수 있었다. 조사자가 풍수적으로 냉천마을이 무슨 형국인지를 묻자 다음의 이야기를 들려주었다.
줄 거 리 : 풍수가가 냉천마을에 들어와 샘을 찾았으나 없기에 이상히 여겨 마을형세를 보니 배형국임을 알게 되었다. 즉 물을 얻기 위해 구멍을 내면 배가 가라앉기 때문에 마을 안에 샘이 없다는 것이다. 그리고 용두산 근처 옥녀봉은 베틀형국이다. 옥녀가 베틀에 앉아 베를 짜는 중 왼손에 낀 가락지를 빠뜨렸는데, 토지면에 그 가락지가 떨어졌다 해서 이를 '금환낙지'라 했다. 이를 알고 많은 부자들이 그곳으로 이사를 왔으나 모두 망했다. 사람들이 그 이유를 알기 위해 풍수를 찾아가니, 왼손에 낀 가락지는 오른손에 의해 빠졌기에 금환낙지는 마산마을이라는 이야기이다.

이 풍수들이 와서, 풍수들이 와서 행국을 요렇게 판국을 볼 적에는 하~ [짧게 탄식하며] 냉천리가 행국이 좋은디,

"이건 먼 행국이냐?"

허고 이렇게 보니까 동네를 들어와 보니까 마을에를 들어와 보니까 새미(샘)가 없어, 새미가 없어. 새미가 어째 새미가 없는고 하고 요래 본게, 통샘이라고 헌 것은 이 바가치(바가지) 한~나(하나, 둥근 원을 어깨너비

로 그리면서 크지 않는 샘이라는 표현) 갖고.

이 요 요 우게 가믄(위에 가면) 통샘이라고 있어, 그 그 물을 전부 아침 이므는 그 바가지로 가지고 떠다가 [물을 뜨는 시늉을 하며] 온 동네 사람이 묵고.

그 뒤에 인자 인자 머시 생겼는고, 인자 머 인자 그 일본놈 개화시장도 되고 긍께 인자 그 말할 것도 없고, 근데 배 이거 행국을 그 그 풍수들이 찾아낼라고 애를 쓰는디. 아 난중에 본께, 저그 저 용두에 가서는 요 우게 (위에) 저그 거 하사 거 거시기 머 옥녀봉이라는 데가 있어, 옥녀.

옥녀가, 옥녀가 베틀째, 그 베틀째를 그 베틀째라 그러지 말고 베틀째 라, 베틀이라! 베틀. 그래 가지고 옥녀가 베틀을 챙겨놓고 베를 짠디. [손 을 오른 쪽에서 왼쪽으로 베 짜듯이 옮기면서]

베를 짠디 왼손에다가 금 그 금 금반지를 찌고(끼고) [손가락에 반지를 끼우는 듯] 이 저그 머시냐, 그 용두 그 끄터리를 인자, 그냥 베틀이 이렇 게 생기깄다(생겼다) 그 말이여(용두산 끝자락이 베틀모양으로 생겼다).

그래 가지고 본께 아! 금환낙지(金環落地)란 것이, 아! 이것 옥녀가 금환 락진디, 김이 떠서 버서서 내뿌렇는디(옥녀가 베틀을 짜다가 왼손에 낀 금반지가 그만 빠져버렸는데)

'어디가 떨어졌냐?'

그래 가지고, 그 모더(모두) 그 최씨들, 배래 최씨들 모더 머던(어떤) 사람들이, 그 밭들이 너른 들에다가 새터를 잡아 가꼬 집을 지어 망해쁘러. 자꾸 망해쁘러. 금환낙지라고 찾아 오믄 망해쁘러.

아! 그래서 난중에 풍수, 또 어디서 지관 하나가 또 새로 들어 와 가꼬 는, 아! 난중에(나중에) 인자 망해쁘러서 모더 그래도 가도 못허고 살지, 아들이 머더 그 조관 널 그 산다고 아 그런디, (청중 : 토지면……)

아 냉천리를(처음 냉천리라고 하였으나, 지명을 잘못 말하여 뒤이어 마 산으로 지명이름을 수정) 아 마산을,

"아 마산이 금환낙지다."

거 난중에 풍수가, 하나 나서 갖고(나와 가지고 하는 말이 마산이 금환 낙지라고 하였다),

"그래 어째서 마산이 저그 금환낙지냐?"

아! 베틀째러(베틀을 짜러) 가지, 베를 짤라며는 옥녀가 베틀을 쩔(짜는) 왼손에 금반지를 쩌 가지고(껴서), 요손으로 오른손으로 금반지를 그렇게 해 가지고 떤제 부렇는디(금반지를 왼손에 끼고 베를 짜다가 실수로 북을 잡은 오른손이 금반지를 빠지게 하였다.),

마산 땅에다가 떤저(던져) 부렇제 왜? 마녀린 똥에다가 ○○ 그거 떨어 질 락(落)자 떨어질 락자 금환낙지다 그 말이여(베틀재의 오른쪽으로 반지 가 떨어졌고, 그곳을 금환낙지라고 한다. 실제 그곳에 위치한 마을은 바 로 마산이기에 마산이 금환낙지라는 내용).

"에 진짜는 마산이 어디가 떨어진지를 몰라 그러제 요것은 마산이 진 짜다."

그랬는디(마산이 금환낙지의 명당인지는 알겠지만 정확히 마산의 어느 곳에 떨어진 것인지는 모르겠다는 내용). 그 풍수가 지관이 [잠시 뜸들이 고] 냉천리에다가 행국을 잡아내야 되것는디, 아 와서 동네부락을 쳐다보 니 아 통샘이 저것 하나 가꼬 먹고 있다 그 말이야,

"아~하![무릎을 치면서] 이것이 댕긴(생긴) 것이 배형국은 진짜 배형국 이다."

새미를 팠으면 배짱을(배밑을) 뚫어블믄 물이 잘 나(나온다.). 냉천리는 이 서벌만 파도 물이 잘난다 그 말이여. 아 그런게 여그도 뚤브믄 물이 나오고 저그도 뚤브믄 물이 나오고 아 냉천리 샘에 물이 막 인자 일본놈 개화시절이라, 자꾸 [잠시 뜸들이다.] 막 새미를 파싸.

긍께 인자 그것은 말할 것도 없고 그래서 배행국이라 그 말이라. (청 중 : 배형국이라.) 그래서 그러면은 제일 행국이 어디를 잡았는고 하며는,

저[강조] 당산골목에 고 우게(그 위에) 시방 고 우게 올라가서 언덕을 타고 올라가면,

그 저 그 봉두 중심 그 논 그 너마지기, 거가 말허자면 배 저그 딸이(꼬리) 딸이터다 그 말이여 거가 딸이라, 그래 딸이에를 틀어… (청중 : 딸이란 말이 머여, 딸이?) 배. 배머리잖어. 배꼬리, 꼬리 배꼬리 요리요래 틀믄, (청중 : 꼬리!)

앞은 요리 돌고… (청중 : 키?!!) 키. 딸이. 거따가 딸이를 딱 해놓고 본게로 참 인자 진짜 행국이라 그 말이여. 그래서 냉천리를 새미를 어른들이, "새미를 파지 말자잉. 될 수 있으믄 새미를 파지 말고 살자."

그거이라, 일본놈 개화시대이니 새미를 막 막 배짱을 [강하게] 뚫브니(뚫으니) 그 풍수 말 않고(풍수 말 듣지 않고) 배짱을 뚫어브니 그 물이 잘 나온거는 사실아니여(당연한 일인 것이다.), 의외로 샘을 세 개가 있었다지만…(냉천마을에는 3개의 샘이 있기에) 더 이상 파기를 원하시는 것은 아니겠네요.)

(청중 : 네에. 팔 필요가 없지.)

(조사자 : 밑을 파면 가라앉을 것 아니예요?)

(청중 : 그렇지. 그러니 새미를 파면 안좋다는 말이지.)

그러게 냉천리가 그래 냉천리가 행국이 배행국이라 배설이여 배설 설이 배행국.

(조사자 : 그럼 어르신, 지금 저기 금환낙지 형국이라고 정해져 있는 데 제대로 맞나요?)

(청중 : 토지 말이여. 토지. 거기가 금환낙지가 맞나 그 말이여?)

토지? 거가 긍께 또 인자 거 나중에 풍수가 그 모더 금환낙지 잡아온 사람들은 기미 때 쉽게 말해서 자리를 잡아서, 말이 거 머 함한 하씨 집 머 진주 강씨 집 그 머더(모두) 그 근방서 부자로 쪼께 살던 사람들은 전답을 팔아 가꼬 와서 거그 와서,

모다(모두) 터를 잡아 가지고 집을 지어 가지고 싹 망해브러! 다 망해브러 그래 떨어질 락자 알아?! 떨어질 락자. 그 금환낙지가 아니여 아니 아니제(토지가 금환낙지인줄 알고 그곳에 터를 잡은 사람들이 모두 망했다. 그렇기에 그곳은 금환낙지가 아니다는 내용), (청중 : 금환낙지라고 사람들이 많이 왔는디.)

부자들 겁나게 싸 짊어지고 왔당께. (청중 : 그러니까 그걸 못 찾고, 금반지를 저쪽으로 던진게 냉천 쪽으로 던졌다고.) 머 긍께 아 그러게 금환낙지나마나 왼손으로 옥녀가 왼손으로 배를 짠게 거가 벗어났을 것이다 벗어났을 것이여. 아! 진장, 진짜 풍수는 진장 빼가꼬 마산 땅으로 던져브렀어.

(청중 : 오른쪽으로 던져버렸다 그 말이여.) 허허허, 아! 오른쪽, 오른쪽 아닌갑네. (청중 : 아니 나도 시방. 그. 그.) (조사자 : 그 저기 베틀. 베틀이 있는 그 형국이 어디 쪽이라고 그랬어요? 용두? 용두 바로 있는데?)

(청중 : 용두. 여기 용두.) 아 용두 베틀째가 있어 베틀째 있어 시방. (청중 : 용두에. 용두에 올라가는데. 거기를 베틀째라 했어.) 그 베틀째라 베틀이라 흡사 베틀이여.

베틀째라 양쪽에가 이렇게 해서 요렇게 됐는디이, 그 베틀째는 베틀째는 베틀을 여자들이 배를 짤라하믄 베틀이가 따라 올라오면 자리가 옴팍하네,(여인들이 베틀을 짜기 위해 앉는 곳이 잘록하니 들어가는 모습과 흡사한 모양)

이 하동을 가나 진주를 가나 구례서 그 베틀째를 갈라므는(가려면) 떡! [강조] 그제 지금으로 미터로(미터로) 말허므는, 그 뚤븐자리가 그게 산이 그렇게 생겼어, 산이 요렇게 내려와 가지고 짤~쑥 해 가지고,

아! 폭 베틀 그 괴머리 북 그 왔다갔다 헌디는 [손으로 왔다갔다 하면서] 높으단 말이여,

쪼게 높아. 쪽 높은 디가(높은 곳이) 어딘고는 그 용두동네라, 용두동네.

그러면은 짤숙헌디는(잘록한데는) 그 여자가 옥녀가 앉어 갖고 이 북을 집어 넌디(집어넣은데), 앞에는 용두 동네고 뒤에가 그 저그 먼지,

아~! 그~ 저그 저 김형! 저저 정상호 거 아흔 아홉칸 윤씨 이, (청중 : 유씨?!) 님… 유풍천 그, (청중 : 아흔 아홉칸.) 아흔 아홉칸, 고리(거기) 그 유풍천 그 집을 그 동네를 타고 그렇게 내려왔다 그 말이야.

그런디, 아! 인자 여자가 이렇게 베를 짜며는 이 베틀에가 앉었는디, 그 몰랭(산봉우리)이 하여튼지 베틀 뒤에 몰랭이 어철크럼(어떻게 그렇게) 척 박한지, 돌 아니믄 흙 한 주먹댕이(주먹 한 덩어리) 없어 맨(모두) 돌이라.

아! 그래 가지고 인자 이 사건 때조차 모다해서 것다 감시초소를 짓고 모다 군부를 짓고 카서(해서) 우리 가서 일해 보면 만날 땅 그 산 몽땅(산을 전부) 파봐야 흙 한 주먹댕이도 없네, 맨 돌이네 맨 돌.

그 그것이 진짜 베틀이다 그 말이여. 그러므는 지금으로 말하면 그 여자 앉으는 옥녀 앉은 자리가 한, 차가 댕기기를 짤숙헌디로(잘록한 부분에 차 한대가 다닐 수 있다) 차가 딴대로 뚤불레야(갈래야) 뚤불디가 없어, 머 막상 버스도 댕기고 도락구(트럭, トラック)도 댕기고.

도락구 일본놈 시대에 도락구도 댕기고 한 트럭도 댕기고 그래마 그놈의 아구 구녕에가 한 메따로(m로) 말하믄 한 이십메따(20m)뿐이 안되야, 그 나 질내(길가에) 그 술집 있는디 그 짤~숙허단 말이여, 시방은 인자 싹 밀어불고 막 기양 남포(다이너마이트)로 밀어불고 그냥 이렇게 이리 해불고 거참 이상해요 이성해.

처녀의 병을 낫게 한 사랑방 총각

자료코드 : 06_04_FOT_20090129_SJH_HBA_0005
조사장소 : 전라남도 구례군 마산면 냉천리 냉천마을 62-1번지 냉천마을회관
조사일시 : 2009.1.29

조 사 자 : 송진한, 서해숙, 이옥희, 편성철, 임세경, 김자현
제 보 자 : 한복암, 남, 88세
구연상황 : 제보자가 앞서 '지천리 왕만석 이야기'를 들려준 뒤에 조사자가 다른 이야기
　　　　　 가 없는 지를 묻자 사랑방에서 사람들이 참 많은 이야기를 했다며 그때 들었
　　　　　 던 이야기라며 다음의 이야기를 들려주었다. 제보자가 이야기를 구연하는 동
　　　　　 안 함께 자리한 마을사람들은 진지하게 듣고 있었으며, 방해되지 않도록 서로
　　　　　 말을 자제하는 분위기였다.
줄 거 리 : 정신이 온전치 못한 여인이 있는데, 하루는 더벅머리 총각들이 모여 있는 사
　　　　　 랑방에 들어갔다. 나이 많은 총각이 먼저 장가를 가겠다고 하여 여인과 동침
　　　　　 한 후 그 다음 순으로 총각들이 동침을 하고 날이 밝자 여인의 정신이 온전
　　　　　 하여 자신의 집으로 돌아갔다. 몇 해가 지나 중신아비가 오고가자 여인은 아
　　　　　 버지에게 술 한 동우와 떡을 들고 더벅머리 총각들이 있던 사랑방으로 찾아
　　　　　 가 자신의 병을 고쳐준 것에 대한 감사를 하였다. 이후 여인은 좋은 집으로
　　　　　 시집갔다는 이야기이다.

　기가 맥힐(막힐) 일이여 그 얘기가, 그 얘기가 그 어치케(어떻게) 기맥
힌 원인은, 시방 이 우리 마을에, 우리 마을에 정신환자가 하나 있어요,
지금. 홍삼만이 딸이제잉.(청중 : 응 거 있어, 있어. 옳제!)

　그 시방 그 여자가 그 인자 이렇게 마음이 돌아브렀는디, (청중 : 처녀!
처녀!) 이전에는 에 사랑방이라는 것이 단지 소죽을 쒀 가지고 믹여뿔면
은(소에게 먹이면) 그 목당초군들이 전부 사랑방에가 밀려 가지고, 저녁에
일박을 잔다 그 말이여. 일박을 잔다.

　아이고 ![약간 언성을 높이면서] 장개 맛도(장가맛도) 못본 늙은 총각이
답뿍 찼고(가득차 있고), 장개 맛도 못봐. 그래가꼬 늙은 말만한 총각이
머리를 땀서도(따면서도) 이 상투를 올려야 할 것인디(것인데),

　[머리 위로 손을 올려 상투를 잡듯이] 상투가 걍 늘깡 흐게(희게) 흰머
리가 나가꼬, 그래가꼬 걍 머리를 따가꼬 이 머리를 이렇게 따가꼬, [머리
부터 등허리 뒤로 머리카락을 따는 듯 시늉을 하며] 쥐꽁댕이같이 머리가
흐게 따가꼬 다닌단 말이야,

그런 늙은 총각이 버걸버걸(바글바글) 허고 그럴 적에, 하![탄식하면서] 어떤 부인이, 아! 얼굴도 좋고 어여쁜디, 아! 도저히 [잠시 숨을 쉬고] 기냥 밥을 어디 가서 주면은, 어디 가서 얻어 주면은 밥을 도라고 주면은 밥을 주면 안받아, 안묵고 그냥 밥을 내뿔고(밥을 먹지 않고 버리고), 그러고 늘 그러고 댕긴단 그 말이여.

그러자 이 사랑방에가, 해필(하필)! 그 정신이 쪼까 경환자(輕患者) 이만저만 정신이 경환자가 왔다 그 말이야, 거그를 들렸다 그 말이야. (청중 : 여자가?) 여자가, 여자가 들렸는디, 한 여자가 인물이 일색이여.

인물이 일색이고 그런디. 어쩔케(어떻게) 좌우간에, 어쩔케 그 늙은 총각들이 좌우간 그 사랑방에서 그 여자를 한 번썩 쳐다보므는, 좌우간에 썩 비 묵어도 비린내도 안나! (조사자 : 비 묵어도 비린내도 안나요! 하하. [웃음] 얼마나 맛있으면!) [모두 웃음]

빛(단어가 정확한지 파악할 수 없다.) 정도다. 그렇게 어여쁜디, 그 중에 그 중에 제일 나마는(나이 많은) 총객이,

"아! 일오니라(이리오너라) 일루와, 이 이래서는 안되것다."

그렁께 나마는 총각이,

"걍 느그들 싹 나가거라. 싹 나가고 장가를 내가 한 번 들어야것다. 그러믄 나 장가든 뒤에 느그 알아서 허도 헐료량(해도 되고) 하고, 내가 장가를 모냥 들랑께 느그 나가거라."

그래 싹 나가브렀다. 그렁께 인제 나만은(나이 많은) 인자 총각이 제일 고년 총각이 장가를 한번 들었어. 장가를 한번 딱 들고 인자 딱 한번 나서뿐게(나서니까), 그 뒤에 그 담에 늙은 총각이 또 달라 들고…… 삼번, 사번, 오번, [조사자·청중 모두 웃음]

육번 해서 약 한 칠번꺼정 걸렸어, 칠번꺼장. 그래서 장가를 잘 들었는디. 아 그러자 여자, 밤, 날이 먼동이 텄어, 먼동이. 아! 그런디 이 여자가 자가다 뻘떡(벌떡) 일어나더니,

하 [기막히듯이] 그때는 정신이 완전히 [상기된 목소리] 돌아와브렀어. 정신이 완전히 돌아와 가지고는, 아! 인자 뽀시락뽀시락(부스럭부스럭) 거시기 해싸더니 인자 옷을 챙겨서 인자 단속을 한다 그 말이여. 모냐는(앞에서는) 옷 단속도 안하고 그러고 댕기다가 인자 아 아침에 정신군이(정신들이) 돌아와브렀어.

아! 자기 옷을 다시 단속을 해서 입고 아 이러싸코 [얼굴 단장을 하듯이 손을 움직이며] 이러싸크든 그래서,

"나 갈라요, 도련님들 여그 사랑방에, 여그 도련님들 잘 계시씨오, 나 갈랍니다."

아! 어제께는 정신없는 소리 허더니 오늘 아침에 나갈 적에는 여전허니, (청중 : 아! 정신을 채려갖꼬.) 정신을 뚝[강하게]바로 차려 가꼬(가지고) 나가거든.

아! 그럼성(그러면서) 아 말리에(마루에) 내려 서 가지고는 제배를 한다 그 말이여. 사랑방에다 대고,

"내가 에~ 인자 내가 이런 정신이 맑은 정신이 돌아와서 내가 갑니다. 그러니까 이 도련님들 잘 계시시오. 언제 아냥 모리게 내가 한번 찾아 볼랍니다."

그래 가지고 자기네 집이 갔어. 가서보니 자기네 부모한테 가서, 아! 부모가 정신이 기운이 없어 가꼬 나가쁘렀는디(버렸는데), 아! 정신이 말짱해 가꼬 왔다 그 말이요, (청중 : 하하!) 아! 오지게야 부모들이 반가워서 나중에,

"아이고 내새끼야, 아이고 내새끼야, [양 팔을 벌려 딸을 안듯이 팔을 포개면서] 이리 들어오니라."

따둑거리고(다독이면서) 인자 그래가꼬.

"아이고![기쁜 한숨] 이렇게 해서 인자 뭐, 어쩔 갖고 인자 그만 나가쁠었구만요. 정신이 돌아와서 왔구만요."

그래서 일년 살고 이년 살고 해기 때문에, 아! 인자 중신애비가 왔다리 갔다리 야단이다. 과년이 차가꼬 이쁘고 그러기 때문에 인자 인자 중신애비가 왔다 갔다 그런디, 즈그 아버지 보고,

"아부지 중신단지는 빠르요. 내가 곧 갈랍니다, 저 갈디가(갈데가) 있소."

"그래, 왜야?"

"아브지! 나 술 한 동허고 떡 한실이만 해줏쇼. 떡 한실이하고 술 한 동우허고."

그리가꼬,

"아버지가 짊어지고 나 가는디를 좀 찾아갑시다."

그랬다 그 말이여.

"아 그렁께 먼말이냐?"고 해서,

"이러고저러고 해서 암디라도(아무데라도) 가서 동네가 큰디, 하이거! [짧은 탄성을 내듯] 이 동네이름도 모른 동네는 내가 안디 그 사랑방도 아요(알아요). 그렁께 갑시다."

그래서 술 한 동우 즈그 아버지한테다 짊어지고 그래 가지고 인자 와서 본께로, 아따 저녁에 인자 모아 잘무럭(잘 무렵) 진대서(쯤 되어서) 요래 가서 본게(가서 보니까), 기냥 [양 팔을 벌려 총각 수가 많은 것을 표현한다.] 먹은(나이 먹은) 총각들이 걍 즈그들꺼냥 뭐 걍 목침을 갖다놓고는, 윷을 뭘 놀고 뭐 바둑 뒤고(두고) 무슨 꼰들 곤 뒤고 모도 모도, 그 그냥 목침에다가 뭐 기리 놓고는 꼰딜곤을 뒤고는 게챔지게(떠들석하게) 논다 그 말이여, 그럴 적에 문을 딱 열고 들어 가 가지고는,

"저 좀 봅시다." 헌께 아~ 아! 어떤 중실치런 영감하고 이팔청춘 여자하고 들어와서,

"그간에 다 안녕허십니까!" 하고 아 말래에서(마루에서) 제배한다 그 말이여, 제배를 허고는요, 아! 그래가꼬는 인자 술하고 막걸리하고 저그

저 쑥떡하고 내논께(내놓으면서),

"잡수시라고."

인자 아! 그렇게 진장 우선 이 진장 사랑방 이 진장 묵고(먹고) 배가 고
파서 노는 판인디, 그냥 심심한 판에 술도 먹고 떡도 먹고 인자, 아 인자
걱정이,

"이 무슨 고기요? 이거 무슨 술이요?"

인자 이러니께, 아! 이러고저러고 장가들은 이 야그를 했어. (청중 : 그
때, 하하. [웃음]) 그래서,

"그래 내 딸이 여그 와서 병을 나사(나아) 가지고 집에 와서 살고 있어,
이 술을 해 가꼬 왔습니다."

그래서 그 참, [잠시 뜸을 들이다가] 그것이 그 사랑방 역사가, 요밑에
저그 저저 머시여 싹뿌리, 아 싹뿌리 시방 저그 저그 저 저그저 홍철이,
(청중 : 그래.) 살 집지어 가꼬 살든 그가(거기가) 머냐 두 집이 있고 그 아
래채가 사랑채라, 사랑채가 뜯어 부렀구만, 그 큰[길게], 냉철에서(냉천리
에서) 사랑방이 그렇게 컸어.

이 거그서 거그서 사람하나 나사 주고 술을 술 술떡을 얻어 묵고 그 좋
은 일 그것은 그 역사가 아니여, (청중 : 거 기가맥힌 전설이여!) 이 여그
서 이 냉천리 부락에서 그 사실이 그 징명이(증명이) 서가고 있는 그 사랑
뱅이라(사랑방이라),

그 다 그 방이랑 집이랑 다 [확신에 찬 어조로] 있습니다. 지금 그 나
어렸을 적에서부터 그 얘기를 거그서 그 사랑방에서 들었십니다. 그래 가
꼬 인자, (청중 : 아 그거 기가 막히네!) 응. 나도 그 뒤에 조께조께 커 가
꼬 그 사랑방을 댕길 적에,

"아! 이 사랑방은 역사가 있다 잉."

어른들이,

"아 그 뭔 역사냐?"

물어본게, 아 근다마는 총각들이 장개 들고 술 얻어먹고 그 저 그 그
저 처녀는 딴디로 좋~은 디로 병 나사서(병이 나아서) 좋은 디로 시집가
고, 그 명난(이름난) 사랑방이라, 이름 낫고(나고) 병[길게] 저그 명이 명
난 사랑방이라 내 얘기는 끝났어. [이야기가 끝나서 인사를 한다.]

　　[조사자·청중 모두 박수]

여인의 억울함을 풀어준 구례 원님

자료코드 : 06_04_FOT_20090129_SJH_HBA_0006
조사장소 : 전라남도 구례군 마산면 냉천리 냉천마을 62-1번지 냉천마을회관
조사일시 : 2009.1.29
조 사 자 : 송진한, 서해숙, 이옥희, 편성철, 임세경, 김자현
제 보 자 : 한복암, 남, 88세
구연상황 : 한복암 제보자가 계속해서 이야기를 들려주었다. 잠시 음식을 나누어 먹으면
　　　　　서 휴식을 취하였다. 이후 조사자가 원님에 관한 이야기가 있는 지를 묻자 제
　　　　　보자가 다음의 이야기를 들려주었다.
줄 거 리 : 예전에 새로 부임한 구례 원님 밑에 침모 노릇을 자청한 여인이 있었다. 구
　　　　　례 원님이 임기가 끝나 새로 부임지로 가려하는데, 여인이 소원 하나 들어줄
　　　　　것을 부탁하였다. 들어보니 어느 사내 때문에 남편이 억울하게 죽었고, 이후
　　　　　에 자신을 겁탈하려 하자 원님 침모 노릇을 하였다며, 그 사내를 벌하여 줄
　　　　　것을 간청하였다. 원님이 그 사내를 불러 사형을 시키는데, 사형 장소가 삼거
　　　　　리 건너편이며 서씨천 건너편의 들판이라는 것이다. 일제강점기 때 이 사형터
　　　　　는 일본인들이 측량을 하고 말뚝을 박았다고 한다.

　　아! 원님이… (청중 : 예에, 허시쇼, 옳제 옳제!) 아 원님이 내나야 여그
시방 에~ 그전의 시방, 그 전 원님이 지금으로 말하믄 군수직이라, 군수
직. 그리고, 인자 원님이 인자 저그 발령을 받는다 그 말이여.

　　그저 중앙에서 원님을 저그 저 군수를 시방으로 말하면 군수 거시긴디,
발령을[한쪽을 가르키면서] 저 중앙에서 줘. 나라, 나라에서 그러므는

인자 원을,

"너는 가서, 군에 가서 원을 살아라."

그러고 인자 원님으로 들어 앉아 있으믄 그 하인들이 그 원님 밑에서, 그 하인들이 관아일이여, 원님 밑에서 하인들이 묻고 상심부름 하고, 머기여 하믄, 촌에 여 이까짓거 머 이까짓거 전부 걍 같이 걍 막놓고 하소하고 막 기래 막 기래. 그래서 그 구례원님이 전부 권한을 가졌어.

구례 권한을 전~부 딱 훔쳐(움켜) 쥐고는 일년에 세공 돈이 놀리면 세금, 세금! 그놈을 받아만, 이전에는 전세돈이라고 그랬어, 전세돈. 세금 그놈 걷어갔고, 인자 그 엽전시대라.

엽전 하나가 짊어지면 백냥 뿐이 못 짊어져. 그러믄 서울 가서 엽전 태질을 지고 그 돈을 벌어서 묵을라고 인자 구례원님한테 가서 청을 데.

"언제 전세돈 받으며는 걍 언제 전세돈 지고 올라갑시다." 하고,

"암디날 암디 모로 모아라."고, 그래 가지고 하나패 백냥 씩을 지어서 인자 연이어 보내온다. 그러며는 전부 이 지금은 인자 머 내무과장 외무과장 머 머 머시 모도 머 위생계장 모도 이러케 해서 시방 이렇게 있지마는,

그전에는 원님이 [큰 원을 그리면서] 딱 쥐고 앉어 가지고, 그 그런께 원님이 그렇게 일이 복잡했어. 소소한 것이라도 원님이 지시를 해. 글믄 원님 밑에서 지시를 받아 가꼬 그 밑에다가 하달을 해, 세 번째.

그래서 참 이전에 [잠시 뜸을 들이다가] 에~ 즈그 서방님 하나가 아 어찌기 해 가꼬는 죄를 진 것 없이 (청중 : 옳지 좋은 얘기 나오굿만.) 죄를 지~ 죄를 짓던가, 그래 가지고는 아 모략을 당해서 즈그 서방님이 죽어브렀다 그 말이여.

그래서 여자가 어처크럼 독허고 독헌 맘을 묵었든지, 원님 밑에 그 관아인헌티 가서,

"내가……,"

그 여자가,

"내가 원님 밑에 침모로 내가 살랍니다."

침모라는 것은 요것을(이불을) 빨아서, 지어서,

"침모로 살란다, 나~ 그 조께, 나~ 그 쪼게."

청을 댔어.

"아 일등 침모가 있답니다." 그랬더니,

"여 그 침모를 들일랍니다."

"아 디리기는(들이기는) 디리야지. 아 옷은 내가 늘 빨아서 입어야 하니까 침모를 디리야지."

아 그래서 그 원 밑에서 가만히 앉아서, 인자 원 밑에서 그렇게 인자 늘 침모로 인자 있었는디. 그 원님이 딴디로 [손을 아래에서 위로 올리면서] 또 상신을 했어. 올라 가꼬 딴디로 발령을 받게 됐어.

아 근디 월급을 줘도 3년인가 있었는디, 월급을 줘도 안받아. 그 침모가 월급을 안 받아 뿌러, 안 받아. 그래서 안받은께,

"그 안 받은 원인이 이 이 이유가 머이냐?"

"예, 나 소원이나 하고 풀라고 있습니다."

"소원이 머이냐?"

"우리 서방님이 어찌고 공보 모략을 당했던가 어찐가 해 가꼬 그 암디 산에 가서 잽혀 갖꼬 죽었는디 사실은 내가 원통허요. 원통해서 내가 이 원을 한번 만들라고 했던 것인디, 인자 원님이 이렇게 인자 서울을 한양을 가신다니, 내가 함 소원대로 이야기 헙니다."

"그래."

그래서 이 냉천리로 말하면 이 삼거리, 삼거리 서시촌을 요래 건너가며는, 그 들판에 가서 이 뛰 뿌리, 뛰가 나가꼬 뛰가 나가꼬 갱번이라 큰 갱번인디.

이 냉천리 사람들 송아지 갖다가 매놓고 해걸음 판에 아침에 갖다 매

놓고, 하래점드락에(하루가 저물도록) 또 몰고 들어오고, 그 소 소가 크는 들판이라.

"하해[안타까운듯이]."

그래 그래서 원님이 그 관아인을,

"그 사람이 시방 그 있나?"

긍게,

"시방 암디서 살고 있다." 하고 즈그 즈 남편을 모략한 사람 잡아간 사람, 가서 탁! 관아인이 가서 대꼬 왔어. 가서 물어보니깐 아조 순전허니 그냥 그 여자 욕심을 내고는 모략을 해 가지고 [언성을 높이며] 그 남편을 죽였다 그 말이여.

그래서 그래 가지고 여자가, 난중에 여자한테 침번을 침론을 헐라고 허니께, 여자가 반항을 해 가지고 그 원 밑으로 침모로 들왔다 그 말이여. 그래서 인자 그 얘기를 쭉 허니께,

"이거 머이마 이거, 이거 이거 사형을 시켜브러야것다."

원님이,

'아 원이나 풀어줘야 되겄다.'

이 이전에는 이 이 지금으로 말허면 원 타고 다니는 당나귀라 당나귀.

그래 인자 거가서 사형터를 가서 딱 같이 가서, 장마 밑에서 관아인들이 와가꼬 구뎅이를 팠어. 구뎅이를 파고는 인자,

그 구뎅이 우에다가 이 짝수바리를 딱 해 가지고 [나무젓가락 세 개를 엇갈려서 세우고 그 가운데를 가리키며] 여따가 목을 딱 걸어서, 요래 달롱 달롱 해 가지고는 요 밑에다가 구뎅이 우에다가 그 짚, 이 판때기를 깔았어. 판때기 우에다가 그 인자 인자 사형시킬 사람을 앉혀 놓은 거야.

그럴 적에 인자 그때 와서 다 와있…… 다 와있다. 있……, 원이 시켰다 그 말이여. 아 그래서 인자,

'아 그래서 기왕에 죽을 놈인께, 내가 와서는 그래도 지 얼굴이라도 한

번 쳐다 봐야것다.'

그 원님이 딱 당나귀를 떡 쥐어 타고, 그 그 그러니께 이 마산일대고 머이고 간다니, 참 그거 사형터로 모도 구경꾼이 차~ 장관이여. 그래서 그거 인자 딱~ 인자 짝수바리 밑에다가 인자 인자 사형자를, 사형자를 인자 앉혀놓고는 인자 원님이,

"너 기왕에 죽을 바에는 니 소원이 머이냐."

그니까,

"제 제 소원이 아무것도 없습니다. 기냥 기왕에 가늘거(죽을거) 나 나 머 나 먹고나 죽을라요." 잉,

"먹고나 죽을라요. 나 입에 닿을 것이나 조께 갖다주쇼."

"입에 닿을 것이 머이냐?"

그러니까,

"아 입에 닿을 것이 머이 있습니까! 백계나 한 마리 수증기로 삶아서, 백계나 한 마리 뜯어먹고 죽을라요."

"그래라, 그래 그래. 아 거 글안해도 죽으믄 줄라고, 그 제 지낼라고 머던 머 술집 갖다 놓은 거 있는디."

어 그래 원님이 그 관아인 보고,

"쪄서 다 가꼬 맛있게 묵어라."

그 그렁게 죽을 놈도 멕에 죽인다 그거여. 죽일 놈도 멕에 죽인다 그거여. 그 눈물을 흘림선 [손을 입 좌우로 움직이면서] 물어뜯더라 그거여, 닭다리를. 그렁게 원님 말이 그거여,

"죽을 놈도 멕에 죽이고, 죽을라면은 먹고나 죽고."

그믄 죽을라믄 인자 먹고나 죽고, 여그서는 멕에 죽이고.

딱 밑에 판자 그놈 딱 뺏더라 그 말이여. 모가지는 딱 내려 걸어졌것다 [목에 줄을 매듯이] 다롱다롱 해 가꼬. 원님은 당나구를 딱 돌려 타고는 핑 들어와.

그래서 이전부터 인자 거가 사형터가 생겼어. 거가 밭도 아니여. 밭도 아니고 순전허니 에~ 밭 저그 깽변이라. 그런데 거가 인자 알 에지간 하면 알, 인자 머시 장안에서 머 사형시킬 놈들이 있고 어찌고 글믄 아예 상가가 인자 거가 사형터가 생겨브렀어.

　　사형터가 그러자 저러자 인자 일본사람이 우리 한국을 먹어 가꼬는 개화가, 일본사람들이 인자 개화를 시켰다 그 말이여. 개화를 시켰다. 그런께 아 인자 왕창호·왕영순이, 왕영순이 즈그 아버지가, 그때는 이 창호라는 것도 이것이 왕창호라는 것도 이것이 그 유래가 있는 일입니다.

　　그런디 왕~ 왕씨가 여그 군에 머시 그 들어와 가꼬, 거그 와서 측량을 했어, 왕씨가. 그 일본놈들이 인자 개화를, 개화를 시켜논께. 들판을 아 측량을 해 가꼬는 인자 아 우리 냉천리 사람들도 아 어서 인자 소를 매다가, 인자 소를 못매개 허네. 말뚝을 박아놓고. 그런께 아 인자 왕창호 즈그 왕영순 즈그 아버지가 조금씩 떠서(떼어서) 줘.

　　"아 나 여그서 인자 뛰풀이나 캐 가꼬 캐 뿔고, 여그 조께썩 무시도 나 묵고(무를 심어 먹고) 지(지어서) 묵으라."고 말이여. 아 그럴 때 아 비루가 없을 적인디. 비루가 막 터져 가꼬는, 쪼금쏙만 해도(조금씩만 땅에 뿌려도) 무시 잘 되제, 서숙 잘 되제 머이든 잘된다고.

　　그래서 거가 이 냉천리가 거가 사형터가 거그여, 거그. 우리 원님의 구례 원님의 사형터가 삼거리여. 바로 삼거리 건너편에, 서시촌 건네가 내 얘기 끝났어.

산신이 정해 준 명당과 왕만석

자료코드 : 06_04_FOT_20090129_SJH_HBA_0007
조사장소 : 전라남도 구례군 마산면 냉천리 냉천마을 62-1번지 냉천마을회관
조사일시 : 2009.1.29

조 사 자 : 송진한, 서해숙, 이옥희, 편성철, 임세경, 김자현
제 보 자 : 한복암, 남, 88세
구연상황 : 조사자가 제보자에게 부자 되는 묘자리가 없는 지를 묻자 구례에 유명한 부
　　　　　자인 왕만석이가 묘자리 때문에 부자가 되었다며 다음의 이야기를 들려주었
　　　　　다. 제보자가 이야기를 구연하는 동안 함께 자리한 마을사람들은 진지하게 듣
　　　　　고 있었으며, 방해되지 않도록 서로 말을 자제하는 분위기였다.
줄 거 리 : 왕만석이가 남의 집 더부살이를 할 때 꿈속에서 산신이 평생 배부르게 먹고
　　　　　살 묘자리를 점지해주었다. 그 묘자리를 쓴 이후로 왕만석이는 당대 만석꾼이
　　　　　되었다는 이야기이다.

　　이 얘기를 낫은께 말이지만은(이 이야기가 나와서 하는 말이지마는),
이 얘기는 그 말짱 벌소리(헛튼소리)라고 하지만은, 벌소리가(딴소리가)
아니라 실화로 있어. 다 얘기가, (청중 : 전부 실화라.)

　　이 얘기가, 이 얘기가 다 옛적 이 얘기가 다 벌소리라고 하지만은 실화
도 있어. 실화! 어째서 실화가 있나 하냐며, 여 지전 왕만석이 곤란허니
살아 갖고 저 하사도 가서 남의 집을 살았어. 고부? 고부? 고붕살이를.

　　어쩧케(어떻게) 잼이(잠이) 오고 어청게 겨울던지(너무 잠이 와서 눈꺼
풀이 감길 듯하다) 말이여, 천왕단 몽땅 넘어가서 재를 여기서 요짝에서
넘어간단 말이지. 잼이 되게 와서 그냥 드러누워서 잠이 들어뿐거시, 나
무 헐 시간이 없이 그냥 잼이 드러뿐다 그 말이지. 아! 난중에 힉헌(하얀)
노인이,

　　"야 이놈아! 니 볼테기 봐라, 이놈아! 니 볼테기 밥 띤어 먹어라. 이놈
아!"

　　아 꿈을 뻐뜩 깨 갖고 요리 본께로, 빈 볼테기를 긁고 [손을 볼에 대고
긁는 시늉을 한다.] 있었어. 아! 또 잼이 온다. 또 잼이 온다.

　　"아 너 자리 하나 주라(주랴?)."

　　그래서,

　　"예."

힉헌(하얀) 영감이, (청중 : 산신이.)

응, 꿈에.

"나 자리 하나 주라. 자리 하나 주라."

그랬어.

"요리 가면 여가, 여가다(여기다, 한쪽을 가리키면서) 묘를 쓰면 괜찮다. 너 저그 뭔 자리 줄이거나?"

"아 나 벱이 제일로 귀해서, 나 내 평상 묵고 내 평상 그냥 배부르게 밥 묵고 묘자리 하나 주쇼."

그래가,

"아 이 자슥아! 사정승 정승터를 주면 좋은디, 어째 또 밥을 밥자릴 주라 허냐?"

그래서 있다가, 아 시방 천왕봉 넘어가서 [주변 청중들을 쳐다보며 위치를 구한다.] 위로 따 올라.

그런께, 그러가꼬 인자 지정 왕만석이가 거그가서 자리를 잡아 갖고 삭 잡아놓고, 아 왕만석이가 당대 만석이라, 한창 부자가 되나 할 적에는, 아! 솔갱이란 놈이 그냥 머시냐 뼁아리를 쳐 갖고 물고 가다가도 그 집 마당에다 떡 가불고, 떡 가불고. [조사자·청중 모두 웃음]

허야튼지 그냥 머 그냥 되는데로 돼. 부자가 될라면 막 퍼붓고, [양 팔을 벌려 가슴으로 모으듯이 오므리면서] 막 퍼 들어와. 지정 왕만석이가 실화라, 옛적 이야기가 아니여 실화라.

호식당한 조씨

자료코드 : 06_04_FOT_20090129_SJH_HBA_0008
조사장소 : 전라남도 구례군 마산면 냉천리 냉천마을 62-1번지 냉천마을회관
조사일시 : 2009.1.29

조 사 자 : 송진한, 서해숙, 이옥희, 편성철, 임세경, 김자현
제 보 자 : 한복암, 남, 88세
구연상황 : 조사자가 냉천마을이 지리산과 가까우니 호랑이가 마을에 들어와서 사람들을
　　　　　 호식한 적이 있느냐고 묻자 제보자가 다음의 이야기를 구연했다.
줄 거 리 : 냉천마을사람인 조씨가 감자밭을 일구는데, 호랑이가 자주 찾아와 쳐다보곤
　　　　　 했다. 호랑이는 사람이 사람으로 보이면 물지 않으나 사람이 개로 보이면 잡
　　　　　 아먹는다고 한다. 그 동안 호랑이가 조씨를 사람으로 보여 물지 않았으나 이
　　　　　 후 조씨가 개로 보이자 잡아먹었다는 이야기이다.

　조씨라고 냉천리 본 토백이~ 조 조 저그 나서 큰 조씨가 아니여 조씨
가. 어디서 객지서 들어온 들어온 사람이라. (청중 : 나라 조씨 조(趙)?) 저
나라 조씨. 나라 조씨. 그래서 그 조씨가 저 문수골 저그 벅구골이라고
왜, 문수골 저 건네 높은 디가 무슨 골인가? [청중을 바라보며 정확한 위
치를 묻는다.] (청중 : 벅구골이라고 요 범댕이 반대라.)

　근게 반대편에. 벅구골! 그 벅구골서 그 사람이 냉 저그 호식을 당했다
그 말이여. 조씨가. 호식을 당했는디. 아 잠깐 거기서 감자밭을 해서 먹고
살거든, 감자밭을. 그래서 아! 오면 야 삼복이면 할 것 있간디, 인제 사랑
방에서 놀아, 놀아.

　"나는, 나는 우리 감자밭 머리에서 호랭이허고 기냥 발을 맞추고 사
네."

　늘 그래쌋더래, [약간 앞으로 몸을 숙이면서] 사랑방에서. (조사자 : 누
가요?) (청중 : 호랭이헌티 호식당헌 사람이.) 아 조씨가! 그 조씨라는 사람
이 감자밭을 해먹고 사는 사람이, 아 그래서,

　"아니 왜 호랭이하고 발을 맞추고 그렇게 무서워서 사냐?"

　그런께,

　"아 저하고 나하고 친해."

　(청중 : 조씨라는 사람이 그랬단 말이여. 조씨가 그랬단 말이여.)

　"그래서 아 나하고 친해졌는디."

(청중 : 아 호랭이하고 친해졌다고?)

"응 친해졌는디. 나하고 같이 산다고"

그런게 감자밭을 한 이틀인가 허다가 난중에 호식을 당했다 그 말이여, 그 사람이. (청중 : 아 조씨가?)

조씨가, 호식을 당했는디. (청중 : 어디서라고?) 거기 벅구골 거기서, 문수골 거기서. 그래서 호식을 어떻게 당했냐? 아 이놈이 사람으로 호랭이가 사람으로 되며는 지 눈에가, 못 물어. 못물어가 사람이 얼매나 이 무섭… 무서워서 못 물어, 그런게 이놈이 개로 같고 눈으로 뵈야, (청중 : 아 사람을 물어간다?)

잉. [긍정의 대답] 사람을 물어가제. 늘 이렇게 노려봤다 그 말이여. [호랑이가 아래를 굽어보듯이 허리를 앞으로 숙이면서] 그 감자머리 헌디 선들 놀다가 또 와서 심심허면 노려다 보고, 보고 그랬단 말이여. (청중 : 아 조씨를?)

조씨를 노려다 본게. 한 이틀인가 내려다 보고, 친하게 지내다가. 아! 어쩌 갖고는 난중에 그 호랭이 눈구녕에가 개로 보인다 말이여. 뱁이(밥이) 될라고, 뱁이 될라고.

그래서, 그래서 냉천리서 인자 난중에 인자 호식을 당했다 해 가지고, 냉천리 동군이 군물을 치고 징·꽹메기를 치고 군물을 치고 인자 그 그 산에를 찾아갔다 그 말이여.

그 감자밭 그 일헌디를 찾어 일헌디를 찾어 갔어. 찾아가서 군물을 치고 야단을 허고 연일 그러다가, 아! 결국에는 참 [안타깝듯이] 나중에는 두골 하나하고 다리 두 개를 찾아왔어. (청중 : 몸은 다 묵어뿔고?)

몸은 싹 다 묵어뿔고, 묵어뿔고. 두골허고[머리를 가리키며] 다리 두 개만 찾아 온 일이 있었어. 그래서 그 조씨가 이름이 먼 이름이 어쩌게 되있는 거이고 허면은, 잠깐 무엇을 앉어서 무엇을 뭐찾고 쪼꿀차 앉어서 머슬 해싼다, 조쪼꾸리라!

그 사람 냉천리로 무슨 사람이 들어오면 벼를 하나씩 진열……, (청중 : 아 쪼꾸리고 앉아서 쪼꾸리?) 응. 조쪼꾸리! (청중 : 그건 우리말이라. 한문자는 없어. 조씨로 해서 쪼꾸리고 앉았다 해서 조쪼꾸리!) 조쪼꾸리.

그래서 그 조쪼꾸리라는 양반이 호식을 당한일이 하나 있어. 그 사람은 본은 냉천리 사람이 아니여.

곰과 싸운 곰보잽이

자료코드 : 06_04_FOT_20090129_SJH_HBA_0009
조사장소 : 전라남도 구례군 마산면 냉천리 냉천마을 62-1번지 냉천마을회관
조사일시 : 2009.1.29
조 사 자 : 송진한, 서해숙, 이옥희, 편성철, 임세경, 김자현
제 보 자 : 한복암, 남, 88세
구연상황 : 제보자가 호식당한 이야기를 끝내자 잠시 휴식을 취한 뒤에, 조사자가 동물과 관련한 재미난 이야기가 있는 지를 묻자 다음의 이야기를 구연했다. 제보자가 이야기를 구연하는 동안 함께 자리한 마을사람들은 진지하게 듣고 있었으며, 방해되지 않도록 서로 말을 자제하는 분위기였다.
줄 거 리 : 냉천마을에 사는 사람이 힘이 장사인데, 수꾸덩이에서 풀을 한 짐 한 뒤에 잠시 자고 있는데, 곰이 갑자기 덮치자 서로 엉키고 설치면서 곰과 싸웠다는 이야기이다.

냉천이가 곰에 활쳤어. 곰에~! (청중 : 곰! 곰에 활쳤다 그 말이여!) 곰이 이렇게 [손톱을 세워 얼굴을 할퀴듯이] 물어 뜯어부렀다 그 말이여. 그것을 셋바닥을 할켰다 그 말이여. 곰 셋바닥같이 반질헌것이 있간디. (청중 : 인제 그 사람이 나오요!)

인제 그 곰이 발톱으로 물어 그 긁어 혜배붓다(해집었다, 양 손톱을 세워 얼굴을 할퀴듯이), 그걸 곰에 활쳤다 그 말이여. 그런디, (청중 : 근데 그 사람이 누구요?) 그 사람이 우리 뒷집이 도연이 짐샘 도연이 짐샘 즈

그 아버지란 말이여. (청중 : 그 사람 이름이 누구요?) 아 우리 도연이 짐 샘 즈그 아버지란 말이여. (청중 : 근께 김 누구라? 이름이?)

김도연이여? 도연이는 아들이고, 즈그 아버지! (청중 : 근께 김씨라고~.) 근디, 그 양반 형제간이 두 양반이 계신디. 그 동생양반 이름은 알고, 저거 곰보짐새는 우리 어렸을 적에 죽어 논께로 이름은 몰라! (청중 : 곰보 짐새는?)

곰보짐새란 것은 여그 여그 저 곰보짐새는 오생이 즈그 아버지, 즈그 하나씨! 즈그 하나씨가 곰보짐생하고 사촌간이라. 그래서 그 오생이 즈그 할아버지가 활쳤는디. 그러며는 곰에 활친 것이,

그러면은 곰이란 것이 사람을 보면 놀래야 헤코제를 하제, 안놀래면 해 코지를 안헌다 그말이여. 그래 냉천리 그 동산이라고 재너머 쑤꾸덩이란 디가 있는디, 쑤꾸덩에 거다가, (청중 : 아 가만있어, 냉천리 저 위에 동산 말이지요?)

잉, 잉. [긍정의 대답] 너매(너머), 재를 너머 가야돼. (청중 : 근께 쑤꾸 텅?) (조사자 : 쑤꾸덩이란 것이 물 수(水)자 입 구(口)자.)

그러니까 쑤꾸텅에다가, 저그 풀을 한짐 빨리, 빨리 한 사람은 재를 다 넘어가서 그 대나무 밭에 가서 모다 점심을 먹고 사람이 오기를 기다리고 있는디, 아 동연이 즈그 저그 아버지는 조깨 늦게 했던 모양이여,

싹 다 넘어갔는디 쑥꾸텅에다가 인자 풀을 한짐 탁~! 그 동연이 즈그 아버지가 힘이 좋아, 그 양반이. (청중 : 응 곰에 활친 양반이?)

응, 곰에 활친 양반이 힘이 좋아. 아 그란디, 아 인자 풀짐을 그 쑥꾸 텅 바닥에다 지대(기대) 놓고, 아! 자때기를 하나 찔라고(찔러 넣으려고), 그 쑥꾸텅 너들 너머에 들어가 가지고 작대기를 갖고 찔라고 낫을 갖고 탕탕 두 번을 헌께로, 꼼이(곰이) 그 너머에서, 아 이놈이 낮잠을 잤던 모 양이여.

낮잠을 자다가 아이 머이 컹컹 소리가 난께 꼼이란 놈이 자다가 놀랬

뿌렀네! [언성을 높이면서 짐짓 놀란듯이] 놀래뿌렀어! 놀래 가지고 인자 사람한테 해꼬자 헐라고 쫓아 달아온다 그 말이여. 쫓아 돌아와.

아! [언성은 낮게 하면서] 그러면 기냥 널경에다가 대고, [바닥에 엎드려 누운듯이] 그냥 어쩔게 낯바닥이 대고 이렇게 숨어버렸으면 그 피해를 안 봐, 곰한테. 아 그런디 영감이 힘이 좋은께,

'내가 니미 [주먹을 쥔 손을 앞으로 내밀고 이를 앙다물면서] 낫도 ○ ○ 있었다. 내가 너하고 나하고…… 곰을 잡아야겠다.'

아 이런 용기가 나왔다 그 말이여. 사람이 용기라, 힘이 역사라 힘이 좋아. 그래갔고 곰이 놀래 갖고 쫓아와서 사람을 기냥 앞발로 [양 손을 들어 앞으로 휘저으며] 덮쳐부렀다 그 말이여.

딱 덮쳐분께로 아이놈이 이 곰보짐생이, 곰보짐생이 곰 다리 새에가(사이에) 들어 있었어. 다리 새에가 곰이 탁 덥뿐께, [양 다리를 가리키며] 다리 새에가 들어뿌렀다 그 말이여.

다리 새에가 들어 가지고는 이것이 앞 다리를 [한 손을 꼭 움켜쥐며] 한 손으로 잡아야 지가 베깥으로 안 빠져 나가제. (청중 : 아 곰이 딱 잡아야.)

저그 곰 다리를 앞다리를 새에가 곰 사타니가 찡겨져 갖고는 앞다리를 한손으로 잡았다 그 말이여. 한손으로 잡고, (청중 : 아 그 사람이.) 한 손으로 잡고 그 자기가 집에 와서 이야기를 한께 알지.

그 곰하고 싸왔다는 것을 이야기를 헌께 알지. 글안으면(그렇지 않으면) 아나 그 말이여. 앞다리를 왼손으로 한 손으로 딱 잡고 오른손으로 [낫을 움켜쥐듯 주먹 쥐고] 낫으로 기냥 사타구니 속에서 막 긁어 당겼어.

이 낯바닥을 기냥, (청중 : 곰 낯바닥을?) 곰 낯바닥을 막 기냥 그 잘든 낫으로 긁어 당겼는디, 이 장부허고 이 장군은 이 허리끈이 실해야 한다 그거여. [허리끈을 가리키면서] 허리끈이! 허리끈이 실해야 되요.

아! 그 힘이 좋은 양반이 어쩌케 곰허고 뒤집이를 했던지간에 허리끈이

뚝! 터져부렀네. 허리힘을 되게 시고 난께, 허리끈이 그 가늘다가는 허리 끈을 쥐고 있다가 허리끈이 뚝 터져분께, [옷이 벗어지는 시늉을 하며] 꾀 댕이가 벗어져부렀다 그 말이여. [조사자·청중 모두 웃음]

꾀댕이가 벗어진께로, (청중 : 옷이 벗어졌다 그 말이여.) 잉 [청중의 말 에 긍정으로 대답]. 그런께 그거이 그렇게 된거여. 한손으로 쥐고 한손은 낫으로 긁다가 이놈이 꾀댕이가 벗어진께로, 이놈이 맨땡이거든(맨 몸이 거든).

그런께 요놈을(허리끈과 아랫바지를) 요리 끄집어 올릴라고, 낫 요요요 앞다리 치켜든 앞다리 잡은 손, 그놈을 갖고 요놈을 얼른 [벗어진 바리를 올려 입을려는 듯 시늉을 하며] 이 바지를, (청중 : 올렸다?) 바지를 끄집 어 올린 순간에 곰보짐생이 붉어져부렀네.

곰 사타구니에서 붉어져부렀다 그 말이여. (조사자 : 붉어졌다가 뭐예 요?) 그 붉어져분께. (청중 : 나타나붓다. 안에 있다가 요리 밖으로 튀어나 왔다 그거 그만.)

사타구니에서 이미 싸움을 하다가 붉어져분께. 아 인제 곰하고 둘이 맞 붙어서 쌤이 났다. 아 그런께 곰이 앞발로 가지고 기냥, [머리 위부터 아 래로 손톱으로 긁는 시늉을 하며] 긁어 헤배부렀어. 그런께 껍데기가 싹 밀러져부러.

딱 긁어분께, 싹 걍 껍떼기고 머이고 확 기냥 요리 기냥 벌그레 피를 쏟은께, 곰도 인제 저도 낫으로 맞았지(맞아서), 죽겠다고 곰도 기냥 막 긁어대논께, 사람은 인자 피흘려 갔고 있고 인자, 곰도 저도 놀래갔고 인 자 도망을 가부렀어, 곰도 도망을 갔부렀어.

그래도 그 사람이 확 싹 다 이리 밀려 갖고도, 아! 그래도 그림에(그 얼 굴의) 껍떡만 밀려갖던가, 이 눈에 맹~, 눈에 맹~, [눈 속을 가리키면서] 눈에 안에 망자는 괜찮았던 모양이여.

그 껍떡이 밀려 갖고도 있음서도 그 독헌 양반이 풀짐을 짊어지고 잿

무당을 넘어왔어. 풀짐을 짊어지고 잿무당을 딱 넘어와 갖고는 잿무당을 와서는,

"사람 살리라."고 고함을 외친디, 아 그 대나무 밭에서 얼매 안되거든, 한 50m도 못되지 잉?!! [옆 사람에게 동의를 구하듯이] (청중 : 그 정도는 되지.)

잉. 그런디, 벌그레갔고 가서 본께는 곰에 활쳐부렀다고, 그게 긁어분 것이 활쳤다고 해. 그래 갖고 인자 그전에는 공이가 머 있갔고 머 그래봐야 거시기 하고 인자야, 집이서 좋은 약국이라고 헌 사람은 그 한약국들~,

그래다가 그 껍데기 밀려갔고 있는 것을, [피부를 늘여 붙이는 시늉을 한다.] 잡아 늘려서 붙이고 붙이고 요리 붙이고 요리 붙이고 그거이 그것이 제대로 될거요. 그거이 제대로 안돼[안타깝듯이]. 제대로 안돼. 제대로 안돼.

그러니께 인자 새살이 차 갖고, 새살이 차고 껍덕이 조깨 붙여 논데는 붙여있고, 그래 갖고는 인자 사람이 보며는 요리 망자는 괜찮아 망자는, (청중 : 아 눈이!) 아! 그 발톱에 눈은 괜찮았던 모양이여.

아 그래 가지고 인자 어디 아침을 허러 비료가 없은께 개똥 줏으러 안댕게. (청중 : 소똥.) 개똥 망태를 매고 개똥을 줏으로 요리 골목을 돌아 댕기며는, 여자들이 냉천리 여자들이 물을 질라고 요리 요리 모여서 샘가 상에서 물 질러다 그 곰보짐생이를 보면 놀래서 질색을 해 갖고 도망을 헌다 그 말이여. (청중 : 하하하… 그 참 좋은 얘기네요.)

그래 갖고 (청중 : 그거 실화요) 그래 갖고 죽어부렀어!! [조사자・청중 모두 웃음]

냉천마을의 명의, 최의원

자료코드 : 06_04_FOT_20090129_SJH_HBA_0010
조사장소 : 전라남도 구례군 마산면 냉천리 냉천마을 62-1번지 냉천마을회관
조사일시 : 2009.1.29
조 사 자 : 송진한, 서해숙, 이옥희, 편성철, 임세경, 김자현
제 보 자 : 한복암, 남, 88세
구연상황 : 조사자가 예전에 이 마을에 명의가 있었는지를 묻자 다음의 이야기를 구연했다.
줄 거 리 : 냉천마을에 최의원이라는 사람이 있었는데, 부잣집에 기거하면서 종기난 사람을 치료해주고 침으로 많은 이들을 구원해주었다는 이야기이다.

이연(의원)이라고 최이연(최의원)하고, 최씬디 최위. (청중 : 최위?) 응. 말허자면 인자, 그 이연이라…… 이연……. (청중 : 이름이?) 의원! (청중 : 아. 최의원, 최씨고 의원.)

응. 그런 사람들이 인자 부잣집이 부잣집에 가서 밥을 얻어먹어 배가 고픈께, 어디 약방에 가서 약을 지어서 주고 어쩌고 그래서 품이라도 들어 묵는디, 그럴 재격도 못되고 그런께, 머인지 곰보시(곰보) 나거나 무엇이 나고 그러면 단방약을 붙여 주며는 나사(나아). (청중 : 아 돈을 좀 주고…….)

잉. 그런께 부잣집이 가서 인자, (청중 : 곰보시라는 것은 종기를 말해요.) 부잣집에 가서 밥을 얻어먹어. 그 의원을 밥을 믹여 살래, 그러면 아들이 감기가 걸려 부잣집 아들이 감기가 걸려 싸던지 그러면 감기약도 그냥 조액이거던, 전부다! 조액이거던!

박속·대뿌리 모도 파뿌리 그런거 갖다가 이리 잡속해서리, (청중 : 조액이라는 것은 한약이라!) 감기약 해서 데려(다려) 묵으면 다 나사뿌러.

그 고 또 어디 종기 부시래미(부스럼) 난다 그 말이여. 부시래미 나면 기냥 어디서 약을 해서 오면 딱 붙이면 나사 뿔고, 그런 이는 그 동네에서 댕기자네, 그 부잣집이는 그 의원을 밥을 먹여 살려, 옷 해 입히고, 40평상……. (청중 : 최씨라는 의사를?)

응, 그런께. 냉천리도 최위, 최씨라고 그 양반이 여 정친개목집이, (청중 : 아까 거기!) 응. 여기 요짝에 거기서 최씨를 밥을 멕여 살려, 그런께 인자 그 양반이 그 집이서 밥을 먹고 그 집이 식구들만 약을 써주잔에, 아! 냉천리 동네에서 말이여.

아 인자 아 말허자면 살면 그 집이서만 밥을 얻어먹고 살라면 살지만은, 아 냉천리 그 집이서 징역살듯이 살거여? 냉천리 놀러도 댕기제. 놀러도 댕긴다 그 말이여, 아 그럼 최씨라고 최위라,

"최위(최의원) 아 내가 곰보시가 낫어, [무릎을 두 손으로 짜듯이 움켜쥐며] 요 막 애래싸 죽것네."

"여…, 대! 그렇구만."

침을 이래 딱 놔 갖고는 그 때빼침. 침 그 최위란 지가 정락, 예, 요런 침을 [손가락 마디마다 침을 찌르는 시늉을 한다.] 다 저 그 요런디 손 대 밑에 여기 다 찌른디, 그 그것을 다 침 갖고 댕기고 때롱에다 갖고 다니고, 때빼침이라고 칼 같이 빼쪽해 갖고 멀~금 해 갖고 또 그런 것도 갖고 댕기고,

"굉겼구만, 굉개! 가만있어, 가만있어."

그래 갖고, 팍~! 쑤셔뿔면 [침으로 곰보를 찌르듯이 손가락으로 무릎을 찌른다.] 그냥 곰보 같은 것을 그냥 팍~ 쑤셔 불면 기냥 피고름이 막 쏟아진다 그 말이여. 딱 대리 짜 뿔면 낫아분다 그 말이여.

그런께, 그 최의원이란 사람이 밥은 이 기와집이 진개목 집이서 밥을 얻어먹고 잠도 거기서 자고 빨래도 거기서 얻어 해주지만은, 아 그 집에 진개목이가 인자,

"자네 어디서 놀다 온가?"

"아 동네에서 놀다 온 것입니다."

"아 자네 시방 동네에 약도 많이 써주고 아들도 많이 나사 주고 그러제 잉."

"예 그렇십니다."

"잘허네, 잘해. 그래야제. 잉~ 내가 그 대신에 내가 밥은 멕여 주고 저 그 잠도 재워주고 옷도 해주고 그래줄게 걱정 말고 동네 댕김선,"

(청중 : 의사노름 많이 해라?)

"잉~ 의사노릇 해라."

그래 갖고 그 양반 밥은 [말할 때에 약간 뜸을 들이고 말을 잇는다.] 기와집서 얻어먹고, 동네 댕기면서는 그 무료로 [양 팔을 크게 원을 그리듯이] 그 치료를 겁나(많이) 해줬다 그 말이여.

지리산신과 호랑이

자료코드 : 06_04_FOT_20090129_SJH_HBA_0011
조사장소 : 전라남도 구례군 마산면 냉천리 냉천마을 62-1번지 냉천마을회관
조사일시 : 2009.1.29
조 사 자 : 송진한, 서해숙, 이옥희, 편성철, 임세경, 김자현
제 보 자 : 한복암, 남, 88세
구연상황 : 한복암 제보자는 많은 이야기를 구연해주었다. 잠시 휴식을 취한 뒤에 지리산이 가까우니 혹시 지리산에 산신이 사는지를 묻자 다음의 이야기를 구연했다.
줄 거 리 : 스님들이 산신당에서 산신제를 정성스럽게 모시면 호랑이가 이를 지켜보고 있다는 이야기이다.

아 산신령이 있지. (청중 : 그거 얘기 한번 해보세요!) 뭐 얘기 허거나 산신령이 있지. 아 절에 가면 말이여, 중들이 밥을 해다가 그 곽한전 그 원불이.

큰 [양 팔을 벌려 크다는 것을 표현하면서] 부처님한테 절은 절대로 허고 공은 공대로 [두 손바닥을 부딪히면서] 드리되, 아 산에다가 집을 지어 갖고 사니 산신제를 안모실거여, 즈그들이. 절에다 산에다 절을 지을거여! (청중 : 아 그 저, 불교에서 산신제를 지낸다 그 말이여?)

그러지 산신제를 지내지. 이 불교에서도 이 불교치고 들판에다개[손을 멀리 휘저으면서] 저그 절 짓는 데는 없거든, 전부 산골짜기에다가 전부 절이란 것은 다 산골짜기에다가 지어.

그러면 좌우간 불교에서도 산신님이란 것은 참 이 어디가 있을까마는, 산신당을 딱 집을 좋~게 이렇게 지와를 올려서 [두 손을 크고 둥글게 모양을 지으면서] 단칸으로 해서 거기다가 환을 쳐.

환을 떡 쳐 가지고 그럼 호랭이란 것이 산신님의 개라 그 말이여. 산신님의 호위병이란 말이여. 이 호랭이란 것이 이 산신님의 호위병이라 그 말이여 호위병, 개라.

그런디 산신님을 딱 허니 환을 쳐서 산신님을 이렇게 기려(그려) 놓고, [아래를 가리키면서] 호랭이는 인자 한쪽에다 딱 이 배를 깔고 호랭이는 [양 주먹을 모아 호랑이가 웅크린 모습처럼 시늉을 하고] 아래를 떡 벌리고 있어,

그러면 산신제를 지낼 적에 보면 기가 맥혀! 절에 중만들 말이여, (청중 : 절에 가면 산신제라고 있어.) 좌우간, (청중 : 산신제라고 별도로 따로 있지.) 밥을 쇠구지에다가 밥을 그 [길게 숨을 쉬다가] 밥을 해 가지고, 그 머시야 촛불 써놓고 그 거기다가 목탁 침서(목탁을 치면서) 그 산신제 모시는 거 보면 기가 맥히게 모시제. (청중 : 아! 절에서 산신제를 그렇게 잘 모시죠?) 아이고! (절에서 산신제를 잘 모신다는 말이 생략되었다.)

전라도 지리산인 까닭

자료코드 : 06_04_FOT_20090129_SJH_HBA_0012
조사장소 : 전라남도 구례군 마산면 냉천리 냉천마을 62-1번지 냉천마을회관
조사일시 : 2009.1.29
조 사 자 : 송진한, 서해숙, 이옥희, 편성철, 임세경, 김자현

제 보 자 : 한복암, 남, 88세
구연상황 : 제보자가 산신제를 모시면 호랑이가 지켜본다는 이야기를 마치자 조사자가
　　　　　 지리산에는 여산신이 사는지를 묻자 다음의 이야기를 구연했다.
줄 거 리 : 지리산은 암산으로 산신의 명을 받아 경상도에서 전라도로 귀향왔다는 이야
　　　　　 기이다.

　(청중 : 지리산에 혹시 여자 신이란 것이 있었소? 여자?) 아니, 없어. 말
만 들었제, 말만 들었지 여자가, 저그 여 산신님이란 것은 남자신인디, 여
그 지리산에는 저그 암산이다 그거여, 암산 여자 여자산이다. (청중 : 아
암컷이라고 암자 여자라고?)

　이잉, 암컷이라고, 암자. 그래 이 지리산이 아암산이여, 암산 여자산이
다 그 말이여, 어째서 그러냐.

　이것이 에 지리산 줄기를 요롷게 딱 와서 쩌어그 저저 뭐시냐 저 백두
산에서 와 가지고 산을 깔려서 이 지리산에서 와서 정리를 할 적에, (청
중 : 백두대간이란 말이여.) 저그 백두대간에서 이렇게 요래 내려오면서
계룡산 뭐 충청도 계룡산 뭐 강원도 금강산 다 그 백두산에서 다 줄 마치
다(맞추다) 산줄기를 줘.

　그래 가지고 이 마지막 판에 [땅바닥을 치면서] 여그서 와서는 전라도,
(청중 : 지리산!) 지리산을 준다고, 그러며는 전라도 지리산이다 이래 가지
고 보니께,

　"아아 안되것다. 경상도 지리산이라고 해야것다."

　이 땅을 가서 뽊으면서 노고단 가서 올라서서 보며은, 에 이 반야봉 요
리 해서 에 요리 [잠시 뜸들임] 쪼께 올라와 가지고, 요 여 여 여 시방 지
리산 여그 여 노고단 우에 거기만 쪼께 묵었어.

　그리고 고리 가면은 아홉산을 넘어서 고리 가면은, 저 뭐시냐 만복 만
복대. 만복대 그것이 어디 땅인고는, 아 남원땅이라! 남원 운봉땅이라, (조
사자 : 만복대가요?) 잉, 만복대가 그 남원 운봉땅이라.

그러면 지리산이라고 하면은 내나 전라도 지리산이라고 하면은, 아 그래서 난중에 그 산신님이 요렇게 맹(命)을 얻을 적에는 우리 지리산은 여가 암산이다, 여자산이다, 여자산이고 경상도서 괴양(귀향)을 왔다 괴양! 괴양살이를 왔다, (청중 : 고용, 고용살이)

고용살이, 고용살이. 응, 경상도서 어 전라도로 쪼금 좀 보냈다 그 말이여. 쪼금, 여그 여 만복대 해 가지고 여그 저 노고단 여그만 좀 보냈다 그 말이여.

그래 전라도는 그냥 암산으로 주고, 인자 원지리산은 지리산 상봉이라 그 말이여. 저 저 새석 잔돌팽이라고 새석 평지 거그 가면은 새석 평지서 딱[길게] 그렇게 앉아서 이렇게 지리산 상상봉을,

'어디서 보냐!' 허고 보며은 아 지리산 상상봉을 북쪽을 쳐다보고 있네. 북쪽을 요리 쳐다보고 있으며는 아 서 새석 번지서 북쪽을 딱 똑 요렇게 [앉은 방향을 약간 바꾸면서] 쳐다보고 있거든, 요렇게 쳐다보며는 저그서 세명이 폭 솟아나 갖고 있어.

그럼 세봉이 어디서 가깝냐? 그러니까, 아 진주 덕산에서 가깝, [다음 청중의 말과 중복되어 들리지 않음] (청중 : 세가지 봉우리, 삼, 삼.) 세봉, 세봉. 세봉이 이렇게 있는데 아 중봉·하봉·상봉 세봉이라 그 말이여. 아 진주 덕산에서 오네.

진주, 진주골 덕산에서. 진주골 덕산에서 오면 여그서 화엄사 가는 것 맹이로 것뿐이 밖에 안돼. 아 그 지리산 상봉에다가 거다가 피서객을 자라고 거따가 별걸 다 집을 지었났네,

거그 사람들 그 피서 거그 구경 온 사람들만 자라고 그래서 피서 허라고. 그래서 그 언젠가는 참 아 여름이라 한 여름에 여그에는 잎이 피고, 잎이 피고 꽃이 피고 지리산 상봉엘 가면 잎이 못패(못 퍼), (청중 : 응 아 그렇죠.)

추워 갖고, [손가락을 오므리면서]오그라 들어뿔어. 잎이 추워 갖고, 어

처케 높은지, [점점 말소리를 작게 하면서] 여그 지리산 ○○가~(청중 : 그
러니까 허자면요, 지리산이 있는디 경상도 전라북도 막 요렇게 되았는디,)

우리 구례가 차지하는 지리산의 면적은 쪼그만허다 그거요, 그래서 여
자라고 허잖어. 암놈이다 수놈·암놈 그 암산이라 그 말이여. 지리산은.

화개 신촌 김장사와 왕만석

자료코드 : 06_04_FOT_20090129_SJH_HBA_0013
조사장소 : 전라남도 구례군 마산면 냉천리 냉천마을 62-1번지 냉천마을회관
조사일시 : 2009.1.29
조 사 자 : 송진한, 서해숙, 이옥희, 편성철, 임세경, 김자현
제 보 자 : 한복암, 남, 88세
구연상황 : 제보자는 구례의 만석꾼인 왕만석 이야기를 연이어 들려주었다.
줄 거 리 : 왕만석이가 백살이 다되었는데 염라국의 저승사자들이 그를 불러오려 하였
으나 데려오지를 못했다. 게다가 왕만석은 집 주위로 탱자나무를 심어놓고 문
턱 없는 대문에 청삽살개를 키우고 있어서 저승사자들이 들어가기가 더욱 힘
들었다. 마침 화개에 힘이 센 김씨가 갑자기 죽어 염라국에 가니 염라대왕이
왕만석를 데려오면 자신이 살 수 있다고 했다. 그리하여 김씨는 좀처럼 들어
갈 수 없는 왕만석의 집에 들어가서 그를 염라국에 데리고 간 뒤에 자신은
다시 살아나서 왕만석 집으로 조문을 갔다는 이야기이다.

화개 밑에 가면은, (청중 : 응. 화개 밑에!) 화개 밑에 가면 신촌이란데
가 있어, 신촌! (청중 : 하동군 화개.) 신촌이란데가 새로 새로운 신(新)자
신촌 잉. (청중 : 마을 촌(村)자 새로울 신자.)

근디 신촌 그 신촌 김씨가 하나 살았는디, 김씨가. 힘이 장사라 일을
해먹고 산디, 힘이 역사라. 역산디. 아! 염라국에서 지전 왕처중이 왕만석
을 저싱에서(저승에서) 가서 저그 불러와야것는디.

아 왕만석이가 90이 넘어서 근 백살을 묵더라꺼정 넉넉허니 살고 있더
라 그 말이여. (청중 : 어? 어디가? 왕만석이란 사람이?)

살고 있는디, 지천리서. (청중 : 응, 아 지천리 왕만석이가 산다? 아 저 구례군?) 잉, 그런디. 저 하개 밑에 신촌이란 사람은 힘이 장사라. (청중 : 아 신촌에 있는 사람이?)

잉, 응. 힘이 장사고 그런디, 아 염라국에서 가만이 생각해본께로 아 에 지간한거 사자들 갖다가, (청중 : 저승!) 사자들 갖다가,

"지전 왕만석 가서 데리고 오니라."

못데리고 와, 어째서 못데리꼬 오냐? 이 탱자나무를 삥삥 돌려서 심궈 놨어, 지천 왕만석 집이, (조사자 : 아 탱자나무를?) 잉. 삥삥 돌려 심어 놓고는, 또 앞에 대문은 소소리 대문 문턱이 없이 소소리 대문을 틱! 달아 놓고 (청중 : 소소리 대문이 뭐요?) 아 문턱이 없다 그 말이여, 문턱이 없다. (청중 : 아. 문턱이 없는 대문이 소소리 대문!)

잉, 아 문턱이 없는 대문을 떡 달아놓고, 아 거다가 청삽살이 삽살이라고 왜~ [주변인에게 삽살개에 대해 아느냐고 동의를 구하듯이] 수염 털로 그 개가 있어, 삽살개 그 개 있어, 삽살개 그 눈만 빼꼼한거, 그래 그거이 청삽살이라 푸를 청(靑)자. 청삽살이.

시퍼런 몸뚱이를 가졌다 그 말이여, 청삽살이 그것을 그 대문에서 키운다 그 말이여, 그런께. 아! 이거 사자들,

"아 가서 왕천리 왕만석 가 잡아오라."

그런디, 아 삥삥 돌려 탱자나무 심었지, 아 청삽살이 그것이 [한쪽을 바라보면서] 컹컹, 그 청삽살이 그것은 신이 뵈인다 그거여. [손가락으로 눈을 가리키며] 눈에 신이 보인다, 아 그럼

"앙!" 하고 막 달라든다, 무서워서 못들어가. 처중이가 왕처중이가 가서 안에 가서 자~! 훔쳐서 밀고 나와야겠는데 들어갈 수가 없어. 가상에는 (주위에는) 삥삥 돌려서 탱자나무가 삐둘삐둘해서 새새끼도 못 들어가게 담이 그렇게 되있나봐,

"아이고! 아이고,"

아! 그래서 못 들어가서 못잡고 있는디. 아 진주 김씨라고 한 애가, 아니 저 저 화개 김씨라고 한 애가 사자 가서 염라국에서 불러들였어, 염라국에서 불러들였을 적에,

"느그 염라국에서 불러들일려고, 시(時)를 나 삼일 만에 지나며는, 염을 해라. 3일안은 염을 말아라."

그러고, (청중 : 누구?) 으원(유언), 으원을 허고, (청중 : 자기가 죽으면?) 자기가 죽으면, (청중 : 응 근께 김씨가 죽으면. 내가 죽으면,)

"내가 죽으면 3일만에 염을 말아라."

그러고 으원을 허고, 아 인자 김씨가 염라국엘 떡 들어갔다. 아 그래 염라국에 들어가서 왕이 떡 허니 앉어 가지고,

"에 왔는가?" 하고 조께 부려먹으려고 했던가 어쨌던가 허소를 해.

"예 왔십니다." [머리를 조아리듯이]

"가서 저그 지전 왕만석이를 데리고 와야제."

(청중 : 지천리 저그를?) 응. 지천리, 응, 근께.

'지전 왕만석이를 데리고 와야 되겠다.'

아 빨리 행동 취 취해갔고 지천 왕만석이를 데리고 오라고, 쫓아내부렀어, 김씨를 신촌 사는 김씨를 쫓아내부렀어. 아따 옴서 본께 거리 거리 모도 걸게 지내고 또 머도 머도, 모도 뭐 뭐 뭐시 목매달아 죽은 구신, 뭐 잘도 죽은 구신 머 북을 친다는 북을 치고.

아 냉천리 앞에 내려 놓은께는 서석골목 앞에다 뭐 그냥 밥을 갖다 놓고, (청중 : 서석골은 여그여!) 밥을 여그 냉천리 냉천리 앞에다 거리제라, 거가 거리 지금 시방 유산각 지어 놓은데가 큰 거리제 지낸데여, 냉천리서 모도 모도 물 갖다 놓고 지내고.

아따 막 그냥 술조차 떡조차 갖다 놓고는 막 북을 치고 [음식 많음을 양팔을 벌려서 표현] 푸~짐허니 야단이거든. 아 김씨가 아 거기를 지낸다 그 말이야, 아 화개 신촌서 여기까정 걸어오니 배가 꿀~꿀~치 허제,

[청중 모두 웃음] (청중 : 아 저승사자가 보냈어?) 잉, 그러제. 아 그래서,

"아 아 나 요구(요기療飢)좀 시켜주쇼."

아 그 신이,

"어서오라."고, 술도 차려주고 밥도 차려주고, 인자 몽땅 얻어먹고 배가 비비비 해 가지고, 아따 집구석 가서 왕만석 집을 잡아(찾아) 돌아보니, 새새끼 한 마리, [청중들이 모두 입을 모아 "들어갈 데가 없어!"] 들어갈 데가 없다 그 말이여, 뺑뺑이를 한바쿠 허니,

"내가 도로 인생을 할라면 이 세상을~"

(청중 : 도로?) 살아날라면, (청중 : 이승으로 나올라면?) 잉,

"도로 인생을 헐라면 왕만석을 어쩌던지 어쩌던지 훔쳐가야 [모두 웃음] 내가 산다."

그 말이여, 뺑뺑이를 잡아 돌고 있은께, 아 어떤 처녀가 그 담 안의, 담 안에서 손질을 헌다 그 말이여, (청중 : 집안에서?) 집안에서 담을 너머다 보고,

"요리요리 해 가지고 요 밑으로 나를 따라 오라."고 그래 가지고, 요리 본께, 수챗구멍이 자그마한 수챗구멍이 인제 고리 들어오라고 손을 까불 까불한다 그 말이여, 그것이 이 복속나무가(복숭아나무가) 신을 신을 끄집 어들인다 그 말이여, 그 복속나무가 어째, (청중 : 그것이 어째 거기 있었 나?) 그 복속나무가, 그 하나 났던 모양이여.

그 복속나무가 신을 그 수챗구멍으로 인도를 해 가지고 끌고 들어왔네. 아따 본께 왕만석이 들어 누운 자리를 본께, 자우간에 목침이라고 두~ 그 왕만석이 저녁으로 잠을 잠선 대추나무 뭐 목~ 저그 나무를 깎아 갖 고, (청중 : 목침을?) 목침을, 이 목침을,

하따! [크게 감탄하듯이] 그 사람 그 김서방 그 신의 눈에 본께, 그 목 침을 벤는디 대그빡도 큰 나락섬만~ 허고, 아! 막 그냥 큰 돈 돌을 목침 을 떡 베고 있다 그 말이여, 아 언감생신들 가서 훔치질 못헌다 그 말이

여, 아 그래서 그냥,

'에이기 죽기 아니면 살기다.'

그러고는 기냥, (청중 : 훔쳐붓어?) 딱 덮쳐붓지. 딱 덮쳐 갖고 나올 적에는 어쩐(어떤) 수를 헌고이는, 청삽살이 요거시 주인을 알거니께 주인은 알거니께, (청중 : 아 주인을~) 주인을 델꼬 나오니께,

'좌우간 니가 봐라.'

그 말이여, 청삽살이를 지날 적에는 왕만석을 앞에다가 딱 세우고 자기는 뒤에가 딱 붙었다 그 말이여, 딱 붙어 갖고는, 청삽살이란 놈이 어째 요래 컹컹 짓을라고 하면은 [손을 움켜쥐고 앞으로 밀면서] 왁! 허고 왕만석이를 들이민다 그 말이여.

그런께 왕만석이를 들이민께 청삽살이는 꼬리를 헤~ 친다 그 말이여, 그 순간 기냥 탁! [두 손을 앞으로 엇갈려 두면서] 딱! 앞으로 멀어 내 갖고는 기냥,

"가자."

그 말이여.

"가자."

(청중 : 염라대왕을 보내부렀다 그 말이여?) 아니야, 염라국으로 보내니, 염라국으로 딱 보냈는디, 아 인자 3일만에 인자 살아났네, 그 사람은 즈 그 부락에서, (청중 : 그 김씨가?) 잉, 그 김씨가 살아난거여,

"그러나 왕만석 집이 참말로 이거이 실화냐? 무어냐? 가서 문생(문상) 가서 참말로 죽었으면 가 문생가 문상이라고 가야겄다."

그래 가지고 인자, 그 신촌서 이 거리 모도 지낸 자리 모도 뭐 모도, [청중을 계속 바라보면서 이야기를 하고 있다.] 아 냉천서 밥 얻어먹고 술 먹은 자린께, 막 물밥을 해서 많~이 그 봤거든.

"내가 여기서 내가 배부르게 얻어 묵었다."

그래 가지고 인자, 지천 왕만석이 집에 가서, 아 상주를 보고 이야그를

했다 말이여. 상주를 가서 조문을 해.

왜냐 죽었어(왕만석이 죽었기에 문상한다). (청중 : 자기가 잡아 가지 고?) 밤사이에 죽어서 막 소를 잡아서 재쳐놓고는 그냥 걸게 출상을 헐판 이다. 아 자기도 문상객으로, 상주헌테 가서 문상을 하고 절을 허고 아 상 주를 보고,

"그 신촌서 나서서 자기가 염라국에 가 가지고 '왕만석을 가서 훔쳐와 야 니가 도로 인생을 한다.' 그래서 내가 이런 일을 했심니다."

아! 상주한테(이야기를) 다 했네, 상주한테 다. 아! 그런께 상주한테 비 판을 맞고 맞으면 맞고 그라고 헌께, 상주가 손을 딱 잡고,

"한번 가면 다시 오지 못헌 자리는 그 자리 아닙니까! 백세가 넘어서 우리 아버님이 돌아가셨으니께로 원도 한도 없습니다. 많이 잡수시고 술 이라도 약주라도 많이 잡수시고 가십시오."

허고 전송을 깍듯이 보내더라네. (청중 : 아 거짓말도 잘~하네.) [모두 웃음]

옥씨 유래담

자료코드 : 06_04_FOT_20090129_SJH_HBA_0014
조사장소 : 전라남도 구례군 마산면 냉천리 냉천마을 62-1번지 냉천마을회관
조사일시 : 2009.1.29
조 사 자 : 송진한, 서해숙, 이옥희, 편성철, 임세경, 김자현
제 보 자 : 한복암, 남, 88세
구연상황 : 조사자가 구례에 왕씨들이 살고 있는지를 묻자 제보자가 다음의 이야기를 구
연했다. 제보자는 연이어 많은 이야기를 해주었으나 지친 기색이 없이 즐겁게
이야기를 들려주었다.
줄 거 리 : 옛날에 나라에서 왕(王)씨를 죽이려 하자 글자에 점을 찍어 옥(玉)씨가 되어
사람들이 죽지 않았는데, 해방된 이후로 다시 왕씨로 고쳤다는 이야기이다.

아 임금 왕(王)자 왕씨. (청중 : 이 동네에 왕씨가 많이 살아요. 많이 살아요.) 근디. 그전에 나라에서 저 왕씨가 하나가 저 머시가 하나 안 생겼어. 또 저 저 저 머시 적군이 하나 생겨 가지고는 막 왕씨라고 생긴 것은 잡아 죽인다고.

헌데 아 지전 왕씨도 그거 한 쪽에 들어가서는 잡아 죽일라고 그랬어. 아 그래 지전 왕씨가 [손으로 땅바닥을 치면서] 점을 하나 딱 찍었어. 옥(玉)가로, 점을 하나 찍어 분께 옥가라! (청중 : 근께 안 죽었것네요?)

"아 너 너 너 왕가 아니냐?"

"아니 나 옥가라!"

[모두 웃음] (청중 : 잼 있는 얘기야!) 그래서 그 그 해방 [크게 원을 그리면서] 완화된 뒤에, 완화된 뒤에 왕씨가, 점 점 점 도로 왕씨!

용의 두상을 보고 놀라 죽은 하감사

자료코드 : 06_04_FOT_20090129_SJH_HBA_0015
조사장소 : 전라남도 구례군 마산면 냉천리 냉천마을 62-1번지 냉천마을회관
조사일시 : 2009.1.29
조 사 자 : 송진한, 서해숙, 이옥희, 편성철, 임세경, 김자현
제 보 자 : 한복암, 남, 88세
구연상황 : 조사자가 용에 관한 재미난 이야기가 없는 지를 묻자 제보자가 마지막이라며 다음의 이야기를 구연했다. 제보자가 이야기를 구연하는 동안 함께 자리한 마을사람들은 진지하게 듣고 있었으며, 방해되지 않도록 서로 말을 자제하는 분위기였다.
줄 거 리 : 하감사가 순천 가는 길에 하얀 영감이 나타나는 선몽을 했다. 산동에서 점심을 먹는데 잉어 두 마리를 보고 선몽을 하던 생각이 나서 하인에게 잉어를 풀어주라 한다. 산동 근처에 용소가 있는데, 하감사가 용소 앞에 멈춰 공을 들이기를 용의 자식을 살려주었으니 그 면모를 보여줄 것을 청하였다. 그래서 용이 몸뚱이만을 보여주었으나 두상을 보고 싶다고 다시 청하자 할 수 없이 보여주니 하감사가 놀라 그 자리에서 죽었다는 이야기이다.

저 시방 또 여 남원 여그 여그 산동, 산동 조끔 거그서 이 강 요 요 내를 따라 내려오며는, 한 100m? 150m? 200m! 내려 오며는 용소라는 데가 있어, [연못의 모양으로 원을 그리면서] 용소.

그 용소라는 데가 있어, 그 용소등에가, 우에가 하감사, 하감사, (조사자 : 하감사?) 비를 해 세워 가지고, (청중 : 화엄사? 하감사?) 성이 하(河)가라, (청중 : 아 하!) 하가, 하씨. 감사(監司)라 감사표시를 했다.

서울서 서울서 과거를, 과거를 해 가지고 감사표시를 해가 현 벼슬이라, 그런디 성은 하씨고 벼슬은 감사라. 아 거 하감사가 인자 이 거시기로 저그 순천을 한번 댕기가니 댕기갈라고, 순천을 나서는 일이, 순천을 댕기갈라고 순천을 머를 돌고 오는 판이라,

이 산등이라는 데가 전부 순천으로 요리 동부 육군으로 요리 댕기는디, 요리 남원으로 댕기는 큰 길맥이라, 서울 큰 길맥이여, 곡성은 저거 저만치 가뻐리고, 아 댕기도 않고, 조선 도보로 걸어서 이 걸어댕긴다 그 말이여, 밤티재를 넘어서 그런디,

하감사가 도임을 해 가지고 남원서 잠을 자게 되는디, 그면 잠을 자게 되는디, 여관서 잠을 잔디, 흑헌(하얀) 영겜이(영감이) 꿈에서 선봉을 헌다 그 말이여,

"아! 감사님!"

"어째 나를 감사님이라?"

그런다 그 말이여,

"감사님 내 자슥 조깨 살려줘요. [머리를 조아리며 낮고 힘없는 억양으로] 이 ○○ 아니고는, 감사님 아니고는 우리 자슥이 죽것으니 자슥 좀 살려줘요."

아 그래서 이리 조리 생각 요리해본께, 꿈이라! 산동성 저녁에 산동성서 여관서 여기가 저 저저 잠을 자는 판인디, (청중 : 남원서 잠단디!) 잉, 남원서 잠을 자는 판인디 꿈을 꾸는 것이다.

아 그래서! 아 남원을 이 산동을 점심식사가 됐어, 그래 인자 사행교꾼 들하고 인자,

"모도 하마해라."

인자,

"내래라."

그거여,

"내래라. 여기서 점심을 묵고 가자."

아 그래 가지고 인자 하마를 해 가지고, 남원에서 인자 점심을 시켜서 먹고 나와 볼라고 요리 감사님이 요리 본께로, 아! 마당 가상에다가 잉어 를, 잉어를 큰[길게 강조하듯] 놈을 2마리를 담가놓고는 거울~거울~ 험 서, 그 서원 안에서 잉어가 너울~너울~ 춤을 춘다 그 말이여,

"하아 [나즈막한 어조로] 니가 잉어냐?"

'아 이것이, 암만해도 이것이!'

그 감사 쯤 되며는 꿈에 선몽서 그 잘 깨~ 깨치기를 헌 모양이여,

'이거 안되것다.'

그러고 산동 하숙을 주인을 부른다,

"이보 주인장. 이리와 봐라. 이거 어디서 잡아왔소?"

잉어를 보고, 잉어를, (청중 : 아 잉어를 큰 데에다 잡아다 놨는디?) 잉,

"잉어 어디서 잡아왔소?"

"아 요 밑에 용소뜸에서……."

(청중 : 용소에서.)

"잡아왔습니다."

"가! 빨리! 가서 도○○라 해."

그 감사라 말을 헌디 배반할꺼요. (청중 : 아 살려주라고?) 잉, 살려주라 고,

"갔다 가따 잡아온디, 거따 용소에따 잡아왔다." 헌께,

"거기다 넣으라."고 그런께 그냥, 그 감사가 말헌께 배반할꺼요, 얼른 기냥 담다가 기냥 거기가다 넣어 뿔고는 올라오고 올라왔어.

"갖다 넣십니다."

"참말로 넣었냐?"

"예! 갔다 넣십니다. 아나 응 인자 괜찮습니다 갖다 넣십니다."

"그래."

그러고 인자 자 가마 사인교에 위에 오르자,

"가자, 그리고 가다가 용소뜰에서 가서, 용소뜰에서 가서 하마를 하자, 나 볼일이 좀 있다."

하감사가 그래서 인자 딱 내려 갔고는, 아 거따가 대고 이 기도를 들였다 그 말이여, 이 하감사가, (청중 : 아 그 용소에다가?) 잉, 용소에 대고 오~.

"내가 에 엊저녁의 꿈에 선몽을 해서 자제를 이렇게 죽였다고 해달라 (살려달라) 해서 내가 갔다 잡아넣어서 그거이 자제인 갑습디다."

그런디,

"예, 어 놓은지는 부친이나 모도해서 나를 조깨 뵈 주십소사."

공세를 공을 들였다 그 말이여, 거기서 기도를 했다 그 말이여, (청중 : 소에다가?) 소에다가, 머리를 숙이고 하감사가, 사인교를 내려다 놓고, 그래 가서 공을 들인께로,

아 용이 기냥 푹 솟아 오르잖에, 발딱 침서 기냥 꼬리를, 그~ 그 놈의, 용꼬리라는 것이 괴기(물고기) 꼬리지, 괴기가 용이 됐은께, [모두 웃음] 막 그냥 막 물장구 치고 들어가뿐다 그 말이여, 그러니께, 아 들어가뿐께 기척이 없어, 아 그러니께,

아 하감사가 또 또 기도를 드렸네, 아 그 몸뚱이를 보여 주며는 재게거 릴까 싶어서(용의 모습을 보고 놀라 죽을까봐) 그 용도 인자 금방 몸뚱어 리만 보여준다 그 말이여,

"아 몸뚱어리를 봤습니다는 두상을 못 봤십니다."

[모두 웃음]

"두상이나 한 번 뵈어 주십소서."

아 아무리 애를 써도 두상이 안 나와, 그래 재차 그 용소에다 대고 재배를 했어, [절을 하는 시늉을 하면서] 재배를 하면서,

"아 한번만 조깨 뵈여주소서."

아! 할 수가 없어서 이 용이 두상을 터억~ 내놈서 푸~욱~[물속에서 천천히 용머리가 나오는 것을 표현] 허고 솟아오르니께 그냥, 하감사가 그냥 그 그 얼굴을 보니 재게거리 해버렸어. 재게거리를. 재게거리 해 가지고, (청중 : 놀래서 죽어버렸다 그 말이여.) 하면, 그렇지. 놀래 갖고는.

거가 용소등이라, 바로 그 시방 하감사 비가 거가 서있어. 거기서 여길 내려다보면 시퍼런 소(沼)라, 거기서 그냥 똑 떨어져 버려서 제게해버렸다. (청중 : 잘 죽어버렸네. [웃음])

아 그래서,

"아 이거 안돼겠다."

싶어서, 그래서 하감사 비를 거기다 세워놨어, 그 산동사람들이 하감사비를 해줬어. (청중 : 하~감사 비를?) 잉, 하감사비를, 그것도 실화라. 그것도 실화라. [모두 웃음]

업이 보여 비손한 할머니

자료코드 : 06_04_MPN_20090129_SJH_LHK_0001
조사장소 : 전라남도 구례군 마산면 냉천리 냉천마을 62-1번지 냉천마을회관
조사일시 : 2009.1.29
조 사 자 : 송진한, 서해숙, 이옥희, 편성철, 임세경, 김자현
제 보 자 : 이희경, 남, 74세
구연상황 : 그간 많은 이야기를 들려주었던 한복암 제보자가 잠시 휴식을 취하는 동안에, 조사자가 청중들에게 업에 대해서 묻자 냉천마을의 노인회장인 김광수 제보자가 나서서 다음 이야기를 구연했다.
줄 거 리 : 집에 누런 뱀이 보이자 할머니가 그 앞에서 절을 하며 비손하였다는 이야기이다.

　나 거가 우리집인디. 우리집은 지금도 ○○○데, 그~ 내가 직접 봤다고 뱀을, 누런 뱀이. 우리들이 말하면 머라고 하지? 침대지 살광. 요렇게 오더라고. 온데. 인제 할머님이,

　"아야 손대지 마라. 하아 [깊은 숨을 들이쉬면서] 좋게 나가십시오." 하고 절허고. 하~ [깊은 숨을 들이쉬면서]

　"나가십쇼."

　이렇게 그 말하자면 머라 그럴까? 그것을? 숭배의 그 어떤 상징으로 모셨을까? 지금 생각하면 그렇다고… 우리 할머님이,

　"느그 손대면 절대 안돼!."

　나가라고 나가라고 하고 이렇게 한 것을 내가 알지, 그것만 알지 다른 이야기는 내가 헐 수가 없고.

춘향가 한 대목

자료코드 : 06_04_FOS_20090129_SJH_KKS_0001

조사장소 : 전라남도 구례군 마산면 냉천리 냉천마을 62-1번지 냉천마을회관

조사일시 : 2009.1.29

조 사 자 : 송진한, 서해숙, 이옥희, 편성철, 임세경, 김자현

제 보 자 : 김광수, 남, 82세

구연상황 : 한복암 제보자가 상여 소리를 부른 후 조사자들이 또 다른 민요가 있는지 묻자 김광수 제보자가 소리 한 대목 하겠다고 의사를 밝힌 후 소리를 하기 시작했다. 김광수 제보자는 춘향가를 따로 배운 것이 아니라 어려서부터 자연스럽게 익히게 된 것이라고 하였다. 판소리의 한 대목이지만 김광수 제보자에게는 민요처럼 습득되고 전승되었다는 점에서 민요에 포함시켰다.

어사또가 춘향모 속을 한번 보랴고 이 댁에 동냥이나 한번 내보오 했것다

춘향~ 어머니 나온다

춘향~ 어머니 나온다

다 꾸부러진 허리에다 손등을 얹고

파-뿌리 같은 흰~머리

가달이가달이 거들어 얹고

여덟팔자 걸음으로

앙-금앙-금 나온다아-

아이고 이 걸인아-

물색모르는 저 걸인

알심없는 이- 사람

남원부중 성-내성내-

내 소문을 못 들어
무남독녀 내 딸 하나를
금옥-같이 길러-내여서
옥중 어다가 두었는디
무슨 정황으 동냥-
동냥 없네 어서 가소-
문전 나그네 허는 대접이라고-
동냥은 아니줄망정
구박은 웬일인고-

[아이고 숨가파서 못부르겠네]

내 딸 춘향- 옥에 두고-
일년열두달 삼백육십일을
빌고 닦었더니
무부삼년이 옥수가 되어-
돈도 없고 쌀도 없네 어서 가소오
어사또가 들으시며
허허 늙은이 망령이요
허허 늙은이 망령
내가 왔는디
어~ 자기가 나를 몰라
어따 이 사람아
내가 니 걸인이요오
말을 허소 이 사람아
말을 해야 내가 알지

해는 저물어지고
성-부지명-부지
덮어놓고 내라고만 허면은
자네가 날 다리고 모르냐고
내가 자네를 알 수 있나
어사또가 들이시며
허허 늙은이 망령이요
내가 왔네
어~ 자네가 나를 몰라
어따 이 사람아
내가 니 걸인이요
말을 허소 이 사람아
말을 해야 내가 알지
해는 저물어지고
성-부지명-부지
덮어 넣고 내라고만 허면은
내가 자네를 알 수 있나
이- 가라도 날 몰라
이- 서방 날 몰라
어따 이 사람아-
이가라니-
남원부중 성내성내
이-가라니 알 수 있나
이-가라고만 말을 말고
거주생명을 일러 주오-
이-가라도 모른다고 허니

장모 자네 일이 말 아닐세에

이가라도 모른다 허니

거주생명을 일러줌세

서울 사는 이서방

춘향이 낭군 이-몽룡

그래도 자네가 나를 몰라

춘향모가 이 말 듣고

우르르르 달려들어

어사 목을 덜컥 안고

아이고 이것 누구여

아이고 이것이 누군가

어디를 갔다가 인제 오느냐

허얼~씨구나 내 사우야

하날에서 뚝 떨어졌나

땅에서 불끈 솟았나

어어제밤 광-풍이

세게 불더니 바람결에 날려와

이것이 누구 집이라고오-

아니 들어오고 건밖에서

주저만 허라는가

이-리 오소 이리 와

이-리 오라면 이리 와

내 방으로만 들어가세-

호남가

자료코드 : 06_04_FOS_20090129_SJH_KKS_0002
조사장소 : 전라남도 구례군 마산면 냉천리 냉천마을 냉천마을회관
조사일시 : 2009.1.29
조 사 자 : 송진한, 서해숙, 이옥희, 편성철, 임세경, 김자현
제 보 자 : 김광수, 남, 82세
구연상황 : 한복암 제보자가 상사 소리를 끝내고 난 뒤 이어서 김광수 제보자가 '호남가'
를 불렀다. 김광수 제보자는 '호남가'를 전문가에게 따로 배운 것이 아니라
어려서부터 자연스럽게 들어서 알게 된 것이라고 한다. 호남가가 이 마을사람
들에게는 목을 풀기 위한 판소리 단가가 아니라 민요적 성격을 갖는다는 점
에서 민요 자료에 포함시켰다. 김광수 제보자의 소리에 추임새를 넣은 사람은
한복암 제보자이다.

함평천지 늙은 몸이, 광~주 고향을 보랴- 허고

제주산 빌려 타고, 해~남을 건너갈제

흥양의 돋은 해는, 보~성을 비쳐있고

고산의 아침 안개, 영~암을 둘렀는디

태인하신 우리 성군, 예~악을 장흥허니

삼태육경은 순천심이요

방백수령은 진안군이라

고창성 높이 앉어, 나~주 풍경을 바라보니

만장 운봉 우뚝 솟아, 칭~칭한 익산이요

백리 담양 흐르난 물은, 구~비구비 만경인데

용담의- 맑은 물은, 이 아니 용안치-며

능주의 붉은 꽃은, 골~골마다- 금산인데

남원에 봄이 들어, 각색화초 무정허니

나아~무나무 임실이요, 가아~지가지 옥과로다

풍속은 화순이요, 인심은 햄열인데

사룡공상 낙안이라 부~모형제가 동복이로구나

강진의 상고선 빌려 타~고 지인~도로 나려갈제

농사하신 온갖 백성들은 아니놀고 무엇~으를- 헐거나

거-드렁거리고나 놀아보세

모심는 소리

자료코드 : 06_04_FOS_20090129_SJH_HBA_0001

조사장소 : 전라남도 구례군 마산면 냉천리 냉천마을 냉천마을회관

조사일시 : 2009.1.29

조 사 자 : 송진한, 서해숙, 이옥희, 편성철, 임세경, 김자현

제 보 자 : 한복암, 남, 88세

구연상황 : 김광수 제보자가 춘향가 한 대목을 끝내고 난 뒤에 조사자들이 모심는 소리를 들려주라고 하자 한복암 제보자가 들려주었다. 젊었을 적에 모를 심을 때 불렀던 소리라고 한다. 냉천마을에서는 모를 찔 때에는 특별한 소리를 하지 않았으며 모를 심을 때에만 상사 소리를 했다고 한다. 논매기를 할 때에도 상사 소리를 불렀다고 한다.

헐 널 널 상사듸야~

여보시오 농부님네에~ 이 내 말을~ 들어봐요~

하아~ 나 농부~들 말 들~어요

이 배미를~ 어서 심고 저 건너어

뺄비므로(뺄배미로)~ 너머 가세

허~이 허~이 허이요루~ 상 사아 뒤이히히 요오

어떤 농부들은~ 우장 삿갓을 허리 두르고~

어얼럴 상사를 잘도 허네

허~이 허~이 허이요루~ 상 사아 뒤이히히 요오

떠들어 온다~ 떠들어 오온다~아

정심(점심) 빠구리가 떠들어~ 오네

허어~이 허어~이 허이요루~ 상 사아 아 뒤이이히이 요오

어랑 타령

자료코드 : 06_04_FOS_20090129_SJH_HBA_0002

조사장소 : 전라남도 구례군 마산면 냉천리 냉천마을 62-1번지 냉천마을회관

조사일시 : 2009.1.29

조 사 자 : 송진한, 서해숙, 이옥희, 편성철, 임세경, 김자현

제 보 자 : 한복암, 남, 88세

구연상황 : 상사 소리가 끝난 후 다른 민요를 또 불러 주라고 부탁하자 이 노래를 들려
주었다.

석탄~ 백탄~ 타는~ 디는

연기만 퍼벙 펑펑 나고오요~

요내 가심 타는~ 디~이

연기도 쪼끔도 안 나네~

어~랑 어랑 어허어야~

어야~라 난다 지화자자 조오~타

니가 니가 니가 내 간장을 다 녹히냐

육자배기

자료코드 : 06_04_FOS_20090129_SJH_HBA_0003

조사장소 : 전라남도 구례군 마산면 냉천리 냉천마을 62-1번지 냉천마을회관

조사일시 : 2009.1.29

조 사 자 : 송진한, 서해숙, 이옥희, 편성철, 임세경, 김자현

제 보 자 : 한복암, 남, 88세

구연상황 : 상사 소리가 끝난 후 육자배기를 불러달라고 부탁하자 이 노래를 들려주었다. 노래를 시작하기 전에 청중들에게 먼저 어떤 노래인지를 설명해주는 사설을 덧붙였다. '이도령이 춘향이를 보듬고(안고) 부르는 사랑노래'라는 설명 뒤에 한 곡조를 부르고 나서 다른 노래로 넘어가면서 "인자 육자배기여"라고 안내를 해주었다.

(노래를 시작하기 전에 "저그 이도령이 춘양이(춘향이)를 확 보듬고 어쩔케 참 반갑고 사랑스럽든지 그 이도령이 춘양이를 한 번 사랑을 해서 노래를 한자리 할 거인께 쬐까만 들어보시오 잉"이라고 말을 한 후에 노래로 들어갔다)

칩다(춥다) 칩다 칩거더언~어허어 내 품에 들어라아~

비이개가(베개가) 높고든~ 어허어~내 팔을~ 비이~고오

내 팔이 높고든~ 어허 비이개에~를~ 비고 허 잠을 잘 가나아~혜

우리가 살며은("인자는 육자배기여"라는 말을 덧붙였다) 몇 백 말 알년이나~ 사~드란 말인가~아~

쓸을 쓸~접고(가사를 잊어버린 듯 머뭇거리면서 웅얼거림. 원래 가사는 살아 생전 시에 임) 내 마음대로 놀아를~ 보오세~에

고나아~혜

상여 소리

자료코드 : 06_04_FOS_20090129_SJH_HBA_0004
조사장소 : 전라남도 구례군 마산면 냉천리 냉천마을 62-1번지 냉천마을회관
조사일시 : 2009.1.29
조 사 자 : 송진한, 서해숙, 이옥희, 편성철, 임세경, 김자현
제 보 자 : 한복암, 남, 88세
구연상황 : 육자배기 한 대목이 끝난 후 청중들은 한복암 제보자가 상여 소리도 잘 한다

고 알려주었다. 조사자들이 상여 소리를 요청하자 부르기 시작했다. 마을에서 상여가 나면 한복암 제보자가 상여 소리의 앞소리를 맡았으나 요즈음에는 대부분 장례식장에서 상례를 치르기 때문에 상여 소리를 부를 일이 없다고 한다. 상여 소리는 관한보살소리, 어롱소리 등이 있다고 한다.

나아~ 무~우~ 헤~에~이~ 이~히~ 헤~

헤에~ 에헤~ 에헤~이~히 나아~하 무~ 살~[인제 어롱소리 하라고 청중에게 말함]

에~ 에헤~ 에헤~이~히~ 나아 무~ 보살~

나아 무~우~ 허어 어허허어 에~헤~ 에헤어 에헤 이히이~ 나아 무~우~ 보살~

에~헤 에헤~ 에헤~이이이 헤에~ 이~히~이 나아 무~ 보살~("인자 한번 남았어"라고 말함)

에~ 에헤~ 허허~아~ 에헤~[잠시 끊김] 헤이~히이 나아 무~우 보살~

에헤~ 에헤~ 에헤~이~히이 나아 무~우 보살~

("인자 관아 관아"라고 말함)

관아아아안 보오어~ 어~ 사알~

관아~ 어허~어~ 보오 사알~

관암 보오~ 소리를 발마춰 가세

어~롱 소리로 발마추세

어~롱 어~롱 어리가니 넘~자 어롱~

관암 보오 소리를 그~만 두고~

유대군~ 소리로~ 발마~추세~

허~롱 허어롱~ 어리가리 넘자 허어롱~

대에국 천자는 꾀꼬리를 타고서

돌아가신 맹인은 꽃가매 타네

허~롱 허어롱~ 어리가리 넘자 허어롱~

(청중 : 인자 그만혀요)

앞집이 또 어머니 아버지 중치가 맥혀서 못가것네

허롱 허롱 어라리 넘자 허어롱

5. 문척면

증편 한국구비문학대계 ● 전라남도 구례군

▌조사마을

전라남도 구례군 문척면 죽마리 죽연마을

조사일시 : 2009.2.6
조 사 자 : 송진한, 서해숙, 이옥희, 편성철, 임세경, 김자현

죽연마을은 문척면에서 가장 큰 마을이다. 마을 서쪽은 바로 섬진강으로 강변에는 대나무를 심어 방풍을 하고 있으며 그 외 지역은 평야를 이루고 있어 여름철 홍수가 나면 방천을 넘어 물에 잠기기도 하던 곳이다.

군청소재지에서 남쪽으로 3km 지점에 위치하고 있으며 면소재지에서 남서쪽으로 1.7km 지점에 있다. 동쪽은 서당골, 각금마을이 있고, 그 뒤로 오산이 높이 솟아 있다. 섬진강을 건너면 구례읍 봉서리에 이르며 남쪽은 범멀들과 양수장이 있다. 북쪽은 1km 쯤에 구성마을이 있고, 북동쪽으로 700m 쯤에 봉전마을이 있다. '벌멀', '범멀(번멀)'이라 통칭하고 있으며 '대쏘'라고 부르기도 한다.

마을이 언제 형성되었는지에 대한 정확한 기록은 전하지 않으나 봉성 장씨 장악(張岳)이 처음 입향하였고, 1392년에 제주 고씨 고숭례(高崇禮)가 횡성에서, 1702년경 장흥 고씨 고만인이 장흥에서, 1727년 밀양 박씨 박도진(朴道鎭)이 고흥에서, 1738년 개성 김씨 김서흥(金瑞興)이 개성에서 입향하였다고 한다.

풍수지리설로는 큰 동네는 배 형국으로 마을 앞에 앞사공 바위가 있었으나 매몰되었고, 뒷사공 바위는 강물에 유실되었다. 배 형국이라 1992년까지 마을에 우물을 파지 않고, 섬진강 물을 식수로 이용하였다고 한다.

1789년 정조 때 작성된 『호구총수』에는 전라도 구례현 문척면 승연리라는 기록이 있으며, 1872년에 만들어진 「구례현지도」와 1912년에 작성된 『지방행정구역명칭일람』에는 전라남도 구례군 문척면 죽연리로 기록

되어 있다. 1914년 행정구역 통폐합에 따라 문척면과 간전면을 통합하여 간문면이 되었고, 문척면 마고리와 죽연리를 통합하여 죽마리가 되었다. 1946년 8월 간문면을 다시 문척면과 간전면으로 분리하면서 구례군 문척면 죽마리 죽연마을이 되었다. 2008년 『통계연보』에 의하면 죽연마을에서는 총 130가구에서 311명이 거주하고 있다. 남자는 152명이고 여자는 159명이다.

마을 조직으로는 애사시에 상부상조하는 것을 목적으로 하는 마당 바위계, 1.2.3계, 5.3계와 친목과 마을봉사를 목적으로 하는 부녀회 등이 있다. 마을의 주요 소득원은 미맥이며 밤과 감을 재배하는 농가와 한우를 키우는 농가도 다수 있다.

마을의 문화유적으로는 1900년경 건축된 김덕순 가옥과 1979년 건립된 죽연사(竹淵祠), 강한섭 선덕비 등이 있으며, 마을의 민속으로는 정월 대보름날 달집태우기, 농악놀이, 반대항 줄다리기, 윷놀이 등이 있다.

죽연마을 제보자들

▌제보자

고두례, 여, 1924년생

주 소 지 : 전라남도 구례군 문척면 죽마리 죽연마을
조사일시 : 2009.2.6
조 사 자 : 송진한, 서해숙, 이옥희, 편성철, 임세경, 김자현

아담한 체구의 고두례 제보자는 차분하지
만 청중 앞에서 민요를 구연하고자 하는 적
극성을 보였다. 처음에는 기억이 나지 않아
사설을 중간 중간 놓쳤지만 시간이 지날수
록 기억을 회복해갔다. 진지하면서도 얼굴
에 웃음을 띤 얼굴로 구연했다. 친정은 마산
면 광평리이다.

제공 자료 목록
06_04_FOS_20090206_SJH_KDR_0001 지충개야 지충개야
06_04_FOS_20090206_SJH_KDR_0002 모심는 소리 (1)
06_04_FOS_20090206_SJH_KDR_0003 아리랑
06_04_FOS_20090206_SJH_KDR_0004 모심는 소리 (2)
06_04_FOS_20090206_SJH_KDR_0005 모야 모야 노랑모야

고산호, 남, 1940년생

주 소 지 : 전라남도 구례군 문척면 죽마리 죽연마을
조사일시 : 2009.2.6
조 사 자 : 송진한, 서해숙, 이옥희, 편성철, 임세경, 김자현

고산호 제보자는 죽마리 죽연마을에서 태어나고 자란 마을 토박이다.

본관은 제주이다. 한평생 농사를 지으며 살아가고 있다. 조용한 성품으로 사람들 앞에 나서기를 꺼려했으나 조사자가 이야기판으로 유도하자 마을의 지명에 관한 전설을 들려주었다.

제공 자료 목록

06_04_FOT_20090206_SJH_KSH_0001 죽연마을 터잡기까지
06_04_FOT_20090206_SJH_KSH_0002 걸어가다 멈춘 배바우

고상수, 남, 1948년생

주 소 지 : 전라남도 구례군 문척면 죽마리 죽연마을
조사일시 : 2009.2.6
조 사 자 : 송진한, 서해숙, 이옥희, 편성철, 임세경, 김자현

고상수 제보자는 죽마리 죽연마을에서 태어나고 자란 마을 토박이다. 본관은 제주이다. 학력은 국졸이며 농업인이다. 마을에서는 젊은 층에 속한다. 체격은 키와 골격이 큰 편이며, 목청이 크고 성량도 풍부하다. 소리를 잘하며 인근에서 상여가 나면 상여 소리를 담당한다.

제공 자료 목록

06_04_FOS_20090206_SJH_KSS_0001 상여 소리

고상수, 남, 1932년생

주 소 지 : 전라남도 구례군 문척면 죽마리 죽연마을
조사일시 : 2009.2.6
조 사 자 : 송진한, 서해숙, 이옥희, 편성철, 임세경, 김자현

고상수 제보자는 죽마리 죽연마을에서 태어나고 자란 토박이다. 본관은 제주이다. 1950년 무렵에 경찰 신분으로 지리산 토벌 작전에 3년간 참여하였는데, 그 기간 동안 사람들에게 함부로 총을 겨눈 적이 없다고 한다. 그래선지 조사자들에게 다른 사람들에게 해를 끼치지 않고 양심적으로 행동하면 집안이 무탈하고 개인이 장수할 수 있음을 강조하였다. 활발한 성격으로 마을 일에 적극적인 제보자는 현재에도 여러 모임의 회원으로 참여하는 등 즐거운 생활을 영위하고 있다.

제공 자료 목록
06_04_FOT_20090206_SJH_KSS_0001 사성암과 고양이
06_04_FOT_20090206_SJH_KSS_0002 배 형국의 사공바우
06_04_FOT_20090206_SJH_KSS_0003 마을에 샘을 파지 않은 이유
06_04_FOT_20090206_SJH_KSS_0004 패망에 이른 명당자리
06_04_FOT_20090206_SJH_KSS_0005 오산 주변의 바위들
06_04_FOT_20090206_SJH_KSS_0006 영험한 오산
06_04_MPN_20090206_SJH_KSS_0001 내가 겪은 토벌 작전

고용운, 남, 1934년생

주 소 지 : 전라남도 구례군 문척면 죽마리 죽연마을
조사일시 : 2009.2.6
조 사 자 : 송진한, 서해숙, 이옥희, 편성철, 임세경, 김자현

고용운 제보자는 죽마리 죽연마을에서 태어나고 자란 마을 토박이다. 본관은 제주이다. 오랜 기간 동안 공직생활을 역임하다가 퇴임한 뒤에 고향 마을로 귀향하여 노후를 보내고 있다. 어렸을 때 학교를 가기 위해 나

롯배를 타고 섬진강을 건넜으며, 한 겨울에
는 섬진강물이 얼어서 배가 움직이지 못할
때면 그 위를 걸어서 섬긴강을 건너다녔다
고 한다. 진지하고 엄숙한 성격의 제보자는
민담은 잘 모른다고 하면서도 마을의 역사
와 지명에 관한 전설은 성의껏 답변해주었
다.

제공 자료 목록

06_04_FOT_20090206_SJH_KYY_0001 오산에 쌀 난 바우
06_04_FOT_20090206_SJH_KYY_0002 대나무밭이 소에 비쳐서 죽연이라 부르다
06_04_FOT_20090206_SJH_KYY_0003 죽연마을은 배혈
06_04_FOT_20090206_SJH_KYY_0004 오산은 자라가 섬진강을 마시는 형국
06_04_FOT_20090206_SJH_KYY_0005 강물 소리 때문에 죽은 줄 알았던 사람
06_04_FOT_20090206_SJH_KYY_0006 순천현감이 감동한 효자
06_04_FOT_20090206_SJH_KYY_0007 걸어가다 멈춘 오형제바우
06_04_FOT_20090206_SJH_KYY_0008 선바우
06_04_FOT_20090206_SJH_KYY_0009 문척 유래
06_04_FOT_20090206_SJH_KYY_0010 뺄물 유래
06_04_MPN_20090206_SJH_KYY_0001 섬진강을 배타고 건너고 겨울이면 걸어다니
　　　　　　　　　　　　　　　　　　　던 그 시절

박종삼, 남, 1930년생

주 소 지 : 전라남도 구례군 문척면 죽마리 죽연마을
조사일시 : 2009.2.6
조 사 자 : 송진한, 서해숙, 이옥희, 편성철, 임세경, 김자현

　박종삼 제보자는 죽연마을에서 태어나고 자란 마을 토박이다. 성품이
조용하여 좀처럼 이야기판에 참여하지 않았으나, 고용운, 고산호, 고상수
제보자가 연이어 이야기를 구연하자 조심스럽게 강감찬에 관한 이야기를

들려주었다.

제공 자료 목록
06_04_FOT_20090206_SJH_PJS_0001 강감찬 때문에 사라진 모기와 여울 소리

여귀례, 여, 1929년생

주 소 지 : 전라남도 구례군 문척면 죽마리 죽연마을
조사일시 : 2009.2.6
조 사 자 : 송진한, 서해숙, 이옥희, 편성철, 임세경, 김자현

　여귀례 제보자의 체격은 마르고 키가 큰
편이다. 기억력이 좋은 편이며 어색해하면
서도 민요를 끝까지 부르는 적극성을 보여
주었다. 음색은 낮고 읊조리는 듯 구연하였
다. 자신이 구연을 할 때에는 두 손을 꼭 잡
고 부르거나 박수를 치면서 불렀으며 다른
사람들이 구연할 때는 박수를 치면서 박자
를 맞추었다. 친정은 광의면 수만리이다.

제공 자료 목록
06_04_FOS_20090206_SJH_YGR_0001 울도 담도 없는 집이
06_04_FOS_20090206_SJH_YGR_0002 물레야, 자세야
06_04_FOS_20090206_SJH_YGR_0003 성님 성님 사촌 성님
06_04_FOS_20090206_SJH_YGR_0004 아침에 우는 새는
06_04_FOS_20090206_SJH_YGR_0005 다리 세기 / 이거리 저거리 각거리

죽연마을 터잡기까지

자료코드 : 06_04_FOT_20090206_SJH_KSH_0001
조사장소 : 전라남도 구례군 문척면 죽마리 죽연마을 402번지 죽연마을회관
조사일시 : 2009.2.6
조 사 자 : 송진한, 서해숙, 이옥희, 편성철, 임세경, 김자현
제 보 자 : 고산호, 남, 70세
구연상황 : 조사자가 효자 이야기를 묻자 고용운 제보자가 이를 기억하기 위해 책을 뒤
　　　　　적였다. 잠시 시간이 지체되자 고용운의 왼쪽에 앉아 이야기를 듣고 있던 제
　　　　　보자가 다음의 이야기를 구연했다.
줄 거 리 : 죽연마을의 입향조는 이성계에 쫓겨 내려오다가 이 마을에 정착하였는데, 구
　　　　　례에서 제일 먼저 생긴 마을이다. 마을에는 배바우가 있고, 사토가 많다는 이
　　　　　야기이다.

　　그러니까 인자 간단허니 말씀드리자면요. [잠시 위를 쳐다보면서 생각
을 하다가] 이 마을이 에 우리 구례에서 맨 처음이예요. 발생한지가 사람
이 산지가, (조사자 : 구례에서요?)

　　예, 617년 정도 됐나? 그 그럴거요. 어 그런디 선조되시는 '선'자 '예'
자 그분이, 에 이성계 그분이 말허자면 쿠데타 아닙니까! 위화도로 해서
인자,

　　아 여그 이분이 그때 뭐했냐며는 인천 [손을 둥그렇게 원을 그리면서]
그 서울 주변에 현감을 했어요. 그 고을에, 에 그 다음 이성계 그 구데타
를 지원을 안허고 원 임금을 저 모신다고 해서 배반을 당해 갖고,

　　이성계에게 쫓겨 갖고 여기까지 온 거여. 피난을 해 갖고 잽히면 죽으
니까. 그래 갖고 여그 다 왜 터를 닦은고 허며는 말 듣기는 그래요.

　　우선은 피신을 오산에 가서 했어요. 거가 [한 방향을 손으로 가리키며]

굴이 있어요, 굴. 대사리 ○○ 거가 굴이 있어. 그 굴이 먼 굴인가? [웃음] 모르것는데, 거기서 기거 허시다가, 아 터를 여기다 잡았어.

옛날에는 4년 만에 한 번씩 난리가 난다고 했어. 내란이던지 [손가락을 하나씩 구부리면서] 왜란이던지 허튼 난리가 나 갖고 사람이 살기가 마냥 불편허니까,

전쟁이란 것은 또 그때는 의학이 발달이 안되 갖고 사람이 많이 죽어요. 홍역자란 것이 그 동네를 썰어부러요.(마을 전체를 소각한다.)

근디 섬진강 저것이 [손으로 섬진강 쪽을 가리키면서] 저 그 방어선이라, 그래서 여그다 잡았다 그래요. 모든 교통수단이라 또 소득 거시기로 막 나가야 되는데, 여그 좁은 데다 잡아 놓은 것은 그런 이유가 있고, 산입에 거미줄 안친다고 그래 갖고요.

그래서 어 지금까지 왔던, 우리 면장님께서도 말씀했지만은 이 짝의 [섬진강과 다른 방향을 손으로 가리키면서] 큰 동네라는 데는 지역보다 좀 높습니다. 높아 꼬랑이 지어져 있어요. 요리 앞으로 물이 흘러갑니다.

요리 작은 다리로 올라오면, 그래 갖고 거그가 거그서 물이 침수가 되 갖고, 요리 올라오면 저그 [가리키던 곳에서부터 제보자 뒤까지 일직선으로 그리면서] 위에 까지 물이 올라가 저 짝 큰 동네로는 안 들어가고,

저그 [큰 동네 반대편을 가리키면서] 냉천리서 보며는 배가 [두 손을 허공에 띄워 배모양을 그리면서] 물에 떠 갖고 있는 것 같죠. 저그서 물이 침수로 밀어불면 못살죠. 어 그래갖고 떠 갖고 그대로 있고,

어 그래서, 에 아까 에 마을 [뜸을 들이다가] 명칭을 면장님 말씀 허는데로 인제 댓소에 그래서 못 연(淵)자에 배자로 쓰고 있고, 그리고 우리 마을이 제일 구례에서 제일 먼저 생긴 마을이여.

아니 구례에 아무도 안 살았어요. 살았다면 딱 한사람 살았어요. (조사자 : 딱 한사람 살았어요! [웃음]) 저쪽 백련리란디 구례읍 뒤로 가면 있습니다. 봉선 장씨 쪼그마허게 오두막이 있어 구례읍 거그서 시찰을 허다가

사람이 한사람 살고 있어요.

"당신 누구요?" 헌께,

"난 봉선 장씬디 요기서 살고 있다."

그러고. 그분이 요기는 안 오시고, 그 다음에 그 우리 고(高)가들은 입고에 그 우리 하나씨가(할아버지가) 손을 많이 희망했기 때문에, 손이 많이 퍼져 갖고 구례가 고장박이라고(高張朴) 해. 고장박! 원래는 장고박이라 그런디 잉.

당시는 수요가 안 늘었어. 글고 고씨는 수요가 많이 늘었어. 앞에 들어오고 수요가 장악을 해 고을을. 근께 행교 뒤에 가며는 여그 우리 고가 할아버지들이 전부 구례를 관리를 다 했죠.

중앙 도서관에 가면 다 있고, 인자 그 학자들도 많이 계시고 그때 행패가(형편이) 그랬어요. 그런디서 아마 우리 마을이 제일로 구례에서 앞에 생긴 마을이다, 이렇게 허고 있고요.

어 아까 그 저그 동네 행태는 아까 저그가 더 높읍니다 요짝 인구보다.

근디 저 옛날에 천지개백을 했데요. 천지개벽! 사람 살기 전에 근디 아무도 모른디,

근디 배 배를 또 매는 저 [큰 동네 반대편을 가리키면서] 우에 배바우라고 있어요. 산몰랑에가, 동해부락에 가면, (조사자 : 아 동해마을에 가요!)

예, 그 아래 가면 그 돌이 큰~ [돌 크기를 재듯이 양 손을 벌리고] 바우에 이 구 구녕이 [양 손가락 두 개로 둥글게 그리면서] 뚤어져서 말허자면 배 줄을 거다가 [줄을 매듯이 묶는 시늉을 한다.] 매지.

그럴 때 요롱케 해 갖고 구녕이 뚤어져 있어요. 그때 여그 인자 물이 출렁여 갖고 돌만 전부 냉겨(남겨) 놓고, 말허자면 요 요리 갔다가 사토로 내(막) 밀이닥쳐 뿐거요.

근디 우리가 그건 아는데 이 강가에 들어가면요, 막 이런 나무가 저~

밑으로 땅속에 가 있었어요. 어 그것이 뭐 요쪽에는 강 언덕에서 보면 [한 손은 땅에 두고 한 손은 위로 올려 길이를 표현한다.] 한 4~5m, 아~ 7~8m 그런 밑으로 해서 하나썩만(하나씩만) 있는 것이 아니라 차곡[땅부터 위로 층층이 올리듯이]차곡 나무라 이런 나무들이.

그래 갖고 그 저 우리들이, 기름 우리 여가 그 전에는 목탄이라고 나무목탄을 캐 갖고, 그것을 인자 아 인용을 해서 모도 캐 갖고, 그것을 보며는 천기 개벽했다는 그 그 근거가 있는 거 같에. 나무산을 싹 다 썰어다 뒤집어엎은 거여.

이런 땅을 파며는 모래가 안나옵니다. 아니! 돌이 안나옵니다, 돌. (조사자 : 모래, 사토만 나오는군요.) 사토, 깡깡해 돌이 칠흑같이. 네. 감을 심어 놓으며는, 여그 옛날에 여그 감이 임금님헌티 진상을 헐라고.

감이 이만치시 헌디, 우리 위원장님이 감 한 나무가 만개 만오천개를 따요. 만~ 백접 이상, 접으로, (조사자 : 감나무가 큰 거예요? 원래 그렇게 많이 나오나요?)

아니, 둘레가 [양 팔을 벌려 크기를 재듯이] 우리가 세 번 이렇게 보듬어야 해요. (청중 : 없어져뿌렀죠. 그거이 인자 수령이 인자 얼마 한지는 몰라도, 한 동이라고 해.) 백 접을, 백 접을. 옛날에는 한 동이라고 해. 한 동, 이 한 동 감나무. 이 어마어마하게 크지.

이 집이만 있는 거이 아니라, 아까 말씀헌 그 요짝에 큰 동네란 디요. 저 우에는 줄감나무라는 디가 있고 쭉~ [손을 오른쪽에서 왼쪽으로 뻗으면서] 심었고, 또 집집마다 있는 나무가 굵고.

근디 요새는 소득이 없은께 제거를 많이 해부렀데요 재목(木材)으로 많이 나가뿔고.

걸어가다 멈춘 배바우

자료코드 : 06_04_FOT_20090206_SJH_KSH_0002
조사장소 : 전라남도 구례군 문척면 죽마리 죽연마을 402번지 죽연마을회관
조사일시 : 2009.2.6
조 사 자 : 송진한, 서해숙, 이옥희, 편성철, 임세경, 김자현
제 보 자 : 고산호, 남, 70세
구연상황 : 앞서 제보자가 배바우에 대해 언급하자 조사자가 바위에 얽힌 유래가 있는지
를 재차 묻자 다음의 이야기를 구연했다.
줄 거 리 : 섬진강가에 다섯 개의 바위가 걸어가고 있는데, 지나가는 사람이 바위를 보고
돌이 걸어간다고 말하자 그 자리에 멈춰버렸다는 이야기이다.

　오형제 바우 요기 저 섬진강을 타고 요리 마을 조금 한 500m 올라가며
는 섬진강 여기 가 여기 저 문척 쪽으로 강변 쪽으로 바위가 나란히 다섯
개가 있어요.

　한 30~40m 간격으로 이렇게 바위가 있어요. 강에가. 그래서 옛말이
그 전해 내려오는 말이, 에~ 어떤 그 사람이 그런 것이 아니고, 어 강을
건너려고 어디를 신이 놓다가 뇌 가는데,

　"아 어찌 돌이 걸어간다."

　사람이 보고 그랬답니다. 그러니까 돌이 딱 끝나 불고 말았어요. 어 멈
춰버렸어요. (조사자 : 그럼 바위 다섯 개만…?)

　어, 다섯 개만, 다섯 개만 있어. 응 허고는 더 이상 안허고 말아붓다 그
런 전설이 있어. [웃음]

사성암과 고양이

자료코드 : 06_04_FOT_20090206_SJH_KSS_0001
조사장소 : 전라남도 구례군 문척면 죽마리 죽연마을 402번지 죽연마을회관
조사일시 : 2009.2.6

조 사 자 : 송진한, 서해숙, 이옥희, 편성철, 임세경, 김자현
제 보 자 : 고상수, 남, 78세
구연상황 : 조사일 오후가 되자 오전에 고용운이 추천한 고상수를 만났다. 30분가량 개
인적인 이야기를 하다가 조사자가 사성암에 관한 이야기를 묻자 다음의 이야
기를 구연했다. 제보자와 자리를 같이 한 마을사람들은 진지하게 제보자의 이
야기를 경청하였다.
줄 거 리 : 김보살은 육이오 당시 반란군을 잡은 대가로 사성암 주지가 되었고, 처음 고
양이를 한두 마리 키웠으나 이후 고양이가 너무 많아 신도들이 찾지 않은 뒤
에는 고양이가 마을까지 내려오게 되었다는 이야기이다.

여기서 성인이 네 분이 나와서 사성암이라고, 그런 정도로만 알고. 인
자 육이오 때, 여순반란사건 육이오 때, 여그 [사성암 쪽을 가리키면서]
사성암에는 김경여라고, 김경여라고 보살이 있었는디요. 인자 가족이 남
편은 용산이고 여자는 김경여 보살이고 그래 갖고 가족이 딸 하나 데꼬
서이 여기서 살았는디.

그리고 인자 근게 그 사람이 남자는 염불을 허고 그러지만은 여자는
그것도 헐지도 모르고 그런디. 어째서 여자가 여그 주지로 있었는고이는,
어 반란사건 났을 때 반란군이 인자 절에를 들어옵니다. 사성암에.

사성암에를 오며는 그 김경여라고 허는 사람이 전부 [손을 이리저리 움
직이면서] 연락을 다 하지요. 물건도 사다가 대주고 밤에 여그서 내려와
갖고 인자 우에 가서 사다가 대주고 왔다갔다 이렇게 해서 인자 연락을
취했는디.

한번은 인자 그 여자가 경찰과 짰어요. 그 반란군들이 와 갖고 있을 때,
"오늘 저녁에 이렇게 회식을 허고 이렇게 헐거이니까 경찰이 와 갖고
이 사람들을 와서 잡아가라."

보살이 연락병이제, 물건도 사다 대주고 술도 갖다 주고 막 잔치를 허
고, 반란군허고 그러헌디.

여기서 올라가는 사람들은 인자 지게를 지고 칼빔(총의 한 종류) 그것

이 대를 요리 빼뿔면 그 댓머리 빼뿔면 인자 그 쇠만 들면 권총이 되요, 고놈을 여그다 [윗옷을 살짝 벌리면서] 넣어 가지고 지게 지고 그래 가지고, 그날 저녁에 반란군들이 회식을 이렇게 허는데,

두 사람이 들어 가갔고 그 타진을 했어요, 반란군을 일곱을 잡았어요. 그래 가지고 그 여자헌테 다 특권을 줬죠.

"당신이 여그 공이 있으니까 당신 살 때까지는 이 절을 인자 허라."고 해 갖고 인자 특권을 줘 갖고. 이제 자기가 염불은 못허도 중을 인제 염불을 헌 사람을 데리고 와요. 그래 갖고 거기서 들어온 수입을 갖고 자기고 먹고 인자 도와주고 그렇게 허다가 그 일은 얼마 안됐습니다.

인자 여순 반란 사건 나고 육이오 사변 나고 그때 당신디,(당시인데) ○○라고 그 노인이 절을 자기가 인자 주지가 되었지. 인자 그래 갖고 인자 중들을 데려다 염불을 시키고 거그서 나오는 수입 갖고 살고 그랬는데, 인자 나이가 많고 그러니까,

그 사람도 이번에 왔던 중 누구제? 거기 저? 재판해 갖고 가뿐(가버린) 사람! (청중 : 법적인 문제가 생겼뿌렀어요, 화엄사하고.) 그래 갖고, (청중 : 그러니까, 어르신 말씀 허지만, 왜 법적인 문제가 생겼냐면 듣는 이야기로는,)

그 여자 분이 여그서 주지를 허니까, 저분은 자기가 솔직히 말허자면 경영을 헐 수가 없죠. 뭘 [두 손을 좌우로 흔들면서] 모르니까! (조사자 : 고양이 키우던 그 할머니시죠?) (청중 : 그래서 고양이가 퍼져 버렸어요. 지금 그러니까 그분이 지금 어떻게 다른 거 통로를 이용해 가지고,)

돈푼을, 예를 들어서 마을 주먹 쥐는 놈들이 저 절을 장악을 허고 길도 내고 돈도 들여서 뭣도 만들고, 결과적으로 독단적으로 자기 것으로 만들려고 헌 과정인 거죠. 화엄사에서 여기 폐쇄해서 그 중도 싹 다 가버렸어요. 인자 화엄사에서 와서 관리하죠.

아까 고양이 얘기를 허는디, [웃음] 그분이 고양이를 인자 처음에 거기

를 오고 고기를 사다가 인자 고양이를 자꾸 췄는 갑데요. 그런게 고놈 한 마리 먹고 한 놈 두 놈 새끼 낳고 해왔고 잉, 고기 사다 놓고 자꾸 근방에 놓고 그런께,

이 근방 전부 고양이가 전부 사성암으로 모인거예요. 근께 김경여가 고양이를 그렇게 길러, 고양이를 그렇게 예뻐했나갑데요. 김경여만 가면 고양이가 따르고 먹이를 주고 그렇게 고양이를 키웠는디.

이 근방에서 공들이러 인자 절에를 가며는 고양이 절 부근에가 전부 고양이 똥이고 고양이만 있은께 냄새도 나고 그러니까, 한때 불공허로 간 사람들이 안가부렀어요. 말허자면 사성암이 아주 못씨게 되뿐거지. 고양이 때문에.

그래서 중간에 그 노인이 가뿔고, 다른 중헌테 인계를 허고 가서. 그러다 본께 먹이를 안주고 그러니께 시나브러 고놈이 들로 내려오지요. 인자 밑으로.

근께 이 부근에 고양이가 많은께 그때는 상당히 고양이가 많았습니다. 일시적으로 밥을 주다가 주인이 없고 배가 고픈께 밑으로 내려와서. 그래서 한때 사성암에는 고양이를 키운다고 해서 상당히 안조아.

배형국의 사공바우

자료코드 : 06_04_FOT_20090206_SJH_KSS_0002
조사장소 : 전라남도 구례군 문척면 죽마리 죽연마을 402번지 죽연마을회관
조사일시 : 2009.2.6
조 사 자 : 송진한, 서해숙, 이옥희, 편성철, 임세경, 김자현
제 보 자 : 고상수, 남, 78세
구연상황 : 조사자가 마을 근처에 무슨 바위가 있는지를 물었더니 청중들이 고인돌, 사공 바우에 대해 말하자 제보자가 다음의 이야기를 구연했다.
줄 거 리 : 마을이 배형국이며, 줄로 댕기는 길쭉한 바위를 사공바위라 한다는 이야기이다.

원래부터 사공바우가 거가 있어. (조사자 : 사공바우요? 사공바우는 또 뭐입니까?) (청중 : 여기가 고인돌이 있어 가지고.) 이 [손으로 마을 전체를 가리키듯이 원을 그리며] 주변에가 원래 배혈이라고 배 배 배혈이라고, 거 바우가 쭉 있는데,

골목에 막 가자면 사공바우가 낄쭉허니 [줄을 잡아 당기는 시늉을 하며] 줄로 댕기는 바우가 하나 있어, 서 갖고 있는 바우가 있어, 그 골목이 좁으니까 그걸 파고, 시방 묻어 뿔고 없어, 그전에 파불었어, 그 돌집을, 파고 묻고,

요 큰집이가 바우가 있어 [양 팔을 벌려 바위 크기를 재듯이] 큰 바우가 있는디, 괸바우 바우라고 허는디, 옛날에 거그가 사람이 살았는가 안 살았는가는 모르것는디, (조사자 : 괸바위라고 했습니까? 괸바위?)

괴인 바우, 요 돌로 괴어 가지고, (청중 : 고인돌!) 요 돌로 [목침 2개를 나란히 세우고 그 위에 다른 목침 하나를 가로로 눕혀 올리면서] 요렇게 괴어서, 요 돌로 요렇게 해서 고인바우라고 해.

마을에 샘을 파지 않은 이유

자료코드 : 06_04_FOT_20090206_SJH_KSS_0003
조사장소 : 전라남도 구례군 문척면 죽마리 죽연마을 402번지 죽연마을회관
조사일시 : 2009.2.6
조 사 자 : 송진한, 서해숙, 이옥희, 편성철, 임세경, 김자현
제 보 자 : 고상수, 남, 78세
구연상황 : 앞서 마을이 배형국이라는 이야기에 이어서 제보자가 마을에 관한 또 다른 이야기를 구연했다.
줄 거 리 : 마을이 배혈이기 때문에 샘을 파게 되면 마을이 가라앉으므로 파지 않았다는 이야기이다.

그러니까 집을 지을 때 어른들은 어떻게 봤는고이고 허며는, [마을 앞

쪽을 가리키면서] 요 앞으로는 전부 논이고 여기는 지형이 낮고 뒤에는 섬진강이고,

그러니까 홍수가 났을 때에도 [오른쪽 방향으로 손짓을 하며] 저~그 먼디서 봤을 때에는 마을이 침수가 될 것 같은디. [원을 그리면서] 주변에 만 물이 흐르고 마을에는 안 덮치고 물이 그대로 있었다 그래서 배혈이 다. (청중 : 배혈이다!)

그래 가지고 옛날 마을 어른들은 여그다 새미를 파고, 새미라고 합니 다. 우물 파고 그런 것을 삼가 했죠. 못허게, 배혈이니까 구멍을 뚫브 놓 으면 물이 올라와서 마을에 안좋다. 그래 가지고 이 마을에서는 새미를 안 팠습니다.

그래 가지고 여기서 [무엇인가 절단하듯한 시늉을 하며] 떨어져 가지고 쪼끔만 여기 오며는 여기다가 새미를 하나 파 갖고, 여기 온 마을사람들 이 이 샘 요놈 하나만 식수로 했고 [섬진강을 가리키며] 섬진강 물 저놈 을 [물을 뜨는 시늉을 하면서] 떠다가,

여러 가지 씻고 설거지를 헐 때는 저놈을 쓰고 식수는 요놈으로 해서 이 마을이 이렇게 모도 커도 새미는 새미가 딱 하나, (조사자 : 샘은 하나 겠네요?)

예. 그래서 중년에 인자 관정을 파고 새미를 파고 그랬는디, 아조 옛날 어른들이 계실 때는 새미를 안 팠다고 그래요.

패망에 이른 명당자리

자료코드 : 06_04_FOT_20090206_SJH_KSS_0004
조사장소 : 전라남도 구례군 문척면 죽마리 죽연마을 402번지 죽연마을회관
조사일시 : 2009.2.6
조 사 자 : 송진한, 서해숙, 이옥희, 편성철, 임세경, 김자현

제 보 자 : 고상수, 남, 78세

구연상황 : 조사자가 지리산과 관련된 이야기를 묻자 제보자는 풍수에 관한 이야기로 다음의 이야기를 구연했다. 제보자는 청중들과 호응하면서 이야기를 이어갔다.

줄 거 리 : 각시바우가 있는 곳이 명당이라는 말을 듣고 마을사람 몰래 조부의 묘를 썼으나 오히려 집안이 망했다는 이야기이다.

내가 듣기로는 여 저 사성암에 올라가, [마이크 채우는 중] 올라가며는, 에~ 장사가 그 바우를 딛고 갔는디, 그 발자국이 남아 갔고 있는디가 있습니다. 그런디 인자, (청중 : 베 베 베를 매!)

거기를 옛날에 베, 이거요 베짠거 천! 천! (청중 : 거기서 베를 [베틀을 움직이듯이 손짓하며] 맸다고 해.) 베틀요, 베를 짠 거 있죠 [베를 짜듯이 양손을 움직이며] 요리 요리 헌거. 근디 베를 거그서 짰다고 허고 그런것 같은디, 그래서 거가 명당이 있다고 해 갖고,

우리 일가 고상욱이라고 그런 사람이 있는디, 자기 조부를 인자 뼈를 인자 올라갔어요, 파 갖고 명당이라고 허니까 그 자리로, 지금도 보면 할미 [청중을 바라보면서] 할미바우라고 하는가? (청중 : 각시바우.)

거기다가 몰래, 인자 알게 되면 마을 주민들이 못허게 허고 그러니까, 동네 몰래 자기가 자기조부를 [시신을 땅에 묻는 시늉을 하며] 거그다 썼어요,

발복이 인자 부자가 되고 좋은 거이 아니고 아주 못씨게 풀려 부렀어요. 도둑놈이 생기고, 말허자면 자기 어머니를 살해를 [뜸을 들이다가] 그 묘를 쓰고는 자기 어머니를 살해를 했어요.

그래 가지고 한때 참 그 사람이 좋은 묘자리~를 잡아서 쓴다고 했는디, 묘를 써놓고 해를 봤다. 인자 그런.

근데 다른 사람은 명당을 찾아서 쓰며는 그 좋다고 헌디, 그 사람은 그가 명당인걸 알고 거그다가 묘자리를 썼는디, 쓰고는 그렇게 속빠르게 얼마 안가 갖고 기냥 그런 살인사건이 나고 집안이 망해뿌렀어요. [조사

자·청중 웃음]

　그래서 근디 명당 그러지마는, 옛날에는 명당이라고 해 가지고 그 조부님들 모셔 가지고 저 산속으로 다니면서 데꼬 다니면서 풍수허고 해 갖고 그런다 묘를 쓰고 그런디,

　인자 그것은 별로 얼마 안○디, 근래에서는 보며는 우리 마을에서 도로에서 가까운디 [마을 입구 도로쪽을 가리키면서] 이런디가 땅금이 제일 비쌉니다.

　이런디는 보통 농사 짓을려고 허며는 5만원 6만원 이런 정도로 헌디, 요 아무것도 쓰잘떼기 없는 묘를 쓴다고 돌도 많고 그런디가 사게 되면 10만원 이상 돼요.

　지금은 어떻게 되냐면 차를 타고 가 갖고 내려서 얼른 가서 인사허고 가는디가 그거이 묘자리가 좋고 그런디를 편해라해. 지금 먼디는 아무리 좋고 명당이라 헐지라도 안가고, 그러니까 우리 요 도로변의 요 근방으로 해서 제일로 땅금이 비쌉니다. 인제 묘 쓰고 집짓고 그런다고 해서 지금은 그렇게 세대가 변혀데요. (조사자 : 그러죠. [웃음])

오산 주변의 바위들

자료코드 : 06_04_FOT_20090206_SJH_KSS_0005
조사장소 : 전라남도 구례군 문척면 죽마리 죽연마을 402번지 죽연마을회관
조사일시 : 2009.2.6
조 사 자 : 송진한, 서해숙, 이옥희, 편성철, 임세경, 김자현
제 보 자 : 고상수, 남, 78세
구연상황 : 바위에 관한 이야기들이 단편적으로 나오자 조사자가 자세한 유래를 물었더니
　　　　　　다음의 이야기를 구연했다. 제보자는 청중들과 호응하면서 이야기를 이어갔다.
줄 거 리 : 오산 주변에는 발을 잘못 디뎌 떨어지면 하동 뒷광으로 떨어진다는 뜀엄바우,
　　　　　　옛날에 배를 매어두었다는 배바우, 바위가 서 있다고 해서 선바우, 베틀을 짜

고 있는 각시바우가 있다는 이야기이다.

(청중 : 어 긍께로 베매는 자리라고 해서 [손가락을 모아 땅을 콕콕 찍으면서] 옴팍옴팍 허니 발대죽이 있어요, 지금도 있어.)

(조사자 : 발대죽이요? 어디 오산 가는 데 말씀하신 건가요? 아니면?)

(청중 : 오산 절 뒤에가 있어.)

사성암 조깨 올라가며는, 절에를 조끔 올라가며는,

(청중 : 거그 뛰엄 바우라고 해서, 뛰엄 바우 고리, 뒤로 토맹이로 올라가며는 있어요.)

(조사자 : 지금 뛰엄바우라고 했습니까? 뛰엄바우?)

(청중 : 현재 뛰엄바우가 바우가 [두 주먹을 나란히 세우고] 지금 요롷게 [두 주먹 사이를 가리키면서]섰는디,)

요 사이가 [잠시 생각을 하다가] 전에 우리 저그 저 입술치바기가 [손바닥을 날 세우듯이 가로로 세워서] 뚤브는 거그서 걸쳐서 드러누웠다고 했거든.

거그를 걸쳐서 드러누우고 사이가 [두 손을 세우고] 요만치나 생긴디를 왔다갔다 한발대중만 쪽 잘못 딛으며는 떨어져서 죽게 되 갖고 있어요. 요런 뛰엄바우가 있는디 그 세이가(사이가) 그것을 말허자면 떨어져서 그 세이에 빠지면 하동 뒤꽝에(뒷광에) 가서 빠져 죽은다고 그런 소리가 있어.

(청중 : 그러니께 하동 뒷광에가 죽는다는 소리가 있어.)

(조사자 : 예, 거그서 떨어지면, 뛰엄바우 그 사이에 떨어지면요?)

근디 지금도 보며는 바위가 요롷게 [두 손을 세우면서] 서 갖고 있습니다. 지금 거그 사성에 가면 있는디, 사실은 거리가 얼마 안된디 높은디니까,

거그 정신이 좋아야지 웬만헌거는 요리로 가딜 못허고, 여기서 [왼쪽에

서 오른쪽으로 뛰듯이 손짓하며] 요롷게, 그래서 뜀바우입니다. 뜀바우! 여기서 요리로 뛰고 요리 왔다갔다 해서, 거리는 사실은 한 1m 미만 정도 된디 거가 높으니까 정신이 산란허지요. 그래서 여그서 뜀바우에서 뛰다가 떨어지며는 하동 뒷광에 떨어진다 인자 그런 전설이 있었고,

그런디 지금 현재에도 가 보며는 바위는 고대로 있습니다. 근디 그거이 뜀바우, 근디 젊은 사람들은 뛰고 그러지마는 나이 많은 사람들은 가보며는 어지러워서 거그를 잘못가요. 그래서 거그를 뜀바우라고 해 갖고 지금도 인자 가보며는 사성암으로 가면 거가 볼거리가 좀 있죠.

(조사자 : 그럼 각시바우는요? 어르신.)

인자 각시바우는 그 우에 가며는 베 맨디, 베 맨디 가서는 인자 그 피 베는 바위가 있었는디, 베틀이요, 미영 베, 그 베틀 [베를 짜듯이 손짓하며] 그 행위로 그 베틀매이로 그렇게 해서 생겼고.

장사가 지나가는데 돌을 가는데 발자국이 있어요. 장사가 지나가는데 그 돌에가 발자국이 있다 인자 고것이 거그가 있고,

아까 배바우라고 헌디가 인자 사성암에서 [반대 방향을 가리키면서] 건너다 보며는 그 직선거리 한 1km 될까 그런 인자 배바우가 있는디, 옛날 여기가 천지개벽을 해 갖고 물이 차니까 배를 거그다 갔다 맸다고 해 갖고 배바우라 아마 그랬던 저는,

(조사자 : 그때 배는 여기 저 나룻배 말하는 것이죠?) 나룻배. 나무로 가지고 이렇게 해서 만든 나룻밴디. 근디 그때에는 천지개벽을 해 갖고 물이 들어와 갖고 배를 가다가 넬 때가 없는디, 산몬당(산꼭대기)에 갖다가 배를 맸다고 해 갖고 그거이 배바우다!

산몬당에 가서, 바위가 요롷게 있어. 바위가 배바우다.

(청중 : 배를 매게 끈이 들어가게,)

(조사자 : 오산 위 산꼭대기에가요?)

(청중 : 오산에서 쭉허니 가며는,)

사성암에서 보며는 바로 보여요. 거그서 한 500m 쯤 가며는 또 저 선바위라고, 바위가 지금도 그렇게 있습니다. 저 밑에서 보며는 절벽이 되 갖고 바위가 섰다고 해서 선바위, 바위가 섰다 그래 갖고 거그를 선바위라 그러고, 그 옆에는 배바위가 있고, 아는 것은 저희들은 그런 정도 뿐이.

근게 아까 베맨디 우에 가서 그 뭐 바우가 있으면 그것을 각시바우라고 그랬는디, 근디 우리가 가서 봐도 특별헌 바위가 없고, 근디 각시바우라고 허는 쪼그먼 바우가 있었는디.

영험한 오산

자료코드 : 06_04_FOT_20090206_SJH_KSS_0006
조사장소 : 전라남도 구례군 문척면 죽마리 죽연마을 402번지 죽연마을회관
조사일시 : 2009.2.6
조 사 자 : 송진한, 서해숙, 이옥희, 편성철, 임세경, 김자현
제 보 자 : 고상수, 남, 78세
구연상황 : 제보자들이 생활에 관한 이야기를 계속하자 조사자가 오산이 영험하다는 이야기를 들었는데, 이에 관한 재미난 이야기가 없는 지를 묻자 제보자가 다음의 이야기를 구연했다.
줄 거 리 : 마을에 큰 인물이 나지는 않으나 여순반란사건 때 어느 누구도 죽지 않은 것은 오산이 명산이기 때문이라는 이야기이다.

그런데 인자 요런 요런 이야기는 듣는디. 뭐 인자 오산이 명산이라고 그런디 명산 밑에 살면서 큰 인물이나 뭐 어쩌고는 없는디. 거 육이오 사변 여순반란사건이 나서 우리 마을에 살다 군대를 가던지 객지를 나가 살던지 사망자가 없어요. 그렇게 죽덜 안해.

다른 마을에는 그렇게 많이 죽고 청년들이 죽고 그런디, 우리 마을에서는 오산 밑에 명산에 살았다고 그런지, [억양에 음률을 넣으면서] 여순반

란사건이 나나 군대를 가나 어쩌냐 해서 그렇게 죽 갖고 그런 사람들이 없었어요.

인자 그래 갖고 그런지 어쩐지 모른디 지금 와 갖고 지금 인자 알고 보니까 다른 마을에서는 사람들이 많이 죽었는디, 우리 마을에서는 그런 희생자가 없었다 그렇게 생각을 허고 있습니다.

오산에 쌀 난 바우

자료코드 : 06_04_FOT_20090206_SJH_KYY_0001
조사장소 : 전라남도 구례군 문척면 죽마리 죽연마을 402번지 죽연마을회관
조사일시 : 2009.2.6
조 사 자 : 송진한, 서해숙, 이옥희, 편성철, 임세경, 김자현
제 보 자 : 고용운, 남, 76세
구연상황 : 조사자가 분위기를 띄우기 위해 어릴 적에 들은 이야기라며 미혈이야기를 들려주자, 제보자가 오산에도 쌀 난 바우가 있다며 다음의 이야기를 구연했다.
줄 거 리 : 오산에 쌀이 나오는 바위가 있었는데, 중이 한 끼니 먹을 양만 나왔다. 그래서 중이 쌀이 더 많이 나오라고 쑤셨더니 그 뒤로 쌀은 나오지 않고 뜬물만 나오다가 그것마저 나오지 않게 되었다는 이야기이다.

쩌~그 오산 저 뒤에 가면은, (청중 : 쌀 난 바우?) 응 쌀 난 바우가 있었는데, 예 쌀 난 바우가 있었는데, 어~어! [잠시 마이크 채우는 중] 쌀 난 바우가 그 여기 저 오산 그 한 구분은선.

구분은선 가면은 [청중이 옆에서 책을 보면서 한 번씩 이야기를 호응한다.] 사성암이 있어요. 사성암 뒤에 가면은 쌀 난 바우가 있어요. 어 역시 그 한 꺼니, 중이 한 꺼니 먹는 쌀만 나왔데요. 그래서 많이 좀 나오라고 가서 그 [물건 쥔 척한 손을 앞뒤로 움직이면서] 부지깽이로 가서 인자 그 굴을 좀 키울라고 그 쑤셨데요, 그걸.

근디 그 뒤로는 쌀이 안나와버렸어. 그래 가지고 뜬물만 조금 나오다가

지금 그쳐 부렀어요. (조사자 : 지금도 쌀 난 바위가 있을까요?) 응. 지금 쌀 난 바위가 있어요.

대나무밭이 소에 비쳐서 죽연이라 부르다

자료코드 : 06_04_FOT_20090206_SJH_KYY_0002
조사장소 : 전라남도 구례군 문척면 죽마리 죽연마을 402번지 죽연마을회관
조사일시 : 2009.2.6
조 사 자 : 송진한, 서해숙, 이옥희, 편성철, 임세경, 김자현
제 보 자 : 고용운, 남, 76세
구연상황 : 오산의 쌀 나온 바위 이야기가 끝나자 조사자가 마을의 유래를 물으니 다음
의 이야기를 들려주었다.
줄 거 리 : 마을 위에 큰 소가 있고, 구례읍 뒷산인 봉성산에 대나무밭이 있는데, 그 대
밭이 소에 비쳐서 죽연이라 부르게 되었다는 이야기이다.

죽연이요, 어 그 여가 댓소라고 있었어요. 섬진강가에, (조사자 : 댓소라
고요? 큰 소를 말하시는 건가요?) 예, 댓~소~ 소~! (청중 : 강! 강물.)

깊은, 깊은 물이 돼 있는디를 소(沼)라고 하는디요. 그래서 여그 책자에
는 그렇게 기록이 되 있더만, 저 어 아무래도 그 소 곁에가 옛날 대밭이
있어 가지고 그래서 댓~소~.

어 대밭이 있 주위에가 있어 가지고 소가 거그가 있었다. 그래서 댓소!
요렇게 이름을 했었는디. 그래서 그로 인해서 죽연 대 죽(竹)자하고 못 연
(淵)자하고 해 가지고, 요렇게 이름을 붙였지 안느냐?! 이렇게 기록이 되
있어요.

그런데 제가 어렸을 때에 그 들으며는, 저 어 여그서 쳐다보며는 구례
읍에 [누군가 들어오는 소리] 봉~성산이라고 있어요. (조사자 : 봉성산
이요?)

예. 구례읍 뒷산이 봉~성산이라고 있는데, 거그가 대밭산이여. 대밭산!

대가 막 완전히 그저 대로 뒤덮인 산인데, 역시 그 우리 마을 위에 [회관 안에 시계가 정시를 가리키며 울린다.] 그 댓소가 있었어요.

우리가 어렸을 적에, 클 적에는 거기 가서 그냥 아주 막 우리 키 두질 된 그런 깊은 섬진강가에, 근데 그렇게 웅덩이가 생겨 가지고 그런 소였었는데, 거기서 수영도 하고 맨날 매일 인자 그렇게 수영도 허고 그렇게 놀던 턴데 그 대밭이 거가 비치는 거야 소에가~! (조사자 : 그 대밭이~ 그 소에가?)

어. 그 대밭이 그 소에가 비치는 거야. 그래서 그 어 대가 연못에가 비치니까 죽연! 대 죽자 연 못자 해 갖고 죽연이라 이렇게 일렀다. 내가 알기로는 그렇게 알고 있었다 이 말이여.

죽연마을은 배혈

자료코드 : 06_04_FOT_20090206_SJH_KYY_0003
조사장소 : 전라남도 구례군 문척면 죽마리 죽연마을 402번지 죽연마을회관
조사일시 : 2009.2.6
조 사 자 : 송진한, 서해숙, 이옥희, 편성철, 임세경, 김자현
제 보 자 : 고용운, 남, 76세
구연상황 : 조사자가 섬진강에 얽힌 이야기를 해달라고 하자 제보자는 배혈에 대해 다음의 이야기를 구연했다.
줄 거 리 : 죽연마을은 배혈이어서 샘을 파지 않으며, 큰물이 져도 홍수가 나지 않는 것은 배혈이기 때문이라는 이야기이다.

우리 동리 여그 여 [팔을 크게 원을 그리면서] 큰 마을을 배 배혈이라고 해. 배혈! 응. 그래서 [손을 배모양으로 그리면서] 배같이 생겼다고 해가지고, 어 90(1990년) 아마 92년도 되는가까지 그 마을 안에다가 새미를 못 파게 했어요.

왜 그러냐허며는 뱃바닥에다 구렁을(구멍을), 구녕을 뚤부며는 물이 올

라와서 배가 못쓰게 되잖에, 그래서,

"배혈이니까, 어 새미를 파면 안된다."

이렇게 허고 살았어요. 그래서 인자 그 식수는 어디서 조달을 했냐? [섬진강 쪽을 가리키면서] 바로 뒤에 섬진강 물이 흐르거든요. 강물이, 그래서 강물을 길러다 묵고 살았어요. (청중 : 옛날 오염이 안될을 때에.)

예. 어 그렇게 해서 인자 살았는데, 그 내가 아는 배혈이란 것은 동네가 꼭 길쭉허니 배같이 생겼어요. 생겼는데 또 골, 그 배가 이렇케 생겼으며는 배짱이 요렇게 그 배를 보며는 요렇게 그 배를 보며는 가운데로 뛰가(띠가) 대져 가지고 있거든.

모두 대저 가지고(붙여져) 있거든. 그런 것 마냥으로 동네 가운데 골목이 세 군데가 요렇게 나 있었거든. 쭉 [길게] 그리고 또 가운데 저 골목이 쭉 나있었고.

어 옛날에 이 마을이 뒤로 또 대밭이 쩌[강하게 발음하면서 길게] 아래서부터 쩌 위에로 까지 대밭이여. 그래서 그 대밭 가운데, (청중 : 제방 둑으로 만들었어요.) 시방 제방이 쭉 되어 가지고, 대밭이 다 없어지고 그랬습니다마는.

그래 가지고 인자 그 대밭 가운데로, 인자 쩌그 끄트머리에서 저그 끄트머리까지 막 쭈욱[길게] 그 일직선으로 그 되있고, 인자 옆으로는 [한 팔로 제방을 표현하면서 다른 팔로 골목길을 그린다.] 그 세 군데 큰[길게] 골목이 있었고 지금도 그 골목이 있죠. 근디 그 꼭 배 형식으로 그렇게 갖차졌어요, 보며는.

그래서 인자 배혈이라. 또 큰물이 지며는 이 [섬진강 쪽을 가리키면서] 섬진강이, 에 여기서 저 남, 저기 전라북도 저기서 시작해 가지고 곡성을 거쳐서.

어 요쪽 구례역 쪽에서 휘돌아 가지고 남쪽입니다. 그쪽에는 그쪽 남쪽을 휘돌아 가지고 이쪽 북쪽으로 기냥 이렇게 휘감아 돌아서 하동으로 빠지거든요. 잉!

그런데 이 마을이 그 비가 많~이 와 가지고 막 홍수가 지며는, 지금은 인자 머 수리시설이 다 잘 되어 가지고, 인자 그렇게 큰물이 안 내려오지 않지마는, 옛날에는 어마어마하게 그냥 마을 앞에까지 그냥 물이 강물이 들어오고 그랬거든요.

그러니까 이 저쪽에서 쳐다보면 이 동네가 완전히 물속에 있는 거여 그런거야. 그래 가지고,

"저 동네 다 떠내려간다."

막 이렇게 되는데, 난중에 보면 암시롱도 안고 있는 거이거든. 어 그래서 이거이 배가 둥둥 뜨는, [손을 위로 올렸다가 내리면서] 에 떴다가 물이 작으면 가라앉는, 그래서 배혈이라. 에 그렇게들 말을 했거든요.

(조사자 : 실제로 뭐 마을에 물이 범람하거나 그런 적은 없었지요?) 없었지요. 인제 요 요 [마을 안을 가리키면서] 마을 안으로 물이 들어 왔다가 어 강물이 빠지면 그대로 빠지니까. 어 동네를 휩쓸고 갔다거나 인자 그런 것은 없습니다.

그래서 인자 오산이 옛날부터 그 명산이고, 명산이라고 그랬어요. 그래서 우리 선조들이, 에 마 오산 밑에다가 자리를 그래서 잡았답니다. 그래서 마 마 그래서 그런디 크게 재해를 입는다거나 그런 예가 별로 없습니다.

오산은 자라가 섬진강을 마시는 형국

자료코드 : 06_04_FOT_20090206_SJH_KYY_0004
조사장소 : 전라남도 구례군 문척면 죽마리 죽연마을 402번지 죽연마을회관
조사일시 : 2009.2.6
조 사 자 : 송진한, 서해숙, 이옥희, 편성철, 임세경, 김자현

제 보 자 : 고용운, 남, 76세

구연상황 : 조사자가 오산이 명산이라 하는데 왜 그러한지를 묻자 제보자가 오산의 형국
에 대해 구연했다.

줄 거 리 : 오산을 하늘에서 내려다보면 자라가 섬진강물을 마시고 있는 형국으로, 마을
사람들이 재난 없이 행복하게 사는 것은 이 오산이 명산이기 때문이라는 이
야기이다.

인자 오산이라고 허면 자라 오(鰲)자 오산이거든요. 그래서 인제 그 자
라가 [하늘을 가리키면서] 저 하늘에서 이렇게 공중에서 떠러[잠깐 멈추
고 다시] 떠서 올 때의 이야기겠죠.

'자라가 섬진강 물을 마시고 있다.'

이렇게 해서 오산이라 허고 이름을 지었답니다. 그래서 인자 오산이 된
거고. 인자 그 맹산(명산)이라고 말을 헌다는 것은, 오산 그 오산에 가면
사성암이라고 있어요. 그 공부를 해 가지고 그 사성암에서 공부를 해 갖
고, 성인이 4명이 나서 사성암이다! 이렇게 저는 알고 있습니다. 그래서
어 그래서 맹산이라!

이렇게 우리가 다 말을 허게 되고, 또 그 밑에서 사는 우리들이 아~무
큰 재난 없이 무난허게 편안~허게 살아오게 되고 그래서 더욱 그렇게 생
각했지요.

강물 소리 때문에 죽은 줄 알았던 사람

자료코드 : 06_04_FOT_20090206_SJH_KYY_0005

조사장소 : 전라남도 구례군 문척면 죽마리 죽연마을 402번지 죽연마을회관

조사일시 : 2009.2.6

조 사 자 : 송진한, 서해숙, 이옥희, 편성철, 임세경, 김자현

제 보 자 : 고용운, 남, 76세

구연상황 : 조사자가 저승사자와 관련된 이야기를 묻자 "그런 얘기 한번 해볼까요?" 하
더니 어릴 적에 경험했던 다음의 이야기를 구연했다.

줄 거 리 : 섬진강가에 살던 사람이 술을 좋아하여 자주 술을 마시니 부인이 바가지를 긁었다. 그러자 죽어버린다고 집을 나가 강을 거슬러 갔는데, 강물 소리가 유난히 출렁거렸다. 그리고 그렇게 나간 사람이 돌아오지 않자 죽은 것으로 잘못 알고 난리법석이 났다는 이야기이다.

그런 얘기 한번 헐까요? 저 [웃음] 지금요, 지금 그 아들이, 지금 장용택이라고 살아 있습니다. 그 아들. 즈그 아버지가요, 술을 굉장히 좋아하셨어요. 그래 가지고 그 농담도 굉장히 좋아하시고 술도 잘 자시고 그랬거든요.

그랬는데 인자 아주 농담을 그렇게 좋아하시고 막 그렇게, 그 어 술을 좋아하시고 그러고, 어느 날 그런께 집에 있어 술 자신다고 어 할멈을 인자 그 뭐라고 해쌌고 바가치 긁고 인자 그래 쌌겠죠.

어느 날 술을 많이 자시고 그 분이 섬진강 가에서 살았어요. 우리 동네 뒤쪽에 살았는디, 술을 많이 자시고 들어오니까 집이서 저녁 때 집이서 막 뭐라고 해쌌던가봐 근께,

"에이 나 거, 에이 씨."

어쩌고 죽어뿐다고 허고 나가버렸어요. 나갔는디 바로 고리(그리) 내려가며는 강가여. 그러니까 그냥 강가로 내려가뿟어. 식구가 보니까 강가로 내려갔거든. 내려가서 막 강이 요리 흐르며는 요리 거슬러서 요리 들어가니까 출렁출렁 출렁출렁 강가로 들어가는 소리가 요란허니 날꺼 아니요!

났는디, 어느 정도 강을 부지런히 달려갔는디 조용해부렀어. 아무 소리가 안나부렀어. 그러니 인자 그러고는 인자 안들어와 부렀어. 인자 사람이 안들어오니 즈그 집서는 어쩧게 생각허겄어.

강물로 들어 갔는디 조용해붓으니 죽어부렀다 그 말이여. 그래 갖고 인자 그때만 해도 우리 동네에서 인자 초상이 났다 글면 온 동네 사람이 인자 가서 도와주고 그럴 판인데.

인자 더구나 그런 사고가 나서 야단이 나서, 동네사람이 인자 밤새도록

난리가 난거여. 밤새도록 새벽꺼지 울고불고 그 난리가 났어요. [뒷이야기를 생각하면서 갑자기 웃음을 터트리면서] 새벽의 날이 훤허니까,

"왜 이리 싼다냐?" 허고 들어오는거여. [웃음] 그래 어칳케 된 거냐 허면, 물이 요리 흐르며는 거슬러 올라가니 소리가 나는데 여그 가서는 물 따라서 조용허니 내려가버려,

조용허니 물 따라서 내려가니까 무슨 소리가 나요? 안나지! 요리 갈 쩍에는 막 소리가 요란허게 나 가지고 물 따라서 조용히 내려가니까 여기서는 끝나뿐꺼여, 소리가. 그래 가지고 죽었다 그런 거야. 밤새도록 동네 사람들이 난리가 나고 아침에,

"왜 근다냐?" 허고 [웃음] 들어오는 거여.

순천현감이 감동한 효자

자료코드 : 06_04_FOT_20090206_SJH_KYY_0006
조사장소 : 전라남도 구례군 문척면 죽마리 죽연마을 402번지 죽연마을회관
조사일시 : 2009.2.6
조 사 자 : 송진한, 서해숙, 이옥희, 편성철, 임세경, 김자현
제 보 자 : 고용운, 남, 76세
구연상황 : 앞서 고산호 제보자가 이야기가 끝나자 제보자가 효자 이야기를 기억하고서 다음의 이야기를 구연했다.
줄 거 리 : 효자가 병들어 누워있는 부모를 살리기 위해 단지를 하였으나 끝내 병사하자 3년간을 시묘살이를 하였는데, 하루도 빠지지 않고 통곡을 하니 마침 지나가 던 순천현감이 이 소리를 듣고 그 효성에 감동하여 표창을 내렸다는 이야기이다.

효, 효에 효에 대한 그 말을 허라고 헌다면, 옛날 할아버지 나로 해서 16대 할아버진데, 그러니까 어 30년 식을 치며는 어 300년에다가 3곱하기 6은 18 480년이지 그러지요? 20년 식을 치며는 16대니까 320년이네.

마 그때의 할아버진데, 에 그 양반이 에 여그 지금 오산 밑에서 그 제자들을 그 서당을 체레놓고(차려놓고) 공부를 했어. 어 가르쳤어. 푼돈을 모아 가지고 아주 선비지요. 그렇게 해서 어 나라에서 인자 그,

"벼슬을 줄 테니까 오라." 해도,

"그것도 싫다." 허고 인자 청생들 가르치는데, 인자 전념을 허시고, 인자 부모를 떠나지 못허고 있는 거예요. 부모님을 어 그러고 아들을(어린 학생들) 학도들을 가르치고 있었는데, 지금도 그 어 ○서당이라고 거그 서당자리가 있습니다, 있는디. [옆의 청중들이 각자 자신들의 이야기를 하고 있다.]

부모가 과연 노병으로 인자 앓아눕게 됐어요. 그래 가지고 어 인자 사람은 늙으면 다 어 생로병사라 했은께, 낳아서 어 늙어서 뱅들어서(병들어서) 죽는 거 아닙니까!

그래서 인저 늙어서 뱅든 부모가 뱅든 단계가 되어 가지고 앓아누웠는데 얼마나 효심이 강했던지, 인자 막 그 병이 인자 사(死)에 가차와(가까와) 지는 거예요. 죽음에 가차와 졌는데, 사람의 힘으로는 어쩔 수 없는 것 아닙니까!

그러나 그 할아버지는 어떻게 던지 부모님을 더 살게 맨들어야겠다 해 가지고, [새끼손가락을 자르는 시늉을 하면서] 손을 삐졌어요.(손가락을 칼로 베었다) 삐져 가지고 피를 내서 입에다 피를 넣습니다. 이건 뭐 내가 본 것도 아니고 그 문헌에 나와 있어요.

그래 가지고 인자 그 피를 부모님 입에다 넣어서 연명을 더 시키고 해 가지고, 그 부모헌티 효성을 다했다 허는 그 기록이 돼 있고. 그래도 인자 그 어쩔 수 없이 병(病) 사(死)했으니까 병들어 인자 죽는 거이지요.

막상 그렇게 해도 돌아가시니까 우리 선산에, 그 할아버지 묘에, 여그 우리 군내가 아니고 성주군내, 순천! 옛날에는 그 명당을 찾는다고 해 가지고 성주군 황전면에다가 큰~ 그 그때야말로 참 그 으 대지(大地)를 구

해 가지고 거그다가 모셨는데,

어 인제 옛날에는 뭐 그 삼년을 그 묘에 가서 [띠집 모양을 그리면서] 이 풀로 집을 지어 갖고 어 거그서 산다고 허잖아요. 역시 이 할아버지는 하루도 빼 놓지 않고 인제 삼년을 거그가 사는거야. 그래 가지고 매일 [손으로 목을 감싸면서] 목에서 피가 넘어 오도록 통곡을 했어요, 통곡!

그래서 하루도 빠지지 않고 통곡을 허면서 삼년을 거그서 지냈습니다. 그런디 어느 날 순천 현감이 그기를 자기들 관내니까 지나가다가 그 통곡 소리가 나거든, 그래서 거그서 쉬어 가지고,

"저 무슨 곡 소리냐?"

물었어요. 그러니까 인자 그 수행원들이 인자,

"이러이러해서 고씨 가문에 아무 고씨가 고 효……,"

'효'자 '시'자입니다, 이름이. 고효시!

"그 양반이 그렇게 효심이 있어서 하루도 빠지지 않고 저그서 삼년동 안 그렇게 통곡을 허십니다."

이 이야기를 했습니다. 그래서 순천현감으로부터 참으로 그 그때의 그 지금으로 말허면 표창 같은 그런 것을 받고 했다는 것이, 지금도 우리 에 그래서 그 분을 이 인근 [큰 원을 그리면서] 사회에서 모르는 사람이 없 고, 어 그때에 그 유교가 아~조 성행한 시절 아닙니까! 어 유림사회에서 모르는 이가 없었어요.

걸어가다 멈춘 오형제바우

자료코드 : 06_04_FOT_20090206_SJH_KYY_0007
조사장소 : 전라남도 구례군 문척면 죽마리 죽연마을 402번지 죽연마을회관
조사일시 : 2009.2.6
조 사 자 : 송진한, 서해숙, 이옥희, 편성철, 임세경, 김자현

제 보 자 : 고용운, 남, 76세

구연상황 : 조사하는 동안 마을회관을 왔다 갔다 하며 이야기를 듣고 있던 이장이 고용
운 제보자에게 오형제바우와 선바우 이야기를 들려주라고 하니, 제보자가 생
각났다는 듯이 다음의 이야기를 구연했다.

줄 거 리 : 돌이 걸어가는데 지나가던 사람이 이를 보고서 걸어간다고 말하니, 그 자리에
서 더 나아가지 않고 멈춰버렸다는 이야기이다.

예~ 어 어떤 거 사람이 그런 것이 아니고, 어 강을 건너갈라고, 어디를
요렇게 신이 놓다가 봐 가는데,

"아 어찌 돌이 걸어간다."

사람이 보고 그랬답니다아~, 그러니까 돌이 딱 끝나뿔고, 그걸로 끝나
뿔고 말아뿌렀어요. (청중 : 멈춰부렀어.) 어 멈춰뿌렀어.

(조사자 : 그럼 바위 다섯 개가~)

예. 다섯 개만, 다섯 개만 했어. 허고는 더 이상 안허고 말아뿟다. 인자
그런 전설이 있어. 하하. [웃음]

선바우

자료코드 : 06_04_FOT_20090206_SJH_KYY_0008

조사장소 : 전라남도 구례군 문척면 죽마리 죽연마을 402번지 죽연마을회관

조사일시 : 2009.2.6

조 사 자 : 송진한, 서해숙, 이옥희, 편성철, 임세경, 김자현

제 보 자 : 고용운, 남, 76세

구연상황 : 제보자가 오형제바위에 이어서 다음의 이야기를 이어서 구연했다.

줄 거 리 : 바위가 우뚝 서있어서 선바위이고, 예전에 이곳 근처에 나병환자들이 살았다
는 이야기이다.

선바위는……, 선바위는 저 산에가 있는 것이고, 선바위는 응 거기를
가며는 신기하죠. 높이가 약 한 60~70m 이렇데 되는데, 그 산이 요렇게

되어 가지고 여기가 [손을 위에서 아래로 그리면서] 낭떠러지가 되었습니다.

바위가 요렇게 여그는 등이고 요러다가 요기가 낭떠러지가 바위가 되있어요. 근디 요기서 선바위가 요렇게 요런, (조사자 : 낭떠러지가?) 응. 낭떠러지가 되었는데, 다시 [낭떠러지 사이에 선 바위 모양을 손으로 그리면서] 요렇게 선바위가 섰어요. 근데 바위 둘레가 뭐 이 집 [두 팔을 크게 벌리면서] 둘레만치 해요.

집 둘레만치나 몇 치 시레 갖고 포옥~ [두 팔을 크게 벌려 아래에서 위로 올리면서] 솟아부렀어. 그래 가지고 인자 저 우에는 그 넘이 오래 되니까 인자 소나무가 살아요. 어허허허. (청중 : 신기해요.) 참 신기해요, 신기해! 한 60~70m 마 더 될란가? 안될란가? 신기해요!

그래 저 뭐 그런 이야기를 허면 안되는데 [음성이 낮으면서] 뭐 옛날 그 나병환자가 있었나봐요. 그 뭐 인자 그런 사람들은 격리되서 살아야 되잖아요. 그러니까 스스로 뭐 인자 거그 가서 살아야것다. 그 밑에 가며는 이렇게 굴이 있어요. 그래서 거그서 어 살았다고 하네요, 그런 얘기가 있어요.

(조사자 : 우뚝 솟아 올라서 선바우라고 하네요?) 예, 섰어. 바위가 섰어. 완전히!

문척 유래

자료코드 : 06_04_FOT_20090206_SJH_KYY_0009
조사장소 : 전라남도 구례군 문척면 죽마리 죽연마을 402번지 죽연마을회관
조사일시 : 2009.2.6
조 사 자 : 송진한, 서해숙, 이옥희, 편성철, 임세경, 김자현
제 보 자 : 고용운, 남, 76세

구연상황 : 조사자가 뱀, 이무기, 용 이야기, 아기장수 이야기를 물었으나 제보자는 그런
　　　　　 이야기를 들은 적이 없다고 했다. 그리고 십여 분 가량 어린 시절에 봤던 섬
　　　　　 진강과 마을 풍경에 대해 이야기를 하다 문척의 유래에 대해서 다음의 이야
　　　　　 기를 구연했다.
줄 거 리 : 오산은 글월문(文)자 같이 생겨 문척이라 이름 지었다는 이야기이다.

　여가 문척이라고, 그런디라고 하거든요. 글월 문(文)자 자 척(尺)자. 여
그 오산이~ 오산이 에 옛날 어른들이 볼 때 [글월 문자를 허공에 쓰면
서] 글월 문자 같이 생겼다고 그래요. 그래서 문척이라고 이름을 지었다
고 그랬답니다.

뻘물 유래

자료코드 : 06_04_FOT_20090206_SJH_KYY_0010
조사장소 : 전라남도 구례군 문척면 죽마리 죽연마을 402번지 죽연마을회관
조사일시 : 2009.2.6
조 사 자 : 송진한, 서해숙, 이옥희, 편성철, 임세경, 김자현
제 보 자 : 고용운, 남, 76세
구연상황 : 조사가 원하는 방향대로 매끄럽게 이어지지 않아 분위기를 환기하기 위해 제
　　　　　 보자의 인적사항과 마을 현황에 대해 물었다. 제보자가 농사에 관한 이야기를
　　　　　 하던 중 자연스럽게 뻘물 유래에 대해 이야기하게 되었다.
줄 거 리 : 죽연마을은 물이 고이지 않고 그대로 흘러가버려 뻘물이라 이름하였다는 이
　　　　　 야기이다.

　여가 본래에 말허자믄 그 죽연이라고 허지 않습니까! 죽연이기 이전에,
죽연이기 이전에 이 동네, 동네 이름을 뭐라 했냐? 벌물이라고 했어요,
벌물!
　예. 그래서 벌물이라는 말이 무엇이었냐? [회관에 누군가가 들어온
다.] 그 여러 가지 해석을 합니다마는, 저 우리가 생각헐 적에는 그거에
요. 여그가 물이 고인디가 없습니다.

완전히 수리~시설이 없으며는 완전히 비 오며는 저 오산에서 [산 위에서 양 쪽으로 물이 흐르는 시늉을 하며] 흘러 가지고 강으로 싹 내려 가뿔고 [손을 좌우로 흔들면서] 암 것도 없어, 물이 없어, 한 방울도 없어,

없었어. 그런 것이 없었어요. 그래 옛날에는 [잠시 생각하다가] 에 완전히 그 비오면 논에다 가둬 가지고 요렇게! 서숙이나 뭐 요런 것 갈아먹고, 수리 시설이 없을 때, 근께 옛날 우리가 국민학교 다닐 때 이건 뭐 농사가, 농사가 아니죠.

보리도 않고, 나락도 되도 않고 수리 시설이 인자 되기 전에~… 그 왜 그랬냐? 이거 어디 골짝도 없고 아무 뭐 골짝도 없고 농수가 없어 그리고 또 고인디도 없고, 그러니까 [산 위에서 양 쪽으로 물이 흐르는 시늉을 하며] 비 오며는 요리 흘러서 강으로 가버리는 거야. 끝나버리는 거야.

그래서 벌물! [청중과 동시에 말함] 물이 내려오지마는 벌물이여, 뻘물! 말~짱 뻘물이여. [웃음] 그래서 벌물이라고 했지 않냐! 아 마 그렇게 생각이 되요.

그런데 그 이후에 인자 어 왜정 때 인자 그 발동기로 맨 처음에 인자 수, 그 물을 퍼 올려 가지고, 천상 뭐 어디에서 내려 온디도 없고 고인디도 없고 허니까 섬진강 물을 퍼 올려야 되잖아.

그러니까 뭐 전기도 없지 그때는. 그러니까 인자 [크게 원을 그리면서] 발동기 바쿠가 뭐 사람 키만헌 더 높은 그런 큰 발동기를 우리가 쬐깐했을 때 보며는 그런 발동기를 놓고 첨에는 시작했어요.

그래 가지고 허다가 어 그 놈으로 안되니까 인자 그 이후에 인자 전기를 인자 저 전기를 섬진강을 건너와 가지고 그래 가지고 인자 어 전기로 양수로를 이렇게 실었날았지요.

그래 가지고 그러자니 그놈의 수리세가 뭐 이건 뭐 농사지면(농사를 지으면) 반틈 줘야해. 그리어도 농사를 지으니까 살 수 있는 거야. 그래서 첨에는 그렇게 참 어렵게 에 농사를 지었고 살았던 거야. 그래서 벌물! 벌

물이잖냐! 벌물, 벌물 뭐 해서 이름이 됐잖냐! 이렇게 생각이 되요.

그리고 그래서 수리 시설이 그렇게 해서 됐었는디, 그러다 보니까 처음에 전기가 들어 왔습니다. 그래서 전기불! 그래서 거까지 왔는데, 마을로 전기를 달아다가 전기불을 쓰게 된 것은 우리 마을이 구례 군내에서는 아마, 처~음 읍관내 말고 촌에서 전기를 쓰기는 가장 빠를 거요.

강감찬 때문에 사라진 모기와 여울소리

자료코드 : 06_04_FOT_20090206_SJH_PJS_0001
조사장소 : 전라남도 구례군 문척면 죽마리 죽연마을 402번지 죽연마을회관
조사일시 : 2009.2.6
조 사 자 : 송진한, 서해숙, 이옥희, 편성철, 임세경, 김자현
제 보 자 : 박종삼, 남, 80세
구연상황 : 조사자가 장수이야기를 묻자 "장수는 감강찬이 있지"라며 이야기를 시작했다.
　　　　　 이야기가 끝나고 감강찬과 벼락에 대해 이야기를 물었으나 모른다고 하였다.
줄 거 리 : 강감찬 때문에 동해의 모기가 사라졌고, 여울소리가 시끄럽다 외치니 여울소
　　　　　 리 역시 사라져 그 마을을 잔수라 부르게 되었다는 이야기이다.

○○해서 강감찬이가 여그 길에서 밖에 못왔어.(그 길밖에는 가지 못했다.) 강감찬이는 아까 거 모기, 강감찬이가 그 동해에서 자기루 했었는디. 하루저녁 자는디, 모기가 어떻게 뜯어싸. 긍께.

"왠 모기가 이렇게 쎗냐고?"

에, 게 허니까 모기가 없어 졌다 그러고. 그 여울이 있는디, 여울소리가 안 나요,(여울소리가 난다.) 물소리가. 거 동해 앞에 동해 앞에, (청중 : 잔수! 잔수!) 저 여울이 있는디, 여울소리가 하도 시끄러운께,

"아이 여 여그 물쌀이가 왜 여그서 이렇게 나냐고?"

그래서 여그 그 여울이 물쌀이 흘러가다 물소리가 하나도 안나.

내가 겪은 토벌 작전

자료코드 : 06_04_MPN_20090206_SJH_KSS_0001
조사장소 : 전라남도 구례군 문척면 죽마리 죽연마을 402번지 죽연마을회관
조사일시 : 2009.2.6
조 사 자 : 송진한, 서해숙, 이옥희, 편성철, 임세경, 김자현
제 보 자 : 고상수, 남, 78세
구연상황 : 제보자는 앞서 여러 이야기를 들려주었다. 이어 조사자가 이 마을에 반란군이
　　　　　들어왔는지를 묻자 제보자는 자신이 겪은 다음의 이야기를 구연했다.
줄 거 리 : 제보자가 반란군을 잡는 토벌 작전에 3년을 참여했으나 반란군을 죽이지는
　　　　　않았기 때문에 지금까지 건강하게 사는 것이라 한다.

　내가 씨잘떼기 없는 소린지 모르지만은 사람은 항시 양심껏 살아야 것
어요. 그저 인자 선생님들 바쁜디 내가 이야기를 허는가 모르것네요. 나
는 총을 들고 토벌 작전을 가도 총 한번을 안쏴봤습니다.

　그 반란군들이 골짝에 들어가 가고 추격을 허며는 어린애고 여자고 남
자고 해 갖고 쬐께 갖고(쫓겨 가지고) 앞에 간디 사방에서 쬐께 갖고 반란
군이 쬐깨가.

　근디 이것을 사람을 사람을 보고 어쩧게 총을 쏴요. 사람을 보고 차마
못쏘것데요. 그래서 사람 하나도 안 죽여보고, 그래서 내가 3년간 토벌
작전을 했는디.

　(조사자 : 그때 연세가? 나이가?) 나이가 스물 한 살~두 살! 인자 내가
군대도 가보고, 토벌 작전 경찰도 해보고, 이용군이도 가보고, 내가 안 해
본 것 없이 다 했습니다. 내가 지금까지 이렇게 살아간 것은,

　(청중 : 이거 순 빨갱이여.) 말조심해 씨~[갑자기 감정이 격해지면서 언
성을 높이며 말한다.] 대한민국이 있어 갖고 거그서 반역을 하면 빨갱이

지마는, 대한민국이 부산을 가뿔고 인민군이 와 갖고 정치를 허는디 어찌 그 정치를 안받어.

(청중 : 시방 여그 이렇게 살아 있은께 그러제. 빨갱이여, 이거 순 빨갱이여. [웃음])

[청중의 말이 장난임을 알기에 웃는다.] 그래서 토벌 작전 하러 가며는, 사실 근디 인자 가며는 총을 쏴놓고 가서 얼른 호주머니를 뒤지는 사람이 있고, 이거 [팔목을 걷으면서] 올리는 사람 있어요. 시계.

시계 가질려고 팔목 올려 갖고 시계 살만 것고, 또 한 사람 자빠지면 얼른 가서 호주머니 뒤집니다. 돈있는가 볼라고, 그런데 [갑자기 격양되면서] 가만히 보니까 그런 사람은 다 죽었어요.

그때 토벌 작전 가서 사람 쏴서 호주머니 더듬고 팔목 더듬어서 시계 가져간 사람들은 다 죽었어요. (조사자 : 누구한테 죽었어요? 빨치산헌테? 빨갱이헌테?) 빨갱이헌테 죽었던지 안방에서 죽었던지 어떻게 됐던지간에 다 죽어뿌러. 누가 안죽여도 죽은디.

나는 그래서 지금까지 생면부지를 헌 것이 그런 것이 아닌가 싶은디. 나는 거짓말을 해본적도 없고, 놈 요렇게 머 해본적도 없고, 죽여보도 안 허고.

앞에 있는 사람들이 쏘면 죽지. 칼빈 30발짜리 있고, 15발 짜리 있고, 장통 5발, ○○안 8발, 하! 그러면 타르르~ [총소리를 입으로 내는 소리] 나가지 나는 사람은 안 쏴요.

섬진강을 배타고 건너고 겨울이면 걸어다니던 그 시절

자료코드 : 06_04_MPN_20090206_SJH_KYY_0001
조사장소 : 전라남도 구례군 문척면 죽마리 죽연마을 402번지 죽연마을회관
조사일시 : 2009.2.6

조 사 자 : 송진한, 서해숙, 이옥희, 편성철, 임세경, 김자현
제 보 자 : 고용운, 남, 76세
구연상황 : 조사자가 이 마을에 다리가 건설되기 전에 섬진강을 나룻배로 건너다녔는가
　　　　　를 묻자 제보자가 그 당시의 상황을 회고하면서 다음의 이야기를 들려주었다.
줄 거 리 : 자신이 중학교 다닐 적에 지금의 다리가 없어 나룻배로 건너고, 겨울에 강이
　　　　　얼면 걸어서 학교를 다녔다는 이야기이다.

　그 옛날에 우리가 [책을 뒤척이더니 한 면을 펼치면서] 여기를 여기 나
왔습니다요. 이것이 내가 시방 중학교 때에 사진인데, 내가 지금 여기 앉
았습니다요. 그것을 지금 그때 사진을 잡은 것을 말하자면은, 여그 다 실
었던만. 이때는 나룻배를 건너서 저쪽 [왼쪽을 가리키면서] 중학교를 댕
겼어요.

　인자 국민학교는 요쪽에가 있어지만은 면내에가 있었지만, 그때는 그
강물이 얼어서 어 얼음으로 건너서 학교에도 댕기고 그랬거든요. 그랬는
데 지금은 많이, 그 어 기후가 변해 가지고 지금은 그런 추위가 없습니다.

　그러나 그때는 기냥 우리가 학교는 가야것지, 그 얼음은 얼어 있지, 배
는 움직이들 않지, 우리는 그냥 [하반신을 가리키면서] 그 아랫도리 벗고
[머리에 물건을 얹는 시늉을 하면서] 이거이 요렇게 이고 옷 이고 그리고
많이 걸어 댕겼어요.

　그럼 요런디가 [하반신을 가리키면서] 피가 직직 나죠. 얼음이 성애가
내려와 가지고, 그러고 거의 겨울에는 거의 그러고 댕겼어요. 아주 참 거
곤욕시러웠지요.

지충개야 지충개야

자료코드 : 06_04_FOS_20090206_SJH_KDR_0001
조사장소 : 전라남도 구례군 문척면 죽마리 죽연마을 죽연마을회관
조사일시 : 2009.2.6
조 사 자 : 송진한, 서해숙, 이옥희, 편성철, 임세경, 김자현
제 보 자 : 고두례, 여, 86세
구연상황 : 여자경로당에 들어가니 할머니들이 모여 있었다. 어렸을 때 부르거나 들었던 노래를 불러달라고 하자 기억이 나지 않는다고 하였다. 그래서 지충개타령의 한 소절을 부르며 이 노래를 아느냐고 물었다. 그러자 제보자가 이 노래를 구연하였다. 중간에 사설이 기억이 나지 않는다고 하다가 다시 기억을 해냈다. 구연한 사설이 전부는 아니며 더 길게 이어지는데 기억이 나지 않는다고 하였다. 이 노래는 어렸을 때 자연스럽게 익힌 노래이며 밭을 매거나 베를 짤 때 불렀다고 한다.

마산뜰에 지충개야(앞부분에 지충개야 재충개야 부분이 있는데
녹음되지 않음)
떡잎겉은 울어마니
속잎겉은 나를두고(잊어불었어, 청중 임의 정이 좋제만은)
임의 정이 좋제만은
자식정을 띠고 갔네

모심는 소리 (1)

자료코드 : 06_04_FOS_20090206_SJH_KDR_0002
조사장소 : 전라남도 구례군 문척면 죽마리 죽연마을 죽연마을회관
조사일시 : 2009.2.6

조 사 자 : 송진한, 서해숙, 이옥희, 편성철, 임세경, 김자현

제 보 자 : 고두례, 여, 86세

구연상황 : 모심을 때 부르던 노래를 불러달라고 하자 청중 중에 한 명이 옆에서 "아나 농부야 말들어" 이렇게 한 소절을 불렀다. 그러자 고두례 제보자가 연이어 모 심는 소리를 구연하였다. 과거에 이 마을에서는 여자들이 모를 심었으며 모를 심을 때는 모심는 소리를 했다고 한다. 이앙기가 보편화된 이후로는 모심는 소리를 더 이상 부르지 않게 되었다고 한다.

> 아나농부야 말들어
> 서마지기 논배미가 반달만큼 남었네
> 니가무슨 반달이냐
> 초생달이 반달이지

아리랑

자료코드 : 06_04_FOS_20090206_SJH_KDR_0003

조사장소 : 전라남도 구례군 문척면 죽마리 죽연마을 죽연마을회관

조사일시 : 2009.2.6

조 사 자 : 송진한, 서해숙, 이옥희, 편성철, 임세경, 김자현

제 보 자 : 고두례, 여, 86세

구연상황 : '물레야 자세야'를 구연하고 나서 자연스럽게 아리랑을 불렀다. 고두례 제보 자가 노래를 하면 여귀례는 손뼉을 치면서 함께 참여하였다.

> 아리랑 아리랑 아라리요~
> 아리랑 고개로 넘어간다.
> 아리랑 고개는 열두나 고개~
> 우리님 고개는 한고개드라

모심는 소리 (2)

자료코드 : 06_04_FOS_20090206_SJH_KDR_0004
조사장소 : 전라남도 구례군 문척면 죽마리 죽연마을 죽연마을회관
조사일시 : 2009.2.6
조 사 자 : 송진한, 서해숙, 이옥희, 편성철, 임세경, 김자현
제 보 자 : 고두례, 여, 86세
구연상황 : 모심는 소리를 다시 한 번 들려주라고 하자 이번에는 처음보다 사설을 조금
더 기억해서 노래를 구연하였다.

> 아나농부야 말들어
>
> 아나농부야 말들어
>
> 서마지기 논배미가 반달만큼 남었네
>
> 니가무슨 반달이냐
>
> 초생달이 반달이지
>
> 어허럴 장사뒤야
>
> 장사부자는 동부산이라

모야 모야 노랑모야

자료코드 : 06_04_FOS_20090206_SJH_KDR_0005
조사장소 : 전라남도 구례군 문척면 죽마리 죽연마을 죽연마을회관
조사일시 : 2009.2.6
조 사 자 : 송진한, 서해숙, 이옥희, 편성철, 임세경, 김자현
제 보 자 : 고두례, 여, 86세
구연상황 : 모심는 소리를 끝내고 모찔 적에 부르는 노래를 불러달라고 했다. 제보자들은
모심을 때 부르는 소리가 모찔 때 부르는 소리와 같다고 하였다. 조사자가
"모야 모야 노랑모야" 이런 사설은 없냐고 묻자 있다고 하며 다음의 소리를
구연하였다. "물꼬철철 헐어놓고" 사설은 알지 못하며 논매면서 부르는 소리
는 다 잊어버렸다고 한다. 고두례 제보자가 민요를 부르면 여귀례는 박수를

치면서 박자를 맞추고 분위기를 돋우었다.

모야 모야 노라앙모야
언제 커서 시집 갈래
이 달 크고 새 달알 크고
저 새달에 시집 가네

(조사자 : 다시 해주세요.)

모야 모야 노라앙모야
언제 커~서 열매 열래
이 달 크~고 새달 크~고
저 새달에 열매 여네
얼씨구나 좋다 저정말 좋아
아니 놀지는 못하리라

상어 소리

자료코드 : 06_04_FOS_20090206_SJH_KSS_0001
조사장소 : 전라남도 구례군 문척면 죽마리 죽연마을 죽연마을회관
조사일시 : 2009.2.6
조 사 자 : 송진한, 서해숙, 이옥희, 편성철, 임세경, 김자현
제 보 자 : 고상수, 남, 78세
구연상황 : 마을회관에 모인 주민들에게 인근에 상여 소리를 잘 하는 제보자가 있는 지
를 묻자 이구동성으로 고상수 제보자를 언급하였다. 조사자들이 고상수 제보
자를 만나고 싶다고 하자 마을이장이 전화를 걸어 나오라고 부탁하였다. 오후
에 고상수 제보자가 마을회관으로 왔다. 요령을 흔들어야 소리가 나온다며 요
령을 흔들며 상여 소리를 구연했다. 마을회관에 있던 분들이 뒷소리를 받아주
었다. 모두들 서서 움직이며 상여 소리를 구연하였다. 요령을 흔들면서 노래
를 구연하였기 때문에 채록할 때 소리가 잘 들리지 않는 경우가 많았다.

초경아뢰오~~

나아~무~허~어~어~이 허~이 허~어~이~이~ 나아~무~

혜~이 혜~이 혜~이이 나~아~무~

나아~무~허~어~어~이 허~이 허~어~이~이~ 나아~무~

혜~이 혜~이 혜~이이 나~아~무~

나아~무~허~어~어~이 허~이 허~어~이~이~ 나아~무~

혜~이 혜~이 혜~이이 나~아~무~

관아~암~보~사알~

관아~암~보~사알~

관아~암~보~사알~

관아~암~보~사알~

관암 보오~ 소리를 들어~보고오~ 나무~소리를 들려보세에~

관아~암~보~사알~

허~노 허~이노~ 어어~이 가~리요오~

허~노 허~노~ 어~이 가~리 허어~노오~

허~노 허~노~ 어~이 가~리 허어~노오~

북망~산천이~ 머다고들 허드니 건너 앞산이 북망이로구나~

허~노 허~노~ 어~이 가~리 허어~노오~

허~노 허~어 노~오 어~이 가~리 허어~노오~

인제에 가시면~ 언제~나 올라~요오 돌아올 날이나~ 일~러주오~

허~노 허~노~ 어~이 가~리 허어~노오~

어~노 어~어노~오 어~이 가~리 어~노오~

명주~곡~불~ 약~생~인고~ 잔솔~밭으로 들어간다아

허~노 허~노~ 어~이 가~리 허어~노오~

허~노 허~어노~오 허~이 가~리 어~노오~

명사~십리~ 해당~화~ 야~ 꽃이 핀다고 서러워~마라~

허~노 허~노~ 어~이 가~리 허어~노오~

어~노 어~어노~오 어~이 가~리 어~노오~

나아무우~~허~어~어~어~어~이 허~어~이~ 허~어~이~
나~아~무~우~

헤~이 헤~이 헤~이이 나~아~무~

헤~이 헤~이 헤~이이 나~아~무~

헤~이 헤~이 헤~이이 나~아~무~

울도 담도 없는 집이

자료코드 : 06_04_FOS_20090206_SJH_YGR_0001
조사장소 : 전라남도 구례군 문척면 죽마리 죽연마을 죽연마을회관
조사일시 : 2009.2.6
조 사 자 : 송진한, 서해숙, 이옥희, 편성철, 임세경, 김자현
제 보 자 : 여귀례, 여, 81세
구연상황 : 청중들에게 어렸을 때 부르거나 들었던 노래를 불러달라고 하자 기억이 나지
않는다고 하였다. 이어 며느리가 시집살이하는 노래를 불러달라고 하자 제보
자는 이 노래를 손뼉을 치면서 박자를 맞추며 노래했다. 이 노래는 며느리가
죽자 남편이 아니라 시어머니가 며느리의 죽음을 안타깝게 여긴다는 점이 독
특하다.

울도 담도 없는 집이

시집 삼 년 살고 나니

시어마니 하신 말씀

아강아강 매늘아강

진주 남강 빨래 가라

진주 남강 빨래 가니

돌도 좋고 물도 좋아

흰 빨래는 희게 빨아

검은 빨래 검게 빨아

집이라고 돌아오니

시어마니 하슨 말씀

아강아강 메늘아강

아랫방 행랑문을 열어 봐라

행랑문을 열어 보니

기상첩을 옆에 끼고

술이 안주라 권주가네

웃방에~라~ 올라와서

명주바(명주베) 석자 목에 걸고

잠든 듯이 가고 없네

아강아강 며늘아강 왜 죽었냐

기상첩은 깜짝 사랑

본 처는 백년 사랑

물레야, 자세야

자료코드 : 06_04_FOS_20090206_SJH_YGR_0002
조사장소 : 전라남도 구례군 문척면 죽마리 죽연마을 죽연마을회관
조사일시 : 2009.2.6
조 사 자 : 송진한, 서해숙, 이옥희, 편성철, 임세경, 김자현
제 보 자 : 여귀례, 여, 81세
구연상황 : 모심는 소리를 부르고 나서 "물레야 자세야" 한 소절을 부르며 이런 노래를
불러달라고 하였다. 제보자가 조사자의 말이 끝나자 바로 이어서 이 노래를
구연하였으며, 고두례는 손뼉을 치면서 함께 노래를 불렀다. 노래가 끝나고
난 후 조사자가 "후렴은 어떻게 하느냐"고 물었다. 제보자는 이 노래는 "아리

랑도 붙이고 이거도 저거도 붙이면 되지."라고 대답하였다. "영감아 땡감아" 하는 사설을 구연하자 청중들이 모두 웃음을 터트렸다.

물레야 자세야 어리뱅뱅 돌아라

놈의 집 귀이동자 밤이실 맞는다아

영감아 땡감아 [모두 웃음] 죽지를 말아라

보리 개떡에 꿀~볼라~ 줌세

성님 성님 사촌 성님

자료코드 : 06_04_FOS_20090206_SJH_YGR_0003
조사장소 : 전라남도 구례군 문척면 죽마리 죽연마을 죽연마을회관
조사일시 : 2009.2.6
조 사 자 : 송진한, 서해숙, 이옥희, 편성철, 임세경, 김자현
제 보 자 : 여귀례, 여, 81세
구연상황 : 조사자가 시집살이 노래를 불러달라고 하면서 "성님 성님 사촌 성님" 이렇게 시작하는 노래를 아는지 물었다. 제보자는 먼저 이 노래의 사설을 말로 구연하였다. 조사자와 청중이 노래로 불러달라고 부탁하자 손뼉을 치면서 불렀다.

성~님 성~님 사촌 성~님~

나 왔다~고 괴 넘말~소

쌀 한 되만 제졌으믄(가지고 있으면)

성도 묵고 나도 묵고

꾸정물~이~ 나아면~(나오면)

성 되(돼지) 주제 내 되(돼지) 준가

누룬밥이 누르므는

성 개 주제 내 개 준가

아침에 우는 새는

자료코드 : 06_04_FOS_20090206_SJH_YGR_0004
조사장소 : 전라남도 구례군 문척면 죽마리 죽연마을 죽연마을회관
조사일시 : 2009.2.6
조 사 자 : 송진한, 서해숙, 이옥희, 편성철, 임세경, 김자현
제 보 자 : 여귀례, 여, 81세
구연상황 : 조사자가 청춘가와 같은 옛날노래를 불러달라고 하자 제보자가 흥겹게 손뼉을 치면서 다음 노래를 불렀다.

아침에 우는 새는 배가 고파 울~고요

야~아 밤중 우는 새는 님이 그리와 운다

너냐~ 나아냐~ 두리둥실 주~고요

밤에 밤에 밤에나 낮에 낮에 낮에나 참사랑이로고나

바~람아 강~풍아 석달 열흘만 불~어라

우~리집 서~방님은 맹태잡이를 갔네

너냐~ 나냐~ 두리둥실 주고요

낮에 낮에 낮에나 밤에 밤에 밤에나 참사랑이로고나

다리 세기 / 이거리 저거리 각거리

자료코드 : 06_04_FOS_20090206_SJH_YGR_0005
조사장소 : 전라남도 구례군 문척면 죽마리 죽연마을 죽연마을회관
조사일시 : 2009.2.6
조 사 자 : 송진한, 서해숙, 이옥희, 편성철, 임세경, 김자현
제 보 자 : 여귀례, 여, 81세
구연상황 : 조사자가 어렸을 때 다리 세기 하면서 어떤 노래를 불렀는지 물었다. 고두례 제보자가 먼저 노래로 구연을 하였는데 조사자가 행동을 하면서 불러달라고 부탁하였다. 고두례와 여귀례 제보자가 서로 마주보고 앉아 다리를 하나씩 포개어 한 손으로 한 다리씩 짚으면서 다리 세기를 하며 노래를 불렀다.

이거리 저거리 각~거리

진주맨주 도맹~두

짝~발로 외양~근

돌~문이 사대주

육도육도 전라육

○○○○ 제주콩

돌돌몰아 장두칼!

6. 산동면

증편 한국구비문학대계 ● 전라남도 구례군

▮ 조사마을

전라남도 구례군 산동면 관산리 구산마을

조사일시 : 2009.3.14
조 사 자 : 송진한, 서해숙, 이옥희, 편성철, 임세경, 김자현

　구산마을은 19번 국도를 타고 구례에서 남원 방면으로 향하다가 밤재 터널을 지나 산동면으로 3km 지점에 위치하고 있다. 온천지구가 개발되어 사람들이 많이 찾는 관광지이다.

　설촌 시기는 알 수 없으나 김씨와 박씨, 허씨, 이씨 등 네 성씨가 입향하면서 마을이 형성되었다고 전한다. 구산(龜山)이라 함은 마을 뒷산이 거북이와 같다하여 구산이라 부르게 되었다고 한다.

　2008년 『통계연보』에 의하면 92가구에서 177명이 거주하고 있는데 이 중 90명은 남성이고 87명은 여성이다. 마을 조직으로는 초상이 났을 때 상부상조하는 위친계가 조직되어 있다.

　마을은 남향으로 자리잡고 있으며 마을 뒤에는 위안리, 대평리, 원좌마을로 가는 4차선 관광도로가 지나가고 앞으로는 구도로로써 상관마을로 가는 2차선 도로가 있다. 벼농사와 더불어 산수유를 재배하는 농가가 다수 있으며 봄에는 산수유축제가 열린다. 온천이 개발되면서부터는 서비스업에 종사하는 주민들이 늘고 있다.

　지리산 온천이 개발되기 전에는 약수터에서 유황성분의 약수가 나와서 목욕을 하면 피부병 등이 낳는다고 하여 많은 사람들이 찾아왔는데 온천이 개발된 후로는 관광객이 더 많이 찾아오고 있다.

▌제보자

박규봉, 남, 1938년생

주 소 지 : 전라남도 구례군 산동면 관산리 구산마을
조사일시 : 2009.3.14
조 사 자 : 송진한, 서해숙, 이옥희, 편성철, 임세경, 김자현

박규봉 제보자는 구산마을 방죽안에서 태어나고 자란 마을 토박이다. 33세에 서울로 올라가서 17년을 살다가 1987년에 귀향하여 산수유를 재배하며 농가 수익을 올리고 있다. 정규 학교는 제대로 다니지 못했지만 독학으로 글을 익혔다. 설화 6편과 민요 4곡을 구연해 주었다. 민요에서 상여 소리 외에도 주로 여성들이 알고 있는 시집살이 민요를 기억해서 불러주었다는 점이 특별하다. 박규봉 제보자는 3년 전까지 마을 인근에서 상여가 나가면 상여 소리를 맡아서 해주었다. 근래에는 장례식장에서 초상을 치르기 때문에 상여 소리를 부르지 않는다고 한다.

제공 자료 목록
06_04_FOT_20090314_SJH_PGB_0001 구산마을은 거북이혈
06_04_FOT_20090314_SJH_PGB_0002 객산이 멈춘 이유
06_04_FOT_20090314_SJH_PGB_0003 나물 바구니 가져다 놓은 호랑이
06_04_FOT_20090314_SJH_PGB_0004 꽃쟁이 도깨비불
06_04_FOT_20090314_SJH_PGB_0005 귀신에 홀려 길 잃은 사람
06_04_FOT_20090314_SJH_PGB_0006 이무기를 죽인 강감찬
06_04_FOS_20090314_SJH_PGB_0001 상여 소리

06_04_FOS_20090314_SJH_PGB_0002 진주 난봉가
06_04_FOS_20090314_SJH_PGB_0003 시집살이 노래 / 양지물에 양고사리~
06_04_FOS_20090314_SJH_PGB_0004 아리랑 타령

마을회관에 모인 구산마을 주민들

구산마을은 거북이혈

자료코드 : 06_04_FOT_20090314_SJH_PGP_0001
조사장소 : 전라남도 구례군 산동면 관산리 구산마을 561번지 구산마을회관
조사일시 : 2009.3.14
조 사 자 : 송진한, 서해숙, 이옥희, 편성철
제 보 자 : 박규봉, 남, 72세
구연상황 : 조사자는 사전에 제보자에게 연락을 드리고 마을회관에 갔더니 제보자는 미리 나와서 조사자들을 반겼다. 조사의 취지를 설명한 뒤에 말문을 트기 위해 마을의 유래에 대해 묻자 다음의 이야기를 구연했다.
줄 거 리 : 구산마을은 거북이혈이며, 마을 앞의 산은 똠뫼로 거북이가 알을 낳는 자리이라는 이야기이다.

그게 그 뭐 그런 소리 허더만요. 그니까 인자 잘은 몰라도, 옛날 전설로 보면 여그 여가 구산인디, 거북 구(龜)자 구산인디 여가 ○○○ 다 있어요.

여 여 여가 시방 인자 똠뫼가 딱 산이, 산이 있는디, 말허자면 저 저리 그 묻고 인자 요리 인자 알로 묻고 근디, 여그 여기 가면 그 바닷가에 보면 거북이가 알 낳으면 알 난데가 있잖아요!

세(細)모래 잘잘헌거, 그거 형식이 다 있어요. 여그. 예. 거기 거기에는 지금 뭐 허연디, 뭐 인자 숭거나도,(무엇이든 심어놓아도) 땅에서 감자 같은 거 혹시 거 아시죠? (조사자 : 예 압니다.) 그런거 땅에 같은디 숭근디 땅에 생식을 못해요. 거그 거 그 자리에는.

왜냐면 모래 순 모래라니까, 여그 세모래 거북이가 알 난 [강조하듯이 억양을 높이면서] 자리라니까, 거 자리가 딱 그렇게 되었어요.

인자 풍수지리적으로 말을 들어보면 그 사람들의, 그 양반들의 말을 들

어보면, 거북이 혈인디. 시계가, [잠깐 멈추다 다시] 시대가 오~래 진행
되고 근께 변형되었거든요.

지금 시방 반반헌거 갖죠? 근디 그때는 여가 움푹질푹 요렇게 생겼었는
디. 여그가 뜀뫼가, 뜀뫼가 큰~ 똥뫼가 있었어요. 똥뫼가 있었는디, 고놈
을 싹~ 까다가 전~부 작업을 해 갖고 시방 도로를 허고 다~ 쓰고,

여가 여가 큰~ 똥뫼가 있었어요 여가 여가, 근디 인자 그걸 싹~ 허물
어서 인자 반~반허게 되었것지요. 아 똥뫼라는 것이 인자, 요 요 요 바닥
이, 요 산이, 요 산이 요렇게 높은 거지요.

한마디로 산입니다, 산. 산이 나무가 없으니까, 고것을 똥뫼라고. 말허
자면 섬 비스름 헌디 그런거지. (청중 : 여가 시골마을입니다. 시골이요.)

근디 거그선 뭐라고 허요? 산 봉우린디. 나무 나무가 없는 산이다, 마찬
가지여. 나 나무 없는 산, 알기 쉽게 말허자면. 근께 그것을 싹~다 파다
가 여그가 그렇게 움푹질푹 그랬었는디.

고놈을 가져다 반반허게 골 같은 거 반반허게, 그러니께 근디 시방 돌
도 다 내났잖아요. 근께 애초에는 저그까지가 논밭이었거든요. 논이고 밭
이고.

인자 고놈을 파다가 메꿔야, 메꿔 갖고 전부 길을 헌거여. 온천 개발해
야 헌다고 해 갖고. 근디 애초에는 움푹질푹해. 근께 그 말씀을 드리는 거
이 뭐냐면, 여가 거북이, 거북이, 이것도 거북이, 예를 들어 거북이 같으
면 여가 배선도 허고 그래야해.

객산이 멈춘 이유

자료코드 : 06_04_FOT_20090314_SJH_PGP_0002
조사장소 : 전라남도 구례군 산동면 관산리 구산마을 561번지 구산마을회관
조사일시 : 2009.3.14

조 사 자 : 송진한, 서해숙, 이옥희, 편성철, 김자현
제 보 자 : 박규봉, 남, 72세
구연상황 : 앞서 마을 형국 이야기가 끝나자 이어서 다음의 이야기를 구연했다.
줄 거 리 : 정산마을 앞에 객산이 있는데, 이 객산이 걸어가자 아녀자가 이를 보고 걸어
　　　　　간다고 말하니 그 자리에 멈춰버렸다. 이 산이 계속 갈아갔으면 이곳은 서울
　　　　　이 되었다는 이야기이다.

　정산(산동면 정산마을) 앞에가 객산이라고 있어요. 객산! 객산이라고.
그 말이 참 인자 팽아(어차피) 우리가 모르지마는 그런 말이 있더만요.

　그 산이 갔데요 인자, 걸어갔데요. 걸어갔는디, 그 아주머니들이 혹시
어떤 부인이 보고는,

　"아 인자 산이 간다."

　헌께 인자 그냥 안가붓다, 이 말이여. 서 부렀어, 그 자리에가. 그 산
이 갔으며는 여그가 서울이 됐을 거인디. (조사자 : 여가 서울이 됐을 것
인디!)

　예. 그 산을. 여자가, 내가, 여자가 어떤 아주머니가 나와 갖고,

　"아 저 산이 간다."고 헌게로 산이 안가고. 아 산이 딱 똥뫼가 보여. 저
그 저 객산이라고. 여가 앞으로 걸어가는디, 그 산이 갈라다,

　"아 산이 간다."고 허니께. 안가고, 그 산 이름이 그거지요, 객산이. (조
사자 : 객산을 객산이라고 혹시 그런 유래는 안들어 보셨는지?) 예, 그런
것은 못 들어보고. 인자 객지서 왔다고 객산이라고 했는지 모르것는디.
하여튼 산 이름이 객산이고. 산이 이놈이 걸어갔을 거인디, 나와서 보고
는 산이 간다고 근께 산이 안가고 섰다고.

나물 바구니 가져다 놓은 호랑이

자료코드 : 06_04_FOT_20090314_SJH_PGP_0003

조사장소 : 전라남도 구례군 산동면 관산리 구산마을 561번지 구산마을회관
조사일시 : 2009.3.14
조 사 자 : 송진한, 서해숙, 이옥희, 편성철, 김자현
제 보 자 : 박규봉, 남, 72세
구연상황 : 조사자가 호랑이 이야기를 묻자 다음의 이야기를 구연했다. 마을회관 안방에
　　　　　모여있는 부녀자들은 제보자의 이야기를 조용히 듣고 있었다.
줄 거 리 : (처녀들이) 산에 나물을 캐다가 호랑이 새끼를 보고서 예쁘다며 어르고 있었
　　　　　는데, 호랑이 어미가 나타나 소리를 지르자 놀라 집으로 도망갔다. 그 다음날
　　　　　아침에 보니 호랑이 어미가 나물 바구니를 집 앞에 가져다 놓았다는 이야기
　　　　　이다.

　그 우리가 들은 얘기로는, 그 산에가, 산에를 가갔고 인자. 예를 들면
지금 같으며는 인자, 지금 세상이 조금 더 풍부해지고 풍부헌 사람은 풍
부해지고, 지금도 옹삭헌 사람은 옹삭허잖아요.

　여러이 [팔을 벌려 많은 수를 표현] 몰러 갔고 너물(나물) 캐러 간다고
산에 밥을 싸 가지고 여러이 가. 근디 여러이 간께로 그 바우 우에서 바
우 밑에를, 바우 밑에를 딱 간께로,

　예~쁜[강조하면서] 새끼를, 호랑이 새끼를, 새끼 때는 고 뭐든지 예쁘
잖아요. 예쁘다고 보면싼께로, 보고 좋다고 그런 싼께로, 호랭이가 거그서
[위를 올려다 보면서] 보면서 막 소리를,

　"어홍." 허고 소리를 내요. 근께 거드가 그렇게 놀래 그렇게 그렇게 해
갖고 요렇게 봤은께 놀래뿐께 인자. 너물그릇이고 싹~ 다 버려버리고 왔
데요. 버려버리고 왔는디.

　아침에 자고 일어난께 깍~ 다 즈그들, 자기들 것을 다 문 앞에다 갖다
났더래요. 말허자면 님 찾아(물건의 주인을 찾아) 찾아 갖고.

　그런 일 그런 전설이 있어요 말허자면. 옛날에는 호랭이가 쎘더랩니다.
(많다) 지금보다는 호랭이가 쎘았었어요.

꽃쟁이 도깨비불

자료코드 : 06_04_FOT_20090314_SJH_PGP_0004
조사장소 : 전라남도 구례군 산동면 관산리 구산마을 561번지 구산마을회관
조사일시 : 2009.3.14
조 사 자 : 송진한, 서해숙, 이옥희, 편성철, 임세경, 김자현
제 보 자 : 박규봉, 남, 72세
구연상황 : 앞서 '나물 바구니 찾아준 호랑이' 이야기를 끝내자 조사자가 도깨비불에 대
한 이야기도 있지 않느냐 물었다. 그러자 다음 이야기를 구연했다.
줄 거 리 : 비가 오려고 구름 낀 날이나 비 오는 날이면 꽃쟁이라는 곳에 도깨비불이 많
았다는 이야기이다.

(조사자 : 예전에는 호랑이도 많았지만 도깨비 이야기도 되게 많았던 같
아요. 도깨비 이야기도 재미난 거 있을까요?)

아이고, 말헐적 뭣해요. 왜그냐면, 지금인게 인자 여그 여 여 여그서
없지. 여그서 것으면 인자 저 [한쪽 방향을 가리키면서] 말허자면 우리가
부르기는 저거를 보고, 여그서 보면 저 아래를 내려다보고 꽃쟁이라고
그래요.

꽃, 꽃쟁이. 꽃 꽃쟁이라고 해요, 꽃쟁이라고 그런디. 혹시 비가 올라고,
비가 올라고 날이 꾸물꾸~물~ 허고 구름 쪈(낀) 날 있잖아요.

그럼 여그 서서 보면 불이. [언성을 높이면서] 도깨비불이 인자 막 쫘
악~[큰소리로 톤을 높이면서 길게] 가요, 불이. 그리고 봤어 우리는.

근께 가서 보덜 안했지만 그 도깨비를 이야기를 허니께 그게 도깨비불
이라고 했어요.

귀신에 홀려 길 잃은 사람

자료코드 : 06_04_FOT_20090314_SJH_PGP_0005
조사장소 : 전라남도 구례군 산동면 관산리 구산마을 561번지 구산마을회관

조사일시 : 2009.3.14

조 사 자 : 송진한, 서해숙, 이옥희, 편성철, 임세경, 김자현

제 보 자 : 박규봉, 남, 72세

구연상황 : 앞서 도깨비불 이야기가 끝나자 다음의 이야기를 이어갔다. 마을 이장이 잠시 들러 상황을 살피더니 읍내에 일이 있다며 나갔다.

줄 거 리 : 예전에 마을 앞에 깊은 소가 있었다. 마을사람이 한밤중에 소 근처를 걸어가면 웬 처녀가 앞서서 가므로 반가워 따라갔으나 보이지 않고, 개천을 건너려하니 노두가 보이지 않았다. 그리고 자꾸 넘어지고 힘이 없어서 주위를 둘러보니 묘 근처에서 헤매고 있었다. 알고 보니 귀신에 홀려서 그러했다는 이야기이다.

그러고 옛날에는 저 도깨비 도깨비불도 있지마는, 그 말허자면 귀신헌테 홀린다고, 옛날에는 그런 것이 [손을 휘저으며] 많았어요. 왜냐며는 그전, 우리가 보덜 안했지만 이야기가.

요 아래가 [헛기침] 요, 시방 요 아래 개소구라고 옛날에 소(沼) 있고 그럽니다. 지금도 소 소 깊을 소 소 있는디. 소 있는디는 무서운디, 거 무서운디 큰 소 있는디는 뭐인디 그런 것이 있어요.

저번에 누가 저번에 누가, 아니 글던만요. 요집이, [손가락을 세워 그 방향을 가리키면서] 요집이 아저씨가 근가 어쩐가 그런디, 저 말허자면 산동 저 면소재지가 인자 산동면이예요. 산동서 올라오면,

그때는 여그가 질이 없으니까, 그걸 보고 모냐질을(먼저 길을 또는 예전 길을) 모냐 질 소리허기를 구질이라고 해요, 구질. 신작로 말고 구질. (조사자 : 아 옛날 길!) 구질로 오면 [손을 일직선으로 왔다갔다 흔들면서] 질이 가찹고. 글안해요!

구질로 오면 질이 가찹고 신작로로 [손을 빙빙 돌리면서] 돌아오면 뺑뺑 돌아오면 질이 멀어 길이 멀어 먼디. 한참 하~[웃음] 올라온께 또랑, 또랑 하나 건너온디.

어디가 또랑 한 사람(한 사람이) 집으로 오다본께. 아 그 저 그 얘기가

첨에는, [귀신에게 홀린 사람 이야기를 다시 정리하여 시작한다.]

저 산동서 딱 나슨께로, [멀리 앞을 가리키면서] 거그 가면 경주산 끄트리가 산이 끄트리가 있어요. 경주산 끄트리가 있는디, 지금으로 말허면 고바위라고 그래. 고바위! 산 끄트머리를 돌아와야 헌께, 고바위를 돌아와야 헌다 그 말이여.

동네에서 쪽 나온께로 어떤 처녀가 하나 싹 지나가 돌아가더래요, 거그를. 처녀가 싹 들어가더래요. 근께 그 사람이, 사람을 보면 반갑잔에. 사람가치 무서운 것이 없는디. 글안해! [동의를 구하듯이] 사람가치 무서운 것이 없는디,

또 저 보고 반가울 때가 있어요. 사람이 무섭다가도 반가울 때가 있어요. 근디 아 처녀가 싹 지나가 돌아가더래. 그래인자 [웃음] 그 반가운께로, 인제 저 그 사람이 따라 갈라고 빨리 왔단 말이야. 빨리 오다, 빨리 오다본께.

자꾸 가불고 안보이더레. 사람이 안보이더레. 근디 거그서 올려면 거그서 올라오며는, 개천을 [손으로 또랑의 형태와 크기를 표현하면서] 2개나 건너. 또랑을 2개나 건너야 돼. 말허자면 인제.

근디 또랑을 건너며는 인제 노지, 노지가 군데군데 돌을 놔났거든. 아 와서 본께는 노지가, 또랑 와서 본께로 노지가 [노지길을 손가락으로 그리면서] 하나도 안보이더레 이거시.

노지가 안보여. 여자가 개려(가려) 버린 거이라, 말허자면 구신이 개려 버린 것이라. 노지가 하나도 안보이니께로 인자 가만히 조처서(땅바닥을 손으로 더듬거려서) 딱 앉아서,

또랑 가상에 앉아서 담배를 딱 피고, 담배를 한 대 딱 피고 본께로 노지가 쫙 보이더라네 인자. 응. 노지가 보이니까 잘 건너 온께로.

근디 그 위에 또 하나, 또 거그로 온께 노지가 아무것도 안보이더레, 노지가. 노지가 안보여서 또 그렇게 담배를 한 대 딱 피우고 요로고 본께

노지가 환~하게 보이더레. 그래 건너 왔는디.

인자 그 정산이라고 인자, 아까 말씀드리지마는 그 정산사람이라고, 정산사람이 그러고 있는디. 인자 한참 오다 본께, 오다 보니께로. 질이 아니고 어먼디로(엉뚱한 곳으로) 왔더레. 이것이 어먼디로 왔어.

가다 본께 탁탁 걸려 자꾸 자빠져쌌고 인자. 나중에 자꾸 자꾸 자빠지다 본께 인자 힘이 없을꺼 아니요, 밤이고 자꾸 자빠지다 본께 힘이 없어. 근께 가만히 본께로 그 부락묘더레 그것이, 자기 본께로 부락묘더레. 그래,

"사람이라."고 고함을 지른디,

"사람 살리라."고 고함을 지른디 부락에서 놀래 갖고 나오더레요.

"근디 요리 질이, 질이 여가 왜 여가 이렇게 앉았냐?"

논두렁에, 논두렁에 걸쳐 앉았더레요.

"질이 여 근디 여가 앉았냐?"

그래서,

"이러이러 해 갖고 이러 [웃음] 저러 해 갖고 내가 이렇게 오다본께 이렇게 생겨 갖고, 노지가 안보이고 담배 한 대 핀께 노지가 뵈인고 그런디. 내가 노지로 이렇게 오다 본께로 질이 자꾸 자빠져 싼께로. 자빠져서 헐 수가 없어서 사람들을 다 모아 불렀다." 허니께 사람들이 와서는 보고는 막,

"하![웃음] 논두렁 우에, 논두렁에 깔고 앉았냐? 막 일어나라."

그런 소리를 헌께로,

"아 귀신헌테 홀렸다."고,

"귀신헌테 홀렸다."고 근께,

"귀신헌테 홀렸다."고,

"홀려버렸다."고 고런 소리를 허더라고요. 근디 그전에는 그것이 많았다니까요 그것이. 그 소에 다 있어요. 큰 소에는 다 있어요, 구신이. 갖고

근데 지금은 인자 아까 도깨비불도 그런 식이고, 싸악 인자 지금은 없어 졌잖아요. 없, 지금은 그렇다는 소리 절~대 안돼죠.

옛날에는 까시밭에 들어갔다는 소리고, 뭐이고, 전부 귀신헌테 홀려 가지고, 안뵈인 것이레요 구신이. 그런 식이 되 갖고 안보여요 인제. 안보이 니께. 지금은 요.

옛날에는 그런 일이 많았어요. 그런디 가면 지금도, 밤에 혹시 질에 가면 맴이(마음이) 쪼르르 해요, 혼자가면 쪼르르해. 지금은 뭐 그럴 일이 없지마는. 지금도 그곳을 가며는 여그가 옛날에는 그랬다더라 그런, 맘이 쪼르르 해.

이무기를 죽인 강감찬

자료코드 : 06_04_FOT_20090314_SJH_PGP_0006
조사장소 : 전라남도 구례군 산동면 관산리 구산마을 561번지 구산마을회관
조사일시 : 2009.3.14
조 사 자 : 송진한, 서해숙, 이옥희, 편성철, 임세경, 김자현
제 보 자 : 박규봉, 남, 72세
구연상황 : 조사자가 용에 관한 이야기를 묻자 다음의 이야기를 구연했다. 이장이 나갔다 가 다시 돌아와서 제보자의 이야기를 듣고 있다.
줄 거 리 : 마을 아래에 바닥이 보이지 않은 용소가 있고 그 앞으로 반석이 있는데, 이 반석에서 노는 아이들을 용소의 이무기가 나타나 물속으로 데리고 가버렸다. 이를 안 강감찬이 양날이 날카로운 칼로 그 이무기를 죽였다는 이야기이다.

어릴 적 들은 얘기가 있습니다. 왜그냐면 저 [한 방향을 가리키며] 아래 어 용소라고, 지금도 보며는 용소 거그가 있는디. 거그는 지금은 바닥이 안보여요. 물이 캄캄해 갖고. 물이 [손을 둥글게 돌리면서] 뷔이~빙 돔서(돌면서) 요래요.

지금도 거 거그 가면 [약간 겁을 내는 듯한 억양으로] 무서워요. 막 냉

이 막 [손을 계속 빙빙 돌리면서] 찌르르 해 지금도. 지금도 그런디. 거그가 저 말허자면, 말허자면 반석이 좋아요. 반석이 좋은.

왜그냐면 옛날에 강감찬이라고 들어 봤으려나 모르것네. 강감찬이라고 있었어요. 근디 그 사람이, 그 사람이 유명한 사람이라 말만 들어봤지마는.

아 근께 이것이 말허자면 그 반석에서 놀고, 아들이(아이들이) 놀고, 놀고 그러면. 이것이 인자 마 이무기 고것이 와서 꼬리를 휙~ [손을 꼬리처럼 펴서 아이들을 쓸어 물로 데려가듯 표현하면서] 해 갖고 요렇게 싹,

애들이 쭉 허니 놀고 [양 손을 휘저으며] 막 반석에서 놀면 그러면 꼬랑지를 휙~ [손을 둥글게 돌린 후 한쪽으로 쳐내듯이 밀어내면서] 저서 갖고, 물로 갖고 들어 가버려요.

지가 인자. 지가, 지가 거슥허것지. 요렇게 싸악~ 더듬어 갖고 가뿐께. 요가 아무것도 없어, 아들이 전부 없어 져 뿟잔아요. 요게 근께.

강감찬이란 사람이 그랬다 그랬더만요. 칼을 [양손바닥을 마주하듯이 세워서] 칼을 이거이 한쪽만 허면 안되잔에, 양날을 [손바닥을 뾰족한 모양으로 만든다.] 해 갖고 이눔이(이무기가) 이리 갈지 저리 갈지 모르니까, 이것이 지맘인께.

인제 양날을 딱 요러, 요렇게 [손바닥 평평한 부분을 보이면서] 해노으면는 안된께 또. 요렇게 [손바닥을 세로로 두고] 요렇게 쏘드면 허게, 이렇게 한쪽만 해노으면 날을 해노으면는 안되고. 요놈만 해노으면 안된께. 요놈이 요리 갈지 저리 갈지 모르잔에.

근께 등으로 가면 소용이 없어. 날로 가야지. 근께 양날을 이렇게 딱 세웠어. 근께 참 인자 본께,(이야기 도중에 이무기가 왜 반석에서 놀고 있는 아이들을 잡아가는지 그 이유가 생각났다.)

그 거그다 똥을 누웠다 그러드만. 변을 누웠다 그래요 아들이. 변을 본 거야. 근께 강감찬이가 와서, 변을 보면, 그 예를 들면 뱀이 기 길, 그 큰

비암은 꼬리가 길잖아요, 길어.

기니까 꼬리로 훼엑~ 요리 더듬어 갖고 싹~ 다 가불지.(이무기 꼬리가 길고 힘이 세기에 아이들을 모두 물속으로 데려갈 수 있다.) 물이 힘이 얼마나 센디. 그것이.

(조사자 : 똥을 눈 애기만 데리고 들어간 건가요?) 다 데리고 [손을 크게 휘저으며] 들어가뿔지. 거 하나만 데리고 들어가것어. 고 가 아이 하나 때문에 다 죽은 거여. 고 하나가, 하나가, (조사자 : 이, 이무기가!)

하나 때문에 통에, 통에 찔려 가지고, 하나 더듬어 가뿔면 가~만(똥을 눈 그 아이만) 어찌게 가것어요. 싹 더듬어 가뿔지. 근께 강감찬이란 사람이 칼을 양날을 딱 해 갖고 인자, 반석에 인자 따악 [손을 세로로 세워서] 꼽았데요.

꼽고 자기가 변보기를 했데, 변보기를 자기 인자 고로고 있는디. 근께 고놈이 인자 또 고론인줄 알고 타악 [손바닥을 펴서 크게 휘젓듯이 원을 그리면서] 썰어다가, 칼을, 인제 동아줄을 잡고 칼을 인자 해붓은께. [마을 주민이 와서 누구를 찾는다.]

그래 그래 그런, 용도도 있어요. 그런 이치가 다 맞는 단께. (조사자 : 그래 가지고 강감찬이가 용을 죽여 버린 건가요?) 용이 아니지, 이무기지. 용 될려다 [손을 사선으로 그으면서] 못된 이무기.

그래 죽였지. 그래 그래 가지고 사람이 안죽었다 그 말이지. 그러면 계속 사람이 죽은께. 고 하나 땜시 다 죽었다 그런께.

요사람이 꾀를 내 갖고 칼을 양날을 해 갖고, 우리들이 볼 적에는 양날을 해 갖고, 근께 머리가 그 비상하다. 근께 강감찬이란 사람이 보통사람이 아니고, 그 이름난 사람이다 인자.

그래 갖고 고 고것을 모르게 고 죽여버렸으니께 모르잖아요. 인제 그 시방 그 용소, (조사자 : 용소가 어디가 있나요?) 용소가 [한쪽 방향을 가리키면서] 여그도 있고, 여그 예를 들면 여그도 있고, 여그는 모래소.

인자 방금은 [조금 전 가리키던 방향을 아래 방향으로 움직이면서] 모래소이고요. 용소는 [다시 위로 손을 올려서 한 방향을 가리키면서] 저 아래가 있어요. 저~그 아래가 있는디.

(조사자 : 중동마을에가요?) 거그는 용, 거그도 산동, 산동이요. 근디 거그서 말허자면 이름을 잘 모르것구만. 근디 거그 용소가 거그도 땅이 안 보여요. 안보인디 그런 마을이 있어요.

거기 용소하고. 글고 쩌어~ [제보자가 뒤를 가리키면서] 시면이라고 저 시방 말허자면 노고단 너머 시면이라고 있는디,거그 용소허고 이게 통해 [두 손을 가운데로 합하면서] 있다고 글더라고요.

통해 있어요. 근께 글면 명주실 아시죠! 명주실이 길~[강조하면서 길게] 잖아요, 글면 명주실 하나가 다 푼다고. 풀면 다 들어가. 고놈이 풀어도 안 닿는다 이 말이지 다 풀어도. 근께 그 소허고 그 소허고 그렇게 통해 있다고.

근께 소를 보며는 확실히 짚음이(깊다), 짚음이 있는디 맞아요. 왜그냐면 몸이(못이) 메이디(메워지지) 안해. 큰물이 져도 메이들 안허고 근께 이. 밤낮 파래 갖고 있어.

상여 소리

자료코드 : 06_04_FOS_20090314_SJH_PGB_0001
조사장소 : 전라남도 구례군 산동면 관산리 구산마을 561번지 구산마을회관
조사일시 : 2009.3.14
조 사 자 : 송진한, 서해숙, 이옥희, 편성철, 임세경, 김자현
제 보 자 : 박규봉, 남, 72세
구연상황 : 조사자들이 상여 소리를 불러달라고 부탁하자 제보자는 풍경(요령)이 있어야
부를 수 있다고 하였다. 조사자들은 풍경을 흔들면 소리가 풍경소리에 묻혀
버리기 때문에 그냥 흔드는 시늉만 내면서 불러달라고 하였다. 박규봉 제보자
는 상여 소리는 애절한 소리로 해야한다고 하였다. 처음에 들어가는 소리가
오장소리인데 곡이 오절이고, 마디도 오절이고 뒤에 한 것도 오절이라고 한
다. 처음 하는 소리를 "에~"로 시작 한 사람이 있고 "오~"라고 시작하는 사
람이 있다고 한다.

06_04_FOS_20090314_SJH_PGB_0001_s01 〈오장소리〉

오~~ 오~~에이~이 이~이 나아~무~우~

오~~ 오~~에이~이 이~이 나아~무~우~

오~~ 오~~에이~이 이~이 나아~무~우~

오~~ 오~~에이~이 이~이 나아~무~우~

오~~ 오~~에이~이 이~이 나아~무~우~

오~~ 오~~에이~이 이~이 나아~무~우~

오~~ 오~~에이~이 이~이 나아~무~우~

오~~ 오~~에이~이 이~이 나아~무~우~

오~~ 오~~에이~이 이~이 나아~무~우~

오~~ 오~~에이~이 이~이 나아~무~우~

06_04_FOS_20090314_SJH_PGB_0001_s02 〈어농소리〉

[오장소리가 끝나고 나서 바로 어농소리로 넘어갔다.]

어~어 로옹~ 어~어~로옹~ 어디~ 가리~이 어~롱~

어~어 로옹~ 어~어~로옹~ 어디~ 가리~이 어~롱~

놀~다 가~세 놀다가 가세

놀기 존디서 더 놀다 가세에~

어~어 로옹~ 어~어~로옹~ 어디~ 가리~이 어~롱~

산~지~ 조경은 고령~엉 산이요

수~지~ 조경은 황야~수라아

어~어 로옹~ 어~어~로옹~ 어디~ 가리~이 어~롱~

깊은~ 산중~ 고드름은

봄바~람에만안 다 녹~는디~

어~어 로옹~ 어~어~로옹~ 어디~ 가리~이 어~롱~

이~내에 가슴에 맺히는 분은

요일~ 언제나아 풀릴~란가아

어~어 로옹~ 어~어~로옹~ 어디~ 가리~이 어~롱~

내가 살드은 고향은 너무(남의) 고햐앙 되고

넘 살던 고향이 내 고향 되네에

어~어 로옹~ 어~어~로옹~ 어디~ 가리~이 어~롱~

청천언 하늘에는 잔별도오~ 많고오~

이내 양가슴에는 수심도오 많네에

어~어 로옹~ 어~어~로옹~ 어디~ 가리~이 어~롱~

꽃차(꽃아) 꽃차 고오우운 꽃차아

높은 산에느은 피지를 마라아

어~어 로옹~ 어~어~로옹~ 어디~ 가리~이 어~롱~

안개~ 구르음 싸고나아 돈데에

피었던 꽃도나아 이울라진다
어~어 로옹~ 어~어~로옹~ 어디~ 가리~이 어~롱~
산처언 초목으은 젊어나 간데에
우리나 청추느은 늙어만 간다아
어~어 로옹~ 어~어~로옹~ 어디~ 가리~이 어~롱~
저 건네라아 초다앙 앞에에
국화~ 꽃으을 심었더니이
어~어 로옹~ 어~어~로옹~ 어디~ 가리~이 어~롱~
국화~꽃은 가안 곳이이 없고오
부모 니임 꽃만이 피었~구나아
어~어 로옹~ 어~어~로옹~ 어디~ 가리~이 어~롱~
산처언 초목으은 젊어나 간데에
우리나 청추느은 늙어만 간다아
어~어 로옹~ 어~어~로옹~ 어디~ 가리~이 어~롱~
일락 서산에에 해느은 지이고오
우리네에 갈길이 바빠진다
어~어 로옹~ 어~어~로옹~ 어디~ 가리~이 어~롱~
못 가겄네 못 가겄어~
노자돈이 적어서 못 가겄네
어~어 로옹~ 어~어~로옹~ 어디~ 가리~이 어~롱~
이팔청춘 소년들아 백발을 보고서 웃지를 마라
어~어 로옹~ 어~어~로옹~ 어디~ 가리~이 어~롱~
장판방을 버려두고 잔디락 밭으로 나는 간다
일본 동경 불나는디는 동서양 각국이 다 알건만
어~어 로옹~ 어~어~로옹~ 어디~ 가리~이 어~롱~
이내 가슴에 불나는 디는 한품에 든 님도 모를네라

어~어 로옹~ 어~어~로옹~ 어디~ 가리~이 어~롱~

산지조정은~ 거룡산이요~ 수지조정은~ 황야수라~

다래닝쿨은~ 출렁출렁~ 꾀꼬리 명당을 찾어가세

어~어 로옹~ 어~어~로옹~ 어디~ 가리~이 어~롱~

놀다 가세~ 노다가 가세 놀기 존 디서 더 노다가 가세~

어~어 로옹~ 어~어~로옹~ 어디~ 가리~이 어~롱~

앞에서는 댕겨주고 뒤에서는 밀어주소

어~어 로옹~ 어~어~로옹~ 어디~ 가리~이 어~롱~

잘 모시세~ 잘 모시세~ 맹인양반을 잘 모시세~

[조사자가 상여가 산에 오를 때 힘이 들면 힘을 내기 위해서 부르는 소리를 부탁하자 제보자는 장단이 빠르면 걸음걸이도 빨라지니까 움직이기 힘들기 때문에 빨리 하고자 해도 힘드니까 할 수가 없다고 했다. 다만 적당한 사설로 지시를 한다고 한다.]

진주 난봉가

자료코드 : 06_04_FOS_20090314_SJH_PGB_0002
조사장소 : 전라남도 구례군 산동면 관산리 구산마을 561번지 구산마을회관
조사일시 : 2009.3.14
조 사 자 : 송진한, 서해숙, 이옥희, 편성철, 임세경, 김자현
제 보 자 : 박규봉, 남, 72세
구연상황 : 상여 소리가 끝나고 나서 옛날 어렸을 때 들었거나 불렀던 또 다른 민요를
불러달라고 부탁하자 진주 난봉가를 불렀다.

돌도 담도 없는 집에

시집 삼년을 살고 나니

시어머니가 허신 말씀

아가 아가 며느리 아가아

진주 낭군을 볼라거든

진주강으로 빨래가거라

진주강에 빨래를 가니

돌도 좋고 물도 좋네

우드렁 두드렁 빨래하니

하늘 같은 갓을 쓰고

구름같은 말을 타고

못 본 듯이 지나가네

흰 빨래는 희게 빨고

검정 빨래는 검게 빨고

집이라고 돌아오니

시어머님이 허신 말씀

아가 아가 며느리이 아가

진주 낭군을 볼라거든

건넛방으로 건너가거라

건넛방에 건너가 보니

도래도래 도래판에

냉수같은 시쥬(소주)놓고

여덟가재 물해 놓고

앵두같은 기상(기생)놓고

건주가를(권주가를) 하는구나

[제보자는 잠시 노래를 중단하고 "그걸 보고 좋아할 사람이 누가 있겠어요." 하고 논평하였다.]

아랫방으로 내려와서

아홉 가지 약을 놓고

명지베 석자를 목에 걸고

죽을라고 하였더니

　[제보자는 다시 노래를 중단하고 "남편이 나와서 뭐라고 그랬는지 아세요? 맞춰보세요."라고 말하였다.]

색시같은 보선 발로

뛰어나와 허신 말씀

여보여보 마누라야

기상 저건(정은) 석달이고

본처 제는(정은) 백년이라

시집살이 노래 / 양지물에 양고사리~

자료코드 : 06_04_FOS_20090314_SJH_PGB_0003

조사장소 : 전라남도 구례군 산동면 관산리 구산마을 561번지 구산마을회관

조사일시 : 2009.3.14

조 사 자 : 송진한, 서해숙, 이옥희, 편성철, 임세경, 김자현

제 보 자 : 박규봉, 남, 72세

구연상황 : 진주 난봉가를 끝낸 후 조사자들은 감탄하며 어떻게 이런 노래를 알게 되었는지 물었다. 제보자는 어려서부터 들어서 알게 된 것이라고 하였다. 비슷한 노래를 알고 있는지 묻자 이 노래를 불러주었다.

양지로 올라서 양꼬사리(양고사리)

음지로 올라서 음꼬사리

와작끈작씬 끊어다가

오가리 솥에 살짝 데쳐
앞냇물에 흔들흔들
뒷냇물에 재벌 씻어
오몰조몰 무쳐 갖고
오만 양념 무쳐 갖고
샛별같은 놋접시에
오목조목 담아놓고
시업시업 시어바님
진지조반 잡수시오
진지조반 아니야 잡수고
반찬 탓만 하는구나
시엄시엄 시어머님
진지조반 잡수시오
진지조반 아니야 잡수고
반찬 탓만 하는구나
앵두같은 시누애기
진지조반 잡수시오
진지조반 아니나 잡수고
반찬 탓만 하는구나
아랫방에 고자 낭군
진지조반 잡수시오
진지조반 아니나 잡수고
반찬 탓만 하는구나
아이고 답답 가슴에야
반고따지나 따야것다

아리랑 타령

자료코드 : 06_04_FOS_20090314_SJH_PGB_0004
조사장소 : 전라남도 구례군 산동면 관산리 구산마을 561번지 구산마을회관
조사일시 : 2009.3.14
조 사 자 : 송진한, 서해숙, 이옥희, 편성철, 임세경, 김자현
제 보 자 : 박규봉, 남, 72세
구연상황 : 시집살이 노래가 끝난 후 또 다른 민요를 부탁하였지만 더 이상 기억이 나지
        않는다고 하였다. 조사자들은 진도 아리랑을 불러달라고 부탁하였다.

아리 아리랑 스리 스리랑

아라리가 났네에~에헤에~

아리랑 음음음~ 아라리가 났네

시고 떫어도 막걸리 맛이 좋고

몽둥이를 맞어도 내 남편이 좋더라

아리 아리랑 스리 스리랑

아라리가 났네에~에헤에~

아리랑 음음음~ 아라리가 났네

문경 새재는 웬 고개 던가

구부야 구부구부가 눈물이로구나

아리 아리랑 스리 스리랑

아라리가 났네에~에헤에~

아리랑 음음음~ 아라리가 났네

가지 많은 나무에 바람 잘 날이 없고

자식 많은 우리 부모님 속 편할 날이 없구나

아리 아리랑 스리 스리랑

아라리가 났네에~에헤에~

아리랑 음음음~ 아라리가 났네

가는 님 허리를 아다담쑥 안고

가지를 말라고 사상절단(사생결단)을 허네

7. 용방면

▌조사마을

전라남도 구례군 용방면 용강리 봉덕마을

조사일시 : 2009.2.10

조 사 자 : 송진한, 서해숙, 이옥희, 편성철, 임세경, 김자현

용방면 봉덕마을 전경

    봉덕마을은 면 소재지에서 남쪽으로 1km 지점, 군청소재지에서 북쪽으로 6km 지점에 위치하고 있다. 19번 국도 건너 동쪽에 광의면 대산리가 있고, 서쪽의 웅장한 한수골이 마을을 포근하게 감싸 안고 있으며 정상을 넘어가면 구례읍 사동, 유곡, 논곡으로 갈 수 있는 산길이다. 마을 뒷산 한수골에서 내려오는 물줄기를 따라 마을 입구에서 남쪽은 두동마을, 북쪽은 봉덕마을로 구분했다.

1352년(공민왕 원년)경에 밀양 손씨, 반남 박씨, 옥천 조씨가 처음 정착하면서 취락이 형성되었다. 당초에는 지곡(땅골) 또는 당동과 봉학동의 두 마을이었으나, 1930년경에 두 마을의 머리글자를 따서 당봉이라 칭하여 오다가 1940년경에 다시 봉덕으로 개칭하였다.

2008년 『통계연보』에 의하면 41가구에서 83명이 거주하고 있으며 이 중 43명이 남성, 40명이 여성이다.

산지가 70%인 이 마을은 10여 년 전만 해도 주민 절반이 오이재배를 했으나 고령화되면서 일이 많은 오이를 재배하지 못하고 외지인이 재배하는 비닐하우스에 마을의 여자들이 일을 하러 다닌다. 공직에 있었던 사람이 많은 이 마을은 논농사 대신 매실, 감, 밤 등 과수나무를 심어 소득을 올린다. 논은 다른 마을에 비해 적은 편이다.

마을 조직으로 50여 년 전에 조직되어 애사시 상부상조를 목적으로 하는 화신위친계와 여자들의 친목모임인 친목계가 있다.

마을의 민속으로 정월 보름날 오후 3시 경에 마을 앞 당산나무 밑에서 두동마을과 함께 당산제를 지내고 그 후에 농악놀이와 함께 달집태우기를 한다.

전라남도 구례군 용방면 용정리 하용마을

조사일시 : 2009.2.10
조 사 자 : 송진한, 서해숙, 이옥희, 편성철, 임세경, 김자현

하용마을은 면소재지에 있는 마을로 군청 소재지에서 6km 지점에 있고 19번 국도가 마을 사이에 있다. 숯골 상류에서 내려오는 물줄기를 따라 마을이 드믄 드믄 형성되었다.

확실한 연대는 알 수 없으나 1616년 경 진주소 씨가 정착하여 마을이 형성된 것으로 추정되며, 현 면소재지 저자거리는 연대는 알 수 없으나

하용원 마을에서 면사무소가 현 위치로 옮겨진 후 형성되었다고 한다.

당초에는 마을 뒷산 골짜기에 용이 살았다고 하는 용소가 있다 하여 신용동이라 불렀으나, 1914년 행정구역 개편시 용소의 아래에 위치한다 하여 하용이라 개편하였다. 현재의 면사무소 소재지를 일명 저자거리라 부르는데 조선 선조 때의 문신인 윤효손이 감동마을(현감천)에 살았는데 매일 이십여 리 떨어진 시장에 가서 시장을 보아 부모님을 모시는 효성이 지극하여 나라에서 이를 알고 면사무소 부근에 저자를 지어주었다. 그래 서 지금도 '저자거리'라 부르고 있다고 한다.

자생조직으로는 1977년된 조직된 친목회와 1975년 조직된 돌계가 있 다. 애사시 상부상조와 회원상호간 친목도모를 목적으로 한다. 2008년 『통계연보』에 의하면 61가구에서 128명이 거주하고 있다. 이중에서 66명 은 남자이고 62명은 여자이다.

20여 년 전까지는 면사무소나 농협에서 일을 하는 사람들이 많았는데 지금은 노령화되어 대체로 논농사를 지으며 미맥에 의지하고 여자들은 하우스 일을 많이 다니고 있다고 한다.

문화유적으로는 회관 뒤에 있는 수령 300년 된 팽나무가 있으며 마을 의 민속으로는 정월 대보름날 달이 떠오를 때 달집태우기를 하고 있다.

강봉선, 여, 1934년생

주 소 지 : 전라남도 구례군 용방면 용정리 하용마을
조사일시 : 2009.2.10
조 사 자 : 송진한, 서해숙, 이옥희, 편성철, 임세경, 김자현

　강봉선 제보자는 구례군 용방면 용강리에
서 이 마을로 시집왔다. 택호는 용강댁이다.
성품이 조용하여 사람들 앞에 나서는 것을
망설였으나 이야기판이 무르익자 직접 겪은
일이라며 집안 이야기를 들려주었다.

제공 자료 목록
06_04_MPN_20090210_SJH_KBS_0001 메주 가라
앉아 초상한 사연

김정애, 여, 1951년생

주 소 지 : 전라남도 구례군 용방면 용정리 하용마을
조사일시 : 2009.2.10
조 사 자 : 송진한, 서해숙, 이옥희, 편성철, 임세경, 김
　　　　　자현

　김정애 제보자는 현재 마을 이장 부인으
로, 마을에서 비교적 젊은 층에 속한다. 식당
을 운영하느라 매우 바쁜 일상에도 불구하고
마을회관으로 찾아와 조사에 적극적으로 응
해 주었다. 체격은 다소 마른 편이다. 활달한

성격은 아니지만 해야 할 이야기가 있을 때는 담아두지 않고 이야기를 차분히 이끌어갔다.

제공 자료 목록
06_04_FOT_20090210_SJH_KJA_0001 어머니를 산에 버린 아들
06_04_FOT_20090210_SJH_KJA_0002 밤길 밝혀준 호랑이

김판례, 여, 1932년생

주 소 지 : 전라남도 구례군 용방면 용정리 하용마을
조사일시 : 2009.2.10
조 사 자 : 송진한, 서해숙, 이옥희, 편성철, 임세경, 김자현

　　김판례 제보자는 구례군 토지면 사탄리 모래힐에서 20살에 하용마을로 시집을 왔다. 택호는 금내덕이다. 어렸을 때 단골에게 팔았다고 하여 '판례'라는 이름을 갖게 되었다고 한다. 기억력이 좋고 적극적인 성격이라 설화를 비롯하여 여러 곡의 민요를 부르며 판을 주도하였다.

제공 자료 목록
06_04_FOT_20090210_SJH_KPL_0001 선녀 이야기
06_04_FOT_20090210_SJH_KPL_0002 오봉산이 멈춘 이유
06_04_MPN_20090210_SJH_KPL_0001 군인들의 위협에도 굴하지 않는 이장 부인
06_04_MPN_20090210_SJH_KPL_0002 구렁이업
06_04_FOS_20090210_SJH_KPL_0001 아리랑
06_04_FOS_20090210_SJH_KPL_0002 진주 난봉가
06_04_FOS_20090210_SJH_KPL_0003 고사리 노래
06_04_FOS_20090210_SJH_KPL_0004 베틀 노래
06_04_FOS_20090210_SJH_KPL_0005 병풍에 그린 닭이

06_04_FOS_20090210_SJH_KPL_0006 고마리 없는 중의를 입고
06_04_FOS_20090210_SJH_KPL_0007 모심는 소리 (1)
06_04_FOS_20090210_SJH_KPL_0008 모심는 소리 (2)
06_04_FOS_20090210_SJH_KPL_0009 한숨산
06_04_FOS_20090210_SJH_KPL_0010 장 타령

김형렬, 남, 1961년생

주 소 지 : 전라남도 구례군 용방면 용정리 하용마을
조사일시 : 2009.2.10
조 사 자 : 송진한, 서해숙, 이옥희, 편성철, 임세경, 김자현

김형렬 제보자는 용정리 하용마을에서 태어나고 자란 마을 토박이다. 고등학교를 졸업하고 행정공무원을 하다가 귀향하여 농사를 지으며 살고 있다. 마을에서 젊은 층에 해당하여 농사를 비롯한 마을의 대소사를 모두 챙기고 있다. 이야기판에서 처음에는 듣고만 있다가, 마을 어른들이 좀처럼 이야기를 하지 않자 직접 나서서 하용마을 저잣거리, 피아골의 유래, 강감찬에 관한 이야기를 어렸을 때 들은 이야기라며 들려주었다.

제공 자료 목록
06_04_FOT_20090210_SJH_KHL_0001 용의 형상을 담은 용방면 일대
06_04_FOT_20090210_SJH_KHL_0002 용방면의 마을 유래
06_04_FOT_20090210_SJH_KHL_0003 저잣거리 유래
06_04_FOT_20090210_SJH_KHL_0004 피아골 유래
06_04_FOT_20090210_SJH_KHL_0005 강감찬과 잔수

박수덕, 여, 1939년생

주 소 지 : 전라남도 구례군 용방면 용강리 봉덕마을
조사일시 : 2009.2.10
조 사 자 : 송진한, 서해숙, 이옥희, 편성철, 임세경, 김자현

박수덕 제보자는 여수시 율촌면 신풍리에
서 시집을 왔다. 택호는 유산덕이다. 적극적
인 성격으로 산아지 타령과 아리랑 타령을
흥겹게 불러주었다. 부른 민요는 어려서부터
들어서 자연스럽게 익힌 노래라고 한다.

제공 자료 목록
06_04_FOS_20090210_SJH_PSD_0001 농부가
06_04_FOS_20090210_SJH_PSD_0002 성님 성님~

소재완, 남, 1925년생

주 소 지 : 전라남도 구례군 용방면 용정리 하용마을
조사일시 : 2009.2.10
조 사 자 : 송진한, 서해숙, 이옥희, 편성철, 임세경, 김자현

소재완 제보자는 하용마을에서 태어난 자란 마을 토박이이며 농업인이
다. 고령으로 인해 건강이 좋지 않았음에도 성량이 풍부하고 소리를 구성
지게 엮어나갔다. 드러내지는 않았지만 본인이 소리를 잘 한다는 사실에
대해 자부심을 느끼고 있는 것으로 여겨졌다. 심청가 한대목과 상사 소리,
육자배기 한 곡을 불렀는데 전문가의 소리처럼 느껴졌다. 조사자가 정식
으로 소리공부를 한 적이 있느냐고 물었지만 정식으로 배우지는 않고 소
리에 관심이 있었기 때문에 익히게 된 것이라고 하였다. 당시에 소재완
제보자는 병원에 입원 중이었으나 민요 조사 등을 한다는 이장의 말을 듣

고 당일날 환자복 위로 외출복을 입고 노인정에 와 있었다. 더 많은 소리를 듣고 싶었지만 좋은 소리도 자꾸 부르면 좋지 않다며 극구 사양하여 더 이상 들을 수 없었다는 점이 아쉬웠다.

제공 자료 목록
06_04_FOS_20090210_SJH_SJW_0001 심청가 한 대목
06_04_FOS_20090210_SJH_SJW_0002 상사 소리
06_04_FOS_20090210_SJH_SJW_0003 육자배기

양정례, 여, 1936년생

주 소 지 : 전라남도 구례군 용방면 용정리 하용마을
조사일시 : 2009.2.10
조 사 자 : 송진한, 서해숙, 이옥희, 편성철, 임세경, 김자현

양정례 제보자는 하용마을에서 태어나 하용마을 남자와 혼인을 하여, 평생을 이 마을에서 살고 있다. 어렸을 때 가정형편이 어려워 외갓집에서 잠시 자라기도 했다. 결혼 후에는 남편을 일찍 여읜 뒤로 자식들을 키우느라 안 해 본 일이 없을 정도로 열심히 살았다고 한다. 지금은 건강이 좋지 않아 고생하고 있지만 그런 상황에서도 밝고 쾌활한 제보자의 모습은 조사자들에게 오히려 기운을 넣어주었다.

제공 자료 목록
06_04_FOT_20090210_SJH_YJL_0001 남편에게 버림받고 죽어서 매미가 된 부인
06_04_FOT_20090210_SJH_YJL_0002 우렁 신랑
06_04_MPN_20090210_SJH_YJL_0001 여순반란사건으로 죽은 사람
06_04_FOS_20090210_SJH_YJL_0001 동그랑 땡~

윤이순, 여, 1949년생

주 소 지 : 전라남도 구례군 용방면 용정리 하용마을
조사일시 : 2009.2.10
조 사 자 : 송진한, 서해숙, 이옥희, 편성철, 임세경, 김자현

　윤이순 제보자의 친정은 광의면 당동리 온동마을이다. 마을에서 비교적
젊은 층에 속하여 옛이야기나 민요에 대해서 잘 알지 못한다고 여기고서
이야기판에 적극적으로 참여하지 않았다. 그러다 제보자들이 다양한 이야
기판을 펼치자 제보자도 나서서 호랑이에 관한 이야기를 들려주었다.

제공 자료 목록
06_04_MPN_20090210_SJH_YLS_0001 절까지 안내한 호랑이

이귀님, 여, 1935년생

주 소 지 : 전라남도 구례군 용방면 용정리 하용마을
조사일시 : 2009.2.10
조 사 자 : 송진한, 서해숙, 이옥희, 편성철, 임세경, 김자현

　이귀님 제보자는 말수가 적고 조용한 성
격이며, 후덕한 어머니처럼 푸근한 인상이
다. 이야기판에 적극적으로 참여하지는 않
았으나, 부모를 고려장하는 풍속이 사라지
게 된 배경에 관한 이야기를 차분히 이끌어
갔다.

제공 자료 목록
06_04_FOT_20090210_SJH_LGN_0001 고려장 없
어진 이유

이홍영, 남, 1921년생

주 소 지 : 전라남도 구례군 용방면 용정리 하용마을
조사일시 : 2009.2.10
조 사 자 : 송진한, 서해숙, 이옥희, 편성철, 임세경, 김자현

이홍영 제보자는 용정리 하용마을에서 태
어나고 자란 마을 토박이다. 마을 이장에
따르면 기억력이 좋아 옛이야기를 많이 알
고 계신다고 하였는데, 실제 이야기판에서
는 그저 얼굴에 미소만 띄울 뿐 기억이 나
지 않는다며 이야기를 거의 하지 않았다.
조사자들의 독려에 의해 호랑이 이야기와
오산에 관한 이야기만 간단하게 들려주었다.

제공 자료 목록
06_04_FOT_20090210_SJH_LHY_0001 호랑이 이야기
06_04_FOT_20090210_SJH_LHY_0002 오산이 멈춘 이유

채분순, 여, 1935년생

주 소 지 : 전라남도 구례군 용방면 용정리 하용마을
조사일시 : 2009.2.10
조 사 자 : 송진한, 서해숙, 이옥희, 편성철, 임세경,
　　　　　 김자현

채분순 제보자의 친정은 광의면 지천리이
다. 택호는 지산덕이다. 항상 웃는 얼굴이며
온화한 성품을 지녔다. 조사과정에서 제보
자는 적극적으로 이야기판에 참여하지는 않
았으나, 시집오기 전 어렸을 적에 들었던

지천리 왕만석에 관한 이야기 등을 들려주었다.

제공 자료 목록

06_04_FOT_20090210_SJH_CBS_0001 호식 당할 팔자
06_04_FOT_20090210_SJH_CBS_0002 벼락도 효자를 알아본다
06_04_FOT_20090210_SJH_CBS_0003 지천리 왕만석

하길주, 여, 1929년생

주 소 지 : 전라남도 구례군 용방면 용강리 봉덕마을
조사일시 : 2009.2.10
조 사 자 : 송진한, 서해숙, 이옥희, 편성철, 임세경, 김자현

하길주 제보자는 광의면 방광리에서 이
마을로 시집왔다. 제보자의 부친은 그 당시
천은사의 스님이었다. 혼인 후 시어머니에
게 시집살이를 고되게 하였고, 젊은 시절에
힘든 일도 많았으나 지금은 평안한 노후를
보내고 있다고 한다. 기억력과 구연력이 뛰
어나서 혼인하게 된 이야기, 시집살이 이야
기, 남편이 면장 선거에 출마한 이야기 등을
재미나게 들려주었다. 허순임 제보자와는 동서지간이다. 솔직하고 유쾌한
성격으로 조사자들의 질문에 편안하면서도 적극적으로 대답해주었다.

제공 자료 목록

06_04_MPN_20090210_SJH_HGJ_0001 그 시절에 겪은 시집살이
06_04_MPN_20090210_SJH_HGJ_0002 아들 시험 붙은 꿈
06_04_MPN_20090210_SJH_HGJ_0003 남편 면장 선거 예지몽
06_04_MPN_20090210_SJH_HGJ_0004 구렁이업을 내다팔자 자식이 봉사 되다
06_04_FOS_20090210_SJH_HGJ_0001 울 어머니 날 낳으시고

허순임, 여, 1931년생

주 소 지 : 전라남도 구례군 용방면 용강리 봉덕마을
조사일시 : 2009.2.10
조 사 자 : 송진한, 서해숙, 이옥희, 편성철, 임세경, 김자현

허순임 제보자는 구례군 광의면 염파리에
서 시집을 왔다. 택호는 광의덕이다. 하길주
제보자와는 동서지간이며 남편은 중고등학
교에서 교직생활을 하다가 정년을 했다. 적
극적이고 유쾌한 성격으로 조사자들의 질문
에 정성껏 답변해 주었으며 설화 외에 민요
도 여러 곡 불러주었다. 고상한 외모를 지닌
허순임 제보자가 품바 타령을 하면서 예상
밖으로 의성어를 실감나게 구연하자 조사자
를 비롯한 청중들이 박장대소하기도 했다.

제공 자료 목록

06_04_FOT_20090210_SJH_HSY_0001 오일장 하는 이유
06_04_MPN_20090210_SJH_HSY_0001 구렁이업
06_04_MPN_20090210_SJH_HSY_0002 비행기가 보여 아들 낳은 태몽
06_04_FOS_20090210_SJH_HSY_0001 산아지 타령
06_04_FOS_20090210_SJH_HSY_0002 품바 타령
06_04_FOS_20090210_SJH_HSY_0003 육자배기

마을회관에 모인 봉덕마을 주민들

마을회관에 모인 하용마을 남자 제보자들

마을회관에 모인 하용마을 여자 제보자들

어머니를 산에 버린 아들

자료코드 : 06_04_FOT_20090210_SJH_KJA_0001
조사장소 : 전라남도 구례군 용방면 용정리 하용마을 323번지 하용마을회관
조사일시 : 2009.2.10
조 사 자 : 송진한, 서해숙, 이옥희, 편성철
제 보 자 : 김정애, 여, 59세
구연상황 : 채분순에게 왕만석에 관한 이야기를 더 묻고 있었는데, 옆에서 듣고 있는 제
보자가 옛날에 들은 이야기라며 다음의 내용을 구연했다.
줄 거 리 : 아들이 어머니를 산속에 버리려고 좋은 옷을 해 입혀서 지게 태워 모시고 가
는데, 어머니가 이를 눈치 채고 아들이 돌아갈 때 길을 잃지 않도록 옷을 찢
어 나무에 표시를 해두었다. 아들이 이 사실을 알고 어머니를 모시고 다시 집
으로 돌아왔다는 이야기이다.

옛날에 나가(내가) 듣든 이야기가 있었는데요. 구십 살 먹은 노부모믄,
옛날에는 겁~나게 오래 살은 노부모였다등만, 그 사램이. 지금은 구십 살
이면 보통인디.

옛날에는 노부모, 구십 살이믄 엄~청나게 많이 산 사램인데, 그 사램
이. 근디, 그, 그 사램이, 그 장가 못 간 아들을 데꼬 함께 살았데, 그 사
램이.

근디 어매가. 근디, 이 장가 못 간 아들이 불효자를 했든가 하여튼. 자
기 어머니가 안 돌아가신다고 허면서, 자기 어매를 산 속에 갖다가 매장
을 시킬라고. 하~도 안 돌아가신게.

옛날에 구십 살이믄 엄청나게 많이 산 그, 나이였다등만요. 지금은 보
통 구십 살인데, 옛날에 구십 살이라믄 딴 사람 두 배를 산, 그, 나이였다
등만.

근디, 요, 이 아들이 꾀를 요러고 낸 것이 도저히 안 돌아가신게. 내가 산 속에다 갖다 내 버려야 것다 싶어서. 어머니를 옷을 좋게 입혀 가지고 는 지게에다 탁, 갖다 바쳐면서. 어머니를 내가 구경을 시켜 준다고, 타라 고, 그랬대.

그래 가지고 그, 어머니를 인자, 모시고는 인자, 산 속에다가 매장을 헐 라고 인자. 지게에다 지고 인자, 산에를 한 발 두 발 올라 간디. 그 사이 에 어매는 어찌게 허고 갔냐며는.

자기 입고 간 옷을, 그것을 눈치를 챘든가 안 챘는가는 몰른디. 자기 아들을 생각허면서 그 옷을, 입고 간 옷을 싹~ 잘게잘게 찢어 가지고. 간 디, 한 걸음 떨 때마다 나무에다 쩜맸데요.

그래 가지고 쩜매서 그, 인자 도착, 도착 헌디까지, 그 옷을, 자기 입고 간 옷을 다 벗어서. 다 찢어서 야튼(아무튼) 그, 나무에다 쩜매 가지고 도 착한 자리다 인자, 자기 아들이 딱 내린 사이에. 고 속옷만 입었제, 그것 을, 다 하나도 없드래요. 그래서,

"왜 엄마가 이렇게."

어머니가 그랬다 허등만, 그 때는. 지금은 엄마라고 허지마는.

"옷을 이렇게 갈기, 옷을 다 어째 브렀냐고. 내가 분명히 모시고 짊어 지고 올 때는 옷을 이쁘게 해 가지고 짊어졌는데. 왜 속옷뿐이냐고." 허니 까는.

"암 소리 말고 니가 내려 갈 때는."

그러기 전에. 아들이 여그다 딱 내리면서,

"여그 쫌만 계시고 있으믄 내가 이따가 모시고 올 꺼이라고."

그런게는 인자. 그것을 눈치를 챘든가. 엄마가 가믄, 그 어머니란 사램 이 헌단 말이 글드라고.

"니가 내려 갈 때 나를 내려놓고. 집을 찾아 갈 때 내가 표시해 논 디 만 찾아서 가거라."

그 엄마는 자기 아들, 집을 잊어블까봐. 자기가 입고 있던 옷을 갈기갈기 손으로 찢어 가지고 나무마다 싹~ 걸어온 아들이, 걸어온 그 길에다가, 다~ 나무를 쨈매서 그래 가지고 올라왔다 이거여.

근디 그 어머니는 자기 주, 그 산속에다, 내, 아들이 내블고 올지를 뻔히 알면서도, 즈그 아들을, 즈그 집이까지 찾아오기를 바래기 위해서, 자기가 입고 있던 옷을 싹~ 찢어서 나무에다가 일일이 매고 올라가 가지고, 딱 내리면서 아들이 헌단 말이.

"내가 어머니를 모시러 올 거인게, 여기 가만히 있으라고." 했을 때. 근디 자기 어머니가 헌단 말이.

"니가 나를 내려놓고 갈 때는 그냥 가지 말고 그 표시 헌 자리를 찾아서 내려가라."

그 말에 자기 어머니를 못 내블고 도로 짊어지고 도로 내려왔데요. 그 전설을 내가 한번 들은 적이 있었어요. (조사자 : 누구한테 들으셨어요?) 몰라, 옛~날에 우리, 저 할머니한테 내가 들었는데. 그렇게 자식 사랑을 했다고 그 이야기를 허셨드라고 그랬어. (청중 : 자식은 인자, 부모를 갖다 내뿔라고 혀도.)

근디 내블라고 갔는데, 자기 아들이, 자기 옷을 입고 있던 그 옷을, 갈기갈기 찢어서 나무에 쨈매 가지고 올 때, 나를 잊어 블까봐. 우리 엄마가, 어머니가 내 길을 잊어 블까봐.

내 길, 그, 찾아서 가라고 쨈매 가지고 헌 거이 감탄해 가지고. 그 엄마를 옛날에는 거, 저, 노인들을 오래 살믄 갖다, 고래장(고려장)을 많이 시켰다고 허드만이요.

옛~날에 없이 살 때는. 그래 가지고 그 아들이 그러기 위해서 실, 지게에다 지고, 산에까지 올라 갔는디. 그래서. 그 소리를 듣는 결과 아들이 그것을,

우리 어머니가 나를 이렇게 생각을 했다. 그걸 생각을, 차마 엄마를 못

내블고. 도로 짊어지고 집이까지 도로 모셔 가지고 잘 살았다고 글드라고
요. 그 이야기를 내가 들었네. 근게 그 따지고 보믄 그것도 우리가 겁나게
그, 진짜 그, 내리 사랑이라는.

밤길 밝혀준 호랑이

자료코드 : 06_04_FOT_20090210_SJH_KJA_0002
조사장소 : 전라남도 구례군 용방면 용정리 하용마을 323번지 하용마을회관
조사일시 : 2009.2.10
조 사 자 : 송진한, 서해숙, 이옥희, 편성철, 임세경, 김자현
제 보 자 : 김정애, 여, 59세
구연상황 : 제보자에게 호랑이에 관한 이야기를 해달라고 하자 실화라 하면서 다음의 이
　　　　　야기를 구연했다.
줄 거 리 : 한 여인이 지리산에 가서 공을 들이는데 호랑이가 백일동안 밤마다 따라와
　　　　　불을 밝혀주었고, 이후 아들을 얻었다는 이야기이다.

　실화 가운디(가운데). 공을, 맨~마다 저녁마다 산에, 불빛도 없는디 올
라가 가지고. 공을, 그렇게 많이 들였대. 근디 공을 들일 때~마다 호랑이
가 따라와 가지고. 불을 그렇게 비춰 줘 가지고.

　근게, 그렇게 호랑이가 따라 오드래요. 그래 가지고 그, 계단을 붋고
항~상 산에를 올라갔는디. 그럴 때~마동 불을 비춰주면서 그렇게 따라
올라 오드래. (청중 : 전에는 어두웠는게.)

　근디 그, 백일을 그걸 저녁~마다 그, 꼴, 꼴차기로 올라가서, 그 산신,
그, 애기 낳아주라고. 공을 들였는데. 백일을 그렇게 따라 댕기드라네. 그
호랭이가.

　근디 결국 그거, 그거, 그, 공을 들여 가지고 아들을 얻었다고, 그, 하나
나오드라고. 그 지리산에서. 그래서 그, 진짜 산신님이 그랬대요. 에, 근
디. (청중 : 사람은 그렇게 해 안 준갑등만. 우리 어렸을 때.) 근디 호랑이

가 직접 따라 댕겼대요, 거그를.

선녀 이야기

자료코드 : 06_04_FOT_20090210_SJH_KPL_0001
조사장소 : 전라남도 구례군 용방면 용정리 하용마을 323번지 하용마을회관
조사일시 : 2009.2.10
조 사 자 : 송진한, 서해숙, 이옥희, 편성철, 임세경, 김자현
제 보 자 : 김판례, 여, 78세
구연상황 : 제보자가 청중과 더불어 10편의 민요를 부르고 나자, 기억나는 노래가 더 이
상 없다고 했다. 한껏 들뜬 분위기를 가라앉힐 겸해서 이야기를 해달라고 하
니 다음의 이야기를 구연했다.
줄 거 리 : 선녀가 산골에 내려와 목욕을 하는데, 홀애비에게 옷을 뺏겨 할 수 없이 같이
살게 되었다. 이후 아이 둘을 낳자 애들을 데리고 하늘로 올라가버렸다는 이
야기이다.

무슨, 옛날 서녀(선녀)가, 서녀가 내려와 갖고. (조사자 : 선녀가.) 옛날
서녀가 저그, 산골에서 내려와 갖고. 나, 저그, 저그, 저, 그것도 홀애비~
드랑마. 그거, 그, 저, 지게를 지고, 인자 넘의 집을 산다.

삼문당에 가 갖고, 뭐를 지고, 나무를 허고 있은게. 서녀가, 내려와서,
저그, 모욕을 헌게. 그 애기를 뺏아 갖고 안 준게로 인자, 그 사람허고 헐
수 없이 살게 됐다등만.

살게 돼 갖고는 인자, 살다가 인자, 여그 꾀가 난게로. 도로 선녀로 거,
두 개를 양쪽에다 찌고 올라가 브렀다등만. 올라가 브렀대.

올라가고 인자, 그런게 인자, 그 뒤로부텀은 세 개를 낳아라, 허는 법이
데. [청중들이 중구난방으로 서로 자신이 알고 있는 선녀 이야기를 한다.]

(청중 : 저그, 옛날 거시기가 나무를, 노총객이 나무를 헌게, 선녀가 인
자, 목욕을 헌디 가서, 옷을 감차브렀대. 그래서 헐 수 없이 인자, 같이 살

게 된디, 애기 셋 날도록 말을 허지 말라 근디, 애기를 두 명을 낳았는디, 그냥, 인자, 그런 소리를 한게, 두 명을 찌고 올라가브렀대. 그래서 세 개를 낳아라.)

세 개믄 한 나 남아, 띠 놓고 못 올라 간게.

오봉산이 멈춘 이유

자료코드 : 06_04_FOT_20090210_SJH_KPL_0002
조사장소 : 전라남도 구례군 용방면 용정리 하용마을 323번지 하용마을회관
조사일시 : 2009.2.10
조 사 자 : 송진한, 서해숙, 이옥희, 편성철, 임세경, 김자현
제 보 자 : 김판례, 여, 78세
구연상황 : 조사자가 산이 걸어간 이이야기를 들은 적이 있는 지를 문자 제보자가 바로 이야기를 받아서 구연하기 시작했다. 마이크에 익숙해졌는지 조사자가 마이크를 채울 때까지 기다렸다가 시작했다.
줄 거 리 : 오봉산이 걸어오는데, 밥을 하던 여자가 산이 걸어간다면서 부지깽이로 탕, 탕 두드리니 그 자리에서 멈춰버렸다. 오봉산이 섬진강을 끼고 건너갔더라면 서울이 되었을 것이라는 이야기이다.

아, 여그 산은 글 안 했는디. 옛날에 저, 오봉산이라고 있어요. 그 오봉산이 절, 그 여자, 오봉산이 있는디. 그 산이 저그, 내비다 뒀으믄 여그가 지금 서울이 됐는디.

밥을 허다가 여자 하나가 딱 나시더니 산이 엉금~엉금 걸어서 온게.

"아이고메, 저 산이 요리 걸어 오냐고."

그래 갖고 막 부지땡이 뚜드려 갖고는. 거그, 그 자리가 탕 앉아 쁘러서,

여가 시골이 됐다요. 응. 오봉산 그런다고, 아, 옛날에 다, 거그, 파도리 그런데서도 다 한 말이여, 다. (청중 : 구례 오봉산이 그 산?)

구례 오봉산. 전라남도 구례 오봉산. 그것이 걸어 온대로 놔 뒀으믄 여가 서울이 됐는디. 그 여자가 방정맞게 밥을 허다가, 걸어온 거 쳐다봤어. 근게로,

"왜 저 산이 걸어 오냐고."

부지땡이로 문, 문턱을 텅텅 뚜드린게. 그 자리가 딱 주저 앉아쁘러, 여가 시골이 됐다, 그래. (청중 : 섬진강을 딱 찌고 앉았어.)

응. 섬진강을 찌고 건네야, 여가 서울이 된디.

용의 형상을 담은 용방면 일대

자료코드 : 06_04_FOT_20090210_SJH_KHL_0001
조사장소 : 전라남도 구례군 용방면 용정리 하용마을 323번지 하용마을회관
조사일시 : 2009.2.10
조 사 자 : 송진한, 서해숙, 이옥희, 편성철, 임세경, 김자현
제 보 자 : 김형렬, 남, 49세
구연상황 : 조사자들이 사전에 연락을 드려서 마을에 찾아가니 마을사람들이 노인정에 모여 있었다. 조사 취지를 이야기하고 용정리에 얽힌 이야기를 물었다. 노인 회장이 용정리에서 용이 승천했다고 간단히 말하자, 오른편에 앉아 있던 제보 자가 말을 이어서 구연했다.
줄 거 리 : 용정리는 용이 태어나 하늘로 올라간 곳이고, 신기리는 용이 강물에 있는 곳 이며, 분토는 용의 꼬리, 중방리는 용의 몸통이라는 이야기이다.

여그가 용방면. 그 용자가 용 용자가 들어갑니다. 그 지명이라는 것은 어떤 지형의 형태를 갖고. 그 말허자믄, 지명을 해주거든요. 그래서 여그 용방면 용정리래, 여가. 그래서 우리 회장님께서 말씀했든 바로, 우리 용 이 태어났던 곳이라요.

그 용방면이 그 형태를 보며는 저 분토부터서 쭉~, 어, 죽전, 가동, 도 암, 여, 송정, 감천, 여, 하용으로 해서 쭉~ 잡아 돌아서, 용강리 봉도리

해 갖고, 사안리까지 돌아서, 어디를 가며는, 저 쉬염골까지 갑니다.

저 신기리. 신기리라고. 그 형태가, 산의 지형이. 용이, 말허자믄 강물에 담겨있는 형태. 용이 강물에 담겨 있는 형태라요. 근게 분토가 꼬리라요, 용의 꼬리.

예. 용의 꼬리라 해서, 쭉~ 해서 중방리가 거가 몸통이 되고. 사림리가 머리가 되, 아, 저, 저, 저, 거 목, 목덜미가 되고. 그래서 용이 휘(휘어) 가지고, 여그, 용방면 여그, 저, 저, 저, 용방초등학교.

용방초등학교나, 저, 저, 우리 이장님 그, 밭머리가 용의 머리가 돼. 그래 갖고 입이 어디로 뻗쳤나 허면은, 용방초등학교에서 신기리 쉬염골이라고 그래요.

쉬, 시영골. 북중학교를 거쳐서 신기리마을, 선월마을이, 쉬염골이 있어요. [얼굴에 수염이 난 모양을 그리며] 그 용의 쉬염이 났다 해서, 그 쉬염골이라고 그래요.

예, 쉬염골. 용의 쉬염이 났다 해서. (청중 : 용의 수염골.) 예. 그렇게 해서, 용방면 유래가 그렇게 돼 있고.

용방면의 마을 유래

자료코드 : 06_04_FOT_20090210_SJH_KHL_0002
조사장소 : 전라남도 구례군 용방면 용정리 하용마을 323번지 하용마을회관
조사일시 : 2009.2.10
조 사 자 : 송진한, 서해숙, 이옥희, 편성철, 임세경, 김자현
제 보 자 : 김형렬, 남, 49세
구연상황 : 앞서 제보자가 용방면 일대의 유래를 이야기한 뒤에 마을 지명에 대해서도
　　　　　말하겠다고 하면서 다음의 이야기를 구연했다.
줄 거 리 : 사오, 하신, 용강, 하용, 중용, 분토 마을 유래에 관한 것이다.

제가 마을별로 유래를 허라믄냐, 다, 싹, 지금도 혈 수가 있어요. 사림리는, 예를 들어서 우리가 용방면에 열여섯 개 마을이 있습니다. 간단간단 마을별로 요약을 헌다고 보며는.

사림리가 거, 대밭이 많이 있어요. 네 개 마을로 돼야 갖고, 사림리가 대밭이 많이 있다 해서, 사림리고. 사림마을이고.

그 다음에 사오마을은, 행제(형제) 간 걸이 마을이 네 간 데가 나눠(나눠져) 있어요. 지금 현재가. 마을이 지금 이렇게 해서, 집단적으로 형성돼 있잖에,

따로따로 떨어 가지고, 네 간디가 있어서. 거, 벗 우자 해 가지고, 네 간 데가 돼 있어서. 사오마을이라고 부르고.

그리고 하신마을은 어째서 그러냐므는. 아랫 새터라 그래, 일명. 아랫 새터라 그런디. 새로 그, 그, 집터를 찾아서 지었다 해서 하신마을이라 그러고.

그 다음에 용강마을은. 그 또 그 지명이 다~ 지금, 유래에서 나온 말입니다. 용강마을 앞에가 옛날 강물이 흘렀어요. 강물이 흘렀어. 그래서 용강마을이라 그래요.

지금은 경지정리가 되고, 그 말허자믄 제방을 싸서, 그 지형이, 형태가 그, 싹 바꽈졌지마는. 그래서 그, 용강마을이라 그러고.

그 봉덕마을은, 그 봉황이 나와서 앉은 형태다 해 가지고 봉덕마을이라 허고. 그 다음에 여, 저, 저, 북중학교 앞에 가믄, 선월마을이 있어요. 그 선월이, 강물에 배가 떠 있는 형태다 해서. 배 선자 해서 선월마을이라고 해요.

신기리는, 또, 저, 새로 거시기고. 그 다음에, 인자, 여그 올라와서 여, 하용마을인디. 하용마을과 상용마을이 있어요. 그, 용의 형, 용이 태어났던 곳이라요.

그래서 저 우, 그, 웃, 웃, 웃터는 말하자믄 상용이라고 그러고. 여그는

아랫터는, 말허자믄 하용이라고 그래. 근디 저 욱(위)에 올라가보면 용쏘가 있어요. 예. 용소가 지금 있습니다. 우리 목욕도 가고, 거그. 돼야지 잡았던 그, 말허자믄, 그, 비가 오면 기우제도 지냈던 그, 그. 기우제도 지낸 뎁니다.

그 다음에 인제 감천을 가면은. 그, 그, 쇠, 쇠, 그, 그, 샘천 자, 말허자믄 거, 거, 단 감자. 해 가지고, 그, 샘물이 달다 해서, 그, 그, 감천마을이라 허고.

그 다음에 송정마을은 그 솔나무가 겁~나게 많이 있었어요. 거 솔나무가. 거, 저, 저희 집 거그도 있었었는데, 옛날에 거서 산디, 솔 모퉁이다 허고 그랬어요. 솔이 어찌 많기 때문에. 그 늑대들이 나왔어요.

늑대들이 어찌 많아 갖고. 내가 세 살 때, 거그, 내가. 늑대들, 우리집 마당에서 겁나게 있는 걸 지금도 기억을 해요.

그 다음에 인자, 도암마을은 그, 도로변에 옆에 큰~ 바위가 있어요.

도암 입구 들어가믄 그 문 앞에 큰~ 암자 바우가 있어요. 거그서, 그래서 도암마을이라고. 지금도 가믄 큰~ 바위가 있어요.

거 가동마을은, 에~ 가작굴이라고, 일명 가작굴이라고 그러는디. 까재가 많이 나와요. 예. 가재, 잉, 가재. 까재라 그래요, 까재라고 허제. 거가, 그 꼬랑이 짚어 갖고. 길고 해 가지고. 까재가 많이 나온다고 해서, 거, 가동마을이라고 허고.

죽전은 말허자믄 그 대 죽자. 그, 그, 대나무 숲 사이에 정자나무가 있어요. 그래서 그 죽림정사라고 그래요, 지금도 절 있어요. 죽림정사라고 새로 절 만들어 놨어요. 그래 갖고 거그도 지금 절 있는데. 그래서 그, 죽전이라고 그러고 인자,

분토는 새로, 관계마을, 이렇게 해서 생기게 해서. 우리 열여섯 개 마을이 그렇게 형성이 되어 있어요. 예. 용방면 유래라 그럽니다.

저잣거리 유래

자료코드 : 06_04_FOT_20090210_SJH_KHL_0003
조사장소 : 전라남도 구례군 용방면 용정리 하용마을 323번지 하용마을회관
조사일시 : 2009.2.10
조 사 자 : 송진한, 서해숙, 이옥희, 편성철, 임세경, 김자현
제 보 자 : 김형렬, 남, 49세
구연상황 : 조사자가 여러 이야기의 소재를 물었으나 좀처럼 이야기가 나오지 않자 제보
　　　　　 자가 다음의 이야기를 구연했다.
줄 거 리 : 감천마을의 효자가 매일 장을 보아 부모를 봉양하자 군수가 임금에게 효자
　　　　　 임을 상소하였다. 이에 임금이 감천마을 앞에 저잣거리를 만들어 주었다는 이
　　　　　 야기이다.

　글고 여기, 저, 용방면 소재지가 저잣거리라 그래, 저잣거리. 물론 더
잘 아시리라마는, 저잣거리는 하나의 상가를 조성 허는, 에, 상설시장 역
할을 헌디가 거, 거, 저잣거리라 헌디가 아닙니까.

　근디, 그, 저잣거리를 만든 동기가. 그 감천마을에 윤요봉 선생인가, 그
아주. 윤효선인가. 그 분이 아주 효자였어요.

　그래 갖고 매~일 읍에 가서, 말허자면, 장을 봐다가 부모님을 봉양을
했어요. 효도허기를. 그래 갖고 지금 겉으믄 군수님이고. 면장이 군수헌테
보고를 해 가지고, 군수님이 임금님헌테 상소를 해 가지고.

　"그러믄 거그다가 여, 앞에다가 저잣거리를 해라." 해 가지고, 그때 있
어요, 그 저잣거리 마을이 돼 있습니다. 소재지 앞, 면사무소 앞에다가.
그믄 지금 많이 지금 농촌인구가 많이 지금.

피아골 유래

자료코드 : 06_04_FOT_20090210_SJH_KHL_0004
조사장소 : 전라남도 구례군 용방면 용정리 하용마을 323번지 하용마을회관

조사일시 : 2009.2.10
조 사 자 : 송진한, 서해숙, 이옥희, 편성철, 임세경, 김자현
제 보 자 : 김형렬, 남, 49세
구연상황 : 제보자는 지명에 관한 이야기를 연이어 들려주었다. 이어서 조사자가 여순반
란 때 이 마을에는 별일이 없었는지를 묻자 다음의 이야기를 구연했다.
줄 거 리 : 여순반란 때 토지면 골짜기에서 일반인들이 많이 학살당했는데, 그때 피가 많
이 흘러 내려와 피아골이라 부르게 되었다는 이야기이다.

　내가 저, 한 말씀 드리겠습니다. 제가 나이 어린 놈이 지금, 제가. 근데,
저그, 저그, 역사책을 봐 논게. 여가 사실은. 참~ 여순반란사건 때문에,
참~ 고난의 역사가 많이 서려 있는 데에요.

　지금 피아골이, 피아골이. 좌익과 우익이 있었어요. 잘 아실 겁니다.
지금도, 지금, 뭐, 좌파, 우파 뭐 이래 쌌죠. 그때 여순반란, 낮에는 거시
기가 없고, 한, 한천면, 요리, 거, 거. 산동이 가~장 피해를 많이 봤던
데에요.

　산동면이 젤로 피해를 많이 봤죠. 많이, 서민들이 학살당했던 데요. 이
선엽 장, 이선엽 장군도 거그서 죽고, 그랬어. 토지도 그 다음에 많이 거
시기, 저, 피해를 봤고. 그 토지가 피가 많이 흘러 내렸다고 해 가지고.
거, 피아골이라고 그래요.

　예. 피아골. 근디, 한 때, 그, 저, 문화, 여기 문화지는 잘못, 직, 직접 말
하자믄, 피밭이, 피밭이 많이 난다 해서, 그, 그, 피아골이라고 헌디, 그
잘못된 얘기에요.

　글고 거, 그래, 그래서, 그, 사람들이 이렇게, 사람을 쏴 죽여싸니까. 피
아골 골짜구로 많이 숨었어요. 그래 갖고 그 사람들을 잡아 죽일라고 그
냥 쫓아 올라가 갖고. 총으로 많이 갈겨대 갖고, 그 피, 피가 꼴짜기서 흘
러, 많~이 흘러 내렸다 해 가지고, 그래서, 피아골이다.

강감찬과 잔수

자료코드 : 06_04_FOT_20090210_SJH_KHL_0005

조사장소 : 전라남도 구례군 용방면 용정리 하용마을 323번지 하용마을회관

조사일시 : 2009.2.10

조 사 자 : 송진한, 서해숙, 이옥희, 편성철, 임세경, 김자현

제 보 자 : 김형렬, 남, 49세

구연상황 : 조사자가 강감찬에 관한 이야기를 묻자 제보자가 다음의 이야기를 구연했다. 마을회관에 상당히 많은 청중들이 모여 있었으나 제보자가 이야기 하는 동안 모두가 조용히 경청하고 있었다.

줄 거 리 : 신월마을에는 원래 강물이 사납게 흘렀는데, 강감찬이 온 뒤로 잔잔해졌다 하여 잔수라 부르게 되었다는 이야기이다.

그러고 아까 그, 강감찬 장군 얘기 말씀을 하셨는데. 강감찬, 강감찬 장군 허고 거, 소정방 장군 허고는. 저그, 저, 역전에 나가므는 구례읍이를 나가므는 신월마을이 있어요.

신월마을이 있는디. 거그 가므는, 그렇게 인자, 그 강물이, 그렇게 막, 그, 사납게 흘렀는데. 그, 그, 강감찬 장군이 거시기 와 갖고는 잔잔했다 해서 잔수라고 그래, 잔수.

예. 그렇게 해서 잔수. 거, 잔수라고도 허거든요. 잔수마을이라고 그렇게. 그런게 다른 마을은 그렇게 많이 피해를 봤는데. 우리 용방은 그렇게 피해를 안 봤어요.

남편에게 버림받고 죽어서 매미가 된 부인

자료코드 : 06_04_FOT_20090210_SJH_YJL_0001

조사장소 : 전라남도 구례군 용방면 용정리 하용마을 323번지 하용마을회관

조사일시 : 2009.2.10

조 사 자 : 송진한, 서해숙, 이옥희, 편성철, 임세경, 김자현

제 보 자 : 양정례, 여, 74세

구연상황 : 앞서 강감찬 이야기에 이어서 제보자가 다음 이야기를 구연했다.
줄 거 리 : 가난한 여자가 시집을 갔는데 신랑이 책만 보고 집안을 돌보지 않았다. 그래
서 부인이 집을 나가 청지기가 되었다. 훗날 신랑이 과거 급제하였기에 부인
이 다시 같이 살기를 원하자, 물을 바닥에 버리면서 다시 주울 수 없듯이 같
이 살 수 없다고 하면서 신랑은 떠났다. 이에 부인이 다시 따라가다가 죽어서
결국 매미가 되었다는 이야기이다.

가난, 가난헌 사람이. 가, 가난헌 사램이 저, 시집을 갔데. 가난한 집으
로 시집을 갔는디. 그 남자가, 남자가 저그. 맨~날 책에만 있고 각시를
돌아보지를 않으드래.

그래서, 어디 갔다 온게, 갱피, 갱피를 널어 났는디. 갱피다고 저그, 서
숙 같은거. 그, 그것을 널어 났는디. 갱피 떡 시기 다 뜯어나가도. 그 저,
그것, 그것을 채블도(치워버리지도) 안 허고. 책이만 읽고 있드래.

그래서 인자, 그 여자가 와서, 여자가 와서.

"여보, 여보, 신랑님. 갱피 덕시기 다 뜯어 간디, 공, 그렇게 공부만 허
고 있냐고."

그래서 저그, 그, 그런게로 신랑이 헌단 말이.

"갱피 덕시기 다 뜯어나가도, 너, 너는 갱피 덕시기 문제허고, 나는."

그래 갖고 인자, 그 각시가 죽어 브렀대.

죽어 브렀는디. 그, 저 뭐시기가, 신, 저, 신랑은. (청중 : 과거를 해 갖
고.) 나라에 왕으로 돼 갖고, 말을 타고 오드래. 말을 타고 오드래.

내가 다 이야기 했네. 말을 타고 와서, 인자, 어디서 그냥, 가난해 갖고
는 인자. 뭔~ 가서 인자, 넘의 청지기로 인자, 일을 허고 있는디. 신랭이
그래 갖고 오드래.

그래서 인자 그 신랑보고 하~도 인자 원통해서.신랭이 그렇게 좋게 잘
돼 갖고 온게. 그래서 인자, 잘 돼 갖고 온게. 그래서 인자, 그 신랑 보고
헌단 말이.

"내가 말 탄, 말, 물이라도 떠다 주고 허므는 어찌 다시 살라, 살것냐고."

그러드래. 그런 것을, 물을 한 그릇 떠 오라드래. (조사자 : 신랑이.) 이. 그래서 떠오라 그래서 떠다 준게, 고놈 물을 땅에다 붓어 블드래. 그럼서, 그래서 각시보고 헌단 말이.

"저 물이, 저 물 씰어 담아 보라고."

씰어 담아 보라고 허드래. 근디, 그걸 씰어 담을 수가 있어, 물을. 그래서 못 씰어 담았지. 그래서, 그래놓고는 인자 홀~쩍 떠나가 블드래. 떠나가서, 각시가 물을 한 동우 떠, 또 이고 오라드래.

그래서 그놈을 이고 간단 것이. 말을 타고 간 사람을 따라 가것소, 물을 이고. 그래서 인자 물 동우 고것을 탁 부득실고, 매미, 밀칠한 매기가 돼 갖고.

그래서 항상, 밀치, 밀치. 밀치가, 밀치가. 그래서 밀치가 매미가 됐대. (청중 : 매미가.) 매미가. 매미가, 그래 갖고 밀칠한 매미가 되얐대요.

그래 갖고 서방은 가쁠고, 각시는 넘의 청지기로 일 허다가 그래 갖고, 죽어 갖고 멸치가 매기가 되야 브렀대. 매미, 매미. (청중 : 멸치 매미란 거이 있어.)

각시가 죽어 갖고 멸치, 매미가, 밀치가 밀치가, 그런 매기가 있잖아요, 여름 돌아오믄. 그런게는 그, 못 따라가고, 원통해서 그 자리서 죽음서, 매미가 돼 갖고 그렇게. 맴맴, 밀~치가, 밀~치가 그러제.

우렁 신랑

자료코드 : 06_04_FOT_20090210_SJH_YJL_0002
조사장소 : 전라남도 구례군 용방면 용정리 하용마을 323번지 하용마을회관
조사일시 : 2009.2.10

조 사 자 : 송진한, 서해숙, 이옥희, 편성철, 임세경, 김자현
제 보 자 : 양정례, 여, 74세
구연상황 : 처녀가 부엌에서 두꺼비 키운 이야기를 묻자 다음의 이야기를 구연했다. 이야
기가 끝나자 옆에서 듣고 있던 김판례 제보자가 '우렁신부가 됐지'라고 말을
했으나 제보자는 우렁신랑이라고 하였다.
줄 거 리 : 각시가 논에서 큰 우렁을 얻어 방에 갖다 놓으니 우렁이 신랑으로 인도 환생
하여 서로 행복하게 잘 살았다는 이야기이다.

뭣이냐 그, 저그. 모를 심으러 가, 모를 심으러 간께로. 우렁이 항~상.
논에도 밑에서 우렁이. 우렁이 그렇게 그~닥 크게 생, 생겨 갖고, 우렁이
그렇게 크고 있더래.

그래서 인자, 그 우렁을 갖다가. 방, 방에다 갖다났더니. 그것이 인도환
상을 해 갖고. 자기 신랑이 됐어. (조사자 : 우렁 신랑이네. 색시가 아니
라.) 응. 각시가 인자 우렁, 우렁 신랑을 만나 브렀어.

돼 쁘렀어. 그래 갖고는 인자, 그렇게 고대광실 높은 집에서 잘 먹고
잘 살았다여.

고려장 없어진 이유

자료코드 : 06_04_FOT_20090210_SJH_LGN_0001
조사장소 : 전라남도 구례군 용방면 용정리 하용마을 323번지 하용마을회관
조사일시 : 2009.2.10
조 사 자 : 송진한, 서해숙, 이옥희, 편성철, 임세경, 김자현
제 보 자 : 이귀님, 여, 75세
구연상황 : 앞서 김정애가 '어머니를 산에 버린 아들' 이야기를 했는데, 이를 듣고 있던
제보자가 이어서 다음의 이야기를 구연했다.
줄 거 리 : 아들이 어머니를 지게에 지고 산에 버리고 오니 손자가 아버지 버릴 때도 필
요하다며 지게를 챙기자 그 뒤로 고려장이 없어졌다는 이야기이다.

옛날에 고름장(고려장)이 옛날이라. 지게를 인자, 즈그, 즈그 어매를 지

고, 지고, 간 지게를, 저그 아들이 내쁜게로. 즈그 또, 그 지고 간 아들이, 나도 아버지를 요놈을 지, 또 지고 와야 헌디 왜 내쁘러야 허고. 그 지게를 갖고, 도로 갖고 오고 그랬대요.

응. 그래 갖고. (청중 : 그래서 여하튼 고름장이가 나왔었대.) 그래서 고름장이 없어졌다 허고. (청중 : 그 전설이 나온게로.) 인자, 자기는 인자, 내뻘고 인자, 다시는 가지갈라고 했는디. 자기도 인자, 아들이 인자, 또 그렇지 인자, 아들이.

호랑이 이야기

자료코드 : 06_04_FOT_20090210_SJH_LHY_0001
조사장소 : 전라남도 구례군 용방면 용정리 하용마을 323번지 하용마을회관
조사일시 : 2009.2.10
조 사 자 : 송진한, 서해숙, 이옥희, 편성철, 임세경, 김자현
제 보 자 : 이홍영, 남, 89세
구연상황 : 이야기가 문헌 위주로 흘러가자 분위기를 바꾸고자 사전에 명단을 확보한 제
보자에게 말을 건넸다. 그러나 자신은 모른다면서 이야기판에 참여를 하지 않
았으나 기우제에 대해 말하다 실제 호랑이를 본 적이 있다며 다음의 이야기
를 구연했다.
줄 거 리 : 제보자가 어릴 때 호랑이를 봤다고 하는데, 실제 호랑이를 보면 봤다고 해야
지 보지 않았다고 하면 호랑이가 나타난다는 것이다. 또한 나물 캐던 여자가
호랑이 새끼를 보고 예쁘다 했더니 갑자기 호랑이 어미가 나타나 놀라 집으
로 달아났다. 이후에 호랑이가 여자가 두고 간 나물 보따리를 집 앞에 물어다
놓았다는 이야기이다.

한 여덟, 아홉 살 묵었을 때, 호랭이 하나를 물어 갖고 왔어, 호랭이. 아니, 밭에서 그냥 풀을 뜯으러 간디, 저, 강씨들이 인자, 말게 갖고. 산을 말게 갖고, 풀을, 지금으로는 많이 뜯을라고. 놉 얻어다 뜯은디.

응. 뜯은디 나는 인자 도독질 같지마는, 풀이, 쌨, 거그는 ○○도 않고

쌨어, 말근 노드라니. 아, 떼두나무에서 요리 뜯고 있는게.

뭐이 파싹 허드니, 막 하나. 호랭이가, 큰~ 개만 헌 놈이 바우 우에 똘 랑 올라앉더니. 우와~ 어~찌 그리 무섭던지. 아, 그래서 바깨나 내뺄고. [양팔을 흔들면서 뛰는 시늉을 하며] 작대기로 해 갖고 뒤에 막 저, 뒤에 따라 올께미 막. 그래 갖고 집꺼지 후닥 와 브렀어요, 그냥.

막 호랭이가 물어 가블까맹이. 아따 무섭등만. 내 생전에 호랭이 처~ 음으로 한 번 봤어요. 아이, 저, 뭐이냐, 태두맹이로, 눈이 뭐, 호랭이 눈 깔이 맥이 그렇게 생겼지.

나 호랭이 처음으로 봤구만. 저 산에 가서도,

"너 호랭이 봤냐."

그믄. 안 봤단 소리를 안 허는 거야.

"나 호랑이 안 봤다."

그러믄.

"나 봐라."

그래 갖고 막 꽝~ 그럼서 나온답니다. 호랭이가. 어, 호랭이 나 안 봤 단 소리를 안 해야 되야요. 아, 나물 캐서, 캐러 가서도 그랬다 안 해요. 그런게, 큰 바우 밑에가 갱아지 새끼가 막 오물오물 허드라요. 호랭이 새 낀지 모르고.

"아~따 강아지 이쁘다, 이쁘다." 헌게. 어, 갱아지 새낀지 알고.

"아이고 이뻐라, 이뻐라." 헌게. 아니, 인제 호랭이 지 애미는 좋아서, 이쁘다. 지 새끼를 인자, 이쁘다 헌게, 좋아서. 우리 좋다고,

"어흥!"

그런게. 위매, 너물 보따리 그냥. 그때는 보따리를 싸서 짊어지고 다녔 잖어. 아, 고놈의 바구리를 싹 내뺄고 막 즈그 집에 딱 도망가. 그런디, 자 다 본게, 즈그 집 사립 밖에다가 너물 보따리를 다 갖다 낳드레.

니 것, 니 것, 니 보따리, 니 보따리를, 즈그 사립 밖에다 싹 다 물어다

낳드레. 거, 근게, 거, 질산네 가서도 호랭이 안 봤다 소리 허믄 큰일 나.
앞에서 '왕', 허구 막,

"나봐라."

그러고 막

"어흥!" 허고 나와쁜게. 근게 호랭이 안 봤단 소리는 말아야 되요.

오산이 멈춘 이유

자료코드 : 06_04_FOT_20090210_SJH_LHY_0002
조사장소 : 전라남도 구례군 용방면 용정리 하용마을 323번지 하용마을회관
조사일시 : 2009.2.10
조 사 자 : 송진한, 서해숙, 이옥희, 편성철, 임세경, 김자현
제 보 자 : 이홍영, 남, 89세
구연상황 : 호랑이 이야기가 끝나자 동물보은담에 대해 들은 적이 있는 지를 물었으나
전혀 모른다고 하였다. 이어 조사자가 산이 움직이는 이야기를 들어본 적이
있는 지를 묻자 다음의 이야기를 구연했다.
줄 거 리 : 오산이 걸어가고 있는데, 여자가 손가락으로 산을 가리키면서 걸어간다고 하
니 그 자리에 멈춰버렸다. 만약 오산이 계속 걸어갔으면 구례가 더 잘 살았을
것이라는 이야기이다.

바우가 걸어 가잖에요. 나 생각에는. 저 구리(구례), 저그 오산. 오산이.
이렇게, 이, 오산이 이렇게 걸어 간다, 나온디. 그런게 여자들이. 미안합니
다마는. 여자들이 방정맞다 근게.

"아니, 산이 저 걸어간다."

손꾸락으로,

"산이 걸어간다."

근게. 거가 쉬어 쁘렀어요. 어, 그 소리를 안 했으믄. 요리 강을 막 앞
으로 했으믄. 구례가 막 큰~ 대분이만 살고 건강 헐 거인디.

그래 갖고 구례가 좀 가난하게 산다고 그럽니다. 오산 때문에로. 그래서 좀 가난하게 산다고 그럽디다.

고 요리, 지리산을 막아 블라고, 요리, 막. (조사자 : 지리산을 막을려고.) 시방 꼬랭이 길 안 터졌어요. 여자 그 손꾸락이,

"저 산 걸어간다."

그래 논게 딱 굳어브러. [제보자 웃는다.]

호식 당할 팔자

자료코드 : 06_04_FOT_20090210_SJH_CBS_0001
조사장소 : 전라남도 구례군 용방면 용정리 하용마을 323번지 하용마을회관
조사일시 : 2009.2.10
조 사 자 : 송진한, 서해숙, 이옥희, 편성철, 임세경, 김자현
제 보 자 : 채분순, 여, 75세
구연상황 : 조사자가 호랑이에게 잡혀간 이야기를 묻자 김판례가 들은 적이 있으나 잘 생각나지 않는다고 하였다. 이에 제보자가 "옛날에~"라며 이야기를 꺼내고 청중들이 이야기 해볼 것을 독려하자 다음의 이야기를 구연했다.
줄 거 리 : 부잣집 외동딸이 사전에 점을 보니 몇 날 몇 시에 호식당할 것이라 하여, 두지에 가둬두었으나 그 시간이 되자 죽었다가 살아났다는 이야기이다.

옛날에 부잣집 외동딸이 하나 있었는데요. 그러니까 그, 점을 허니까 앞날, 인자, 그, 그런, 그걸 물어보니까. 아무 날, 아무 시에는 저그, 호식 헐 팔자다고. 저, 그 얘기를 거시기다, 두지(뒤주) 안에다 여 놨어.

옛날 쌀 두지 있잖아요. 거그다 여 노라드래. 그래서 인자 시킨대로 허고 있은게. 그 시간에가 딸이 빳빳허니 죽어 블드랑마. (청중 : 호식 헐 시간에.) 그 호식 헐 시간에, 그 시각 같이 있는 사램이.

거그 거, 말헌 시간에. 그래서 저그 거식헌디, 그 시간이 넘어가서 거식헌게로, 살아나드라네. 근게 호식 헐 팔자는 그런다 허드라고.

(청중 : 물에 빠져, 물에 빠져 죽을 사람은 벽에다가 물 수자를 써 놓고, 거가 쭈그리고 죽드라여.)

벼락도 효자를 알아본다

자료코드 : 06_04_FOT_20090210_SJH_CBS_0002
조사장소 : 전라남도 구례군 용방면 용정리 하용마을 323번지 하용마을회관
조사일시 : 2009.2.10
조 사 자 : 송진한, 서해숙, 이옥희, 편성철, 임세경, 김자현
제 보 자 : 채분순, 여, 75세
구연상황 : '호식 당할 팔자'에 관한 이야기 후반부에 김판례와 양정례가 물 수자를 쓰고
         그것을 입에 물고 죽었다는 이야기를 꺼내자 채분순이 다음의 이야기를 구연
         했다.
줄 거 리 : 효자한테는 벼락도 함부로 치지 않는다는 이야기이다.

효자, 인자 성은 안씬디. 부모헌테 잘 해 갖고, 효자상 탄 사램이 있었드래. 그래 인자, 그 날, 아무 날, 그 날은. 그 안 효자가 딱 찾아 오드래, 그 시간에는. 그래서 인자 막, 번개가 치고 근게, 인자, 그 사람이 인자 막 무서운게로. 안 효, 거그 안 효자란 사램이. 방짚사(모자를 말하나 정확한 의미는 알 수 없다.) 같은거 딱 쓰고, 도폭 입고,

옛날 양반들은 그러고 댕겼는갑등만. 그러고 간, 간디 인자, 그렇게 맞고 있는게로. 그것이 그, 생각이 나니까 인자, 그 사람 막, 이렇게 허듯 막 안고 막 돌, 돌았다덩만.

그 사람 방짚사, 가심 속으로 인자. 그런게는 인자,

"아, 아니, 이 양반이 왜 인다니, 왜 인다니."

그러고 그런게로, 칼(벼락을 의미한다.)이 그냥 막 그어 쓰드니. 그 효자다헌테, 못 거시기 허드랑만.

그 사람이 벼락을, 그 사람 못 때리드래. 그 사람 인자, 말허자믄 자기

가 죄를 많이 진 사람이것지. (청중 : 그 사람 죽으까 싶어서 그러게 막.)

항. 근게 그 효자다 땀시 못 거시기 막, 요롷게 안고 막 그런게로 막, 칼이 막, 번쩍 거리더니, 헐 수 없이 못 때리고 말드랑만. 그런다, 나 그런 얘기 다 들었네.

지천리 왕만석

자료코드 : 06_04_FOT_20090210_SJH_CBS_0003
조사장소 : 전라남도 구례군 용방면 용정리 하용마을 323번지 하용마을회관
조사일시 : 2009.2.10
조 사 자 : 송진한, 서해숙, 이옥희, 편성철, 임세경, 김자현
제 보 자 : 채분순, 여, 75세
구연상황 : 청중이 많았으나 이야기는 나오지 않고 개인 신상에 관한 이야기가 이어졌다.
또한 한 시간 넘게 많은 인원이 이야기하다 보니 집중력이 떨어졌다. 조사자
가 양정례의 인적사항에 대해 묻던 중 친정이 토지면인 것을 알고 지천리 왕
만석에 대해 묻자 채분순이 '왕부자' 이야기를 꺼냈다. 마이크 설치를 위해
이야기를 잠시 끊고 마이크를 채운 뒤에 이야기를 시작했다.
줄 거 리 : 지천리에 사는 왕만석은 날아가던 새가 마당에 병아리를 던지면 그 병아리
가 번식할 만큼 부자였다. 그러던 어느 날 독수리가 마당에 있던 병아리를 낚
아채 가는 것을 보고, 이제는 부가 다 되었음을 알고 곳간의 곡식을 풀어 사
람들에게 나누어 주었다는 이야기이다.

왕부자가. 저그, 전에 그렇게 가난하게 살았는디. 다 큰 사람이 되얐는 갑등만, 그래 갖고 인자, 논을 많~이 사 갖고. 왕, 만석을 못 채왔대.

어찌서 그러냐므는. 만석, 만석을 채와 놓고 인심을 쓸라 했는디. 저그, 하루아침에 인난께로. 그 집이는 뭐이라도 저그, 뭣이, 말허자믄, 날아가 다가 뻥아리를 한 마리 놔서 너주믄, 그것이 번성을 헌다네. 번성을 해 갖 고 그렇게 잘 된대. (조사자 : 병아리 한 마리라도.)

응. (청중 : 까마귀가 물고 가다 그 집 마당에다 뚝 떨어치믄. 독수리가

그게 잘 커서 성공한대.) 근디 하루아침에는 그 집 마당에 있는 삥아리를 툭 채가블드라네.

인자 만석꾼이라도 만석을 다 못 채우고, 구천 구백 석인디. 인자 백석만 채우고 인심을 쓸라 했는디. 그런게 그 날 아침에 그렇게 그런게. 인자 싹 종들을 불러 갖고.

우리 살림이 인자 다 찼는 갑다고. 싹 곳간을 풀어 갖고 나눠 줬당만, 곡식을. 그른디, 그래서 인자 왕만석이라고, 그 호는 타도, 만석을 못 채왔데요.

왕만석이. (조사자 : 왕만석이가 구례 사람이에요?) 항. 구례. 지천리 왕씨들 집안이제. 지천리가 친정이라우. 우리 어려서 들으믄 그러드라고.

전에 우리 아부지가 그래쌌드라고.

근게 그게, 부엉이가, 저, 독수리 같은 것이, 자, 그런 것이, 삥아리 한 마리를 물고 오다가,

그 집 마당에다가 널치믄(떨어뜨리면), 그 놈이 커서 번성을 했대, 그렇게. 그래 갖고 살림을 불렸는디. 하래 아침에는 마당에 있는 삥아리를 채가 블드랑만. (조사자 : 아, 반대로. 갖고 가버렸어.)

독수리가. 그런게 인자, 우리, 인자, 우리 거식은 다, 가마니 찼는갑다고 인자, 때가 됐는갑다고 인자. 싹 종들을 불러 갖고 창고를 헐어서 막 퍼서 줬대.

그런게 인자, 만석을 못 채우고 구천 구백 석을 채왔는디. 인자 왕만석이라고 호가 났다고 근다고 그러드라고.

오일장 하는 이유

자료코드 : 06_04_FOT_20090210_SJH_HSY_0001

조사장소 : 전라남도 구례군 용방면 용강리 봉덕마을 602번지 봉덕마을회관

조사일시 : 2009.2.10

조 사 자 : 송진한, 서해숙, 이옥희, 편성철

제 보 자 : 허순임, 여, 79세

구연상황 : 조사자가 마을회관에 모인 제보자들을 향해 이야기를 들려달라고 했으나 좀
처럼 이야기를 하지 않다가 하길주가 이야기를 시작하니 제보자도 함께 거들
면서 다음의 이야기를 들려주었다.

줄 거 리 : 사람이 죽으면 삼일장을 해서 묻었는데, 삼일 만에 다시 살아나기도 하므로
오일장을 한다는 이야기이다.

옛날에 죽었다 그렇게 사흘 초상을 허고, 그렇게 있는 사람들은 막 오
일 출상허고 그러잖아요, 옛날에 사램이 죽어서 갖다 묻었, 묻었데요. 죽
었다고.

그런게 뭣이 뽁 벌어졌데요, 사흘 만에 간게. 그래 갖고는 판게 살았드
래요. (조사자 : 왜 뭣이 짝 벌어져 있어요?) 인제, 근게, 그런게 죽으믄 인
제, 옛날에 그 죽었다고 갖다가 무덤에다 묻었는디.

사흘 만에 인제, 살, 저그, 가니까, 사흘 만에 가잖아요. 상주들이 간게,
뭣이 쩍 벌어져 있드래요. 그래 갖고 본게 살았드래요.

그래 갖고 지금은 인자 그런걸 보고. 인자 이게 보통 사람들은 사흘 초
상을 허고, 돈 있는 사람은 오일 출상도 허고. 살아났다고 인제. 그런 일
도 있어요. 그런 얘기 많이 들었어요, 우리는.

메주 가라앉아 초상한 사연

자료코드 : 06_04_MPN_20090210_SJH_KBS_0001
조사장소 : 전라남도 구례군 용방면 용강리 봉덕마을 602번지 봉덕마을회관
조사일시 : 2009.2.10
조 사 자 : 송진한, 서해숙, 이옥희, 편성철, 임세경, 김자현
제 보 자 : 강봉선, 여, 74세
구연상황 : 앞서 허순임의 이야기가 끝나자 제보자가 나도 이야기를 하겠다고 하면서 다음의 이야기를 구연했다.
줄 거 리 : 장에 뜬 메주가 갑자기 가라앉아 버리자 아버지가 돌아가시는 우환이 생겼다는 이야기이다.

나 얘기를 한 자리 해야겠어요. 전에 우리 시어머니가, 아버지가 돌아가실라고 허니까. 메주가, 장에 뜬 메주가 싹 가라앉었다고. 그 얘기를 허시드라고.

글더니 우리 어머님이 돌아가실라고 헌 해에, 메주가 이렇게 싹 가라앉아 쁠드라고, 장에가. 그러드니 그, 해 지나고 일월 달에 돌아가셨는디.

그런, 그것이 아조 안 좋드라고. 메주가 가라앉어. 아니, 장이 변하고 그런 건 없는디. 어머니가 그 얘기를 허드라고.

옛날에 느그 아버지가 돌아가실라고 글 때, 장, 장에 메주가 싹 가라앉았쁠드라, 그래. 근디 우리 어머니가 그 해 돌아가실라 생각도 안 했는디. 장을 담는디 메주가 한나도 없이 싹 가라앉아 쁘렀어,

땅에가, 장 독아지에가. (청중 : 뜬디, 뜬디. 메주가 동동 뜬디. 그런다 허드라고.) 근디 말허자믄, 정월달에 돌아가셨지, 뒤 해에 담고.

근게 그것이, 참 나도 희한허드라고. 근게 메주 가라앉는 것이 아주 안 좋드라고.

군인들의 위협에도 굴하지 않는 이장 부인

자료코드 : 06_04_MPN_20090210_SJH_KPL_0001
조사장소 : 전라남도 구례군 용방면 용정리 하용마을 323번지 하용마을회관
조사일시 : 2009.2.10
조 사 자 : 송진한, 서해숙, 이옥희, 편성철, 임세경, 김자현
제 보 자 : 김판례, 여, 78세
구연상황 : 마을 이야기, 젊었을 때 고생한 이야기가 나오다가 자연스럽게 반란군에 관한
이야기로 넘어갔다.
줄 거 리 : 제보자가 열아홉 되던 해에, 14연대가 학교 운동장에 마을사람들을 모두 모
이게 하고서 반란군에게 밥을 해주었다고 총을 들고 죽이려 했다. 이때 이장
부인이 절대 그런 일이 없다고 강하게 말하자 결국 풀어주었다는 이야기이다.

아니, 나는 큰 애기 때 얘기는, 여그에 거시기 끼고 오 백끄장, 대, 대
총을 지고 올라왔네. 그때 열여덟 살인가, 아홉 살인가 묵었으까. 그랬어.
구례읍으로 올라왔어, 대총을 들고. 대창, 대, 대창 들고.

구례읍에 중앙, 저, 그, 학교 마당에 왔다 갔는디. 옛날에 인자 해방 되
고. 해방 되고, 해방 된 뒤에 그랬어. 그렇게 싹~ 모이라 했어. (청중 : 구
월, 구월 귀일 날 저그 반란사건이 올라 왔구만. 저그 여순. 십사 연대가,
그 사람들이 모두 다, 빨간, 빨간, 빨간, 인제 이, 빨간.)

그래 갖고 빨갱이들이 밥 해줬다고. 저그 우리 동네는 와서, 나 열아홉
살인가, 열여덟 살인가 묵었네. 근디 띠로 갖고, 죽, 자석 띠로 갖고, 이장
마누래를 띠로 갖고는, 이렇게 딱 싸 놓고,

"바른대로 말허라고, 밥 해줬으믄 밥 해줬다. 안 해 줬으믄 안 해줬다."

반란, 반란군. 저그 지리산 밑이라 논게. 토지, 거그. 그래 논게로, 내가
이왕 죽음 시로 말로 다, 야물딱지게,그때 진짜 야물았던갑어. 이장 마누
래를. 말이나 내가 탁 풀어주고 죽을란다고 그럼시로. 철철철철철,

"내가 이 자리서 죽었으믄 죽었지. 즈그들이 와서 떨어간 일은 있어도
밥 해준 일은 없다. 즈그도 살란게로 밥을, 밥해서 묵제."

그러고는. 어쨌든지

"우리가 식량은 뺏겨도 밥은 해준 일은 없다. 나 이장 마누래로 해서, 나 이 소리 다 해주고 죽을랑께로. 인자 알아서 허라고 나를 총을 놀라믄 놓고 말을라믄 말어라. 살릴라믄 살리고. 나는 밥 해준 일은 절~대 없인 게로."

그런다고 허고. 총 안 쏘고 끌러 줬어. 그래 갖고 살았어. 그 쌈, 삼년 돼 가, 아니다, 그 뭐, 뭔 군인이 내려왔어. (청중 : 십사 연대.) 그래 갖고 십사 연댄가 뭐인가 와 갖고,

우리 동네는 다~ (청중 : 위에서 올라온거이 십사 연대고.) 그래 갖고 그런 일이 있어.

(청중 : 미군부대가 인자 밀고 내려왔제. 미군 부대가 인자, 밀고 내려와 분게로, 인자, 그, 하나썩, 빠져 갖고 못 간 사람들은 막 우리 집에 와서도 막, 뽕나무 밭에서, 뽕나무 밭에서 숨고, 막.)

저그 어매는 오빠가 저그, 군인인디, 저그, 반란군들이 그렇게 왔어, 죽일라고. 막 총을 쏠라고 허고.

구렁이업

자료코드 : 06_04_MPN_20090210_SJH_KPL_0002
조사장소 : 전라남도 구례군 용방면 용정리 하용마을 323번지 하용마을회관
조사일시 : 2009.2.10
조 사 자 : 송진한, 서해숙, 이옥희, 편성철, 임세경, 김자현
제 보 자 : 김판례, 여, 78세
구연상황 : 조사자가 업에 대해 묻자 제보자가 구렁이업을 본적 있다고 하였다. 주변에서 얘기를 해보라고 하자 하지 않을 듯 하다가 마이크를 채우자 이야기를 시작했다.
줄 거 리 : 옛날 오두막 천장에 구렁이업이 살아서 자주 보이자 머리카락을 태워 쫓아 보

내고 건드리지 않았는데, 이렇게 잘 사는 것은 그 업 때문이라는 이야기이다.

나는 옛날에 꼬두막집이 요렇게 지천허고 아는 집이서 살았는디. 우리 아들을 하나, 돌도 안 지낸 것을 나 놓고는 영갬이, 저~그 군인이를 가 갖고, 미국을 가 갖고.

저그, 오년 만에 왔어. 저그, 미군으로 가 갖고. 그래서 인자, 저그, 미군부대에를 들어 가 갖고. 그런디 인자, 그 오두막살이 집이서, 인자, 논 두마지기 짓고 산다.

아, 그 딴 천장에 말래(마루) 앉아서, 나는 밤이믄 이고 자고. 밤이믄 이고 자고. 엉? (청중 : 비암을.) 구랭이를. 누~런 구랭이를. 내가, 내 눈으로 보고. (청중 : 그게 현실이라.)

우리 현실이여, 나는. 그래 갖고, 우리, 저그. (조사자 : 이렇게 누워 있으믄 보여요?) 이. 즈그 아부지가 군대에 가 뿐게. 가가 다섯 살에 왔어.

돌도 안 지내고 간 것을. 그런디 가가 데고 앉아서 밥을 묵으믄. 요~리 보믄, 구랭이가, 저 천장에 거그서. (청중 : 흑헌 배 내 놓고.) 생~전 살아.

배를 흑 허닌 내 놓고. 저그 입돌이가 놀짱~ 해 갖고. 요~만치 내다 보믄.

“엄마.”

“왜.”

말래에 앉아서 밥을 먹어, 그래도. 내다 봐도. 그래가, 현실이요. 그런디. (청중 : 요 집이서 그랬어.) 앙. 그래 갖고는.

“엄마 또 나오네.”

그믄, 보고 우리 아들이.

“엄마 또 나오네.” 허믄. 뒷걸음질을 해서 들어가, 대끄백이. 그래 갖고 암말도 안 허고, 못 본치기 허고 나는 밥을 먹고 앉았으믄. 우리 인자, 뭘 막으든 서른여덟 달 묵어서 먹으믄 또 요렇게 나와서, 우리 밥 묵은 거를 쳐다 봐. 그러믄.

"엄마 뭐 또 나오네." 허믄. 우리 아들이 쳐다 보믄, 고, 고개를 내가 안 넣고 요러게 들어가. 그러고 살았어. 진짜라, 나는 이 말이 진짜여. 아, 동네 사람들이 다 알아.

(청중 : 집이 있었어, 요 집이, 꼬두막집이.) 꼬두막집이. (청중 : 꼬두막집이 살았는디, 현실이라 그것은.) 그래 갖고는 인자 이사를 가쁘렀어. 집도 뜯고.

군대를 가쁜 뒤에, 저그 쬐간헌 머이마, 서른여덟 달짜리 데리고. (청중 : 애기허고 둘이 삼서.) 둘이 삼서. 쫒들 못 흔디. 저그 지붕 속에 딴 천쟁이라. 근디 거그서 살면서 요렇게 내다보고, 가도 안 해. 요놈의 거이. 생~전을 거그서 살아.

여름이믄 나와 (청중 : 그래 갖고 그거 달아나라고, 머리쿠락을, 우리가 질잖아. 머리쿠락을.) 머크락을. (청중 : 꼬실라 갖고는 냄새가 나믄 달아나브러.) 달아 갖고, 갔다가 태우믄. 보믄, 그날은 안 나와. 그래 갖고 그 뒤에 또 나와.

오만~ 짓거리 다 해봤어. 그러니 아무 피양(소용) 없지. 그러고 이날 이리 살아. 우리 형제들도 그러고 잘 살고. 아무 피해 없어. (청중 : 그걸 건드리들 안 헌게는, 해, 해는 안 부치고. 건드리들 안 해야 돼.) 건드리들 안 헌게.

여순반란사건으로 죽은 사람

자료코드 : 06_04_MPN_20090210_SJH_YJL_0001
조사장소 : 전라남도 구례군 용방면 용정리 하용마을 323번지 하용마을회관
조사일시 : 2009.2.10
조 사 자 : 송진한, 서해숙, 이옥희, 편성철, 임세경, 김자현

제 보 자 : 양정례, 여, 74세
구연상황 : 김판례가 앞서 반란군 이야기를 끝내자 제보자 역시 이에 관한 이야기를 자연스럽게 구연했다.
줄 거 리 : 여순반란사건 때 사람을 끌고 가 산에서 죽였는데, 그 근처로 나무하러 가면 사람 뼈가 나온다는 이야기이다.

　여기, 회관에, 회관에서, 그 반란, 반란군으로 나간 사람들, 가족들 여그서 수용을 살렸어. 저 지서에서, 지서에서 거그는 중죄인들만, 유치장에 있고, 여그다가는 그렇게 살렸는디, 여그 있는 사람들이 여그, 또랑에, 저녁 내, 저 또랑에 앉아 있어.

　내내 거그서 빨래허고 그랬어, 그랬는디. 그, 그래 갖고 인자, 거그 가서, 저그 있은게로. 사람들이 인자, 여그 와서 논게로. 즈그 가족들이 논게로, 싹 들어가라고 끌어들여,

　방으로 끌어들여 놓고는. 한참 있은게로 줄줄~이 막 올라 오드라고. 그래 갖고는 애기를, 한 사람은 애기를 요렇게 안고 올라와. 검은 치매에다 흰 저고리를 입고 올라와.

　올라온데, 애기가. 아니, 애기는 암짝이나 알간디. 안 짜(울어), 글고 웃어 싸. 그런게 뒤에 사람들이,

　"기왕 지나 죽을 거, 쉬여가자."

　그럼서. 그때는 인자 이렇게 논이 징검다리로 되었는디가 있는디. 그 건내다가 픽 주저앉더라고. 픽 주저 앉드니, 애기가 똑~똑 웃고, 즈그 어매, 즈그 어매가 안고 있은게. 웃어 산게로 그 사람들이, 그냥, 막 어서 가자고, 총, 총으로 막 지게. 그러게 인자 또 걸어가.

　걸어 가드니 조까 있은게로, 말, 말허자믄 그 사람들이 총소리가 팡~난디. 그 사람들이 죽여 놓고 내려옴서, 여가 논이, 논이 징검다린디, 즈그가, 그때 인자 우리 동네에서, 저그, 저, 방 얻어 갖고, 김순경이라고 인자, 그 사람도 따라갔거든, 그러드니, 그 사람들이 그렇게 내려오드니.

세수 허고, 사람 죽여 놓고 내려옴서. 세수 허고 그러데, 그 우리가 나무를, 거그를 우리가 댕기믄, 가리, 가리나무를 긁으믄 뼈가 나오고 그랬어.

다 못 찾아간 사람들은. 그래 갖고는 인자, 그런게 저그 막 그렇게 난리를 쳐. 우리겉이 난리 많이 친 사람이 없어. 어중간허게 해 갖고, 반란사건 당했제. 반란사건 당해서, (청중 : 제국시대 때 안 당해.) 제국시대 때 당했제.

절까지 안내한 호랑이

자료코드 : 06_04_MPN_20090210_SJH_YLS_0001
조사장소 : 전라남도 구례군 용방면 용정리 하용마을 323번지 하용마을회관
조사일시 : 2009.2.10
조 사 자 : 송진한, 서해숙, 이옥희, 편성철, 임세경, 김자현
제 보 자 : 윤이순, 여, 61세
구연상황 : 조사자가 산신령에 관한 이야기를 묻자 다음의 이야기를 구연했다. 상당히 많은 청중들이 모여 있었으나 제보자가 이야기 하는 동안 모두가 조용히 경청하고 있었다.
줄 거 리 : 제보자의 친정어머니가 절에 공을 드리러 가는데, 호랑이가 골짜기에서부터 따라오더니 절 앞에까지 불을 켜고 안내하고 산으로 돌아가기를 백일동안 계속했다는 이야기이다.

나 여섯 살 먹었을 때. 우리 어머니가 절에 가셨는디. 화엄사 절에 공 들이러 가셨는디. 내가 우리 동생을 델꼬 절에를 갔네. 절에를 갔는디. 우리 저그, 그 친정어머니가 집에를 가본게로 내가 없고 동생도 없제.

아, 그런게로 인자 우리 친정어머니가 밤에 인자 거그를 걸어서 올라왔대. 걸어서 올라 왔는디 호랭이가 꼴짝에서 졸졸 내려 오대, 내려 오드래. 그래서 우리 어머니가 인자, 나는 죽었다 허고 인자, 입성수를 했다네.

"산신님네 산신님네. 내가 자식 욕심이 많아서 집에 간게 자식이 없어서, 요로코, 도로 요로코 자식을 찾아 올라온게. 날 좀 봐도라고."

그랬대. 그런게 절 문 앞에 딱~ 대주고는. 산으로 올라 가드라네. 호랭이. (청중 : 백일, 백일을 그렇게 따라 댕기드라네.) 그렇게 앞에, 불을 쓰고 앞에 간게 안 무섭제, 뒤에 오믄 기절했을거이다고 그래, 우리 어머니가. 근디 앞에 불을 쓰고 졸래졸래 간께. (청중 : 인자, 어둔게 인자, 훤해지라고 인자.)

어, 안, 저그, 겁이 없이 그냥 간다고 그러드라고. 근게, 입성수를 했대, 우리 어머니가.

"내가 자식 욕심이 많아서 밤에 요렇게 자식을 찾아 간게. 나 쪼께 봐도라고."

그랬대. 그랬더니 불을 써 갖고 그렇게 앞에 졸래졸래졸래 가드라내.

그 시절에 겪은 시집살이

자료코드 : 06_04_MPN_20090210_SJH_HGJ_0001
조사장소 : 전라남도 구례군 용방면 용강리 봉덕마을 602번지 봉덕마을회관
조사일시 : 2009.2.10
조 사 자 : 송진한, 서해숙, 이옥희, 편성철, 임세경, 김자현
제 보 자 : 하길주, 여, 81세
구연상황 : 조사자가 마을회관에 모인 제보자들을 향해 이야기를 들려달라고 했으나 좀처럼 이야기가 나오지 않았다. 그래서 시집살이를 하신 분이 계시느냐고 물었더니 제보자가 자신이 겪은 시집살이 이야기를 들려주었다.
줄 거 리 : 일제시대에 일본군의 공출을 피해 일찍이 시집을 가서 시어머니에게 구박 받으며 살았다는 이야기다.

옛날에 저그. 옛날 옛날에, 천운사, 절 밑에서 살았어요. 절 밑에서 살다가. 제국시대 아들 칠 남매, 나 하나, 팔 남맨디. 인제, 그, 일본으로 그

여자들 공출해 간다고. 정신대인가, 뭐 잽혀 간다고. 열여섯 살 묵어 시집을 보냈어.

그래 갖고 인자 국민학교 졸업하고 요리 시집을 왔어요, 요 부락으로. 시집오고, 시집온께 아조, 몸쏘리 나게 시어머니가 시집을 살려서, 말도 못 혀.

그 때만 해도 제국시대 쌀도 다 공출해 가삘고, 망태 메고, 저~ 산에 가서 소쿠리 몇 개다 소쿨 삶아서 밥도 해 먹고, 열여섯 살 먹어서 보텀, 이, 엎저서 모 숨근 것을, 아조 초시에서 나온, 그때 농사로 많아 갖고 맨~ 난중에까지 그 모 다 숨그러 댕기고. 허리가 지금 병신이 됐네요.

그래 갖고 인자 몸이 건강해 갖고, 생~전 아프들 안 헌게. 난중에는 꾀를 냈어. 누른 밥을 훑어다가 딱 방에다 숨겨 놓고. 막 배가 아프고 그런다고 해 갖고는, 꾀병을 다 허고 그랬어. [옆에 있는 청중들이 웃는다.]
(조사자 : 그 누룽지 먹을라고.)

예. 누룽지 먹고 인자, 배가 고픈게. 젊어서는 배가 고파싼게. 누룽지 먹고. 아조 시어머니가 막 머라 해 가지고. 머끄댕이를 쥐어뜯고, 아조, 그, 내가 오죽해 안 살고, 나가 갖고. 아들 하나, 첫 아들 하나 나 놓고. 안 살고, 갈라고, 나가서 저~ 물에가 빠져 죽어 삘라고.

방죽가에가 앉것는게로. 깜깜허도록 앉았었어. 앉것는게, 저~짝에서 허연 뭐이 하나 오게. 아이고 그래도 안 ○○○게 못 죽것데요. 막 큰터댁이, 옛날에 큰터댁이. 친정에를 갔다가, 헉~하니 옷을 입고 오드니,

"자네 왜 그러고 앉것는가."

그래. 아이고 그냥, 친정에나 갈라고 요러고 앉거, 그런게 맘은 물에 빠져 죽어 블라고 나왔거든. 그래 갖고는, 그래도 생긴 거이 없는게 못 죽고, 도로 거가 앉것는게. 그 할매가 기어이 홀목(손목)을 잡고 들어가자고 해 쌌네.

그래 갖고 인자 들어와 갖고는 이, 작은집이, 뒷방, 골방에다가 숨겨줘

서. 거가서 인자 며칠 있다가. 며칠 있다가 인제 찾아싸서 도로 나와 갖고, 도로 삼서도, 아조 말도 못 허게, 나 같은 시집살이는 없어요. 말도 못 허게 그런, 쥐어뜯고, 뚜드려 맞고. 아조 말도 못 헌 시집살이를 살았어.

[청중이 시어머니의 행동을 흉내내며] (청중 : 시어마니가 배 욱(위)에 착 앉거 갖고, 머리끄덩이를 오독~오독~ 쥐어뜯고 있는 것을 우리 영갬이 거그 사랑방에 있거든. 요 집이가. 가서 말겼어.)

요집 영감님이 말렸어. (청중 : 뭐 안 해 갖고 왔다고. 시집 올 때 안 해 갖고 왔다고, 내가 이약 헐라믄 한정 없어. 저, 말허자믄, 주지, 시아, 친정아버님이 주지라. 근게 중놈 딸년이라고 그래. 욕을.) 그래 갖고 딸 한 나를 외지에서 여워 갖고, 그렇게 뭐.

아들 시험 붙은 꿈

자료코드 : 06_04_MPN_20090210_SJH_HGJ_0002
조사장소 : 전라남도 구례군 용방면 용강리 봉덕마을 602번지 봉덕마을회관
조사일시 : 2009.2.10
조 사 자 : 송진한, 서해숙, 이옥희, 편성철, 임세경, 김자현
제 보 자 : 하길주, 여, 81세
구연상황 : 주변에서 제보자의 자식들이 모두 잘되었다며 칭찬을 아끼지 않았다. 이에 조사자가 자식을 낳을 때 꿈을 꾼 적이 있느냐고 묻자 다음의 이야기를 구연했다.
줄 거 리 : 자식의 시험을 앞둔 상황에서 가족이 모두 상복을 입는 꿈을 꾼 뒤에 합격했다는 소식을 전해들었다는 이야기이다.

아니, 용 꿈 그게 인자, 노란 상복이 그렇게 좋은 갑데요, 노란 삼베. 큰 아들이, 고, 고려대 법대를 나왔는디. 고시준비를 했어요.

그래 갖고는 한 오년 일차에 합격하믄 이차에 떨어지고, 계~속 한, 그래 인자 아버지가 그리 말고 삼급 시험을 봐라. 법원 삼급 시험을 보라

해 갖고 인자, 삼급 시험을 봐 놨는디, 아, 일차에는 합격을 했는디, 그 뒤로는 내~ 소식이 없어.

그러니께 떨어져쁜지 알았드니, ○○○○에 한 달도, 어찌 그냥 한 석 달이나 넘었으까. ○○○○에 꿈을 꾼게, 하나씨도 상복을 입어, 앉것고, 아버지도 상복을 입고 있고, 아, 본인도 상복을 입고 있고, 나는 상복 치마를 들고만, 걸치고 있었는디, 아침에 인자 꿈을 꾸고 나서, 영~ 안 좋드라고요.

그래서 인자 꿈자리가 사나서, 아들네들 보돔 모도 인제, 조심을 허라고 그랬는디, 저녁 열시가 된게, 전화가 왔드라브만요, 아들한테서, 삼급 시험에 합격 했다고, 이차 발표가 됐다고.

그래 갖고는 법원에 사무관까지 허다가 시방, (청중 : 아, 환갑이 넘었어.) 예순네 살이나 먹었어요.

남편 면장 선거 예지몽

자료코드 : 06_04_MPN_20090210_SJH_HGJ_0003
조사장소 : 전라남도 구례군 용방면 용강리 봉덕마을 602번지 봉덕마을회관
조사일시 : 2009.2.10
조 사 자 : 송진한, 서해숙, 이옥희, 편성철, 임세경, 김자현
제 보 자 : 하길주, 여, 81세
구연상황 : 자식의 합격을 알리는 꿈을 꾼 이야기에 이어서 다음의 이야기를 구연했다.
줄 거 리 : 집안 넘새밭으로 큰 황소가 들어 온 뒤에 퍽 쓰러지고, 흰 학과 검은 학이 서로 싸우더니 흰 학의 날개가 꺾이면서 죽는 꿈을 꾼 뒤에 제보자의 남편이 면장 선거에 떨어졌다는 이야기이다.

우리 영감이, 대의, 대의원 선거를 했는디. 우리 영감이. 그, 박정히 대통령 때. 아, 그래 갖고 꿈만 꾸므는 나는, 꿈에 큰 황소가 뛰어 들어오드니, 뛰어 들어 오드니 사립문 앞에서. 아니다, 면장 선거 때 그랬구만, 용

강 면장 선거 때.

구례, 요~ 용강면이요, 면장 선거 때. 용강면 면장 선거 때. 그, 인철이 하고 싸울 때 그랬구만. 큰~ 황소가 들어 오드니, 그냥, 넘새밭(나물밭)으로 들어오드니, 팍 꼬꾸라져쁘네. 넘새밭, 넘새밭이 집 안에가 있었는디, 넘새밭에가 가 있드니, 팍 꼬꾸라져 쁘러요.

야, 꿈이 아주 맞쳤어. 그르드니 그 뒤에 또 꿈을 한 번 꾼께는, 전봇대를 높~은 마당 가운데다가, 전봇대를 세워 났는디.

흰 학허고 껌은 학허고 두 마리가 싸와. 근디 흰 학이 우리 쪽이다고 헌디, 둘이 싸워 갖고 흰 학이 땅에가 톡 떨어짐서, 도르르 궁글어, 죽어브러. 그 뒤에 영감이 그때 면장 선거 해 갖고 떨어졌어. [일동 웃는다.]

꿈이 그렇게 맞히데. 황소가 자빠져서 내가 속으로 안 될 거이다 했어, 그르드니, 아, 학하고, 전봇대를 세워 났는디 두 마리가 싸우드니, [흰 학이 떨어져 죽는 모양을 흉내내며] 흰 학이 그냥 톡 떨어짐서 쭉지가 딱 험시로 도르르 궁글어 죽어브러. [일동 웃는다.]

다 꿈이 좋아야 돼.

구렁이업을 내다팔자 자식이 봉사 되다

자료코드 : 06_04_MPN_20090210_SJH_HGJ_0004
조사장소 : 전라남도 구례군 용방면 용강리 봉덕마을 602번지 봉덕마을회관
조사일시 : 2009.2.10
조 사 자 : 송진한, 서해숙, 이옥희, 편성철, 임세경, 김자현
제 보 자 : 하길주, 여, 81세
구연상황 : 조사자가 마을회관에 모인 마을사람들을 향해 이야기를 들려달라고 했으나
　　　　　 좀처럼 이야기가 나오지 않았다. 그래서 업에 관한 이야기를 들은 적이 있는
　　　　　 가를 물었다. 그러자 제보자가 다음의 이야기를 구연했다.
줄 거 리 : 집안 구렁이업을 내다 팔았더니 막내아들이 갑자기 봉사가 되었다는 이야기

이다.

그랬더니 그, 상춘덕 집이, 아들, 그 구랭이. 아 밭에를, 꼴목 살으로 해서, 내가 밭에를 간께는. 그 상춘덕 영감이 회 푸대기에다 꽉 쨈매 갖고, 구랭이를 묶고는 들고 나오네. 내가 여태 상춘덕 안 갈쳐줬네, 그 소리를. 들고 나와.

"예, 뭐요?"

근게.

"누~런 구랭이가 담부락에가 걸쳐 갖고 있어서 팔러 간다고."

아, 그러더니 점심 때 또 나온께는, 또 차에서 내려 갖고 만났어.

"월매 받았소."

근게. 그때 돈 이 만 원 받고 팔고 왔다고. 아니 그르드니 중학교 댕기는 그 막둥이 아들이, 중학교, 아 여그 북중학교를 댕긴다. 아니, 학교 갔다 와서 머리가 아프다고 그르드니, 막 마당에서 홀딱홀딱 뛰다, 봉사가 돼 브렀어요.

그래 갖고는 지금까지도 봉사가 돼 갖고, 뭐 안마가 허고 있등만. (청중 : 그 구렁이 나온 것이 영 안 좋아.) 대전인가 어디서 시방 살고 있는디. 그런게, 집안 그, 집 지킨 구렁이가 나오믄 안 좋아, 안 좋아. (청중 : 그런게 눈에 보이믄 절대 안 돼.)

아, 근게 담부락에 걸쳐 갖고 있은게, 잡어 갖고 가서. 그걸 뭘라 팔어 갖고는 (청중 : 그, 그때는 구랭이 막 잡아다 팔아 썼어.) 잉. 팔아. 아, 이 만 원 받아,

"월매 받았소."

근게, 이 만 원 받았구만. 아, 이 만 원이믄 큰 돈이제. 아, 더군다나 막 큰~ 구랭인디, 구랭이. 아주 크당께. 아 팔뚝맨키로 허등가.

구렁이업

자료코드 : 06_04_MPN_20090210_SJH_HSY_0001
조사장소 : 전라남도 구례군 용방면 용강리 봉덕마을 602번지 봉덕마을회관
조사일시 : 2009.2.10
조 사 자 : 송진한, 서해숙, 이옥희, 편성철, 임세경, 김자현
제 보 자 : 허순임, 여, 79세
구연상황 : 하길주가 앞서 구렁이업 이야기를 끝내자 조사자가 제보자에게 이야기를 권
　　　　　하였더니 다음의 이야기를 구연했다.
줄 거 리 : 노란색이고 닭눈처럼 생긴 구렁이업이 보이더니 집안에 좋지 않은 일이 생겼다
　　　　　는 이야기이다.

구랭이가 그렇게 노르믄, 눈이 똑 닭, 똥글똥글허니 노~래 닭 눈같이 생겼
어. 닭 눈맹이로, 장닭 눈맹이로, 노~래니 생겼어. 우리 집도 인자 한 해 지
갖고 정재(부엌)를 들어간게, 구랭이가 이렇게 해서 와, 아주 노래, 노란 것이.

뺑뺑 돌려 갖고 계단에 한 가운데가 요러게. 아이구 내가 깜짝 놀래서,
딱 그때는 부엌이 입식부엌 안 헐 때라. 정재서 밥 해먹고 살았는디. 아이
고 그냥, 내가, 아이고.

"이렇게 뷔이믄(보이면) 안 된게로, 좋은데로, 저기, 사르르르 사람 안
보이는데로, 사람 눈에 안 보이는데로 가십시오."

그런게로. 쑥~ 가등마는. 우리 영감님이 구렁이 업청이 갖다가 저~그
저그 저, 영감꺼정 발령이 딱 놔브러. 구례교육청에 계신디. 저~ 영광교
육청으로 발령이 나븐게로.

그 가서 하숙 해야제, 월급 타 갖고 토요일마동 집에 와야제. 하숙비
줘야제, 아~조 월급이 절반이 떨어져 블드라고. 근게 구렁이 보이믄 내가
안 좋은 줄 알아봐. 아까 내가 형님 보고 구렁이 나오믄 안 좋다고 안 허
등가. 아, 안 좋아.

구렁이 나온 것이 절~대 안 좋아. 구렁이란 거이, 집안에 구렁이란 거
이 하나도 눈에 안 보여야 좋아요. 그거 꼭 있어요, 그거.

비행기가 보여 아들 낳은 태몽

자료코드 : 06_04_MPN_20090210_SJH_HSY_0002
조사장소 : 전라남도 구례군 용방면 용강리 봉덕마을 602번지 봉덕마을회관
조사일시 : 2009.2.10
조 사 자 : 송진한, 서해숙, 이옥희, 편성철, 임세경, 김자현
제 보 자 : 허순임, 여, 79세
구연상황 : 하길주가 앞서 태몽 이야기를 끝내자 이어서 제보자가 다음의 이야기를 구연
했다.
줄 거 리 : 물을 뜨러 가는데 비행기가 나지막하게 떠서 따라오는 꿈을 꾸고 아들을 낳
았다는 이야기이다.

   나도 얘기 한 자리 하께요, 우리 애기들. 우리, 큰 아가 생길 때. 저 우
리는, 요 샘에가 있다매, 저~ 꼴차기에 가서 물 지러 댕겼거든. 저~ 꼴
차기서 물을, 꼬랑에 가서 물을 질러 날른디.

   아, 거그서 인자, 나도 저, 진짜 나는 이, 생신지 알았단게. 아, 거그서
물을 그냥 딱~ 이고 온디. 거 꼴차기서 물을 이고 집으로 들어온디.

   오메, 비행기가 그냥 나즈막~히 떠 갖고 또랑으로 착~ 오드니, 내 뒤
로 그냥 딱~ 따라오데, 얼매나 놀랬는지 몰라.

   아, 그래서 딱 꿈을 꾼게, 꿈이여. (청중 : 그래 갖고 아들 낳다.) 그래
갖고. 비행기가 나즈막~히 떠 갖고, 거, 꼴차기에 물로, 물로 탁~, 야트
막~허게 뜨더니, 아, 나를 졸졸 따라와, 비행기가.

   나는 물동우를 이고 온디. 정재(부엌)문 와 갖고는 나는 물을 이고 간
디, 매. 마당으로 딱 들어와, 비행기가. 나도 그, 그때에 나는 뭣도 모르고
이 얘기를 안 했는디. 그 이 얘기 안 허기 잘 했다 글드랑게.

   그런게 우리 큰 아들이 잘 됐지. 나 그렇게 나 꿈은, 나, 생전 처음으로
나 그런 꿈을 다 꿨네. 을~매나 놀랬는지 몰라, 비행기가 내, 내 뒤로 따
라와 갖고.

아리랑

자료코드 : 06_04_FOS_20090210_SJH_KPL_0001
조사장소 : 전라남도 구례군 용방면 용정리 하용마을
조사일시 : 2009.2.10
조 사 자 : 송진한, 서해숙, 이옥희, 편성철, 임세경, 김자현
제보자 1 : 김판례, 여, 78세
제보자 2 : 양정례, 여, 74세
구연상황 : 마을회관에서 주민들과 함께 식사를 하고 나서 여자분들이 모여 있는 방으로
갔다. 조사자들이 이장과 이야기를 하며 점심을 천천히 먹었기 때문에 10여
명의 여자분들이 모여 있었다. 조사자들이 자리에 앉으며 노래를 들으러왔다
고 하자 박수를 치며 아리랑을 불렀다. 장비를 준비하기도 전에 순식간에 일
어난 일이라 약 1분가량 녹음을 하지 못했다. 김판례, 양정례가 노래를 주도
하였으며 후창은 모두 흥겹게 참여했다

물레야 자세야 어서 빙빙 돌아라

넘의 집 귀동냥 밤이슬이 맞는다

아리 아리랑 스리 스리랑 아라리가 났네~에에

아리랑 응응응 아라리가 났네

이러다 저러다 날 사그라 지면

어느나 친구가 날 찾아 올까

남의 집 지사면 밀까나 마나

노래 한 자리 내가 미깔 소냐

아리 아리랑 스리 스리랑 아라리가 났네~에에

아리랑 응응응 아라리가 났네

노다 갑시다 노다가 가자

저 달이 꺾어지드락 놀다가 가소
저 남산 행제 다리가 얼마나 높아
꽃 같은 기생이 딱 살어 있다
아리 아리랑 스리 스리랑 아라리가 났네~에에
아리랑 응응응 아라리가 났네
지리산 삼상봉 외로이 선 낭구(나무)
날 가야 같이도 외로 외로 섰네
아리 아리랑 스리 스리랑 아라리가 났네~에에
아리랑 응응응 아라리가 났네
사굴아 사굴아 구례 함사 사굴아
니 없다 떨어져도 구례 함사 사굴아
아리 아리랑 스리 스리랑 아라리가 났네~에에
아리랑 응응응 아라리가 났네
니가 잘나서 천하일색이냐
내 눈이 어두와 환장이로구나
저 산 행제 다리 얼마나 높아
꽃같은 기생이 딱 살어 있냐
아리 아리랑 스리 스리랑 아라리가 났네~에에
아리랑 응응응 아라리가 났네
아라린가 지랄인가 도요튼인가
○○○ 이곳에서 아는 세상 논다
선암사 행제 다리 얼마나 높아
꽃 같은 기생이 딱 살어 있다
물 연기 몰랑에 물 넘어 오고
마산면 술이 좋아 물을 안고 돈다
아리 아리랑 스리 스리랑 아라리가 났네~에에

아리랑 응응응 아라리가 났네

시아제가 잘나서 천하일색이냐

내 눈이 어두와 환장이로구나

아리 아리랑 스리 스리랑 아라리가 났네~에에

아리랑 응응응 아라리가 났네

물 너메 달 너메 깔베는 총각

눈치만 있어도 떡 받아 보소

그떡 받아서 날 방에 옇고

폴목을 잡고서 아리발발 떤다

사람이 못 나면 돈보고 산데도

원천간 못난데 돈도 약 허더라

아리 아리랑 스리 스리랑 아라리가 났네~에에

아리랑 응응응 아라리가 났네

저 방에 물레방애는 물을 안고 돌고

우리 집이 우리 낭군은 나를 안고 돈다

아리 아리랑 스리 스리랑 아라리가 났네~에에

아리랑 응응응 아라리가 났네

넘의 집 서방님은 집구 점을 보는디

우리집이 저 궁댕이는 집구들을 보난네

아리 아리랑 스리 스리랑 아라리가 났네~에에

아리랑 응응응 아라리가 났네

아라린가 지랄인가 도요튼인가

문전세재가 웬 고갠가

아리 아리랑 스리 스리랑 아라리가 났네~에에

아리랑 응응응 아라리가 났네

넘의 집 성님은 설악산을 지고

우리집 저문등이는 ○○○가 타네

아리 아리랑 스리 스리랑 아라리가 났네~에에

아리랑 웅웅웅 아라리가 났네

[박수소리가 커서 음성이 들리지 않아 박수를 작게 쳐주도록 부탁함]

시집살이 잘 헌다고 동네상 줬드니

물 질러 감스름도 양골용 피운다

진주 난봉가

자료코드 : 06_04_FOS_20090210_SJH_KPL_0002
조사장소 : 전라남도 구례군 용방면 용정리 하용마을
조사일시 : 2009.2.10
조 사 자 : 송진한, 서해숙, 이옥희, 편성철, 임세경, 김자현
제 보 자 : 김판례, 여, 78세
구연상황 : 아리랑 타령이 끝난 조사 취지를 설명하고 다른 민요를 더 조사하려 했으나,
아리랑의 여운으로 인해 아리랑의 한 소절씩 튀어나올 뿐이었다. 조사자가 지
충개타령을 유도했으며 한 분이 아는 듯하여 녹음을 시도하였다. 그분이 노래
를 부르려 했으나 첫 소절만 웅얼거리다 기억이 나지 않는다 하였다. 조사자
가 진주 난봉가의 앞소절을 부르자 김판례가 생각난듯이 이어 불렀다.

아~가 아~가

아랫방으로 내려가 봐라

진주 낭군 오신단다

아랫방으로 내려가니

개쌍첩을 옆에 끼고

어야 너이야 노는구나

그리고

웃방에라 올라와서

명지 석재 목을 메어

죽었다네 죽었다네

아랫방에 건구님이

보신 발으로 뛰 나와

어이 하여 죽었는가

어이 하여 죽었는가

개상첩은 석 달 사랑

본체 사랑은 백 년 사랑이라네

고사리 노래

자료코드 : 06_04_FOS_20090210_SJH_KPL_0003
조사장소 : 전라남도 구례군 용방면 용정리 하용마을
조사일시 : 2009.2.10
조 사 자 : 송진한, 서해숙, 이옥희, 편성철, 임세경, 김자현
제 보 자 : 김판례, 여, 78세
구연상황 : 진주 난봉가가 끝난 후에 조사자와 청중이 환호하며 또 다른 노래를 청하자
고사리 노래를 불렀다.

중신애비 세 야들 놈 사신 신은 개 아들 놈아

무신 중천 바래 보고 안막 소에 날 숨것냐

묏욱에라 맨꼬사리 타발타발 끊어내어

진짐이라 저여 내여 조그만은 옥소단지에

오리 살큼 데쳐 갖고

아랫물이다가 행겨(헹구어) 갖고 웃물에라 튕겨 내여

삼년 묵은 지름장에 오년 묵은 깨소금에다

오물쪼물 묻쳐 갖고 시아바니 밥생이라

삼천거리 상을 지어 씨어마니 밥생이라

이천거리 상을 지어 웃방으로 올라간스로

아배 아배 시아배야 그만 세수 허고 진지 조반 잡수세요

아랫방으로 내려가서 어매 어매 시어매야 진지 조반 잡수세야

은 동우라 옆에 찌고 금 다발이 손에 들고

열두 대문 나심스로 중신애비 지 아들 놈

하심신은 개 아들 놈 아막도에 날 숨겼냐

에라 요놈 요망헌 놈들아

베틀 노래

자료코드 : 06_04_FOS_20090210_SJH_KPL_0004
조사장소 : 전라남도 구례군 용방면 용정리 하용마을
조사일시 : 2009.2.10
조 사 자 : 송진한, 서해숙, 이옥희, 편성철, 임세경, 김자현
제보자 1 : 김판례, 여, 78세
제보자 2 : 양정례, 여, 74세
구연상황 : 고사리 노래가 끝난 후에 조사자가 베틀 노래에 대해 묻자 김판례가 베틀 노래를 부르기 시작하였다. 그러나 중간에 가사가 기억나지 않아 멈추었으며 기억을 더듬으며 운율 없이 가사만을 말하였다. 그러다가 양정례가 노래를 이어 불렀다.

하늘에다 베틀을 놓여

구름 잡아 잉애 걸어

알그닥 달그닥 이 베를 짜서

정든님 낭군님 옷을 지어서 입혀 갖고

놈아 놈아 처남 놈아

누구 누님이 뭣 허드냐

옷이나 적삼 등 봤더냐

회광목 모리네 볼 것드냐

모시나 적삼 등한히 받고

외광목 보신에 보라니 걸고

앉어 생각 누워 생각

정든님 오시기만 기다린다

앉아 생각 누워 생각

자형 오기만 기다리시오

병풍에 그린 닭이

자료코드 : 06_04_FOS_20090210_SJH_KPL_0005
조사장소 : 전라남도 구례군 용방면 용정리 하용마을
조사일시 : 2009.2.10
조 사 자 : 송진한, 서해숙, 이옥희, 편성철, 임세경, 김자현
제 보 자 : 김판례, 여, 78세
구연상황 : 베틀 노래를 부르고 난 후 노래가 생각난 듯이 가사 몇 소절을 읊었다. 조사
자가 선율을 넣어 불러달라고 하자 잊어버렸다고 하였다. 청중들이 계속 권유
하자 노래를 불렀다.

님아 님아 서방님아

가실 때에는 내년 요 때나 오신다더니

요 때가 돌아가도 안 오시니

병팽 벽에 그린 닭이

꼬끼오 허면 오신다냐

구운 밤이 싹이 트믄 오실라냐

맹년 요 때 춘삼월이 돌아오면 오실라냐

아니 오시네

고마리 없는 중의를 입고

자료코드 : 06_04_FOS_20090210_SJH_KPL_0006
조사장소 : 전라남도 구례군 용방면 용정리 하용마을
조사일시 : 2009.2.10
조 사 자 : 송진한, 서해숙, 이옥희, 편성철, 임세경, 김자현
제 보 자 : 김판례, 여, 78세
구연상황 : 조사자의 요청에 계속해서 노래를 생각하던 김판례가 생각이 났다며 노래를
부르기 시작했으나 선율이 생각나지 않아 가사만을 읊었다. 이어 조사자들이
선율에 얹어 불러달라고 재차 요청하였으며 노래가 끝난 후 가사를 확인하였
다. 어릴 적에 할머니들이 길쌈하여 부르는 것을 뒤에서 보고 익혔다고 한다.

고마리 없는 중의를 입고

앵두 고개를 넘어가니

뿌랭이 없는 배나무가

오락조락 열었구나

고마리 없는 중의에다가

한 고마리 따 갖고

집이라고 돌아오니

부짓댕이는 시집을 가고

지게 목발은 장개를 가고

없구나~

이놈의 놀이의(노릇)

이놈의 놀이를(노릇을) 어쩌케 하야 하냐

모심는 소리 (1)

자료코드 : 06_04_FOS_20090210_SJH_KPL_0007
조사장소 : 전라남도 구례군 용방면 용정리 하용마을
조사일시 : 2009.2.10
조 사 자 : 송진한, 서해숙, 이옥희, 편성철, 임세경, 김자현
제 보 자 : 김판례, 여, 78세
구연상황 : 조사자들이 이 마을에서 모심을 때 노래를 했는지 물었더니 청중들이 그렇다
고 했다. 모심을 때 부르는 노래를 불러달라고 요청하자 노래를 시작하였다.
그러나 몇 소절 부르고 나서 더 이상 생각이 나지 않는다며 멈추었다. 사설의
끝에 성주풀이 후렴을 넣은 것은 모심는 소리가 원래부터 그랬던 것이 아니
라 노래의 구색을 맞추다 보니 그렇게 된 것이라고 한다.

작년에 숨것던 자리다가

이 모를 또 숨구기가 되었구나~아~

에라~ 만수우야 대신이여~

모심는 소리 (2)

자료코드 : 06_04_FOS_20090210_SJH_KPL_0008
조사장소 : 전라남도 구례군 용방면 용정리 하용마을
조사일시 : 2009.2.10
조 사 자 : 송진한, 서해숙, 이옥희, 편성철, 임세경, 김자현
제 보 자 : 김판례, 여, 78세
구연상황 : 모심는 노래를 조금 부르고 나서 기억이 나지 않는다고 멈추니 청중들은 생
각나는 가사를 일러주며 노래를 부르라고 권하였다. 가사를 들은 김판례 제보
자는 다시 생각난 듯이 노래를 불렀고, 청중들은 흥얼거리며 가사를 따라하기
도 했다. 후렴에 성주풀이와 육자배기의 후렴을 넣은 이유는 모심는 소리가
원래부터 그랬던 것이 아니라 노래의 구색을 맞추기 위한 것이라고 한다.

작년에 숨것던 모패기를

그 자리에 딱 또 숨구구나

에라 만수~야아 대신이로구~

앞은 점저엄~ 멀어 지고

뒤는 점점~ 가까와 오구나

에라~아~ 고나아~ 에~이에

한숨산

자료코드 : 06_04_FOS_20090210_SJH_KPL_0009

조사장소 : 전라남도 구례군 용방면 용정리 하용마을

조사일시 : 2009.2.10

조 사 자 : 송진한, 서해숙, 이옥희, 편성철, 임세경, 김자현

제 보 자 : 김판례, 여, 78세

구연상황 : 조사자들이 다른 민요에 대해 묻고 있던 중 노래가 생각났는지 부르기 시작
했다.

한숨~산에 솔을 비어

수심산에다 집을 지어

눈물로 암자 혹을 캐어

홀로 암자 패를 막자

양천 부모를 모셔다 놓고

천 년 만 년 살고 보고

천 년 만 년 살고 지나니야

장 타령

자료코드 : 06_04_FOS_20090210_SJH_KPL_0010

조사장소 : 전라남도 구례군 용방면 용정리 하용마을

조사일시 : 2009.2.10
조 사 자 : 송진한, 서해숙, 이옥희, 편성철, 임세경, 김자현
제 보 자 : 김판례, 여, 78세
구연상황 : 또 다른 민요가 생각나는 지를 물으면서 장 타령이나 화투타령을 아는지 물
         었더니 노래를 불러주었다.

작년에 왔던 각설이

죽지나 않고 또 왔네

동지섣달 설한풍에

동냥 동냥을 다녔더니

품바나 품바나 잘 헌다

니가 잘 허믄 내 아들

내가 못 허믄 니 애비

품바나 품바나 잘 헌다

열 두 대문 안에는

큰 애기 한 쌩이 늙는디

종가 한 쌩이 제지기다

품바나 품바나 잘 헌다

네모 빤듯 장판방에

세별겉은 요강대는

누~울듯이 내려놓고

원앙금~은 잣~ 베개

빌~듯이 내려놓고

너와 나와 단 둘이는

잠을 자냐 품바 품바나 잘 났다

농부가

자료코드 : 06_04_FOS_20090210_SJH_PSD_0001
조사장소 : 전라남도 구례군 용방면 용강리 봉덕마을
조사일시 : 2009.2.10
조 사 자 : 송진한, 서해숙, 이옥희, 편성철, 임세경, 김자현
제보자 1 : 박수덕, 여, 71세
제보자 2 : 허순임, 여, 79세
구연상황 : 산아지 타령이 끝나고 다른 민요를 더 불러달라고 했으나 앞선 산아지 타령
의 몇 소절이 반복되었다. 조사자가 농부가의 몇 소절을 말하자 박수덕이 따
라 했으며 이에 조사자가 농부가를 불러달라고 요청하였다. 첫 번째 단락은
박수덕이 구연하였으며, 두 번째 단락은 허순임이 구연하였다.

아 나 농부야 말 들어

아 나 농부야 말 들어

서마지기 논배미가

반달 남짓 남았구나

○○달이 반달이냐

초승달이 반달이제

성님 성님~

자료코드 : 06_04_FOS_20090210_SJH_PSD_0002
조사장소 : 전라남도 구례군 용방면 용강리 봉덕마을
조사일시 : 2009.2.10
조 사 자 : 송진한, 서해숙, 이옥희, 편성철, 임세경, 김자현
제 보 자 : 박수덕, 여, 71세
구연상황 : 조사자가 시집살이 노래를 불러달라고 부탁하였으나 시작하는 사람이 없었다.
그래서 형님 형님 사촌 형님 이렇게 시작하는 노래가 없느냐고 묻자 박수덕
제보자가 음을 붙여 불러주었다.

성님 성님~

사춘 성님~

쌀 한 되만 재쟀으면

성도 먹고 나도 먹제

꾸정물이 남았으면

성 세(소) 주제 내 세(소) 주까

누른 밥이 누렀으면

성 제(개) 주게 내 제(개) 주까

심청가 한 대목

자료코드 : 06_04_FOS_20090210_SJH_SJW_0001

조사장소 : 전라남도 구례군 용방면 용정리 하용마을

조사일시 : 2009.2.10

조 사 자 : 송진한, 서해숙, 이옥희, 편성철, 임세경, 김자현

제 보 자 : 소재완, 남, 85세

구연상황 : 용방면과 관련된 지명유래 전설이 문헌에 기록된 내용 위주로 흘러가자 분위기를 바꾸기 위해 마을회관에 모이신 분들께 음료수를 권하였다. 설화 조사는 잠시 미루고 민요를 잘한다고 하는 소재완 제보자에게 노래를 권하였다. 주민들과 조사자가 노래를 권하자 심청가 한 대목 중에서 심봉사가 딸을 그리워하는 장면을 불렀다.

봄이이~ 가~고 여름이 오니~

녹음~방초 시절~이~라~

산천은 작정~허~고

새~ 소리만 처량허구나~

딸 생각이~ 간절허구나아~

이기 저남 못 된 귀신들아~

나도 어서 잡아~ 가거라~

눈 뜨기도 나는 싫고

살~기도 나는 싫다아~

지발 덕분 날 잡아 가거라~

상사 소리

자료코드 : 06_04_FOS_20090210_SJH_SJW_0002
조사장소 : 전라남도 구례군 용방면 용정리 하용마을
조사일시 : 2009.2.10
조 사 자 : 송진한, 서해숙, 이옥희, 편성철, 임세경, 김자현
제 보 자 : 소재완, 남, 85세
구연상황 : 심청가 한 대목이 끝난 후 조사자와 청중들은 환호하며 또 다른 소리도 해주
라고 하면서 상사 소리를 들려달라고 하였다. 소재완 제보자는 상사 소리는
일할 때 하는 소리라 재미없다고 하였다. 조사자와 청중이 그래도 좋으니 해
달라고 하자 상사 소리를 불렀다.

허럴럴 상사뒤야

여~여~열~ 여~루 상~사뒤~야

여보시오 농부님네

이 내 한 말 들어 보소

아라~ 나 농부 말 들어 보오

이 논에 모를 심어

장잎이 어어럴 곧으니

이런 경사가 또 있느냐

어럴럴 상사뒤요

육자배기

자료코드 : 06_04_FOS_20090210_SJH_SJW_0003
조사장소 : 전라남도 구례군 용방면 용정리 하용마을
조사일시 : 2009.2.10
조 사 자 : 송진한, 서해숙, 이옥희, 편성철, 임세경, 김자현
제 보 자 : 소재완, 남, 85세
구연상황 : 상사 소리가 끝난 후 조사자와 청중은 소재완 제보자에게 노래를 계속 권했
　　　　　으나 '호가도 창창이면 불낙(好歌도 唱唱이면 不樂)' 즉, '좋은 노래도 자꾸
　　　　　불러싸면 즐겁지 않다'며 노래를 하지 않으려고 하였다. 노래에 대해 여러 가
　　　　　지를 물으며 육자배기를 무엇이냐 하자, '고나혜'가 들어간 것이 육자배기라
　　　　　고 말하며 육자배기를 불러주었다.

　　고나~아 에~

　　천 년을 살그나

　　몇 백 년이나 살드~란 말인가~

　　죽음을 들으면~

　　노소가 있~냐~

　　살아~해~ 생전~을

　　우리~ 맘대로 허~놀고나

동그랑 땡~

자료코드 : 06_04_FOS_20090210_SJH_YJL_0001
조사장소 : 전라남도 구례군 용방면 용정리 하용마을
조사일시 : 2009.2.10
조 사 자 : 송진한, 서해숙, 이옥희, 편성철, 임세경, 김자현
제 보 자 : 양정례, 여, 74세
구연상황 : 김판례 제보자가 판을 주도하여 여러 곡을 부른 후 조사자가 다른 민요에 대
　　　　　해 묻고 있던 중에 양정례 제보자가 노래를 부르기 시작하였다. 노래를 부르

는 도중 가사가 기억나지 않아 잠시 박자를 놓치기도 했지만 끝까지 불러주었다. '동그랑 땡~'이라는 후렴구가 반복되어 음식의 동그랑 땡을 의미하냐 묻자, 그런 것은 아니고 그냥 후렴구로 그렇게 부른다고 대답하였다. 어렸을 때 놀면서 불렀던 노래라고 한다.

동그랑 땡~ 동그랑 땡~
얼싸절싸 잘 놀고 간다
동그랑 땡~
제비랄 놈은 맵시가 고와
기상(기생) 아씨로 돌리고
동부리란 놈은 먹기를 잘 해
조반군으로 돌려라
동그랑 땡~ 동그랑 땡~
얼싸절싸 잘 놀고 간다
동그랑 땡~
참새란 놈은 지지길 잘 해
석쇠 맹이로 돌리고
제비이란 놈은 맵시가 고와
기상 아씨로 돌려라
동그랑 땡~ 동그랑 땡~
얼싸절싸 잘 놀고 간다
동그랑 땡~
가마귀란 놈은 지지기 검어
구두쟁이 앞으로 돌리고
날치란 놈은 남의 집 잘 지어
목수쟁이로 돌려라
동그랑 땡~ 동그랑 땡~

얼싸절싸 잘 놀고 간다

동그랑 땡~

부엉이 새끼는 도망을 잘 해

도독 꾸사라 돌리고

고양이란 놈은 쥐 잡기 잘 해

도독놈으로 돌려라

동그랑 땡~ 동그랑 땡~

얼싸절싸 잘 놀고 간다

동그랑 땡~

모기란 놈은 빨기를 잘 해

애편장이(아편쟁이)로 돌리고

빈대란 놈은 먹기를 잘 해

조반군(주방장)으로 돌려라

동그랑 땡~ 동그랑 땡~

울 어머니 날 낳으시고

자료코드 : 06_04_FOS_20090210_SJH_HGJ_0001
조사장소 : 전라남도 구례군 용방면 용강리 봉덕마을
조사일시 : 2009.2.10
조 사 자 : 송진한, 서해숙, 이옥희, 편성철, 임세경, 김자현
제 보 자 : 하길주, 여, 81세
구연상황 : 박수덕 제보자가 '형님 형님 사촌형님' 노래를 끝낸 후 이야기로 소란스러운
가운데 조사자가 여러 노래의 사설을 말하고 있던 중 하길주가 노래를 시작
하였다. 여러 소리에 묻혀 녹음 상태가 좋지 않다고 판단하여 노래에 집중할
수 있도록 협조를 요청한 뒤 같은 노래를 반복해줄 것을 요청하였다.

울어머니 날 생길제

울 어머니 날 나 놓고

진자리에 병이 들어

약통기를 걸어 놓고

잠든 듯이 가고 없네

서른 닷장 뗏장 속에

마흔 닷장 선반 속에

열쇠 없어 못 끊이것네(끌르겠네)

저승길이 질 것으믄(길 같으면)

옴슴 감슴(오면서 가면서) 보련마는

저승길이 하도 멀어

내 눈 앞에 못 보것네

산아지 타령

자료코드 : 06_04_FOS_20090210_SJH_HSY_0001

조사장소 : 전라남도 구례군 용방면 용강리 봉덕마을

조사일시 : 2009.2.10

조 사 자 : 송진한, 서해숙, 이옥희, 편성철, 임세경, 김자현

제보자 1 : 허순임, 여, 79세

제보자 2 : 박수덕, 여, 71세

구연상황 : 조사자들이 처음 마을에 도착했을 때 회관에는 여자분들이 모여서 담소를
나누고 계셨다. 사전에 연락을 하지 않고 방문한 것이었지만 조사취지를 말
씀드리고 노래를 부탁드리자 사람들이 허순임 제보자를 지목했고 허순임이
바로 노래를 하였다. 산아지 타령을 몇소절 부르고 끝내자 조사자들이 계속
이어불러줄 것을 요청했고 이에 제보자들이 자신들이 아는 구절을 이어불렀
다. 박수를 치며 흥이 나고 박수덕이 "또 허자"라고 했지만 노래가 이어지지
는 않았다.

울 너매~ 담 너매

나를 숭거(심어) 놓고~

호박잎~ 간들간들 부모 생각난다

에야 뒤야 에헤허허야 어야뒤어로 산아지로구나

물레야 자세야 빙빙 돌아라

남의 집 귀동냥 밤이실 맞는다

에야 뒤야 나를~어야 에야뒤어라 산아지로구나

청천 하늘에 잔별도 많고

요네 가슴에 수심도 많네

아리 아리랑 스리 스리랑 아라리가 났네

아리랑 응응응 아라리가 났네

날 좀 보소 날 좀 보소 날 좀 보소

동지섣달 꽃본 듯이 날 좀 보소

품바 타령

자료코드 : 06_04_FOS_20090210_SJH_HSY_0002
조사장소 : 전라남도 구례군 용방면 용강리 봉덕마을
조사일시 : 2009.2.10
조 사 자 : 송진한, 서해숙, 이옥희, 편성철, 임세경, 김자현
제 보 자 : 허순임, 여, 79세
구연상황 : 농부가가 끝난 후 조사자가 또 다른 민요를 요청하자 여기저기서 민요의 소
절들이 말하기는 했지만 노래를 온전하기 기억하는 이는 없어보였다. 조사자
가 거지들이 구걸하면서 노래를 부르지 않았냐고 묻자 허순임이 품바 타령이
라며 어린 시절 들었던 노래를 들려주었다. 후렴구에서 "품품~품" 하며 그때
의 상황을 재현하자 좌중에서 웃음이 터져 나왔다.

얼씨구씨구씨구 들어간다 절씨구씨구 들어간다

작년에 왔던 각설이가 죽지도 않고 또 왔네

품품품품 품품 품품품

육자배기

자료코드 : 06_04_FOS_20090210_SJH_HSY_0003

조사장소 : 전라남도 구례군 용방면 용강리 봉덕마을

조사일시 : 2009.2.10

조 사 자 : 송진한, 서해숙, 이옥희, 편성철, 임세경, 김자현

제 보 자 : 허순임, 여, 79세

구연상황 : 하길주 제보자의 노래가 끝난 후 조사자가 육자배기 등 또 다른 노래를 요청
하자 허순임 제보자가 이 노래를 불렀다.

꿈아~

꿈아~

무신 하신 운 꿈아

오시난 임을~ 보내지 말고

잠든 나를 깨우지 마라

8. 토지면

증편 한국구비문학대계 · 전라남도 구례군

▌조사마을

전라남도 구례군 토지면 구산리 구만마을

조사일시 : 2009.4.11

조 사 자 : 송진한, 서해숙, 이옥희, 편성철, 임세경, 김자현

구만마을 마을회관

　구만마을은 토지면 소재지 마을로서 국도 19호선 구례에서 6km 지점에 위치하고 있다. 동쪽은 파도마을, 국도를 사이에 두고 옥산마을, 문수천 냇물을 사이로 단산 마을과 인접하고 있다. 농협 토지지소와 구례 봉성 새마을금고 토지 분소가 자리한 금융의 요충지이며 음식점, 상점, 식육점 등 상업이 발달한 지역이다.

　삼한시대 마한 고랍국의 중심지로 치소가 있었다고 전해지며 개성 왕

씨가 개척하였다고 한다. 김해 김씨, 전주 이씨가 산세와 수세가 좋다하여 입촌하면서 마을이 형성되었다고 한다. 지명유래로는 구만 호가 살았다고 하여 구만이라 하고 아홉 물굽이가 모인 곳이라 하여 구만(九灣)이라 했다고도 한다. 아홉물구비는 덕은천, 한수천, 칠의내, 머리내, 배우내, 서시내, 옥이내, 반내, 동구내이다. 또 다른 지명유래로는 섬진강이 굽어드는 곳이므로 구만(구미+안)이라고 부른다는 설도 있다.

마을회관 앞에 있는 소나무의 수령을 약 300여 년 이상으로 추정한 것으로 보아도 오래된 마을임에 분명하다.

2008년 『통계연보』에 의하면 총 93호에서 251명이 거주하고 있다. 그중 130명은 남자이고 121명이 여자이다. 마을 조직으로는 부모상 때 상부상조하는 위친계와 구만마을을 사랑하는 청년들의 모임인 구의계 등이 있다.

마을의 문화유적으로는 토지중앙경로당 앞에 위치한 선돌, 선돌 우측에 위치한 지석묘, 유상각 앞의 괴목나무 5그루 소나무숲 70여 주가 보호수로 지정되어 있다. 마을민속으로는 1970년대까지 정월이면 농악으로 지신밟기, 달집태우기 등을 했었는데 지금은 하지 않는다.

직업별 현황은 농업인구가 80여 명, 학생 70여 명, 공무원 10여 명, 공업 15여 명, 자영업 30여 명 등이다. 농업에서의 주요소득원은 벼농사이다.

전라남도 구례군 토지면 송정리 송정마을

조사일시 : 2009.4.11
조 사 자 : 송진한, 서해숙, 이옥희, 편성철, 임세경, 김자현

송정마을은 면소재지에서 동쪽으로 약 4km 지점 산 아래에 위치해 있다. 계곡의 경관이 매우 수려하다. 산간 오지 마을이지만 현재는 마을 입

구까지 2차선 포장도로가 뚫려 교통이 편리한 편이다. 내한, 신촌, 한수내, 원송 4개 자연 마을이 행정반으로 되어 있다.

임진왜란 당시 피난민들이 거주하면서 마을이 형성되었는데 1590년 경 금령 김씨가 정착하였고 1800년경 창령성씨가 입향하여 큰 마을이 되었다고 한다.

1914년 행정구역 통폐합에 따라 토지면 내계, 외계 마을을 병합하여 토지면 송정리라 개칭하였다. 지명유래로는 소나무 정자가 있어서 소정, 송정, 솔정이라 불렀다는 설과 마을에서 떨어져 있는 곳으로 손님을 마중하고 전송하며 일꾼이나 길손이 쉬어 가는 곳이라는 설이 있다.

송정마을은 농업 위주로 생활할 때는 농지가 비좁고 협소하여 자급자족이 어려웠으나 정부의 소득정책으로 밤나무를 많이 재배하고, 한봉, 매실, 고로쇠 등으로 많은 소득을 올리고 있다. 섬진강변 마을인 한수천과 원송도 옛날에는 섬진강에서 고기를 잡아 생활해왔으나 현재는 밤나무, 한봉, 고사리 등으로 많은 소득을 올리고 있다. 2008년 『통계연보』에 의하면 송정마을에서는 57가구에서 134명이 거주하고 있다. 그중에서 남자가 64명이고 여자는 70명이다.

마을조직으로는 마을 전체가 계원이며 애사시 상부상조를 목적을 하는 위친계, 위친상조회, 청년회 등이 있다. 마을의 문화유적으로는 마을 입구에 1970년대까지 당산제를 모셨던 당산나무가 있다.

송정마을 전경

송정마을 전경

박학서, 남, 1937년생

주 소 지 : 전라남도 구례군 토지면 구산리 구만마을
조사일시 : 2009.4.11
조 사 자 : 송진한, 서해숙, 이옥희, 편성철, 임세경, 김자현

박학서(朴學緖) 제보자는 토지면 구만마을 당골에서 태어났다. 당골은 마을에서 다소 떨어진 산중턱에 위치한 마을인데, 산중이 험하여 2살 되던 해에 현재의 마을로 이사를 왔다. 산이 얼마나 험하던지 제보자의 아버지가 밤중에 호랑이의 안내를 받으며 마을을 오르기도 했다고 한다. 비교적 밝은 성격으로 젊은 날의 힘들고 어려웠던 일이나 다문화 가정을 꾸리고 사는 집안일 등을 소상히 말하였다. 이희철 제보자가 이야기하는 동안 옆에서 조용히 이야기를 듣고 있다가 간혹 생각나는 이야기가 있으면 적극적으로 나서서 옛이야기를 들려주었다.

제공 자료 목록

06_04_FOT_20090411_SJH_PHS_0001 기우제를 모신 용소
06_04_FOT_20090411_SJH_PHS_0002 밤재 두지바우
06_04_FOT_20090411_SJH_PHS_0003 마중 나온 호랑이
06_04_FOT_20090411_SJH_PHS_0004 시루봉의 쇠고리
06_04_FOT_20090411_SJH_PHS_0005 관광버스 앞을 가로 막는 호랑이
06_04_FOT_20090411_SJH_PHS_0006 죽은 지 삼일 만에 다시 살아나고
06_04_MPN_20090411_SJH_PHS_0001 3년간 시묘살이

송기홍, 남, 1931년생

주 소 지 : 전라남도 구례군 토지면 송정리 송정마을
조사일시 : 2009.4.11
조 사 자 : 송진한, 서해숙, 이옥희, 편성철, 임세경, 김자현

송기홍 제보자는 송정마을에서 태어나서 자란 마을 토박이이다. 한국전쟁 때 빨치산 검거를 위해 마을을 소개하였을 때 다른 마을로 잠시 피신해 이주해 있던 것과 젊었을 때에 대구에서 2년간 머문 것 외에는 농사를 지으며 고향을 지켰다고 한다. 송기홍 제보자는 온화하고 부드러운 인상이며 다정다감한 성격이다. 실제로 어려운 사람을 보면 그냥 지나치지 못하고 작은 도움이라도 주려고 애쓴다고 한다. 구례시조모임의 회원으로서 활동하면서 시조창을 배웠다. 설화 외에 시조창과 육자배기, 판소리 한 대목, 진도 아리랑, 상여 소리 등을 구연하였다.

제공 자료 목록

06_04_FOT_20090411_SJH_SGH_0002 힘센 장사 스님
06_04_FOT_20090411_SJH_SGH_0003 빈대 때문에 폐사한 절터
06_04_FOS_20090411_SJH_SGH_0001 시조창 (1)
06_04_FOS_20090411_SJH_SGH_0002 시조창 (2)
06_04_FOS_20090411_SJH_SGH_0003 육자배기 (1)
06_04_FOS_20090411_SJH_SGH_0004 쑥대머리 일부
06_04_FOS_20090411_SJH_SGH_0005 진도 아리랑 타령
06_04_FOS_20090411_SJH_SGH_0006 상여 소리
06_04_FOS_20090411_SJH_SGH_0007 다리 세기
06_04_MFS_20090411_SJH_SGH_0001 도라지 타령(신)

오태석, 남, 1946년생

주 소 지 : 전라남도 구례군 토지면 구산리 구만마을
조사일시 : 2009.4.11
조 사 자 : 송진한, 서해숙, 이옥희, 편성철, 임세경, 김자현

　오태석 제보자는 구만마을에서 태어나고 자란 마을 토박이며, 현재 마을 이장을 맡고 있다. 마을에서 비교적 젊은 층에 속하며 농사일에 전념하고 있다. 이 제보자는 구만마을의 오랜 전통에 대해 자부심을 가지고 있으며, 조사가 원활하게 이루어질 수 있도록 배려해 주었다. 슬하에 3남 2녀를 두었다.

제공 자료 목록
06_04_FOT_20090411_SJH_OTS_0001 산골 처녀 왕비 된 사연

이희철, 남, 1934년생

주 소 지 : 전라남도 구례군 토지면 구산리 구만마을
조사일시 : 2009.4.11
조 사 자 : 송진한, 서해숙, 이옥희, 편성철, 임세경,
　　　　　 김자현

　이희철(李熙喆) 제보자는 토지면 오미리에서 태어났으며, 19세에 구만마을로 이사 왔다. 어렸을 때 서당에 다니면서 소학까지 읽었고, 초등학교, 중학교를 거쳐 순천사범학교를 졸업한 후 교직에 몸을 담았다. 모교에서 25년간 근무하는 것 외에 구례군의 여러

학교에서 교직생활을 하다가 1999년 교장으로 정년퇴임한 이후로 이 마을에서 노년을 보내고 있다. 이 제보자는 구례군의 대표적인 이야기꾼으로, 조사자들이 미리 연락을 드리고 마을을 찾아가 제보자를 뵈었는데, 하루 동안 35편의 이야기를 구연했다. 작은 체구지만 강단진 모습이며, 기억력이 좋고 구연능력이 뛰어나서 청중들을 이야기판으로 자연스럽게 끌어들였다.

제공 자료 목록

06_04_FOT_20090411_SJH_LHC_0001 지리산신 노고할머니가 정한 토지면과 마산면
06_04_FOT_20090411_SJH_LHC_0002 구만리 유래
06_04_FOT_20090411_SJH_LHC_0003 지리산신에게 빌어 율곡을 얻은 신사임당
06_04_FOT_20090411_SJH_LHC_0004 용소에서 마음을 닦아 어사된 박문수
06_04_FOT_20090411_SJH_LHC_0005 오산이 멈춘 이유와 쌀바위
06_04_FOT_20090411_SJH_LHC_0006 역적으로 몰려 죽임을 당한 토금리 사람
06_04_FOT_20090411_SJH_LHC_0007 시묘살이 하는 효자를 지켜준 호랑이
06_04_FOT_20090411_SJH_LHC_0008 이대장 묘자리
06_04_FOT_20090411_SJH_LHC_0009 피아골의 유래
06_04_FOT_20090411_SJH_LHC_0010 섬진강 유래
06_04_FOT_20090411_SJH_LHC_0011 호랑이 잡은 제자
06_04_FOT_20090411_SJH_LHC_0012 호랑이를 물리친 처녀
06_04_FOT_20090411_SJH_LHC_0013 소복 입은 여인의 소원을 풀어준 현감
06_04_FOT_20090411_SJH_LHC_0014 제주목사와 목포현감의 인연
06_04_FOT_20090411_SJH_LHC_0015 도깨비로 알고 기절한 초동
06_04_FOT_20090411_SJH_LHC_0016 도깨비의 부자방망이
06_04_FOT_20090411_SJH_LHC_0017 재치 많은 평양감사 사위
06_04_FOT_20090411_SJH_LHC_0018 명당자리 탐낸 딸
06_04_FOT_20090411_SJH_LHC_0019 사탕 할머니를 위한 마을제사
06_04_FOT_20090411_SJH_LHC_0020 유풍천과 운조루
06_04_FOT_20090411_SJH_LHC_0021 염라대왕 앞에 선 면서기, 이장, 선생
06_04_FOT_20090411_SJH_LHC_0022 이부열녀
06_04_FOT_20090411_SJH_LHC_0023 금환낙지 땅은 어디에 있는가?
06_04_FOT_20090411_SJH_LHC_0024 홍선대원군 선친 묘자리

조명래, 남, 1933년생

주 소 지 : 전라남도 구례군 토지면 구산리 구만마을

조사일시 : 2009.4.11

조 사 자 : 송진한, 서해숙, 이옥희, 편성철, 임세경, 김자현

조명래 제보자는 토지면 문수리에서 태어 났다. 초등학교 5학년 무렵에 여순사건의 영향으로 이 마을로 이사하게 되었다. 슬하 에 3남 2녀를 두었고, 농사를 지으며 살고 있다. 현재 마을 노인회장을 맡고 있으며, 설화 조사가 원활하게 진행되도록 여러 가 지를 협조해 주었다.

제공 자료 목록

06_04_MPN_20090411_SJH_JMR_0001 용소와 기우제

마을회관에 모인 구만마을 제보자들

송정마을에서의 조사장면

기우제를 모신 용소

자료코드 : 06_04_FOT_20090411_SJH_PHS_0001
조사장소 : 전라남도 구례군 토지면 구산리 구만마을 구산마을회관
조사일시 : 2009.4.11
조 사 자 : 송진한, 서해숙, 이옥희, 편성철, 임세경, 김자현
제 보 자 : 박학서, 남, 73세
구연상황 : 앞서 이희철 제보자의 용소 이야기에 이어서 다음의 이야기를 구연했다. 청중
은 조사의 취지를 이해하고 비교적 협조적인 분위기였다.
줄 거 리 : 용이 나와서 용소라 부르는데, 아무리 큰 돌을 넣어도 다시 나온다고 한다.
예전에 이곳에 돼지피를 뿌리며 기우제를 모셨다는 이야기이다.

용소라는 데는요. 아~무리 큰 돌이 가서, 거가, 들차도, 나, 나중에는
없어져브러요, 그냥. 싹, 궁그져, 궁그려 올려브러요. 그마만큼, 용소라는
디는, 근게. 아무리 굵은 바우가 가서, 거그 들어가브러도, 난중에 보믄
없어져브러, 싹 나와브러.

에, 그거까, 거가 나와브러, 근게 거그가 용소라고, 항상, 그, 용이 나왔
다고 해 갖고, 용소지군디서, 근게, 아~무리 아람드리 두지 바우가 속에
들어가도 기어나와버려요. 돌이.

그래서 문수리 가믄, 용소가, 용소라고 해서, 그, 용소, 용소, 이렇게. 거
가 가서 날이 가물 때는, 우리가 가서, 돼아지 대가리 놓고, 제를 지냅니
다, 비오라고. (청중 : 피칠을 해.)

예. 비오라고, 막 피를 넣서, 해 갖고, 막 천지로 흘려요. 용소, 용소님
헌테, 가서 막, 뭘 해 갖고, 막, 그냥, 절을 허고 야단이믄, 난데없는 비가
와브려요.

그래 갖고 용소 거게 가서, 제를 많이 지냅니다, 날이 가물 때는. 그래

가지고 문수리 가믄, 용소, 용소, 그럽니다.

밤재 두지바우

자료코드 : 06_04_FOT_20090411_SJH_PHS_0002
조사장소 : 전라남도 구례군 토지면 구산리 구만마을 구산마을회관
조사일시 : 2009.4.11
조 사 자 : 송진한, 서해숙, 이옥희, 편성철, 임세경, 김자현
제 보 자 : 박학서, 남, 73세
구연상황 : 조사자가 이희천에게 운조루, 유풍천에 관한 이야기를 묻고 있자, 옆에 있던
　　　　　제보자가 "내가 먼저 얘기할게"라며 다음의 이야기를 구연했다.
줄 거 리 : 밤재에 두지바우가 있는데, 누군가 이곳이 왕이 날 묘자리라는 말을 듣고 밤
　　　　　에 몰래 묘를 썼더니 갑자기 바위가 둘로 갈라졌다는 이야기이다.

　문수리라는 데가, 저, 밤재라고 있어요. [바위의 크기를 그려 보이며]
밤재라고 있는디, 그, 두지바우(뒤주바위)라고, 큰~거이 있어요, 한 또랑
가운데가. 두지바우라고 해요.

　두지요, 큰~ 두지겉이 생겼어요. 근디, 과거에 거다가 묘를 쓰며는, 이,
큰~ 왕이 난다 해 가지고, 누가, 밤엔가, 언젠가, 묘를 썼답니다. 그, 두지
바우 꼭대기다가.

　그래 가지고 갑자기, 어느새 머식허니까, 천동번개를 모다 치잖애요.
[두지바위가 반으로 갈라지는 모양을 보이며] 두지바우가 딱 갈라져브렀
답니다.

　그래 가지고 인자, 두지바우가 인자, 저, 두 바우가 돼브렀지요, 한나가
갈라져브렀으니까. 그니까 그 묘를 안 쓸 것인디.

　묘를 써 가지고, 묘를 써 가지고, 그 사램이 부자될라고 했던거이, 큰
왕이 날라고 했던가, 인자, 그런 전설이 또 있었고, 전설이란 거이, 근, 얼
마 안 됐고.

그것이, 두지바우란 것이 말도 못하게 컸어요. 예. 그래 가지고, 것다가 묘를 써 갖고, 자기 잘 될라고 허다가, 근게, 그, 웅굴웅글헌 것이, 딱 갈려브렀어요. 그러니까, 너는 여그서 멈춰라, 해 가지고. 한가지, 그런 또 것이 있어요.

마중 나온 호랑이

자료코드 : 06_04_FOT_20090411_SJH_PHS_0003
조사장소 : 전라남도 구례군 토지면 구산리 구만마을 구산마을회관
조사일시 : 2009.4.11
조 사 자 : 송진한, 서해숙, 이옥희, 편성철, 임세경, 김자현
제 보 자 : 박학서, 남, 73세
구연상황 : 조사자가 지리산 호랑이에 관한 이야기를 물었더니 제보자가 다음의 이야기를 시작했다.
줄 거 리 : 어머니가 남의 집일을 하고 한밤중에 집으로 돌아가는 길이면 호랑이가 집 앞까지 바래다주었다는 이야기이다.

우리가 저~ 담골이란 디가 살았어요. 저, 저, 꼭, 꼭대기 밑에요, 예. 저 산 꼭대기요. 내가 거그서, 세 살인가 먹어서, 나는 업고 내려오고, 형님은 다섯 살 먹어서, 어, 저, 여섯 살인가 다섯 살 먹어서 걸어내려오고 그랬는디.

어머니가 항상, 인자, 아부지는, 그 전에 없이 사니까. 에, 아부지가 시방, 백, 이, 백 여섯이나 그랬는디요. 백 여달이나, 그른디. (조사자 : 살아계시면요.) 아니, 예. 살아계신다믄.

근디, 여그, 여그 밑이 내려와서, 넘의 집을 살고, 가서 인자, 하지 감자 겉은 것을, 농사도 쪼~간헌 디다가, 쪼가썩 져 가지고. 그냥, 끄니 명맥만 허고 살았어요.

그랬는디, 인자, 혹간에 인자, 그, 넘의 집 살고 인자, 집으로 올라니까.

밤에 인자, 올라오잖에요. 인자, 낮에는 일허고, 인자, 밤에는 집에 가서
자고.

그래 갖고 애기도 만들고 헐라고 인자, 그랬는갑서. [일동 웃는다.] 예.
그러니까, 이 호랭이가 뒤에 따라와요. 뒤에 따라 옴섬.

"어, 니가 또 우리 마중 나왔냐."

그래, 불을 써 잡고, 그래서, 가~만히 있다가 또, 니가 너 마중 나왔구
나, 그러고 또, 쪼금 멈췄다가, 또 올라오믄, 또 따라오고 해 갖고, 집이까
지 딱 와 갖고,

"어, 니가, 인제, 이거, 우리 집이 다 왔다."

그럼섬, 그래 갖고 그때는 인자, 또, 살아 가지고. 그래 갖고, 그, 요, 요
리 들에 와서 넘의 집 살다 올라가며는, 꼭 호랭이가 마중을 허드래요. 그
러니게, 항상, 그, 정성을, 저, 공을 들여. 그, 공을 들여야 돼요.

그러니까, 아, 니가 또 나한테 마중 왔구나, 허고. 그런 머시기 갖고, 아
부지, 어무니가 그런 얘기를 자주 했어요, 옛날에.

그런니까, 짐승도 내가 안 건드리믄, 안 건들믄, 해를 안 친답니다. 그
러니까, 그, 높은, 요, 아까, 그, 막, 뭐, 곰이 뭐, 사는, 호랭이조차도,

"아이고, 니가 마중 왔구나"

좋게, 좋게 타이르믄 절대 해를 안친데요. 그래니까, 또, 그런 전설이
한, 있었어요. 예, 저~ 산꼴차기가 살아서, 감자랑 숨거 묵고(심어서 먹
고), 인자, 그 전에 없이, 없이 사니까.

예. 그래 가지고, 에, 그전에는 어머니, 아부지가. 어머니는, 그, 홀챙이
같은 것을, 노상을 쟁기질을 허고, 그, 숨거 묵구 그랬어요, 어머니가. 홀
챙이라고, 막, 노상, 지금 있어요.

에, 고런 걸로, 속을 해 갖고, 갈아 갖고 허믄, 그런 걸 다 허고, 아부지
는 인자, 일 년 내내, 그, 머심 살믄, 쌀 뭐, 두 가마니, 한 가마니, 그렇게
벌어 갖고, 먹고 살고 그런, 그런 시절이 있었어요.

(조사자 : 거기 지명이 어디다구요?) 담골요, 담골이라고 있어요. 지금은, 여, 언덕만, 쪼까썩, 쪼까썩, 있제, 산죽데 같이 나무 밭이 돼브렀어요. 물이, 그 계속 나옵니다, 물이.

(청중 : 왕, 왕, 왕실봉 밑이요.) 계속 그, 물이 나와요, 샘이. 그래 갖고 돌로 하둑을 파 놓고. 그래 갖고, 그렇게 먹고 살았어요.

시루봉의 쇠고리

자료코드 : 06_04_FOT_20090411_SJH_PHS_0004
조사장소 : 전라남도 구례군 토지면 구산리 구만마을 구산마을회관
조사일시 : 2009.4.11
조 사 자 : 송진한, 서해숙, 이옥희, 편성철, 임세경, 김자현
제 보 자 : 박학서, 남, 73세
구연상황 : 이희철과 박학서 제보자가 계속해서 이야기를 이어갔다. 앞서 이희철의 이순신에 관한 이야기가 끝나자 생각난 듯이 바로 이어서 다음의 이야기를 구연했다.
줄 거 리 : 시루봉에 쇠고리 하나가 있는데, 이곳에 배를 묶거나 띄웠다는 이야기이다.

아까, 저, 형님이 얘기 했지마는, 여그, 이, 시루봉이란 디가, 저, 뾰쪽헌 데 산 있죠. (조사자 : 시루봉이요.) 예, 시루봉요. [시루같은 바위와 쇠고리를 그려 보이며]

거가 바우가 시루겉이 생겼어요. 시루걑은디, 쇠고리가 크~거이 요거이 한나 있었어요. 그때는 여가, 사람이 못 살았어요.

물이 막, 천지개벽해 가지고, 거다가, 시루, 저, 여그 쇠고리에다가, 메, 메 가지고, 저, 배를 띄웠답니다. [시루같은 바위와 쇠고리를 그려 보이며]

근게 저, 저, 뾰~쪽한 산에, 거가 요런 바우가 있는디, 쇠고리가 큰~거이 하나 백혔습니다. 저, 뾰쪽헌 디가요.

그래서 동으로는 시루봉이 높이 솟았고, 앞으로는 아름다운 섬진강이
요, 그렇게 돼브렀어요.

여가 섬진강이거든요, 여가, 요. 그러니께, 동으로는 시루봉이 높이 솟
았고, 앞으로는 아름다운 섬진강이요, 이거이, 노래가 있었어요.

옛날에. 그래 가지고, 여, 시루봉이라고 히서, [시루같은 바위와 쇠고리
를 그려 보이며] 시리바우가, 쇠고리가 이런거 백혀 갖고 있어 갖고, 거그
생겨 갖고 타고, 여그까지 와서, 막 내리고 그랬어요.

모다, 그런 디가, 그런 사람들이 있어서. 그런게, 거가 시루봉이고, 여그
는 섬진강이고. 아름다운, 참, 섬진강이고 근디. 그래서, 시리봉, 섬진강,
그래서, 그 노래가 있어 갖고,

그 노래는. (청중 : 그 노래 한번 불러보소.) 동으로는 시루봉이 높이
솟았고, 앞으로는 아름다운 섬진강이. (청중 : 아, 그 노래 모르간디, 다
알지.)

관광버스 앞을 가로 막는 호랑이

자료코드 : 06_04_FOT_20090411_SJH_PHS_0005
조사장소 : 전라남도 구례군 토지면 구산리 구만마을 구산마을회관
조사일시 : 2009.4.11
조 사 자 : 송진한, 서해숙, 이옥희, 편성철, 임세경, 김자현
제 보 자 : 박학서, 남, 73세
구연상황 : 이희철 제보자와 박학서 제보자가 계속해서 이야기를 이어갔다. 앞서 이희철
         의 호랑이에 관한 이야기가 끝나자 생각난 듯이 바로 이어서 제보자가 다음
         의 이야기를 구연했다.
줄 거 리 : 밤중에 학생을 실은 관광버스가 산길을 가는데, 호랑이가 앞을 가로 막았다.
         기사가 학생들에게 웃옷을 벗어 하나씩 던지게 하니, 호랑이가 옷을 다시 던
         져주었다. 마지막으로 어떤 학생의 웃옷을 던져주자 호랑이가 그 옷을 받으니
         기사가 그 학생에게 버스에서 내리라 하였다. 같은 버스에 탔던 노인이 어떻

게 학생 혼자 두고 갈 수 있느냐며 같이 내렸다. 이후 버스는 절벽으로 떨어져 타고 있는 사람들은 모두 죽고, 대신 학생과 노인은 호랑이 덕분에 목숨을 구했다는 이야기이다.

이, 호랭이 얘기를 헌게 말이지요. 참, 우리가 상당히 뭐, 오래된 얘깁니다. 관광버스를 갔는데. 인자, 커단 막, 대학생들, 뭐, 막, 노인들, 막, 청년들 막, 갔는데. 한~참 가는디, 어디 저~그 어디, 뭐, 아주 먼디를 갔어요, 간디.

하이고, 밤이 어중간히, 늦, 저, 짚어 가지고, 간게, 호랭이가 자꾸 앞을 막고, 또 막고. 그러니까 기사가 헐 수 없이, 가다, 가다가. 뭔 일 있을까 모린게.

"에, 여그 계신분들 전~부다 우아게(윗옷) 한나쏙 벗으시오. 그래 가지고 호랭이 앞에다가 한번 던져 봅시다."

쪼끔 가다 보니까, 아니, 이거 또, 호랭이가 또, 막 불 써 갖고, 막, 웅그리고 있고. 아, 그래, 한번은 인자, 기사가 이 얘기 허면서, [호랑이에게 옷을 던져주는 모양을 흉내 내며]

옷을 한나씩 벗어 갖고 딱 따지게 옷을 떤지고 허면. [호랑이가 옷을 돌려주는 모양을 흉내내며] 도로 주고, 도로 주고 허드라게요.

그래서, 아이, 어떤 대학생 한나가, [대학생이 옷을 던져주고, 호랑이가 옷을 받아드는 모양을 흉내내며] 인자, 옷을 딱 던져 준게, 딱 받아 들드래요. 그래서,

"그믄 대학생 너만, 내려라. 그믄 우리는, 그대로 갈란다."

그렇게 있어, 노인이 한 분 있다가,

"저 대학생 내가 죽는 꼴을 어찌 보것냐."

그래서, 그 영감이 내렸드래요. 내려 갖고,

"내가 저, 호랭허고, 같이, 내가, 저, 거슨걸 내가 봐야지." 허고 그 영감허고, 대학생이 허고 딱 내리고 헌게. 오분도 못 가서, 그 바닷가에가,

가 갖고, 절벽 궁글아 갖고, 옴싹 죽어블드래요. (조사자 : 관광버스가요.)

예. 그러니께, 그, 영감도, 대학생 때문에 살고, 그런게 옷 받아들고, 너, 너는 내려라. 그거 또 거, 하나의 전설인디요. 오래 돼았어요, 오래 된 얘기라요.

그러니까, 옷을 한나씩 땡겨도, 도로 주고 도로 주고 헌디, 대학생 한나만 딱 거머쥐고 안 주드래요. (조사자 : 왜 그랬으까요?.) 예. 그러니께, 아, 저 사람은 호식헐 사램이다. (청중 : 호식 팔자지, 호식 팔자.) 예. 호식 팔자다, 해 가지고, 그믄,

"대학생 너만 내려라."

해 갖고, 저그 저, 영감이 그걸 보고 있다가.

"그렇지마는, 내가 저 대학생만은, 내가 그런 꼴 못 본다. 나도 내려 갖고 그걸, 이, 지켜봐야것다."

그래 갖고 영감허고 대학생만 살고. 가다가 오분도 못 가서 그냥, 바다에 그냥, 벌랑 궁글어 갖고, 몽쌍 죽어블고. 그 영갬허고 대학생만 살았답니다. 에, 속담에 그, 옛날에 그, 전설입니다, 그것도.

죽은 지 삼일 만에 다시 살아나고

자료코드 : 06_04_FOT_20090411_SJH_PHS_0006
조사장소 : 전라남도 구례군 토지면 구산리 구만마을 구산마을회관
조사일시 : 2009.4.11
조 사 자 : 송진한, 서해숙, 이옥희, 편성철, 임세경, 김자현
제 보 자 : 박학서, 남, 73세
구연상황 : 제보자가 마을 노인들에게서 들은 이야기라며 다음의 이야기를 구연했다.
줄 거 리 : 먹은 것이 체하여 갑자기 죽자 가족이 초상 치를 준비를 하는데 삼일 만에 깨어났다는 이야기이다.

내가, 그 얘기 헌다요. 우리, 시방 현재, 중앙 경로당에 최고 고령자가 있어요. 아흔 다섯 살 잡순 양반이. 근디, 나허고, 경로당에 둘 뱆이는 없어요.

근디, 그 양반이 허는 말이. 한 번은 어서, 뭘 먹고 왔는디. 딱 체했는가 해 갖고, 죽어브렀대요. 나한테 직접 얘기를 헌디.

죽었는디, 인자 아들이랑, 며느리랑, 뭐, 동생이랑 다 왔었어요. 그래 갖고, 아, 죽었다고 인자, 완전히, 싹~ 매장을 허고. 매장을 그때, 삼일 만에, 거식 헐라고. 저, 죽었다고 동네 사람들이 와서 인자, 아이고, 뭐, 터졌다고, 가셨다고 그래 가지고.

동네 사람들이 와서 보고, 거, 저, ○○을 와서 보고 글드랑마. 아니, 그 양반이 이렇게 얼렁 가실 줄 몰랐다고 허면서. 동네 사람들이 와 갖고, 동생이랑 와서 울고불고 야단이 났는디.

삼일 만에, 움직이대요, 몸이, 움직에. 그래 가지고, 내가, 이거, 뭔 꿈이냐, 생시냐, 그러드래요. 동네 사람들이 전부 다 인자, 죽었다고 와서, 인자, 초상 치를라고 앉어있고, 그러고 있는디.

아니, 벌써, 널자리를 넣고 어찌고 헐라 근게, 저, 움직이드래요. 아하, 그래서, 이, 삼일 초상이라는 것이 있는 것인디. 그래서 내가, 확실히 내가, 죽어서 저승에 갔다 왔구나. 그래 갖고 나허고 얘기를 헌다요.

제 모신 당산나무

자료코드 : 06_04_FOT_20090411_SJH_SGH_0001
조사장소 : 전라남도 구례군 토지면 송정리 송정마을 51번지 송정마을회관
조사일시 : 2009.4.11
조 사 자 : 송진한, 서해숙, 이옥희, 편성철, 임세경, 김자현
제 보 자 : 송기홍, 남, 78세

구연상황 : 제보자는 사전 연락을 받고서 조사자들을 기다렸으나 오지 않자 잠시 산에 가서 느릅을 채취하고 있었다. 조사자들이 마을에 도착하여 제보자를 찾았으나 찾을 수가 없어 이장님께 부탁하자 마을회관 마이크로 제보자 찾는 방송을 했다. 그러자 제보자는 이 방송을 듣고서 부랴부랴 산에서 내려와 옷을 갈아입고 마을회관으로 왔다. 이어 조사자들이 마을과 당산제에 대해서 묻자 다음의 이야기를 시작했다.

줄 거 리 : 음력 정월 보름날이면 마을사람들이 정갈하게 당산나무에서 당산제를 모시고 당산굿을 쳤었다. 그 당산나무가 아름드리 커서 외지에서 팔라고 했으나 팔지 않자 한밤중에 당산나무를 베어버렸다는 이야기이다.

그래 가지고 여그, 여, 이거 주차장 있는데 가믄 인자, 양쪽에 인자, 거, 담 싸논거 있어, 인자, 상, 상투 돌 세워서, 그걸 보고 인자, 우리 어렸을 때도 인자, 우에 어른, 우에 어르신들이 사망다마락이라고 그래, 사망 다무락. (청중 : 요거, 지금 성황당.)

사망 다마락이라, 이렇게 부르등만, 인자. 사망이라고 허믄 인자, 죽은 것을 말허는 것이거든, 인자. 다무락은 인자, 요러게 싸논 것을 다무락이라, 그냥, 저. 알기 쉽게. (청중 : 담으로 톡 싸졌어.)

돌로 싸 논걸 다무락이라고 요런데, 사투리 말로, 다무락. 사망, 그래서 다무락. 죽은 사람을 쌓는 다무락이다. 사망 다무락.

이렇게 해 가지고. 인자, 정월 대보름날은 인자, 십사일 날, 음력으로. 정월, 일월 달에. 십사일 날은 인자, 동네서 가장 깨끗한, 인자, 유고 없이, 인자, 상도 안 입어야 되고, 이런 분을 인자, 미리서 선택을 인자, 거, 한, 며칠 전에. (청중 : 명, 명씨도 없어야 되고, 임신도 안 되야 되고.)

그런 분을 선택 해 가지고 인자, 딱 선정을 허믄, 그분은 일주일 전에, 부터 인자, 정성을 써 가지고, 음식도 인자, 함부로 인자, 변소간에 가도 안 되고, 옷을 인자, 갈 때마다 갈아입고 그래야 허니까, 옷을. (청중 : 대변만 봐도.) 옷을 갈아입어야 돼. (청중 : 찬 물에 목욕 허고, 새로 갈아입어야 되고.)

그래 갖고. (청중 : 소변을 봐도 그러고.) 그러고, 이거 인자, 참 정월 저, 십사 일 날로, 저, 한~밤중에. 여다 인자, 막 기우라고 해 갖고, 왼, 왼 올, 저, 왼 사내끼라 있어. 거 꽈 갖고 거, 종우 여러니 꽂고, 요래 갖고 인자, 금, 금줄 맹이로 줄을 해서 인자,

'이런 사람 오지 마시오.'

빨간 흙 파다 인자, 다문다문 해놓고, 또 철릉이라고 저~기 해 갖고, 그 전에는 저그 인자, 한~밤중에 가니까, 인자, 가서 제사, 제물을 모실라믄 인자, 거 인자, 산신님이 인자, 호랭이라고 그러등마.

산신님이 와서 옆에, 쪼그려 앉았다. 어르신들을, 우, 그런, 인자, 말씀을 쪼, 쪼래니 앉어 갖고 그런다고, 그래 갖고. 그날 인자, 정성껏 제사를 모시고,

그 이튿날 아침에는 인자, 매구를 쳐, 인자, 거그서 터울림 막, 인자, 당산굿이라 해 갖고, 메구 치고. 우리도 굿 많이 쳤구만, 가서, 젊었을 때. (조사자 : 근데, 이렇게 안 모신지가 얼마나 됐어요?) (청중 : 한 십년.) 한 칠팔년 됐는가, 한 십년 됐는가. 십년은 못 됐으껐이구마.

힘센 장사 스님

자료코드 : 06_04_FOT_20090411_SJH_SGH_0002
조사장소 : 전라남도 구례군 토지면 송정리 송정마을 51번지 송정마을회관
조사일시 : 2009.4.11
조 사 자 : 송진한, 서해숙, 이옥희, 편성철, 임세경, 김자현
제 보 자 : 송기홍, 남, 78세
구연상황 : 제보자가 앞서 민요를 부르고 나서 잠시 쉬는 사이, 조사자가 이 마을 근처에 절이 있는 지를 묻자 다음의 이야기를 시작하였다.
줄 거 리 : 절골에 장사 스님의 무덤이 있었는데, 그 스님은 힘이 장사여서 이쪽 산에서 메를 던지면 저쪽 산에서 떡을 쳤다는 이야기이다.

이거이, 좀, 저, 저~ 계곡을 타고 올라가믄. 인자, 절골이라고 있어요, 절골. 그것은 인자, 왜 그러냐믄, 인자. 그 위에가 인자, 절이 있다 해서, 절골이다. 요렇게 됐는디.

어, 거 인자, 그 옆에, 부, 부근에 인자, 수리 든, 댁, 댁이다. 수리든 댁이라 그런디, 인자, 수리 든 댁이다, 인자, 요런 말도 않고, 두 가지로 인자, 헌디.

그 절에서 인자, 중이, 아침으로 인자, 일찍 일어나서 인자, 기도, 염불인가, 그거 헐라믄 인자, 장~그랑, 장그랑 허고 인자, 요런거 친소리가 인자, 나, 나드라 인자, 장그랑 소리가 났어.

그래 갖고, 수리든 인자, 댕기다, 요렇게 말을 붙였다고 이런 말 헌디. 근디 또 그 옆에가 장고 무댐이라고, 산, 또 산이 장고, 장고 무덤.

예. 저, 그런데 장군이, 무덤이라고 헌디, 고것은 인자, 옛날 이병 때, 거, 저그, 그리 된가, 몰라도. 장고 무덤. (청중 : 그 절에서 땡겨 갖고, 그 때게, 바우에, 돌 연진거, 그 스님이.)

근게, 그 장고 무덤이라 근디, 그래 가지고, 옛날에는 인자, 다 인자, 어느 절 없이, 인자, 중들이 옛날 말로, 다 동냥 해 갖고 인자, 그 절을 운영허고 인자, 요런 식으로 안 그랬습니까.

그래 갖고 인자, 그, 절에 갈라믄 겁~나게 멀어, 여그서. 저~, 한 꼭대기라, 거, 절이. (청중 : 산으로 올라가야, 욱으로 욱으로 올라가야제. 산꼭대기로 올라갈라믄, 세 시간 걸려.)

그, 세 시간, 겁나게 멀어. 질도, 막 요러거 헌디, 급경사지고. 그런디 인자, 그 절, 중이, 아주 장사다고 그래요. 거그서 인자, 떡을 쳐 갖고, 메를 훅~ 떤지믄,

저~ 산 저리로 인자, 가서, 거그, 거그서 또 그 메로 떡을 치고. 이렇게 해서 참, 장사 중이.

빈대 때문에 폐사한 절터

자료코드 : 06_04_FOT_20090411_SJH_SGH_0003
조사장소 : 전라남도 구례군 토지면 송정리 송정마을 51번지 송정마을회관
조사일시 : 2009.4.11
조 사 자 : 송진한, 서해숙, 이옥희, 편성철, 임세경, 김자현
제 보 자 : 송기홍, 남, 78세
구연상황 : 스님 이야기에 이어서 절에 관한 다음의 이야기를 구연했다.
줄 거 리 : 스님이 절에서 공을 들이는데 어느 날 없던 기둥이 생겼다. 알고 보니 그 기
둥은 빈대가 모여 만든 것으로 이후 그 절은 빈대로 인해 망했고, 지금은 절
터만 남아 있다는 이야기이다.

어, 한 번은 인자, 동냥을 해 가지고 인자, 그, 저, 동냥 줌시로 인자, 무슨 인자, 애기 좋으라고 그랬든지, 인자, 언제 공들인다고 인자, 정성, 전달을 했는갑드만요.

그날 저녁에 인자, 가서, 공을 들여야 헌디, 인자, 거, 쌀이든지, 뭐, 돈이든지 받아 갖고, 탁, 가방에 옇고. 거, 하~도 인자, 옷은 인자 거, 된장, 막 묻, 옷을 베리게 생겼어, 막, 급해 갖고. (청중 : 급히 와 갖고, 급허니 와 갖고.)

막, 급해 갖고. 그래 갖고 온니 온짝 안 오고, 똥을 싸 갖고 베려브렀다, 이래 갖고. 그날 저녁에 가서, 인자 공을 들인다. 불 써 가니까, 막, 그 전에 없던 지둥이 인자, 새로 하나 생겼드래, 이렇게. 없던 지둥이. (조사자 : 절에 가니까요.)

어, 절에 인자, 딱 들어서니까. 없던 지둥이. 그래 갖고 이놈이 바그르르 무너지더니, 전부 빈대가 해 가지고 그냥, 절이 망해브렀다, 인자. 말은 인자, 절에 빈대 끓으믄 망헌다고 허는디.

항, 그래 가지고 망해 가지고. 지금 가믄 인자, 그, 뭐, 돌 쪼금, 자, 절터라고 허기는 허는디, 인자, 돌담같은거, 요래, 좀, 흔적은 남아 있는데. (청중 : 절터는 분명히 절텁니다.)

이, 나오는데, 잘 보믄 인자, 흔적이 있고, 잘 못 보믄, 뭐, 그거이 그거고, 그런디. 지금 우리 웃어른들은,

"지금도 가서 돌을 뜯으믄, 빈대가 있다."

이런 얘기를 해.

산골 처녀 왕비 된 사연

자료코드 : 06_04_FOT_20090411_SJH_OTS_0001
조사장소 : 전라남도 구례군 토지면 구산리 구만마을 구산마을회관
조사일시 : 2009.4.11
조 사 자 : 송진한, 서해숙, 이옥희, 편성철, 임세경, 김자현
제 보 자 : 오태석, 남, 64세
구연상황 : 앞서 이희철 제보자의 이야기가 끝나자 옆에서 조용히 듣고 있던 제보자가
　　　　　 다음의 이야기를 들려주었다.
줄 거 리 : 결혼하지 않은 왕이 왕비를 구하고자 각 고을에 어사를 풀었는데, 지혜로운
　　　　　 산골 처녀에 대한 이야기를 듣고 왕비로 맞이했다는 이야기이다.

옛날에는 나라 왕이. 말하믄, 총각이라. 결혼을 못 허고. 근디, 여그, 말허믄, 왕의 그, 부인을 만들라믄. 못 만들았대, 내, 내가. 왕이라도.

근게 어찌게 해놓은 거냐믄, 그, 밑에. 그, 아무개가 산데요, 지금의 선조들이. 그, 각 고을의 골따구, 고, 고, 고을을 해놓고. 왕, 말허자믄 부인이 될 사람을, 골라 갖고 와라.

골라 갖고 와란게로. 애들 풀어 놨는디. 어사가, 돌아댕기고 보드래도. 여그 왕 부인 될 사람이 없드래, 눈에가. 근데, 말허믄 인제는, 산, 산을 넘고 그랬잖아요.

자꼬 우리가, 산을 넘고, 댕긴디. 가다가 인자, 하도 배가 고픈게. 어느 가게집이, 저, 오두막살이가 있는디, 가게집이 들아간게로, 가서 인자, 밥을 좀 달랬대. 배가 고파 죽것다고, 밥을 달라고.

근게, 그, 아가씨가. 밥을 딱 해 갖고, 주드라 그래요, 밥상을 채려 갖고. 근디, 딴 사람은 보통 밥을 허믄, 요, 생선을 여, 굽든 어찌든 허믄, 요, 뭐, 떨어주잖아요.

생선은 저, 생선이 작아서 그랬든가, 안 짜르고, 온 마리로. 온 마리로 놨드랑마. 그러고, 밥 위에, 밥을 큰, 저, 쌀밥을 했는디. 우에다가 나락을 세 톨을 얹어 가지고.

근게 밥에 나락 있으믄 뉘라 글잖애요, 고놈을. 뉘, 근게 고놈을 밥에 딱 해 갖고, 딱 세 개를 여 놨는디. 본게 딱 그래. 인자, 생선도 그, 온 마리로 딱 놓고. (청중 : 올채.) [밥 뚜껑을 여는 시늉을 하며]

가만이, 어, 어사가, 인자, 그, 복개를 열어서 밥을 묵을라 본게. 나락이 세 개가 있어. 근게 해석허기를 밥에 나락이 있으믄, 뉘라근다, 뉘. 근게, 뉘, 뉘, 뉘, 근게, 누구시오. 물은거여, 인자.

인자, 어사가 해석을 헌데. (청중 : 위가구만, 위가.) (청중 : 뉘, 뉘, 뉘, 세 개가 딱 있다네.) 뉘, 뉘, 뉘 근게, 누구시오. 인자 물어본거여.

근게. (청중 : 뉘, 자꾸 그런게.) 생각, 생각험서, 밥을 먹었어. 밥을 먹고는. 생선을 안 먹었어, 생선을. 안 먹고는, 생선을 네 동을 내놨어.

네 동우로. 저분으로 짤랐는가, 수저로 짤랐는가, 그, 네 동을 해 갖고. (청중 : 어가여, 어가.) 잘 묵고 인제, 간다고, 인자.

"잘 묵고 갑니다."

그런게로. 그 아가씨가 공 일, 고기 어자, 넉 사자, 어사다 그 말이여. 공에다, 흑사다 근게,

"어사님 안녕히 가십시오."

인사를 헌게. 이렇게 뭐, 산간에, 벽지, 말허자믄, ○○○ 산, 산에 산 사람치고는 여자가 이렇게 야문 사람 없어. 구허들 못 해. 가서는 얘길 했더니. 이렇게, 이렇게 허고, 사실 얘기를 싹 해준게.

"아, 됐다, 그 여자 대고오라."

그래 갖고 그, 아가씨가. 말허자믄, 그, 왕의 부인이 됐다고, 그런 얘기가 있구만. 근게, 그, 그, 아가씨가, 얼매나 머리가 좋으믄, 물은게로, 진짜, 그, 대면해서 물어보는 못 허고. (청중 : 어사, 어사 그런게.)

나락, 그, 밥에다 나락을 넣어, 뉘, 뉘라 그런게, 나락을 넣어 갖고. 근게, 뉘, 뉘, 세 개를 놔 둔게, 누구시오, 물어본거여. 어사는 생선을 온 마리로 놔 둔게. 짤라준디, 온 마리로 놔둔게로,

가만 본게, 안 묵었어요, 그래서는 네 동이 헌게. (청중 : 어사.) 고기 어자, 그, 어사 자. 이래, 아, 어사님 안녕히 가시오, 그래.

지리산신 노고할머니가 정한 토지면과 마산면

자료코드 : 06_04_FOT_20090411_SJH_LHC_0001
조사장소 : 전라남도 구례군 토지면 구산리 구만마을 구산마을회관
조사일시 : 2009.4.11
조 사 자 : 송진한, 서해숙, 이옥희, 편성철, 임세경, 김자현
제 보 자 : 이희철, 남, 76세
구연상황 : 조사자들이 사전에 연락을 드리고 마을회관 앞에 도착하니, 마을사람 다섯 분이 나와 계셨다. 마을회관으로 들어가서 조사 취지를 설명 드리자 그 내용을 충분히 이해하고 조사에 임해주었다. 조사자가 마을에 관해 묻는 것으로 이야기를 끌어가자 제보자가 다음의 이야기를 시작했다.
줄 거 리 : 지리산 산신령인 노고할머니가 정하여 마산면은 무관이 날 자리이고, 토지면 문수리는 문관이 많이 날 자리여서 한학자, 박사가 많이 나왔다. 또한 토지면 용두리는 용이 탈 자리이고, 금내리는 돈이 나는 곳이고, 구산리는 사람이 살기 좋은 곳이며, 파도리는 도를 닦는 곳이라는 이야기이다.

그러믄 토지면의, 토지면입니다. 토지면 유래를 대강 말씀을 드릴 테니까. 에, 노고할머니가 여그 계세요. (조사자 : 노고할머니.) 에, 산신님이 노고할머니에요, 지리산. 여잡니다.

전부 남잔디. 에, 지리산만 산신령이 노고할머닙니다. 에, 그런데 내려

다보니까. 면 이름을 토지라고 해야 것드라. 노고 할머니가 참, 생각허고 있습니다.

그래, 토지면이라고 노고할머니가 딱 때린 거에요. 그럴 때에. 저짝 마산면은 장군이 날 디라. 무관이 날디요, 마산면은요. 무관이 많이 났습니다. 너댓 났은게, 별자리가.

근디 토지면은, 저짝은 무관이 났는데, 토지면은, 무관을 내서는 안 된다. 문관을 내야 헌다. 사를 많이 배출 시켜야것다. 그래, 토지면 박사가 한, 여섯 됩니다, 여가.

인자 요런디, 이름을 집니다. 오미리라는 동네가 있어요. [방바닥에 손가락으로 '오미'를 한자로 쓰며] 다섯 오자, 아름다울 미자. 다섯 가지 아름다움이라 그 말입니다.

그런데, 다섯 가지 아름다움에서, 아까 문관이 나온, 나오게고롬 노고할머니가 생각헌다 그랬지요. 글을 잡아라. 그래, 문수리가 있습니다. [방바닥에 손가락으로 '문수'를 한자로 쓰며]

글월 문자, 잡을 수자. 에, 글월 문자, 잡을 수자, 문수리. 그래, 글을 잡아요. 그런디 거그서, 학자들이 많이 나왔습니다. 뭐, 고당 선생님, 화당 선생님, 효당 선생님, 또, 구암 선생님. 요런 분들이, 한학자들이, 훌륭한 분들이 많이 나왔어요.

그 마을에서, 바로 노고단 밑에 마을입니다. 문수리란디가. 그런가믄, 요리 내려와서. 용두리가 있어요. 용 용자, 머리 두자. 저짝에는 말을 탄디. 마산면은 말을 탄디. 토지면은 말 탔은게, 용 대가리를 타라. 그래서 용 용자, 머리 두자, 용두리가 있어.

네. 그럼 인자, 글을 잡았으니, 용을 탔어요. 그러믄 될 것이냐, 돈이 있어야 헌다. 그래, 금내리가 있습니다. [손가락으로 허공에 '금내'를 한자로 쓰며] 쇠 금자, 금내리. 돈을 가져야 해.

그런디, 니가 돈만 가져야, 사람 살디가 있어야 헌다. 바로, 여가, 구만리가 사람 살디여. 여, 구만리가. (조사자 : 젤 좋은 데네요.) 예, 젤 좋은 사람 살뎁니다.

여, 한문도, 아니, 저, 글도 배왔고, 돈도 있고, 용 대가리 탔죠. 그런디. (청중 : 구만호가 살았다 해서, 구만리여.) 예. 도, 도를 닦아라. 도를 잡아야 한다. [방바닥에 손가락으로 '파도'를 한자로 쓰며] 그래, 잡을 파자, 파도리가 있어요. 저가, 파도리가.

큰 동넵니다. 그러믄 다섯 가지 아름다움이 안 됐습니까. [다섯 가지를 손가락으로 하나씩 꼽으며] 글 잡았지, 용 대가리 탔지, 돈 많지, 사람 살디 있지, 도, 도를 잡았지. 다섯 가지 아름다움을 이루어져 나간디가, 여 그 토지면이에요.

예. 그러면서, 놀디는 어디 가서 놀아야 허냐. 요 밑에 가믄 동네가 있습니다. 송 송자, 정자 정자 송정리가 있어. 근디 지금은 소나무 한나도 없습니다마는. 옛날에 소나무가 있었드랍니다.

거그서 술을 먹어, [제보자 앞에 있는 술잔을 잡으며] 요롷게. 송정리. 소나무 앞에서 술을 묵음섬, 밖 외자, 꼴짝 곡자, 외곡이라는 디가 있습니다. 외, 외곡. 밖 외자, 꼴짝 곡자. 바깥에도 꼴짜기니라, 바깥에도 동네가 있니라,

그럼섬 한 잔 재끼드랍니다. 이것이 토지면의 유래 간단한 것입니다. [제보자가 들고 있던 잔의 술을 한 모금 한다.] 인자, 그런 유래를 가졌고.

지리산신에게 빌어 율곡을 얻은 신사임당

자료코드 : 06_04_FOT_20090411_SJH_LHC_0003
조사장소 : 전라남도 구례군 토지면 구산리 구만마을 구산마을회관
조사일시 : 2009.4.11
조 사 자 : 송진한, 서해숙, 이옥희, 편성철, 임세경, 김자현

제 보 자 : 이희철, 남, 76세

구연상황 : 앞서 지리산 노고할머니 이야기가 나온 것에 대해 조사자가 재차 묻자 다음의 이야기를 구연했다.

줄 거 리 : 노고할머니가 욕심이 많아 지리산에서 인삼이나 동삼을 캐지 못하게 했다. 그리고 신사임당이 아들을 얻기 위해 지리산에 와서 산신께 빌었더니, 산신이 밤나무 1,000주를 심으라 하여 그렇게 했으나 확인해보니 1주가 부족했다. 다행스럽게도 너도밤나무가 있어 1,000주를 채우게 되었다. 그리하여 신사임당은 아들인 이율곡을 얻게 되었다는 이야기이다.

에, 쪼금은 알고는 있습니다마는, 그것 가지고는, 좀 부족헌디. 저, 노고 할머니가, 우리나라 태산 중에, 산 중에, 산 중에, 전부 남자가 산신령인디. 여자에요.

여자님이, 지리산을 담당허고 했어요. 근게 지리산에서는, 어뜨게 노고 할머니가 욕심이 많던지. 인삼겉은거, 동삼겉은 걸, 못 캐. 지리산에서는.

왜. 욕심이 많아 갖고, 전부, 그런거 못 캐게 만들어브러. [엄지손가락을 들어 보이며] 그래서 지리산이, 국립공원 제 일홉니다. 일호에요.

예. 그러고 노고 할머니께서는, 바로 그, 에피소드가 있습니다마는, 그 거이 맞을란가 어쩔란가는 모른디. 제가 알고 있는 것은. 이율곡 선생님 어머니가 사임당입니다.

사임당께서, 아들을 하나 얻을라고. 지리산을 왔는 갑데요. 그런게,

"밤나무를 천 주를 심어라."

인자, 노고할머니가. 인자, 그랬어요. 그래 인자, 천 주를 심었어, 신사임당이. 지리산. 요, 밤이 많, 밤나무가 많습니다. 전부, 지리산, 빨치, 밤나무가 많아요.

그런디. 인자 확인을 해. 확인을 헌디. 노고할머니가 인자, 참말로 천 주를 심었는가, 안 심었는가, 확인을 헙니다. 한 주, 두 주, 서이, 너이, 구천, 아니, 구백구십구 주라. 한 주가 모지래.

구백구십구 주. 그, 다시 세. 다시 세도 구백구십구 주여. 근게, 아들을

얻을 수가 없어. 거짓말이 돼 갖고. 그런디, 그 비슷~헌 나무가 있습니다, 밤나무가. 비슷~한 밤나무, 고놈만 세믄. 천 줍니다.

그러니께, 그 나무가,

"비슷해, 나도 밤나무요, 나도 밤나무요."

이런 말을 했어. 그 이름이, 밤나무가 나도밤나무여. [청중과 조사자 웃는다.] 그래 갖고 이율곡 선생님이 태어납니다. 그래서 노고할머니가 대한민국에 진실한 인물을, 참~, 그, 이율곡 선생.

그래서 밤 율자. 밤나무를 심어서 율곡이라고, 이름을 지었드라는, 그런, 이, 전설이 있습니다. 그, 그런 전설만 알고 있습니다.

용소에서 마음을 닦아 어사된 박문수

자료코드 : 06_04_FOT_20090411_SJH_LHC_0004
조사장소 : 전라남도 구례군 토지면 구산리 구만마을 구산마을회관
조사일시 : 2009.4.11
조 사 자 : 송진한, 서해숙, 이옥희, 편성철, 임세경, 김자현
제 보 자 : 이희철, 남, 76세
구연상황 : 조사자가 용에 관한 이야기를 묻자 마을 근처에 용소가 있다면서 다음의 이
　　　　　 야기를 구연했다.
줄 거 리 : 용소에서 마음을 닦아 어사가 된 박문수가 용소 앞에서 지혜로 도둑을 잡았
　　　　　 다는 이야기이다.

토지면에 저, 문수리 가믄 용소가 있어요. 용쏘가 있어. 에, 용이 확~ 돌아가는 굽이 탱이를 치고 올라간, 그, 바위에 가서, [용이 간 흔적을 방바닥에 그려 보이며]

용이 간 흔적이 콱~ 있어요. 그리고, 그, 용쏘, 그 우를 들여다 보믄, 보이들 안 해. 깜깜허니요. 그런 용쏘가 있고. 그, 용쏘를 누가 와서 마음을 닦았냐 허믄.

박문수 어사 있죠. 박어사. 박문수가 와서, 거그 와서. [방바닥에 손가락으로 '세심'을 한자로 써 보이며] 삼수변에 몬자(먼저) 선자, 씻글 세, 세심. 마음을 씻거.

거그다가 글을 파 갖고. 탁~ 해놨어요. 근게 박문수겉은 어르신이, 그 용쏘에 와서, 마음을 씻거 버리고. 그래서 박어사가 됐는디. 재미, 그 용쏘, 그, 재밌는 얘기는, 박어사가 지리산에 왔어.

박어사가 유명헌 것이 뭐인줄 압니까. 도둑놈 잡는디, 유명해. 도둑, 도둑. 박어사가요. 아니, 샘에 가서, 요런 샘에 가서, [앞에 종이컵을 들고 엎드려서 물을 먹는 시늉을 하며] 엎져서 요리 물을 묵고 있은게. 엎져서 묵어요, 땅에서. 아, 어떤 놈이 뒤에서, 딱, 멱살을 잡드니,

"니가 박문수지."

박어사여.

"그렇다. 내가 박, 박문수다. 근디, 니가 나를 [멱살을 잡는 시늉을 하며] 멱살을 잡지만, 니 뒤에 사람은 누구냐, 니 뒤에 사람은 누구냐."

[뒤를 돌아보며] 그런게 고놈이 요~리 뒤를 돌아다 봐. 아무도 없어. 그때 박문수가 탁, 도둑을 치고 잡은 겁니다, 또. 그 순간적인 지혜 아닙니까?

그래, 박문수가 그렇게 지혜로웠다는 것이, 그 용쏘에서도, 에, 그, 전설 비슷허롬허니 남아 있습니다.

오산이 멈춘 이유와 쌀바위

자료코드 : 06_04_FOT_20090411_SJH_LHC_0005
조사장소 : 전라남도 구례군 토지면 구산리 구만마을
조사일시 : 2009.4.11
조 사 자 : 송진한, 서해숙, 이옥희, 편성철, 임세경, 김자현

제 보 자 : 이희철, 남, 76세

구연상황 : 조사자가 쌀 나오는 바위 이야기를 묻자 "어, 오산"이라며 다음의 이야기를 시작했다. 여기서 청중은 박학서이다.

줄 거 리 : 오산이 걸어가는데, 부엌에서 불을 때던 처녀가 그 광경을 보며 부지깽이로 부뚜막을 두드리면서 산이 걸어온다 하니 그 자리에서 멈췄다. 그리고 오산에는 쌀 나오는 바위가 있었는데, 더 많이 나오라고 막대기로 쑤시니 그 뒤로 나오지 않았다는 이야기이다.

오산, 절에, 고. (청중 : 사성암이에요, 사성암이에요.) 예, 사성암에 있어요, 오산 절에. 쌀, 쌀 구녁이 있어. 거, 거, 뒤에가. 아, 쌀 구먹이 있는디.

구례읍에 처녀가. 그 산이 들어와. 자꾸 기어 들어와. 그런게, 이, 전설이에요. [부엌의 부뚜막에서 불을 떼는 모양을 그려 보이며] 부뚜덕(부뚜막)에서 불을 떼다가, 저, 부, 부, 불 떼다가, 요, 요, 요거 뭐이여.

앞에 있는. (청중 : 부떡.) 부떡, 부떡. [부뚜막을 뚜드리는 시늉을 하며] 에, 부떡을 탁, 탁, 뚜딘게. 탁, 탁, 탁, 뚜드러.

근게, 오산 저놈이 걸어오다가, 구례읍을 보고 걸어오다가. 딱, 서븐 거에요, 시방요 그라고 톡, 불거져 있습니다, 산이. 거그, 그걸 보고 객산이라고 그래요. 손 객자, 저, 백운산입니다, 저건.

[뚜드리는 시늉을 하며] 걸어 온게, 그놈을 뚜든게, 딱 해. 근디 쌀 구먹에서 쌀이 나온디. [구멍을 쑤시는 모양을 흉내내며] 좀 많이 나오라고, 누가 쑤셔브렀어, 그냥, 가.

더 나오라고. 이, 쌀 구먹을. 그 뒤로 쌀이 안 나와. 에, 인자, 그런 전설만 알고 있습니다.

역적으로 몰려 죽임을 당한 토금리 사람

자료코드 : 06_04_FOT_20090411_SJH_LHC_0006

조사장소 : 전라남도 구례군 토지면 구산리 구만마을 구산마을회관

조사일시 : 2009.4.11
조 사 자 : 송진한, 서해숙, 이옥희, 편성철, 임세경, 김자현
제 보 자 : 이희철, 남, 76세
구연상황 : 앞서 제보자의 이야기가 끝나자 잠시 준비한 막걸리를 마시고 있다. 이에 조
　　　　　사자가 아기장수 이야기를 아는지 묻자 들은 적이 있다며 다음의 이야기를
　　　　　구연했다.
줄 거 리 : 문척면 토금리에 사는 사람이 나뭇잎에 꿀로 임금왕(王)자를 써놓자 벌레들이
　　　　　그것을 먹으니 나뭇잎에 임금왕자가 새겨졌다. 후에 임금에게 알려져서 역적
　　　　　으로 몰려 죽임을 당했다는 이야기이다.

　토금이라는 디가 있어요. 문척, 토금이. 예. 토금이. 금정리라고도 헙니
다. 동네, 원 이름은 금정리라고 나올 겁니다. 거그에, 한 사램이 났는데.
나무에다가 전부, [방바닥에 손가락으로 '왕'자를 한자로 써 보이며] 전부
요, 꿀, 꿀로, 임금 왕자를 썼어. 나무 잎싹에다가.

　예, 꿀로. 거그서, 토금리 사람이요. 거, 이, 이름이 나올겁니다. 난중
에. 나가 시방, 망각을 해서 모르것는디. 자기가 임금이 될라 헌거에요.
그러고 나무 잎싹, 넓적 넓적 나무 잎싹에다가.

　꿀로 임금 왕자를 써 논게. 벌거지(벌레)가 와 갖고. 전~부 꿀 고놈을
먹음서, 잎싹까지 띠어 묵어 브렀어. 그런게 나무 마둥, 잎사귀가 임금 왕
자가 써졌어. 임금 왕자가.

　야, 이거 이상한 놈의 일이다. 세상에, 이, 토금이. 그, 앞뒤가 안 보입
니다, 하늘만 보인 디에요. 임진왜란 때 피난지에요. 아, 앞뒤가 없어요.

　식량이고 뭐도, 그때는 없었고, 앞뒤가 탁 개려 갖고. 그래 갖고, 임, 임
금이 나올 자리다. 인자, 자기가 그런 꿈을 꿨어. 그래 갖고 결국 역적으
로 죽습니다. 잽혀 들어가 죽어.

시묘살이 하는 효자를 지켜준 호랑이

자료코드 : 06_04_FOT_20090411_SJH_LHC_0007
조사장소 : 전라남도 구례군 토지면 구산리 구만마을 구산마을회관
조사일시 : 2009.4.11
조 사 자 : 송진한, 서해숙, 이옥희, 편성철, 임세경, 김자현
제 보 자 : 이희철, 남, 76세
구연상황 : 박학서가 호랑이에 관한 이야기를 끝내자마자 바로 이어서 다음의 이야기를
　　　　　 시작했다.
줄 거 리 : 조선시대에 마산면에 살았던 효자가 시묘살이를 하는 동안 호랑이가 따라다
　　　　　 니며 지켜주었다는 이야기이다.

마산면에 가면은, 호, 호랑이 얘긴디. 귀익이라는 사람이 있어요. 귀익.
에, 이, 이귀익인디. 에, 조선시대에, 때에, 효자상 받은 사람인디. 임금이
하사한 사람이라요.

그런디 호랑이가 저녁마동 와. 저녁~마동 와서, 옆에 와서, 자 줘요,
이~ 예. 시묘살이 헌디. 에, 묘, 못 옆에서 아들이 자믄, 호랑이가 와.

와서, 인자 그랬, 그랬든가 거이라. 호랑이가 안 오믄, 추워. 이, 옆에
와서 딱 드러 누믄, 따땃해.

근디, 그, 돌아가신 명인이. 평~상 뭣을 좋아허냐믄, 물고기를 좋아 했
어. 그러믄, 한숨 자고는,

"호랑아, 우리 아부지를 위해서 고기 잡으러 가자."

그래. 인자 호랑이하고 같이 가. 가 갖고, 섬진강을 들여다보고는, 고기
가 올라가믄, 이, 탁 잡은디, 호랑이가 잡아. 두 마리 잡아. 잡아 갖고,

"요놈만 자시믄 돼지."

그래, 세 마리 이상은 안 잡아. 그래 갖고 호랑이허고 인자, 등어리(등)
에 타고, 또 묘로 와. 묘로 와 갖고, 자신가 뭣인가는 모리지마는, 꾸어 갖
고, 이, 이, 묘 앞에다 놓고는, 인제 절을 허고, 요런 그, 얘기가 있는디.

근디, 그, 그 대목을 우리는, 뭘, 어찌게 아냐믄, 효자는 반드시 호랑이

가 와야 든든해요, 그허고 따땃허고. 요, 요런 거이 있고.

그 다음에, 호랑이도 그렇게 욕심을 안 부리드랍니다. 꼭 세 마리 이상은 안 잡아. 똑~ 세 마리만 잡아다가, 딱~ 끓에서.

근디, 결국 그, 고기는 누가 자셨냐. 마음먹고 효자 한 그 사람이 자시드란 거이랍니다. 저, 돌아가신 명인이, 뭘라, 뭇등에서 어찌게 묵을 거이요.

근게, 자기 성의와, 자기 성의에 의해서. 에, 복은 결국 행동으로 옮긴 사람, 이 사램이 돌아오드라. 그래서 언행의 일치가 돼야 헌다.

언행일치가 돼야 헌다. 인자 요런 것이, 그 사람의 교훈, 교훈입니다. 귀익이라는 사람이에요.

이대장 묘자리

자료코드 : 06_04_FOT_20090411_SJH_LHC_0008
조사장소 : 전라남도 구례군 토지면 구산리 구만마을 구산마을회관
조사일시 : 2009.4.11
조 사 자 : 송진한, 서해숙, 이옥희, 편성철, 임세경, 김자현
제 보 자 : 이희철, 남, 76세
구연상황 : 박학서와 이희철 제보자가 서로 이야기를 주고받는 식으로 진행되었다. 조사자가 묘자리 잘 써 발복한 이야기를 해달라고 하자 박학서가 문수사 이야기를 꺼내니 바로 다음의 이야기를 시작했다. 청중들은 막걸리나 음료수를 마시면서 흥미롭게 이야기를 경청하고 있다.
줄 거 리 : 문수사 뒤에 자리한 이대장묘는 국풍이라는 사람들이 풍선을 띄워 가라앉은 곳에 정한 것이라는 이야기이다.

(청중 : 거그, 거시기, 문수리, 저그, 문수사 위에.) 응, 이대장 묘에. (청중 : 이, 이장 묘.) 이대장. (청중 : 이대장이요, 참모요, 거.) 이대장. (청중 : 그, 그 얘기 좀 해주시오.)

에, 그것은 대강 안디. 역사에도 나와. 에, 옛날에는 묫자리를 잡을라믄, 국풍이라는 사람들 써 갖고. 에, 풍선을 띄워. 풍선을 띄운디, 그 풍선이 가라앉은 디가, 에, 대지 거이다.

그래 갖고 인자, 국, 저, 노고단 밑에 [옆에 앉은 청중에게 동의를 구하며] 왕실봉 밑이지? 거그. (청중 : 문수사라고 허믄 잘 알지.) 거그, 에, 에, 문, 문수사 뒤에요. 이대장 묘라는 거이 있습니다.

아, 근디, 그분이 인자, 그, 거다 묘를 썼는디, 시방, 그 후손들이, 에, 토지 용방, 아니, 구례 용방서 많이 살고 있습니다.

근데, 그, 거다 묘를 썼는디. 날아와서 인자, 앉어서. 썼는디. 에, 죽어서 대장이 된 사람이에요. 살아서 대장이 아니라. 인자 공이 많다고 해서. 그런디, 손들이 있고 그런디, 대, 죽어서 대장이 돼논게로. 그거이, 뭔 얘기가 없습디다.

피아골의 유래

자료코드 : 06_04_FOT_20090411_SJH_LHC_0009
조사장소 : 전라남도 구례군 토지면 구산리 구만마을 구산마을회관
조사일시 : 2009.4.11
조 사 자 : 송진한, 서해숙, 이옥희, 편성철, 임세경, 김자현
제 보 자 : 이희철, 남, 76세
구연상황 : 앞서 이대장 묘자리 이야기에 이어서 다음의 이야기를 구연했다.
줄 거 리 : 임진왜란 당시 고광순 의병대장이 왜적에 쫓겨 연곡사까지 왔는데, 이순신의 권유에도 불구하고 피하지 않고 끝까지 버티다가 죽었다. 그 때 피를 많이 흘려서 '피아골', '혈천곡'이라 부르게 되었다는 이야기이다.

그러고 인자, 이순신 장군이 여그를 지납니다요. 장군이, 대장 말헌게 나온디. 연곡사를 지내요. 연곡사꺼지 와.

근디 고광순 의병대장이 있어요. 고광순이라는 의병대장이 있는데. 저,

고광순이라는 사람은, 담양 사람인디, 의병을 데꼬 여까지, 말허자믄 쫓긴 거여.

왜놈헌테 쫓겨 갖고, 결국 연곡사에서 돌아가십니다. 그럴 때에 이순신 장군이, 고광순 장군 보고 뭐라고 했냐믄.

"어이, 여가 위험헌게 피허소."

인자, 이런 말씀을 했다, 그래. 근디 안 피허고 거그서 버텼어. 그러다가 그냥, 고광순 의병, 전몰을 해브렀습니다.

여, 여, 연, 연곡사에서. 예. 전멸을 당해브러. 고광순, 그 의병들이. 인자, 그래 가지고, 시방, 그 담양이나, 이런디 가믄, 고광순 장군, 그, 제각이 좋게 돼 있습니다.

에, 그라고, 그런, 그래서, 여그, 연곡사를, [방바닥에 손가락으로 '혈천'을 한자로 써 보이며] 피 혈자, 혈천곡이라고 그럽니다. 피아골이라는 것이 피가 많이 흘려서 피아골이에요, 이.

에, 그래, 임진왜란 때에 의병들이 몽쌍~ 죽어블고. 그래서 피가 냇맹이로 흘렀다 그래서 피아골이고. [방바닥에 손가락으로 '혈천곡'을 한자로 써 보이며] 한문으로는 혈천곡이라고 그럽니다. 혈천곡.

에, 그래, 이순신 장군이, 여그를 지내다. 옥과로 해서, 요리 와 갖고, 그것도 큰~, 우리 구례의 하나의 자랑이 아닌가 싶습니다.

섬진강 유래

자료코드 : 06_04_FOT_20090411_SJH_LHC_0010
조사장소 : 전라남도 구례군 토지면 구산리 구만마을 구산마을회관
조사일시 : 2009.4.11
조 사 자 : 송진한, 서해숙, 이옥희, 편성철, 임세경, 김자현
제 보 자 : 이희철, 남, 76세

구연상황 : 앞서 박학서가 섬진강에 대한 이야기를 마치자, 이희철이 섬진강 유래에 대해
다음의 이야기를 시작했다.
줄 거 리 : 임진왜란 때 왜적이 쳐들어오자 섬진강 밑에서 두꺼비들이 나와 한꺼번에 울
어 들어오지 못했다고 한다.

아, 그런디, 그런디, 섬진강이요. 섬진강 뜻이. 저, 저, 답에 가므는, 요
밑에 내려가므는. 거북이, 거북이. [방바닥에 손가락으로 '섬'자를 한자로
써 보이며]

여, 벌레 충변에, 어, 어, 거북이(두꺼비를 거북이라 잘 못 말하고 있으
며, 제보자가 이야기를 끝내기 전에 거북이를 두꺼비로 정정해서 말한다.)
섬잡니다.

임진왜란 때에, 왜놈들이 쳐들어 올라고 헌게. 섬진강 저~ 밑에서, 거
북이들이 나와 가지고. 전~부 울어댄게, 막 울어댄게. 아하, 이거 난리가
나것구나.

그래 갖고 거북이가 왜놈들을 못 들어오게 해요. 근게 의병들이 인자,
달라들거든요. 그래서 거북이 섬자 섬진, 나루 진자, 섬진강. 요렇게 된
겁니다.

예. 거북이가 왜놈들이 들어 온게, 울어 댕겨서, 의병들이 가서, 헌거에
요. 그러믄 여가, 요 밑 토지면에 가서, 칠이사란 디가 있어요. [손가락으
로 일곱 사람의 이름을 하나씩 꼽으며]

이, 왕득이니, 왕일서니, 이, 이경익이, 고정, 오정철, 이정익이, 한응규.
오래 일곱 사람이, 어, 의병대장입니다. 삼천 명을 동원해 가지고, 왜놈들
들어온 것을 방지를 헙니다. 호남의 문이거든요.

토지면이 호남의 문이에요. 경상도에서 들어오믄, 여가 터져뿔믄, 완전,
전라북도고 뭐고, 호남이고 뭐고. 쑥대밭이 된거에요.

그래서 여, 칠이사가, 여, 토지면에 있습니다. 그, 그때, 에, 일어난 것
이, 인자, 섬진강이라고, 뚜꺼비가, 그, 울어싸서 헌 것이. 예, 뚜꺼비.

거북이요, 거북이가 아니라, 뚜꺼비. 에, 뚜꺼비 섬자에요. [바닥에 섬자를 한자로 쓰며] 벌레 충변에 요리 헌거.

그래서 (청중 : 뚜꺼비 그런 얘기도 해 주시오, 거, 왜, 거, 뜸물, 거, 뜸물 잡고, 거,) 아니, 근디, 인자, 그, 책에 나와 있습니다마는, 지리산 작전도 책에 나와 있습니다마는.

에, 넘 오다가, 인자, 왜놈들을 함부로 잡다 본게. 뭐, 그냥, 왜놈들이 그냥, 부, 부에가 나 갖고, 화가 나 갖고, 달라 들어서. 에, 승병. 승병이, 저, 화엄사에서, 지원, 백오십삼 명입니다.

백오십삼 명. 그 다음에 의병들이 삼천 명. 에, 그러고 인자, 증원을 허고, 뭐, 쌀도 갖다 주고, 저, 어쩌고, 뭐, 인자 헌디. 그래 갖고 인자, 왜놈들이, 막,

그때는 우리는 화살인디, 이, 조총, 총으로 갖고 쏴대야 븐게. 뭐, 해볼수가 있어야죠. 그래서 인자, 그, 다 죽고. 그, 이원충이라는 원님이, 가담을 해 갖고. 남원꺼지 쫓겼어.

그래 갖고 남원에 그, 큰~ 무덤 있지요. 만인의 총이라고 있습니다, 남원에. 그 속에가 묻혔어.

저~, 원님은, 거게지 쫓겨 가서, 거그서 죽었어요. 그런게, 거, 만인의 총이, 만, 만, 만 사람을 갖다가 무덤에다 여 갖고, 묘 논 것이 만인의 총이거든요. 그런 비극도 가진 것이, 여그 토지면입니다.

호랑이 잡은 제자

자료코드 : 06_04_FOT_20090411_SJH_LHC_0011
조사장소 : 전라남도 구례군 토지면 구산리 구만마을 구산마을회관
조사일시 : 2009.4.11
조 사 자 : 송진한, 서해숙, 이옥희, 편성철, 임세경, 김자현

제 보 자 : 이희철, 남, 76세

구연상황 : 앞서 박학서의 이야기가 끝나자 제보자가 경쟁하듯이 호랑이 이야기를 시작
했다.

줄 거 리 : 포수가 제자를 데리고 호랑이 사냥을 갔다가 하룻밤을 자고 난 다음날 아침
에 해장을 위해 제자에게 꿩을 잡아오라 했다. 호랑이는 잠을 잘 때 꼬리를
세우고 자는데, 제자가 호랑이 꼬리를 보고 꿩으로 착각하여 총을 쏘았는데,
이를 안 호랑이가 달려들다가 결국 제자의 총에 맞아 죽었다는 이야기이다.

호랑이 애기헌게, 나 또 하나 해주게. 호랑이, 포수가, 호랑이 잡는 포
수가. 제자를 갈체. 호랑이를 맹기믄, 어찌게 쏴야 허니라. 그렇게 갈친다.

하루 저녁에 둘이, 스승허고 제자허고 자고는.

"아이, 저 양지쪽에 가므는, 꿩이 두어 마리 나왔으거이다. 꿩을 잡아다
가 우리가 해장이나 허자. 저기 가, 잡아 오니라."

시겠더니. 제자가,

"예." 허고 나간디. 호랑이란 놈은 잘 때에, [제보자의 팔을 세워, 호랑
이가 꼬리를 세우고 자는 모양을 보이며] 꼬리를 땅에다 깐거 아닙니다,
딱, 세우고 자.

호랑이를. 호랑이란 놈은. 꼬리를 세워, 이. 그러고 딱~, 입을, 주댕이
를 땅에다 대고 자. 근디 제자가 가 본게. 얼룩얼룩 헌거인디, 똑, 꿩 맹이
여. 꼬랑댕이 요거, 이.(조사자 : 꼬랑지를.) 이, 꼬랑이지를, 호랑이 꼬랑댕
이를 해 논게.

'에라, 저놈을 잡자.'

꿩인줄 알고. [총을 쏘는 시늉을 하며] 총으로 탁~ 쏜게. 호랭이 꼬랭
이가 맞어붓단 말이여.

"작것이, 어떤 자식이 나 잠을 잔다. 이 새끼가 총을 쏴, 이놈이, 고약
헌 놈이."

요~리 쳐다봐. 아이, 뭐, 총을 갖고, 있거든, 사램이.

"저거, 콱, 씹어브러야것다, 저거."

[양팔을 벌려 호랑이가 달려드는 시늉을 하며] 그라고는, 호랑이 입을 딱 벌리고 그냥, 달라든게. 겁김에, 그냥, 제자 이놈이 그냥, [총을 쏘는 시늉을 하며] 총을 주둥이에다가 대고, 그냥, 긁어브렀어, 쏴 브렀어.

진짜 총, 총, 총으로 쏴 브렀단 말이여. 호랑이가 그냥, 그 자리에서, 주댕이에다 노, 가차, 가차이서 쏴 븐게. [바닥에 엎드려 총에 맞은 호랑이가 넘어진 모양을 흉내내며] 탁, 호랑이가 떨어짐서, 요리 보는디.

총 진 요, 요놈이, 뱃속 밑에가 들어가 브렀네, 호랭이 배. 요, 요리 들어가브렀어, 시방. 근게, 숨을 못 쉬고.

'아이고 죽것네, 아이고 죽것네, 아이고.'

큰~ 놈이 눌러브렀은게, 호랭이가. 선생님이, 아, 이놈의, 꿩을 한 마리 잡아오라 그랬더니, 오도 가도 안 해.

'아하, 이것이 큰일 났구나, 요.'

그래서 가 본게. 큰~ 놈의 호랑이가 죽었는, 뻗으러져 갖고 있는디. 사람은 없어. 그래서,

'아하, 호랭이 요놈이 묵어브렀구나, 제자를 묵어브렀구나.'

걱정을 허고 살~살 간게.

"아이고 죽것네, 아이고 죽것네, 아이고 죽것네."

밑으로 그런단 말이여. 밑에서. 그래서 그냥, 호랑이를 그냥, 가만히 본게, 뒈졌어(죽었어). 요~리 끌러 갖고, 냉겨 블고는. 저, 제자를 살렸단 말이여.

"어, 아이, 나, 어쩌다 이렇게 됐냐."

그런게.

"이래, 이래 됐십니다."

그런게.

"세상에, 니가 호랑이를 잡는구나. 나는 생전에 호랑이 한 마리도 못 잡아 봤다마는, 니, 니가 잡을 줄은, 내가 몰랐다."

그래서, 스승보다는 제자가 더 몬자 잡았어, 호랑이를.

호랑이를 물리친 처녀

자료코드 : 06_04_FOT_20090411_SJH_LHC_0012
조사장소 : 전라남도 구례군 토지면 구산리 구만마을 구산마을회관
조사일시 : 2009.4.11
조 사 자 : 송진한, 서해숙, 이옥희, 편성철, 임세경, 김자현
제 보 자 : 이희철, 남, 76세
구연상황 : "호랑이 얘기 또 해줄까"라며 이야기를 계속 이어갔다. 이야기 하는 동안 조
　　　　　 사자들을 보며 난감해 했으나 재미있게 이야기를 구연했다.
줄 거 리 : 호랑이가 나물 캐러 간 처녀들 앞을 가로 막자, 처녀들은 웃옷을 벗어 던졌더
　　　　　 니 어느 처녀 옷을 받았다. 그 처녀가 호랑이를 향해 옷을 벗은 채 머리를 다
　　　　　 리 사이로 집어넣고 뒤로 가자 호랑이는 주둥이가 두 개라며 놀라 도망갔다
　　　　　 는 이야기이다.

　인자, 또 호랑이 얘기 한 번 해주까. 근디, 요런 이야기는 적어서는 안
돼것는디. 이, 좀, 추접시러. [옆에 앉은 청중을 가르키며] 요, 요, 영감이,
영감이 얘기헌거 허고, 비슷헌 얘긴디.
　너물을 캐러 갔어, 여자들이. 근디 호랑이란 놈이 길을, 탁~ 질러, 요
러고 자빠졌네. 근게,
　"옷을 벗어 던지자. 던지믄, 잡아묵을 사람 옷을 받을거 아니냐."
　그래, 던져본게. 던져본게. 아, 어떤, 젊은, 아가씨 옷을 딱 받아.
　'그러라. 나를 잡아묵을라 그러는구나.'
　살이 통통히 쪘드란 거여. 이, 그 여자가. 살이 통통히 쪘어.
　'에라, 기왕에 죽을 바에는 모리것다.'
　활~딱 벗었어. 여자가.
　'기왕에 묵을라믄, 야물게 묵어라.' 허고는 벗어 갖고는. [양반다리 하

고 앉은 자세에서 양손으로 방바닥에 짚고 앞으로 가는 시늉을 하며] 바로 요리 기어들아간 거이 아니라, 호랭이가. 뒤로 기어들어가, 여자가.

[엉덩이를 들고 땅을 짚은 양손과 양발로, 뒤로 기어가는 시늉을 하며]
요리. 응. 뒤로. (조사자 : 호랑이한테.)

근게, 호랭이한테 그런게, 호랭이가 가만히 본게. 이, 볼이 탁~ 쳐진 것이. 쭉~ 뻗은 것이. [양손을 세로로 찢는 시늉을 하며] 주둥이가 요리 된 것이. 이리, 옆으로 된 주둥이가 아니고, [양손을 세로로 찢는 시늉을 하며] 요리 된 주둥이가.

아, 이놈이 벌그래, 또. 그, 여자, 그, 생식기가 있었어.

'아~따, 요놈의 거, 잡아묵고는, 나를 잡아 묵을라고, 저놈이, 요. 뒤, 볼에가 쳐진 놈이.'

아이구메, 호랭이가 놀래 도망가브네. [청중과 조사자 웃는다.] 어, 놀랄만허지, 요, [옷을 벗고 뒷걸음친 여자의 모양을 그려 보이며] 볼이 요래 쳐지고, 딴 입은 요리 옆으로 있는디.

요리 찢어져 갖고는 요놈이, 그냥. 그, 벌구스름헌 놈이. 기어들어온디, 어찌거이여. 에, 그라고, 안 죽고 살았단 거이여. 안 죽어야제. 어, 어찍, 어찍허든지 살어야제. (조사자 : 예, 귀한 생명인데.) 이~, 인자, 그런, 그런 대목도 있어.

소복 입은 여인의 소원을 풀어준 현감

자료코드 : 06_04_FOT_20090411_SJH_LHC_0013
조사장소 : 전라남도 구례군 토지면 구산리 구만마을 구산마을회관
조사일시 : 2009.4.11
조 사 자 : 송진한, 서해숙, 이옥희, 편성철, 임세경, 김자현
제 보 자 : 이희철, 남, 76세

구연상황 : 제보자는 지칠 줄 모르고 이야기를 구연했다. 앞서 이야기가 끝나자 사또와 관련된 이야기가 있냐고 물었던 것을 생각하고 다음의 이야기를 시작했다.
줄 거 리 : 매관매직 시절에, 남의 집살이 하면서 모은 돈으로 벼슬직을 산 현감이 재치로 하얀 소복 입은 여인의 소원을 풀어주었다는 이야기이다.

아까 사또 애기 해주라 그랬죠. 어, 한나 해주께. 옛날에, 매관매직이라는 법이 있었어. 벼실을 사고, 팔고 했어. 매관매직 있는디.

넘의 집을, [옆에 앉은 청중을 가리키며] 넘의 집이 산단, 살았당게, 얘기가 나와서, 생객이 낭마. 삼십 년을 넘의 집을 산 놈이.

'어라, 나도 벼실을 한 번 해보자.'

그래 갖고, 이조 말엽에, 매관매직. 벼실을 사고, 팔고 해, 돈으로. 인자, 돈을 주고, 샀어. 벼실이, 현감이, 현감 벼실을 샀어, 군수.

아, 일자무식이여. 이거, 그런디, 평상 가믄, 현감이 뒈져쁜디로 보낸단 말이여. 저녁에 하루 저녁을 못 자고 죽어.

'야, 이거, 나 또 뒈지라고 보낸거이냐.'

그러니까 저녁에 가서. 머심살이를 해 논게, 힘이 좋아.

'오냐, 이놈아, 어떤 놈이 오든지, 주먹으로 함 패블믄, 니가 뒈지지,' 허고 앉었는디. 획~헌 옷을 입은 아가씨가 들어 오드니. 절 헐라 그래, 절. 절을 해. 아~, 백색 옷을 입고. 놀래재이~

캄~캄한 밤에, 머리를 풀고. 그때 다 죽어브러. 근디, 요, 요, 요, 넘의 집 산 놈은 안 죽어.

"어허, 니가 누군고."

"예. 제 남편이 서모살이(시묘살이)를, 시모살이(시묘살이)를 했는디. 시모살이 허다가, 애기를 낳았다고 해 갖고, 효자가 어찌 시모살이 험서 애기를 낳냐. 그래서 잡아딜여 가지고, 제 남편이 형무소에가 있소. 지도소, 교도소에가 있소. 근디 제 남편은 절대 그런 분이 아닙니다. 풀어주십시오."

이 말을 고해. 근게, 그, 딱~ 있다니, 돈을 주고 산, 현감, 요놈이, 정신을 바짝 차렸어. 아침에 인자, 전부 인사 온 놈들이.

"엊저녁에 뒈졌제, 이거이."

요러고 들어오네. 근디, 멀쩡허게 앉어 갖고 있거든. 탁~ 째리고 살아 갖고, 있어. 근디 누가 누군 줄을 알 수가 있어야제, 일자무식이요, 글도 모르고, 얼굴도 모르는디.

어라, 꾀를 냈어. 그 고을에서 똑똑헌 놈, 눈치 빠르고 이런 놈을, 한 놈, 딱, [현감 뒤의 공간을 그려 보이며] 요, 뒤에, 뒤에다가, 벽에다가 등을 대고 있으믄, 요, 안에다가 뚤버 갖고, 그놈을 뒤에다 세워. 뒤에다가 요리, 집어 여놓고는. 팽상, 인자, 거가 뒤에 놈이,

"아무개가 들어오요, 저. 저, 토지면장님이 들어오요. 엊지녁에 간게, 그 뒈졌을 거이다~, 그놈이요, 저, 저놈이, 저."

뒤에서 갈쳐줘.

"으흠. 너 이놈, 엊지녁에, 몇 시경에, 나 뒈지라고 그랬지."

어찌 귀신겉이 잘 안단 말이여.

"예, 죽을 죄를 지었습니다. 죽을 죄를 지었습니다."

그러고 또, 딴 면장이 들어와. 들어오믄,

"저, 저, 저, 마산면장이요, 저. 엊저녁에 뭐라근지 아요. 병신같은 것이 현감이 오드니, 참말로 사람 죽것다고, 헌 놈이요."

"너 이놈, 병신같은 놈이 현감이 와 갖고 사람 죽것다고 헌 놈이지, 너, 몇 시에."

어이, 어찌게 귀신겉이 잘 알아. 싹~ 그러믄, 둘이, 저녁으로 순찰을 해. 똑똑헌 놈, 숨켜논 놈허고. 현감허고. 돌아댕게. 주막마동 돌아댕게. 그때마다 주막마동 돌아댕기므는 알아브러요.

인자, 그런디. 아, 아까, 그, 소복을 입고 와서, 남편의 죄를 좀 풀어도라는, 그, 그 사람, 이것을 풀어줘야 것는디. 그러믄, 상주가 돼 가지고,

어머니 무덤에서 저녁마동 잔 사램이, 마누래가 애기를 낳다그믄, 말이 안 되거든. 아하, 꾀를 냈어.

"상복은 상복인디. 아이고, 아이고, 어이, 어이, 소리. 안 든 상복. 요것을 내가 묵어야, 델에 묵어야(다려서 먹어야) 날 거인디. 나졸 여러분들, 곡소리 안 들은 상복을 갖고 오니라. 그러믄 내가 낫것다."

안 들은, 곡소리를 안 든 상복. 그런게 어떤 놈이, 상복을 입고, 그, 혼차 시모살이 헌, 여자 집이를 들어댕겼제. 지가 상복을 만들어 갖고. 시모살이를 허고 있는디.

그래서 인자 그런 안을 냈어. 그런게, 어이, 상복을 입고, 굴, 굴건관을 쓰고. [문을 두드리는 시늉을 하며] 탕탕 뚜들믄, 누가 왔는가 싶어서, 요리 열믄. 즈그 남편이라.

옷을 입어논거 보니, 상주 옷이제. 밤이라나서 얼른 구분도 못 허제. 그래, 그냥, 아이, 뭐, 남편이 살짝이 왔는갑다 싶어서, 헌 것이 애기를 배 갖고 된거입니다.

그라고, 그, 시, 시모살이, 아이, 헌, 사람은 가도 안 했는디. 아까, 소복을 입고 온 사람은 애기를 배 갖고, 목을 메서 죽어쁜거여, 인자. 인자, 그 분을 풀어줘야 해요.

그래서, 인자, 그, 돈 주고 산 현감이. 꾀를 내 갖고 이랬어. 그래 갖고 인자, 소복을. 아이, 거, 거, 상복이, 곡소리 안 들은. 근게, 어느 나졸이한 놈이, [한 손을 번쩍 들며]

"아~, 제가 갖고 있습니다마는, 그 좋~은 상복이 하나 있습니다."

그놈이여, 이.

"너, 이놈, 갖고 오니라."

그랬어. 상을 줘야헌게. 받아 혔어. 팍~ 잡아 갖고,

"너 이놈, 니가 이러고, 이러고, 이러고 헌거 아니냐, 이놈 상복이."

틀림없이 잡아내 브렀거든. 틀림없이 잡아내 브렀어. 그래 갖고, 그, 현

감이, 비록 무식허지마는, 돈을 주고 산 벼실이었것마는, 앉어서 천리 본 현감. 요렇게 소문이 납니다.

앉어서 천리 보는 현감. 에, 이래 가지고, 그 소복 입은 한을 풀어주고. 그 효자 징역살이를 풀려주고. 했다는 현감. 그런게, 매관매직했어도, 돈을 주고 산 벼실아치도, 똑똑헌 놈은 돼.

똑똑헌 놈은 되고, 영리헌 놈은 되고 헌디. 오늘날은 시켜노믄 그냥, 돈 돌라묵어 블란게. 나쁜 놈들이여.

제주목사와 목포현감의 인연

자료코드 : 06_04_FOT_20090411_SJH_LHC_0014
조사장소 : 전라남도 구례군 토지면 구산리 구만마을 구산마을회관
조사일시 : 2009.4.11
조 사 자 : 송진한, 서해숙, 이옥희, 편성철, 임세경, 김자현
제 보 자 : 이희철, 남, 76세
구연상황 : 앞서 현감 이야기에 이어 다음의 이야기를 구연했다. 막걸리 탓인지 제법 흥겨워했고 청중들은 즐겁게 이야기를 경청했다. 아래 이야기는 서당에 다닐 때 들었던 것이라 한다.
줄 거 리 : 어떤 사람이 선조의 도움으로 늙어서 과거 시험을 보았으나 떨어질 상황에서 구사일생으로 젊은이의 도움을 받아 과거에 합격했다. 그리하여 그 사람은 제주목사가 되고 젊은이는 목포현감이 되어 서로 인연을 맺어 이를 계기로 선로가 개척되었다는 이야기이다.

저, 인자, 아까, 어진, 그 현감이지마는. 어진 임금도 있었어요. 이, 선조 임금이. 이, 조선시대 선조 임금이. 어디를 가. [술잔을 들어 보이며] 간디, 요렇게 술을 묵음섬.

"황정승, 한 잔 해, 이정승, 한 잔 해."

그래, 지나가다가 정승 소리가 나길래, 선조 임금이. 평복을 했거든.

'이거, 나발이 저녁으로, 뭔 요것들이, 정승 요것들이 술을 묵냐.'

[문구멍을 뚫는 시늉을 하며] 그리고, 문구녁을 살쩍이 뚫버 갖고 요리 본게. 혼자 앉아서, [제보자 앞에 있는 종이컵을 들고 마시는 시늉을 하며] 술을 묵음섬. 황정승, 홀짝. 이정승, 홀짝, 그래.

'야, 이상하다. 함 들어가보자.'

[문을 두드리는 시늉을 하며] 문을 뚜드린게. 들어오라 그래.

"아니 근디, 어찌 영감님은 혼차 술을 따라 갖고, 황정승, 이정승."

황희 정승 요런 사람들이라. 이정승, 이한음이, 뭐, 요런 사람들이여.

"어찌, 그리 정승을 부름섬, 묵소."

"그런 거이 아니시."

여, 야담입니다. 어디가, 책에 있는거 아니여. 응, 옛날에 듣던 얘기라. 나가, 여가, 서당을 좀 댕겼어. 에, 한학. 에, 그런.

"그런거이 아니시. 내가 열아홉 살에 과거 시험을 봐 갖고 떨어졌네. 그러믄 몇 년인가. 사십일 년 아닌가. 사십일 년간 시험을 봤는디. 꼭 떨 어지네. 그때 열아홉 살에 헌, 황희 정승, 이덕행이, 이한음이, 전부 정승 이시. 나 원통해서, [제보자 앞에 있던 종이컵을 들어 술잔을 권하고 먹는 시늉을 하며] 내가 묵고, 오라해도 오도 안 헐거이고. 그래서 부서 놓고 나 혼자 묵네."

아, 그랬시아고, 이. 그래, 이, 선조 임금도 청년인게, 그냥 술 준대로 묵어. [방바닥에 손가락으로 '구'를 한자로 써 보이며] 여, 아홉 구변에, 새 조헌거 있어요.

이, 기러기 구, 그럽니다. 아, 기러기 구, 그런디. [방바닥에 손가락으로 '구'를 한자로 써 보이며] 아홉 구, 아홉 구변에, 새 조헌거, 이.

"그러믄, 어전 앞에다가 광고를 붙일테니, [손바닥을 내 보이며] 손바닥 만~치 붙일랍니다. 똑, 글자 한 자, 기러기 구자, 기러기 구자, 기러기 구 자, 요놈만 외워 갖고 오십시오. 그러믄 영감님, 될겁니다."

(조사자 : 선조가 그.) 예. 선조가 갈쳐줬어. 에이, 아니나, 그냥, 그날부터 막, 밥을 묵을나, 똥을 누나,

"기러기 구, 기러기 구, 기러기, 기러기 구."

아, 요러고 댕게. 아닌게 아니라, 오전 자정 시간에, 정오 시간에 가 본게, 딱 붙었어, 쬐~간해. 많이 와, 많이 와블믄 곤란허거든. 쬐~간히 붙었는디. 과거시험, 정오, [손가락 두 개를 펴 보이며] 두 시간 사이여.

근게, 갔어, 인자. 아따, 이, 기러기 구, 기러기 구험서, 외우고 갔는디. 아이, 대궐 문턱에 들어간게, 생각이 안 나내.

'아이구, 이상하다, 왜 그런다냐. 아이, 왜 그런다냐.'

그라고 인자, 시관이 앉었는디, 시관 앞에 가서 탁 앉어논게. 딱 가로쓰기라, 가로쓰기. 그 중, 일곱 자 중에, 한 자 빼 놓고는, 여따 뭔 자를 쓰믄 돼것는고, 이거여.

아, 이놈의 것, 기러기 구, 기러기 구, 왰던 것이 생각이 안 나. 아~, 죽것어. 그런게, 시관이,

"야, 그 기러기를 한 번 기려 갖고 오니라."

기러기를 기려 갖고 오라 그래. 근게, 화쟁이가 그냥, 기러기 날아간 놈을 기냥 쫙 기려 갖고 보여도, 그래도 생각이 안 나. 환장헐 놈의 일 아니여.

근게, 시관이 하도 기가 맥힌게 기냥, [허공을 뚜드리는 시늉을 하며] 작대기로 그걸 뚜드래. 여다가 뭔 자를 씨믄 쓰것냐. 똑, 똑, 똑 소리만 들게. 그래서 그냥,

"똑똑이 구, 똑똑이 구."

요래 놨어. 아, 이놈의 기러기 구자가 똑똑이 구자로 됐시니. 환장할 일이제.

"예, 알았십니다."

나가라 이거여. 대궐 문 앞에 나온게. 똑똑이 구자가 기러기 구자로 생

각이 나네. 팔을 뻗어 놓고 울어냉김니다. 그, 사십일 년간을 과거를 못 허고, 그, 갈쳐준 것도 못 했시니. 울고 있은게. 젊은 사램이,

"영감님 왜 우요. 어째서 우요."

"그런거이 아니시. 정오 시간에 똑, 두 시간 있었는디, 글자 한 자를 못 맞춰 갖고, 내가 과거시험에 불합격허고 이러고 있네."

"시간이 있소?"

"이, 시간이 좀 남았으 거이시."

"그, 뭔 자등기다?"(무슨 글자 였습니까?)

근게.

"아, 기러기 구자를 똑똑이 구자라고 했단 말이시."

그래.

"그래요?"

들어가. 젊은 사람이 들어가드니, 시관이 앉었어요. 시관, 시관 데리고 헌게요. 딱,

"여다 뭔 자를 씨믄 쓰것소."

딱, 물어요, 근게.

"예, 송원에서는 똑똑이 구자라고도 허고, 사실은 기러기 구자요."

근게, 두 간, 똑똑이 구자라고도 말허고, 기러기 구자라고도 말 했어. 그러믄, 아까, 그, 늙은 사램이 말 헌 것도 맞아, 똑똑이 구자라고 헌거.

"아까, 그, 간 사람, 불러들여라."

그래, 아, 불러들여. 발을 뻗어놓고, 시방 울고 있는디. 그런게. 그래서, 제주목사로 보냅니다. 그 영감을, 제주목사로. 그리고, 그 젊은 놈을 목포 현감으로 보내.

그래 갖고 제주도와 목포와 배, 선로, 배 선자, 선로가 개척이 된 거입 니다. 둘이, 에~, 아주 유명헌 말입니다, 그거이, 에~ 그래서, 아~, 스승 은, 아니 임금은 제자를 살렸고. 아니, 저, 스승은 제자를 살렸고, 아니,

선배는 후배를 살렸고. 후배는 선배를 살렸어요. 그, 유명한, 의리 있는, 의리 있는 얘깁니다.

도깨비로 알고 기절한 초동

자료코드 : 06_04_FOT_20090411_SJH_LHC_0015
조사장소 : 전라남도 구례군 토지면 구산리 구만마을 구산마을회관
조사일시 : 2009.4.11
조 사 자 : 송진한, 서해숙, 이옥희, 편성철, 임세경, 김자현
제 보 자 : 이희철, 남, 76세
구연상황 : 조사자가 도깨비에 대해서 묻자 바로 다음 이야기를 시작했다.
줄 거 리 : 옛날에 초동들이 두루마기를 입고 다니는데, 밤에 도깨비 나오는 무덤에 자기 옷을 말뚝에 박고서 이를 도깨비가 잡아당기는 것으로 알고 기절했다는 이야기이다.

도깨비? 도깨비가 있냐, 없냐여. 인자. 요 대목입니다. (조사자 : 술 좀 더 갖다 드리까요?) 아니, 아니여, 괜찮혀, 요 다음에 근디. 서당에서 일어난 사건이라.

도깨비가 있냐, 없냐. 그래서 인자, 한 사람이. 절~대 없다, 이거여. 없다, 이거여. 도깨비는 없다. 그래요, 그럼, 가 보자.

옛날에, 옛날에 초동들은 두루매기를 입고, 배왔어요. 그래서 인자, [제보자와 청중들이 잠시 서로 술을 권하고 따라준다.] 그래, 인자, 가장~ 도깨비가 없단 사람을.

그럼, 저그가, 묏둥. 묏둥, 묏둥이 도깨비가 많이 나온단디, 그런 디를, 너 혼자 그믄 가서, 말뚝을 박, 박아 갖고 오니라. 말뚝을 박고 오니라. 요랬어.

그래 갔어, 용감허니. 그래, 인자, 말뚝을 박아. 묏둥 앞에다가. 근디 자기 두루매기가, 앞에 옷자락이 깔린 줄을 몰르고, 두루매기 옷자락 그놈

허고, [말뚝을 박는 시늉을 하며] 말뚝을 박아브렀어. [뒤돌아 가려는 사람이 못 가는 모양을 흉내내며]

올라고 본게, 뭐이 자꾸 끄어댕게. 뭐이, 속히. 뭣이, 이거이, 자꾸 올라근게, 뭐이 끄어댕게. 끄어댕게. 그런게 심정이, 심지가.

'아이고메, 도깨비가 나를 끌어댕긴갑네요. 도깨비가 나를 끌어댕긴갑네.'

맘날 더 힘을 써서, 더 끌어댕긴것 같애. 거그서 기절을 해. 기절을 해. 그래서 거, 서당패들은, 도깨비가 있노라 허고, 인정을 했는디. 사실은 자기 잘못에 그런 거이거든.

도깨비의 부자방망이

자료코드 : 06_04_FOT_20090411_SJH_LHC_0016
조사장소 : 전라남도 구례군 토지면 구산리 구만마을 구산마을회관
조사일시 : 2009.4.11
조 사 자 : 송진한, 서해숙, 이옥희, 편성철, 임세경, 김자현
제 보 자 : 이희철, 남, 76세
구연상황 : 앞서 도깨비로 알고 기절한 초동 이야기에 이어서 다음 이야기를 구연했다.
줄 거 리 : 가난한 사람이 도깨비가 가지고 있는 부자방망이를 훔쳐 부자가 되었다. 이를 안 친구도 방망이를 훔치려 했으나 도깨비한테 들켜 두들겨 맞고 도망갔다. 그러나 친구의 도움으로 도깨비가 좋아하는 묵을 가지고 가서 도깨비에게 주자 이를 먹고 모두 취한 사이에 방망이를 훔쳐 그 친구도 부자가 되었다는 이야기이다.

어뜨케 가난헌 놈이 있는디. 팽~상 도깨비들이 와서 장난을 허고, 춤을 추고, 막 걸게 묵어. 하하, 그런게 부잣방맹이라는 거이 있어.

부잣방맹이가 있는디, 그놈을 어드케 흔들, 흔들어. 뭐라고 허믄, 그냥, 술이 나오고, 뭐라고 허므는 그냥, 쌀이 나오고, 뭐라고 허믄, 돈이 나오

고 그런디.

인자, 그 대목을 몰라. 그래서 며칠을 가서 인자, 숨어서, 숨어서 본게. 하~, 뭐라고 해. 그래서 인자, 이놈들이 술이 취해 갖고 있길래, 그냥, 부잣방맹이 고놈을 훔쳐쁘렀어. 갖고 와 브렀어.

갖고 와 갖고 인자, 큰~ 부자가 됐어. [부자방망이를 흔드는 모양을 흉내내며] 부자가 돼 갖고 인자, 돈, 흔들믄 나와, 막. 흔들믄 나와. 돈이고, 뭐이고, 쌀이고.

"어이, 어째서 자네는 그렇게 부자가 됐는가."

근게.

"하~따 부잣방맹이를 내가, 어디서 얻어 갖고, 음~, 구해 갖고 부자가 됐는데."

"어이, 어, 어찌게 허믄 된가."

"그, 어디 가믄, 도깨들이 와서 논디, 자네도 거그 가믄, 나오거시. 그러믄 거가, 도깨비 방맹이를 훔치소."

그래, 인자, 친구란 놈이 갔어. (조사자 : 친구, 친구가.) 어이, 친구가 인자, 저도 잘 살아볼라고. 아따, 도깨비들이 오드니, 그냥, 코 냄새는, [코를 쿵쿵거리며 냄새를 맡는 시늉을 하며] 요래 쌌더니,

"어이, 사람 냄새가 나네, 요. 이거 어떤 새끼가, 또, 부잣방맹이 돌르고 왔는갑네, 요."

그래 갖고 찾아내드니, 그냥, 죽싸라게 패븐단 말이여, 이놈의 거, 그냥. 그라고냥, 그놈은 그냥 디~지게 맞아붓어. 맞아브러, 부잣방맹이고 뭐이고, 그냥, 맞아 죽, 죽게 됐어, 죽게 돼.

어뜨게 맞아브렀는지.그래, 인자, 그, 몬자 부자 된 놈이 뭐라 근냐 허므는,

"어이, 그러믄 음식을 몽~땅 만들어 갖고 가소. 그러고 도깨비들한테 갖다 주소. 도깨비가 묵을 좋아한다네. 그런게 묵도 쑤고, 막, 갖다 허소."

그라고 인자, 갔어. 대차 그런갑다 싶어서. 간게. 도깨비들이 뭐라 그러
냐 허믄,

"아하, 이, 안 죽고 살았네, 요."

그러드니,

"묵을 쒀왔네, 요."

그러드니, 묵을 그냥 퍼 묵드니. 도깨비가 묵을 묵으믄 어찌게 된 줄
아요? [마을사람 한 명이 들어온다.] 응. 어서와.

(조사자 : 어떻게 됩니까?)

전~부 늘어져. 어, 취해 갖고. 인자, 그, 그래서, 부잣방맹이를 그냥 들
고 와브렀어. 그냥 들고 와브러. 그래 갖고 인자, 그놈도 부자가 돼.

그 뒤로는, 도깨비가, 부잣방맹이를 뺏겨블까비, 나타나들 안 해. 그래
갖고, 대한민국에 도깨비가 없어져브렀어. [제보자와 조사자 웃는다.]

재치 많은 평양감사 사위

자료코드 : 06_04_FOT_20090411_SJH_LHC_0017
조사장소 : 전라남도 구례군 토지면 구산리 구만마을 구산마을회관
조사일시 : 2009.4.11
조 사 자 : 송진한, 서해숙, 이옥희, 편성철, 임세경, 김자현
제 보 자 : 이희철, 남, 76세
구연상황 : 도깨비 이야기가 끝나자 제보자가 먼저 "내가 알고 있는 평양감사 이야기를
해줄께"라고 말하며 다음의 이야기를 시작했다.
줄 거 리 : 정승이 영특한 아이를 집으로 데려와 교육시킨 뒤에 사위로 삼았다. 사위가
평양감사가 된 뒤로 정승집에를 찾아오지 않자 괘씸하여 큰아들, 작은아들,
막내아들을 연이어 보냈으나 아내의 도움으로 꾀를 부려 모두 골탕을 먹였다
는 이야기이다.

제가 알고 있는, 에, 평양감사 얘기를 하나 해주게. 평양감사. (조사자 :

평양감사, 좋죠.) 예. 평양감사. 아이, 감사가, 인자, 되, 되기 전이여, 쬐깐헐 땝니다.

정승이 어디를 지나간다. 이정승이 지나간다. 쬐~깐은 놈이. 가매를 타고 막, 사인교를 타고 막, 가. 정승이. 그런디, 쬐~깐은 것이, [제보자 앞을 가로질러 줄을 치는 시늉을 하며] 요리 딱~ 줄을 치드니.

"요리 건너가믄, 니 아들놈."

그래.

"요리 간 놈은 내 아들놈."

그래. 아, 이거, 쬐깐은 놈이 그래븐디, 것 내릴 수도 없고, 기가 맥힐 일이여. 그래, 가매에서 내려 갖고,

"너, 집이 어디냐?"

근게.

"집도 없십니다."

"부모가 어딨냐?"

근게.

"없십니다."

돌아댕긴 놈이여. 그래, 딸이 서이(셋)라, 아니, 아니, 아들이 서이고, 딸이 한나라. 근게, 그, 그래서,

"너 우리집이 와서 생활허믄 어찌것냐."

헌게.

"밥 잘 줄라요?"

그래.

"밥 잘 주마."

따라갔어. 인자, 따라 가. 아~니, 이놈의 자식이, 하늘 천 하믄, 땅 지 해블고. 우주 그러믄, 지구 해블고. (청중 : 그렇게, 여.) 아~ 기가 맥히다, 말이여.

'어라, 놈 주기가 아깝고, 우리 사우를 삼자.'

그래, 사우를 삼아, 딸을 줘. 결혼을 시케. 아니, 그래서 인자, 똑똑허고 그래서, 평양감사를 시케 놨거든. 여, 어, 어전에다가 말을 해 갖고. 이 자식이 평양감사 간 뒤로는, 마누래도 돌아보들 안 허고. 통~ 소식이 없어.

괘씸해. 괘씸죄에 걸려브렀어, 마. 그래, 쟁인 영감이,

"아니, 평양감사고 뭐이고, 요놈 잡아딜이라."

큰아들을 보내. 큰아들을 잡아 갖고. 어사 자격을 줘 갖고,

"평양감사 이놈을 모가지를 띠 갖고 니가 데꼬 오니라."

(조사자 : 그, 아들 하나 있는.) 아, 삼형제가 있어, 아들이. (조사자 : 아들이 삼형제고, 딸이, 딸이 하나요.) 딸 한나고, 딸은, 딸은, 서방은 평양감사여, 시방.

근디, 딸이 전화를 해. 아니, 전화란다. 편지를 써브러. 아, 평양감사에 가신 후로 당신이 쟁인 영감헌테 소식도 전허지도 않고, 이, 모가지를 끊을라고 허니, 큰처남을 보내.

큰처남은 시를 잘 허고, 아~주 점잖은 분 아니요. 그러니, 이러고, 이러고, 이러고 허시오. 이래 놔 붓어. 이러고, 이러고, 이러고 허시오. (청중 : 싹 갈쳐줘 블구만.)

이, 싹 갈쳐줘, 딸이. 아, 평양감사한테, 다. 아 근게, 평양감사가 본게로. 평양 땅에 들어옴섬부터는, 주, 주막도 없애블고, 샘이도 없애브리고, 저~그 마지막에 몬당(마지막)에 온디는, 예쁜 각시 하나만, 탁~ 주막에 놔두고.

그렇게 해 갖고, 그, 그 오빠가 오믄, 거그서 머물게, 머물게 허시오. 요래놨어. 아, 편지대로 해야제. 아, 본게, 그럴듯해. 시도 잘 허고 그런게, 앞에 소나무 밭에다가, 저~ 신선이 일곱이 놀게 해 놓고, 앞 주막에, 저, 이쁜 각시를 놓고, 술을 팔게 허고, 그러고 술 한 잔 묵게 허고, 그, 그리 건네 가서, 이, 이, 바둑도 뒤게 허고, 요렇게 해보시오.

아~따, 평양 땅에 들어간게, 대차. 서실이 멀끔해. 물 한나도 없제. 주막 한나도 없제. 깨~끔허단 말이여.

배가 이놈은 고파 죽것는디. 뭐이, 주막 하나 있어, 본게, 이~쁜 각시가 있는디. 딱~ 허니, 술도 주고 그런단 말이여. 근데, 앞에서 소나무 밭, 밑에서 신선들이 바둑을 뒤어. 바둑을 뒤어. 요리 본게,

"어~따, 나도 신선이 된갑다, 요."

한 잔 묵어 논게. 어라, 가보자. [걸어가는 듯이 팔을 앞뒤로 흔들며] 내 젖고 가. 간게, 신선 일곱이,

"어허, 자네가 올 줄 알았네. 자네, 서울 이대감 큰아들이제. 평양감사 모가지 띠러, 올, 올라오는 길이구만."

귀신겉이 잘 안단 말이여, 또. 아~, 이. 아, 이거, 아하, 근디 그냥, 술병을 갖다 놓고, 자기들이 따라 묵어. 근디 인자, 그, 인자, 올라온 놈, 평양감사 모가지 띠러 간 놈, 고놈, 한테다 딱~. [제보자 앞에 있던 종이컵을 들어 보이며]

"자네가 요놈을 다 묵어야 신선이 되네."

아따, 신선이 된다게, 그냥, 이놈을 그냥, 어뜨게 묵든지 다 묵어야 것다, 싶어서. 그놈은 독한 놈의 술이여. [술을 먹는 모양을 흉내내며] 막~, 몇 잔을 그냥. 몰라, 세상을. (청중 : 못 오게 만들라고.)

그래, 그냥, 시케놨어, 평양감사가. 술만 몇 잔 묵으믄, 전각도 뜯어블고, 신선도 없애브리고, 전부 가루를 긁어다가, 썩은 가루를 긁어다가, 큰처남 배 우(위)에다가, 썩음, 썩음 헌 놈, 옷도 약을 해블고, 나오믄, 손대믄, 칙, 쳐질 그런 약을 쳐브러라.

아, 이놈의 소나무 밑에 뭔, 술을 한 잔 묵었는디, 본게. 신선도 없제. 바둑 딘 놈도 없제. (조사자 : 그 술이 깨니까요.) 에, 주막도 없제. 소나무도 없제. 손을 댄게, 옷이 칙칙 나가제.

'아, 이거, 이것이 몇 백 년 흘렀구나. 몇 백 년 흘렀어.'

아, 인제 신선이 된 줄 알았어. 그래,

'에라, 평양감사고, 뭐, 지랄이고, 살았것냐.'

그리고 서울로 돌아와. 서울 즈그 집으로 돌아와. 즈그 집으로 돌아와, 즈그 아버지를, 보고.

"아이, 저놈이 똑, 사대 할, 할애비를 닮았네, 저."

저, 즈그 아버지를 보고.

"어찌 저렇게 닮았으까."

어찌, 기가 맥힐 일이여. 이, 돌아브렀어, 그냥, 돌아브러. 그래, 그냥, 탁~, 즈그 아부지가 그냥, 담뱃대로 뚜드려 패브렀어, 그냥, 대가리를. 근게,

"야 이놈아, 세상에 평양감사 모가지를 끊어 오란게, 미쳐 갖고 들어오냐, 이놈아."

댐, 담뱃대로 맞아븐게, 아, 즈그 아부지여.

"아이, 아부지, 아부지."

그런게.

"너, 이놈. 그렇게 정신 없냐, 이놈아."

근게 평양감사헌테 져브렀제. (조사자 : 졌죠.) 마누래 때문에. (청중 : 마누래가 집안 망신을 시켜브렀구만.)

어, 인자, 어라 안 되것다. 둘채 아들을 보내. 둘채 아들을, 이. 아, 재밌습니다, 요거, 얘기가. 두채 아들을 보낸디, 두채 아들은 좀, 거칠어. 계집을 좋아해. 두채 아들은.

근게, 또 딸내미가 이 얘기를 해브렀어. 이러고, 이러고, 이러고 해쁘시오. 그리고 인자, 딱~ 어찌게 돼브렀냐므는, 두채 처남이 올라오믄, 주막에 와서, 석양에 도달헌디, 저무는게, 못 간게, 여기에 자고 갈라요. 그러믄, 자고 가믄, 자고 가시오. 요렇게 해 갖고, 어찌 어찌게 허시오. 요렇게 딱 써 낳어. 딸이 또 해브렀어.

근게, 석양이 돼 갖고 캄캄헌디. 평양 땅에 들어신게, 주막도 없어. 근게, 마지막이 주막이여. 그래,

"술 한 잔 묵고 갈라요."

근게,

"예, 그러시오."

아이, 저물어서 가들 못 허것는디, 어쩔 것이여.

"하이, 나, 서방도 없고 그런게 들어오시오. 그리고 오늘 저녁에 같이, 같이 지냅시다."

요리 됐어. 아이고, 재미시럽게 진행을 헐라 근디, 어떤 놈이 그냥,

"야, 임마, 문 열어라, 문 열어라."

악을 쓰고 들어오네. 생전에 안 오던 남편이 들어와. 남편이. 그렇게 해놨어. 그러게, 그냥, 다급헌게,

"에, 어찌 거이요, 뒤주 속으로 들어가시오."

[뒤주로 들어가고, 뒤주의 문을 잠그는 모양을 흉내내며] 활딱 벗은 놈이 뒤주 속으로 들어가브네. 인자, 두지, 두지 문을 쇳대(열쇠)로 탁 잠가브렀어. 근디, 그냥, 요놈이 한 잔 묵고는 뭐라 그냐 허냐믄.

"점을 해본게, 재수대가리 없는 저, 뒤주 때문에 재수가 없다드라. 저, 두주 저놈을 팔아든지, 쁘시거 뺄든지, 저녁에 해야, 내가 살제, 못 살것다드라."

그냥, 요러네. 아따, 두주 안에 든 놈이 그냥.

'아이고, 시발거 이거, 내가 죽네, 인자, 내가 죽어. 내가, 아주, 하이고, 어찌거나, 아이구 어찌그나.'

근게. 아이, 그냥, 뭐라그냐믄. 여자가 그래.

"두지 저것은 내거이요, 여자꺼인게, 내가 가져야 안 허것소."

요, 요래. 근게, 맘이 좀 놓여, 안에서.

'아이고 그러믄 다행인디.'

그런디 또, 남자가 허는 말이.

"조상 대대로 내려온 우리 두진께, 내가 가져야 헌다."

'아이고, 으메, 또 죽것네, 또 죽것어.'

요지경을 허고 있어. 두지 속에서. 그러드니, 탁~ 뭐라고 그러냐므는 남자가,

"평양감사가 똑똑허다데. 똑똑헌게, 내일 두지를 짊어지고, 이, 두지를 짊어지고 가세. 글믄 평양감사가 해결 안 허것는가."

평양감사 앞으로 두지를 짊어지고 가. 이, 두지를, 이, 활~딱 벗은 놈이 그 안에가 들었어. 아, 그런게, 평양감사가 뭐라고 헌고 허므는.

"두지란 것은, 쪼개믄 궤짝을 써, 반틈으로 쪼게."

그러믄 쓰라, 아니여. 평양감사가 그래 놨네. [위에서 톱으로 썰어 내려가는 시늉을 하며] 아따, 큰~ 톱이 그냥 왔다 갔다 헌디, 아이구메, 곧 썰어져, 썰어, 썰어지게 생겼어. 썰어져. 그런게, 뚜드려브러, 그냥. 사람 살려라고 뚜드려브러. 그런게,

"아이, 뭔 소리가 난다. 톱 중지해라."

아이, 평양감사가 그래. 근디, 또 썰라고 그믄, 또 뚜드러, 요런단 말이여, 뭐이 사람이 든 것 같애. 안에서.

"야, 여봐라. 한 번 더 썰어봐라. 세게."

시렁시렁시렁 그런게. 막 뚜듬서,

"나 살려라, 나 살려라."

그러고 악을 쓴단 말이여. (청중 : 인제, 거짓말이제.) 그런디 인자, 막, 썰어. 그런게 벌어져브렀어. 활~딱 벗은 놈이 어디로 가꺼여. 근게 그냥, 평양감사 앉아 있는디, 그 밑으로 쏙 들어가브러.

"어이, 어이, 어이, 나시, 나, 나, 나, 나여. 어이 이것 좀 개레(가려) 주소, 개레 줘."

"아니 누구다냐, 작은 처남인가."

근게 작은 처남이거든. 개레 줘.

"여봐라. 다 물러가라."

하~, 옷을 입혀 갖고, 인자, 집으로 모신게. 얼굴을 들 수가 없어서,

"어이, 어이, 나 갈라네, 가."

서울로 밖, 서울로 내려와브러. 아, 모가지도 띠들 못 허고. 참, 기맥힐 일이여. 그런게 인자, 즈그 아버지헌테 와서, 아니, 너는 어찌 됐냐. 근게.

"아니 아부지, 통 말도 허지 마시오."

"아~, 나 정신이 없습니다. 정~신이 없습니다."

인자, 즈그 아부지헌테 그래브러.

"어허, 너도 평양감사만도 못 헌 놈이구나, 이놈아."

인자, 막둥이를 보내. 막둥이 너는, 한, (조사자 : 뭔가가 있것네요.) 예. 뭣인가 있것어요. 허, 참. 어, 이거 한 잔허고 해야것네. [제보자가 청중에게 술을 한 잔 받는다.] 에, 제가 술을 좋아합니다. (청중 : 술 한 잔 자신게, 거짓말도 허제.) [제보자와 청중 웃는다.]

인자. (청중 : 책을 많이 읽은 양반이라 논게, 말이, 저, 거식해요.) 저, 막둥이가 갑니다. 아, 이놈의 딸이, 또 어뜨게 해 놨냐므는. 참, 그것이 부부간이라는 것이, 그렇게 중요허다는 것이, 여그서 나옵니다.

인자, 막둥이 오빠를 보내믄, 모가지가 달아날 성 싶은디. 어뜨케 했냐. 평양감사 보고, 꾀를 내시오. 송아지를 몰고 들어오다가, 우리집이를 들어오믄, 애미 소만 델꼬 오고, 송아지는 밖에다 떼 노시오. 그리고 들어오시오. 그러믄 해결이 되리오. 그렇게 적어 놨어.

그게, 저기, 저, 오래 돼 갖고 평양감사도 옵니다. 처갓집을. 근디 소를 묶고 왔어. 송아지를. 묶고 와 갖고. 아, 편지 내용은 아무래, 너무 길어서.

소를 묶고 들어가고, 송아지를 떼 놔브렀어, 앞에다가. 애미도 울고, 새끼도 울고, 밖에서 울고, 안에서 울고. 난리여. 막~.

그런게 평양감사가 저그, 장인, 장인헌테.

"아부이, 이놈의 소가 울지 않습니껴, 새끼도 울지 않습니껴. 서로가 그리울 때 와야 헌거이제. 그냥 오고 가고 오고 가고 헌건 아닙니다. 이렇게 돼서 제가 늦었습니다. 많이 봐주시오."

똑똑헌 놈 아니요. 그래, 그, 문을 열어 준게, 송아지가 폭, 기어 들어와서 애비 젖을 쪽쪽쪽쪽 빰서, 조~용해. 그래서, 아하~ 평양감사헌테는 못 해보것구나.

그래서 대한민국에서 젤 똑똑헌 놈을, 옛날 이조 때에 평양감사로 보냈던 것입니다. 아~,

(조사자 : 그나저나 막내, 셋째 아들은 안 보냈어요?)

아, 가, 갔어. 가 갖고, 어쩌냐믄, 막내아들이, 저, 막내아들이 같이, 같이 사행교(사인교)를 타고 들어와. 송아지랑 같이 요리케.

아~, 그래서, (조사자 : 아, 막내아들은 뭐, 별일이 없었나 보내요.) 아, 그런게, 별일이 없어. 그런게 평양감사가 미리 알아브렀제. 즈그 마누래가 얘기를 해조쁜게.

그래서 조~용허니 넘어가쁜겁니다. 그렇게 막둥이를 똑똑히 만들라블다가도, 못 만들어 브렀어요. 마, 마누래가 평양감사헌테 사전에 알려브렀거든. (청중 : 딸이, 딸이 그런게, 평양감사를 만들었어.)

명당자리 탐낸 딸

자료코드 : 06_04_FOT_20090411_SJH_LHC_0018
조사장소 : 전라남도 구례군 토지면 구산리 구만마을 구산마을회관
조사일시 : 2009.4.11
조 사 자 : 송진한, 서해숙, 이옥희, 편성철, 임세경, 김자현
제 보 자 : 이희철, 남, 76세
구연상황 : 앞서 재치 많은 평양감사 사위 이야기가 끝나자 구례에 이런 이야기가 있다
　　　　　며 다음 이야기를 계속 했다.

줄 거 리 : 딸이 명당자리를 탐하여 밤에 몰래 물을 부어놓자 상주가 그 묘를 쓰지 못했
다는 이야기이다.

인자, 구례에 요런 곳이 있어요. 못자리를 팠는디. 명당입니다, 문척. 가
난해, 딸이. 아, 시집간 딸이, 가난해. 근디, 아조, 그냥, 하로 전에 묘를,
천곽을 내 놨어.

어라, [제보자 앞에 관 크기의 네모를 그려 보이며] 천곽. 못자리 요걸
천곽이라 그럽니다. 묘, 묘에, 묘에, 묘에 관 넣을 디를 갖다 천곽이라 그
런디.

그래서, 음, 그래서 딸이 욕심이 나.

'아야, 저녁에 가서 내가 물을 한 도가지를 갖다가 여브러야것다.'

그래, 새벽에 가서, [머리에 이고 있던 물동이의 물을 붓는 시늉을 하
며] 붓어브렀어. (청중 : 못자리를 파 놨는디.)

응. 파 논디를. 그런게, 상주라고, 상주들이 가본게. 아, 물이 찔걱찔걱
해. 아, 에, 물이 나브러, 근게. (청중 : 진짜 존 자린디.)

에, 그런게 뭐라 그러냐므는,

"에, 아, 이거 물 난디를 쓰것는가. 행님, 글 안습니껴."

"어이, 그래, 쓰지 말세, 딴데로 옮기세."

그런게 딸이, 그럴 바에는 나를 주쇼. 우리, 우리집이. 그래, 딸이 써 갖
고, 딸이 부자가 돼쁘렀어. [제보자와 청중 웃는다.] 근게, 딸들은 도둑이
라 그런거여.

사탕 할머니를 위한 마을제사

자료코드 : 06_04_FOT_20090411_SJH_LHC_0019
조사장소 : 전라남도 구례군 토지면 구산리 구만마을 구산마을회관
조사일시 : 2009.4.11

조 사 자 : 송진한, 서해숙, 이옥희, 편성철, 임세경, 김자현
제 보 자 : 이희철, 남, 76세
구연상황 : 구만리가 장수마을이라며 마을 자랑이 잠시 이어지고, 어린 시절 서당에서 책을 낭송하던 방법 등에 대해 이야기를 했다. 조사자가 제보자에게 재담꾼이라고 칭하자 제보자는 사탕 할머니에 대한 이야기를 시작했다.
줄 거 리 : 사탕을 팔러 다니면서 장사를 하던 할머니가 자식이 없이 죽자 마을에서 제사를 지내주고 있다. 그러나 할머니의 성도 모르고 이름도 몰라 할 수 없이 '사탕 할머니 제사'라 칭하게 되었다는 이야기이다.

그러고 한 가지 얘기 해주께요. 우리, 아니, 우리, 사탕 할머니란 사람이 있어. (조사자 : 사탕 할머니요.) (청중 : 옛날에요.)

예. 근디, 아니, 근디, 사탕, 사탕을 팔고 댕김섬, 장사를 했던 모양이여. 근디 동네 사람이 한나도 몰라. 어뜨게 생겼는지, 어디가 죽었는지. 어쨌는지 모른디, 아들, 딸도 없어.

(청중 : 땅허고.) 땅허고, 집허고.

"나 죽으믄 제사나 지내 주시오." 허고 동네에다 줘브렀어. 사탕 할머니가. 그래 갖고 우리가 십이월 삼십일일 저녁이믄, 사탕 할머니 제사를 여그서 지내. (청중 : 모른게, 인자, 그, 호로는 사탕 할머니라 그러제.)

성도 모리제, 이름도 모리제. (조사자 : 이 마을에 사셨나 봐요.) 아, 뭐, 뭐, 마을에 살았은게 지사 지냈제. (청중 : 마을에 살다가 돌아가셨어.) 어~, 아니, 그런, 그때는 주민등록도 없어. (청중 : 없어, 그런거.)

(조사자 : 언제적 이야기신데요.) 어, (청중 : 오래돼요, 허벌라게, 마을 어른들도 모른다.) 그런 사탕 할머니가, 우리가 제사를 지내, 여그서요. (청중 : 전부 아들, 손지들이요, 부락 사람들이.)

이, 그런, 이, 그건 참, (조사자 : 계속 지내온.) 아, 계속 지냅니다. (청중 : 이장이 인제, 돌아가믄서, 이장이 지내.) 근디 성을 모린게, 요, 어렵네요, 요.

인자, 제가 축관이 잘 된다. 요, 금년에 기축년 아니요. [축문을 읽는듯

이] 유 세차 기축년 사탕 할머니 신위전 [조사자 웃는다.] 요렇게 축을 읽습니다. 성도 모린게 어쩌거요. 사탕 할머니여.

유풍천과 운조루

자료코드 : 06_04_FOT_20090411_SJH_LHC_0020
조사장소 : 전라남도 구례군 토지면 구산리 구만마을 구산마을회관
조사일시 : 2009.4.11
조 사 자 : 송진한, 서해숙, 이옥희, 편성철, 임세경, 김자현
제 보 자 : 이희철, 남, 76세
구연상황 : 유풍천에 관한 이야기를 해달라고 하자 조사자들에게 알고 있는 이야기가 아니냐고 오히려 물어보았다. 조사자가 알고 있지만 제보자가 알고 있는 이야기를 듣고 싶다고 하자 다음 이야기를 시작했다.
줄 거 리 : 유풍천이 경상도 절도사로 있다가 파직하여 토지면으로 와서 터를 잡았는데, 글월 문자를 두 번이나 쓰고서 들어온 곳이 운조루라 한다. 또한 서울의 구정승이 백 칸을 지으라 했으나 따르지 않고 아흔 아홉칸을 지었다는 이야기이다.

에, 유풍천씨가. 음~, 절도사에요, 경상도. 지금으로 말허믄 경사령관. 경사령관인디. 경사령관이 파직이 됩니다. 파직이 된게.

어라, 경상도서 경사령관이, 경사령관이 막, 사람 죽이고, 난리가 있으거인디, 거그 살것소. 인제, 전라도로 올라옵니다.

올라온디, 이, 토지를 왔어. 여그를 지내. 그럴 듯해. 터가, 터가 글월 문자를 쓰고 있습니다. [허공에 손가락으로 '문'을 한자로 써 보이며] 문 문자, 글월 문자요, 아, 터가. (조사자 : 그 운조루 터가.)

예, 운조루 터가. 글월 문자를 두 번이나 쓰고 들어온 디가 운조루에요. '여기 잡자.'

그 터를 잡아. 유풍천씨가. 그걸 잡아. 그라고 들어와. 근디, 하~ 집터

를 따듬고 본게, 뭐이 나오냐믄, 돌 거북이가 나와. 거북이. 이, 거북이를 보관을 허고 있습니다, 그 집이.

어, 그 집이 있어, 시방. (청중 : 나, 가도, 그거 못 봤네.) 안 보여줘, 그 거. 많이 도둑을 맞아브렀거든.

그래 갖고 인자, 에~, 유풍천씨가 여 나갑니다, 여 나가. 근디, 요 양반 은, 그, 인자, 요런 소리 혔다보믄 깐닥허믄 도륙이 나브린디. 잘 못 허다 가는.

본래 정승 기가란 놈이 있어, 서울에. 아, 아니, 구가, 구가. [방바닥에 손가락으로 '구'를 한자로 써 보이며] (조사자 : 서울에가 정승 구가요.) 이, 구가, 구가란 놈이, 구가란 놈이 있어.

구가란 놈이 뭐이냐믄, 재무부 장관이여. 재무부를 담당허고 있은게, 돈 을 빼다가 유풍천을 줘. 집을 지어라. 요렇게, 요렇게 지어라. 요렇게, 요 렇게 지어라. 어, 편지로 와. [편지를 찢고, 불에 태우는 모양을 흉내내며]

근디, 유풍천씨는 편지를 보고는 찢어브러, 불에다 꼬실라브러, 없애. 그러믄, 가서 편지를 요렇게, 요렇게 해 놨는디. 대답을 해야 안 허것소. 몸으로 올라가, 축지법을 해.

서울로 날아가브러, 그래가고, 그냥. 말로 떼우고 내려와. 편지 흔적은 없어. 말로 떼우고 구정승허고 해요. 아~무 편지 한나도 없제.

그라고 인자, 아흔, 백 칸을 지라 헌걸, 양반집으로. 아흔 아홉 칸을 지 어, 한나 빼브러. 문턱을 뭔 나무로 허라 헌걸, 그 나무로 안 해, 딴 나무 로 해.

그, 인자, 툭깔이 났어. 아~, 툭깔이 나브러, 툭깔. 요시 갖으믄, 도둑놈 이 인자, 뭐 했다고 해 갖고, 요렇게 돼뿟단 말이여. 그래 인자, 잽해 가. 근게, 편지 한 장도 없제, 구대감을 아냐 헌게,

"나 모립니다, 잘 모린 사람이요."

요래 브렀어.

"그러믄, 요기 집이, 누 집이여."

구대감이 돈은 냈지마는, 유풍천이라는 사람이, 지 집을 그대로 지어브 렀단 말이여. 그이, 유풍천이 집이제.

"나, 구간란 사람 모르요."

그래, 지금도 구가란 놈이 오미동에 들어가믄, 떨어내. 유가들이, 이, 못 된 놈이 들어왔다고, 떨어내붑니다, 지금도. 구가를, 이. 요롱게 돼 있어.

근디 유풍천이라는 사람은, 축지법을 했어. 그러고, 참~ 똑똑허드라요.

자기 아들, 손자가 히밀떡허믄, 내보내브러. 딴 집안의 유가들, 똑똑헌 놈을 양자로 들에. 양자로, 그래 갖고 대를 이어가. 근게 십칠 대가, 시방 내려오고 있습니다.

유가 집안이 십칠 대를 내려오고 있어요. 그러믄 큰 아들은 안 갈체, 또. 보~돗이 국민학교 나오믄, 그만. 왜. (조사자 : 옛날부터 그랬단가요?) 아, 옛날부터.

왜, 많이 안 놈걭으믄, 나가브러. 근게, 보~돗이 이름 성명 쓰게 해, 그 믄 집구석 지키라고. 근게 전~부 멍청헌 놈들이여, 큰아들이, 가만히 보 믄. 멍청헌 놈들만 지키고 있어, 똑똑헌 놈은 다 나가블고 없고.

(청중 : 근게 그 집안 아들들이,) 홍수란 놈도 시방, 희밀떡 해. (청중 : 아니, 근게, 재주나 있으믄 큰 부자도 될 수 있구만,) 항. (청중 : 재산도 뭐, 그 정도믄 아주, 큰 부자제.) 큰 부자제, 막, 겁나게 많은디.

그런디, 재산도 뭣도 그런거 챙길라고 안 허고. 대를 이어 나간다. 요것 이 유풍천이 집입니다.

그런게 인자, 반란 사건 때, 어떻게 그래, 보물을 보장 했냐. 전~부 물 속에다 집어 여브렀습니다. 반란 사건 때. 그 앞에 연못에다가, 전~부 집 어 여브렀어.

그래 갖고 반란 사건이 끝난게, 육이오 사변이, 에~ 복구가 되고 헌게, 찾아내 가지고 있는디. 선조 대왕이 준 거이랄지, 이순신 장군이, 뭐, 글씨 써 논거이랄지. 도독을 맞아브렀어. 도둑을 싹~.

심지어 추사 김정희가 써 논, 벽에다가 써 갖고 붙여 놨는디. 벽을 파가브렀어. 추사 글씨. 벽꺼지 파가브렀어. 에, 그래서, 에, 그, 지키기가, 문화재를 지키기가 힘들어요.

그래서 인자, 유풍천이라는 사람은, 에, 인자, 그 정도만 알고 있습니다, 나는. (청중 : 축지법을 해 가지고, 서울을 하루, 하루저녁에 왔다갔다 했다고 그랬어요. 이거 막 저우대고, 축지법으로. 하루 저녁에 왔다갔다 히는, 그 유풍천이라고 허는.)

그런데, 어, 그, 칸이, 아흔 아홉 칸이. 요런 방으로 아흔 아홉 칸이 아닙니다. [제보자가 앉아 있는 방을 가리키며] 요거이, 요놈이, 요거이 몇 칸으로 묶느냐믄. 이거 네 칸으로 묶어요. 하나, 둘, 셋, 넷, 넷떼기, 네 칸이라, 요거이. 그러믄, 두 개만 해도, 여덟 칸 아이요.

요놈 방이. (조사자 : 금~방 아흔 아홉 칸 됐것네요.) 예, 그러믄 그냥, 기냥 아흔 아홉 칸이에요. (청중 : 그냥 아홉 칸은 아홉 칸이래도, 저그, 원체 이렇게, 뺑돌시럽게 암마주니까, 대문도 이중으로 삼중으로 들어가야 돼고.)

어, 어, 그래. 그래 갖고, (조사자 : 그래도 아주, 옛날에는 대단한.) 그, 그, 말, 나졸 키운거이, 그냥 아흔 아홉 칸이라요. 저, 저, 저, 하인 놈들, 말 타고 댕기고, 그놈들, 그, 기게 아흔 아홉 칸이제.

원, 원체 양반집은, 요리 보믄 싹 알아요. 운조루에서 앉어 보믄, 큰방에서 말을 내가 어뜨케 움직인지. 또 작은방에서 뭐, 며느리가 어뜨게 움직인지, 싹~ 알아, 알아븐거이, 거이, 양반집이란 겁니다, 가보믄.

염라대왕 앞에 선 면서기, 이장, 선생

자료코드 : 06_04_FOT_20090411_SJH_LHC_0021
조사장소 : 전라남도 구례군 토지면 구산리 구만마을 구산마을회관
조사일시 : 2009.4.11
조 사 자 : 송진한, 서해숙, 이옥희, 편성철, 임세경, 김자현
제 보 자 : 이희철, 남, 76세
구연상황 : 박학서가 마을 이야기를 계속 하자 제보자가 이야기를 끊고, 저승과 관련된 이야기를 이어나갔다.
줄 거 리 : 면서기, 이장, 선생이 연이어 염라대왕을 만났는데, 면서기는 천당으로 보내고, 이장은 다시 돌려보내고, 선생은 돈까지 주면서 돌려보냈다는 이야기이다.

저, 저, 죄송합니다. 인자, 막, 뭐, 살아났다네, 거이 얘기를 안 허요. 그러믄 인자, 그, 얘, 얘기를 해 드리게요. 이 사람은, 석도대새라고 살아 계세.

지금 아흔, 아, 아흔 다섯이여. 그런디, 내가 인자 얘기 해주게요. 그, 저승을 갔다 왔단 얘기. 어, 나, 뭐, 이얘기 모린 것이 없소.

서, 서, 서이를 가. 서이가 어디를 가냐므는. 젤 앞에 면서기. 그, 그 다음에 동네 이장. 그 다음에 세 번째가 선생. 세 놈이 염라대왕이 불러서, 시방, 나라비를(나란히) 섰어요.

염라대왕 앞에 가서. 제일 첨에 그냥, 누구라고 했제. (조사자 : 면서기.) 면서기. 탁, 면서기헌테,

"너 어찌 왔냐."

근게.

"예, 오라해서 왔십니다."

"너 그러믄, 돌라 묵은 일이 있냐."

근게.

"아무것도 못 돌라 묵었십니다."

"마누래 맻이냐."

그런게.

"예. 똑 하나 데고 살았십니다."

"자석, 더럽게도 못 났네."

인자, 요, 요러더란 거여. 그래 갖고 인자, 도로 뇌 주도 안 허고. 짠~
헌게, 짠 헌게. 천당으로 보내드란 거이라. 지옥으로는 안 보내고. 지옥으
로 안 보내. [잠시 이야기를 끊고] 교수님 오셔? (조사자 : 아니여, 저기,
예, 이야기 쭉 하십시오.)

예, 예. 그런디, 그 다음에 이장이 앵겼어.

"너는 어찌 왔냐."

근게.

"아니 오라해서 왔십니다."

"그러믄, 마누래가 몇이나 된고."

근게. 이장을 댕김시로, 죄를 저질렀든갑등만, 요놈이. 동네마다 비가
올 때 돌아댕김시로.

"통 마누래가 몇인지 모리것십니다."

"아, 이 자식 보소, 요."

요러드란 거여.

"좋은 일 많이 했네, 요."

글드란 거여, 좋은 일 많이 했다고. [제보자 웃는다.] 이, 그러드란 거
여. 인자, 근디, 그, 그러믄, 인자, 염라대왕이,

"아, 너는 나가."

글드래.

"나가."

(청중 : 좋은 일을 많이 했은게.)

"좋은 일을 많이 했은게, 나가."

그래. 에, 그런디 인자 국민학교 선생이 갔어. 세 번채거든.

"너 어찌 왔냐."

그러드니.

"아니, 오라해서 왔십니다."

그런게.

"올 때가 안 됐는디."

"너 직업이 뭐이냐."

근게.

"예, 아~들을 갈치고 있십니다."

글다란 거여.

"어, 임마 고생허고 있는디, 어찌 니가 왔냐."

그런게.

"아니, 오라해서 왔는디요."

그, 폐병 환자였어. 아, 갈 수밖에 없었어. 근디, 돈꺼지 줌섬, 돈꺼지 줘. 줌섬, 가, 폐병, 폐병도, 폐병도 나수고, 오래 오래 살아. 돈꺼지, 여비까지 줌섬, 받아 갖고 나왔어.

요것이, 세, 세분이 염라대왕에 갖다온 이야기여. 그런게, 세상 좋은 일을 많이 해야, 염라대왕도 용서를 하드라. 예, 요 말입니다.

이부열녀

자료코드 : 06_04_FOT_20090411_SJH_LHC_0022
조사장소 : 전라남도 구례군 토지면 구산리 구만마을 구산마을회관
조사일시 : 2009.4.11
조 사 자 : 송진한, 서해숙, 이옥희, 편성철, 임세경, 김자현
제 보 자 : 이희철, 남, 76세
구연상황 : 점심을 먹고 잠시 쉬는 사이 제보자가 장례와 관련된 이야기를 했다. 이어서 조사자가 이 마을에 효자, 열녀가 있는 지를 묻자 다음의 이야기를 시작했다.

줄 거 리 : 아내는 탄광이 무너져 죽음에 처한 남편을 친구의 도움으로 구한 뒤, 친구가
아들을 낳아 달라는 요구를 들어주었다. 이후 아내는 친구의 아들을 낳아 어
느 정도 키운 뒤에 결국 자결하였다는 이야기이다.

예, 그 얘기 해주께요. 이부열녀비. 두 낭군을 섬긴 열녀비가 있어요.
두 낭군을. 아~, 이거, 이거, 이 얘기가, 이거, 이거, 시간이 많이 간다.
잠, 잠꾼만(잠깐만) 헐랍니다. 핵, 핵점만. [옆에 앉은 청중과 제보자 자신
을 가르키며]

평상, 요리 친구라, 둘이. 평상, 요리, 둘이 친군디. [제보자 자신을 가
르키며] 내가 아들이 없어. 요리 친군디, 내가 아들이 없어. 내, 요 친구
보고, 아들이 많아.

"어이, 나 아들 한나 나 주소."

요렇게 살아서 둘이. 근디, 내가 아들이 없는 사램이.

"아들 한나 봐 주소, 봐 주소."

근게 마누래를 준다, 그 말, 아니요. 요렇게 됐어. 근디, 내가 어디를
댕겼냐믄, 탄광을 댕게. 탄광에다가, 탄광이 무너져브렀어. 에, 무너져브
렀어.

근게, 우리 마누래가, [제보자 옆에 앉은 청중을 가르키며] 요 사램헌테
가서, 요 사램헌테 가서.

"에, 탄광이 무너져붓다요. 내가 아들 나 주꺼인게, 아들을 나 주꺼인
게."

아들 하나 얻어올라 그랬거든, 여그서.

"낳아 주꺼인게, 쌀 백가마니만 주시오, 백가마니만."

백가마니를 받아다가 탄광, 구뎅이를 파 갖고, 남편을 살렸어. 남편이
살았어. 아~ 기맥힐 일 아닙니까. 그래 갖고 남편을 살래놓고,

"내가 약속이 있어서, 내가 요 양반헌테 아들 한나 나 주기로 했소. 나
아들 나 주러 갈란게, 이."

거 갔어. 이, 가 갖고 아들을 낳어. 낳아 줬어. 그런게 일 년은 걸렸죠. 그래 갖고 아들을 나 줬인게, 젖을 믹여서 조금 키우다가. 옵니다. 올란게, 그, 젖 띠블믄 디져븐거 아니요.

"그러지 말소. 내가 자네 집이, 옆에 집을 지 거인게. 자네 집이, 우리 마누래 집 옆에다가 집을 지 거인게."

그라고 인자, 집을 질라 헌게, 여자가,

"내가 당신 집으로 가죠."

아들을 데고 가. 가 갖고 젖을 믹여서 키웠어. 키워 갖고, 웬~만히 큰 게. [목을 메는 시늉을 하며] 목을 메, 죽어. (조사자 : 애기가 큰 뒤에.)

예. 큰게, 애기가 큰게. 에, 그래서, 본 남편 살렸제. 굴 속에 든 놈을, 백가마니 갖다가, 아들 나 줬제. 이부열녀비. 두 남편을 모신, 여자. 충청도에 가믄 있습니다. 그 비가. 이부열녀비가. 예.

금환낙지 땅은 어디에 있는가?

자료코드 : 06_04_FOT_20090411_SJH_LHC_0023
조사장소 : 전라남도 구례군 토지면 구산리 구만마을 구산마을회관
조사일시 : 2009.4.11
조 사 자 : 송진한, 서해숙, 이옥희, 편성철, 임세경, 김자현
제 보 자 : 이희철, 남, 76세
구연상황 : 앞의 이야기를 마치자 청중들은 웃으면서 제보자가 많은 곳을 돌아다녀 많이
　　　　　 알고 있다고 했다. 조사자가 금환낙지와 관련된 이야기를 묻자, '아, 금환낙
　　　　　 지'라고 큰소리로 말하며 이야기를 시작했다.
줄 거 리 : 금환낙지에 터를 잡으면 왕비가 일곱이 나오고 왕이 넷이 나온다고 하는데,
　　　　　 토지면의 우체국, 농협 자리가 금환낙지 땅일 것이라는 이야기이다.

아, 금환낙지. [허공에 손가락으로 '금환'을 한자로 써 보이며] 쇠금 자, 고리 환자, 금환낙지. 말씀 드리죠. [자신의 가슴을 치며] 금환낙지 허믄

이거, 전문이요, 내가. (청중 : 금환낙지 터 잡아 간다고.)

아~, 세상을 두루두루 살펴보니까, 토지면에 와서, 금환낙지가 있다는 것을 어느 놈이 알으요마는. 지형이 그렇게 생겼어. 그믄, 요거입니다, 요. [손가락에 반지를 끼고 있는 모양을 보이며] 여자들 금반지 있죠.

금반지 딱, 쪘제. 행, 돌았제. 위에가 빠닥빠닥 허제. 토지면이 그렇게 돼 있습니다. 그러믄, 왕비가 일곱이 나. 금환낙지다 묘를 쓰믄, 아니, 아, 저, 저, 저, 집을 지믄. (조사자 : 왕비가 일곱이요?) 어, 일곱. 아, 그, 그, 왕비가 일곱이 난다믄, ○○허요. 임금이 너이 나.

거그서 또. 어이, 그런 자리를 누가, 집 안 짓것소. 어떤 놈이 안 짓것어. 허나, 거짓말. 요넘의, 자, 얘길 헙니다. 제가 금환낙지 찾을라고, 집 구석을 세 번을 지었어. 거그 가서, 여가 기다, 여가 기다, 여가 기다. 망해 갖고 여, 소재지로 와브렀어, 말허자믄. 요리 와븐 사램이라.

그런데, 그럴 듯 허지만, 그럴 듯 헌게, 토지면이 금환낙집니다, 인자. 왜, 저 문수란 디가 있어요. 문수 저수지가 토지면을 다 믹여 살립니다. 물이고, 농사고. 여, 금반지에 다야몬드여, 거. [원을 그려 보이며] 그러고 빵~ 돌아서. 테두리가 다 있어.

그라고 여, 덕천, 저, 내에 가서, 조절헌 거이 있어. 그러믄 토지면 내에가 전~부 금환낙집니다. 그러믄, 왕비가 일곱이 나고, 임금이 너이나 난디. 그런 자리를 어떤 놈이 안 씨것소이.

홍선대원군 선친 묘자리

자료코드 : 06_04_FOT_20090411_SJH_LHC_0024
조사장소 : 전라남도 구례군 토지면 구산리 구만마을 구산마을회관
조사일시 : 2009.4.11
조 사 자 : 송진한, 서해숙, 이옥희, 편성철, 임세경, 김자현

제 보 자 : 이희철, 남, 76세
구연상황 : 앞의 금환낙지 이야기에 이어 홍성대원 이야기가 이어졌다.
줄 거 리 : 이하응 선친 묘자리는 왕이 둘이 나올 명당이었으며, 영국군이 이 묘를 파헤
쳤으나 구리를 녹여 만들었기 때문에 어떻게 하지 못한 채 돌아갔다는 이야
기이다.

그러믄 그것도 있어요. 그, 길논에, 이하응이, 대원군이. 아~, 묏자리
를 본게, 임금이 두 놈이 나와. 고종허고, 순종허고, 거이, 거이, 부자간
아니요.

아하, 이것 봐라, 요. 두 대가 지미, 임금이 된다믄, 그건, 보통이 돼요?
참, 이하응이가, 아, 어디서 봤냐믄, 충청도에서 본 겁니다. 충청도에서 본
게, 똑 절터가 기여, 절터 우에. 절터 우에.

"그래, 절에 불을 질러라."

그랬어. 아, 그거 뭐, 지가 만들어 논 놈 아니요.

"불을 질러라."

불을 질러브렀어. 그런게 절이 타브렀어. 거그다 묘을 쓸라고 헌다. 중
놈들이 다시 절을 진다 이거여. 그런게,

"또 불난다고 해라."

그러게 현감한테 시케 논게.

"또 불난디 뭘라 질라 허냐."

못 지에. 인자, 이하응이가, 즈그 아부지를, 거그다, 절 뒤에다가 써. 쓴
다. 영국에서 무역을 헐라 그래, 그때 우리나라 허고. 그래, 영국놈들이,
와서 근게, 이하응이가. 안 들어. 고집이 세 갖고. 사색단판이 주믄, 안 들
어, 안 들어, 안 들어, 그런게.

에이, 요것. 그런디 영국놈들 똑똑헙디다. 이하응이란 놈이, 지 애비 묘
를 충청도 절 뒤에다가 썼은게. 그놈을 파자. 그놈을 파 갖고, 해골을 파
갖고. 교환을 허자. 그러믄 무역을 허자. 요렇게 됐습니다.

근디, 아, 고종, 즈그 아버지 이하응이는, 쇠몽둥이를 그냥, 녹카 갖고, 즈그 아부지 묘를 구리로, 구리. 구리로 녹카 갖고, 딱 묘를 써 놔붓어. 팔 수가 있는가, 이놈의 영국놈들이. 백오십 명이 달라 들었어. 못 파.

근게 구먹을 파 갖고, 뻬따구(뼈)를 녹여뿔자. 구먹을 파 갖고, 구먹을 뚫어 갖고. 헌게, 저것이 열이 나옴섬. 저녁 때 불이 꺼져브러. 근게, 허들 못 허것어.

아하, 이거이 안 되것구나. 그래서 인자, 할 수 없이, 이대가, 고종, 순종이 임금을 해. 임금을 해. 영국도 물러나. 시국을 깨끗이 알아븐 것이여. 이, 이, 참, 지금 생각허므는이.

신통한 예지력을 보여준 거지

자료코드 : 06_04_FOT_20090411_SJH_LHC_0025
조사장소 : 전라남도 구례군 토지면 구산리 구만마을 구산마을회관
조사일시 : 2009.4.11
조 사 자 : 송진한, 서해숙, 이옥희, 편성철, 임세경, 김자현
제 보 자 : 이희철, 남, 76세
구연상황 : 명당에 관한 이야기가 계속 되었다. 앞서 흥선대원군의 묘자리 이야기가 끝나자 바로 이어서 다음의 이야기를 구연했다.
줄 거 리 : 밥을 얻어먹으러 온 거지가 집주인에 할아버지가 호식을 당했고, 부인이 눈이 아플거라 하더니 그 말대로 되었다는 이야기이다.

인자, 그렇게 풍수지리학에 요런, 요런 땅이 있십니다. 어느 거지가 잘~ 안 사람이에요. 들어가서,

"여보시오, 나 밥 한 그릇 주시오."

그런게.

"아, 뭔 거지가 돼 갖고, 밥을 도라, 마라, 허래."

그러게 밥을 준게.

"어이, 자네 할아부지가 호식을 당했구마." 허니, 호랭이가 물어가브렀어. 즈그 할아부지를. 그, 몰라, 대가리가 어디가, 묻혔는지, 어쨌는지.

"에, 이, 숙아, 도둑놈아, 이놈아. 우리 할아부지가, 뭔 호랭이가 물어가, 이놈아."

암~말도 안 허고, 우리 할아버지가, 어디 있다고 근게.

"어허, 뭘 그래싸. 호랭이가 물어가 갖고, 요, 뒤, 대밭에다 놔 뒀구만, 대가리를." 요런다 말이여. 어이, 그럴 듯 해, 또, 이. 물어간지 안 물어간지, 몰라.

"에이, 거, 무슨 거짓말을, 거, 거 따위로, 거 따위로 허고 댕기냐."

그러고. 밥은 줬죠, 밥은 줬어. [제보자 앞의 종이컵을 들고 먹는 시늉을 하며] 그러믄, 딱~, 묵드니.

"느그 할아버지 눈구녁이 병이 난가 안 난가 보자."

딱, 그래.

"그래, 느그 하나부지, 눈구먹이 병이 나믄, 느그 마누래 눈 빠진다고, 악을 쓰고 댕기거이다." 요랬어. 살쩍~이 밥을 묵고 가서, 호랭이가 호식 허고 대가리 놔쁜디 가서 본게 있어. 탱자나무 가시를 끊어 갖고 눈구먹에, 오른쪽 눈구먹에다가, 뽁~ 쑤셔브렀어. 눈구먹에다가.

기냥, 그 뒤로 기냥 며느리가 눈알 빠지다, 죽것다고, 난리여. 난리라, 인자. 거이, 탱자나무로 쑤셔브니 어찌거여.

"봐라, 이놈아, 저거."

그러고 인자, 술만 마셔.

"에, 영감님, 아이, 어찌게 그걸, 그리 잘 아시오."

"어허, 그라네."

"그러믄 눈을 어찌게 허믄 낫것소."

근게.

"아, 오린쪽 눈도 애래 봐야제."

왼쪽 눈에다 꼽아논게, 오른쪽. 살짝~이 가서 보네, 왼쪽 눈에 폭 꼽아 빼 갖고. 인자, 왼쪽 눈이 죽것다고 난리여. 이, 그러거 아니요.[손을 비비며]

"아이고, 나 좀 살려주시오."

지관헌테 빌어. 그러면서,

"그래, 그러믄, 어, 임마, 나한테도, 뭐이라도 좀 내야, 허니, 허것냐."

그래, 일당을 받네. 받어 갖고, 가서 싹~, 탱자나무 빼블고. [손으로 쓰다듬는 시늉을 하며] 허허, 허고. 개안해, 눈이. 개안~해.

그렇게 자리 본 놈도 있어. 묏자리를요. 아~, 요, 눈구먹에, 아, 요놈의 탱자나무 쑤셔븐게, 에래브러. 에~, 이러, 이러듯이.

그런, 그런디. 풍수지리학은, 제가 여, 여리. 우리 회장님이랑 계십니다마는. 그렇게 넘은 아닙니다, 풍수지리학에. 근디, 전적으로 믿어서는 아니 될 것이라고 생각헙니다.

에, 이제 결론은. 에, 저도 제 고조부님의 묘를 파 갖고, 묘를 쓸라 근게, 호지라. 좋~은 땅이다, 호지라고 나왔데요. 그래 갖고 호지란, 저, 이 조자기 왜, 눈 백인 밥그륵. 밑에 눈, 눈 니개 붙었죠. 그거이 두 개가 나오등만.

그래서 그대로 거다 쓰고, 묘를 썼습니다마는. 호지라고, 좋은, 좋은 땅이다, 이랬는디. 믿을 수도 없고, 안 믿을 수도 없고.

운조루에 호랑이뼈 걸린 사연

자료코드 : 06_04_FOT_20090411_SJH_LHC_0026
조사장소 : 전라남도 구례군 토지면 구산리 구만마을 구산마을회관
조사일시 : 2009.4.11
조 사 자 : 송진한, 서해숙, 이옥희, 편성철, 임세경, 김자현

제 보 자 : 이희철, 남, 76세

구연상황 : 조사자가 운조루에 호랑이뼈가 걸려 있냐고 묻자 제보자는 바로 이야기를 시작했다.

줄 거 리 : 유풍천이 똥을 누다가 담뱃대로 호랑이를 잡아서 그 뼈를 대문 앞에 걸어놓았다는 이야기이다.

그 얘기 조~금, 인제, 쪼~금. 조~금 해주게. 유, 유풍천이라는 사람이, 똥을 눈다. (청중 : 호랑이를 타고.) 아이, 똥을 눈다. 뭐이 와서 씩씩 해. 시커~면 호랭이가 와서. 이걸 씹어브거나, 뭐이, 생캐브거나. 그런, 그, 호랭이가 와서 그랬던 거이제.

그래, 유풍천이가, 댐뱃대가 좀 크드랍니다.

"잣것, 이거, 지랄 병헙네, 그냥."

[담뱃대로 호랑이 머리를 때리는 모양을 흉내내며] 댐뱃대로 갖다 탁 때르붓드니, 뒈저브렀어. 호랑이가. 그래서 호랑이를 잡아브렀어요.

그래서 유풍천이가 자기 대문 앞에 호랑이 대가리를 걸어놨십니다. 자기 말, 말 탄, 말, 대가리허고. 두 간대가 있었어. 근디 그것도 돌라가브렀어요. 그것도 돌라가브렀십니다, 예.

유풍천과 구만리 돌무더기

자료코드 : 06_04_FOT_20090411_SJH_LHC_0027

조사장소 : 전라남도 구례군 토지면 구산리 구만마을 구산마을회관

조사일시 : 2009.4.11

조 사 자 : 송진한, 서해숙, 이옥희, 편성철, 임세경, 김자현

제 보 자 : 이희철, 남, 76세

구연상황 : 홍수이야기를 묻자 전에 마을에서 있었던 홍수에 관해 이야기를 한 뒤 이어서 다음의 이야기를 시작했다.

줄 거 리 : 유풍천은 운조루에서 보면 섬진강 물이 간전면의 물을 맞받아서 올라가는 모습이어서, 이를 보기 싫어서 돌무더기를 세웠다고 한다. 또한 훌륭한 사람이

가마를 타고 지나가다 죽었는데, 모닥불을 피우면 자꾸 날아가자 이를 막기 위해 이 돌무더기를 만들었다는 이야기이다.

인자, 쪼금, 역사적으로 들어가 보믄요. 구만호가 살았는디. 저 우에 가믄, 돌다리를 건넬 수 있는, 돌에다 파났어. [돌다리가 걸쳐져 있는 모양을 흉내내며] 요리, 걸칠걸.

요렇게, 요, 걸, 걸체 넘어갈, 돌을요. 그러믄, 옛날에 사람이 살았단거 아닙니까. 독다리 건너간디, 요리, 요리, 요리, 요런거이. 그런디 인자, 그 모닥불이 하나 있어요, 저기, 요. [돌무더기의 크기를 그려 보이며] 노인당 뒤에 가서 큰~ 돌무더기가 있십니다.

근디 그것이, 유풍천이의 앞을 개릴 돌담이냐. 거, 말허자믄 운조루. 거, 여, 섬진강 물이, 에, 간전 물이 맞받아 올라옵니다. 거 뵈기 싫어서 막을란 것이냐.

요런 전설과 더불어서. 옛날 훌륭헌 사램이, 여그를 지내갔는디. 말허자믄요이. 죽었어. 여그서, 가다가 죽어브렀어, 가매 타고 가다가. 근게 모닥불을 피워. 모달불을 피운디, 모닥불이 날아가.

날아갈라고, 날아갈라고 근게, 자~꾸 못 날아가게, 돌을 묻으고, 묻은 것이, 큰~ 돌무덤이가 하나 있습니다. 그런 전설이 거가 있어요. 지금, 지금.

(조사자 : 거기가 어디 있나요?) 노인당 뒤에 있어요. 여그, 여, 중, 중앙예, 중앙 노인당 뒤에. (조사자 : 동래 있는데.) 예, 예. 돌무덤이가. 인자 그래서, 그렇게 된 것이냐. 유풍천이 집이 그런 것이냐.

뱀과 나무꾼 그리고 뱀사골

자료코드 : 06_04_FOT_20090411_SJH_LHC_0028

조사장소 : 전라남도 구례군 토지면 구산리 구만마을 구산마을회관
조사일시 : 2009.4.11
조 사 자 : 송진한, 서해숙, 이옥희, 편성철, 임세경, 김자현
제 보 자 : 이희철, 남, 76세
구연상황 : 조사자가 구렁덩덩신선비에 관한 이야기를 묻자, '뱀처녀'라고 말하며 뱀사골 유래에 대해 말하기 시작했다.
줄 거 리 : 눈이 붉어지도록 울고 있는 뱀을 보고 나무꾼이 수건으로 닦아주자 뱀이 혀를 낼름거리게 되었고 뱀 머리가 희어졌다. 뱀은 아내의 혼인데, 남편을 사랑한 나머지 목을 휘감는다. 그래서 휘감던 몸을 풀어내고 고랑을 만들고 뱀사골이 되었다. 이 총각(나무꾼)은 산신이 되어 지리산 노고할머니의 제자가 되었다는 이야기이다.

거, 뱀사골이 있어요. 요쪽에 뱀사골. 저녁마동 뱀이 나와서 울어. 어찌게 우냐, 뱀이 어찌게 우요? (조사자 : 글쎄요.) [제보자 웃는다.]

참~ 희한하지요이, 운디, 눈물만 흘리드랍니다. 눈물을 뚝, 뚝 흘린디. 그래서 뱀 눈이 붉어져 있어요. 시방, 뱀 눈이 다 붉어져 있습니다. 소리도 안 허고 눈물만 뚝, 뚝.

나무꾼이, 지나가. 근디, 지나간디, 지나갈라고 요리, 헌디. 뱀이, 눈물을 뚝, 뚝 떨어진게. 나무꾼도 저거이 왜 근다냐, 험서. 눈물을 뚝, 뚝 떨쳐. [나무꾼아 머리에 두른 천으로 눈물을 닦는 모양을 흉내내며]

근게, 나무꾼이 수건을 벗어서, 요리 딱아브렀어. 딱아븐게, 그 수건을, 뱀이, 혓바닥을 낼낼내. 그래, 줬어. 그래, 뱀 대가리가 좀 흽니다. 그, 수건 때문에. 수건 때문에 뱀 대가리가 좀 희어요. 희끗희끗 해.

인자, 그래 갖고, 인자, 헌디. 뱀이, 누구냐 허므는, 옛날 사랑했던, 아내의, 뭐이여, 그, 그. 아내의 그, 흔적이여, 혼이여, 혼이여. 희한~나게 모가지를 감는단 말이여, 이.

[뱀이 나무꾼의 목을 감는 모양을 흉내내며] 모가지를 감아. (조사자 : 남, 남편을요.) 응. 남편 모가지를 감아. 근게, 사랑하는 나머지, 그냥. 모가지가 죽게 됐제. 뭐, 뿍 감아쁜게.

구렁이는 감는 겁니다, 그래서. [뱀이 감았던 목을 푸는 모양을 흉내내며] 풀어, 풀어, 풀어. 그래서 뱀사골. 뱀이 흘래서 꼬랑창을 만들었노라. 뱀을 풀어. 그런게 꼴짝이 된거 아닙니까, 요, 뱀을 푼게.

그래서 뱀사골이라고 했는디, 그, 유명한 총각은, 아니, 아니, 총각은, 산에, 산신령이 돼. 에, 산신령이 돼 가지고, 지리산에 노고할머니. (청중 : 그래서 거가 뱀사골이구나.)

이, 제자가, 아, 저, 제자가 됐단디. 어디가 살고 있는지는 모립니다. 나는, 나도. 그래서 뱀사골입니다.

토지면 당치 유래

자료코드 : 06_04_FOT_20090411_SJH_LHC_0029
조사장소 : 전라남도 구례군 토지면 구산리 구만마을 구산마을회관
조사일시 : 2009.4.11
조 사 자 : 송진한, 서해숙, 이옥희, 편성철, 임세경, 김자현
제 보 자 : 이희철, 남, 76세
구연상황 : 조사자가 도사, 스님과 관한 이야기를 묻자, 그런 이야기가 있다며 이야기를 시작했다. 조사는 오후 늦게까지 계속되었으나 제보자는 지친 기색 없이 즐겁게 이야기를 들려주었다.
줄 거 리 : 중을 잡아서 다그쳤던 곳을 당치라 했다는 이야기이다.

어, 그거 있어요. 저, 연곡사에 가믄. 당치란 디가 있습니다.

당치. (조사자 : 당치요.) 예. 당치여.

그러믄 당치란 디가 뭐이냐믄. 중놈들 잡은 디가 당칩니다. 땡땡이중 잡어 논 디가 당치에요. 그, 연곡사가, 큰, 절이 있는디.

아, 중놈들이 판을 친게. 요놈들 잡아다가 그냥, 탁, 조져븐데가 당치라. 그래 땡치라 그럽니다, 그거이. 에, 중놈들 잡은 디가 땡치라 그려요. 토지면에 당치가 있습니다. 저~, 연곡 고랑에. 땡땡이중을 잡어논 디에요.

중국인이 조선 땅에 쓴 묘자리

자료코드 : 06_04_FOT_20090411_SJH_LHC_0030
조사장소 : 전라남도 구례군 토지면 구산리 구만마을 구산마을회관
조사일시 : 2009.4.11
조 사 자 : 송진한, 서해숙, 이옥희, 편성철, 임세경, 김자현
제 보 자 : 이희철, 남, 76세
구연상황 : 조사자가 묘자리 쓴 이야기를 묻자 "묘자리요" 하면서 바로 다음 이야기를
시작했다.
줄 거 리 : 중국사람이 조선 땅에 와서 큰 부자가 될 명당자리를 본 뒤에, 부잣집에 기거
하면서 석작에 담아 온 할아버지 유골을 부잣집의 똘방 밑에 묻고 돌아왔다.
그러나 일이 풀리지 않아 유골 묻은 곳을 다시 찾아가니 부잣집은 크게 부자
가 되어있었다. 알고 보니 그 부자가 유골을 바꿔치기 했다는 이야기이다.

묘자리요, 또 이야기 허지요. 아, 기가 맥힌 놈이 한 놈 있어요. 틀림없
이 즈그 아버지를, 묘를 쓰며는 큰 부자가 돼것어. 즈그 아부지를 쓰믄.
중국놈이에요. 근디 한국에 와서 본게.

아~따, 즈그 아부지를 쓰믄 돼것는디. 어라, 즈그 아부지보다도, 하나
부지(할아버지)를 쓰믄 빠르거 아니냐. 하나부지를 쓰믄 빠르제.

그래, 인자, 부자집이요, 부자집에 똘방이여, 똘방 똑. 똘방, 그, 저, 저,
신, 벗고 올라간다. 그 밑이여. 그 밑이여. 글 아니나, 그 집이 들어가서
것다 써야 헌디.

"요것이 요, 내가, 요, 요, 부잣집이라 나서, 밥 한술 얻어묵으로 왔소."

인자, 즈그 하나부지를 석짝에다 여 넣어, 대가리를. 대가리만 가지믄
돼요, 요새는. 그라고 인자, 그. (청중 : 그 전에는 글 안 했가니.)

그때, 그때는 그랬지. 다 자드란 거여. 자서, 아따, 밤중에 일어나서, 똘
방 돌을 요리 해 놓고, [손으로 땅을 파는 시늉을 하며] 자글자글자. 호미
를 해 놓고, 즈그 하나부지 묘를 대가리를 여다 옇고는. 살짝~이 묻어 갖
고, 똘방 독을 딱 지어 났어.

그라고 잤어. 아니, 그 이튿날 아침에 밥을 해 갖고 나온디, 걸~게 차려 나오드란거여. 얻어 묵으러 왔는디.

'아하, 이상하다. 눈치를 알았냐, 어쩌냐.'

그래 갖고, 그래, 걱정을 했어.

'그래, 어, 그나저나, 우리 아부지 것다 써 났은게. 부자 될 거이다.'

그러고 중국으로 들어가브렀어. 아따, 중국을 들어갔는디. 대뜸 망해. 일도 뭐, 되도, 안 되고, 장사해도 안 되고, 집구석이 망해 들어가.

'어라, 조선을 한 번 가보자. 아부지, 아부지가 어찌게 됐는가, 한 번 가보자.'

부잣집으로 왔어. 아 부잣집 온게는, 그냥, 진수성찬을 해 갖고, 채려 내 놓습니다. 아~, 오셨냐고 험섬.

'아, 이거 이상하다, 거.'

묵었어요, 얻어 묵었어.

"아이고, 영감님이, 그 똘방 밑에다가 묘를 써서, 제가 부자가 됐습니다."

아, 인자 요래. 그런게, 그르믄, 그, 해골은 어찌되냐고,

"예, 저다가 모셔놓고, 우리 아부지를 거다 모셨더니. 이렇게 부자가 돼브렀습니다."

요렇게 됐어요. 부자가 돼브렀어. 근디, 중국놈, 요놈이. 가본게. 아, 빌어묵을 디다가 써 놨네, 빌어묵을 디다가. 곧, 곧 빌어묵을 디다가 묘를 써 놨어.

'허어, 이러니 내가 될거이냐.'

빌어묵을 디다가 써 놨어, 빌어묵을 디다가. 그라고 빌어묵었다는 얘기. 그런게, 그 복이 다야 헌겁니다. 복이 다야 헌거여.

에, 저 유풍천씨라는 사람이, 좋은 디가 묻혔습니다. 그, 가보믄 응, 유풍천이가, 저짝에 구례 천지를 다 쳐다보고 있어요. 다~ 막, 호령헌거 맹

이로. 예, 예, 예, 허고 있습니다.

한, 그래서, 살아 있는 운명이나, 죽어 있는 운명이나, 비슷헌 것 아니냐. 요런 내용으로, 에, 이뤄져 가지 않냐.

젖샘 유래

자료코드 : 06_04_FOT_20090411_SJH_LHC_0031
조사장소 : 전라남도 구례군 토지면 구산리 구만마을 구산마을회관
조사일시 : 2009.4.11
조 사 자 : 송진한, 서해숙, 이옥희, 편성철, 임세경, 김자현
제 보 자 : 이희철, 남, 76세
구연상황 : 조사가 끝날 무렵에 제보자에게 슬프고 아름다움 이야기를 해달라고 하자 잠시 생각한 뒤에 다음의 이야기를 구연했다.
줄 거 리 : 폐결핵을 앓던 아내는 호흡을 불어넣어 주는 남편의 도움으로 겨우 연명을 하며 사는데, 어느 날 물이 폭폭 올라오는 샘에서 목욕한 뒤에 건강해졌다. 사람들은 그 샘을 '젖샘'이라 불렀으나 이후 농지정리하면서 없어졌다는 이야기이다.

참~, 안타까운 얘긴디. 토지면에 일어난 일입니다, 실화에요. 아내가 병이 들어, 하~, 근디, 꼭~ 죽어. 폐결핵 환자라, 실물입니다. 죽을라 그래, 죽을라고. [남편의 행동을 흉내내며]

근디 남편이 입을 맞춤서, 그, 호흡을 평상 해줘. 입에다 맞춰 갖고. 금서 그냥, 목숨이 끊어질라 해도, 해줘. 그러믄 좀, 쪼끔 살아나고, 살아나. 불어줘, 불어줘. 요러면서, 여자가 죽을라 그래, 죽을라고. [목을 메려는 남편과 넥타이를 끊는 아내의 행동을 흉내내며]

근게 남편이 모냐 죽는다고, 모냐 죽는다고, 목 메어, 막, 야단이여. 근게 남편이 죽을라는 넥타이를 여자가 끊어. 여자가 끊어. 끊으면서, 내가 몬자 죽을라요, 내가 몬자 죽을라요.

서로 허다가, 살아. 둘이 살았어. 살아 갖고, 모욕을 재계헙니다. 그, 샘이가 하나 있었어. 주간 샘이 앞에, 저~그 용정 앞에 가서 쭉~ 내려가믄 있어.

그 둘이 가서 목욕을 해, 거그서. 목욕을 헌디, 그런 정신은 없고, 호흡도 좋고, 참 좋아. 근디, 그 뒤에 샘이가 없어져 브러. 응. 샘이가. 시방, 샘이 없어져브렀어.

그러믄 샘이가 없어져븐게, 또 이유가 있어. 농경지 정리를 헌게 없어져브렀어, 위에서. 농경 정리를. 응, 저~그, 저 밑에 내려가서. 저~ 원래 앞에. 원래 앞에, 용정, 용정 샘이는 지금 있고.

인자, 거그에서, 거, 두 부부가, 숨을 조정을 했다고 해서. [양 손으로 물이 올라오는 모양을 흉내내며] 지금 그 밑에서, 어쩌, 물이, 푹, 푹, 푹 올라와. 그런, 그런 샘이가 하나 발견 됐습니다.

푹, 푹 올라와, 두 번, 푹, 푹, 요렇게. 요런 전설도요. (조사자 : 부부가 발견했어요?) 에, 아니, 그거요? [물이 솟아나는 모양을 흉내내며] 에~, 발견이 아니라, 솟아난게, 인자 그런 전설이 있었어.

[물이 솟아나는 모양을 흉내내며] 그러니께, 폭, 폭, 폭, 요리 올라와. 어, 그. 에, 그, 재밌는 샘입니다. (조사자 : 그 샘을 무슨 샘이라고 한다고요?) [물이 솟아나는 모양을 흉내내며] 젖샘이라고 허드냐? 이, 젖샘이, 젖샘이.

지금. 경지정리 돼 갖고 없어져븟어요. 네, 고런 샘이.

수염이 죄로다

자료코드 : 06_04_FOT_20090411_SJH_LHC_0032
조사장소 : 전라남도 구례군 토지면 구산리 구만마을 구산마을회관
조사일시 : 2009.4.11

조 사 자 : 송진한, 서해숙, 이옥희, 편성철, 임세경, 김자현
제 보 자 : 이희철, 남, 76세
구연상황 : 앞의 이야기가 끝난 뒤에 20분가량 마을이야기와 개인사에 관한 이야기를 했
다. 조사자들은 송정마을의 제보자와 약속이 늦어진 상태여서 그간의 이야기
를 정리하던 중에 다음의 이야기가 나왔다.
줄 거 리 : 수염을 기르던 아들이 아버지 앞에서는 수염을 가렸으나 자꾸 다듬어라는
말에 팔자 수염이 되었다는 이야기이다.

정이채, 그때 해방, 방학될 무렵에 팔자수염이 유명헙니다. [코 밑에 팔
자수염을 그리며] 예. 팔자수염, 요거.

근디, 즈그 아버지는 매끔해. 즈그 아버지는 지르도 안 해. 근디 방학
동안에 요놈이, 수염을 질렀어, 팔자로. 딱 질렀단 말이여. 그라고 그냥,
즈그 아버지를 피헐라고, 피헐라고 헌다.

어짜다가 즈그 아버지하고 밥을 같이 먹게 됐어. 근게, 즈그 아버지가
하는 말이.

"아이, 이, 너는 수염을 질렀구나."

[손으로 입을 가리며]

"예."

이, 막았어. 막은게.

"오냐, 이놈, 막아라."

[입을 막았던 손을 내리며] 그냥, 손을 내림서 요리, 내린게.

"올채 이놈아, 따듬어라, 이놈아, 따듬어."

[청중과 조사자 웃는다.] 근게 즈그 아부지가, 즈그 아부지가 따듬아란
게. [손으로 입을 막았다가 내리는 모양을 흉내내며] 요리 내린게, 따듬은
모양이거든.

[다시 손으로 입을 막으며] 그러니까, 또, 또 개린다고, 또.

"더 따듬어라, 이놈아, 더 따듬어."

[입을 막았던 손을 내리며] 그러니께, 또, 또 내래. 어이, 거, 즈그 아부

지 앞에, 수염을 따듬은 거이 된단 말이여, 이놈의 거이, 수염을.

아주, 젊은 놈이. 즈그 아부지 앞에서. 그래 인자, 밥을 묵을 수가 있어. [밥을 먹는 시늉을 하며] 밥을 묵다가 인자, 하도 즈그 아부지가 나무라싼 게. [입을 가렸던 손을 내리며] 또 요리게 내래.

"더 따듬아라, 이놈아, 더 따듬아."

그래 또 내린게.

"더 땀듬아라, 이놈아."

아니, 이거 묵을 수가 있어야제. 그런게, 난중에는, [제보자의 코 밑에 팔자 수염의 모양을 그리며] 아, 난중에는 수염이 요래 됐어요.

"올채, 이, 양쪽을 따라, 이놈아, 양쪽으로."

요렇게 돼붓어. 요러게.

그 이튿날 그냥, 이발소에 가서, 깎아브러. [제보자 웃는다.] 이발소에 가서. 에, 이발소에 가서 깎아브러. 근디, 아부지 앞에 수염을 질러 갖고. 대차 그럴기만해. 개린다는 거이, 따듬는 거이고. 내린단 것이, 따듬는 맹 이고.

"오냐, 더 따듬아라, 더 따듬아."

요거이, 또. 그렇게 된 거입니다. 인자, 부자간 일이란 것이. 참~, 그 멋진 얘깁니다, 그것도. 그런 대목도. 에, 참, 그, 경험 하에서 나온 얘깁 니다.

3년간 시묘살이

자료코드 : 06_04_MPN_20090411_SJH_PHS_0001
조사장소 : 전라남도 구례군 토지면 구산리 구만마을 구산마을회관
조사일시 : 2009.4.11
조 사 자 : 송진한, 서해숙, 이옥희, 편성철, 임세경, 김자현
제 보 자 : 박학서, 남, 73세
구연상황 : 앞서 시묘살이와 호랑이에 관한 이야기가 끝나자 갑자기 생각났는지 바로 이
　　　　　어서 다음의 이야기를 구연했다.
줄 거 리 : 20여 년 전에 왕실봉에서 돌집을 짓고 생식을 하며 3년간 시묘살이 한 것을
　　　　　목격했다는 이야기이다.

　그런디, 인자, 또, 내가, 또, 뭐, 속담을 이야그를 허것는데. 예. 저, 미륵
이라고 헌디가 있어요. 저~ 미륵이, 나무숲이도 안 가, 소나무도 안 크고.
(조사자 : 미.) 쌘, 쌘데기만, 많이, 많이 큰디. (청중 : 왕, 왕실봉이라 해야
잘 알 것인디.)

　예, 왕실봉 저~그, 요, 요리 가믄 저, 그, 미륵이라는 디가 있는디. 우
리 선산이 거가 있어요. 우리 선산이 거가 있는디, 인자, 거리가 멀어 갖
고 머시기 헌디.

　한 번은 우리 선산에 벌초를 간디, 요리 새로 요렇게, 큰~ 해 갖고, 돌
무더기, 뭐, 집겉이 지어놨어요. 근디 나는, 누군가 가보자 했더니, 사램이
죽을 때 뭐, 고초일날 죽으므는, 땅을 안 건드린답니다.

　그래 가지고, 너는 벌을 쓴다 해 갖고, 그 속에서 사램이, 아들이, 삼년
간을 생식을 허면서 머리도 안 깎고, 그래 갖고 근게 그냥 막, 원숭이겉이
됐지요. 삼년간을 내가 공 들여 갖고, 어이구, 뭣허러 왔는고~ 허고. 내가
그것을 한 번 봤어요.

그래서, 야, 이거 고초일 날 죽으믄, 땅을 건들믄 그 집안이 큰 손해가 있다드라, 그래서 땅을 안 건드린답니다. 고초일날은.

그래 가지고. (조사자 : 고초일.) 예. (청중 : 고초일.) 그런게 땅을 안 건드리고 독 위에다가 그렇게, 비 안 맞게 해놨어요. 자그 아부지를. 그래 가지고 삼년간을 거그서, 중 맹이로 머리도 안 감고, 항상 가~만히 거그서, 나왔다 들어갔다 생식을 허면서.

내가 깜~짝 놀랬습니다, 그걸 보고. 아, 지금. (조사자 : 지금도 그런 사람 있었나 보네요.) 예. 지금도 그런 사람 있구나. 예. (조사자 : 그때가 언제적 이야기셔요?) 예? (조사자 : 그때가 언제적.) 한, (조사자 : 언제 보셨어요, 그 이야기.) 한, 한 이십년 가차이(가깝게) 된 것 같애요. 예. 상당히 오래 됐어요. 이십년도 더 된 것 같애요.

아, 이렇게 모시는 양반도 있구나, 허고, 근게, 내가 부모를 위해서, 내가 태어났으니까, 부모에서 내가 태어났으니께, 그만큼 나도, 이, 아버지가 나한테, 거시기 헐라고, 이 고초일날 세상 버렸은게, 내가 땅을 안 건드려야것다 싶어서. 그렇게 삼년간을 고생을 허고, 거기서 살았답니다.

그래 갖고 그런 뭐시기가 있었어요. 내가 직접 봤어요. 그래 갖고 깜짝 놀랬다니까요. 요기 해 갖고 집을 쬐간이 지어놨거든. 바우에다 그렇게 해 놨어요, 바우 위에다가. 그런게 그 자리에서 허고, 그 자리에서 그렇게 했어요.

여순사건으로 인한 한 여인의 비극적인 삶

자료코드 : 06_04_MPN_20090411_SJH_LHC_0002
조사장소 : 전라남도 구례군 토지면 구산리 구만마을 구산마을회관
조사일시 : 2009.4.11
조 사 자 : 송진한, 서해숙, 이옥희, 편성철, 임세경, 김자현

제 보 자 : 이희철, 남, 76세

구연상황 : 제보자가 유신시절 교사로 근무할 때의 이야기를 5분가량 했다. 그리고 젊은 시절 얘기를 하다가 여순사건 당시에 일어날 일을 자연스럽게 이어가다가 다음의 이야기를 시작했다.

줄 거 리 : 남편을 군대에 잃고 과부가 된 여인이 시아주머니와 가깝게 지냈으나 시아주머니도 여순사건으로 죽게 되었다. 이 여인은 마음을 잡지 못해 다른 총각을 만나니 마을에서 소여물을 던지며 비난을 퍼부었다. 그러자 나이 든 남자가 이 여인을 데리고 살았다는 이야기이다.

요건, 요건, 참~말로 아무도 모르는 얘긴디, 나만 아는 얘긴디. (조사자 : 네, 네. 예, 또 해주십시오.) 에, 한 번, 얘기를 해줘 보게.

해방 된 뒤, 장개를 갔어. (조사자 : 누가요?) 이름도 밝혀줘야 한가? (조사자 : 아니요. 안 그러셔도 돼요.) 이, 근디, 장개를 갔는디, 군인을 가. 군인을 갑니다. (청중 : 장개를 갔다 와서 군인을 간다고요?) 아니, 아니, 장개를 갔다 와서 군인을 가. 갔어. 근게, 시집온 사램이 과부가 됐어, 말허자믄이, 군인을 가븐게.

그런디, 여자가 혼차 살 수가 없은게. 시아재가 머심살이를 와, 그 집을. (조사자 : 예, 시아재가요.) 이, 그 시아재하고 좋아해. 시아재허고, 이, 형수허고, 사촌 형수허고.

그런디, 토지 한천 사건에 스물 한 명이 죽을 때, 스물 한 명이 죽어요. (조사자 : 어디에서.) 지서에서 보초 보다가. (청중 : 사구 때.) 사구 때, 반란군들이 와서 또 쏴브러. 그때 죽어. (조사자 : 누가요.) 그 사램이. (조사자 : 시아재가요.) 응, 시아재가 죽어.

그런게, 시아재가 죽었는디, 총각이재 말허자믄이, 모리제. 상부를 해 갖고 나간디, 그~ 생여채를 잡고, 즈그 형수가 그~렇게 울어댕게. 근디 임신을 했어. 참, 기가 맥힐 일입니다, 임신을 했어. 그런디, 자기 시아재허고, 한 집안 시아재허고, 그렇게 돼 갖고 있으니.어따 얘기를 허꺼여. 근게 또 동네 어떤 총각을 봐.

이, 임신이 됐는디, 총각을 봐. 그래도 그, 인정이 안 돼. 그래 갖고 동네 사람들이, 여물을 쒀 갖고, 소, 소, 여물이라는 거이 소 밥입니다. 여물을 쒀 갖고, 그 집 새립밖에다가, 확~, 온 골목을 댕김서, 소겉은 놈이다 그 말이여. 소겉은, 여, 여자다, 이거이여. 소 여물 해 났어. 그런디 인정이 안 돼. 그거도이.

아, 근게, 그래도 인자, [양팔로 배가 부른 시늉을 하며] 배가 요로게 됐어. 배가 요로게 됐네요, 이. 어디로 가야 허는디, 집안에서 떨어내. 그 여자를. 떨어냅니다, 참. 나중에라고 발버둥을 치고, 근디. 떨어내. 떨어낸디,

어느, 늙은 할아버지가 하나 오드니. 그 여자를 데고 가. 나는 마누래도 없고, 손도 없다 허면서. 내 아들을 만들어 노마. 내 아들을 만들어 노마고 데고 가. 그 여자를. 근디, 애기를 나 논 거 본게, 똑~같에, 즈그 아부지허고, 옛날. 생김새. 생김새가, 시아재허고.

기~가 맥혀. 민이라네, 민이 애미. 아~, 그래서 그렇게 험한 것이 여순반란 사건 때 일어난, 이얘기여.

근데 가 갖고, 쫓겨나 갖고, 그, 영감은 자기 종자를 얻었어. 말허자믄, 넘의 종자지마는. 그러고 영감은 나이 먹어 갖고 돌아가셔 브렀어. 근디, 내가 본게, 똑~ 즈그 시아재 얼, 얼굴이 같드라 이거여.

(청중 : 어디 사람인디?) 민이, 하주, 매주, 매주. 강, 강이, 저기, 사춘성. 강이. 그런 것들이 일어난 비극입니다. 저, 여순사건 그런 것이, 아~주 많아요.

돈방천과 14연대

자료코드 : 06_04_MPN_20090411_SJH_LHC_0001
조사장소 : 전라남도 구례군 토지면 구산리 구만마을 구산마을회관
조사일시 : 2009.4.11

조 사 자 : 송진한, 서해숙, 이옥희, 편성철, 임세경, 김자현

제 보 자 : 이희철, 남, 76세

구연상황 : 섬진강의 이야기가 끝나자 어린 시절의 굶주린 이야기, 장가가던 이야기를 했다. 이어 다음의 이야기를 구연했다.

줄 거 리 : 여순사건 당시 돈방천에서 돌을 져 나르던 제보자가 14연대가 사람을 죽이는 장면을 목격했다는 이야기이다.

토지서 일어난 일이래요. 이런 사건은 아마, 대학교에서도 어따 기록을 해 가지고, 교육용이 될란가, 전쟁용에서 교육이 될란가는 모르것습니다마는.

여기 돈방천이란 디가 있어. (조사자 : 돈방천이요?) 예. 돈방천. 여순반란 사건인데, 다리가 없어. 근디, 저, 간전면이 있어, 저가. 백운산 쪽에가. 근디 군인이 들어가야 해. 재무시로. 재무시로 들어가야 한디, 다리가 없어.

그런게 인자, 돌을 져다가, 갖다 부서요. 여울에다가, 안 가라앉게. 그라고 막, 그, 엄동설한에 누가 물로, 물속으로 많이 들어가것습니까. 여, 들어가다가 그냥, [어깨에서 짊어졌던 돌을 내려놓는 모양을 흉내내며] 병신이지. 떨어블고, 떨어븐다. 아따, 군인이 한 놈을 델고 오드니. 한 놈을 델고 오드니. 인자, 제가 어렸을 때, 그 부역을 잽혀갔어.

그래 갖고 돌을 져 날르요. 져 날른디. 그 양반이 여수 십사연대 군인인 것 같애. 반란을 일으켜 갖고 잽혔어. 그놈을 또랑가에다 세우드니, [총을 쏘는 시늉을 하며] 요만으로 팍~ 쏴블드마. 쏴븐디, 그래 갖고 물에다 딱, 집어 여브러. 둥~둥~ 떠내려감서, 피가 그냥, 강에가 빨~기 나온디. 돌 져 날린 사람들이, 행여나 죽여브까 싶어서,

[자기의 목 주변을 가리키며] 인자 막, 물이 요래도, 높, 깊은 데도 다 들어가. 돌을 짊어지고. 뭐, 옷이고 지랄이고 소용없어. 행여나 안 죽이까, 죽여브까 싶은게, 막 높은 디로 다, 짚은 디로 들어가 갖고 돌을 메웠어. 차가 스물 네 대가 들어가, 군인이.

간전으로. 그날 저녁에 싹~ 죽어브러. 여수 십사연대가 그냥 최고 공격을 해브렀단 말이여. 저~ 삽천 넘어간 디서. 여그, 이, 비극이 하나 아닙니까. 아~주 비극이에요, 그런건요.

그러냐, 그르믄, 사람을 죽이기 때문에, 그 엄동설한에 돌이, 깊은 데까지 가서, 절어, 가 떨었단 말이여. 그러고 차가 지내가. 근게 전쟁에도, 그렇게 기능적인 것이며, 악질적인 것이며,

이, 요런 것을, 우리는 느꼈다~ 하는 것을, 내가, 돈방천 사건입니다.

용소와 기우제

자료코드 : 06_04_MPN_20090411_SJH_JMR_0001
조사장소 : 전라남도 구례군 토지면 구산리 구만마을 구산마을회관
조사일시 : 2009.4.11
조 사 자 : 송진한, 서해숙, 이옥희, 편성철, 임세경, 김자현
제 보 자 : 조명래, 남, 75세
구연상황 : 박학서가 용소에 관한 이야기를 마치자 제보자가 직접 경험한 것이라며 용소에 관한 다음의 이야기를 구연했다.
줄 거 리 : 날이 가물면 마을사람들이 용소에 솔가지, 돌로 메워놓는 등 기우제를 모셨다는 이야기이다.

우리 어렸을 때, 지금, 그, 인자, 그래, 날이 이렇게 가물았어. 막, 저, 사둘사 우리, 전~부 청에 동원해 갖고, 막. 솔갱이믄 솔갱이, 돌이믄, 돌. 용소를 칵 메워브렀단 말이여. 그 사람들이 집이서 온 거까지, 내가 직접, 어려서 봤어.

이, 그믄 소낙비가 와 갖고, 집이, 가기, 가기도 전에 그냥, 싹 파내 브래, 지쳐 내 불고. (청중 : 없어져 브려요, 싹 궁글어. 그래서 없어져 브래.)나 직접 나, 어려서, 본 경험이라. 문척 가믄 샘이. (청중 : 그런게, 거 그서, 날이 가물다 헐지 허믄, 제를 많이 지냅니다.)

시조창 (1)

자료코드 : 06_04_FOS_20090411_SJH_SGH_0001
조사장소 : 전라남도 구례군 토지면 송정리 송정마을
조사일시 : 2009.4.11
조 사 자 : 송진한, 서해숙, 이옥희, 편성철, 임세경, 김자현
제 보 자 : 송기홍, 남, 78세
구연상황 : 조사자들이 마을을 찾았을 때는 한참 두릅을 채취할 시기였는데 송기홍 제보
자 역시 산에서 두릅을 채취하고 있었다. 이장님이 방송으로 송기홍 제보자를
찾는 방송을 해주었는데 그 방송을 듣고 집에 돌아와 정갈하게 옷을 갈아입
고 회관으로 찾아오셨다. 이장님이 송기홍 제보자가 시조창을 잘한다고 알려
주었으므로 조사자들은 먼저 시조창을 불러주라고 부탁하였다. 시조창은 구
례시조모임 회원으로 활동하며 배운 것이라고 한다.

청산~~~~~이~이~~~~~
불~로~~~~~오~허~~~니~~~~~
미~~~로~~~~~오~~~~~옥이~~~~~~이~
이~~~~~
장선~~~~~허~~~~~허~~고~~~~~
강한이~~~~~이~무우궁웅~~~~~하~~~~~니~~
백~~구~~으~~~~~~으~이~~~~~~
부~~~귀~이~~~~~~이~로~~~~~다~~~~~
우~~리~~~~~는~~~~~
이~~강산~~~~~푸~우~웅~~~~~경~~에~~~~~
이~~~분~밸~~~~~어~~~~~없이~

시조창 (2)

자료코드 : 06_04_FOS_20090411_SJH_SGH_0002
조사장소 : 전라남도 구례군 토지면 송정리 송정마을
조사일시 : 2009.4.11
조 사 자 : 송진한, 서해숙, 이옥희, 편성철, 임세경, 김자현
제 보 자 : 송기홍, 남, 78세
구연상황 : 첫 번째 시조창이 끝난 후 조사자들은 감탄하며 한 곡을 더 부탁드렸다.

어화~ 청춘~~~소년~~~들~을~~~~~

이 내~~말~을~~~ 들어~~~~~보~소~~~~~

허송~~옹~~~세월~~~~~하~지~~~말~고~~~~~

밭~갈고~~~~~ 글을~ 읽~어~~~~~

수신~제가~~~~~할지~어~~~~~어~~다~~~~~

만고~성인~~~~~ 순임금~은~~~~~

역산~에~~~~~ 밭을~~ 갈~~아~~

부~모~~봉~양~~~ 하~옵~~~시~~고~~~

천하~~~~~문~장~~~~~ 이~적~선~~도~~~~~

광산~에~~~~~ 글을~~ 읽~어~~~~~

명전천~추~~하여~~였으~~~~~으니~~~~~

하~아~~무~~~~~물며~~ 우리~~ 인~생~~~~~이~
야~~~

시호~~시호~~~부~재~~라~~~~~

성현~문~장~~~~~ 본을~ 받~아~~~~~

주경~~~~~야~~~~~독~

육자배기 (1)

자료코드 : 06_04_FOS_20090411_SJH_SGH_0003
조사장소 : 전라남도 구례군 토지면 송정리 송정마을
조사일시 : 2009.4.11
조 사 자 : 송진한, 서해숙, 이옥희, 편성철, 임세경, 김자현
제 보 자 : 송기홍, 남, 78세
구연상황 : 시조창이 끝난 후 조사자들은 육자배기도 잘하실 것 같다며 육자배기를 불러
　　　　　 달라고 부탁하였다.

　　　　내 정~성~~~ 청산~~~이~~요~~~~

　　　　이~ 무~~정~헌~~~ 녹수~로~~구~나~~~

　　　　녹수~~야~~~ 흐~~를~~망~정~~~

　　　　청~산~이~야~~ 변~할~소~냐~~~

　　　　아마~도~~~ 녹수~~가~

　　　　청~산~을~~ 못~ 이~이~기어~~

　　　　빙~빙~빙~ 곰~돌~아~~ 들~~고나~~에~~~

쑥대머리 일부

자료코드 : 06_04_FOS_20090411_SJH_SGH_0004
조사장소 : 전라남도 구례군 토지면 송정리 송정마을
조사일시 : 2009.4.11
조 사 자 : 송진한, 서해숙, 이옥희, 편성철, 임세경, 김자현
제 보 자 : 송기홍, 남, 78세
구연상황 : 육자배기가 끝난 후 조사자들은 송기홍 제보자에게 소리를 전문적으로 배운
　　　　　 적이 있는 지를 물었다. 제보자는 전문적으로 배운 적은 없고 들어서 익히게
　　　　　 된 것이라고 하였다. 조사자들은 판소리 한 대목을 불러줄 수 있는지 물었더
　　　　　 니 제보자는 쑥대머리를 불러주었다.

　　　　쑥~대~~머리~~~

구~신~형~용~~~

적~~막~옥~방~의~ 찬 자리에~~

생~각~ 난 것이 임뿐이라~

보고지고~ 보고지고~

한양 낭군을~ 보고지고~

오리정~~~ 정별 후~로~~~

일장~서를~~ 내가~ 못 봤으니~~~

부모 봉양~~ 글~~ 공부~~

겨를이 없어서 이러~는가~~

진도 아리랑 타령

자료코드 : 06_04_FOS_20090411_SJH_SGH_0005
조사장소 : 전라남도 구례군 토지면 송정리 송정마을
조사일시 : 2009.4.11
조 사 자 : 송진한, 서해숙, 이옥희, 편성철, 임세경, 김자현
제 보 자 : 송기홍, 남, 78세
구연상황 : 쑥대머리가 끝난 후 진도 아리랑을 불러달라고 부탁하였다.

아리 아리랑 스리 스리랑 아라리가 났네~~~

아리랑 응응응 아라리가 났네~

왜~ 왔~든가~ 왜~ 왔~든가~~

울고나 갈~ 길을~ 왜~ 왔~든가~~

아리 아리랑 스리 스리랑 아라리가 났네~~~

아리랑 응응응 아라리가 났네~

서산~에~ 지는 해는 지고 싶어서 지느냐~

나를 두고~ 가시는 님~ 가고 싶어 가느냐~

아리 아리랑 스리 스리랑 아라리가 났네~~~

아리랑 응응응 아라리가 났네~

저~ 달~ 뒤에는~ 별 따라 가고~~

우리 님~ 뒤에는 내가 따라~ 간다~~

아리 아리랑 스리 스리랑 아라리가 났네~~~

아리랑 응응응 아라리가 났네~

삼각산~ 몰랑에 비 오나 마나~~

어린 가장 품안에 잠자나 마나~~

아리 아리랑 스리 스리랑 아라리가 났네~~~

아리랑 응응응 아라리가 났네~

니가~ 잘 나서~ 천하일색이냐~~

내 눈이 어두워~ 환쟁이로~구나~~

아리 아리랑 스리 스리랑 아라리가 났네~~~

아리랑 응응응 아라리가 났네~

말은~ 가자고~ 네 굽을 놓고~~

우리 님은 나를 잡고 낙루를 헌다

아리 아리랑 스리 스리랑 아라리가 났네~~~

아리랑 응응응 아라리가 났네~

상여 소리

자료코드 : 06_04_FOS_20090411_SJH_SGH_0006

조사장소 : 전라남도 구례군 토지면 송정리 송정마을

조사일시 : 2009.4.11

조 사 자 : 송진한, 서해숙, 이옥희, 편성철, 임세경, 김자현

제 보 자 : 송기홍, 남, 78세

구연상황 : 진도 아리랑이 끝난 후 조사자들은 제보자에게 상여 소리를 부탁했다. 송기홍 제보자는 마을에서 상여가 났을 때 상여 소리를 맡아서 하기도 했다고 한다. 상여 소리를 할 때에는 먼저 긴소리를 하고 다음으로 어농소리를 한다고 하였다.

06_04_FOS_20090411_SJH_SGH_0006_s01 〈긴소리〉

에~~~ 에~~~ 에~~~이~~~이~ 나~~무~~살~~~

06_04_FOS_20090411_SJH_SGH_0006_s02 〈어농소리〉

어~~노~~어어~노~~ 으가리~ 넘~차 어~~노~~

빌어~보세~ 빌어~보세~ 고인의 명복을 빌어~보세~~

어~~노~~어어~노~~ 으가리~ 넘~차 어~~노~~

잘~ 있~거라~~ 나~는~ 간다~ 우지 말고~ 잘~ 있~거라~

어~~노~~어어~노~~ 으가리~ 넘~차 어~~노~~

나는~ 간다~ 잘~ 있거라~ 부디~ 부디~ 잘~ 있거라~

어~~노~~어어~노~~ 으가리~ 넘~차 어~~노~~

못~ 가~것네~, 못~ 가~것네~~

노자가~ 적어서~ 못~ 가~것네~~

어~노~~ 어~어~노~~ 어이가리 넘~차~ 어~노~~

가세~ 가세~~ 어서~ 가세~~

안장 지러~ 어서~ 가세~~

어~노~~ 어~어~노~~ 어이가리 넘~차~ 어~노~~

나는~ 간다~ 나는~ 간다~~

웃~ 택지로~ 나는~ 간다~~

어~노~~ 어~어~노~~ 어이가리 넘~차~ 어~노~~

부모~에게~ 효도~허고~ 형제~ 간에~ 우애~ 있게~

부~디~ 부~디~ 잘~ 살어라~~

어~노~~ 어~어~노~~ 어이가리 넘~차~ 어~노~~

다리 세기

자료코드 : 06_04_FOS_20090411_SJH_SGH_0007
조사장소 : 전라남도 구례군 토지면 송정리 송정마을
조사일시 : 2009.4.11
조 사 자 : 송진한, 서해숙, 이옥희, 편성철, 임세경, 김자현
제 보 자 : 송기홍, 남, 78세
구연상황 : 상여 소리가 끝난 후 또 다른 민요를 불러달라고 부탁하였지만 잘 모른다고
하였고, 모심을 때 부르는 소리가 있었지만 기억이 나지 않는다고 하였다. 어
렸을 때 놀면서 불렀던 노래 중에서 기억나는 것이 있느냐고 물었지만 고개
를 저었다. 조사자가 다리 세기 노래를 불러달라고 하자 불러주었다. 중간에
몇 번 가사를 잊어버렸지만 이장님과 함께 행동을 하면서 불리주었다.

이 거리 저 거리 각 거리
쟁그 맹근 또 맹근
장

[제보자가 가사를 잊어 잠시 머뭇거린 사이 옆에 앉아 있던 청중이 기
억을 환기시켜준다.]

똘똘 몰아 장도칼

[이장이 같은 가사로 다시 한번 노래를 부른다.]

이 거리 저 거리 각 거리
쟁그 맹근 또 맹근
똘똘 몰아 장도칼

[똘똘, 요리 인자, 다리 딱 오므리고, 장도칼이라고 인자, 뭐. 벌 받는다
그 소린가, 거이.]

도라지 타령(신)

자료코드 : 06_04_MFS_20090411_SJH_SGH_0001
조사장소 : 전라남도 구례군 토지면 송정리 송정마을
조사일시 : 2009.4.11
조 사 자 : 송진한, 서해숙, 이옥희, 편성철, 임세경, 김자현
제 보 자 : 송기홍, 남, 78세
구연상황 : 앞서 다리세기가 끝난 후 다른 민요를 부탁하자 도라지타령을 불러주었다.

　　　　도~라~~지~ 도~라~지~ 도~라~~지~~

　　　　심~심~산천~에~ 백도라지~~

　　　　한~두~부랭이만~ 캐어~도~

　　　　서방님~ 반찬은 돼노~라~~

　　　　에헤이요~ 에헤이요~ 에헤이~요~~

　　　　에야라~ 난~다~~ 기~화~자~자~ 좋~다~~

　　　　니가 내~ 간장을~ 스리~살~짝~ 다~ 녹~인다~

　　　　도~라~~지~ 도~라~지~ 도~라~~지~~

　　　　심~심~산천~에~ 백도라지~~

　　　　하~도~ 날 디~가 없어~~서~ 양바위~ 사이가~ 나~노~라

　　　　에헤이요~ 에헤이요~ 에헤이~요~~

　　　　에야라~ 난~다~~ 기~화~자~자~ 좋~다~~

　　　　니가 내~ 간장을~ 스리~살~짝~ 다~ 녹~인다~

　　　　도~라~~지~ 도~라~지~ 도~라~~지~~

　　　　심~심~산천에~ 백도라지~~

　　　　하~도~ 날~ 디가~~ 없~어~~서~

금강산~ 꼭대~기에~ 나노~라~

에헤이요~ 에헤이요~ 에헤이~요~~

에야라~ 난~다~~ 기화~자~자~ 좋~다~~

니가 내~ 간장을~ 스리~살~짝~ 다~ 녹~인다~

■엮은이 소개

송진한 전남대학교 국어국문학과를 졸업하고 충북대학교 대학원에서 문학박사 학위를 받았다. 현재 전남대학교 사범대학 국어교육과 교수로 재직 중이다. 주요 저서와 논문으로는 『조선조 연의소설의 세계』(전남대 출판부, 2003), 「조선조 연의소설의 서사기법과 인물형상」(『한국문학이론과 비평』 4집) 등이 있으며, 역서로는 『비교문학』(전남대 출판부, 2012), 『도술이 유명한 서화담』(지식을 만드는 지식, 2014)이 있다.

서해숙 전남대학교 국어국문학과를 졸업하고 동 대학원에서 문학박사 학위를 받았다. 현재 전남대학교 국어국문학과 시간강사로 출강하고 있다. 주요 저서와 논문으로는 『호남의 가정신앙』(민속원, 2013), 「진도아리랑 디지털 아카이브 구축의 필요성과 설계」(『인문콘텐츠』 4집) 등이 있다.

이옥희 전남대학교 국어국문학과를 졸업하고 동 대학원에서 문학박사 학위를 받았다. 현재 전남대학교 호남문화연구소 학술연구교수로 재직 중이다. 주요 저서와 논문으로는 『장흥고싸움줄당기기』(민속원, 2013), 「열두달을 노래한 민요의 연행맥락과 시간의식」(『한국민요학』 21집) 등이 있다.

편성철 목포대학교 대학원 국어국문학과 박사과정을 수료하였다. 주요 논문으로는 「씻김굿에서 희설의 의미」(『한국무속학』 18집) 등이 있다.

임세경 전남대학교 대학원 국어국문학과 박사과정을 수료하였다. 주요 논문으로는 「마을신앙의 복원과 변화양상」(『남도민속연구』 17집) 등이 있다.

김자현 목포대학교 대학원 국어국문학과 박사과정을 수료하였다. 주요 논문으로는 「쌍둥이설화 연구」(『남도민속연구』 14집) 등이 있다.

증편 한국구비문학대계 6-13
전라남도 구례군

초판 인쇄 2014년 10월 21일
초판 발행 2014년 10월 28일
엮 은 이 송진한 서해숙 이옥희 편성철 임세경 김자현
엮 은 곳 한국학중앙연구원 어문생활사연구소
출판기획 장노현

펴 낸 이 이대현
펴 낸 곳 도서출판 역락
편   집 권분옥
디 자 인 이홍주

주   소 서울시 서초구 동광로 46길 6-6(반포4동 577-25) 문창빌딩 2층
등   록 1999년 4월 19일 제303-2002-000014호
전   화 02-3409-2058, 2060
팩   스 02-3409-2059
이 메 일 youkrack@hanmail.net

값 49,000원

ISBN 979-11-5686-090-7 94810
     978-89-5556-084-8(세트)